明清之际江南诗学研究：以唐宋诗的传播接受为考察中心

（上册）

张清河　著

九州出版社
JIUZHOUPRESS

图书在版编目（CIP）数据

明清之际江南诗学研究：以唐宋诗的传播接受为考察中心. 上册 / 张清河著. -- 北京：九州出版社，2021.11

ISBN 978-7-5225-0713-2

Ⅰ. ①明… Ⅱ. ①张… Ⅲ. ①诗学—诗歌研究—华东地区—明清时代②唐诗—诗歌欣赏③宋诗—诗歌欣赏 Ⅳ. ①I207.22

中国版本图书馆CIP数据核字（2021）第243773号

明清之际江南诗学研究：以唐宋诗的传播接受为考察中心.上册

作　　者　张清河　著
责任编辑　黄明佳
出版发行　九州出版社
地　　址　北京市西城区阜外大街甲 35 号（100037）
发行电话　（010）68992190/3/5/6
网　　址　www.jiuzhoupress.com
印　　刷　天津和萱印刷有限公司
开　　本　787毫米 × 1092毫米　16开
印　　张　21.75
字　　数　376千字
版　　次　2023 年 5 月第 1 版
印　　次　2023 年 5 月第 1 次印刷
书　　号　ISBN 978-7-5225-0713-2
定　　价　78. 00元

目　录

绪　论

第一节 本书研究的缘起

拙作是在拙著《晚明江南诗学研究》（武汉大学出版社 2013 年版）和《晚明诗学年表初编》（四川大学出版社 2015 年版）基础上延展而成的，两书共计百万字，呈现了笔者多年来探求晚明诗学发展的一点思考。专著未竟的部分，自然延伸到了清初。然而，清诗体量庞大，有关的文字资料更是多到无法寓目，当今诸多知名学者或据流派或缘大家、或依时段或就地域，已经进行了较为全面的解析；如果再从这些方面（流派、作家、时代、地域等）着手，几乎题无剩义，稍不留神，便陷入前人的框架体系中去了。能不能有所创新，“技经肯綮之未尝”呢？结合常年的文学接受史研究，我认为还是要从第一手的原材料入手，去寻找一些“经络”作为线索。我读书写作本来就有个习惯——从阅读材料出发，诸如中华书局的“古典文学研究资料汇编”、上海古籍出版社的“中国古典文学丛书”，看得多了，大体也就形成了这么一个认知：无论是陈子昂、李白、杜甫、李贺、刘禹锡、韦应物、元稹、白居易、李商隐、杜牧、韩偓、温庭筠等唐代诗人，还是欧阳修、梅尧臣、王安石、苏轼、黄庭坚、陆游等宋代诗人，抑或是陶渊明、鲍照、徐陵、庾信等先唐古人，其诗歌接受最辉煌的时期基本上集中在明清之际；而点校、笺注、汇评、汇选他们诗集的绝大多数是江南文人。于是就有了这么一个基本的问题意识：在诗学接受史程中，对于上述诗人诗歌之传受，为什么会在明清之际的百年间达到顶峰？为什么又如此集中地体现在江南学者的身上？

围绕此问题，经多年思索，我在拙著《晚明江南诗学研究》中已有所收获：即从文化、文献、文本等角度出发，采用“抽丝剥茧”的方法逐层解析江南文学世家得天独厚的优势，进而探求他们在晚明诗史中的独特地位——在明清之际的诗学转圜中，他们是承上启下的关键环节，由此进阶到探索易代之际复古与新变的各种理论范式问题，眼前便呈现出一派开阔的视阈。比如笔者曾以苏轼诗歌接受为个案进行阐释：在文化层面上，出于钦慕苏轼的人格魅力，江南二十余学者陆续对东坡诗文别集等文献进行全面的整理，苏轼的诗歌最终也以文本的形式进入江南文人的接受视野。诸如参与《苏长公集》点校会评者，即有金陵焦竑、湖州茅维与闵尔容、秀水项煜与冯梦祯、阳羡陈于廷、钱塘钱士鳌与陈绍英、长洲陈仁锡与文震孟、太仓张溥，以及松江“十八子”社员张所望、徐长孺、唐文献等二十余人[①]。这次集中性的点校会评，时间大约在公元1605年前后；1606年，由茅维刻成《苏长公全集》七十五卷。也正因为江南文人对于苏集研究之深，他们发现了独得之秘——在晚明诗文领袖中，不少人是偷师苏轼的，以致钱塘虞淳熙总结为：“东坡临御，东坡者，天西奎宿也，自天堕地，分身者四：一为元美（王世贞），身得其斗背；一为若士（汤显祖），身得其灿眉；一为文长（徐渭），身得其韵之风流、命之磨蝎；袁郎（宏道）晚降，得其滑稽之口。”[②]由于当时文本传播只在有限的文人群体中，对于苏轼诗文的习得更是成为不宣之秘。明末清初江南出现了大量打着状元王十朋名号的苏诗“注本”（宋本有《王状元集百家注分类东坡先生诗卷》二十五卷，茅维删芟为“新王本”三十二卷；崇祯间梁溪王永积重印，1698年新安朱从延重刻），也透露着江南文人喜好苏诗、风气渐开的讯息。然而，即便在晚明苏诗接受的巅峰时刻——公安派风靡江南之际，由于当时文人更加关注苏轼谈论随性自适等文字，公安派的这种特别的喜好并未在江南形成广泛影响；江南诗人更加看重东坡的“小品文”，比如公安派的先导李贽（卓吾），就曾评点过《坡仙集》，焦竑赞曰：“卓吾先生乃诠择什一，并为点定，见者忻然传诵，争先得之为幸。”正是受李贽和金坛王肯堂（宇泰）的影响，焦竑序刻该书：“向余于中秘见苏集不减十余种，欲手自排缵为一编，未成而以罪废。顷王太史宇泰取见行全集与外集类次之以传，而以书属余曰：‘子其以卓翁本先付之梓人。’噫！学者读此而有得，而益因以读先生之全书，斯无负于两先生耳。”[③]再如与公安派中的小袁（袁中道）交好的出版家凌濛初，他于1602年刊刻《东坡禅喜集》，次年正月携至苏州，与秀水朱

① 张清河《晚明江南诗学研究》，第一章《文学江南与江南文学》，武汉大学出版社，2013年，第51页。

② 《袁宏道集笺校》附录三虞淳熙《袁宏道评点徐文长集序》，上海古籍出版社，2008年，第1716页。

③ 按：在李贽自杀（在1602年）后，焦竑于万历庚子（1600）夏所序刻《坡仙集》经篡改，将“卓吾先生”易名为“葵阳先生”，后文“卓翁”亦改为“葵翁”，也即嘉兴黄洪宪。黄氏曾主试江南，并提携举王思任等多位小品文作家高中进士，然绝非首评《坡仙集》者。焦竑李代桃僵之举极少有人指出，在此特别一提，以还原晚明政治文化生态。署有“葵阳”字眼的焦竑之序见日本内阁文库馆藏汉籍善本《坡仙集》卷首，书号3454。国内原序见《李温陵外集》卷三。

国桢、冯梦祯等舟中煮茗习读。在他们的影响下，江南文人钟情苏轼的率性文字，正如金陵焦竑刻《苏长公外集》自序云：“独长公洞览流略于濠上竺乾之趣，贯穿驰骋而得其精微，以故得心应手，落笔千言，坌然溢出，若有所相。”[①]这种倾向于“小品文”的祈向，即四库馆臣所谓的“空疏不学”，然仅就诗学而言，确有其客观上的消极影响。直到宋荦于1699年延请毗陵邵长蘅等补注并于委宛堂刊刻《删补施注苏东坡诗集》四十二卷、海宁查慎行1702年于香雨斋刊行第一本《苏诗补注》五十卷，苏轼诗集才真正得以推广，其传受高潮才最终到来。促成苏诗兴盛之因，恐怕很大程度上归结于学风的转变。

清初达到了苏诗接受的高峰，一个重要的原因是随着“实学”风气的兴起，江南学者在对苏诗的接受过程中更加重视文本的真实性、可阐释性。尽管邵长蘅仅用时半年便草率凑成南宋嘉泰间（1201—1204）施元之、顾禧合注、施宿补注的《注东坡先生诗》四十二卷，因之遭到后人诟病，然而针对市面上王十朋“伪书”流行，其纠偏于正的做法是值得肯定的；王友胜评邵氏删补《施注苏诗》之功绩云：“尽管由于邵长衡等人操作方法失误，致使此书的学术质量并不太高，并受到清代不少学者的批评，但它实为清人注释、整理苏诗文献的第一部著作，一改明末公安派倡扬苏诗止于选评、吟诵的现状，故得风气之先。”[②]1704年查慎行的注本，进一步巩固了施注苏诗的版本基础。此后还产生一系列的补注批注本（如纪昀1771年评点查氏《苏文公诗注》五十卷、翁方纲1781年撰《苏诗补注》八卷、桐乡冯应榴1795年辑《苏文忠公诗合注》50卷、仁和王文诰1819年辑《苏文忠公诗编注集成》46卷附《编年总按》45卷等），基本上是沿着宋荦（邵长蘅）、查慎行补注本的方向开拓的。由此看来，本着丰厚的地域文化底蕴，江南的文人学者率先倡导以苏诗为进路、以文献学版本学为根据“出唐入宋”，是明清之际诗学的基本走向之一。

在考察明清之际唐宋诗人的诗集版本流变、进而探究诗学规律的过程中，我们形成了一个轮廓式的印象：到了晚明，原本推尊盛唐诗学的后七子派由于机械复古，其作品大多不耐细读，其理论亦故步自封，失去了诗学活力，不得不引入“源头活水”，于是有了公安竟陵派。然而公安竟陵派“破”的功绩远大于“立”，由他们打破后七子“诗必初盛唐”的坛坫，将研究对象从李杜等扩展开来，下延至白居易、李商隐、苏轼、陆游等，但他们并没有从根本上提升这些诗家，解决模仿对

① （明）焦竑《澹园续集》，中华书局，1999年，第752页。

② 王友胜：《苏诗研究史稿》，岳麓书社，2000年，第197页。

象过程中的文献基础及理论建构等问题；而晚明江南诗家在踟蹰于后七子与公安竟陵两派之间的矛盾中积蓄学问、增长见识，出于世家文化的积淀，终于在清初由其家族的后继者继承点校笺注会评唐宋诗集的工作，完成了从诗必初盛唐到诗兼三唐两宋的跨越。等到朱彝尊（他是苏集的编撰者之一——松江状元唐文献的外曾孙）编选《明诗综》的时候，这个过程就差不多完成了。因此，已版拙著得出的最终结论是：

晚明江南文人群体对于古今诗学流变的探索，打破了公安竟陵垄断的坛站，直接启发了清代“江左三大家”甚至“六大家”的诗学理论及创作，为开辟清诗发展道路创造了先决条件。正如郭曾沂《论诗绝句》第一首所云：“王李钟谭变已穷，岭南江左各宗风。六家诗继三家起，盛世元音便不同。”[①]

从“三大家”（钱谦益、吴伟业、龚鼎孳）江南为盛，到“六大家”（施闰章、宋琬、朱彝尊、王士祯、查慎行、赵执信）南北分岐，某种程度上标志着清诗格局的形成；引文中郭诗所说的“江左宗风”，从接受史的角度可以理解为诗宗三唐两宋。明代七子派完成了盛唐诗歌的经典化，到了清初，中唐“大历十才子体”“白体”“义山体”“香奁体”以及苏（轼）陆（游）诗歌范式，基本上逐次开始得以广泛接受。但也有一些例外。有些晚唐诗人的作品因为比较类似于初唐“六朝体”，在以六朝古都金陵为中心的江南文人群中获得了时代的共鸣感，从而较中唐诸诗体率先进入接受视野，比如李商隐“义山体”、韩偓“香奁体”等，相较于以王士祯追慕韦（应物）柳（宗元）刘（长卿）、“昆山三徐”模仿白居易等可能要略早一些；此过程在晚明即已经开始了，诸如汤显祖、王彦泓等皆习得义山七律诗法。山阴宋长白引范箕生言，“义仍诗，情澜缛于用修，骨法苍于君采”，认为其诗兼有六朝初唐和晚唐体格，“诗在樊川、义山之间，而其名乃著于四梦”，“余谓明季多宗此派，实一时气运所关”。[②]清末汪辟疆甚至认为，“江左”素有研习初唐诗的传统，在明清之际七子诗学式微之际，诗宗初唐成为普遍风尚[③]，

① 张清河《晚明江南诗学研究》书末《余论》，武汉大学出版社，2013年，第529页。

② （清）宋长白《柳亭诗话》卷二，载张寅彭选辑，吴忱、杨焄点校：《清诗话三编》，上海古籍出版社，2014年，第178页。

③ 汪辟疆《近代诗派与地域》：“即论清初陈子龙、吴兆骞、吴伟业、陈维崧之伦，辞采艳发，声律精研，绍乐府清商之遗，承齐梁初唐之体，固已尽才人之能事，存江左之正声矣。”转引自赵宪章主编，李开、丁帆、张宏生副主编《南京大学百年学术精品 中国语言文学卷》，南京大学出版社，2002年，第153页。

汤显祖便是复古初唐的代表。然而，现代学者多认为清初江左“中晚唐”诗风兴起才是更显著的表征，尤其是李商隐等诗人在明末清初得到了普遍的认同，参阅民国“船山学社”社长王礼培的诗话可见一斑：“钱牧斋七律专学李义山，起结照应，左瞻右顾，一丝不乱”“吴梅村亦源晚唐，垢腻甚矣，非惟俗也。曼柔移于壮夫，衬贴等于窗棂”“冯定远以性情说诗，亦源出晚唐者也。”①……值得注意的是：王礼培认为，宋诗直至康熙一朝也只有少数人在提倡（详见后文引证），然而对于苏轼诗歌的倡导，早在明末虞山钱谦益甚至更早的公安派老大袁宗道、“后七子”领袖王世贞手中就已经开始了。我们综合分析清初的诗学资料后也认为，苏轼等个案并不能完全代表宋代诗人的接受情况，晚明江南文士整体上还是以宗唐为诗坛的绝对主流；而清初江南诗人走上唐宋诗经典化的道路，大体上还是按照突破“后七子”格局、大致以先三唐再两宋的发展顺序推进的。基于此，我们大致认同王礼培《论清代流派》一文的总结，他说：

清代之诗，莫盛于康熙一朝，太湖明珠之遗逸也。辄有二派：叙述平贴、不事富美，源出中唐为一派；韵调秀发，力求新颖，源出晚唐为一派……习为中唐者，若宋初之王元之（禹偁）、苏子美（舜钦）、欧（阳修）、梅（尧臣）之流，杜于皇（濬）、孙豹人（枝蔚）、龚芝麓（鼎孳）、朱竹垞（彝尊）、施愚山（闰章）、宋荔裳（琬）、周栎园（亮工）、陈元孝（恭尹）诸人是已，而王元美（世贞）晚年屏去盛唐，实开其先；习为晚唐者，为宋初之钱思公（惟演）、刘子仪（筠）《西昆酬唱》之编，冯定远（班）、吴梅村（伟业）、顾黄公（景星）、李良年（符）诸人是矣，而钱牧斋（谦益）实开其先。何义门（焯）之评《唐音》戊丁两签，纪晓岚（昀）之评《瀛奎律髓》，皆主晚唐者。两派风起云涌，时则有若娄东十子，黄忍庵（与坚）为之冠；燕台七子，丁药园（澎）为之冠。江左三家，钱蒙叟（谦益）为之冠。王阮亭（士祯）、宋荔裳（琬）、田山姜（雯）、王秋史（苹）、徐东痴（夜）同时称雄江（按：疑是“山”字之误）左；西泠十子，亦以丁药园冠，陆丽京（圻）、毛驰黄（先舒）又其匹亚。余若梅藕长（庚）有“宣城体”，潘稼初（耒）有《三布衣诗》，又有吴汉槎（兆骞）、王楼村（式丹）、顾茂伦（有孝）、钮玉樵（琇）、叶已畦（燮）、王于一（猷定）、徐巨源（世溥）辈，各以诗名，大率不出于中唐。自谓能师少陵、争持坛坫者，钱牧斋（谦益）、

① 王礼培：《论清代流派》，《船山学报》，1936年第1期“讲演”栏，第13、14、15页。

吴梅村（伟业）、冯定远（班）、王阮亭（士祯）名最盛……习宋派者，仅查初白、厉大鸿孤鸣其间。初白俭吝而芜缓，大鸿狷细而虚憍，于苏黄之超群绝类、钩深致远，尚在门墙之外，更不足道矣。[①]

王礼培的对于明清之际诗家普遍宗法中晚唐的结论，早在80年前就作出了；按照胡适的说法，这个“大胆假设”尚需“小心求证”，而笔者所做的工作，便是翻检以上诸家的诗文全集，并详细参考清初有关诗学资料来印证他们对于中晚唐诗的传播接受，以及对于宋代名家诗歌的初涉与渐染。通过大量原材料的搜集整理，我们得出了和他差不多的结论：顺康之际，由于云间派影响还在，七子诗学势力犹存，然而娄东派、虞山派或倡导中唐白体、或偏好西昆体，其他诗学群体（诸如广陵、毗陵、宣城诗学群体）扬弃“后七子”诗学理论，一方面排斥宋诗流滑之弊，另一方面吸取中晚唐诗的表达技巧，创造了所谓“梅村体”（吴伟业）“盫山体”（方文）“玄恭体”（归庄）“宣城体”（施闰章）等全新的诗体样式，从而清除了“公安竟陵派”学宋元或晚唐诗或滑易或生涩的影响。康熙年间，随着施闰章、王士祯等入京任职，“宣城体”“神韵体”扩大其影响，“王孟韦柳”诗风激荡；康熙十八年，伴随博学鸿词开科取士，江南诗学“名士”纷纷入彀，整个诗坛分为两股势力，即前朝遗民和新朝文吏。原本的一些组合纷纷解散或重组，比如在淮扬，有“余杜白”之称的余怀与杜濬坚持“诗史”写作，而白梦鼐虽因魏象枢推荐，与试不第，仍得以出仕；号称“岭南三大家”的梁佩兰亦参与了下一科的会试，并结交翰林院的王士祯，而流寓江南的陈恭尹与屈大均坚守其遗民立场；其他诸如“海内三布衣”的朱彝尊、严绳孙应试高中，姜宸英落选；“江左三凤凰”彭师度早逝[②]，陈维崧入试，而吴兆骞则因此前科场案中交白卷被流放至宁古塔……其

---

① 王礼培《论清代流派》，《船山学报》，1936年第1期，第12—13页。1987年今人复刊整理再载，文字略有改动，第108页。

② 据杨钟羲所述，彭师晋既是“云间六子”彭宾之子，也是朱彝尊之表叔，其外（曾）祖父即松江状元唐文献：“梅村目迦陵、汉槎及华亭彭师度为江左三凤凰。师度字古晋，号省庐，为唐宗伯文献外孙。宗伯昕居占星堂，在松江城南。竹垞酬省庐诗：艾家桥北论交日，回首星霜十九年。祇向天涯相送老，新诗读罢一凄然。”（清）杨钟羲：《雪桥诗话全编》，人民文学出版社，2011年，第121页。

他晚明文学世家之子弟亦纷纷入仕[①]，组成了所谓的“金台十子”等……整个江南文学界被整肃一新。在当时，作为遗民领袖的黄宗羲提出“竟陵学王孟而失之也，公安学元白而失之也”[②]，“天下皆知宗唐诗，余以为善学唐者唯宋”的新观念[③]。与黄宗羲相砥砺的吴之振、吕留良等编辑发行《宋诗钞》；随后以查慎行、厉鹗为首的后继者扛起了宗宋的大纛。而统治者提倡“盛世广大清明”的唐音，刻印了《全唐诗》。与之桴鼓相应的是诗学界所谓的“唐宋诗之争”，促进了唐诗学与宋诗学的深层演进，无数诗人卷入其中，或操持选政，或笺注唐宋著名诗家别集，这些举措大大促进了唐宋诗学的发展——这便是本书按照文学意义上的“时间”与“事件”交织起来的经纬。

本书的结论是：在明清之际江南诗学一体化进程之中，中国古典诗学集成性特征凸显，主要表现为接受史意义上的唐诗经典化与宋诗学问化。课题之宗旨概为一句话：怀谦卑之心，成艰难之事；通明清之变，成一家之言。由于工作量甚巨，加之博士毕业十年至今仍是讲师，俗务分心导致校改工作时断时续，错误之处在所难免，敬请海内外方家学者多多批评指正。

第二节　研究现状综述

目前有关明清之际的唐宋诗接受史研究著作、专业性论文较多，但阐释明清诗学一体化进程以及“出唐入宋”接受史程的专著相对而言较为稀缺。现将可资借鉴的成果，共分为四个层面列举如下。

首先是来自于新世纪以来二十年“接受诗学”的理论成果。

世纪之交，借助西方现代接受美学的视角来研究中国古代论的尝试和做法，以

① 按：该科取士甚众，一半进士为江南文人，诸如“扬州诗群”的邓汉仪被授中书舍人，西泠诗派的高士奇、“太仓十子”之一的黄与坚、江西临川李来泰，湖州陆棻、望江龙燮、萧山毛奇龄、海盐彭孙遹、吴江潘耒、宝应乔莱、无锡秦松龄、淮安丘象随、休宁汪楫、长洲汪琬、江都汪懋麟、秀水徐嘉炎、无锡严绳孙等皆考中。这些人在后文均将提到。

② （明）黄宗羲：《黄宗羲全集》第10册“序类”《寒村诗稿序》，浙江古籍出版社，2012年，第56页。

③ （明）黄宗羲：《黄宗羲全集》第10册“序类”《姜山启彭山诗稿序》，浙江古籍出版社，2012年，第60页。

及借鉴文艺美学理论来推进文学史理论的研究较为普遍，由此也产生了一批成果。主要有陈文忠《文学美学与接受史研究》、邓新华《中国古代接受诗学》、邬国平《中国古代接受文学与理论》等。这几位学者的观点各有偏重。陈文忠《文学美学与接受史研究》，1998年安徽大学出版社首次出版，2008年安徽人民出版社再版，该书按内容分为三编：前两编探讨文学美学问题，第三编是文学接受史研究的专论，延续了其在《文学评论》1996年第5期上发表的观点："接受美学是接受历程的逻辑概括。只有真正深入中国诗歌接受史的各个环节，才能真正建立起中国诗歌的接受阐释学。"邓新华《中国古代接受诗学》，2000年武汉出版社出版，较早涉及中国诗学的理论构建问题，针对中国古代接受诗学的历史流变以及各种观点作了梳理和阐释，试图把中国早已存在的接受诗学思想进行系统化、逻辑化。该书于2012年经作者稍作改动，由上海人民出版社出版其《中国古代诗学接受史》。其间的个别章节编入华中师范大学出版社2007年出版的《古代文论的多维透视》一书中。他呼吁"建构有民族特色的中国接受诗学"，探讨了利用西方接受美学的思想"重建中国古代接受诗学的可能性"[①]。他说，从理论总体的高度来看，中国古代接受诗学具有三个最根本的特征：早熟性、圆融性、累积性。其中"品评"为主的范式批评、"品第"优劣的"原型"模式、"比喻拟象"的诗性言说方式，均可以进行认真的挖掘和总结。蒋济永《过程诗学：中国古代诗学形态的特质与"诗—评"经验阐释》，中国社科出版社2002年出版，该书尝试以西方接受理论的经验来解读中国古代诗歌；稍后有邬国平《中国古代接受文学与理论》，黑龙江人民出版社2005年出版，该书旨在"从读者接受视野研究中国古代文学及文学批评，探寻文学评价和审美差异源自读者的原因，发掘和总结古代贤哲关于接受文学的思想理论及批评实践的经验。"但实际上，后者所谓"古代圣哲"仅选择了七八家，即朱熹、归有

① 邓新华说："中国古代文论中本来就存在着极其丰富极有价值极有民族特色的文学接受思想，存在着一个潜藏的接受诗学体系，因此研究者以西方现代接受美学为参照对这些思想材料进行清理、掘和总结，进而重建富有民族特色的中国古代接受诗学就是完全可能的。应该特别指出的是，我们提出以西方现代接受美学为参照来审视中国古代的文学接受思想，其目的绝不是将中国古代的文论思想作为西方接受美学的印证，而是为了建构有民族特色的中国接受诗学。"《古代文论的多维透视》，华中师范大学出版社，2007年，第142页。

光、李贽、竟陵派、金圣叹、王夫之和常州词派等，表现出一种务实的态度[①]。另外，合著有尚学锋、过长宝、郭英德等的《中国古典文学接受史》，山东教育出版社2000年出版。该书系国家社会科学“九五”规划项目结项著作，曾礼军称之“是第一部也是目前唯一一部以接受史命名的通代文学接受研究著作”[②]。内容涉及研究者的作品阐释、批评及其作家论、鉴赏论、风格论等方面的探究。此外，许多高校教师参编了“接受诗学”方面的合著，以中国传媒大学出版社2011年版、周圣弘编《接受诗学》等为代表。

综观以上学者的学术取向，正好代表了“接受诗学”建构过程中的三种态度。大致而言，陈文忠本着“中为体、西为用”的观念，强调进入诗歌接受的过程史各环节的建构；邓新华则认为可以“理论先行”，即先完成“接受诗学”的理论建构，然后在其指导的基础上再来完成古代诗歌接受史进程的现代阐释。蒋济永、邬国平等大概本着“摸着石头过河”的原则，以西方读者接受理论为地标，以“古代贤哲”的若干思想为基石，或选择传统的“诗文评”作拓展研究，或重点选取陶渊明、李白、杜甫接受史作个案研究。本书作者认为：“接受诗学”的建构是一个长期的过程，“进入过程史”则更是繁复浩大的工程，以现在的学术条件来看，既不可能如陈文忠先生所说“深入中国诗歌接受史的各个环节”（从1996年《文学评论》发表该观点，至今22年，这方面的研究仍处在探索阶段），也不可能像邓新华教授所说的那样进行“宏观建构”，只能沿着邬国平先生指示的路径，做好若干重要作家的诗歌美学接受史的研究，集小成以致大成。

其次是来自于“接受诗学”唐宋诗整体研究、群体研究的成果。

陈文忠先生提出建设“接受诗学”之宏伟体系虽然进展缓慢，于他本人而言已有一些阶段性成果。2008年在其由安徽人民出版社改版的《文学美学与接受史研究》一书中，他提出“诗歌接受史”是古典文学接受史的大宗，除大量单篇作品接受史外，还有“经典组诗”和“经典选本”的接受史。如陶渊明的《形影神三首》《饮酒二十首》、王维的《辋川集》、杜甫的“三吏”“三别”和《秋兴八首》、苏轼的《和陶集》等等，这批组诗整体流传整体接受。叶嘉莹的《杜甫秋兴八首集

① 邬国平说：“一个人精力、时间、知识均有限，先集中精力研究解决文学史、文学批评史上具体而关键性的一些问题，为撰写文学史或文学批评史打下基础；这些都是研究者的经验之谈，可资我们从事接受文学史研究的参考。”邬国平《中国古代接受文学与理论》，黑龙江人民出版社，2005年，第16页。

② 曾礼军：《古代文学的文化批评与学术反思》，黑龙江人民出版社，2016年，第174页。

说》作为接受史的前期成果，虽尝鼎一脔而叹为观止。日本学者长谷部刚《从“连章组诗”的视点看钱谦益对杜甫<秋兴八首>的接受与展开》一文，也为中国同行提供了有益参照。但有一点我们必须有清醒的认识：对于选择一些知名作家的一组经典作品来进行切片式研究，或是某些经典的单篇作品的跨代研究，是老一辈学者的创作体验。他们身上具有后人不具备的素养：创作素养与鉴赏素养。除了上述叶嘉莹先生《秋兴八首集说》以外，像程千帆先生发表于1982年第4期《文学评论》上的知名论文《张若虚<春江花月夜>的被理解与被误解》，现在已经鲜有人能够这样研究了。那是前辈的“独门秘笈”；不具备这个浑厚功力，如果勉力为之，可能会走火入魔。（程门弟子张伯伟先生新作《宫体诗的“自赎”与七言体的“自振”：文学史上的<春江花月夜>》，在老一辈学者的治学基础上又有新见，参《文学评论》2018年第5期）

目前阶段性、群体性研究主要是分朝代和流派进行的。唐诗研究是古典文学研究的重中之重，张毅博士的《唐诗接受史》2012人民文学出版社出版，该书选择了“唐诗接受史”这一新颖角度，考察了唐诗自宋代至清代的影响和接受情况，细致而又宏观地探讨和总结了各个时代的主张和特色，讨论了唐诗魅力在不同语境下的反响，较有学术价值。（顺及：时隔两年，复旦大学出版社出版了张毅的《陆游诗歌传播、阅读研究》）常熟理工学院张浩逊教授《唐诗接受研究》2010年由浙江古籍出版社出版，这是一部研究唐诗接受、传播、影响的学术专著。全书分四编二十二章：“甲编”四章，分述唐代四大诗人的诗歌在唐代社会的接受盛况，借此可以明了唐诗早期接受的情状和特点；“乙编”十章，介绍自宋至清的九位作家与唐诗的关系，从中可以看出唐诗强大的影响力和广泛的接受面；“丙编”四章，论述现当代文学史上的四位名人对唐诗的推崇、吸纳和运用，意在说明唐诗的魅力并不因时代、社会的变化而有所减弱；“丁编”四章，研究现当代四位学者是如何研究唐诗的。笔者认为：这种板块分割的方式便于组建一个研究结构；但同时也容易被人解构。此外，尚有吉林大学沈文凡著《唐诗接受史论稿》，2014由北京的现代出版社出版。选择唐代一个时段作“中观”研究的著名学者，当属尚永亮老师，其《中唐元和诗歌传播接受史的文化学考察》之下卷由武汉大学出版社2010年出版，尚老师书中提出：大部分的创作群体的创作的价值，并不是在产生之时就全部显现出来的，有不少是在作者身后才被逐渐发现甚至是被附加的，这种发现和附加是一个一个动态的、与时俱进的过程。因此我们对研究对象的把握也不应是孤立和静止的，更不该是断章取义、主观臆断的；而应该用动态的、历史的眼光去考察。由此，读者在文学史中的作用得以突显，一种由作者、作品、读者三方构成的动态文学史观得以形成。在该书中，尚老师选择元白诗派、韩孟诗派、刘柳诗歌和张王乐府这四大流派（或群体、整体），逐次展述它们在中晚唐、宋元明清的传播接受状况，分析说明各时代选择性接受其诗歌的社会背景和文学动因，其体大，其思深，为我们展示了“接受诗学”的研究魅力。近十年来，沿着张浩逊、沈文凡、尚永亮等教授指示的方向，不少博士以诗歌流派的传播接受为研究内容，撰写了大量的硕博士论文，以齐鲁书社2015年出版刘磊《韩孟诗派群体接受史论》等为代表，兹不赘述。

由于清诗与唐宋诗有比较明显的继承关系，探讨清代唐宋诗接受的专著不胜枚举。我们大致搜罗一番，在选本研究、唐宋诗之争等领域内比较集中。早在2002年，上海三联书店出版邹云湖《中国选本批评》，该书共分六章，对中国古典文学选本的产生及其与当代文学思潮、文学批评的关系、批评原理、机制、方法等问题进行了全面的梳理和研究。清代作为选本之学最为发达的朝代，自然受到了学者的关注。贺严和韩胜出版了同题的《清代唐诗选本研究》，前者由人民出版社2007年出版，该书从以下四个方面进行探讨：一、唐诗选的历史发展以及清代唐诗选的概况；二、唐诗选本与清代社会；三、唐诗选本与诗学思潮；四、以评点为主要特征的唐诗选。后者由中国社会科学出版社2010年出版，作者对清代现存300余种唐诗选本进行总体研究，在清代诗学的发展、清代唐诗的接受与普及、清代学术与清代诗学的关系等诸多方面，都进行了深入细致的研究与探讨。上海古籍出版社2011出版谢海林《清代宋诗选本研究》，该书分为上篇和下篇，内容包括：宋诗选本概述；清代宋诗选本与江南文化；从宋诗选本看清代宋诗学之演进；《宋诗会》研究；《宋诗纪事》编纂研究等[①]。该书系其2010年南京大学博士学位论文，同题同年还有苏州大学高磊亦曾撰文。2016年上海师大提交了张敬雅的博士论文《清代唐诗总集序跋研究》。2017年，苏州大学出版社出版了由马卫中教授主持编撰的“清人选诗总集研究”丛书，包括：魏强《清人选唐诗研究》、高磊《清人选宋诗研究》、尹玲玲《清人选明诗研究》、刘和文《清人选清诗研究》四种。

清代唐宋诗之争曾是清诗研究的热点问题，从岳麓书社1984年出版齐治平《唐

① 宋诗选本集中在清初江南刊刻的现象，曾有许多学者指出。参马卫中、高磊《论清人编宋诗选本的地域不平衡性》，《苏州大学学报》，2012年第5期。

宋诗之争概述》，到人民文学出版社2012出版王英志《清代唐宋诗之争流变史》，这一问题最终汇集成专题史，对清诗研究格局形成了巨大影响力，以南京大学廖启明《清初唐宋诗之争研究》（2013D）等为代表，说明这一问题仍有深入挖掘的可能性。在这二十年间，至少有十篇硕博学位论文探讨过清代的唐宋诗之争话题，诸如苏州大学张湘君《清代宋诗派及宋诗学的生成与发展》（2005C），苏州大学张丽华《乾嘉时期唐宋诗之争流变研究》（2008D），黑龙江大学李慧芝《清代文学批评史唐宋诗之争个案研究》（2009C），苏州大学郭前孔作《清代晚期唐宋诗之争流变史》（2009D），苏州大学赵娜《清代顺康雍时期唐宋诗之争流变研究》（2009D）等等。

有关清代宋诗派研究的专著，近来亦逐年增多。早在1997年，东方出版社出版张仲谋著《清代文化与浙派诗》，该书侧重乾嘉诗人的宋诗学研究；2008年陕西人民出版社出版侯长生著《同光体派的宋诗学》；2012年中国社会科学出版社出版张剑、易闻晓著《道咸“宋诗派”诗人研究》，同年山东大学周芳发表了题为《道咸宋诗派研究》的博士学位论文。道咸宋诗派是晚清诗史上很有影响的诗歌流派，它前承乾嘉诗人学宋思潮，后启同光体派，在诗歌理论和诗歌创作方面都取得了较大成就。至此，清代三个较为集中的宋诗派均有专著出版。而湘潭大学的李剑波教授长期致力于宋诗派研究，他在2007年岳麓书社出版的《清代诗学话语》的研究基础上，构建“清代宋诗学范式”，并于2015年由中国社会科学出版社出版专著《清代诗坛宋诗范式的重建与创新》。该书提出：康熙初为宋诗范式的发现期，雍乾之际出现浙派，为宋诗范式的重建期；乾嘉时期有了肌理派和桐城派，为宋诗范式的融合期；道咸同光时期出现“同光体”，为宋诗范式的新变期。顺及一部“断点式”勾勒诗史的著作：王顺贵《明清及近代诗学演进史稿》，江西人民出版社 2010出版。该书对明清及近代诗学的演进变化予以了详细阐述，以点带面，富有新见，探讨了谢榛、钱谦益、王士祯、沈德潜、薛雪、王国维等诗歌理论研究的热点问题，为我们勾勒了明清及近代诗学演化的脉络。

综观以上学者有关“接受诗学”唐宋诗整体研究的学术取向，我们大致可以得出如下结论：其一是诗歌接受领域里的较为重要的现象大多都研究得比较透彻了。诸如选本研究、唐宋诗之争研究等，近年来的成果呈现出饱和的趋势。其二是对于清代诗人的流派或群体对唐宋诗接受的倾向已经初步认定。比如说云间派对于“后七子”宗唐诗学的继承，沿袭了其推尊初盛唐诗风的主张；而虞山派渐由初盛唐转移至全唐，尤其是“海虞二冯”偏向晚唐，形成清初的“诗话三绝”。（冯班《钝吟杂录》、吴殳《围炉诗话》、贺裳《载酒园诗话》）娄东派及其后继者“太仓十子”偏爱中唐元白体。稍后的诗坛领袖王士祯偏向盛中唐的王、孟、韦、刘、柳山水清韵，固守苏州诗苑的叶燮取径中唐韩孟诗派……到了乾隆初，这些流派或群体经叶燮弟子沈德潜、薛雪等结穴为“格调派”。康熙间王士祯一度由宋诗转向唐诗，而与之齐名的朱彝尊则相反，晚年蛰居秀水，诗风趋宋，从而衍生出浙派来。其三是在整个顺康之际的诗坛主流基本明晰，中晚唐诗风占据了半壁江山。有关这一点，我们在综述中只是顺提，将在后文章节中用几十万的文字材料予以详细阐述。

再次是来自于唐宋诗“接受诗学”个案研究取得的丰硕成果。

主要集中在李白、杜甫、王维、苏轼、李商隐、韩愈、李贺、孟郊、陆游、黄庭坚、严羽、刘克庄等知名作家的个案研究上。我个人一个总的感受是：给有关接受诗学个案研究作价值判断，并作出最好诠释的仍是尚永亮老师，其专著《中国古典文学的接受理论与实践》，由台北新文丰公司2016年出版。该书提出：文学的历史本质有赖于接受者的接受而得以体现，文学史的景观由于接受史的不断延伸而得以丰富。该书选择中国文学史由先秦至现代若干典型个案，将接受理论与接受史实际相结合，重在发现问题和解决问题，以期通过研究，由点及面，见微知著，突出特点，总结规律，从一个新的角度获得对重要文学史实的再度认知，对部分缺失环节的有效补充。

新世纪以来，唐宋大家的接受史个案研究可谓开展得如火如荼。2000年，台湾五南图书出版公司出版了杨文雄《李白诗歌接受史》；此后相当长的一段时间内，古典诗人传播接受史研究论著纷至沓来，成为古代文学专业博士、硕士学位论文的选题热点。王友胜系列论文《苏诗早期流播研究》（2000年《阴山学刊》）和《明人对苏诗的接受历程及其文化背景》（2000年《南昌大学学报》）开启了宋代大诗家苏轼在明清传播接受的研究之门，他在2002年《文学评论》上发表《关于苏诗历史接受的几个问题》，更是一鸣惊人。无论是唐代的李杜，还是宋代的苏陆，其在清初的接受资料可谓汗牛充栋；这也成为一些硕博论文取材的来源。模式一旦开启，其他相应作家的“量产”随即而来。缘由既明，“一网打尽”式的罗列甚无必要，以下择其十余个案略述之。

在所有个案研究中，“杜诗学”接受研究是最为突出的，其中有较复杂的历史原因，即笔者将在后文逐层展开的论述，我们权且一言概之——“杜诗学”是清诗发展的逻辑起点——在正文中我们将作详细论证：清初中晚唐诗学接受，正是由“杜诗学”开启的。此领域是一方开辟已久的阵地，诸如2003年，安徽大学出版社即版胡可先先生《杜甫诗学引论》。而作为杜诗研究专家的张忠纲先生推出了多部专著，如《杜集序录》（齐鲁书社2008）、《诗圣杜甫研究》（上海古籍出版社2015）等。上海大学出版社2007年出版蔡锦芳《杜诗版本及作品研究》，时隔八年，2015年浙江大学出版社又推出了近著《杜诗学史与地域文化》；全书共收清代杜诗学文献410余种，著者通过更为细致深入的钩考索，补充了很多前人遗漏失载的文献。该书在侧重著录文献的同时，还尽量对清代杜诗学文献的版本、收藏、著录以及今人的研究情况等予以介绍，这就为研究者进一步考索提供了很大便利。此外，专攻杜诗学的专家还有山东大学的孙微教授，齐鲁书社2004年出版其《清代杜诗学史》，该书收录了有清一代重要的杜诗学专著序跋，以及散佚在清人别集及其他相关文献中的杜集序跋，反映了清代杜诗研究的进程和盛况，为学界深入认识清代杜诗学的研究成果提供了基础的文献材料。时隔三年，凤凰出版社2007年出版其《清代杜诗学文献考》。该书共分六章，内容包括唐宋杜诗学文献研究述略、金元明杜诗学文献研究述略、清代杜诗学文献研究述略、杜诗校勘学研究、杜诗注释学研究等。又三年，孙微《杜诗学文献研究论稿》2010年由河北大学出版社出版，该书描述了清代杜诗学发展的历史过程，评述了所取得的成就以及清代文禁对杜诗学发展的消极影响，对大量清代存佚杜诗注本及其著者的生平概况进行了考证。人民文学出版社 2017年出版其新著《清代杜集序跋汇录》，与其第一本杜诗学专著已隔13年之久了。……以上说明杜诗研究至少是一部分学者毕生躬耕的领地。此外，近十年来个人专著层出不穷，如齐鲁书社 2008年出版孙微和王新芳著《杜诗学研究论稿》，十年后扩充为《杜诗文献学史研究》，2018年科学出版社出版；中国社会科学出版社2012年出版吴中胜《杜甫批评史研究》、东方出版社2015年出版左汉林《杜甫与杜诗学研究》……这说明：在杜诗的接受研究畛域内，仍然存在着一方可资反复耕作的学术沃土。

杜甫以外，唐宋大家在清代的接受研究亦方兴未艾。2004 年，四川出版集团出版王明见《刘克庄与中国诗学》一书，注意到刘须溪以“点评”开启的明清诗学评论新模式。上海古籍出版社 2007 年出版景红录《刘克庄诗歌研究》，该书是关于研究“刘克庄诗学”的专著，探索：刘克庄关于唐诗风格三种范型，研究其在江西诗派体系建构中的贡献。2004 年，安徽大学出版社出版刘学楷教授的《李商隐诗歌接受史》，分上中下三编。上编：李商隐诗的历代接受概况；中编：李商隐诗的阐释史；下编：李商隐诗对前代的接受及对后世的影响，在这一编中他大致认为李商隐为代表的“西昆体”对于明、清各自诗学走向具有奠基性的影响。2007年，中华书局出版了米彦青的《清代李商隐诗歌接受史稿》，该书详尽地阐释了李商隐诗歌在清代不同时期呈现的表述样式，运用接受理论对清代李商隐的接受作了宏观的研究和个案分析，进一步梳理了清代诗史上对李商隐诗歌的接受。李商隐诗歌接受，一直是学界关注的热点之一，直至2018年，尚有上海古籍出版社出版刘青海《李商隐诗学体系研究》。白居易诗歌之传受，则有陈才智《元白诗派研究》，社科文献出版社2007年版；武大出版社2010年版尚永亮师《中唐元和诗歌传播接受史的文化学考察》（上下两编），前已述。2014年，江西人民出版社出版肖伟韬兄《白居易诗歌创作考论》；2017年，上海古籍出版社出版汪国林《宋初白体诗研究》；辽海出版社出版曾广开师《元和诗论》，这些著作中均包含有白诗后世传播方面的考察。王维方面：袁晓薇编著《王维诗歌接受史研究》，安徽大学出版社2012出版；该书包括唐、宋、元、明、清各代文人对王维诗歌的接受研究，以及王维诗歌名篇的接受研究状况等章节。2016年，三联书店出版师长泰《王维诗歌艺术论》。王维诗歌年会每两三年出一期《王维研究》，目前刊至第八辑，笔者此前亦曾提交与会论文。再如郭娟玉《温庭筠接受研究》，由万卷楼图书股份有限公司2013年出版，等等。此外，某些唐宋大诗家个案研究中也包含部分接受史内容，如张馨心《高适研究论稿》2014年由民族出版社出版；上海的学林出版社2009年出版胡淑娟《历代诗评视野下的李贺批评》，她指出：“清代对于李贺诗歌艺术的继承与明代也有不同之处，一方面是一些诗人们仍然热衷于李贺的诗歌艺术，一方面李贺已经成为一种文学体例的代表，喜欢的固然喜欢，不喜欢的也持坚持态度。据不完全统计，有清一代对李贺提出批评者有近150人之多，居历代之冠，应该是李贺对清代影响最有说服力的证明。”2010年凤凰出版社刊行了李德辉著《李贺诗歌渊源及影响研究》，对李贺诗歌清代接受的情形作了更为具体的描述。对于张王乐府研究者，新著有于展东《张籍王建体研究》，2017年中国社科出版社出版。另外，韩孟诗派诸大家的传受均有人研究，诸如安徽大学出版社2012年出版吴振华《韩诗艺术研究》，人民文学出版社2007年出版齐文榜《贾岛研究》、巴蜀书社2009年出版罗琴与胡嗣坤合著《李颀及其诗歌研究》、河南大学出版社2010出版焦体检《张籍研究》、中国社会科学出版社2014年出版范新阳《孟郊诗研究》、光明日报出版社2014年出版冯淑然《顾况及其诗歌研究》……一批新著陆续上架；更不用说百余篇硕博论文尚未出版，诸如笔者所知广西师大李亮博士 2010 年发表的《刘禹锡诗歌两宋接受史研究》、南开大学张弘韬博士 2014 发表的《清代的韩愈诗歌研究》等依旧“待字闺中”。

清初诗坛总的趋势是“出唐入宋”，少数宋诗大家、名家亦成为时人接受的重点对象，这方面的新著亦陆续增多。苏轼为宋诗第一家，王友胜教授有多部专著出版，如中华书局2010年《苏诗研究史稿》等。2017年，巴蜀书社再版谢桃坊先生《苏轼诗研究》。此外，黄庭坚、陆游、范成大诗歌之传受，亦广为人研究。2009年，江西人民出版社出版了邱美琼所著《黄庭坚诗歌传播与接受研究》；2012年，中国人民大学出版社出版陈伟文《清代前中期黄庭坚诗接受史研究》，该书以黄庭坚在清代前中期的接受作为论题，对其诗歌在清代的遭际以及评价、接受过程中突显的清代，乃至整个中国诗歌史的演变加以讨论和揭示，选择清代几位重要人物，结合各自的诗文集，以及自身的心态等加以分析与论证，具有一定的参考价值。2012年，花木兰出版社出版宋邦珍《陆游诗歌研究》，2014年，复旦大学出版社出版张毅《陆游诗歌传播阅读研究》，2017年，花木兰出版社出版蔡心瑀《清代宋诗选本之陆游选诗研究》，等等。

综观以上学者有关“接受诗学”唐宋诗家个案研究的学术取向，我们大致可以得出如下结论：其一是此类专著的数量是相当可观的，但多数新著缺乏“瞻前顾后”的诗史研究视野。我们认为：“传统诗学的现代转型”研究的一项重要内容，既是充分总结传统诗学的优秀成果之需要，也是将清代集成性质的诗词研究成果转化为新时代的文学遗产并且最大限度发挥其产能的需要，这是这类作品层出不穷的内在动因。高校中文系研究生的量产，催生出大批的学位论文，个案研究无可否认的是最好的论文切入口，这是此类批量之作“面世”的客观环境；但是“量产”是否合格，有待历史检验。因此张晖评价说：“（诸）如讨论李白、杜甫、苏轼、辛弃疾在明清的接受等，平心而论，经典作家、作品在明清的接受史、传播史或作家作品如何被经典化等问题自有价值，但其研究价值不会因为李白、杜甫的伟大而不证自明，仍需要根据其研究的具体问题来加以最终判断。如今相关研究已经太过泛滥，研究模式趋于雷同。倘若站在元明清近代诗文研究的立场上来说，多数接受史的研究除了文献资料属于元明清近代之外，其问题意识基本与文献所属的历史时期毫无关涉。”[①]其二是这些个案研究的质量是良莠不齐的，而且呈现出“莠多良少”的现状，尤其缺乏学术精品。一方面，是目前的学术界客观存在着急功近利的风气，三年一转的“项目”“课题”或者硕博士“工作站”，“泛文化研究”下学术沉潜的缺失等均是内因。另一方面，大量研究的结构框架呈现出片面性和单一性并存的章节式罗列，导致写作中呈现出浅层次的材料堆积，未能形成融会贯通的、一气灌注的学术观点。我们打个比方来描述其这类个案研究的单一性、机械性——类似于开了一个中药铺子，拉开一个个抽屉，充满了各种药材，却拿不出一个个良方来——这种情形相当普遍。倘使不追究个案与个案之间的关联，又怎能摸索其间的规律，考察出其诗学价值？其三，最为紧要的是目前的个案研究紧缺“量变到质变”的专著，在这些个案研究中除了少数专家，诸如张忠纲、孙微等先生的杜诗接受研究、尚永亮老师的元和各诗派的接受研究、王友胜教授的苏诗接受研究、李剑波教授的宋诗范式研究等等，多数学者很难做到“史识”与“史才”兼而有之，不少著作仅仅停留在材料列举或现象罗列的层次，随着“数量”的增加，“质量”反而普遍下降。不少硕博士学位论文之撰述，或多或少存在这方面的问题。随着“大数据”时代来临，应该说，我们这一代中青年学者较前辈学人拥有资料搜集方面的优势，理应出新；即便不能跨越前人，起码也可以做深入的补充，诸如刘学楷先生的“李商隐接受史”堪称经典研究，然而米彦青博士的论文亦能在此基础上别开生面。我们期待这样的精品学位论文多起来，能够“致广大而尽精微”。

最后是来自于清代诗学集成性研究（包含接受诗学）所取得的丰硕成果，涉及地域、流派、世家各方面的研究；诗学生态、士人心态研究；诗学思想、诗学源流、诗话学研究等等。

如果我们打开期刊网，将内容为历朝历代诗文研究的论文数量进行比对，就不难发现一个基本事实：清诗研究在新世纪已经成为整个古代文学研究最快的增长极之一。这在专著撰述方面也有所体现。

首先是一批上世纪的知名专著得以在本世纪再版。比如浙江古籍出版社2002年再版了严迪昌先生的《清诗史》，作者后记略云：增补的部分“所涉多为雍乾年间地域诗群，并大抵以人文生态为审辨视角，探索所谓‘盛世’诗人悲慨寂寥之心”。人民文学出版社2004年再版了刘世南《清诗流派史》，该书以前、中、晚三

① 张晖：《元明清近代诗文研究的现状及其可能性》，载《文学遗产》2013年第4期，第154页。

期对清诗流派之发展做了考察，依次分析各个流派及每一流派中作家之思想与艺术特色。广东高等教育出版社2011年再版了孙立《明末清初诗论研究》，该书研究以十七世纪为时间范围，选择有代表性的诗论家作为研究对象，从诗论家的生平及学术倾向、诗论家的师承与交游等方面，对明末清初的试论地位进行了阐释和探索。人民文学出版社2016年再版袁行云先生《清人诗集序录》，该书是作者集三十年时间与精力的心血之作，序录了二千五百余种清人诗文别集，对清诗源流派别及作者评价亦“辑采成说、间作评骘”，其观点颇为清诗治学者称道，对于清诗研究具有重要参考价值。

特别首要提及的是，2010年，上海古籍出版社出版了“国家清史编撰委员会文献丛刊”《清代诗文集汇编》，全书共收录清代诗文集4058种、作者3400余人，出版了精装本800册，合计诗文大约500万首，总字数近4亿，我们查阅了顺康时期的诗文集1亿多字，本书大约有3万多字的原材料，即取材于此汇编。此外，自新世纪以来，众多学者将诗词研究的视域从唐宋转移至明清。2000年湖南人民出版社出版了业师陈水云先生的大作《清代诗学》（与李世英合著）；北京古籍出版社2001年出版了柯遇春《清人诗文集总目提要》。这方面的著述每年都有，由于涵盖面甚广，超越了笔者的概括能力，笔者仅能综而不述，权且以过眼或所购近百部此方面的专著，择其半数，不烦列举如下——

2000年，江苏古籍出版社出版了朱则杰先生的《清诗史》，同年，吉林人民出版社刊行王英志先生《袁枚暨性灵诗传》，次年南京大学出版社出版其《袁枚评传》，东南大学出版社2004年出版其《随园性灵》。

2001年，东方出版社、中国戏曲出版社出版了裴世俊先生的“一传一论”，即《四海宗盟五十年：钱谦益传》，该书在忠实于史实的基础上，以明末清初的文坛领袖钱谦益人生中经历的大事为线索记录了他的人生行迹，展现了明末清初的社会历史。首都师大出版社出版徐江《吴梅村研究》。

岳麓书社2002年出版李剑波先生的《清代诗学主潮研究》，该书探讨了权力话语下的清代文化、学术语境中的清代诗学和清代诗学的特点，分四章：神韵说研究、格调说研究、性灵说研究、肌理说研究。2007年在此基础上又出版了《清代诗学话语》；2015年 中国社会科学出版社出版其国家社科结项成果《清代诗坛对宋诗范式的重建与创新》。

中华书局2002年出版叶君远《清代诗坛第一家——吴梅村研究》，天津人民出版社同年出版黄河《王士禛（祯）与清初诗歌思想》，内容包括：王士祯诗歌思想形成的思想社会背景；初登诗坛的王士祯；“文章江左，烟月扬州”——王士祯与江南诗学的互动等。

山东教育出版社2003年出版了郭延礼主编、孙之梅编《文学精神：明清卷》。齐鲁书社出版了石玲《袁枚诗论》。

中华书局2004年出版潘承玉《清初诗坛——卓尔堪与<遗民诗>研究》人民文学出版社出版陈玉兰《清代嘉道时期江南寒士诗群与闺阁诗侣研究》。

辽宁人民出版社2005年出版傅璇琮，蒋寅总主编、曹虹等撰稿《中国古代文学通论 清代卷》，该书分上、中、下三编，内容包括清代文学的基本内容、清代文学与社会文化、清代文学的基本文献。2009年凤凰出版社出版蒋寅《清代文学论稿》，阐述了 清代诗文集的类型、特征与文献价值。

上海古籍出版社2006年出版了朱丽霞《清代松江府望族与文学研究》，该书全面考察了清代松江望族如宋氏、王氏等的家族史，并对松江文学做了深入仔细地研究。值得一提的是，朱教授长期致力于明清江南世家文学研究，2011年，河南人民出版社还出版过她的《明代江南家族与文学——以顾、陆家族为个案》；2013年，中国社科出版社出版其《江南闽南岭南——吴兴祚幕府文学年表长编》。

吉林人民出版社2007年出版马大勇《清初庙堂诗歌集群研究》，该书是对清初台阁诗人群体做系统研究的第一部专著。本年，中华书局出版了王利民《王士祯诗歌研究》；辽宁大学刘磊提交了《朱彝尊诗学理论研究》的博士论文。

齐鲁书社2008年出版石玲，王小舒，刘靖渊《清诗与传统：以山左与江南个案为例》，全书共分七章，内容包括：王士禛诗歌与神韵诗的发展；神韵论的历史源流；沈德潜的诗歌理论；沈德潜的诗歌创作；独树一帜袁枚诗及其兼容各家的理论；高密派的诗歌理论与创作。

人民文学出版社 2008 年推出王富鹏《岭南三大家研究》，“岭南三大家”在清初文坛上有着很高的地位，王著旨在探究明遗民与仕清者相互间所能认可对方的政治选择。鼎革之际士人的出处行藏颇为不同，梁佩兰成为贰臣，屈大均虽坚守遗民身份，但仍然愿与贰臣结交。康熙十七至十八年之前，陈恭尹在交接方面非常谨慎，此后却发生了重大变化。梁、屈、陈三人恰是同一时期三种不同类型诗人的代表。

凤凰出版社 2009 年出版纪玲妹《清代毗陵诗派研究》，该书以我国区域文化与文学交叉发展的优良传统为依据，将区域文化与文学有机地结合起来。山西人民出版社 2009 年出版李正民主编《陈廷敬诗学研究》，该书是一部集中研究陈廷敬诗学的论文集，论证了陈廷敬的台阁诗人身份定位，对陈廷敬的诗歌渊源有进一步的论述。

复旦大学出版社2009年出版李贵生《传统的终结：清代扬州学派文论研究》，该书认为：扬州学派是清代考证学的最后一个高峰，其学术成就早已引起专家学者的广泛关注。然而较鲜为人知的是，这个学派初被揭橥之时，其实与文学方面的问题有极为密切的关系。扬州学派的代表人物如汪中、凌廷堪、江藩、焦循和阮元等，俱是雅擅文学的考证学者。通过对他们的研究，差可把握清代前中期扬州诗学的嬗变规律。

上海古籍出版社2010年出版了王炜《<清诗别裁集>研究》，该书在清理相关史实的前提下，致力于考察《清诗别裁集》选诗策略、选家思想和审美取向，寻找沈德潜“格调说”成为清代“四大诗说”之一、沈氏成为诗坛盟主的合理内核。同年，人民出版社出版王宏林《沈德潜诗学思想研究》，该书对清代格调派代表沈德潜《古诗源》《唐诗别裁集》《宋金三家诗选》《明诗别裁集》《清诗别裁集》等五部选本进行了系统研究，包括诗选版本、理论来源、入选诗作及其所体现的诗学观念，借以探讨沈德潜诗学理论的具体内容及清代中期诗学思潮的流变。

凤凰出版社（原江苏古籍）2010年出版徐雁平《清代文学世家姻亲谱系》，主要以清人传记资料为基础，揭示有清一代知名人士的嫁娶关系，对姻亲关系的选录，全书留意显现家族在文学领域共时性的交流和历时性的传承。在此基础上，作者撰写《清代世家与文学传承》，由三联书店2012年出版。蒋寅先生认为，此二书以无比丰富的文献，还原了清代文学史中由具体人物和活动方式呈现的原生态。2017年底，安徽教育出版社刊出其新作《清代家集叙录》。

江西人民出版社2010年出版王顺贵《明清及近代诗学演进史稿》，该书对明清及近代诗学的演进变化予以了详细阐述，阐述了谢榛、钱谦益、王士祯、沈德潜直至王国维等的诗学主张，探讨唐宋诗学接受理论研究热点问题，大致勾勒了明清及近代诗学演化的脉络。同时中国社科出版社出版其《清代格调论诗学研究》，探讨格调论诗学在清代的发展、其局限，以及研究的当代意义。2011年，苏州大学王玉媛发表《清代格调派研究》的博士论文。

上海古籍出版社2010年出版罗时进著《地域·家族·文学：清代江南诗文研究》该书是作者对清代江南诗文创作与地域、家族关系的系统研究后所撰写的相关论文的汇集，大致分为三个部分，即“江南地域与家族文学研究”“清代江南地域性文学群体研究”和“清代江南诗文作家作品研究”，论证了虞山派、娄东派、云间派、梁溪文学集群、乾隆三大家和南社等文学群体以及清代江南文坛的一些作家。清代江南诗文创作成果至为丰富，地域、家族与文学发展的关系也相当复杂。早在2002年，江苏古籍出版社出版罗先生主持的江苏省哲学社会科学规划项目结项成果《唐诗演进论》，该书分为时序卷和考述卷，包括唐初文馆与初唐诗风、唐诗发轫时期的陈子昂、唐代诗人行实考等13章内容，其中第十一章《清编全唐诗研究》着力甚勤，然而空间甚广阔，可见这一学术工作其道修远。2018年，中华书局出版其《文学社会学——明清诗文研究的问题与视角》，更有对清代文学、文化的全面省思。

中国社会科学出版社 2011年出版王兵《清人选清诗与清代诗学》，该书认为：选诗是种独特的诗学批评样式，其编选实践与清代诗歌史的构建、诗学思潮的更迭等皆有较为密切的关系；因此该书重点研究清人选清诗与清代诗学之间的关联，深入发掘清人选清诗的批评功能，以期准确定位清人选清诗在清代诗学中的地位和价值。中山大学出版社本年出版陈望南《海虞二冯研究》，该书以明末清初重要的诗派虞山诗派中的重要人物冯舒、冯班兄弟为研究对象，探讨了他们的生平、著述、交游及其诗文创作和理论，以期知人论世。中国社科出版社2011年还出版了张立敏《冯溥与康熙京师诗坛》、赵红娟《明清湖州董氏文学世家研究》等书。

到了2012年，中国社会科学出版社出版蒋寅《清代诗学史》第1卷，该书是作者十年心血之作。清初诗学主要在于对明代诗学的反思与重整诗统的建构，分江南诗学、关中诗学、山东诗学、浙江诗学等章节，分析了清初诗学的地域格局与历史进程，详尽地勾勒并探究了清初诗学的历史状貌。本年，赵敏俐、吴思敬、王小舒合著《中国诗歌通史 清代卷》，由人民文学出版社出版，该书是国家出版基金项目《中国诗歌通史》中的一卷，以时间为经、以作家群体为纬，全面梳理了清代诗歌发生、演变的历史轨迹。个案研究方面，有中国社会科学出版社发行的宫泉久《盛世变徵——清代诗人赵执信研究》。

中国社会科学出版社2013年出版叶倬玮《翁方纲诗学研究》。该书以翁方纲为对象，选取其诗学作为研究中心。虽然如此，但翁氏各种学术在其诗学思想里，都有不同程度的贯通，故以之为研究翁方纲的切入点，亦能一窥其学术之精深博大。此前的2011年，中国社科院唐芸芸曾提交同题博士论文。2013年，西南大学刘敏敏发表了博士论文《<四库总目>清初宗宋诗风批评研究》。这一年，社会科学文献出版社出版了马将伟《易堂九子研究》，吴承学先生认为：该书以文献还原历史、想象历史、尽可能接近历史，对于学界尚未重视的“易堂九子”群体的生存形态、师友交际和诗学活动及其地位影响皆有较深入的探究。顺及：2012年其课题“明清之际‘经世’视域中的文学思想演进研究”获国家社科基金立项。

人民出版社2014年出版潘务正《清代翰林院与文学研究》，该书从制度层面入手探讨清代翰林院与文学的关系。本年，云南大学出版社出版黄斌《徐锡我<我侬说诗>研究》，该书是清人徐锡我的诗学观点的总结。同年，上海交通大学出版社出版了敖运梅《清初浙东学派诗人群研究》，以黄宗羲、李邺嗣、毛奇龄、姜宸英等为代表，阐述其诗文以学术为基础，矫正七子诗文之弊，由唐入宋，奠定有清一朝宗宋的诗歌审美基础。2014年上海三联书店还出版了王向东《明清昭阳李氏家族文化文学研究》，勾勒李氏家族文化状貌、挖掘其文化内涵、探究其文化持续繁盛的深层原因，有助于梳理明清时期扬州地区的文脉，进而探究地域文化繁荣的内在根源与机制、认识传统文化的演进规律。本年还出版有：浙江大学出版社出版游路湘《洪昇及其诗歌研究》；中国社科出版社出版刘刚《清初流人陈之遴研究》；世界知识出版社出版张涛《赵翼诗歌创新说研究》，等等。

中国社会科学出版社 2015 年出版杨泽琴《孙枝蔚与清初扬州诗群研究》，探讨明清易代之际的扬州诗学：以孙枝蔚及其交游圈为切入点来考察扬州诗群，探究处于跌宕起伏的政治环境中各阶层诗人组群的文学生态。同年，南开大学出版社也出版了另一个在非常历史阶段、特殊的空间视域下的个案研究：塔娜著《清代文学传播个案研究——屈大均诗文集的传播与禁毁》。有关典型的江南世家文学研究，则有中国社科出版社推出的邢蕊杰《清代阳羡联姻家族文学活动研究》。本年，花木兰出版社出版江曙《钱澄之＜田间诗学＞研究》，安徽大学出版任雪山《桐城派文论的现代回响》、人民文学出版社出版俞樟华《桐城派编年》，“桐城之学”似成为显学。2016 年，多部著作齐发力，有武汉大学出版社出版朱修春主编《桐城派学术档案》（笔者按：武大出版社推出的由陈文新等教授主持之“档案体”系列，笔者曾参与其中《龙学档案》《中国文学批评史档案》等多部学术档案之编撰）；中国社科出版社出版曾光光《桐城派与清代学术流变》、萧晓阳《近代桐城文派研究》等。

上海大学出版社 2016 年出版李德强《清代诗学文献整理与研究》，该书系论文集，收集整理张寅彭教授国家重大项目《清诗话全编》课题组关于“清代诗学文献整理与研究”的会议论文，辑录了诸如清代江西诗学简述、乾嘉诗话论韩愈诗风格、读清人诗话丛札、叶燮与佛教等话题的与会论文。类似的著作还有商务印书馆出版胡建次编撰的《宋代诗学的多维观照》。2016 年，中国社科出版社出版夏勇《清人总集通论》；上海古籍出版社出版李爽《钱注杜诗研究》。后者认为，作为清代杜诗笺注的开山之作，《钱注杜诗》具有丰富的研究价值。该书围绕《钱注杜诗》版本、《钱注杜诗》学术体系、钱谦益杜诗笺注与诗文作品关系展开探究，将文献与文本结合，深入到清初杜诗学的演进过程。本年，中国社会科学出版社出版夏勇《清诗总集通论》，该书以大量第一手文献进行梳理、勾勒，归纳和阐释，是清诗总集研究的一项创获。该出版社同年出版周金标的《朱鹤龄及其<杜诗辑注>研究》。众所周知，《杜诗辑注》是一部具有传奇色彩、包含遗民底蕴而又极富学术价值的杜诗注本，与《钱注杜诗》被尊称为“朱注”“钱笺”，是清代杜诗学的奠基作之一。该书的主要优点在于正本清源又广博谨严的考证，故取精用弘，成就斐然。

台湾“中研院”中国文哲研究所2016年出版吴宏一主编《 清代诗话考述》上下两册，对于许多珍本清人诗话进行了比较研究，诸如赵慈和鲁九皋《诗学源流考》、黄节《诗学》等，大陆罕有此类研究。书末附录钟彩钧、陈明恩《清代诗话编撰者生卒年表》，颇有参考价值。当然，诗话类的编撰，仍以中国大陆实力最强，早在2005年，蒋寅先生便著有《清诗话考》；上海古籍出版社2014年推出的张寅彭教授选辑、吴忱与杨焄点校的《清诗话三编》，收录97种新编诗话，蔚为大观，成为本书重要的参考资料；张寅彭尚有“清诗话全编”即将问世（2017年顺康卷提要试稿已陆续发表），成为我们密切跟踪的学术资料。而近年某些续增诗话的“提炼”，也成为前辈学者难以目见的宝贵材料，比如2017年中华书局出版邓汉仪撰、陆林，王卓华辑《慎墨堂诗话》四册，成为本书开展深度挖掘的又一矿藏……

以上综述，奠定了我们撰述本书的一些当代的文献基础；同时也感觉到清诗研究领地令人生畏的广袤无垠。令人遗憾的是，由于结项期已到，我们的研究仓促成帙，但愿能抛砖引玉，衷心期待真正的学者能在这方面推出大作。而笔者之所以“敢拈大题目、出大意义”（谢章铤《赌棋山庄诗话》），是基于目前对所有文献进行综述之后得出的几点判断：

其一，个案研究、现象研究、事象罗列的泛文化研究成为主流。

为了直观说明本领域现阶段研究出现的若干问题，我们以近八年“优秀成果”为例予以剖析。下列为已版国家社科结项成果：2010年赵红娟申报“晚明江南望族文学编刊活动与传播研究”，次年中国社会科学出版社出版其阶段性成果《明清湖州董氏文学世家研究》；2012年张兵申报课题“明清之际：诗人心态与诗歌走向”，2016年人民出版社出版其部分结项成果《文化视域中的清代文学研究》；2013年马将伟申报“明清之际‘经世’视域中的文学思想演进研究”课题，同年底，其《易堂九子研究》由社会科学文献出版社出版；2013年沈松勤“明清之际词坛中兴史论”，2018年由上海古籍出版社同题出版；2013年汪孔丰“文化家族视域下的桐城派研究”课题结项后，2017年由安徽大学出版社出版其部分成果《麻溪姚氏与桐城派的演进》，等等。有的是在现有专著成果上申报成功，比如2010年凤凰出版社出版南大徐雁平《清代文学世家姻亲谱系》一书，2014年，由其申报“清代文学家族姻亲汇考与整合研究 ”课题……除了沈松勤教授以同题成果出版专著，其他项目均有不同程度的改弦更张，究其原因，可能是“泛文化”研究的视域，影响了作者在文学史本领域的深度发掘。受“泛文化”研究思维的影响，多数学者的专著在各种“交叉”与“综合”中驳杂相呈，固然符合多元文学史观的建树，然而作为基础研究的文学史研究反而显得薄弱了，缺乏整体解析与系统梳理。这个问题也在诗学研究领域内体现出来：众多的专家学者关注明清之际诗学世家的文学背景，而缺乏对其诗学观念演进的内部考察。唯一值得期待的当属张晖主持的国家社科基金项目“南明诗史”（项目编号11CZW041），惜作者英年早逝而未能结项。

其二，众多研究一定程度上脱离了“诗史”本身的发展主线。

承上述，新晋课题申报者的成果，多数侧重在“泛文化”层面的考察，一定程度上脱离了“诗史”本身的发展主线。我们在上文综述二十年以来明清文学接受史成果的时候，基本上也可以感知这一问题的严重性：近年来专著的数量呈几何倍数递增，但是有内涵的大作却越来越少。除了蒋寅先生的《清代诗学史》以时代为经、以地域诗学为纬将清代诗学呈阵地战式的宏观推进，罗时进、李剑波教授在尊唐和崇宋两个领域呈迂回战式的穿插包抄，尚永亮老师以中唐“元和诗派”为根据地延展至明清进行步步为营的阵地战，已故青年学者张晖撰述《中国“诗史”传统》（参2016上海三联修订本），以及郭英德先生、张寅彭先生、业师陈水云先生、朱则杰先生、王英志先生等仍然坚守传统诗学治学理念，以“清代诗史”命题作文，以及诸多六七十年代的中青学者进行“问题”研究之外，很多八九十年代的后起之秀，其研究不同程度地偏离“认识诗歌发展本质规律”的主要目标。比如在众多突出鼎革之际诗人心态以及仕隐出处（诸如遗民或贰臣、授馆或入幕）等等虽有可取之处，但诗学史本身的“内部研究”固然不容忽视。

其三，区域诗史在传统与现代的二元话语中合而未融。

一方面，江浙地域显示出强劲的科研实力，伴随其现代化经济文化的腾飞，所谓“江南史”自然包含文学史的诉求，众多学者孜孜以求，诸如以文学世族为研究目标的苏州罗时进教授、上海朱丽霞等教授即突出的代表。另一方面，各地学者在突出研究对象的同时，未能与其他相关区域形成整合，此乃传统诗学痼疾所致。（如同样是《词综》编辑者，朱彝尊辑《明诗综》过于偏袒嘉兴籍作家，而王昶《湖海诗传》只为松江张本。）古已如此，于今为甚，在江浙学者所关注的世家文学中，以几世几代的纵向展开研究，将文学变成一种“谱牒”，忽视了这些世家横向的联系（这方面的工作只有南京大学的徐雁平等少数学者在做），难免有所缺憾；举例来说，上海顾氏、陆氏、苏州文氏、秀水朱氏、湖州董氏之间，未必没有形成相通的诗文风气，全面而宏观地整理他们之间的文学交往和诗学源流更有意义。鉴于此，有关明清之际的江南诗学研究才具有查漏补缺的必要性。

第三节　本书创新之处

本书的创新之处主要体现在外部研究与内部研究两个层面。外部的创新主要体现在观点创新，即延续拙著《晚明江南诗学研究》的思路，运用课题研究的中期成果《晚明诗学年表初编》，以地域为经，以年表为纬，展开江南各地诗学的横纵向比对，在文献上或可证明：明清之际诗学发生的主要场域在江南，然绝非传统诗学粗线勾勒的几个点，即从公安、竟陵派跃进到云间、虞山、浙派，而是各有其横向的发展历程，一种科举与诗学共生、禅学与诗学互动、书画与诗学相成的本土化发展进程。在这个过程中，我们发现了若干有意思的现象。兹举一二例：明清之际的科举一定程度上决定一个诗人的显与晦，从诗学成名先后的顺序上，虽然谢榛先于王世贞，徐渭先于袁宏道，俞安期、谭元春等（从事编辑活动）先于李维桢、钟惺，彭宾和周立勋先于陈子龙、李雯，程嘉燧先于钱谦益，林古度、吴嘉纪等先于王士祯……但“处士”与“进士”的影响力是不可同日而语的；在一个地域诗派的崛起的过程中，往往一个“明星进士”正是借助众多“处士”之力才得以高耸入云、成为领袖的。甚至可以说，某些“进士”为了扬名，不惜窃取“处士”的成果。晚明的几部大型唐诗选，几乎都是由“处士”编辑、由“进士”窃取其成果的。如新安吴琯《唐诗纪》，很大程度上由吴氏窃名，攫取了“横山诗社”社长陆弼以及吴江俞安期（即俞策）、江都老儒谢陛、俞体初的共同成果。陆弼主持《横山诗选》，因不肯将社长让与新科进士龙膺，遭到其排挤。龙膺入主汪道昆发起的“白榆社”之后，陆弼被拒入该社。俞策更名为安期，以“白榆社”社友身份入龙膺军幕，晚年还有一部《唐诗隽》，结果又被两淮按察使李维桢攫取。华亭张之象生前无力刊行《唐诗类苑》，死后由仁和进士卓明卿换名刊行。《唐诗归》之编撰，谭元春出力远较钟惺为多……这一类现象，所涉事迹较多，详见拙著《晚明诗学年表初编》（四川大学出版社2015年版）。其次是单纯的“诗社”是颇为罕见的，它们往往是诗文社交织在一起，其目的是为了博取功名，诗歌“会课”很大程度上是增加文人情感的一种手段，此外很多诗社还与“佛事”活动相关，即所谓“莲社”；有些诗社是为了“怡老”，有些是为了“讲学”“读书”等[①]。在当地的文学活动中，以“会社”形式存在的诗文社往往承担着培育科举人才的任务，绵延几代人，诸如杭之小筑社、登楼社、西湖八社，嘉兴鸳社，苏州拂水社等，皆延续了上百年，其盟主从万历初的李应征，到天启间的钱谦益、崇祯时的陈子龙，皆由文社领袖成为一代诗宗，而其间的“过渡人物”如茅坤、李日华、冯梦祯、黄汝亨、闻启祥等推波助澜，凸显了江南钟灵毓秀的“士气”，则更加符合诗学发展的内在逻辑。

我们说，晚明的结社活动是丰富多彩的；同样到了清初，尽管统治者自顺治七年起就禁止结社，其诗学成果也是通过多种媒介并存的。我们在此特别提到清初诗坛的一种特殊诗歌传受媒介——书画，进而一斑见豹窥视易代前后的士林生态及其文学影响。比如杜诗、苏诗传播过程中，有三幅名作在同一位作家身上产生了轰动效应，第一幅是明华亭董其昌的《秋兴八首图》，入清后归商丘宋荦收藏。第二幅是虞山王翚应邀至归德府宋荦老家，为其绘《西陂六景图》。第三幅是宋李公麟《东坡笠屐图》亦为宋荦所得。那究竟这三幅画能说明什么？说明了宋荦对唐宋诗歌接受的心路历程：他一开始论诗，“必以少陵为归墟”，“上下千百年，定当推少陵为第一。盖天地元气之奥，至少陵而尽发之，允为集大成之圣”。“若夫浑涵

① 何宗美、陈超等均曾将明末清初的结社如此分类。诸如陈超将晚明江南诗社分为五类：1.怡老性质的“耆旧会”，如万历十三年仁和张瀚组建的“怡老会”；2.诗社，如万历间秦淮的三次“青溪社”；3.讲学会，如刘宗周举办的“证人社”；4.莲社或“禅社”，如袁中道举办的“金粟社”；5.文社，如“复社”“几社”。参见陈超《曹学佺研究》，吉林人民出版社，2007年，第331—332页。

汪茫，千彙万状，惟少陵一人而已”。“独少陵包三唐该正变，为广大教化主。生平瓣香实在此公，惜未能窥其阃阈”。（以上皆见《漫堂说诗》卷二十七）这是他担纲“雪苑诗派”盟主时的诗歌主张。那么宋荦缘何转而崇苏呢？这其中有整个诗歌风气转向的原因（这是本书展开的重点，详见后文），而宋荦本人在少年得志之际便外放至黄州通判，使他产生了“前世应是苏轼”的认同感。康熙二十七年夏，他得以调任江西巡抚，便仿效东坡而自号“西陂”，临行前请王翚作图。机缘巧合，此后又陆续升迁至苏州巡抚，又恰巧访得《施注苏诗》三十卷残卷，1700年除夕前一日东坡生日，正好该注补讫，正因为如此多的“巧合”，更加坚定了其“前世合是东坡”的信念，促使宋荦在苏州沧浪亭的深净轩悬挂《东坡笠屐图》，并倡为东坡寿。这是清人首次寿苏活动，张莉曾撰《清代寿苏活动的开端》一文予以说明[①]。虽然，在宋荦在江南的学苏活动中，其最大功绩是补全并刊行了《施注苏诗》，但这些以“题画”方式展开的诗学活动，具备类似于我们今天所谓的“互联网+”功能，串联起江南诗人从全面崇拜苏轼进而过渡到学习苏诗的传统与时尚。类似的传播方式尚有很多，诸如吴伟业自绘《春山渔隐图》、亲书白居易《琵琶行》，亦可观“梅村体”诗风之形成之渠向。傅山绘《江深草阁图》、金俊明和查士标画梅、梅清绘松等等，颇见遗民气节。至于《江南春》书册、《落花诗》写本，从明中叶一直延续到清初，更是成为吴中文人竞相题咏、追和，以表达伤逝情绪的实物性载体。吴伟业等的《桃源图》，体现着明末清初陶渊明诗在江南的流变；陈维崧《陈其年填词图》、徐釚《枫江渔父填词图》，透视着江南诗人由诗入词的转型；而文人画师宗爱秋景、渲染肃杀气氛，透露出江南文人在频繁的文字狱中的士林心态，诸如康熙十一年（1672）程邃《秋岩耸翠图》、高岑《秋山万木图》、鼎之禹《秋林觅句图》、萧晨《枫林停车图》、吴历《夕阳秋影图》……同时也隐约可见他们对于中晚唐贬谪诗人群、寒士诗人群的心理认同。此类外围搜集，材料较零散，聊举一二，以见大端。

除了诗学传播媒介的多样化，明清之际江南出版文化对于诗学的促进作用亦不容小觑。笔者在拙著《晚明江南诗学研究》中，已大致勾勒出金陵、杭嘉湖、苏松常三大诗学群体鼎立的繁盛诗学图景，而此图景的“绘制”，正是在繁盛的出版业支撑下完成的。笔者已从数据上说明，晚明江南八府的藏书楼和私家书坊都占据着

---

① 曹虹，蒋寅，张宏生主编：《清代文学研究集刊（第六辑）》，人民文学出版社，2013年，第60—72页。

全国藏书、出版业的半壁江山；不少江南著名的诗人学者，与当地的出版商联手，出版发行了大量诗学“秘笈”，酝酿了明清之际诗学风气转圜的“底气”。比如金陵状元焦竑、朱之蕃推动了《陶韦合集》《中晚唐十二家诗》的出版；杭嘉湖会元冯梦祯、致仕官员臧懋循和茅坤，推出《苏文公外集》《唐诗所》《唐宋八大家文集》等文学要籍；苏松常的张溥、陈继儒、赵宧光出版了《汉魏六朝百三家诗集》《宝颜堂秘笈》《唐人万首绝句选》等等。这一趋势延至清初，成为一股势不可挡的出版潮流，诸如金陵的周亮工（按：祖籍河南祥符）、虞山的毛晋（刊刻《唐人选唐诗八种》《五唐人诗集》等）、吴江的潘耒（主刻其师顾炎武《日知录》等）、秀水的朱彝尊（编纂《明诗综》，曹寅助刻）、苏州席启寓（刻有《唐百家诗集》）等，出版了诸多大型诗学图书。曹之先生曾经将古今江浙一带的藏书家兼出版家做了一个大致的罗列，其中明清之际江南的学者占据比例竟然多达六成①。明清之际还涌现了一批出版世家接力完成大型诗歌别集、总集或诗话，诸如苏州赵宧光、赵均父子《玉台新咏》，虞山冯复京、冯班父子的《说诗补遗》，虞山毛晋、毛扆《陆放翁全集》，金陵周亮工、周在浚父子的《尺牍新钞》，金陵唐晟、唐杲兄弟的《文文山诗集》（一作《指南录》），海盐胡震亨、胡夏客父子的《唐音总签》，青浦唐汝谔、唐汝询兄弟的《诗解》，等等。此外，一大批唐宋诗集在江南出版家手中重见天日。比如昆山徐乾学冠山堂刻《韩昌黎全集》《李义山文集笺注》；吴江朱鹤龄刻《杜诗辑注》《李义山诗注》；海宁查慎行刻《苏诗补注》；山阴丘象随西轩刻《李长吉昌谷集句解定本》；长洲顾嗣立秀野堂刻《笺释白香山诗集》；苏州巡抚宋荦主持、毗陵邵长蘅刻《施注苏诗》等。清初江南的范围，较晚明扩大了许多，众多徽州籍、浙江籍的学者亦加入出版家行列，诸如桐城的姚佺不仅参与了丘象随西轩集注李贺诗集的刊刻活动，而且独立刊行了《笺注李长吉歌诗》；方以智出版了大型诗话《通雅》；宣城施闰章继晚明梅鼎祚《宛雅》而编订

① 曹之：“历代私人藏书家刻书者多如牛毛，例如宋代朱熹、周必大、陆游、廖莹中等，元代姚枢、顾瑛、岳浚、李漳、刘贞等，明代朱承爔、许宗鲁、洪楩、袁表、顾元庆、顾起经、郭云鹏、闻人铨、范钦、范惟一、王世贞、张佳胤、吴勉学、吴琯、冯梦祯、张燮、李之藻、曹学佺、臧懋循、徐𤊹、胡正言、毛晋等，清代周亮工、朱彝尊、徐乾学、卢文弨、袁枚、鲍廷博、吴骞、孙星衍、张海鹏、黄丕烈、阮元、梁章钜、秦恩复、金山钱氏、伍崇曜、汪士钟、缪荃孙、王先谦、叶德辉、罗振玉等。这些藏书家刻印了许多世不多见的善本书，为古籍的流传作出了重要贡献。”曹之《中国古代图书史》，武汉大学出版社，2015年，第395页。

《续宛雅》等。浙中石门等地的吴之振、吕留良于康熙初刻成《宋诗钞》，黄宗羲刻《明文海》《南雷诗历》……凡此种种，举不胜举。

明清之际江南出版家的活动，可以说已经模糊了诗学文本“外部”与“内部”的界限；大量刊行前人诗文别集、总集的同时，也借鉴前辈的学术成果，作了集成性的发挥。而本书的重心，旨在进行所谓的“内部研究”，即充分利用现有“诗话学”成果（诸如《清诗话三编》等）和诗文别集（《清代诗文集汇编》）等材料，深入到明清之际诗学演进的过程史的各个环节作精细的考证。这种诗学考证，其研究价值主要有三：

其一，可以提供更多的唐宋诗“经典化”进程中的“范式”研究。

明清之际为唐诗经典化时期，现已成为学界共识。比如蒋寅先生深入到“过程史”，以诸如《唐贤三昧集》和《唐诗别裁集》等经典选本的出现为唐诗经典化的标志[①]，张毅博士则从清初诗歌的集成性质（“致广大而尽精微”）来全方位认定唐诗的经典化[②]；他们都认为，唐诗经典是由一批“范式”引领的，比如李杜范式、元白范式、李义山范式、“大历十才子”范式等，因此“唐诗经典化”不可能只局限于少数几个大家[③]。有关明清之际“经典化”的话题，是率先通过“小说经典化”研究延展而来的，在新世纪初，学术兴趣点集中在部分小说名著的经典化，即李贽、金圣叹等通过评点、序跋以及参与坊间商业性书肆营运等方式，造成诸如《水浒

① 蒋寅：“（王渔洋）以《唐贤三昧集》树立盛唐诗的理想，成功地推出了一个体现他审美理想的唐诗面目。后来沈德潜鉴于王选神韵有余而骨力不足，更选《唐诗别裁集》，取长补短，终成一种兼容并蓄、能反映唐诗宏大风度和多方面特色的佳选，从而完成了唐诗的经典化过程。”参见其主编：《中国古代文学通论·隋唐五代卷》之《绪论》，辽宁人民出版社，2005年，第8页。

② 张毅：“唐诗接受至清代已进入致广大而尽精微的成熟阶段，具有某种集大成性质，在唐诗的理论批评、文献整理和文化教育普及等方面，完成了唐诗的经典化过程。”见张毅《唐诗接受史》，人民文学出版社，2012年，第293页。

③ 蒋寅：“范式总是由一批诗人共同缔构的。像崔颢、常建、王昌龄、祖咏、王湾、刘昚虚这些诗人，虽然不如李白、杜甫伟大，但他们更典型地代表了盛唐，他们的成就和局限都是属于盛唐的。而李白、杜甫却远远超出盛唐，到达无所不包的集大成的境地。过去的文学史研究由于不理解这一点，只盯着几个大作家，致使文学史图式成了若干坐标点的直线连接，文学史著作成了著名作家和名著的陈列馆，而文学范式的演变过程隐而不见，文学史的连续性和逻辑关系也无从体认。在结构真实的原则上实现的文学史重构将改变这种状况，范式、群体、时段等基本单位会为文学史叙述提供一个相对稳定而远离偶然性的现象序列，支撑起文学史料所编织的柔软的文学史叙述。”同上书《通论》之《结语》，第611—612页。

传》《三国演义》等名著的经典化[①]。后来，出现了明七子诗学与“盛唐诗经典化”的研究[②]，近期又出现了清代重要选本与“唐诗经典化”的研究[③]，可谓全面跟进、逐层深入。而能够初步将以上诸方面综合考量、形成专著者当属蒋寅先生。笔者有幸在黄石第五届江南学会会场承蒙蒋先生亲炙，深受其治学方法之启发，拟还原明清之际唐诗经典化历程，依次展开各种“范式”研究。大致说来，少数盛唐大家在明代大致完成了经典化之路径[④]，大多数初中晚唐的诗人，均在清初才正式大面积进入诗人的创作与接受视野。对于这一点，致力于接受史研究的陈文忠先生，已经对于在“创作史”与“接受史”中形成的“两种唐诗”的现象予以阐述[⑤]，可谓见解深至，只可惜陈先生泛论而止。如果我们能够结合王礼培《论清诗流派》一文，证实其所列杜濬、孙枝蔚、龚鼎孳、朱彝尊、施闰章、宋琬、周亮工、陈恭尹、冯班、吴伟业、顾景星、李符等所研习的初中晚唐诗家的具体表现，综合袁行云《清人诗文集叙录》中对其诗歌风格的若干评价，并结合清初时人的诗话来详细论证他们所推崇的唐代诸名家诗学风格或诗歌主张，进而探究清初诗人逐一践行严羽《沧浪诗话》“以人而论”的各种诗体范式之情状，也即实施诸如“长吉派”“大历十才子体”“义山体”“香奁体”等“范式”的经典化；而综合以上范式之研究，则可基本完成清诗在传播接受史意义上的唐诗经典化过程研究之框架构建。

明清之际同样还是宋诗研究取得重大突破的时期，明人几乎千篇一律单方面认可唐诗，否定宋元诗。明代唐诗学的地位是举足轻重的，陈伯海先生《唐诗学史稿》（河北人民出版社2004）、朱易安《唐诗学史论稿》（广西师范大学出版社，2000）、孙春青《明代唐诗学》（上海古籍出版社，2006）、查清华《唐诗接

---

① 如吴子林《文化参与：经典再生产——以明清之际小说的“经典化”进程为个案》，《文学评论》，2003年第2期；吴子林《明清之际小说经典化的文化空间》，《文艺理论研究》，2006年第5期；竺洪波《<水浒传>与小说的经典化和学术化》，《文艺理论研究》，2008年第5期，等等。

② 邓新跃《沧浪诗话与盛唐诗歌的经典化》，《江汉论坛》，2007年第2期。

③ 如誉高槐、廖宏昌：《从<万首唐人绝句>看李白绝句的经典化历程》，《文艺评论》，2011年第8期；王宏林：《论<唐诗三百首>的经典观》，《文艺理论研究》，2013年第5期；李成晴：《<唐诗别裁集>：一个选集经典的确立》，《文艺评论》，2016年第2期。

④ 高徽征、李志忠：《“前后七子”推动唐诗经典化的路径及其特征》，载《中北大学学报：社科版》2015年第6期，第88—90页。

⑤ 陈文忠：《唐诗的两种辉煌——兼论唐诗经典接受史的研究思路》，安徽师范大学学报，2013年第5期，第530-537，第546页。

受史》（上海古籍出版社，2006）、陈国球《明代复古派唐诗论研究》（北京大学出版社，2007）、孙学堂《明代诗学与唐诗》（齐鲁书社，2012）等专著均曾予以强调。事实确乎如此：时至晚明，宋元诗才取得突破性的进展，各种选本开始出现。比如明隆庆初年，南阳李蓘有《宋艺圃集》二十二卷；万历中，闽中曹学佺辑有《石仓历代诗选》，其中有《宋诗选》一〇七卷；周诗雅亦有《宋元诗选》百余卷，曾分三批刊刻；万历四十三年（1615）潘是仁（讱庵）自刻《宋元诗》二百八卷等。“公安派”的袁中道为后者所作序文中，一方面首肯“诗莫盛于唐”，另一方面又强调“然执此遂谓宋元无诗焉，则过矣”，认为其“即不得与唐争盛，而其精采不可磨灭之处，自当与唐并存，此宋元诗所以刻也”。（中华书局版《明文海》卷二二七）随着世风的演进，清初的选刻宋元诗风气逐渐转盛。起初有不少宗唐派的诗家因眼界大开，开始广泛肯定宋元诗人。如毛奇龄《王舍人选刻宋元诗序》云：“今无论宋时诗人，如渭南、沧浪、眉山、涪川诸集，其见诸篇者，去唐未远。”（《西河文集·序》卷二十二）出于市场的需求，刊刻宋元诗集蔚然成风，这个过程大致如下：顺治初，在远离江南的区域，宋诗选集即所在多是，诸如淄川孙之獬编有《宋元诗尘》；湘潭周侯纂有《宋元诗归》；康熙壬申年（1692）王夫之有《宋元诗评选》等。这种势头蔓延到藏书丰富的江南地区，他们凭借手头资源点校更精良的选本，比如顺康之际金陵张怡刻有《宋元诗钞》、康熙八年（1669）鄞县周斯盛刻有《宋元诗选》等；随着康熙十年（1671）石门（今桐乡）吴之振、吕留良等撰《宋诗钞》在三余堂刊行，宋诗选刊本层见叠出，几乎达到每两三年一本的密集程度。大约与《宋诗钞》同时或稍后，山阴吴兴祚撰成《宋元诗声律选》（从康熙十五年他连续刊刻宋荦、龚鼎孳诗集看来，该书亦大概刻于此年）；康熙十七年（1678）江都吴绮编辑《宋金元诗永》，汇集江南学者144人编撰而成，书前有徐乾学、丁澎等序[1]；康熙二十年（1681）许濬刊刻《四代律存》；康熙二十七年（1688），桐城陈焯刻有《宋元诗会》，据卷首邑人潘江序，“近见嘉禾、淮扬各有新编”[2]，似指秀水康熙二十四年（1685）曹溶《宋诗选》等。后来者尚有康熙二十九年（1690）山东诸城田雯《历代诗选》，表达了其取径三唐两宋的

① 徐序详后。丁澎序曰：“诗自三百五篇而下，派衍于东西京，沿泆于魏晋，滁汎于六朝，至三唐而条理极备，以集乎大成。故言诗之家，莫不如金科玉律之不可倍，自郐以下无讥焉。若舍此则不可以言诗，至使事用意，有稍涉唐以后者，辄指为堕落宋元，相戒无得入。间一出之，则率然揶揄勾摘之矣。夫诗，神物也。世人贵耳贱目，故或有与时为隐……为宋元诗亦然。当世未尝目寓而心好，无怪乎惑于其名而钤束之也……园次殆仿此例（按：朱子诗选）为断，而以元附焉，取裁搏而槭，本吕居仁江西宗派图而救其偏，准鲁慥《皇宋诗选》及唐恪所序《滁阳》《庆历》集而袪其冗，故咸、和、熙、祐之诗俊，炎、禧、绍、宝之诗达。元则以虞、刘、元、揭诸大家为宗风，使承旨（姚）牧庵驱于先，欧阳（德）、鲜于（枢）殿于末，憛采旁搜，拔尤取颖，悉表而出焉。举二代若线之绪，由唐可历溯乎？明中间毋有残缺，不致委于蔓草者，亦庶乎？近而有征矣。然为是选者亦难已。宋元诗，茅苇也；选宋元诗，则荆榛也。灌莽尽芟，则新楚自见。筚路蓝缕之功，园次其毋辞。”见《清代诗文集汇编》编纂委员会：《清代诗文集汇编》第78册《扶荔堂文集》丁卷一《吴园次宋元诗选序》，上海古籍出版社，2010年，第464页。

② 潘江《陈默公宋元诗会序》：“从来一代之兴，必有文人诗……汉魏六朝，风气渐开，声歌大备，诗固不始于唐也。不始于唐而规规焉，谓唐以后无诗，乌得为通论与……至于二苏二宋，不让钱刘；魏野林逋，何减王孟？杨孟载尝言之，即其时诗家品题，亦以陆为白之再来，黄为杜之宗子，讵不吐纳风流，分标作者之庭乎？元初多大儒名臣……即降至至元末造犹有顾玉山、杨铁崖、王黄鹤、倪清閟诸君子，相与含宫嚼徵，咀元音于不坠，孰谓宋元无诗人哉！吾友涤岑陈子……十年以来复取宋元之诗而讨论之……比于宋得四百三十人，于元得二百八十七人，携摭既称该搏，持择亦复矜严，洋洋乎巨观也！往者曹能始、潘仞叔皆有宋元诗选，什登一二，近吴圆次辈，亦廑遴三之一，未有犁然具备、幽显不遗如兹集者也……陈子于论诗之中寓作史之识，仿遗山中州绛云列朝之体，人立一传，不特详其爵、重而必核其生平于两代之史，正伪补阙，俾天下后世诵其诗者，可以论世而知人焉，不尤韪欤？虽然，今之谓唐以后无诗者，亦曾取唐诗而揽其全乎？予尝谓《诗纪》《诗所》初盛甚详而略于中晚，《唐诗百种》名儁备采而不及大家，他如《品汇》《正音》诸选，稍见崖略，迄罕善本，则夫撷三唐之英华，为宋元之嚆矢，陈子其能谢未遑而不从事于斯耶？”《清代诗文集汇编》第69册《木厓文集》卷一第570页。

诗学愿景[①]。康熙三十二年（1693）海宁陈讦所撰《宋十五家诗选会》、康熙三十五年（1696）无锡顾贞观所刻《积书岩宋诗删》、康熙三十七年（1698）虚白山房刻淮扬范大士、邵斡、王仲儒选评《历代诗发》等[②]，这些每隔三五年便问世的全新的宋诗选本，体现了清初诗坛选宋诗的新气象。

学习宋诗，在当时（明清之际）具有突破后七子规范、指导创作实际的现实意义。周兴陆先生认为，前后七子所提倡的“古诗必汉魏、近体崇盛唐”的取径过于机械狭隘，为了开拓诗歌的取径，明清之际的诗学在古体和近体两个方面均有所突破，古体方面主要是“朝前看”，近体方面主要是“向后看”[③]。（按：此法即笔者前文戏称的“瞻前顾后”）正因为眼光变了，所以一批被七子派所遮蔽优秀的诗人被重新认识。因此，本书除了研究唐诗经典化，除了重点研究白居易、韩愈、“大历十才子”、李贺、李商隐等唐代诗人诗歌体式的经典化之外，还将涉论东坡、放翁等宋诗在清初的影响。总体而言，唐诗经典化在清初基本完成；宋诗个别大家，即苏、陆等诗歌的经典化也已经开始，而“而元明清近代诗文的经典化过程还没有得到充分的展开，就已经遭逢世变”[④]。所以，探究唐宋诗歌经典化的路径，展开各

---

① 田雯《历代诗选序》：“迨夫《诗统》《正声》《品汇》诸书出，由一入手，遂可自号作者之林，其间家持一说，不可同堂而语……冯北海《诗纪》所编，按乎人代，载其全制，仅及唐之初盛而止，犹有不全之憾。由此而中晚，以讫宋元明，上下数千百年，先后数十百家，王半山选唐百家，曾端伯选宋诗，元裕之《中州集》，郭茂倩《古乐府》，下及《诗乘》《古唐》《乐苑》，各选不一，皆宜遍搜而博采之，阙一不可，非然，即其人可以作诗，必不可与论诗，况选乎？愚初学诗于聪山，得少陵大概，后从宣城渔洋游，探明唐人体格。是选也，耳剽日涉，沿波讨澜，多得之同学诸子所见闻者，然凡例仍多未详，删取容有寡当，必不敢公诸海内，开牴牾之端，贻挂漏之诮，聊以作有志风雅者之津逮已耳，此愚选诗之意也。”《清代诗文集汇编》第138册《古欢堂集》序卷二（实卷二十五），第404页。

② 《历代诗发》笔者未见，复核时发现与申屠青松《清人编宋诗选本序录》（《新世纪图书馆》2010年第3期）、李剑波《清代诗坛对宋诗范式的重建与创新》（2015年中国社科出版社第一章第83页）有载，特此说明。

③ 周兴陆认为：“明代万历后期诗坛打破格调诗学标举盛唐的格套以后，诗学取径发生转变：一是继续向前，上探六朝、初唐，这是远绍嘉靖时期杨慎、薛蕙诗学而加以延续的道路，以陆时雍、王夫之等人为代表；一是向后延伸，博取中唐元、白、韩、柳、大历才子，乃至宋元诸家，这是坚守吴中诗学传统而光大之的道路，嘉定诗人和钱谦益走的就是这条道路。”周兴陆：《中国分体文学学史·诗学卷 下》，山西教育出版社，2013 年，第 848 页。

④ 张晖：《元明清近代诗文研究的现状及其可能性》，载《文学遗产》2013年第4期，第155页。

个作家“范式”的研究，对于我们以至于后世开展“元明清近代诗文的经典化”研究善莫大焉。

值得一提的是，本书综合诸多唐宋诗家的“范式”研究，是具有一定的开创价值的。比如韩愈、白居易的“经典范式”，清初由叶燮和吴伟业等确立之后，经历了若干大起大落的时段，受到了诗学内部（“歌行体”或者古体创作的消歇、唐宋派古文的淡退）外部（台阁诗学的中衰、科场文风的转移）等因素的影响。李贺的“长吉体”范式，李商隐的“义山体”范式，之所以大行其道，与清初江南文祸酷烈、文人急于寻求一个安全表达其“骚怨”的途径有一定的关系。苏东坡、陆剑南的范式，与江南诗人处世的两个转向，即学者化、实践性转向相始终，等等。本书旨在将这些前代“范式”与世风时运联系起来、系统考察其成因，进而作出探求其演进规律的研究。而探究若干唐宋诗体“范式”兴盛之由，其实也旨在从传播接受史的角度探讨清诗的演变的进路。换言之，本书将大致按照时间的顺序，将明清之际各“范式”的流行现象逐一进行文本解读，并尽力以解析其流行的原因。

其二，可以将清初江南主要诗人的诗学理论、选本呈现、创作实际三者结合起来研究，全方位探求清诗复兴的“生新机制”。

张晖在其遗作中感叹：“（尽管）明清两代的诗文理论逐渐得到研究者的广泛关注，并开始取得丰硕的成果……（但是）目前这一领域的研究似乎也存在着一些不如人意之处……比如学界较为关注元明清时代唐诗学的研究，近年来除发表大量的研究论文外，短短数年更有多部著作出版。其中的优秀著作能在挖掘第一手文献的基础上论述唐诗选本的意义。但令人不能满意的是这些著作多半囿于接受史的思路，不能深入剖析当时文人如何以及为何阅读唐诗的时代原因。在理论框架上，依然未能突破早年若干海外学者的优秀论述。”[①] 这个观点笔者完全认同。我们认为，现有的著作，多数体现了研究模式和写作框架的固化；只有构建若干全新的接受诗学的理论“模块”，并结合第一手文献次第充实之，才可能有所建树；而探讨清诗如何接受唐宋诗、并形成其“生新机制”，是其重要的理论建构的手段之一。在清初，大凡优秀的诗家，为了申述其诗学主张，在理论、选政与创作方面均有所建树。概而言之：为了指导创作实践，清初江南诸多主要诗人曾在理论探究与操持选政方面下过功夫，他们的理论可能因时而异、选本亦不乏主观臆断，然而一旦与创作结合

① 张晖《元明清近代诗文研究的现状及其可能性》《文学遗产》，2013 年，第四期：第 156 页。

起来考量，即可呈现其动态的诗学主张，这也是我们研究“传播接受史”的真正目的：去探究清人打造清诗的“生新机制”[①]，亦即探索其繁荣复兴的内在动因。

“生新机制”一词，盖由严迪昌先生《清诗史》正式拈出，近来罗时进等学者则使用了“融会生新”等词汇[②]。其实它是一个古老的“核心词汇”，在晚明反对机械复古的时候，古人就不约而同地使用了类似词汇。从王世贞到袁宗道，在探讨诗学发展道路之时，均曾提及“生新”。比如晚明“江南第一家”太仓王世贞（1526—1590），虽然固守传统，但是首提“生新”之说，见《四库存目提要》引其《艺苑卮言》评张琦《白斋竹里集》曰：“如夜蛙鸣露，自极声致，然不脱于泥中。盖用思虽苦，谏骨未轻，有意生新，未免圭角太露，散体则纵笔所如。”[③]只是这里的“生新”一词微含贬义。到了公安派崛起之时，倡导“生新”，此词便带有褒义色彩了，诸如姚士粦《白苏斋类集序》评袁宗道（1560—1600）曰：“毕运我真，用诣万情，情契真，真生新，只见情情新来，笔笔新赴。”[④]在公安派影响下，嘉兴李日华（1565—1635）呼吁迎接“天地新新之机”，“有意于振新”。对于如何创造生机，他也有所预见：“余固愿士之为文者，多读书以沃其本，多析理以删其繁，多养气以达其颖，与造物者相为新新而不穷。《语》曰‘起夕秀于未振’，新新之谓也。”[⑤]可见，李日华与公安竟陵派的主张稍有不同，主张“博学生新”。启祯间，吴县姚希孟（1579—1636）认为，“生新”不得一昧追求怪诞，要力求“日新富出”。他说，“诗文本同一途，不有此日新富出，出鬼入神之致，不足以为盛。然盛矣，而无怪诞不经，可笑可愕之事参错其间，又不足以桩点极盛之

① 严迪昌：“有清一代二百七十年间的诗歌，以其绚烂丰硕的盛貌，焕发着作为中国古代诗史集大成的总结时期所特有的风采……适足以表证：以五七言古近体为文本形态的诗的生新机制依然十分强健。”严著《清诗史》（上册），浙江古籍出版社，2002年，第1页。

② 罗时进：“明末清初江南几个主要的诗歌流派……异量互动。不同流派间的异量互动，其对峙的张力能够避免趋宗一尊，使得江南诗歌创作承接众流，融会生新，达到了明清诗史难以企及的高度。”罗时进著，《地域 家族 文学 清代江南诗文研究》，上海古籍出版社，2010年，第171页。周方亦辑录和此段完全一致的文字，见张代会、周方：《清初文学研究散论》，北岳文艺出版社，2007年，第161页。

③ 浙江省通志馆编；《重修浙江通志稿》。标点本 第四十九册《著述考》，方志出版社，2010年，第4048页。

④ （明）李日华：《恬致堂集》卷一四《陆水部嗣端诗稿序》，《四库禁毁丛刊》集部第64册，北京出版社，1997年，第377页。下文引《恬致堂集》。

⑤ （明）李日华：《恬致堂集》卷十六《匡庐撷秀序》，第410页。

趣……而偏以怪物蒙其首，此皆造物极奇、极幻之文章，人以为兆衰，吾乃谓微盛耳。”[①]这又是明显针对竟陵派的弊端而感发的了。从这一系列有关“生新”的言论中，我们大致可以触摸到江南诗人学者致力于诗文“生新”的脉络。

然而，晚明江南学者提倡的“生新”，从本质上说，只是一种补弊纠偏的策略，他们并没有触及建立“创新机制”的问题。真正的诗歌“生新机制”，是在清初钱谦益、叶燮、沈德潜等以其学术实践接续嬗递的基础上形成的。明末清初，钱谦益可能是最早指陈后七子诗学之流弊进而反复提出“生新”主张的江南学者。只不过他不是像后来者叶燮那样，将“生新”作为一个词，而是以更具有诗人气质的方式加以表述，往往将“生生”与“新新”并提。笔者只是粗略浏览其著作，便已找到四例：《列朝诗集》李梦阳小传中说：“献吉以复古自命，曰古诗必汉、魏、必三谢，今体必初盛唐、必杜，舍是无诗焉。牵率模拟剽贼于声句字之间……古之人固如是乎？天地之运会，人世之景物，新新不停，生生相续，而必曰汉后无文，唐后无诗，此数百年之宇宙日月尽皆缺陷晦蒙，直待献吉而洪荒再辟乎？”又如《爱琴馆评选诗慰序》云：“吾友孟阳之诗，再经点定，笔墨生动，风致迢状，譬如美人经时再见……又益以悟诗人之妙，心灵意匠，生生不停，新新相续，殆所谓夜壑已趋，交臂非故。而顾欲以短钉之学、方隅之见，捋撦其体格，割剥其人代，旋而思之，不将哑然一笑乎？”再如《题徐季白诗卷后》中曰：“天地之降才与吾人心灵之妙智，生生不穷，新新相续。有《三百篇》则必有楚《骚》，有汉魏建安则必有六朝，有景龙开元则必有中晚及宋元。”（《有学集》卷四十七）《族孙遵王诗序》中说：“生生不息者，灵心也。过用之则耗。新新不穷者，景物也，多取之则陈。”[②]“生生不穷（或不停、不息）”“新新相续”主张的提出，正是钱谦益在破除后七子诗学迷信之后提出的建设性意见：用“灵心”去捕捉大千世界的“生机”。

而以“生新”一语来作为构建清诗理论的“关键词”，其贡献者系将其诗学体系化的一对师生——叶燮和沈德潜。叶燮说：“陈熟、生新，二者于义为对待……大约对待之两端，各有美有恶，非美恶有所偏于一者也。其间惟生死、贵贱、贫富、香臭，人皆美生而恶死，美香而恶臭，美富贵而恶贫贱。然逢比之尽忠，死何尝不美……对待之美恶，果有常主乎！生熟、新旧二义……推之诗，独不然乎！舒

① （明）姚希孟：《响玉集》卷九《十五科文选序》，《四库禁毁书丛刊》集部第178册，第558页上。

② 钱谦益：《牧斋有学集》卷十九，第828页。

写胸襟，发挥景物，境皆独得，意自天成，能令人永言三叹，寻味不穷；忘其为熟，转益见新，无适而不可也。”[①]他运用二项对立的法则，认为明代唐诗学陷入僵化（“陈熟”）、需要打通唐宋诗界限，开创诗歌创作的新格局。为此他在宋诗领域内寻找“生新”的典范，找到了苏、梅，其《原诗》云：“开宋诗一代之面目者，始于梅尧臣、苏舜钦二人……自梅、苏变尽昆体，独创生新。”沈德潜《清诗别裁》追忆其师论诗之旨凡三，“一曰生，二曰新，三曰深”，即“生新”而后方能见“深致”。概而言之，叶燮探讨诗歌创作的生新机制，与力主“神韵”的王士祯分庭抗礼。清末叶德炯评价说：“公当时与汪尧峰王渔洋二公旗鼓中原，势成鼎足，汪王颇以声气震动一世，公独夷然肆志，讲学里中，各其室曰‘独立苍茫’，是可见公之志矣。公论诗主生新，深平居以杜、韩、苏三集教授其门人，殆以渔洋神韵之说不免失之虚空，故托辞救范陆之失隐砭渔洋未可知也。”[②]钱钟书先生《谈艺录》指出，叶氏为宋诗之滥觞者，“自作《已畦诗集》，尖刻瘦仄，显然宋格……邓汉仪曰，‘燮诗以险怪为工’……（其）与归愚（沈德潜）说诗，不啻冰炭。师为狂狷，弟则乡愿：归愚谨饬，不忍攻其函丈。谢厥本师，遂力为之讳”[③]，此亦钱先生个人之见。随着时代变化，师徒或父子论诗产生分歧是很正常的，拙著《晚明江南诗学研究》论述过父子辈，如王穉登、冯复京宗盛唐，而王留、冯舒宗晚唐；师徒辈如钱谦益推崇宋诗，门下皆学晚唐等。因此不能说沈德潜与其师诗学观势同水火。在叶燮所处的顺康之际，诗人正在试图摆脱后七子和竟陵派等明代唐诗学的观念束缚，开始出唐入宋的尝试。叶燮论诗正是如此，其欲以中唐韩愈为分水岭，以“生新”作为机括，来开辟后人学习唐宋诗之多种途径。此举在当时实乃众望所归。因此马亚中教授认为，叶燮提出的“陈熟、生新不可一偏，必二者相济，于陈中见新，生中得熟，方全其美”的创作指导思想，“结合他对诗歌发展基本趋向的看法，可以看出，叶燮主张的是一种渐进的新变，而不是突变。这个观点反映了明末清初以来大多数诗人的愿望，在以后也一直有深远的影响”[④]。

叶燮诗学思想最直接的影响，便是启发了清初诗学集成者沈德潜，其《清诗别裁集》评价清初江南诸诗家能在模仿唐宋大家基础上有所“生新”，据笔者粗略统

① 叶燮：《原诗》，人民文学出版社，1 979年，第44—45贞。

② 叶氏语见《重刊已畦集书后》，见《丛书集成续编》集部第124册，上海书店出版社，1994年，第956页。

③ 钱钟书：《谈艺录》，商务印书馆，2011年，第363页。

④ 马亚中：《中国近代诗歌史》，复旦大学出版社，2011年，第106页。

计便有近二十处[①]，这一词的使用频率，并不比王炜针对沈德潜所作《<清诗别裁集>研究》一书所统计的以“雄”（47处）、“雅”（42处）、“真”（40处）“豪”（32处）、“清”（32处）、“远”（25处）等以风格论人的语词少多少[②]；要知道，“雄、雅、清、真”等单音节词的有成百上千种组合的可能，而“生新”一词却只能是这一个，显然，拈出此词尤属难能可贵。而朱廷珍《筱园诗话》卷二批判沈德潜的方法，亦是“以彼之道还治彼身”，认为他“有规矩法度而少真气”，“袭盛唐之面目”而“绝无出奇生新、略加变化处。”则“生新”一词，可谓系明清之际诗学转型之一大关捩。如果沿用沈德潜本人的话来说，“宋诗近腐，元诗近纤，明诗其复古也”[③]；那么，倘使模仿沈氏给本朝诗定位，我们完全可以接上此一句，“清诗则生新也”。

我们将钱谦益、叶燮、沈德潜言论中的“生新机制”合观，发现他们已然形成了“三位一体”的一种复合式、框架性的学理：钱谦益旨在强调：“生新”不能只是作为复古派的“修补”工具，它更应该给诗学发展提供源源不断的动力，此即清诗拔地而起的向上之力；而叶燮从“成熟生新”的辩证法出发，将复古派的砖瓦一一拆卸，完美解决了“破体”的问题，为清诗的阶级提升（或者说“出唐入宋”）提供了可行性；沈德潜强调的是“推陈出新”，辄是力主将复古的殿堂予以全新的建构。尽管沈氏最终回到了七子派“古诗尊汉魏、近体宗盛唐”的老路上来，但这三代江南诗学的宗主，恰恰完成了一轮诗学命题“否定之否定”的逻辑演

① 沈德潜称许颍川刘体仁每学韩孟诗派，“公戭诗出以生新，每近于涩，嗜好应在东野”。谓徐波固然沿袭竟陵体，然有晚唐义山风调，“《落花》习径，以生新之笔湔除之，李义山‘高阁客竟去’一首后，复见此诗”。评云间黄之隽《题寒江送别图》得六朝笔意，“熟处生新，不落习径”，而其友诗僧实祊《夜同凝父宿元朗斋头有怀秋潭》诗，“生新之句，时近贾长江”；评苏州方朝《江夜有怀》：“字字生新……或谓近贾长江，愚意转觉过之。”评吴县张锡祚：“诗初以生新为宗，能盘硬语，后一归平澹，在韦左司、柳柳州之间。”评吴雯“清挺生新”，有王绩、李白、韦应物之风调。评吴嘉纪《内人生日》等诗，“点化熟语，脱口生新，庄子所谓‘有道妻子皆得佚乐’，可以想其高风焉”。其真诗品格，源自陶（渊明）、杜（甫）。评史夔《塞下曲》：“易落唐人臼窠，此能生新。”评宋荦“固风雅之总持也。所作诗，古体主奔放，近体主生新，意在规仿东坡，时宗之者，非苏不学矣”。评张廷璐得陶渊明《归田诗》真意：“杜门悬车，归田后常语，一经翻用，便觉生新。”评其师叶燮《同人夜坐康贻任斋限人字》诗，“总无一语平直，极眼前事，一经点化，顿使生新”。

② 王炜：《<清诗别裁集>研究》，海古籍出版社，2010年，第88页。

③ （清）沈德潜《明诗别裁集序》，《明诗别裁集》卷首，上海古籍出版社，2008年。

进，清诗“唐宋兼宗”“以唐为主”的格局已然确立。其实，不仅虞山、横山学派标榜“生新”，作为建构清诗格局的关键，“生新”一词也贯穿于清初诗坛各地各派著名诗人的评价体系中。比如与叶燮同时代、一北一南的两大诗人王士禛与朱彝尊，也曾经作过“生新”的努力。杨际昌评曰：“（王士禛七绝，若）宫词、怀古、题画、竹枝诸体，点染生新，自是作手，终以眼前情景，天然有兴会有情寄者，为最上乘。”[①]郭英德等在概括朱彝尊诗风时说：“康熙十八年（1679），朱彝尊（1629—1709）应试博学鸿词，入仕清廷后，诗歌风格也发生了显著变化，从坚持尊唐转向兼取唐宋。他晚年的诗歌创作，使事用典，议论生新，不拘一格。”[②]

“生新”作为诗歌变革的手段，除了本说，尚有“日新”等同义词。大江南北，标榜“日新”者所在多是。在江南，吴伟业便是能在诗歌创作方面“日新”的诗人，袁行云评价说：“清朝初立，诗坛门户全仗明季汉族士夫。入仕者，则以钱、吴为首推。吴诗词芊丽绵，富有日新，于云间派外，别树一帜，称娄东诗派。”[③]吴江潘耒在《五朝名家诗选序》曰：“自嘉靖七子有唐后无诗之说，至今耳食者从而和之，宋元诸名家之诗，不一寓目，复于唐代独尊初盛，自大历以还，割弃不取，斤斤焉划时代为鸿沟，别门户如蜀洛。既已自域，又以訾人。一字之生新弃而不用，曰惧其堕于中晚也；一句之刻露摘以相语，曰惜其入于宋元也。天与人以无穷之才思而人自窘之，地与人以日新之景物而人自拒之，其亦陋而可叹矣。”[④]他主张向中晚唐及宋元名家学习，创作“生新刻露”之句。直至清末，仍有人提倡生新机制，比如湖湘派的王闿运（1833—1916）《湘绮楼说诗》之《论作诗之法》：“诗法既穷，无可生新，物极必返，始兴明派，专事摹拟。但近体若作五言，不能自运。”

在山左，一度与王士禛齐名的田雯，亦提出“日新”的主张。其《讱斋诗集序》云：“诗之变而日新也谁？昔然矣！作诗者之心思，犹山川之出云，晴阴朝暮不同，而各成其峰峦烟雨之态。不然，沿袭故常，徒拾前人牙后慧，是无异绘云于壁，而冀其峰峦烟雨飞动无已时也，乌可得乎！”[⑤]俞陛云评价王、田曰：“康熙

① 《国朝诗话》卷1。

② 郭英德，过常宝：《中国古代文学史》（下册），四川人民出版社，2003年，第533页。

③ 袁行云：《清人诗集序录》卷3，人民文学出版社，2016年，第70页。

④ 潘耒：《遂初堂文集》卷6，《续修四库全书》第1417册，上海：上海古籍出版社2001年版，第471页。又《清代诗文集汇编》第170册，第313页。

⑤ 《清代诗文集汇编》第138册，田雯《古欢堂集》序卷二（一作卷二十五），第400页下。

间，北方诗家，推新城王尚书阮亭、德州田侍郎山姜。王主气韵，田主才识，海内学诗者，多出其门。”[①]杨钟羲引四库馆臣之言评述曰：“秦小岘（瀛）过德州诗：‘当代风流说侍郎，搔爬骚雅记渔洋。衔泥零落红襟燕，谁认临溪旧草堂。’谓纶霞鬲津草堂也。田文博丽，訾謷八家，尝选汉魏六朝文，曰：自茅选一出，耳濡目染，以故荃蕙不馨。诗与渔洋标格不同，学博才赡，不肯规规作常语。”[②]王士祯、田雯能成为山左诗学的代表，也是其积极创新的结果。

除了“南朱北王”，中州诗坛的领袖宋荦父子，其诗亦出唐入宋、“刻意生新”。《四库全书总目》论其诗云：“平心而论，荦诗大抵纵横奔放，刻意生新，其渊源出于苏轼……故其诗虽不及士祯之超逸，而清刚隽上，亦拔戟自成一队。”[③]其门下士毗陵邵长蘅，更能从中晚唐以及宋代名家的藩篱中跳脱，追求“生新韵折，不屑屑规橅唐宋”之新境界，其《研堂诗稿序》云：

杨子之言曰：“今天下称诗虑亡不祧唐而祢宋者。”予曰：“然。诗之不得不趋于宋，势也。盖宋人实学唐而能逸唐轨，大放厥词：唐人尚酝藉，宋人喜径露。唐人情与景涵，方为法敛；宋人无不可状之景，无不可畅之情。故负奇之士不趋宋，不足以泄其纵横驰骤之气，而逞其赡博雄悍之才，故曰势也，第学之有善有不善耳。”顾近来吾吴诗派，则往往喜轻俊婉丽，宗玉溪而稍近元人，譬如吴趋少年，轻衫细唾，又如新妇子妆梳，粉白黛绿，百态呈新，而于少陵所谓前辈飞腾鲸鱼碧海者，或未见焉……剪烛读《研堂诗》，大概生新韵折，不屑屑规橅唐宋，亦不随近今习气，而能自摅胸臆所欲吐。别后属古诗一章寄予，有曰：一见能尽言，避席实悚听。勿爱西昆词，勿学工饾饤。滔滔看波靡，矫矫回风劲。予每吟颡不自已云。[④]

此外，淮扬诗学群、宣城、桐城诗派中亦有不少力主生新的学者，比如邓汉仪、梅庚、方世举等。代亮指出，“邓汉仪对宗唐诗学师法典范体系的重构，受制于个人心态，又与他崇尚‘生新’、推重‘学力’的创作观念有关。”[⑤]邓氏《诗观》中，类似“生新”的提法有“生创”“求新”等术语，他曾说：“诗走熟路，

① 王培军、庄际虹：《校辑近代诗话九种》，上海古籍出版社，2013年，第377页。

② （清）杨钟羲《雪桥诗话全编》，人民文学出版社，2011年，第100页。

③ 永瑢等：《四库全书总目》卷173《西陂类稿》提要，中华书局，第1526页。

④ 邵长蘅《青门胜稿》卷4，《清代诗文集汇编》第145册，第478页。

⑤ 代亮《邓汉仪与清初唐宋诗之争的走向》，《安徽师范大学学报》2018年第6期，第58页。

便少进境，故须以生创为佳，而又须娴于矩步。”[①]梅庚为荦之子宋至《纬萧草堂诗集》作序亦云：“词贵雅驯，毋沿习俗……至今日称极盛，顾风会所趋，往往矜生新而薄古淡，夫使为文必樊昭述，作诗皆李长吉，棘吻聱牙，雅音不作……”尽管他对于诗“矜生新”、效法“李长吉”持否定态度，但也承认“风会所趋”，以至“今日称极盛”的事实。江南诗人从中唐李贺入手，追求“生新”境界者尚有很多。桐城方世举在《李长吉诗集批注序》中云：“长吉诗但无七律，其五律颇多，而选家诸本未采，大抵视为齐梁格诗也……余今遵其（李于鳞《诗删》）意，而以长吉之近律者与律同为标明，以便寻览。鄙见似偏，然足以破熟习之大历、浅近之元和，庶乎生新。”

“生新”即清诗的发展机制，我们还可以从近代文学史的写作中得到印证。自有文学史写作以来，诸多民国大师级的学者意识到了“江南”系形成传受“唐诗”、容纳“宋诗”并形成生新机制的主要场域。比如“南社”领袖陈去病高度印可清初江南诗学，在其所著《诗学纲要》中指出：在钱谦益、朱彝尊与叶燮、沈德潜的“三代嬗递”中，经由理论、选本、创作相结合，以“杜诗”为主要范式、以下兼效韩、苏、范、陆中唐及两宋学者诗歌之典型，而完成了清初诗坛的重要构建，而王渔洋因“所谓诗人之诗，而非学者之诗”，其影响在清中叶的袁枚时才得以继续[②]。钱基博《中国文学史》则认为清诗系南北两大地域互相促进、共同发展的结果：明清诗学皆复古，“清初诗家有声者”皆步武后七子，只是取法的对象不再拘于盛唐诗人，南北诗人各有面目，互相影响，然王士祯实为清诗第一人，其诗

① 邓汉仪：《慎墨堂诗话》，中华书局，2017年，第1639页。

② 陈去病：“清诗人众矣，然综名核实，别伪存真，则二百六十年间之流风逸韵，固可得而言也。大抵清初诗人，推江左三大家，皆明臣而筮仕于清者也。继之者为岭南三家，然元孝、翁山，眷怀故国，自在遗民之列。惟梁药亭以六十七翁，厕身翰苑，正未可与陈屈二贤同年而语矣。厥后朱锡鬯流誉江东，王贻上姚声山左，施愚山奋迹宣城，宋荔裳齐镳海岱，一时有南朱北王南施北宋之目。而新城、秀水屹然并峙，执骚坛之牛耳者垂五十年，允推两大宗师。然渔洋宗法王孟，祇以神韵擅长，所谓诗人之诗，而非学者之诗。故当时赵秋谷即著《谈龙录》以弹之，而商邱宋荦，自谓与王齐名，并与颜光敏等，号辇下十子，时人亦未之许也。迨归愚沈氏出，承分湖叶燮之传，手取汉魏六朝以来诗人之作，从容厘订，勒成钜编，名《古诗源》，曰《唐诗别裁》《明诗别裁》以垂典则，而后学者咸知向往，不惑歧趋。故渔洋见而称之曰：横山门下，尚有诗人，其倾倒也如此。横山者，吴江叶星期先生燮也。平生痛于诗家之喜崇范陆，作《原诗内外篇》，以老杜为归，以情境理为宗旨。归愚少从之游，故其诗古体宗汉魏，近体宗盛唐，而尤所服膺者杜少陵也。”殷安如、刘颖白编：《陈去病诗文集 下》卷七，社科文献出版社，2009年，第922页。

宗三唐，而与之齐名的宋荦则推尊苏轼，其门客毗陵邵长蘅等亦宗宋[1]。尽管陈著粗陈梗概、钱著走马观花，均属于印象式的勾勒，但也都揭开了在地域诗学的视阈下结合传播接受史研究清诗的大幕。近年来，以“生新”为标题的清诗专著亦逐年增多，比如2008年，徐志平著《浙江古代诗歌史》第六编第二章第二节标题为《钱载与生新瘦硬的“秀水诗派”》[2]；2012年王小舒《中国诗歌通史》，第三章《王士祯、朱彝尊与康熙时期主流诗风的转移》之第二节，题为《生新的查慎行与劖刻的赵执信》[3]，等等。然而可惜的是，这些专著都受到了清人学黄庭坚“生新瘦硬”风格的影响，将“生新”视为一种偏重文字技巧或语言表达方式，而并非一种推陈出新的机制。这在李剑波《清代诗学话语》一书中表达得较为充分。他说：“（清代宗宋诗学）尤以宋人生新的诗风为宗尚。清诗人对生新的追求，有多种途径，其中最为重要的是求生僻。所谓求生僻，是指诗中使用不常见的字词、冷僻的典故。这与清人推崇学问有很大关系。”[4]在后来的著作中他有所补充，他说：“清初的宋诗热发展到雍乾时期，在人文荟萃之地浙江产生了宗宋的诗学流派——浙派和秀水派……浙派和秀水派都有着重要的共同特点：学习宋诗，运用宋诗美学原则——比如以学为诗、避俗趋雅、追求语言的生新、散文化等进行创作，希冀复现宋诗之

---

① 钱基博：“自明以来，言文学者，汉、魏、唐、宋，门户各张，一阖一辟，极纵横轶宕之观；而要其归，未能别出于汉、魏、唐、宋而成明之文学、清之文学也，徒为沿袭而已。清初诗家有声者，如钱谦益、吴伟业、龚鼎孳为江左三大家，皆承明季之旧，而曹溶诗名，亦与鼎孳相骖靳。大抵皆步武王、李也。明末公安袁宏道矫王、李之弊，倡以清真。竟陵钟惺复矫其弊，变为幽深孤峭，与谭元春评选唐人诗为《唐诗归》，又评隋以前为《古诗归》。钟、谭之名满天下，谓之竟陵体；亦一时之盛也。新城王士祯肇开有清一代之诗学，枕葄唐音，独嗜神韵. 含蓄不尽，意有余于诗，海内推为正宗。与秀水朱彝尊、宣城施闰章、海宁查慎行、莱阳宋琬所汇刻者，日《六家诗》。彝尊学富才高，始则描摩初唐，继则滥泛北宋，与士祯齐名，时人称为‘朱贪多，王爱好’，又有南施北宋之目；盖闰章以温柔敦厚胜；琬以雄健磊落胜也。当是时，商丘宋荦亦称诗宗，与士祯颉颃，而诗主条畅，又刻意生新，其源出于苏轼；游其门者，如邵山人长蘅等靡然从风，亦于士祯之外自树一宗。”钱基博著《中国文学史 下》，上海古籍出版社，2015年，第871页。

② 徐志平：《浙江古代诗歌史》，杭州出版社，2008年，第519页。

③ 赵敏俐、吴思敬著；王小舒著：《中国诗歌通史 清代卷》，人民文学出版社，2012年，第335页。

④ 李剑波：《清代诗学话语》，岳麓书社，2007年，第84页。

美。”①将“生新”视为语言表达方式，主要在雍乾年代，因为彼时已经形成清诗“出唐入宋”的格局；由于本书主要关注点在顺康时期，所以“生新”二字并非指爛熟而后求生涩之新，而是一种追求迥异于明诗风貌的诗体创变。程千帆、张宏生等先生主持《全清词》编撰，蒋寅先生《清代诗学史》的写作，均是将清代诗词按照历史分期进行的；顺康时期，学者主要关注的重点是在清代诗词缘何在体式、格调等方面形成与前代不同的特色。因此，笔者将以探究清诗的“生新”机制为课题宗旨。

在本书展开的过程中，我们接触到大量江南诗家力图打破公安竟陵及后七子宗唐苑囿、别开生面的诗学序文选本等资料，整出了一些头绪：清初诗学“生新”的逻辑起点似乎是“杜诗学”。钱谦益指出，杜诗是中晚唐两宋诗歌的渊薮，其《曾房仲诗序》云：“自唐以降，诗家之途辙，总萃于杜氏。大历后，以诗名家者靡不繇杜而出。韩之《南山》，白之讽喻，非杜乎？若郊若岛，若二李，若卢仝、马异之流，盘空排奡，横从谲诡，非得杜之一枝者乎……诸家则分身也。逆流顺流，随缘应化，各不相师，亦靡不相合。宋、元之能者，亦繇是也。”②钱谦益作为清初江南诗学的一代宗盟，带动了杜诗研习的热潮，他对于杜诗的喜好是全方位的③。钱氏可能影响到了下一代主盟诗坛的“南朱北王”。一个有意思的现象是：朱彝尊的从曾祖朱国祯等曾推崇“王（维）韦（应物）”诗风，而王渔洋尊奉了这一江南的传统，以之替代“杜诗学”扩大影响；而朱彝尊本人因前半生以遗民自居，仍以“杜诗学”为起点，故而相较而言，王的实际功绩远大于朱；然两人亦有相通之处，便是王与朱皆奉行宗唐之路径，沿“杜诗学”继续开拓：王渔洋开拓出了神韵一派；而朱竹垞则发明了学问一宗。前者沿“下笔若有神”、采掇风骨灵气的方向发展；后者则继承“语不惊人死不休”的路数，沿中唐韩愈、北宋江西一派开拓。蒋寅先生认为以《五七言古诗选》发端，王渔洋毫不含糊地肯定了唐诗的正宗地位，及

① 李剑波：《清代诗坛对宋诗范式的重建与创新》，中国社会科学出版社，2015年，第32、34页。

② 钱谦益：《牧斋初学集 中》卷32，上海古籍出版社，1985年，第928—929页。

③ 我们认为：一方面，他在《初学集》等诗文集中，从理论上建构“以诗为史”的诗学思想，并在创作中予以实践；另一方面，他又选辑《钱注杜诗》，以选本的方式来呈现其价值取向；其学生冯班、陆贻典等推崇晚唐“义山体”，则认为义山系杜诗之正宗苗，且编纂了《二冯先生评阅才调集》的《唐诗鼓吹补注》这两种唐诗选本，带动了江南各诗人群体普遍推尊杜诗与中晚唐诗的倾向。

《唐贤三昧集》《十种唐诗选》问世，“南北词坛尊宿见之者，动色相告，曰：诗学宗旨，其在斯乎！”[①]至于朱彝尊，严迪昌认为从《曝书亭集》来考察，力主扶“正”，力求其“醇”，尊唐贬宋，博“学”取“材”，绝非“浙派”宗宋诗者可比，可以《明诗综》来验证[②]。朱则杰先生的《清诗史》中说朱彝尊“从韩愈和黄庭坚入手，主要在句法上求变化，拗折险怪，瘦硬生新”，此亦朱竹垞之“生新机制”。而折中于王、朱之间者有吴江叶燮亦宗盛中唐杜甫、韩愈，较多继承了后七子诗学主张，传至其弟子沈德潜，“横山”一派崛起。张寅彭评曰：“沈归愚与明七子诗学的相承关系，较之渔洋更为深入。如他与七子一样，论诗主汉魏和盛唐，系统地选编了《古诗源》《唐诗别裁》，乃至明诗及国朝诗均有《别裁集》，却唯独不选宋元。”[③]这或许也可以从一个侧面证明江南唐诗学传统力量的强大。

综上所述，从明代七子诗学推重初盛唐，到清初江南主要诗家（王渔洋、宋荦等外宦是例外）强调盛中晚唐，从而完成了全唐诗的传播接受史程，我们将之概括为“生新机制”，也即四库馆臣所谓的“推陈致新……正造化新新不停之义”[④]。而这个接受史的进程，同样也是“生新”的过程：即在合适的历史条件下逐次展开“范式”的写作。从钱谦益等倡导“杜甫范式”，到横山叶燮、海虞二冯倡导“韩愈范式”“李商隐范式”，再到王士祯“韦应物”等“大历十才子”范式，宋荦的“杜甫—苏轼”范式等等，我们将逐次展开这些“范式”的生成机理或者说“生新机制”的研究。

其三，可以介入唐诗、宋诗的传播接受“过程史”研究，探求其“经典化”“学问化”路向。

早在40年前，即1980年举行的“中国古典文学研究座谈会”上，由王季思、黄天骥、徐中玉、程千帆、吴调公、郭预衡等学者参会，《社会科学战线》编辑部拟

① 蒋寅：《再论王渔洋与清初宋诗风之消长》，卢盛江、张毅、左东岭编：《罗宗强先生八十寿辰纪念文集》，中华书局，2009年，第562页。

② 严迪昌：《清诗史》（上册），浙江古籍出版社，第506页。

③ 张寅彭：《试论清代诗学侧重“质实”的立场》，蒋寅，张伯伟主编：《中国诗学》第十二辑，人民文学出版社，2008年，第196页。

④ 纪昀等《四库全书总目》，卷一〇四，子部，“《景岳全书》”条，中华书局影印，1965年，第877页。

写综述，就曾明确提到中国古典文学进入过程史研究的必要性①。新时期以来，“改写文学史”体现了“进入过程史”的特色，比如2011年上海古籍出版社出版了王建生《通往中兴之路——思想文化视域中的宋南渡诗坛》等。2012年，蒋寅先生所著《清代诗学史》第一卷出版，贯彻了其所称“进入过程的诗学史研究”，汪涌豪教授评为“过程史研究的佳范”，“对当下批评史研究的整体推进深具纠补意义”②。蒋寅先生的巨著基本上是在“江南”等地域基础上展开的，也证实了某些诗学史程中具有较大影响的传播接受现象，比如考述了钱谦益与王士祯崇宋诗的异同③；然该著旨在正面梳理清初各家诗学特征，对诸如“中晚唐诗学”如何在明清之际展开、整个诗学风潮又是如何“由唐及宋”等接受史程并没有专门的叙述；虽然为“关中三李”开列专章，介绍其古诗学，且被汪涌豪评价为“完整了对后七子诗学的认知，也见出其说在古体一途的新延展，非常有意义”，但笔者认为在该著中所涉唐、宋诗在清初的传播接受的具体史程辨析不甚分明。蒋先生高屋建瓴，其大著旨在通盘考量清诗在各个时代之间的嬗递，对清人对前代诗歌的传播接受过程的展述所占比重非常有限。而笔者也常常思考：如果能就唐宋诗的具体接受史进一步延展，是否能更开拓出明晰的清诗史发展视域？简言之，本书研究价值之一，还在于对有清前代诗歌作“传播接受过程史”之考察。

① 该综述认为：“中国文学的实践过程（史）有其不同一般的独特性，中国古时各代的文学作品也有其不同一般的独创性。任何科学研究都是从差异（矛盾）出发，从特殊归纳为一般。因此，我们必须全面、系统、深入地研究中国文学史中所呈现的种种特性，从中认识出其固有规律。”《社会科学战线》编辑部：《继续解放思想，把古典文学研究提高到一个新水平——中国古典文学研究座谈会综述》，《社会科学战线》1980年第4期，第241页。

② 汪涌豪书评《过程史研究的佳范：蒋寅清代诗学研究述评》，原载《文汇读书周报》2013年3月1日版，又见《书生言》，海豚出版社，2014年，第186—195页。

③ 同上汪涌豪评曰：“有鉴于清代文坛基本是以地域文学集团为单位构成，地域意识渗透到诗论家思想深处，它以不同地域的诗人聚落与诗学趣尚为切入点，提携起整个清初诗学。如论钱谦益与王士祯之提倡宋诗，一以陆游、元好问为主，末流放为轻滑熟烂；一以苏轼、黄庭坚为主，取其瘦硬奇肆，两者各有拥趸，呈现为一好‘软宋诗’、一好‘硬宋诗’的不同趣尚，就是在地域意识的大背景下展开的。”

清初诗学至少有两大突破：唐诗经典化、宋诗学问化[①]。清代诗学发展的直接参照对象是明诗，尤其是前后七子的复古诗学，因承袭前朝，所以“宗唐”仍是普遍的倾向；但由于模仿前人、再学习杜诗成为清初江浙诗人的诗学法门，而宋代的“江西诗派”以杜甫为宗，其接受方式有相似性，故而“江西诗派”亦成为他们“出唐入宋”的学理依据。尽管这宋诗的接受史程没有“唐诗经典化”所取得的成就突出，但毋庸置疑它以超越常规的速度发展，其效率是惊人的；康熙初、乾隆中等多次出现“唐宋诗之争”的现象，就很能说明问题。而以同样速度发展起来的还有金、元诗，到康熙时期均有精良的选本。除此以外，宋人诗集的亦逐次得以刊刻，如苏轼、黄庭坚、陆游等的精校本的问世。某种程度上说，以发达的出版业为支撑、以诗人学者的笺注评点为指导、以诗话著作为鉴赏指南，立体式、全方位促进诗学的专业化，在这些方面清诗与宋诗的确具有惊人的相似性、一致性。

首先，我们大致阐述一下何谓清代“唐诗经典化”。十年前，也就是2007年北京大学出版社出版《文学经典的建构、解构和重构》，该书主编童庆炳撰有《文学经典建构诸因素及其关系》一文，童先生提出了建构文学经典的六个要素，分别为文学作品的艺术价值、文学作品的可阐释空间、意识形态和文化权力变动、文学理论和批评的价值取向、特定时期读者的期待视野、发现人（赞助人），从而为经典形成之路做了一个兼融本质主义和建构主义的理论剖析。这六个要素都具备的历史条件和现实诗学语境都是比较苛刻的，特别是“发现人”的出现。周兴陆通过分析唐人选唐诗、编选诗歌总集予以说明：主要有殷瑶《河岳英灵集》、高仲武《中兴间气集》、元结《箧中集》、令狐楚《御览诗》、芮挺章《国秀集》、姚合《极玄集》、韦庄《又玄集》、无名氏《搜玉集》、韦縠《才调集》。“这些选本对诗人

① 按：以“学问化”一词概括宋诗特征由来已久，2016年，苏勇强《唐宋文本差异与宋诗学问化》有过综述（《社会科学家》第7期）；暨南大学颜文武2010年博士论文即《宋诗“学问化”研究》。一个有意思的现象是，颜博士的师兄宁江夏在前一年论文题为《清诗学问化研究》。其实清诗和宋诗的“学问化”在本质上并不是一回事，宋诗的学问化，大概是严羽“以才学为诗”的现代表述；而清诗“学问化”是与“性情化”相对立的表达，也即受后七子派之影响、在清初发展壮大的广义上的格律派诗学特征。而笔者此处所标签的“学问化”，指的是在清代诗人在宋诗未完成经典化阶段之前的“二次学问化”，即清人系统研究宋诗“以才学为诗”所体现出来的学术化特质。尽管魏中林教授曾著有《古典诗歌学问化研究》，然而笔者认为唐诗与宋诗在清初的传播和接受属于传受史的不同阶段，唐诗的经典化是公认的、属于完成时状态，以《全唐诗》《唐诗三百首》等或繁或简的选本为标志；而宋诗只处于经典化的前期阶段。

的取舍，与后人的唐诗观有一定的差异。比如李白、杜甫诗歌，唐代后期的诗歌选本就少有入选的。这至少可以说明，李白、杜甫诗歌的经典化地位在唐代并没有形成。”[①]唐诗开始有经典化趋向是在南宋，在王安石《唐百家诗选》、洪迈《唐人万首绝句》等经典选本的基础上，出现了周弼的《唐三体诗》，这些选本较唐人而言具有相对客观性；更为可贵的是，此时出现了第一部逻辑缜密、体系完整的诗话《沧浪诗话》。邓新跃在《<沧浪诗话>与盛唐诗歌的经典化》一文中认为：严沧浪“对明清诗学批评的最大影响是在标榜格调的理论旗帜下对唐诗尤其是盛唐诗歌经典化。”[②]宇文所安也认为，其作者严羽充当了唐诗经典化的“发现人”。只不过，他批评严羽《沧浪诗话》的流行直接造成“盛唐诗”的经典化以及诸多规范化的现象，从而限制了诗歌多种风格的选择[③]。这种趋势经过宋末的刘克庄（著有《千家诗》）、明初的高棅（著有《唐诗品汇》）等一再加以强化，到了后七子时代终于形成了盛大的模拟盛唐诗歌的规模，这时候唐诗的经典化便开始了。我们认同蒋寅先生的观点，所谓“唐诗经典化”是从明七子时代扩展的、经过清初王士祯、沈德潜不断补充完成的[④]。

其次，我们有必要预先界定何谓清代“宋诗学问化”。这个话题，最近亦屡屡见诸于学报期刊和硕博论文，比如《社会科学家》2016 年 7 月发表苏勇强《唐宋文本差异与宋诗学问化》，提出“学问化诗歌需要数量质量兼优的书籍”，大致在中唐韩柳之际，印刷术的诞生提供了图书的便利，也开始了唐宋诗歌学问运作程式，到宋代登峰至极；从西昆以典故入诗，欧公化用古人诗句，王安石以史料入诗，以及苏、黄以才学作诗，都坐实了宋人“以学问为诗”的公论。2010 年和 2009 年暨南大学魏中林教授指导的两位博士宁夏江、颜文武分别发表《清诗学问化研究》《宋

① 周兴陆编著:《中国分体文学学史 诗学卷 下》，山西教育出版社，2013 年，第 733 页。

② 王友胜主编：《亦鸣集——湖南科技大学中国古代文学学科论文集》，上海古籍出版社，2009年，第252页。

③ 李春青等著：《20 世纪中国古代文论研究史》，山东教育出版，2008 年，第 736 页。

④ 蒋寅：“浏览清代有关隋唐五代文学研究的著作，我们惊异地发现，学者们对这一领域的研究已有相当自觉的意识。康熙年间王渔洋为矫正宋诗风的流弊，以神韵为骨干重塑唐诗的传统，以《十种唐诗选》打磨唐人选唐诗的时代印迹，以《唐贤三昧集》树立盛唐诗的理想，成功地推出了一个体现他审美理想的唐诗面目。后来沈德潜鉴于王选神韵有余而骨力不足，更选《唐诗别裁集》，取长补短，终成一种兼容并蓄、能反映唐诗宏大风度和多方面特色的佳选，从而完成了唐诗的经典化过程。”蒋寅主编《中国古代文学通论·隋唐五代卷》之《绪论》，辽宁人民出版社，2005年，第8页。

代诗歌学问化研究》。前者指出："清代是学术集大成的一代，也是诗学集大成的一代，清诗的学问化倾向比先前任何一个朝代都明显。"受清代繁盛的学术氛围对清诗学问化的影响，清诗学问化被强化，清代诗人、学人、学究之诗均呈学问化趋势。颜文武认为："学问化问题作为一个极富民族文化内涵和诗性内涵的诗学命题，贯穿了中国古典诗学发展过程的始终"；中国诗歌发展至宋代，"宋人凭借他们的学问修养，大量以学问为诗，其诗歌前所未有地表现出了学问化的特征"，该特征也就成为宋诗特色的最鲜明的表现形式。其实，早在十年前就有了"清诗学问化"的提法，李文龙2006年发表于《中国文学研究》9月《论清诗的学问化倾向》一文指出：学问化是清诗的基本特征之一，清诗的学问化倾向主要体现在"诗史"意识的增强、学问诗的大量涌现和典故运用的经常化三个方面。清诗学问化倾向既是唐宋诗互相融汇后的结果；体现了清人企望超越前人的一种可贵的创新精神等。

我们这里提出的"清代宋诗学问化"，与魏中林教授以及其学生的提法同中有异：这一提法，可以说是综合了魏教授以朝代论"学问化"和李剑波先生以"范式"论宋诗的内涵这两种学术观点。我们强调客观地站在接受史的立场上，以清代"唐诗经典化"为参照系而建立的清代宋诗学过程史研究系统。清代"宋诗学问化"是基于以下"语境"而存在的：

首先，宋诗首次以比较完整的形态进入清人的诗学视野；但相比正在或已经进行经典化的唐诗而言，它先天不足，并且后天受限，出现过接受史历程中的"断裂"现象。谢海林如是说："相比而言，唐诗历经千年层积与淘洗，经典作品与著名诗人在清代已渐趋定型。在宋元明的基础上，清人通过唐诗选本以构建完整而成熟的唐诗学体系。而宋诗则不然。自晚宋以降元明，宋诗备受訾议，在有限的诗学时空中，经典化进程并不到位，甚至可说是断裂。"[①]更重要的一点是：宋诗在清代的接受，经过严羽等的贬抑之后，特别是跨越了一个明代七子诗盛唐诗学兴盛的时段，尚有一道"铁门限"——即从观念上扭转唐尊宋卑的诗学思想。邓新跃说："严羽认为，宋诗三百年的发展路径是完全错误的，学唐者也是在沿袭唐诗的流弊。"[②]清初第一个清算严羽诗学思想的人物是钱谦益，他开始打破唐宋诗之间的人为设限，但由于七子诗学根深蒂固，并未起到立竿见影的效果。"代钱而兴"

① 谢海林著：《清代宋诗选本研究》，上海古籍出版社，2011年，第63页。

② 王友胜主编：《亦鸣集——湖南科技大学中国古代文学学科论文集》，上海古籍出版社，2009年，第256页。

的王士祯，一向有“清秀李于鳞”之称；踵王而起的沈德潜，更是以“格调派”自命——他们都是极其推重严羽的。这种摇摆于唐宋两端的矛盾思想，在清初一直强烈地存在着，这就是所谓“唐宋诗之争”的缘起。张毅博士认为，“乾隆十五年（1750）《御选唐宋诗醇》问世，标志着唐宋诗之争的一个新阶段，宋诗取得了与唐诗对等的地位”——对此观点我们是不大赞同的。我们在下文中将重申一点：唐诗经典化是由《御制全唐诗》和《唐诗三百首》等一繁一简两个版本完成建构的，极繁与极简，标志着唐诗经典化已处于完成形态；而经历了《宋诗钞》和《御选唐宋诗醇》重要的两步之后，清人对宋诗的接受才刚刚走向正途，其间还有康熙四十八年（1709）《御选宋诗》，宋诗在清代的接受史一直处在探索过程中。确实如张毅所说，清中叶官方刊出《御选唐宋诗醇》，迎来了标志着宋诗发展的“一个新阶段”，我们权且称之为宋诗的“阶段化”，此时不仅出现了《唐宋诗醇》，还有早它四年由厉鹗刊行的《宋诗纪事》——但它并不能说明宋诗便“取得了与唐诗对等的地位”。《宋诗钞》的作用，类同于明初《唐诗品汇》，就如同明人按照初、盛、中、晚来习得唐诗一样，明人选择初盛唐的偏向，注定了唐诗未能完成经典化，这是清初的江南学者得以完成的任务。同样，《宋诗钞》只是标志着宋元诗歌进入“阶段化”的选本阶段。它给清人指出学习宋诗的途径；这个途径同样在当代没有完成，设计这个途径的浙派，和此后的桐城派、秀水派、同光体诗派等一道，处于未完成的行进状态，正因这种断裂，宋诗在整体学问化基础上又呈现出“阶段化”的特点。

其次，唐诗的“经典化”、宋诗的“阶段化”具体表现为：明清之际江南诗坛接受宋诗，才刚刚进入到“选本”的阶段，除了苏（轼）、黄（庭坚）、陆（游）等少数大家有集成性质的诗集笺注本，没有出现特别大型的总集；即便是《宋诗钞》，亦仅入录一万两千余首，占目前可知总量28万首的4%。何况进一步而言，唐诗的“读者期待视野”经历了一个从初盛唐到中唐到晚唐依次推进、逐步经典化的过程，一个从总选到精约的过程；而宋诗在清初，各家诗集尚且不完备。从这个意义上说，宋诗在清代的接受是不成体系的。这一点，清初海宁陈讦在康熙三十二年（1693）所作《宋十五家诗选・发凡》中已经阐明：

唐代诗人，如李杜、刘韦、元白、韩杜、温李诸公，向有专集行世，脍炙既久，总选不妨精约，二者并行不悖。至宋人全集，欧、苏而外，世即罕觏。[①]

在这种宋人诗集极其罕见的情势下，即便是在康熙后期，东海陈订坐拥万卷，也只能先选择十五家宋人之诗集予以突破。他解释说：

宋人诗集，世难多觏。若总选一代，不但网罗非易，即诸大家诗，亦罣漏必甚……近本或每集选录者，既苦卷帙繁重；若专选一集者，又觉固陋不广。兹十五家，系宋一代之眉目。

陈讦之论，我们可换言之：明清之际的宋诗选，还处在"踩点"的阶段。然而，自晚明开始，有关唐诗的选集已经开始了阵地式的推进。笔者在课题申报书中，曾明确演示了唐诗从初盛到中晚的"选本"演进路径。从现行文献来看，明清之际的江南以其巨大的文化和人才优势成为大型诗学著作的编辑创作中心，由编辑重心的调整，可以体察创作和鉴赏风气的转移。以唐诗选辑为例，比如前后七子之际，如山东济南李攀龙作《诗删》等，唐大历以下诗勿论；进入晚明，诗学中心转移至江南，辄有金陵朱之蕃等四五种《中唐十二家诗选》《晚唐十二家诗选》等。再如《唐诗纪》，在苏州黄德水原稿的基础上，经江都陆弼、吴江俞安期（初名俞策）、徽州新安吴琯等集成，其间受到了诸如余姚孙矿、吴江吕胤昌等的批评，孙氏认为"《唐诗纪》必尽中、晚，乃为大成"（《与吕甥玉绳论诗文书》）。湖州臧懋循的《唐诗所》亦全力辑中晚唐诸家，惜毁于盗，但是江南选家的前进路向并没有受到影响。如皋冒襄亦欲裒辑"四唐诗"未果。直到明清之际终有海盐胡震亨《唐音统鉴》、靖江季振宜《唐诗》等大型诗选问世，后者经昆山徐乾学进呈内府，乃成今日《全唐诗》之概貌。随之而来的、长期以来形成的唐代共有诗歌47000余首、作者2500余人的说法，和十年前尚永亮老师统计的现存唐诗50454首、作者3228人的结论，差别也不算太大[②]。然而，全宋诗数量几何，不仅古人心中无数，即便今人亦众说纷纭，从王水照先生到罗时进教授都只是一个大致的预判。

其三，"经典化"意味着唐代诗人在清初以后世人心目中的位置是相对固定的，而清初诗人心目中宋人的位置是变动不居的。所谓"经典"，就是具备童庆炳先生提出的"六要素"，并且各要素之间已经达成了和谐共处的默契。而宋诗则不

---

① （清）陈訏《续修四库全书》集部第1621册《宋十五家诗选叙》，上海古籍出版社，2002年，第206页下。下段引文同出，注释从简。

② 尚永亮：《数据库、计量分析与古代文学研究的现代化进程》，《文学评论》2007年第6期，第190页。

然，容易出现“意识形态”或者“发现人”的干扰，造成学术界认识上的混乱。典型例证是《唐宋诗醇》的出现，带有强烈的官方干预色彩。当唐诗经典化完成、宋诗学问化肇始之际，这部标志性的选本其选诗数量排名如下：杜甫722首、陆游561首、苏轼541首、李白375首、白居易363首、韩愈103首，这一排名明显受到了其“温柔敦厚”之“诗教”宗旨的影响。无怪乎鲁迅在《花边文学·古人并不纯厚》中评价说，《唐宋诗醇》“便是由皇帝将古人做得纯厚的好标本”。稍后，沈德潜的《唐诗别裁集》和孙洙的《唐诗三百首》诗人篇目排序略受影响，但相较乾隆过分拔高杜甫，显得客观公允；而且愈往后，受意识形态的影响愈小。以唐诗人前四论，沈著数量为杜甫240、李白137、王维103、韦应物53；孙著数量为杜甫36、李白29、王维29、李商隐24，其中李白、杜甫、王维的地位大致相当，同列为一流作家，这便是唐诗经典化之后的结果。我们只要略做比较就可以轻易得出这个结论：拿《御选唐宋诗醇》《唐诗别裁集》《唐诗三百首》和今人对于唐诗经典作品的数目进行定量的分析进行比较[①]，诗人总体的排名次序是差别不大的；甚至往前推，像明清之际曹学佺的《石仓诗选》，与元明之际高棅的《唐诗品汇》相比较，前30名中有19人是相同的[②]；这说明经历了整个明代的积淀，到了清初，唐代诗人在选本中的地位就已经比较固定了。然而宋诗则不同。比如《石仓诗选》前三名为释惠洪259首、梅尧臣和朱熹各约200首，像陆游诗勉强选入前十，而杨万里排名在三十开外。《宋诗钞》排名前六为杨万里1359首、陆游951首、刘克庄496首、苏轼461首、梅尧臣332首、黄庭坚286首，杨万里入选篇目是苏轼的三倍、梅尧臣的四倍、黄庭坚的五倍。陈焯《宋元诗会》，排名前十为苏轼198、梅尧臣165、汪元量127、黄庭坚121、陆游116、谢翱116、杨万里113、林景熙112、欧阳修109、刘克庄106[③]；其中苏轼诗歌的入选量是黄庭坚和陆游的近两倍；第二个醒目之处在于汪元量、谢翱、林景熙、刘克庄四大遗民诗人均跻身前十。到了《唐宋诗醇》，陆游据宋诗人第一，超越了苏轼，而黄庭坚则不入前三十名……这样的统计显得颇为混乱无序，只说明了一个问题：清人对于哪种诗人的“范式”最能代表宋诗的特色，一直以来就

① 王兆鹏、孙凯云认为，唐代十大诗人排行榜为：杜甫、李白、王维、李商隐、杜牧、王昌龄、孟浩然、刘禹锡、白居易、岑参，载《寻找经典——唐诗百首名篇的定量分析》，《文学遗产》2008年第2期。

② 许建昆：《曹学佺<石仓十二代诗选>再探》，载黄霖，陈广宏，郑利华主编：《2013年明代文学国际学术研讨会论文集》，凤凰出版社，2015年，第506页。

③ 谢海林著《清代宋诗选本研究》，上海古籍出版社，2011年，第154页。

存在着强烈的主观性。

综上所述，正是这种操持选政者的主观性，决定了宋诗处于“阶段化”时期，其具体的表征即“学问化”。“学问化”具体体现之一，即宋诗“范式”的路径选择，这种选择是具有主观性的。比如在“宣城诗学”体系中发展而成的“梅宣城”范式、江南推崇文艺和尊重个性所形成的“东坡范式”、鼎革之际张扬爱国主义的“陆务观”范式等，在明清之际的诗坛上起伏不定。三者发展态势，可揆其大端：“宣城诗学”肇始于小谢，蛰伏于盛中唐，极盛于宋初，复兴于晚明。晚明梅氏家族的《八代诗乘》可谓集成之作，梅膺祚、梅鼎祚兄弟等，还曾追随公安三袁唱和往还，取得了突出的诗学成就。明末清初随着号称“南施北宋”的施闰章崛起诗坛，开启“宣城体”的诗歌创作体式，梅清、梅庚等梅尧臣后人扬厉宛陵诗风，以至于从《石仓诗选》到《宋诗会》，梅尧臣的地位均是数一数二的。王士祯《池北偶谈》、全祖望《春凫集序》，皆以梅为宋诗一流大家。查慎行甚至认为，梅尧臣善学唐，其成就甚至超过了王维：“宛陵正是突过摩诘。”[①]但是，由于钱谦益、宋荦等诗界大老推尊苏轼，到了康熙中，桐城陈焯选《宋诗会》之际，苏轼的地位仍是屈指一数的，与此同时，陈焯也强调宋遗民诗的突出地位。到了乾隆初的《唐宋诗醇》，那些遗民诗人如刘克庄等被抹杀，而将陆游置为宋诗第一、苏轼第二，可能是因为经过了钱谦益的提倡，汪琬等的推崇，康熙中后期已经出现了李振裕、张世炜、邵长蘅、费经虞、徐釚等所惊叹的陆游、苏轼诗集“家置一册”“家弦户诵”的景观[②]。清中后期国家多难、士子命途偃蹇，在桐城派、秀水派崛起之际，如钱载、黄景仁等均宗法黄庭坚，发展至“同光诗派”，遂推为黄庭坚为不二宗师，并再次诗法梅尧臣，以江西、宛陵诗派为旨归，反而“玉局（苏轼）、文忠（欧阳修）、放翁（陆游），均不甚措意。”[③]基于以上“范式”发展的主观性，我们可以这样认为：与清初唐诗接受史程中初盛唐、中唐、晚唐依次经典化的路径不同（诸

① （清）杨钟羲：《雪桥诗话全编》卷九引吴嗣广语，人民文学出版社，2011年，第478页。

② 李振裕《白石山房集》卷十四《新刊范石湖诗集序》：“家弦户诵，奉为楷式。”张世炜《野秀山房二集》：“天下之家诵户习皆东坡、放翁之句。”邵长蘅《青门簏稿》卷十一《渐细斋集序》：“今海内谈艺家盛宗宋诗，玉局、剑南，几于人挟一编。”费经虞《雅伦》卷二“陆放翁体”：“近日家弦户诵。”徐釚《南州草堂集》卷二十《山姜诗选序》。

③ （清）由云龙：《定庵诗话》卷下，见张寅彭编：《民国诗话丛编》第3册，上海古籍出版社，2002年，第584页。

如云间派推崇初盛唐，王士祯推崇盛唐王孟诗派，娄东派推崇元白诗派，虞山派推崇西昆、香奁诸体等），宋诗在清代的接受史是淆乱的，清诗人因学养背景不同、所处诗学语境不同，对宋诗某个“大家”的诗集奉为“秘笈”、推崇备至，说明清诗人对宋诗的接受仍处在一种整体上的“学问化”的语境中。

本绪论小结：

我们通过梳理古今学者传播接受学方面的成果，认为在明清之际江南的个别突出的诗人学者中，已经产生了不同于明人的创新意识，他们治学的宗旨亦与前人迥异，即旨在完成唐诗的经典化、宋诗的学问化，其终极目的是为了创建自己的“生新机制”。在行文的最后，我们对清诗的“生新机制”略做概括性的小结。所谓“生新”，即在全面继承三唐两宋之诗的基础上，以唐诗为接受经典，以宋诗为学问进阶，创造性地开辟清诗的独立格局。正如海宁陈讦在1693年上巳节（三月三日）作《宋十五家诗》自序中所言：“今诚如古人所云，‘学诗如学仙，时至骨自换’（笔者按：语出陈师道《次韵答秦少章》），由舟车之有待，以几于无待焉则凡也；而超乎圣技也，而进乎神矣。不但得宋诗之所以至，而且可以自为至。将唐亦可，宋亦可，即独辟蚕丛，别开境界，以与唐宋相鼎足，亦乌乎而不可！而奚至承流踵矢，如世俗云云哉！”[①]陈讦的言论，揭橥了当时诗学界的潜意识本质：经历了整个17世纪的诗学酝酿，清初江南的诗人学者已经积蓄了足够的学术底气，他们不满足于“承流踵矢”，呼吁“独辟蚕丛，别开境界，以与唐宋相鼎足”，形成自己集成性的诗学特色，完成从“舟车之有待”的状态到御风而行、超乘而上的“无待”状态的转变，从传播接受唐宋诗（或曰出唐入宋）的必由之路登堂入室，晋升至“神乎其技”“以自为至”的自由王国之诗学殿堂。

① （清）陈訏：《续修四库全书》集部第1621册《宋十五家诗选叙》，第259页。

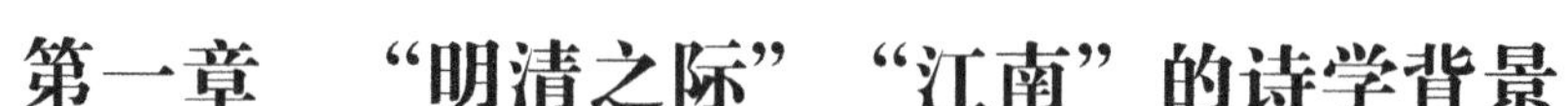

第一章　“明清之际”“江南”的诗学背景

明清之际“江浙人文薮”的地位空前突出，这个时期的诗人成千上万，诗歌的叙事和抒情功均能得到了最大限度的发挥。仅梁溪一地，康乾之际的顾光旭、侯学愈辑录《梁溪诗钞》九十二卷（正五十八卷、续二十四卷），共录有东汉晋宋以至清乾隆时期无锡人诗人2，650余家，近半为二百年间近人近作，所得诗近25，000首，其体量相当于《全唐诗》的一半。王豫所编《江苏诗征》更倍之，凡一百八十三卷，所收明清之际的诗人千余家，所收作家高达5，430余家，其总量几乎与《全唐诗》相埒。朱彝尊《明诗综》所录浙籍诗人亦有近千家，凡其所录者，阮元《两浙輶轩录》一概不录，收清顺治朝至嘉庆初年浙江诗人3，133家诗9，240余首，另有补遗十卷，收1，120家诗1，980余首。阮元、阮亨另编有《淮海英灵》正续集凡三十四卷，诗人亦有千余家。杭州有吴颢等辑《杭郡诗辑》，苏州有吴定璋辑《七十二峰足征集》八十八卷（1745年）；宁波有李邺嗣、胡文学、全祖望《甬上耆旧诗》正续编，该书选录明代隆万历以后至清朝顺康熙年间诗，仅续编便搜罗700人、作品15，900余首。此外，还有安徽桐城潘江编辑的《龙眠风雅》、宣城施闰章编辑的《宛雅》各千余家，顾季慈辑、谢鼎熔补辑的《江上诗钞》（正续补三辑）收录自初唐至清中后期江阴、桐城等地诗人1，019人，收诗近2万首。在松江一地，嘉庆初王昶《湖海诗传》凡四十六卷，收康乾嘉年间614位诗人4，472首诗歌。同期华亭姜兆翀《国朝松江诗钞》凡六十四卷，所收规模有了较大增加。而这些大型地方诗歌总集，可谓在江南遍地开花，其文献葳蕤之盛景，着实可叹为观止矣！

然而，即便江南诗学取得了如上所述的地域文学之最高成就，今人罕有专著探讨之，笔者仅见民国梁启超名著《近三百年学术史》偶尔论及[①]。17至18世纪江南各地涌现出一批地方性小型总集，亦少有人归纳。诸如姚汝循、顾起元等辑录《金陵风雅》，袁景辂辑《松陵诗征》（乾隆年间爱吟斋刊本），秀水沈树本刻《湖州

---

① 梁启超：“清代学者殆好为大规模的网罗遗佚，而先着手于乡邦。若胡文学之《甬上耆旧诗》三十卷，李邺嗣补之为若干卷，全祖望续之为七十卷，又国朝部分四十卷。沈季友之《檇李诗系》四十二卷。若张廷枚之《姚江诗存》若干卷。……此皆康雍以前所辑也。中叶以后，踵作滋繁，若卢见曾之《江左诗征》，王豫之《江苏诗征》，吴颢及其孙振棫之《杭郡诗辑》，吴允嘉之《武林耆旧集》，阮元之《淮海英灵集》辑扬州及南通州人作，《两浙·轩录》督浙学时所辑，夏退庵之《海陵文征》《诗征》，沈舲翁之《湖州诗摭》，朱祖谋之《湖州词录》等。悉数之殆不下数十种，每种为卷殆百数十。其宗旨皆在钩沈搜逸，以备为贵，而于编中作者大率各系以小传。盖征文而征献之意亦寓焉。”载《中国近三百年学术史》，中国文史出版社，2016年，第293页。

诗摭》（已佚）、沈季友刻《檇李诗系》（四十二卷，朱彝尊《明诗综》采诗本之）、卢见曾《江左诗征》，丘象随西轩刻《淮安诗城》，庄令舆等辑、山阴孙说寿南堂刻《毗陵六逸诗钞》（1717年），王应奎辑《海虞诗苑》十八卷（1759年）等等，编辑者以乡邦故旧为依托，广泛采纳文献，欲“以人存诗、以诗存人”。比如袁景辂《松陵诗征》，沈德潜序曰：“吴江袁生质中复选定《国朝松陵诗征》，自朱长孺、顾茂伦、计甫草、吴汉槎、潘稼堂诸公，以至今诗人之为古人者，无不收录，附以寓贤、方外、名媛。其选诗之意，谓以诗存人，以人存诗，二者不可偏废。以诗存人，为后学导先路也；以人存诗，为前哲表苦心也。洋洋乎一邑之风，固同郡他邑所未能完善者哉。”[①]这种“以诗存人”的意识在江南文士中相当普遍，《清稗类钞》记载当时文人互相“牵缀姓氏于集中”的诗话：“查夏重（慎行）、姜西溟（宸英），唐东江（孙华）、汤西崖（右曾），宫恕堂（鸿历），史蕉饮（申义）在辇下为文酒之会。尝渭：‘吾辈将来人各有集，传不传未可知，惟彼此牵缀姓氏于集中，百年以后，一人传而皆传矣。’”[②]此类地方总集虽说是乡邦文献，但是在客观上，消解了中央集权的文化势力，几与朝廷“一代之诗”相颉颃，实际上便形成了明清之际江南文人对抗中央朝廷大兴文字狱、全面禁毁异端言论的渊薮。王昶《湖海诗传自序》尽管说得较委婉，却点中了要害。他说：

古人选诗者有二：一则取一代之诗，撷精华，综宏博；并治乱兴败之故，朝章国典之大，以诗证史，有裨于知人论世，如《唐文粹》《宋文鉴》《元文鉴》所载之诗，与各史相为表里者是也。一则取交游之所赠，性情之所嗜，偶有会心，辄操管而录之，以为怀人思旧之助，人不必取其全，诗不必求其备……二者类亦不同矣。[③]

可见，王昶纂辑《湖海诗传》，目的与袁景辂《松陵诗征》一样，旨在以私家著述来寄托对乡邦故旧的思念和怀想。这种选政观念在所谓康乾盛世集中凸显，其源头却来自明末以来的“遗民思潮”。它不仅在一定程度上形成了对“御制”的“一代之文学”相制衡，而且其“江南”的概念、“诗学”的概念，也与晚明学者有所差别。因此在本书展开之前，应对这些概念进行辩证解读，进而尝试还原明清之际高度繁荣的江南诗学的原生态图景。

① 转引自同里镇人民政府、吴江市档案局主编《同里志》，广陵书社，2011年，第282页。

② 徐珂：《清稗类钞选》（著述类 鉴赏类），书目文献出版社，1984年，第4页。

③ （清）王昶：《蒲褐山房诗话新编》，齐鲁书社，1988年，第311页。

第一节 "代际"视域下的诗学传承

在诗学领域提出"代际"问题，是针对以往明清诗学研究强调"断代"诗学史的独立性、忽略毗邻朝代诗学发展的连续性而言的。近年来，伴随诗学一体化研究的兴起[①]，进入"过程史"的明清"代际"研究成为学术研究的热点。正如曹胜高《中国文学的代际》序言指出的那样，"代际"研究能够突破以往学术界设立的政治文化造就的遮蔽，实现过程史研究的新突破[②]。尤其是作为近古两个时段，"明"与"清"作为封建王朝的最后两代，各有十三位帝王，且各领二百七十年，它们之间有着惊人的共性：在政治经济制度、科举文化建设等各方面一脉相承。比如这两个朝代在政治上实行集权制，经济上实行户籍制，科举文化上以八股取士，均为古典文化的集成期……这使得"明、清"两代在某些学术领域本来就密不可分，这和"唐""宋"是迥然不同的。我们在诸多文学领域中，明清都是一起评说的，诸如明清小说、明清戏剧、明清小品文等等，就诗学领域而言更应如此，因而将"明清之际"作为一个整体的研究环节，就显得十分必要；如果能够取得突破，至少可期完成所谓集成期"过程史"的大致轮廓，为明清诗学一体化研究打下坚实基础。

本书以"代际"为视阈，大致确定"明清之际"的时间断限有三：广义而言，

---

① 饶龙隼《中国文学四位一体的确立》一文认为，明末出现了"诗、文、小说、戏剧"的一体化，"钱遵王《书目》著录《琵琶记》《水浒传》《三国志通俗演义》等书目，尽管遭人指摘，但实际上也是小说、戏剧突破中国图书分类模式的某种反映"，"诗、文、小说、戏剧之一体化有待于更深层次的融合"。载蒋寅、张伯伟主编《中国诗学 第六辑》，南京大学出版社，1999年，第49页。曾祖荫认为，"沿陆王理学—泰州学派—清初实学之一脉发展，明清心学确立并完成了心体与性体一体化的逻辑建构"。载陈竹，曾祖荫著《中国古代艺术范畴体系》，华中师范大学出版社，2003年，第625页。

② 曹胜高《中国文学的代际·序》："中国文学发展过程中的阶段性特征，王国维《宋元戏曲史》概括为'一代有一代之文学'。然此一阶段至彼一阶段之演化轨迹及其历史动因，却研究得不甚充分。一在于既往文学之研究，多以断代而论。二在于朝代替换之际，艺文资料最为阙如，诸多细节常存悬疑。三在于朝代之际，譬如关节处筋络、骨肉之复杂，不易遽然解析。四在于文学之演进，时有因革，代有转移，历史动因各有差异，欲明文学演进之形态，必先循文化转型之过程；欲明文化转型之过程，必先明社会整合之大要。故研讨文学的代际及其过程，乃为分析文学演进之关键。从历史纵深、社会变革中审视文学的代际转换，最能审明文学演进的线索、模式和特征。"曹胜高编：《中国文学的代际》，商务印书馆，2013年，第1—2页。

起于万历而终于康熙（1573—1722）[①]；折中而言，以当时文学界领袖所标举的宗风变迁而议，辄是明代王世贞之死至清代王士禛逝世的时段（1590—1711）；狭义而言，以文学经典的传播史程而论，大致相当于整个十七世纪。在下面具体行文中，我们可能会将"十七世纪"等同于"明清之际"做代际研究，之所以如此，主要源自学术界几十年来的传统。早在1955年，东南出版社出版了杨荣国《中国十七世纪思想史》，标志着文史哲领域明清"代际"研究之发轫。1992年，学林出版社出版了陈建华《十四至十七世纪中国江浙地区社会意识与文学》一书，初步打破元明清三个朝代的分界线，探讨元末江浙文学的社会背景、明中期吴中文学的复兴、晚明江浙文学与人性解放思潮等问题；同年，四川大学出版社出版李亚宁《明清之际的科学、文化与社会——17至18世纪中西文化关系引论》，这两本书的出版，说明明清之际的衔接研究尚有较大空间。1995年，朱义禄《逝去的启蒙——明清之际启蒙学者的文化倾向》由河南大学出版社出版。1996年，浙江人民出版社出版钱杭《十七世纪江南社会生活》一书，将明清代际研究又推进了一步。如果说，十四世纪是元明代际的世纪，十七世纪则基本等同于明清之际。1999年，北京大学出版社出版赵园《明清之际士大夫研究》，强调了复社以来江南士大夫的精神气质；2000年，中国社科出版社出版李枚《明清之际苏州作家群研究》，则关注时代与地域的双重特色；到了2001年，巴蜀书社出版李康化《明清之际江南词学研究》，其上限延展至嘉靖，然该书主要着眼点，仍在十七世纪的江南词学。至2003年，台湾麦田出版社出版鲍震培《才女彻夜未眠：十七到十九世纪的中国女性小说》，则将下限扩至嘉庆；该书于2008年在南开大学出版社再版时，更名为《清代女作家弹词研究》，平心而论，其改版将整个十七世纪划入清代还是有些问题的。2008年上海古籍出版社出版朱丽霞《明清之交文人游幕与文学生态——以徐渭、方文、朱彝

① "明清之际"是一个模糊概念，其断限学界尚不统一。商务印书馆1934年版谢国桢《明清之际党社运动考》认为是1573—1722年，湖南人民出版社1988年版冯天瑜先生《从明清之际的启蒙文化到近代新学》一书亦认同之。北京大学出版社1999年出版林岗《明清之际小说评点学之研究》，2008年版鱼宏亮《明清之际的经世之学研究》等，两书所指代的"明清之际"略同于17世纪。其他著作尚有：李玫《明清之际苏州作家群研究》，中国社会科学出版社，2000年版；李康化《明清之际江南词学思想研究》，巴蜀书社，2001年版；章文钦《吴渔山及其华化天学》第一章《明清之际的中西会通》，中华书局，2008年版，等等。也有些著作范围较窄，如中国传媒大学出版社2009年出版朱萍《明清之际小说作家研究》一书，认为崇祯年间和清朝顺治年间合称为"明清之际"。

尊为个案》一书，便直接将十七世纪等同于“明清之际”。她在《导言》中说：“本书对十七世纪明清之际文学生态的探讨，涵盖了较为广泛的社会文化现象和问题。”2009年，中国传媒大学出版社2009年出版朱萍《明清之际小说作家研究》，认为“明清之际小说作家多是江南人”[①]。同年，三联书店出版美国人高居翰《气势撼人：十七世纪中国绘画中的自然与风格》一书，主要也是在解说明清之际江南的画派。中央编译出版社2012年出版邓尔麟《嘉定忠臣：十七世纪中国士大夫之统治与社会变迁》，通过一个耐人寻味的角度——清廷为其死敌建祠——来阐述明清之际江南的思想文化变迁史。2013年，辽宁出版社出版了王恩俊《复社与明末清初政治学术流变》，指出“十七世纪是我国历史上一个重要的变革时期，而复社的兴起和发展则是这一时期最为引人瞩目的现象”。……此类著作，未及列举者尚多，类似的“代际”研究，在今后也必将持续下去。通过对这些著作的列举，我们大致可以得出结论：“明清之际”（或“十七世纪”）的文学或文化研究方兴未艾，而研究的侧重仍在江南地区。

那么，既然冠以“十七世纪文学”的著作已不乏先例，为何我们要选择“明清之际”作为论题呢？一方面是出于学术课题严谨性的考虑。本文涉及康熙中后期的总结性的著作或某些诗学事实，均不在十七世纪之断限内，诸如查慎行《苏诗补注》、汪立言《白香山诗集》、朱彝尊《明诗综》等均刊刻于1702年，仇兆鳌《杜诗详注》刻于1703—1704年，《全唐诗》成书于1706年，1709年朱彝尊逝世、1711年王士祯逝世等等。另一方面，以“明清之际”为题，便于遵循笔者常年的写作习惯，可以更直观地考察明清诗学一体化之进程。我们前言已申明：本书是在已出版的拙著《晚明江南诗学研究》基础上的自然延伸，自深入该领域之后，笔者发现原有的“晚明”时段之研究具有相当的局限性，正如文史专家赵园所认为的那样：“关于自己所研究的时段，我通常使用的说法是‘明清之际’‘明末清初’而非‘晚明’。‘晚明’不同于‘明清之际’。在我看来，‘明清之际’更突出了‘转换’一义。‘晚明’与‘明清之际’，不仅所指时段不尽重叠，且论说者的‘问题意识’往往也有不同。”[②]因此，笔者在原有“晚明”诗学研究的基础上扩展至“明清之际”，所设置的“问题”之核心，无非是探讨从明诗过渡到清诗的转换过程，进而探索明清唐宋诗学一体化

① 见该书第四章《明清之际小说作家的地域分布》第一节标题，中国传媒大学出版社，2009年，第43页。

② 赵园：《想象与叙述》，人民文学出版社，2009年，第180—181页。

演进规律；据此着力于“明清之际”之研究，正是对拙著的修订或延续，或者说是对原著两个未解释清楚的基本问题予以比较系统、较为彻底的解答。主要拓展有二，其一是清初诗人是如何在晚明后七子派诗学基础上打通“三唐”，构建起完整的唐诗学，从而系统完成唐诗经典化的；其二是清代学者是如何从无到有构建宋诗的学习范式，并且与宋诗一样朝学问化目标迈进，从而完成自身品格塑造的。为了了解这两个“转换”，我们必须打破朝代的断限，引进“明清之际”这个过渡性的时段，从而真正进入诗学过程史之研究。

一、尊体意识下“一代之诗”观念传承

以“代际”为着眼点，去审视“明清之际”的诗学发展问题，我们就会发现：“一代之诗”[①]往往成为易代学者最为热议的话题之一。出于“鉴古察今”之故，代际的文人在总结前代经验教训的时候，或许会夸耀前代某些方面的文学功绩，于是在宋元、元明、明清之交的学者在总结文学经验时，皆有类似于将唐诗等同于“一代之诗”的提法。诸如严羽、戴表元、仇远等否定宋末诗歌、复古盛唐之音的取向，提出“诗之宗旨……截然当以盛唐为法”（《沧浪诗话》）、“宗唐得古”（《张仲实诗序》等）、“近体吾主唐”（《元诗选》二集《仇远小传》）等观点。元末虞集在《傅与砺诗序》中有个著名论断：“诗之为学，盛于汉魏者，‘三曹’‘七子’；至于诸谢，备矣！唐人诸体之作，与代终始，而李、杜为正宗。”[②]他还进一步总结说：“一代之兴，必有一代之绝艺足称于后世者。”[③]言下之意即：诗与唐“与代终始”，成为其“一代之绝艺”。这个观点在明初被文人发挥到了极致，诸如高棅认为“诗自《三百篇》以下而莫盛于唐”（《唐诗品汇序》）、杨士奇以为“古体宗汉魏，近体宗盛唐”等等[④]。到了明末清初，众多江南学者以为文体转换与朝代更迭相匹配，于是“一代有一代之文学”的说法泛滥起来，“唐诗”“宋词”或“宋文”被认为是“一代之兴”的代表性文体。比如钱塘顾彩曰：“一代之兴，必有一代擅长之作……古文莫盛于汉，骈俪莫盛于晋，诗律莫盛于

① 按：“一代之诗”的说法，见前文王昶《湖海楼诗序》。

② 杨匡和校注；（元）傅与砺：《傅与砺诗集校注》卷首序，云南大学出版社，2015年，第43页。

③ 孔齐：《至正直记》，卷3“虞邵庵论”，载《宋元笔记小说大观》（六），上海古籍出版社，2001年，第6627页。

④ 杨士奇《东里文集》卷22《罗（性）先生传》，四库全书本。

唐，词莫盛于宋，曲莫盛于元。"[①]再如1693年西泠孙湄说："一代之兴，必有一代文章出焉。如左传公谷，各成一家；秦汉诸文，规模宏远。唐以诗赋取士，而李杜最工；宋以策论表判衡文，而韩柳欧苏继起；即元以曲学见长，则有蔡、刘、荆、萨，至今犹传；明以八股制科，则有王、唐、瞿、薛，一时推重，岂非一代之文章，自有一代之好尚，惟文能传世者，始可以持也。"[②]

正如上文清初孙湄所述，"一代之文章，自有一代之好尚"——文风诗风的演变，与世运、时尚相表里。相较此前明代前中期的二百年，晚明江南文人过着更为丰富多彩的文化生活，众多文人、诗人同时染指词曲小品文小说戏剧创作。在总结前人文学成果的同时，他们想要找到诗、文、词、曲的经典范式，尝试将三唐之诗、两宋之文与词、金元之曲同时纳入仿效对象，于是产生了词曲小说等领域内"尊体"的意识。所谓"一代之文学"，其实也体现出一种"尊体"策略。正是在此种策略的导向下，明清文学史上出现了"唐诗""宋词""元曲""明清制艺"等一代代文体的嬗递。除了被奉为程式、形成产业链的八股文（"制艺"）[③]，明清之际的文人还不时推尊几种新兴的、有社会影响力的新文体，诸如《挂枝儿》《打枣竿》之类的民歌[④]，或者流行于舞台的戏剧、坊间广为出版的小说，等等。受"尊体"意识高涨的影响，为适应各方面社会生活的需要，不少晚明文人投入到各种"俗文学"文体创作中，词曲与诗文竞相繁荣。到了清初，文体呈现出更加多元化的态势，诗、词、古文、八股、南曲、小说等多种文体都有所发展。

在"尊体"意识的导向下，前人作出了"一代之兴"必有"一代文学之胜"的结论，诸如唐之诗、宋之文或者词、元之曲，均为一代文学之专属。金华胡应麟、海虞冯复京、丹阳吴从先、吴兴茅一相、山阴王思任、萧山毛先舒等均有这方面的

① 转引自蒋寅《清代诗学史·导论》，中国社会科学出版社，2012年，第2页。

② 《清代诗文集汇编》第112册《孝思堂全集序》，第1页下。

③ 清乾隆间，颇多学者以八股为明清"一代之胜"，诸如焦循《易余籥录》卷十五曰："有明二百七十年，镂心刻骨于八股，如胡思泉、归熙父、金正希、章大力数十家，洵可继楚骚、汉赋、唐诗、宋词、元曲，以立一门户。"

④ 卓人月《古今词统序》："我明诗让唐，词让宋，曲让元，庶几《吴歌》《挂枝儿》《罗江怨》《打枣竿》《银纽丝》之类，为我明一绝耳。"陈宏绪《寒夜录》转引。

言论[①]。尽管这些江南学者的用词不尽相同，但是他们基本上认同了“唐诗”“宋词”“元曲”的序列，有利于进一步探讨诗、词、曲在唐、宋、元时期的盛况，总结文学发展规律。为了成就“一代之诗”，易代之际的学者都有大型的唐诗选本，像宋元之际的洪迈、吴格所撰百卷本《唐人万首绝句选》，元明之际高棅的《唐诗品汇》等。到了晚明，此类选本陡然增多，诸如张之象、卓明卿《唐诗类苑》200卷；吴琯等《唐诗纪》170卷[②]；曹学佺《唐诗选》110卷；此外还有臧懋循《唐诗所》，刘一相《唐诗宿》，钟惺与谭元春所编《唐诗归》，唐汝询《唐诗解》，李维桢与俞安期《唐诗隽》（一作《诗隽类函》），黄廷鹄《诗冶评注》等。这些唐诗选本，呈现出竞相争胜的井喷态势，明末云间徐祯稷序评曰：“《诗品》《诗纪》《诗宿》《诗所》《诗源》《诗归》《诗隽》诸刻，盖以复蒐博罟，振藻艺林，去取详略，互有瑕瑜。至澹志先生之《诗冶》出，而蕴藉囊括，又另一炉锤矣。”[③]嘉兴李日华《金华诗粹》序曰：“声诗之道，至唐始盛……合古今远近异同而一之，是以诗有《（唐诗）纪》、有《（唐诗）汇》、有《（诗）薮》、有《（唐诗）归》。”[④]在徐祯稷、李日华等学者强调博搜广取的呼声中，编撰“全唐诗”便成为江南知识分子的学术履践。受这一趋势裹挟，选政重心向着中晚唐等

---

① 胡应麟云：“汉文、唐诗、宋词、元曲，愈趋愈下，要为各极其工。”（《少室山房笔丛·庄岳委谈下》）又云：“自春秋以迄胜国，概一代而置之，虽无文弗可也。若夫汉之史、晋之书、唐之诗、宋之词、元之曲，则皆代专其至，运会所钟，无论后人踵作，不过绪余。即以马、班而造史于唐，李、杜而诗于宋，吾知有竭力而亡全能矣。”上海书店，2015年版。（《少室山房类稿·欧阳修论》）亦云：“诗至于唐而格备，至于绝而体穷，故宋人不得不变而之词，元人不得不变而之曲。词胜而诗亡矣，曲胜而词亦亡矣。”（《诗薮》内编卷一）丹阳吴从先说：先秦两汉诗文具备，晋人清谈书法、六朝人四六，唐人诗、小说，宋人诗余，南人画与南北剧，皆是独立一代。（《小窗四纪·小窗清纪》）茅一相说：“夫一代之兴，后生妙才，一代之才，必有绝艺，春秋之辞令，战国之纵横，以至汉之文、晋之字、唐之诗、宋之词、元之曲，是皆独擅其美而不得相兼，垂之千古而不可泯灭者。”（《题词评<曲藻>后》）王思任：“一代之言，皆一代之精神所出。其精神不专，则言不传。汉之策、晋之玄、唐之诗、宋之学、元之曲、明之小题，皆必传之言也。”（《唐诗纪事序》）毛先舒云：“夫格以代降，体骛日新，宋、元词曲，亦名一代之盛制。”（《诗辩坻》卷四）

② 按：1582年在苏州黄德水原稿基础上整理而成的《唐诗纪》，经徽州新安吴琯、江都陆弼、谢陛、俞体初、吴江俞安期（初名策）等编辑刊刻于西爽堂。

③ 转引自吴文治主编《明诗话全编（第7册）》，江苏古籍出版社，1997年，第7696页。

④ （明）李日华《恬致堂文集》卷一四，载《四库禁毁丛刊》集部第64册，第369页。

尚未深度开掘的领域倾斜。早在17世纪初，余姚孙鑛等江南学者就曾强烈批评《唐诗纪》等不选中晚唐之诗，他说：“《唐诗纪》必尽中、晚，乃为大成。”（《与吕甥玉绳论诗文书》）万历二十九年（1601）华亭王徹重刊刻张之象《唐诗类苑》二百卷，强化了中晚唐诗歌的分类。万历三十四年（1606），吴兴臧懋循拟刻《唐诗所》一百卷，当年夏序刻初盛唐四十七卷，自序云：“姑以初盛为前集，寻以中晚为后集。”[①]可惜1610年冬于秦淮舟中中晚唐卷手稿被盗。万历末期，编选全唐诗迎来了一次高潮，众所周知，仅万历四十三年（1615）就产生了两部全唐诗选的经典之作：钟惺所辑的《唐诗归》三十六卷、唐汝询辑录的《唐诗解》五十卷。稍后，万历四十六年（1618）黄克缵《全唐风雅》以及万历四十七年（1619）指挥使张可大《唐诗类韵》四卷等均在金陵选刻。如后者，可视为一次打通四唐的微小尝试，其自序云：“昔人论诗，遂谓汉魏晋与盛唐天籁也，大历以还地籁也，晚唐人籁也。亦未必然。诗者，吟咏性情也，有理，有意，有兴，有趣。”可见时人对于中晚唐诗的体认，已经上升到与初盛唐对等的阶段……清初的中晚唐诗选，较晚明万历间更盛十倍，直至1704年《御制全唐诗》问世，其间过程颇为复杂，我们留待后面分章节展述。

相较于宋末元初、元末明初，明末清初的江南学者对于中晚唐诗歌的热情要高许多，这其中除了呼应总集“一代之诗”的学术要求之外，一定程度上也是解放文体以指导现实创作的需要。他们强调“生新创变”，而中唐晚诗歌的多元化发展，正好切合了清初诗人的传播接受方面的需求。因此冯班感慨“诗至贞元、元和，古今一大变”（《钝吟杂录》卷七）；叶燮也评价说，“贞元、元和之际，后人称诗，谓之‘中唐’，不知此‘中’也者，乃古今百代之‘中’。”[②]其观点与中晚明“后七子派”形成鲜明的对比。彼时诗歌理论界的主导性的观点是“勿作大历以后语”，诸如华亭何良俊、金华胡应麟、江阴许学夷、海虞冯复京等均作如是观。直到“公安派”崛起于诗界文坛，这种僵化的诗文观念才有所松动，加之嘉隆之际“唐宋派”的崛起，挑战了散文领域内“秦汉之文”的权威性；继而“竟陵派”异军突起，论述“诗归”之旨，也提倡中晚唐之诗，进而对当时的诗坛形成了持

---

① （明）臧懋循《负苞堂集》卷4，载《四库全书存目丛书·集部》第168册齐鲁书社，1997年。按：许学夷可能参与过《唐诗所》中晚唐卷校对工作，可参其《诗源辩体》卷三六对《唐诗所》之评价。

② 《唐百家诗序》。

续的、强有力的冲击。于是提倡中晚唐两宋诗文的江南学者越来越多，以虞山钱谦益、冯班等为杰出代表。钱谦益与冯复京早年皆拥趸七子诗学，而其门生子辈冯班等完全推尊中晚唐，形成了极大的时代性的反差[①]，这说明时人在求备"一代之诗"的观念的指引下，对中晚唐诗歌的传播接受态度发生了根本性的转变。

二、"一代之诗"观念在清初的发展

"一代之诗"中的"一代"可以有两种解读方式，其一是专指唐代，其二可指"每一代"。明清之际不少学者认为，唐诗固然是经典，但是每一个时代都有不同的表达需求，只要朝唐诗所达到的艺术高度努力奋斗，每个时代都有回归经典的可能性。比如晚明赵南星认为"代各有诗"，每个时代都可能创造属于该时代的诗歌经典[②]。明末清初的黄宗羲认为"诗不必以时代论"，每个时代都自有其优秀诗章[③]。康熙中，宋荦和王士祯为了推尊清诗，也沿袭了赵南星、黄宗羲的观点。曹禾评王士祯："不知先生之学非一代之学，先生之诗，非一代之诗。其学何所不贯，其诗亦何所不有。"（《渔洋续诗集序》）1708年，宋荦为史申义所作《过江集序》亦云：

一代各有一代之诗。而今之言诗者，尊唐则斥宋，尊宋则斥明，聚讼纷纭，迄无定论。大抵尊唐斥宋者固属过执，或者尚讲求声调格律间；而尊宋斥明者矢口成诗，究其根柢，则枵然无有，但掇拾宋人纤巧之句刻意模仿，自谓发抒性灵，辄嫚

① 按：冯复京身处"后七子派"阵营中，故其《说诗补遗》小结曰："唐之后无诗矣。予尝曰：诗至晚唐，而气骨尽矣，故变而之苏黄。至苏黄，膏润竭矣，故而之元。至国朝而法戒备，能事而无以加矣，故变而之李何王李。其变之不善者害古，变之善者，无以逾古，束之不观可也。今王李降为袁中郎，而诗亡矣。"冯班在其后借其父之口跋曰："初盛有初盛之唐诗，以汉魏律之，愚也。中晚有中晚之唐诗，以初盛律之，亦愚也。凡今之人，守琅琊之《卮言》，尊新宁之《品汇》，习北海之《诗纪》，信济南之《选》《删》，谓子美没而天下无诗，虽夜郎蛇汉，夏虫语冰，未足为喻也。"两者之间的差异十分明显。参《明诗话全编》第7册，第7314页、第7316页。

② 赵南星《赵忠毅公文集》卷三《冯继之诗序》曰："夫有一代之兴，则有一代之诗。故三百篇风各不同。代革世沿，各得其性之所近。三百自三百，汉魏自汉魏，唐自唐，明自明耳。"见《乾坤正气集》顾氏艺海楼刻本，1843年。

③ 黄宗羲说："诗不必以时代论，宋元各有优长，岂宜勾而出诸于外，若异域然者？即唐之时，亦有蹈常袭故，充其肤廓而神理蔑如者。故当辨其真与伪耳。"（《张心友诗序》，载氏著《黄宗羲全集》第十册，第50页。）

骂明人为痴肥板重……善学者囊括百家，笼盖万有，方能成一代之作家。[①]

宋荦之言，运用了两个词组——“一代之诗”“今之言诗者”，在当时都是流行词语。1703年凌绍乾《晚唐诗钞序》曰：“海宁胡遯叟（胡震亨）先生合有唐一代之诗，以十签部分之……又以为一代各有一代之诗。自汉魏而下，莫盛于唐，可知也；中之不如盛，晚之又不如中，亦可知也。”[②]王士祯亦认为“有一代之兴，必有一代之人文著作”。他推理说，唐诗是近体诗的经典，正如《诗经》是古体诗的经典一样；当代人经过努力，一样可以创造经典，这段文字见于1701年其致友人诗序：“诗自《三百篇》而下逮楚骚、汉魏晋宋、齐梁陈隋，嗣是而唐而宋而元而明，可谓尽态极妍，尽变矣。而大雅元音、温柔敦厚，要必以《三百篇》为之宗；近体歌行、排律截句诸体，于唐实几于备。大抵有一代之兴，必有一代之人文著作，非偶焉已也。”[③]至于“今之言诗者”的句式，朱彝尊运用最多，大都作于1700年前后，比如《曝书亭集》卷三十八《叶李二使君合刻诗序》有曰：“今之言诗者，每厌弃唐音，转入宋人之流派，高者师法苏、黄，下乃效及杨廷秀之体。”卷三十九《橡村诗序》有曰：“今之言诗者，多主于宋黄鲁直，吾见其太生；陆务观，吾见其太缛；范致能，吾见其弱；九僧、四灵，吾见其拘；杨廷秀、郑德源，吾见其俚；刘潜夫、方巨山、万里，吾见其意之无余，而言之太尽：此皆不成乎鹄者也。”[④]同卷《鹊华山诗集序》亦曰：“今之言诗者，目不窥曹刘之墙，足不履潘左陶谢之国，顾厌弃唐人以为平熟，下取苏黄杨陆之体制，而又遗其神明，独拾沉滓。”今蔡镇楚认为，朱竹垞此三序，“可见所持的仍是尊唐贬宋的老调。”[⑤]然而有的学者亦认为，这是朱氏出唐入宋的见证。考察朱氏作序之背景，可知当时“尊唐”一派确实占据上风，笔者下文会有专章介绍；是非长短，且不置评，单就“今之言诗者”的种种语气、语调来判断，似乎是对于偏执于唐宋诗某一方的一种批判。受宋荦、朱彝尊等的影响，到了乾隆初，田雯长孙田同之犹有类似句式发表，其《西圃诗说》曰：“今之言诗者，多弃唐主宋，下取苏、黄、杨、陆之体制，而又遗其神明，独拾沉滓，无怪乎高者肆而下者俚，博者缛而约者疏，一切粗厉、噍

---

① 史申义《过江集》卷首，四库全书存目丛书集部255册影印清康熙刻本，济南：齐鲁书社，1997年，第749页。

② 清康熙四十二年梧凤阁刻本《晚唐诗钞》卷首。

③ 《清代诗文集汇编》第176册《与梅堂遗集序》，第514页下。

④ 《曝书亭集》第329页上。

⑤ 蔡镇楚：《中国诗话史》（修订本），湖南文艺出版社，2001年，第243页。

杀、生涩、平熟、俗直之音，弥漫于声调间也。是可慨夫！”彼时，浙派诗风盛行，田雯之孙欲祭起其祖之杀器捍卫唐诗，亦是基于不满世风的立场上作出的。其实，无论是倡言“一代之诗”，或者贬斥“今日之言诗者”，均是清人在建设本朝诗学体系时的“焦虑症”的体现。这种急于建树“清诗”为“一代之诗”的焦虑，随着时间的推移而逐步缓解以至于痊愈。比如乾隆初，会稽王轂韦之言论，较前辈大为开朗：“尝谓一代之诗盛则趋于衰，衰则复归于盛，其间转移升降之数，每掺之一二人者……诗文之盛衰，寔关世运之隆替，所恃一二人转移升降于其间，则此一二人者，岂易易哉！无其才不可也，有其才无其学亦不可也，惟以不世出之才，而又加之以纵贯百代之学，卓然自成一家言。”[①]强调在风会之际领袖人物的重要性，即每个时代都培养了擅长诗歌的杰出人才，其中的少数大家便能够自立门户。到了清中叶，常州赵翼论诗，强调“江山代有才人出，各领风骚数百年”，则是众所周知的名言了。综上所述，“一代之诗”有两种解读，一种是“仅此一代”，一种是“每一代”。我们宁愿选择后面一种，认为“一代”并非一种文体的终结，尽管它可能辉煌不再，但不排除在特定的历史时期回光返照，清代诗词的复兴当作如是观。

与“尊体于一代”策略相伴而行的著名观点，还有一个叫作“唱衰前代”，这个观点也是不大符合历史事实和文体发展规律的。朝代强势更迭之后，未必见得文学也在强权加压下马上就有突破性的发展。文学发展有其自身的规律，后一代文学皆是前一代的延续，有些朝代两两之间有着“剪不断理还乱”的千丝万缕之联系。仅以诗歌而言，在汉武之前，帝王将相均作楚歌；唐太宗与隋炀帝一样，酷爱齐梁体；宋初诗坛，整个台阁盛行晚唐风；明初“江南十子”，一致尊奉元末“铁崖体”；清康熙推崇唐诗，尤其是明后七子派所谓的“盛世唐音”……新时代文风的确立，很大程度上与政治意义上的朝代更迭是大异其趣的，它更加得益于经济和文化的发展所带来的文明与进步——所以那些“唱衰前代”者是别有居心的，是为统治者歌功颂德或者自抬身价等等。

“唱衰前代”最盛的时代，也恰在歌颂“一代之文学”的清初，这是一个很有意思的现象。据笔者目力所见，清初为了诗学创建，大抵全盘否认晚明诗学，当时大江南北之学者，如贾开宗、李雯、徐世溥、王士祯、邵长蘅、陈玉璂甚至释担当

① 《清代诗文集汇编》第157册《轂韦诗文集》之《骆成庵诗集序》，第28页上。

等十余人就直言“晚明无诗”①。客观上造成“代际”研究的巨大空白。其实，持“晚明无诗说”的部分江南学者，其目的大概出于两方面：其一是推尊唐诗，如金华胡应麟、海虞冯复京、萧山毛先舒、吴兴茅一相、丹阳吴从先等②。其二是为了张扬地域诗学，以抵制“楚风”之流弊，比如云间派的李雯，毗陵诗派的邵长蘅和陈玉璂等。至于说“明无词”或者“词亡于明”者无虑百人，几乎众口一词断言“明无词”。张仲谋先生2013年撰写的《明代词学通论》与余意教授2015年所著《明代词史》，在开卷的绪言中首先对所谓词“萌于唐、罨于宋、衰于元、亡于明、复振于清”的定谳进行了解构。余意还据《全明词》对明代词坛进行量化统计，明代有

① 明末清初，“雪苑派”领袖贾开宗认为：“万历之际，诗道庞杂，宗唐白居易、孟郊，居易学风，其弊也俚；孟郊学颂，其弊也寒。可以为宗乎？故明之末，共杜甫变雅之道亦亡也。”（《清代诗文集汇编》第9册《遡园文集》卷一《更庵诗序》，第348页。）“云间三子”中的李雯亦云：“神熹之际，天下无诗者盖五六十年矣。”（《皇明诗选序》）徐世溥曰：“万历五十年无诗，滥于王李，佻于袁徐，纤于钟谭。”（周亮工《尺牍新钞》卷二徐巨源《与友人》）王士祯云：“明万历中叶以后，迄启祯间，无诗。”（《池北偶谈》卷十七《曹能始》）邵长蘅云：“万历启祯六七十年间，天下无诗。”（《明四家诗钞序》）释担当云：“（唐以前）勿论，余从唐而概之，有初盛中晚；继唐而概之，宋元盛于律而成一家言。继宋元而概之，明之高、杨，应运而兴，尚带宋元习气；至李、何崛起，大雅、正始，复还旧观。至七子而再盛，有如长江始于岷、峤而汇于洞庭，噫！壮则壮矣，安能不截其流而使之不下注哉！于是有好庚、鲍而排击七子者出，专以近体为号召，使人易就，一旦辄登坛坫，天下靡然响风，而诗亡矣。世运得不随之？”（《清代诗文集汇编》第9册《橛庵草序》，第5页。）常州陈玉璂云：“尝慨天下之无诗者久矣。非无诗也，无真诗也。诗之所以不真者，由无真性情故。《三百篇》学士大夫以至征夫思妇，莫不工诗，其性情真也。后世徒求之语言文字、较声律、辨体裁，若仿汉魏，仿初盛唐，仿愈似而性情愈漓。”（《清代诗文集汇编》第29册《佳山堂诗序》，第525页上。）

② 胡应麟云：“汉文、唐诗、宋词、元曲，愈趋愈下，要为各极其工。”（《少室山房笔丛·庄岳委谈下》）又云：“自春秋以迄胜国，概一代而置之，虽无文弗可也。若夫汉之史、晋之书、唐之诗、宋之词、元之曲，则皆代专其至，运会所钟，无论后人踵作，不过绪余。即以马、班而造史于唐，李、杜而诗于宋，吾知有竭力而亡全能矣。”（《少室山房类稿·欧阳修论》）亦云：“诗至于唐而格备，至于绝而体穷，故宋人不得不变而之词，元人不得不变而之曲。词胜而诗亡矣，曲胜而词亦亡矣。”（《诗薮》内编卷一）毛先舒云：“夫格以代降，体骛日新，宋、元词曲，亦名一代之盛制。”（《诗辩坻》卷四）茅一相说：“夫一代之兴，后生妙才，一代之才，必有绝艺，春秋之辞令，战国之纵横，以至汉之文、晋之字、唐之诗、宋之词、元之曲，是皆独擅其美而不得相兼，垂之千古而不可泯灭者。”（《题词评<曲藻>后》）丹阳吴从先说：先秦两汉诗文具备，晋人清谈书法、六朝人四六，唐人诗、小说，宋人诗余，南人画与南北剧，皆是独立一代。（《小窗四纪·小窗清纪》）

词人2019个，其中晚明70年词人就有1432个，占总数的70.92%[①]。据此，余意等的结论是："清康熙后对明人的诸多不足的批评增多，但他们津津乐道的所谓'清词中兴'，实际上在晚明时期已经形成。"[②]

翻清初诗学史料，俯拾可见这种"唱衰前代"的武断观点。如果我们尊重历史事实，则完全可以发现另一番不同的景象：非但晚明诗词之学衰亡，相反，其作家作品之数量超过了此前两百年的总和[③]，其间虽没有出现与后七子相埒的大家，但名家辈出，诸如江南八府中，仁和卓明卿、闻启祥，秀水朱国祚、谭贞默，归安茅维、臧懋循，湖州冯梦祯、董斯张，姑苏刘凤、王穉登，云间冯时可、董其昌，以及吴江俞安期、嘉兴李日华、嘉定程嘉燧等，此外紧邻八府、通常视之为大江以南著名诗人学者，尚有金华胡应麟、宣城梅鼎祚、鄞上屠隆、余姚孙鑛等等，这些人的作品，其数量和质量均颇为可观；尤为可贵者，在明末天崩地解的动荡中，还产生了一个重要流派"云间派"。其领袖陈子龙等以满腔热血投身抗清的战斗，同时摇笔呐喊，抒写了明诗史上最为璀璨的终章。到了清初，这个趋势变得更明显：尽管因朝代更迭，无论是经济还是人文均遭到了巨大破坏，然而江南诗词之建设不仅没有中断，反而以更为强劲的延续性反弹，诞生出诸如钱、吴、龚"江左三大家"以及"朱（彝尊）陈（维崧）"等诗词界巨擘，抒写着古典时代最为繁盛的景象。可见，清初诗坛之所以出现波澜壮阔的江南诗学景观，正是建筑在晚明较高的平台上，而世风、时运又给它提供了合适的土壤。

基于"专业性"的考量，当今学者（诸如严迪昌、朱则杰、刘世南、蒋寅、孙克强以及业师陈水云等）撰述大量"清史诗""清词史"专著，其进步意义是显而易见的；然而学术界的这种先入为主的"专业性"，却也极易加深读者对"晚明无诗""无词"的感受谬见。对于晚明词学，李康化、张仲谋、余意等补足了其成就"清词中兴"的关键环节，但是在最为传统的诗歌领域，这方面的专著至今阙如，因而这种"感受谬见"就更为明显：一般人谈论明诗，只知道七子派；在现有的文学史著作中，专家们也均对晚明万历天启六十年间的诗学叙述采取"冷处理"的方式，仅仅选取了七子、公安、竟陵、云间四派，对于晚明江南众多诗人学者一笔带过。拙著《晚明江南诗学研究》试图填补此间的空白，然而笔者经反省之

① 余意：《明代词史》，北京大学出版社，2015年，第12页。

② 余意：《明代词史》，第367页。

③ 曾大兴：《中国历代文学家之地理分布》，湖北教育出版社，1995年，第341页。

后，发现很多观点都只是自说自话，因此选择更为广博的文献，来证明江南诗学的实绩。即便如此，笔者还是遇到了两大尴尬的写作困境：其一是：晚明江南的诗人学者虽然人众学博，却罕有开宗立派者，他们多半处于后七子与公安竟陵两派之间踌躇不前，这一点，在前著中已大量举例说明，不赘论。其二，清初江南诗人的自豪感，却是建立在遗民文学的基础上的，而遗民最容易遭到新朝遗忘。仅以泰州邓汉仪《诗观》为例：该书汇辑从顺治初到康熙前期近千位诗人的一万余首诗，收罗之广，数量之多在当时无出其右者，编者亦自诩为“足纪时变之极而臻一代之伟观也”。然而可惜的是，由于大多数遗民经济上贫乏不堪，不能刊印其诗集（以钞本方式传阅），致使超过一大半、甚至近五分之四的诗集在经历清廷“遴选”之后被淘汰[①]，造成今人的信息与邓汉仪之时相比极不对称的局面，久而久之便在客观上形成了清人侈谈“晚明无诗”“无词”而清代诗词“中兴”的“事实”。

三、选政更迭中的“通代”实践

清诗呈现的显著特征是其兼容性，不以一朝一代为局限。四库馆臣在为李攀龙《诗删》作总评时说：“盖自李梦阳倡不读唐以后书之说，前后七子率以此论相尚，攀龙是选犹是志也……然则文章派别，不主一途，但可以工拙为程，未容以时代为限。宋诗导黄陈之派，多生硬枝桠；元诗沿温李之波，多绮靡婉弱。论其流弊，诚亦多端。然巨制鸿篇，实不胜收，何容删除两代，等之自郐无讥。”正是这种“但可以工拙为程，未容以时代为限”的开明学风，促进了清人朝唐宋诗兼宗、并正视元、明诗歌成就的诗学道路前进。这一过程是从清初的江南开始的。从质疑后七子派提出“中晚唐”无诗，到部分江南学者指责“晚明无诗”，清初江南少数博学的诗人开始从“解构明代诗学”过渡到“建构国朝诗学”的阶段，仅以四库馆臣编辑的各类的唐诗选、明诗、清诗选数量来看，即达到百家之多。选唐诗者无虑三四十家。这里提出的选本，除了高棅的《诗品》（《唐诗品汇》），其余七家皆晚明学者所选，分别是江都吴琯《唐诗纪》、湖广麻城刘一相《诗宿》、吴兴臧懋循《唐诗所》、江阴许学夷《诗源辨体》、湖广竟陵钟谭《唐诗归》、湖广京山李维桢和吴江俞安期合选《诗隽》。此外还有《诗苑》（华亭张之象、仁和卓明

① 据袁行云先生统计，“明代遗民，有诗集传世者，约二百余家”，这与卓尔堪《遗民诗》所统计的五百家、邓汉仪《诗观》统计的一千家相较，均为少数。袁语见《清人诗集叙录》卷九，第300页最后一行。

卿）、《诗定》（云间金是瀛）、《诗谭》（润州叶廷秀，按：此编唐宋诗合选，且类似诗话）、吴县徐增《而庵说唐诗》等，最出名者为金华胡应麟《诗薮》、海盐胡震亨《唐音统签》、桐乡陆时雍《唐诗镜》、华亭唐汝询《唐诗解》、吴县金圣叹《选批唐才子诗》；到了清初，又有江都吴绮《唐近体诗永》、金陵黄周星《唐诗快》、歙县黄生《唐诗摘》等等。其中，1574年李栻《唐诗会选》、新安吴琯等于1585年编的《唐诗纪》、万历年间邢昉所刻《唐风定》与李维桢《唐诗隽》（一作俞安期《诗隽类函》）以及朱谋玮《唐雅同声》、万历至天启间程元初《唐诗绪笺》、1601年张之象（一作卓明卿）《唐诗类苑》、1602年吴勉学《四唐汇诗》，直到1606年长兴臧懋循所录《唐诗所》，都与《唐诗解》名气相埒；而此后竟陵钟谭于1616年所辑的《唐诗归》，1618年黄克缵《全唐风雅》、1624年沈子来《唐诗三集合编》（即杨士弘《唐音》、高棅《唐诗正声》、李攀龙《唐诗选》）1635年周埏《唐诗选脉会通评林》以及同期的陆时雍《唐诗镜》，其影响辄或较《唐诗解》深远。唐汝询本人亦曾意识到该评点节选本的局限性，于1623年刊刻了卷帙更多的《汇编唐诗十集》。以上诸刻竞相登场。当此际，唐诗选本面貌发生了根本性变化，即不再局域于初盛唐诗选，而是面向中晚唐，形成对唐诗的整体把握和认知。

首先是总集大面积出现。单就鼎革之际的二三十年，仅大型唐诗总集、合集便有曹学佺、胡震亨、钱谦益、席启寓、季振宜、徐倬等六七家。其次是中晚唐合集的出现。比如万历年间，金陵状元朱之蕃编选《中唐十二家诗》《晚唐十二家诗》；而唐人选唐诗诸集亦得到了全面整理重刊，如《河岳英灵集》《中兴间气集》《极玄集》《才调集》等，由毛氏汲古阁整理出版，宋元诗人选唐诗之善本，如王安石《唐百家诗选》、洪迈《万首唐人绝句》、计有功《唐诗纪事》、元好问《唐诗鼓吹集》等，也得到了重刊；此前未选中晚唐的部分大型诗选亦得到了补充，如昆山龚贤编选《中晚唐诗纪》，作为《唐诗纪》的补编；杜诏、杜庭珠编选《唐诗叩弹集》，专选元和以至唐末的诗，作为《唐诗品汇》的补编，等等。最后是中晚唐诗人合选的相继刊刻。许多中晚唐诗人的合集得到了整理，如孟郊、贾岛《寒瘦集》（宗室岳端辑，实出江南文人之手）、温庭筠、李商隐《温李二家诗集》（秀水陈堡辑于康熙间）等，较为出色者有歙县汪立名编选《唐四家诗》，除了传统的王孟二家，还补充了韦应物和柳宗元；毛晋《五唐人集》，分别为孟浩然、孟郊、李绅、韩偓、温庭筠；王锡衮《陶李合刊》、凌濛初《陶韦合集》，分别选陶渊明、李贺和陶渊明、韦应物；

毛晋《唐四名家集》选中晚唐窦常、李贺、杜荀鹤、吴融；佚名《唐四家诗》选李贺、朱庆余、释皎然、释灵一。华亭黄之隽《三家诗选》，选韩愈、孟郊、李贺；佚名《四家诗钞》选李白、杜甫、韩愈、李贺等。甚至一些体格下乘的晚唐诗歌合集均有重见天日之契机，如天启年间钱塘杨肇祉编选《唐诗四种》，分别为《名媛集》《香奁集》《观妓集》《名花集》[①]。

与此同时，明清诗选亦进入到白热化阶段。各类明诗选，以云间陈子龙《皇明诗选》、虞山钱谦益《列朝诗集》、秀水朱彝尊《明诗综》为代表，此外还有云间黄廷鹄《明诗冶》、吴江顾有孝《明诗英华》、海盐彭孙贻《明诗钞》、仁和卓尔堪《遗民诗选》、长洲朱隗《明诗评论》、陈济生《启祯两朝遗诗》、归安韩纯玉《明诗兼》、江阴程汝婴《明诗归》、鄞县范光文《明诗钞》、钱塘朱之京《明诗汇选》、吴江朱鹤龄《寒山集》、秀水朱彝尊《明代诗甄汇编》、苏州施何牧《明诗去浮》、吴江潘柽章与吴炎《明乐府》、金陵杨浚《明诗综选》、海宁朱嘉征《完镜集》以及湖广衡阳王夫之《明诗选》等二三十家。清初选清诗的数量要略多于选明诗者，仅顺康之际，便有各类传世的当代诗选三十余种，诸如无锡黄传祖《扶轮广集》，魏裔介《观始集》（实际大半系昆山吴殳等选），虞山钱谦益《吾炙集》，金陵周亮工《万山中诗》，长洲程棅、施諲《鼓吹新编》，吴江徐崧与长洲陈济生《诗南》，太仓陈瑚《从游》《离忧》二集，秀水姚佺《诗源初集》，仁和陈祚明《国门集》，归安韩纯玉《今诗兼》，慈溪魏耕《今诗粹》，吴江潘柽章、吴炎《今乐府》，顾有孝、陆世楷《闲情集》，江宁刘然《诗乘》，江宁周京《近代诗钞》，江西豫章陈允衡《国雅》、曾粲《过日集》，阳羡陈维崧《箧衍集》，福建福清魏宪《诗持》以及寓居淮扬的孙枝蔚所选《诗志》等。谢正光先生引《扶轮广集》所载程封一诗，说明清初选政勃兴的情状：

谨山《诗录》录今古，温厚和平堪作式。《诗志》如成定可观，书选于南予在北。《诗源》毁誉仍互见，十五国风存厥变。天宝靖康吾道衰，殷顽耿耿悬雷电。长洲云子才输困，《明诗平论》明功臣。掌和辛勤续手泽，《诗娱》不忍赓先人。吾家孟阳诗句好，髻发称诗到衰老。虞山前朝旧史才，鲁殿灵光真异宝。耦耕堂中苦校雠，甲乙丙丁非草草。如何《列朝诗》人千万家，一人一传传小影……皇士《启祯》立意不为搜音调，纵横两代堪凭吊。夜深鬼哭掩卷不敢观，青磷满野烧陵庙。伯玑《诗慰》称宗匠，交游屠钓哀沧丧……次履《审声》集更大，姑山草堂供

① 孙殿起：《贩书偶记续编》卷19，上海古籍出版社，1999年，第302页。

坐卧。子俶鬃渊皆雅健，《观始》诗成魏都宪。泾阳韩子天下才，《国门》一集征文献。诸君抗志争齐楚，谁甘小国同邾莒。[①]

这种“诸君抗志争齐楚，谁甘小国同邾莒”的竞争态势，自然而然地延伸到明代很少问津的宋诗选政之领域。清初学者主要表现在三个方面取得了宋诗选的巨大突破：首先是以专业的标准选宋诗。早在康熙二年（1663），吕留良和吴之振探讨宋诗选本时感叹“宋诗向无总集，亦无专选”，指出诸如明人李蓘的《宋艺圃集》、曹学佺的《十二家诗选》和潘士藻的《宋元诗集》三书，皆以选“唐诗”之标准选宋诗，所选宋诗并未脱离唐诗的风格，不能反映宋诗自己的风貌，因此浙东学者矻矻求之，选定《宋诗钞》。其次是有些江南的著名选家在选定唐诗选本后尚有余力和才情，继续其选政，完成通代的诗选。比如陆次云在编选《唐诗善鸣集》之后，也有《宋诗善鸣集》《五代诗善鸣集》《明诗善鸣集》等；其选诗之宗旨，正是为了适应清初诗学“出唐入宋”的新动向，正如其《善鸣集自序》云：“余之选诗，则断自大历始，自唐中晚而及宋金元明。”究其根本，正因为“至我朝，厌蹈袭而思变通，始复中晚宋人之诗是问。虽然，吾为诗学幸”[②]。再如渤海戴明说、通州范士楫、上谷魏允升等辑《历代诗家》，选录西汉至明末的诗歌，虽是北方学者所选，但由江南诗家参阅校对，并于顺治十三年至十四年（1656—1657）在常熟毛氏汲古阁递刊出版。吴江顾有孝编选《唐诗英华》，《五朝名家七律英华》二十八卷，五朝即唐、宋、金、元、明，其中唐七律十七卷，宋诗七律九卷。与顾氏编选顺序相反，江都吴绮先编选《宋元诗永》，几年后才编选《唐近体诗永》。最后，一批江南学者对于整个明代前后七子皆信奉的“宋无诗”观念进行全方位的解构，在康熙中叶的江南，出现了竞相选宋诗的繁盛景观，据赵娜博士论文《清代顺康雍时期唐宋诗之争流变研究》（2009，苏州大学）统计，除《宋诗钞》之外，康熙年间宋诗选本有十余种，分别为：康熙十七年吴绮《宋金元诗永》；二十三年左右陈焯《宋元诗会》；二十六年陆次云《宋诗善鸣集》；二十六年吴曹直、储右文《宋诗选》；三十一年潘问奇、祖应世《宋诗啜醨》；三十二年陈訏《宋十五家诗选》；三十二年左右周之麟、柴升《宋四名家（苏、黄、范、陆）诗钞》；

① （清）黄传祖：《扶轮新集》卷3《戊戌秋喜晤心甫于长安邸中放笔作歌》，顺治十六年刻本，第10页。

② 陈伯海主编；查清华，胡光波，文师华，刘晓平，傅蓉蓉，许连军编撰：《唐诗学文献集粹》下册，上海古籍出版社，2016年，第1008页。

三十八年顾贞观《积书岩宋诗选》（一名《宋诗删》）；四十八年《御选四朝诗》选；五十一年王史鉴《宋诗类选》等等。

除了上述宋诗选集，清初诗人学者对于明诗的总结和继承，其力度也可谓空前的，先后出现多部总集。其中钱谦益撰辑的《列朝诗集》一百卷，今人评定为“存一代诗史”[①]。由于钱氏总集遭到禁毁，朱彝尊编撰的《明诗综》一百卷发挥了更大的影响力，《四库总目提要》云：“六七十年以来，谦益之书久已澌灭无遗，而彝尊此编独为诗家所传诵。”康熙年间，官修《全金诗》，以及长洲顾嗣立《元诗选》，基本上形成了“通代”诗选的格局。

四、创作实践中的“异代同声”

清诗与明诗最大的区别，便是在学习对象上的改进，正如钱仲联先生所说，“清诗总的倾向是学古而不是复古”[②]。清人善于学习，能将唐宋诗歌“融会生新”，形成自已的诗歌风貌。特别是对宋诗的学习和借鉴，呈现出与明代诗人完全不同的态度。这种转变，源自晚明的公安派和明末的“嘉定四先生”以及虞山诗派对于宋诗的肯定。明清之际首倡宋诗者，当仁不让属于公安派，譬如袁宏道、焦竑、江盈科、陶望龄等[③]。他们从“一代文章”“代各有文”“一代之制”等方面肯定宋代诗文与唐代的内在延续性，客观上推衍了“唐宋派”的文学观。受其影响，持类似观点者尚有余姚孙鑛[④]，以及东林党人赵南星、王思任、程嘉燧、钱谦益、吴

---

① 袁行云：《清人诗集序录》卷1，第2页。

② 钱仲联《<清诗三百首>前言》，载《当代学者自选文库：钱仲联卷》，安徽教育出版社，1999年，第502页。

③ 黄周星《快诗序》转引袁宏道语：“文章之气，一代薄一代，文章之妙，一代盛一代，古有不尽之情，今无不写之景，其盛处正其薄处也，然安得因其薄而掩其妙哉？”焦竑：“倘如世论，于唐则推初盛而薄中晚，于宋又执李、杜而绳苏黄，植木索涂，缩缩焉循而无敢失，此儿童之见，何以伏元和、庆历之强魄也。”（《竹浪斋诗集序》）江盈科则云：“要之代各有文，文各有至，可互存，不可偏废。”（《雪涛阁集·重刻唐文粹引》）陶望龄提出：“文也者，至变者也。古之为文者，各极其才而尽其变，故人有一家之业，代有一代之制，其洼隆可手模，而青黄可目辨，古不授今，今不蹈古，要以屡迁而日新，常用而不可弊。”（《歇庵集》卷三《刻徐文长三集》）

④ 孙鑛：欧、苏诗信不及文，然欧甚执规矩，苏时有独得。足下谓嘉则可胜于鲋，则起二公于九京，未必肯为屈完之来盟也。作者各以时起，原不必细较，因见今人贬唐宋人太过，是用质成于巨子耳。（《與余君房论诗文书》序）

伟业等[①]，他们或肯定“一代之兴”，或赞赏“一代之言”，或认同“一代之文”。这一趋势延至清初，顾炎武、黄宗羲、邵长蘅等[②]，均肯定宋代诗文为“一代之体”“一代之胜”。

随着宋诗别集的逐次刊刻，明末清初众多的江南诗人也开始体会到宋诗的妙处。如湖州董说曾说：“癸未（1643年）病中看宋元人诗，有味也。”[③]嘉定娄坚也说：“宋人之诗，高者固多有，如苏长公，发妙趣于横逸谑浪，盖不拘拘为汉、魏、晋、唐，而卒与之合。乃曰此直宋诗耳，诗何以议论为？此与儿童之见何异？”[④]顺治间，长洲汪琬《篴步诗集序》曰：“唐诗以杜子美为大家，宋诗以苏子瞻、陆务观为大家。此三家者，皆才雄而学赡，气俊而词伟。”[⑤]这是一种理性精神的回归，而非晚明公安派急翻七子之案，故作惊世骇俗之语：“世人喜唐，仆则曰唐无诗；世人喜秦、汉，仆则曰秦、汉无文；世人卑宋黜元，仆则曰诗文在宋、元诸大家。”[⑥]到了明末，钱谦益终于将宋诗各大家与唐代名家平起平坐，其弟子瞿式耜评价他的创作风格为：“先生之诗，以杜、韩为宗，而出入于香山、樊川、松陵，以迨东坡、放翁、遗山诸家，才气横放，无所不有。”[⑦]

清代诗人学习唐宋诗，首先从打破其以时代为断限的格局开始。尽管他们一开

---

① 赵南星认为：夫有一代之兴，则有一代之诗。故三百篇风各不同。代革世沿，各得其性之所近。三百自三百，汉魏自汉魏，唐自唐，明自明耳。（《赵忠毅公文集》卷三《冯继之诗序》）王思任：“一代之言，皆一代之精神所出。其精神不专，则言不传。汉之策、晋之玄、唐之诗、宋之学、元之曲、明之小题，皆必传之言也。”（《王季重十种》第一种《杂叙》之《唐诗纪实序》，浙江古籍出版社，2009年，第78页）吴伟业说：“有一代之兴，必有一代之文以为之重。”（《梅村家藏稿·陈百史文集序》）

② 顾炎武也说：用一代之体，则必似一代之文，而后为合格。（《日知录·诗体代降》）黄宗羲说：“诗不必以时代论，宋元各有优长，岂宜勾而出诸于外，若异域然者？即唐之时，亦有蹈常袭故，充其肤廓而神理蔑如者。故当辨其真与伪耳。”（《张心友诗序》）邵长蘅更说：“划代而论，则一代有一代之文，不相借，亦不相掩。不相借，故能各自成家;不相掩，故能各标胜于一代。”（《青门胜稿·三家文钞序》）

③ （清）董说《楝花矶随笔》卷上，中山大学特藏古籍本。

④ （明）娄坚：《学古绪言》卷23，四库全书电子版。

⑤ （清）汪琬：《尧峰文钞别录》卷2（《尧峰文集》卷29）《篴步诗集序》，《汪琬全集笺校》本，人民文学出版社，2010年，第2157页。

⑥ （明）袁宏道《张幼于》，《袁宏道集笺校》卷11上册，第501页。

⑦ （明）瞿式耜《初学集序》，钱谦益著、钱曾笺注、卿朝晖辑校《牧斋初学集诗注汇校》下册卷尾附录，第1217页。

始仍然无法改变“宋诗不如唐”的传统观念，但是能够从学习二三个宋代大诗人寻求突破。比如江西永新贺贻孙《诗筏》说：

谓宋诗不如唐，宋末诗又不如宋，似矣。然宋之欧、苏，其诗别成一派，在盛唐中亦可名家。而宋末诗人，当革命之际，一腔悲愤，尽泄于诗……谢皋羽《过杭州故宫诗》二首云……皆宋、元间人也，情真语切，意在言外，何遽减唐人耶……宋人学问精妙，才情秀逸，不让三唐，自欧、苏、黄、梅、秦、陈诸公外，作者林立，即无名之人，亦有一二佳诗，散见他集。倘有明眼选手，为之存其精华，汰其繁冗，使彼精神长存人间，何至后人诋诃之甚耶！明代弘、正、嘉、隆间诸诗人，非无佳诗可传，但其议论太刻，谓后人目中不可有宋人一字。

与贺贻孙观点类似，吴中叶燮《原诗》卷四也说：“开宋诗一代面目者，始于梅尧臣、苏舜钦二人。自汉、魏至晚唐，诗虽递变，皆递留不尽之意，即晚唐犹存余地，读罢掩卷，犹令人属思久之。自梅、苏变尽昆体，独创生新，必辞尽于言，言尽于意，发挥铺写，曲折层累以赴之，竭尽乃止。”所谓苏、陆、欧、黄等宋诗人，可以“直入唐人之室”，在尊唐的同时，客观上也起到了打破唐宋诗之间的壁垒的作用，提高了宋诗的地位。

明末清初，“宋诗学”已经初步形成，贺裳在《载酒园诗话》中描述为一个持续的过程：“天启、崇祯中，忽崇尚宋诗，迄今未已。”到了康熙初，诗坛虽然终究还是变相复古唐诗，但是提倡“宋诗”者已经成长为生新力量的代表。清初宋诗的起步，正是从“破体”开始的。对于当时随声附和“某某唐体”的做法，少数江南诗人表示反感，他们标榜“今诗”，以抵制时流风气。比如桐城钱澄之、毗陵邵长蘅、上虞韩菼、方外的释澹归（金堡）等。钱澄之反感强分唐宋诗，反对给诗歌贴“某某体”标签的做法。认为只要有性情就是好诗，其《汪异三诗引》曰：“自风雅道衰，人争以词华声律为诗，数十年来，一二人起而辟之，而学者始知有性情之事。近且宗法宋人。夫宋诗非无性情，吾怪其言之意尽而语实其纤者，或近于词，均失风雅之义也。谓之风雅，不事词华，而词华自给；不求声律，而声律自工；并不言性情，而性情自见。然亦岂有尽弃词华声律，直致性情，以为风雅者乎？”[①]邵长蘅曰：“曩时海内一二称诗家喜标别同异，更相齮龁。某人某体是同乎吾也，则尊之誉之；某人某体是异乎吾也，则诋之譬之，虽心识其工，不欲与也，而妄庸不说学之。夫从而和之，曰某体某先生所宗也，亦宗之；某体某先生所

① 《清代诗文集汇编》第40册《田间文集》卷16，第161页上。

排也，亦排之。嘻！夏虫不可语冰，井龟不可语于江河，其陋也甚矣！余以为诗之有体，犹夫形焉已尔，故其沉郁豪放、典丽清真、平淡奇怪各自名家者，皆学于古人而得其性情所近……故余常论诗，以谓诗自汉魏六朝三唐至宋元明人之作，皆有可学有不可学，视吾自得何如尔。”顾景星批点曰：“得此知诗道之本原矣！纷纷强立宗派，真是妄庸。”[①]其《吹万集序》又云：“余怪夫百余年间谭诗者之日陋也。主汉魏三唐者，诋宋元人诗曰旁门、曰小乘；主宋者，诋前之所作曰赝、曰剿。甚则怒其子孙，乃并其祖父而訾之，波流云扰，诋諆蜂出，不惟其是之折衷，而规规焉分流派、别异同，以蕲其胜而后已。譬之三尺童子，截六寸之管，空其中而吹之，偶得一二声，守之不变……余以谓诗，顾成与不成耳，成则皆足以传，而流派异同固可无论。”[②]韩菼也说：“诗自滥觞，盖自大庭以还，岂有师承，都缘情感……殆篇什既繁，而能事日起。敝莫甚于相沿，而激莫甚于相矫。于是有某代之诗，有某家之诗，本触于天倪之自然，奚至连连如胶漆缠索以游其间？此固不得不然乎？然其升降之际，亦可睹也。”[③]仁和金堡亦云：“诗者，吾所自为耳。亦何与古人事？世乃有以古人之衣冠，自掩其面目；复借古人之面目，加人以衣冠，曰‘某篇似某某，某句似某某’，是直以优孟相待，而名为推奖，不可解矣。”[④]可见江南诗论家多采取折中的态度，认为无论是坚持标榜某某体，或者是完全另起炉灶，在“复古”与“崇今”之间都应该掌握一定量度，过于固化、过于激化均是不对的。在明清之际淡化唐宋辨体意识的氛围中，江南诗坛的宋诗学有了突破性的进展。特别是苏轼和陆游等二三大家，其普及程度不亚于盛唐李杜。1678年，邵长蘅“今海内谭艺家盛宗宋诗，玉局（按：苏轼曾供职于玉局观）、剑南几于人挟一编”[⑤]。蒋寅先生曾引《诗观》作者邓汉仪一则笔记，说明清初宋诗创作的普遍性：“今诗专为宋派，自钱虞山倡之，王贻上和之，从而泛滥其教者有孙豹人枝蔚、汪季角懋麟、曹颂嘉禾、汪苕文琬、吴孟举之振；而与余商略不苟同其说者，则有施尚白闰章、李屺瞻念慈、申凫孟涵光、朱锡鬯彝尊、徐原一乾学、曾青藜灿、李子

① 《清代诗文集汇编》第145册《青门麓稿》卷7《金生诗序》，第213—214页上。

② 《清代诗文集汇编》第145册《青门麓稿》卷3，第389页下。

③ 《清代诗文集汇编》第147册《有怀堂文稿》卷3《徐云拂诗稿序》，第95页下。

④ 《清清代诗文集汇编》第40册《田间文集》卷16，第161页上。《清代诗文集汇编》第145册《代诗文集汇编》第46册《遍行堂集》卷8《周庸夫诗集序》，第423页上。

⑤ 《清代诗文集汇编》第145册 邵长蘅《青门簏稿》卷11《渐细斋集序》，第 页。

德因笃、屈翁山大均等人。”[①]蒋寅还列举了诸如黄宗羲、吕留良、吴绮、李良年、田雯、宋荦、叶燮、顾炎武、柴绍炳、毛奇龄、阎尔梅、杜濬、王夫之等人皆曾正面评价宋诗。

从某种意义上说，清诗的兴盛主要在于其视域和格局较明代有了显著的扩大；它打破了明代视诗歌为有唐“一代之文学”观念的桎梏，能够正视前代所有的优秀文学遗产，通观全局，综合利用。清初的钱谦益自述其学诗进路曰：“仆少壮失学，熟烂空同、弇山之书。中年奉教孟阳诸老，始知改辕易向……自初、盛唐及钱、刘、元、白诸家，无不析骨刻髓，尚未能及六朝以上，晚始放而之剑川、遗山。”[②]李振裕评价为：“虞山钱牧斋先生始排时代升降之论而悉去之，其指示学者，以少陵、香山、眉山、剑南、道园诸家为标准，天下始知宋金元诗之不可废，而诗体翕然其一变。”[③]同样倡导宋元诗者还有王士禛。蒋寅引汪懋麟之评介，“吾师之论诗未尝不采取宋、元。辟之饮食，唐人诗犹粱肉也，若欲尝山海之珍错，非讨论眉山、山谷、剑南之遗篇，不足以适志快意”，进而阐述说：“这说明王渔洋之提倡宋元诗，同样是出于拓展诗歌传统的视野和追求多样化的动机。”[④]这类的例子所在多是，无论是施闰章，还是朱彝尊，或者是吕留良等等，都能广泛继承前人诗学遗产，形成“异代同声”的多元化创作格局。

五、“代际”研究与“明清诗学一体化”

“多元化”与“包容性”，恰恰是文学研究的“现代品格”，事实上，近三十年的明清诗文词研究正是在解构“一代之文学”命题的基础上、朝着“明清诗学一体化”方向努力奋斗着。世纪之交，学界在明代诗词与清诗词的研究领域取得了突破性的进展，先以清诗为例，有刘世南、严迪昌、张键、朱则杰、李世英与陈师水云、

① （清）邓汉仪《宝墨堂诗拾》附，国图钞本，转引自蒋寅著《王渔洋与康熙诗坛》，凤凰出版社，2013年，第40页。

② （清）钱谦益《复遵王书》，《有学集》卷39，《钱牧斋全集》(第6册)，第1359页。

③ （清）李振裕：《善鸣集序》，《白石山房集》卷14，康熙间香雪堂刊本。

④ 蒋寅：《在传统的阐释与重构中展开》，《中国社会科学》2006年第6期。

魏中林、柯愈春、刘诚、李剑波等专著如雨后春笋，竞相破土[①]。近年来，又有王小舒、蒋寅等先生继武前作[②]，有清一代断代诗史的著作十余部，可称得上洋洋大观，叹为观止。相较于清代诗学，明诗研究略显薄弱，并且该研究所选择的时段也有差异，多数学者沿袭清代学者观念，只看重明代前中期的诗人，即“明初”和“前后七子”诸大家，默认除了后七子派的余响如胡应麟、许学夷等，及其公开的反对者公安竟陵派等少数在诗坛上产生影响的诗家，其余领域几乎视为黄茅白苇。这种固有的研究模式由来已久。从严迪昌到蒋寅，从张仲谋到余意，学者在书写有明或清代的断代诗词学史的时候，他们的第一要务就是正视“一代有一代之文学”的影响，为明清诗词正名[③]。因此我们有理由相信：明清诗学要想取得新的拓展，必须介入“代际”观念，全面审视明清之际诗学的“一体化”史程。可以预判：“代际”研究，将是明清诗词一体化研究的一个重要支点。由于笔者研究视野仅限于“明清文论”，也仅仅关注“明”与“清”的文学现象，窃以为作为近古两个时段，其相同性远远大于相异性。因此，仅就传统意义上的诗学、词学研究而言，将“明清之际”作为一个研究环节，就显得十分必要；如果能够取得突破，至少可期完成所谓集成期“过程史”的大致轮廓，为明清诗学一体化研究打下坚实基础。原有的断代诗学史形成了所谓“晚明无诗”“明无词”的既定印象，或者明人提出“宋无诗”，而清初虞

---

① 刘世南《清诗流派史》台北文津出版社1995年初版、人民文学出版社2004年再版；严迪昌《清诗史》，浙江古籍出版社，1999年初版，2002年修订本再版；张健《清代诗学研究》，北京大学出版社，1999年；朱则杰《清诗史》（修订本）江苏古籍出版社，2000年；李世英、陈师水云《清代诗学》，湖南人民出版社，2000年；柯愈春《清人诗文集总目提要》，北京古籍出版社，2001年；刘诚《中国诗学史·清代卷》，鹭江出版社，2002年；魏中林《清代诗学与中国文化》，巴蜀书社，2000年；李剑波《清代诗学主潮研究》，岳麓书社，2002年。

② 王小舒《中国诗歌通史·清代卷》，人民文学出版社，2012年；蒋寅《清代诗学史》（第1卷），中国社会科学出版社，2012年。

③ 严迪昌：“在缕述阻滞清诗研究的诸多原因，特别是关涉理障成见时，不难发现，长期起着很大阻滞作用的要数‘一代有一代之文学’的提法……（导致文学史）变成一部若干断代文体史的异体凑合缝接之著。于是，秦汉以下无文，三唐之后无诗，两宋以还无词云云，被引为权威性定论。”载氏著《清诗史》绪论浙江古籍出版社，2004年，第2页。蒋寅的论文《一代有一代之文学》参《文学遗产》1994年第5期。然其新著则认为“诗文评”等文学理论为清代的“一代之文学”，认为它具有集成性质：“（清朝）如此丰富的文献及学界公认的非凡成就，难道还不足以举为一代之胜，成为今天我们关注它的理由吗？”载氏著《清代诗学史》（第一卷），中国社会科学出版社，2012年，第4页。

山派钱谦益、神韵派王士祯等宗主明确“宋有诗”，似乎一开始就呈现出泾渭分明的面貌；这些貌似正确的观点，其实掩盖了明清诗词一体化的历史真相。

明清之际的诗词发展处于一体化的过程中，孤立地探讨“晚明无诗、清诗再兴”或者“词亡于明、复兴于清”都不符合文学发展的内在逻辑。清初诗词的辉煌，其起点均系晚明诗词之繁荣。只是出于政治的或者某种时代的偏见，人们将前代的文学努力一并抹杀了。这种遮蔽和抹杀是触目惊心的，是一种“自上而下”的全方位的抹杀，从官修明史和“四库”，至各级文字狱逐年开展，其结果是学者的自觉绥靖。至于说“明无词”或者“词亡于明”者无虑百人，今人引述颇多，不赘。翻清初诗学史料，俯拾可见这种武断。如果我们尊重历史事实，则完全可以发现另一番不同的景象：非但晚明诗词之学没有衰亡，相反，其作家作品之数量超过了此前两百年的总和，其间亦不乏与七子相颉颃的大家。到了清初，这个趋势变得更明显：仅以江南为例，因为朝代更迭，无论是经济还是人文均遭到了巨大破坏，但是，其诗词之建设不仅没有中断，竟以强劲的延续性反弹，诞生出诸如钱、吴、龚“江左三大家”以及“朱（彝尊）陈（维崧）”等诗词界巨擘，抒写着古典时代最为华丽的终章。我们从明清诗词研究的细节中也可以感知这种一体化进程：从云间派的诗词到虞山西泠诸派的诗、阳羡浙西诸派的词，其作者之间存在着直接的师徒授受关系。以诗而言，陈子龙不仅是明代诗词的殿军，同时也是清初诗词界的圭臬，他直接影响着吴伟业、钱谦益和龚鼎孳所谓“江左三大家”，也间接影响着“国朝六大家”。晚明的“唐宋派”，也直接左右了清初的诗文走势。明代“四大奇书”去掉“淫书”《金瓶梅》，补充清代《红楼梦》，乃成就“四大名著”。清代传奇剧继承的是晚明《牡丹亭》和《鸣凤记》的现实传统……任何单列的明或清诗、词、剧曲、小说发展史，都无法掩盖明清文学一体化的基本事实。

回到诗学话题，我们完全可以说，“转型”属于明清之际诗学的主题：原本整个明代差不多都处于“复古汉唐诗”的阶段，在朝代更迭之际，出于历史的“惯性”，文学发展自然会沿着前代继续进行；然而，强大的外力遏制了诗学发展的惯性：经历了陵谷之变以及此后接二连三的文字狱，以江南文人为主体的清初诗坛不得不转变诗歌创作的策略，他们或者借鉴晚唐诗注重比兴寄托手法，去抒发晦暗遥深的内心惊悸和苦闷；或者转向案牍，以古讽今，以才学议论和典故入诗，进而阑入宋诗之畛域。诸多诗人开始寻找突破自身传统的诗学，去发展适应新形势表达途径的新力量。起初是中晚唐诗；进而扩展至宋代二三大家，诸如虞山派倡导苏、陆诗，宣城派推尊梅尧臣，神韵派王士禛偏爱黄庭坚等等，进而完全融会唐宋，开辟出打通三唐两宋的诗歌路径。时人评后期虞山派宗师陆贻典“所学无所不窥”，“自汉魏六朝三唐两宋，莫不上下渔猎，含英咀华”[①]。徐璈总结桐城派的诗学进路云：“（自）钱田间（钱澄之）振于晚季……海峰出而大振，惜抱起而继之，然后诗道大昌，盖汉魏六朝三唐两宋以及元明诸大家之美无不一备。”[②]浙派大家查慎行《吴门喜晤梁药亭》诗首联即“知君力欲追正始，三唐两宋须互参”[③]；至钱载统领浙派，吴应和评其诗为“汉魏六朝、三唐两宋体制，靡不兼有，尤得力于少陵，造诣深沉，脱尽肤言浮响，自成一大家面目”。

总之，从明清之际的诗学的走向来看，我们不难发现：明清诗学处于“一体化”的发展通道中，所谓晚明乃至明代的整个时段的“空白”是并不存在的。那么，为什么晚明文学会呈现出“中衰”的印象？究其原委，无非是“代际”中为新朝的政治所刻意遮蔽的，诸如钦定《四库全书》，禁毁晚明诗文集多至八九成。然而，现代多数学者已经发现：明清之际的一体化趋势几乎是全方位的，刘师培就曾说：“近儒之学，多赖明人植其根基。”[④]此种一体化趋势在文学上亦概莫能外。但是，当时学者恰恰撇开文学与学术的关系，单独来否定晚明文学。徐世溥（巨源）说：“自神祖时，天下文治向盛，若赵高邑（南星）、顾无锡（宪成）、邹吉水（元标）、海琼州（瑞）之道德丰节，袁嘉兴（黄）之穷理、焦秣陵（竑）之博覈、董华亭（其昌）之书画，徐上海（光启）利西士（玛窦）之历法，汤临川（显祖）之歌曲、李奉祠（时珍）之本草，赵隐君（宧光）之字学，皆可与古作者同敝天壤。而万历五十年无诗，滥于王李，佻于袁徐，纤于钟谭，此其无足大置数者。”[⑤]徐氏认为，除了诗学，其他所有的“文治”都达到了旷古绝今的成就，显然，这正是出于“一代之文学”观念指引下的学术偏见。

综上所述，“代际”研究之必要性在于：除了“一代之文学”命题本身存在着以时代局限文体的缺陷，同时换代之际也造成了严重的政治遮蔽。通过“代际”探

① （清）张文镔《陆敕庵先生诗序》，《敕庵诗钞》卷首，清雍正元年刊本。

② （清）徐璈辑录，杨怀志、江小角、吴晓国点校《桐旧集》卷首序，北京师范大学出版集团、安徽大学出版社，2018年。

③ 梁药亭，即梁佩兰之亭，梁佩兰，1629—1675，与屈大均、陈恭伊合称“岭南三大家”。

④ 刘师培：《国学发微》，载《刘申叔遗书》，江苏古籍出版社，1997年，第502页。

⑤ 《清代诗文集汇编》第26册《莲须阁集序》，第549页上。

索前后代文学发展的一致性，有利于认清文学发展的轨迹。通过“代际”研究，有利于诗学史程的生态还原，揭示古典诗学集成时期的发展规律，为我们当今“古为今用”的文学建设提供有益的借鉴。

我们既不能“尊体于一代”，又不能“唱衰前代”，最好的方式是介入“代际”研究，其实就是进入过程史研究。具体到“明清之际”的诗学，实质即试图完成其一体化之构建。通过“代际”探索前后代文学发展的一致性，以便于认清文学发展的轨迹。当然，由于历来“断代”研究的层累性，要破除旧格局绝非一朝一夕、三两同志能够办到的，目前能做的，只能选取“一体化”趋势中最为突出的现象破题，而明清诗学承续最为密切之地域乃在“江南”，这就是本书选择“江南诗学”的原委。

第二节 历史变革中的“江南”范畴

“江南”一隅，与北地气候迥异，土风人情亦迥别。1689年，孔尚任在《古铁斋诗集序》中，细分此种区别，他说：

画家分南北派，诗亦如之。北方诗隽而永，其失在夸。南人诗婉而风，其失在靡。虽有善学者，不能尽山川风土之气。盖山川风土者，诗人性情之根柢也，得其云霞则灵，得其泉脉则秀，得其冈陵则厚，得其林莽烟火则健。凡人不为诗则矣，若为之，必有一得焉。为之而亦有不得者，乃不以己之意为诗，而假人之意以为诗，久假不归，虽山川风土不能效其功，所谓失在夸与靡者也。[①]

“江南”诗歌缘情绮靡，北方七子派高蹈雄壮，早在明代以前就形成了迥然有别的诗学面貌。明清之际，诗学重心已经南移。江南地区交通便利、经济发达、文化发展，使得其文学成就远高于北方各地。曾列后七子之一的谢榛以酒喻诗，曰：“作诗譬如江南诸郡造酒，皆以麴米为料，酿成则醇味如一，善饮者历历尝之曰：此南京酒也，此苏州酒也，此镇江酒也，此金华酒也。”（《诗家直说》卷三）直言江南各地诗味醇美。据晚明嘉兴诗人李日华《味水轩日记》记载，从嘉兴至杭州，不过半日水程的距离。湖州茅坤、秀水冯梦祯等，均曾在杭州构建别墅移居。这里水网纵横、市镇集中、商埠繁盛，文人生活远较北方优渥，读书之风颇为浓

① 《清代诗文集汇编》第174册《湖海集》卷10，第670页上。

郁，正如1695年马之骦《鱼山诗草序》总结云："窃尝闻海内文章之士，自前代至今日，极盛于南地，而北方阙如。间有蹶生，或得诸数十年之久，或得于数百里之遥，求其生同时、游同里，亦云鲜矣。所以者何？北方典文不备而读书难，观摩罔藉而著书难，工价弗集而传书难。语云：争名者于朝，争利者于市；北方文士之深山穷谷也，非具深心大力而又逢其事会，其不终没没也几希。"[①]这些都是江南诗学胜于北地的直观性的意见。

"江南"，正如历史上"河北""山东"等概念一样，起初并非严格的、具体的行政划分，只是个地理方位，进而演进为一种文化或经济意义上的宽松而笼统的区域概念。唐、宋、明各代文人或依地缘，或就风俗，提出过各种意义上的"江南"。诸如范成大《吴郡志》引隋书略云："宣城、毗陵、吴郡、会稽、余杭、东阳，其俗皆同。然数郡川泽沃衍，有海陆之饶。珍异所聚，故商贾并凑。"[②]这便是唐宋以来广义的"江南"。明嘉靖时期，海盐郑晓《今言》卷三中将苏、松、常、嘉、湖五府列为"江南"的表述对象，而与之同时的顾鼎臣则加入镇、杭，扩至七府。此后，仍有个别增加：崇祯十六年（1643），华亭宋征璧撰《江南风俗志》，作如是定义："南直五郡：应天、苏州、松江、常州、镇江；浙江三郡：杭州、嘉兴、湖州，江南具是矣。"[③]明末清初顾炎武《肇域志》、翁澍《具区志》等主张并入太仓直隶州，形成"七府一州"的格局，其观点后来为钱泳所继承，他说："盖江南之田，古为下下，今为上上者何也……今以苏、松、常、镇、杭、嘉、湖、太仓推之……是以七郡一州之赋税，为国家之根本也。"[④]康熙皇帝本人亦认同这个传统意义上的"江南"，曾经下诏予以关注："江南省之苏、松、常、镇及浙江省之杭、嘉、湖诸郡。"[⑤]乾嘉间的梁绍壬著《两般秋雨盦随笔》、道咸间梁章钜著《浪迹丛谈》、林则徐《奏稿》，

---

① 《清代诗文集汇编》第184册《鱼山诗草》卷首序，第411页下。

② （宋）范成大：《吴郡志》，江苏古籍出版社，1999年。始载于《隋书》卷31《地理志》下。

③ 《清代诗文集汇编》第58册《林屋文稿》卷13，第199页上。

④ 钱泳《履园丛话》卷4《水学》"水利"条，中华书局2012年，第63页。

⑤ （清）马齐，朱轼纂：载《清实录》，1986年，"康熙四十二年十一月二十三日上谕"。《圣祖仁皇帝实录》（康熙实录）。

包世臣《中衢一勺》均从财赋政策上认可这一说法[①]，加上行政枢纽江宁府，即苏、松、常、杭、嘉、湖、镇、宁八府以及太仓州。从空间地理上看，这个“区位概念”（按：美国学者施坚雅提出，或译为“区域经济理论”）在学术界影响最大，一大批史学者附议之，如刘石吉（台湾）、李伯重、范金民、龙登高、包伟民、张海英、张佩国、刘士林等[②]，成为认可度最高的说法。

然而，这个明清鼎革之际出现的“狭义的江南”概念，在学术史上仅仅昙花一现，且并非像今天一样得到比较广泛的认同。究其原因，主要在于新建的清王朝对传统的江南区域文化进行了重新整合。清初的顺治、康熙二帝，为了便于统治，朝廷频繁变更政区，采用了两个策略来消解“江南”的政治、经济、文化优势，以巩固其统治。其一是“大而化之”[③]，其二是“分而治之”。

“大而化之”主要指改南直隶为江南省，并向邻省扩张其版图，特别是合并安徽全境。清廷从平定江南的顺治二年起，在“江南”问题上充分认识到其重要性和复杂性，直接将原有的南直隶和江南等同看待，撤销其另设六部之特权，扩大其领地，以弱化“留都”南京作为京畿的统摄力。据《世祖实录》卷十八记载，顺治任命洪承畴为“弹压江南大学士”，擢令“南京着改为江南省。设官事宜，照各省例

① 梁绍壬：“苏松邻壤，东接嘉湖，西连常镇，相去不出三四百里，其间年岁丰歉，雨旸旱溢，地方物产，人工勤惰，皆相等也。”梁绍壬撰、庄葳校点《历代笔记小说大观 两般秋雨盦随笔》卷四“三江赋重”条，上海古籍出版社，2012年，第168页。另见梁章钜《浪迹丛谈》卷五“均赋”条，福建人民出版社，1983年，第68页。林则徐于道光十九年上奏，建议京郊植稻，以减免南粮北运之巨额开支，他说：“而苏、松、常、镇、太、杭、嘉、湖八府州之漕，皆得取给于畿辅……上以裕国，下以便民。”《林则徐集·奏稿》中，海峡文艺出版社，2002年，第723—724页。包世臣《江苏水利略说代陈玉生承宣》说：“道光癸未，水尤甚，苏、松、常、镇、太、杭、嘉、湖八府州被灾，为雍正乙巳以后所未有。”包世臣撰；李星点校《包世臣全集》之《中衢一勺·艺舟双楫》，黄山书社，1993年，第188页。

② 刘石吉《明清时代江南市镇研究》，中国社会科学出版社，1987年，第20页；李伯重：《简论“江南地区”的界定》，载《中国社会经济史研究》1991年第1期，第100—107页；范金民：《明清江南商业的发展》，南京大学出版社1998年版，第1–2页。龙登高《江南市场史——十一至十九世纪的变迁》，清华大学出版社，2003年，第34页；包伟民主编：《江南市镇及其近代命运（1840—1949年）》，知识出版社，1998年，第14页。张海英：《明清江南商品流通与市场体系》(上海：华东师范大学出版社，2002年)，第14、15页。张佩国：《近代江南乡村地权的历史人类学研魔》(上海：上海人民出版社，2002年)，第2页。刘士林：《江南与江南文化的界定及当今形态》，《江苏社会科学》2009年第5期，第228—232页。

③ 孟子《孟子·尽心下》：“充实而有光辉之谓大，大而化之之谓圣。”四库全书版。

行。但向来久称都会，地广事繁，诸司职掌，作何分任，听总督大学士洪承畴到时酌妥奏闻"。其江南省除了今天的苏、皖、沪的全部以外，还涉及原来河南、江西的部分辖地，使得"江南"成为一个疆域异常广大的政区。这样一来，就造成了全国诗人半萃于"江南"的盛况。我们以康熙初、康熙中、康熙末刊出的三部代表性的诗选来统计：1672年扬州邓汉仪编选的《诗观》，（据王卓华统计）凡1824人，江南972人，占全书比例的53.3%；浙江265人，所占比例为14.5%[①]。1688年云间孙鋐编选的《皇清诗选》，据笔者统计，凡1611人，其中江南826人，占总人数之比为51.3%；浙江254人，所占比例为15.8%[②]。以上江南的比例超过了整部总集的半数。到了1721年陶煊编选的《国朝诗的》，据刘和文统计，凡2165家，其中江南759家，所占比重为35.1%；浙江383家，比重为17.7%[③]。刘和文依照四库全书总目、《贩书偶记》及其续编，以顺治朝的行省规划为依据，将清人选清诗176部总集按选者籍贯列表；我们依次排列，经对比发现"江南"籍共58部，独占三分之一，分别是第二名的浙江籍（29部）的两倍、山东（14部）湖广（11部）的四五倍，是北直隶（8部）的七倍多，是四川、山西、陕西的八九倍，江西、贵州等的十一二倍。我们按今天的行省，将其"江南"一分为二，即江苏和安徽省，便可以印证台湾学者陈铁凡的判断："清代学者之众，首推江苏省，几占全国三分之一；第二为浙江省，第三为安徽省，故梁任公（启超）曰：清代学术几为江浙皖三省独占。"[④]这便是江南范围"大而化之"之后的结果。

我们在大数据背景下，还发现了一个小细节：以清初入选诗集的诗人籍贯来看，经过康熙一朝，"江南"诗人的比例由二分之一下降至三分之一，与清人选清诗的总体情形相一致，这并非说明江南原住地的诗人减少了，而是"江南"分化出"浙江""江苏"诸地区。这就是我们所谓的"分而治之"。

分而治之，主要体现为两点，其一是起初便将人文渊薮之地的浙江从明代的"江南"中剥离出来，比如《清史稿·选举志》云："（顺治）十二年，以直隶保

① 王卓华：《邓汉仪<诗观>研究》，南京师范大学博士学位论文，2007年，第59页。

② 其余人数为：北直隶82人，福建74人，山东57人，河南53人、湖广和方外均46人，陕西38人，江西30人，盛京24人，四川23人，山西和两广均22人，贵州7人，云南6人，朝鲜1人。版本依《四库存目丛刊》集部第398册《皇清诗选》为准。

③ 刘和文：《清人选清诗总集研究》，安徽师范大学出版社，2016年，第44页。

④ 吴宏一《清代词学四论》，转引陈铁凡《清代学者的地理分布》一文，台北联经出版事业公司1980年版。陈文原载《东海大学图书馆学报》1967年第8期。

定、河间，江南江宁、淮、扬、苏、松、常、镇，浙江杭、嘉、湖、绍等三十府，地方紧要，诏京、外堂官、督、抚各举一人备简，不次擢用。”[①]很明显，清初顺治帝将天下人才聚居最密集的三大区域京畿、苏南、浙西等分治，将原本属于江南的杭嘉湖等另起炉灶，建立了行政区划。其二是在天下初定之际，再次把“江南省”分治为安徽、江苏、河南、江西等几个大区。比如顺治十八年将江南省分为左、右布政使，据乾隆《江南通志》之《舆地志·建置沿革总表序》所载顺治末的建制：“左布政使领安庆、徽州、宁国、池州、太平、庐州、凤阳、淮安、扬州九府，徐、滁、和、广德四州；分置右布政使驻苏州，领江宁、苏州、松江、常州、镇江五府。”康熙四年，重新确立左右布政司之辖界；康熙六年，将左布政司独立，即“安徽布政使司”始由江南省分设为安徽、江苏两省，安徽得名为省，至今不变。但是，当时安徽的省制并不健全，安庆只是临时省会，财税等大权仍由江宁监管。直至乾隆二十五年，朝廷终于完成康熙未建之制，江苏、安徽分省最终确立，“将江、淮、扬、海、通六府州分隶江宁藩司管辖，苏、松、常、镇、太五府州分隶苏州藩司管辖”[②]。

“分而治之”的结果，最直观的一点表现，我们认为是造成了有些诗派和其“宗主”的脱离。我们在论述清初两三个著名的安徽诗派时产生了尴尬，即宣城派和桐城派、合肥诗群；在清初，由于江宁作为“江南”总枢纽，这些著名的徽派诗人，如梅清、施闰章、方文、方以智、钱澄之、龚鼎孳等，他们与“白门遗老”林古度、流寓诗人“鱼肚白”（余怀、杜濬、白梦鼐）、钱陆灿、龚贤，以及谪居秦淮的周亮工、熊赐履、秦松龄，以及江宁顾梦游（与治）、上元纪映钟（紫伯）、高淳邢昉（孟贞）、如皋冒襄等往来唱和，共赋“江南”的繁盛背后，是其地方诗学势力的分解。之所以学术界对合肥龚鼎孳能否与虞山、娄东两派宗师相鼎足，以及“桐城”“宣城”可否称诗派存在着很大的争议[③]，清初行政区域划分之混乱、导致安徽作家的归属不清可能也是引发争端的原因之一。

综而言之，清初政府通过“一合一分”的行政区划之变动，成功消解了晚明以

---

① 陈文新主编：《七史选举志校注》，武汉大学出版社，2009年版，第873页。

② （清）庆桂，董诰，曹振镛等纂；《清高宗实录》卷六一九，中华书局，1986年，“乾隆二十五年八月己亥”。

③ 我们认为，代表宣城派特色的诗人是梅清、梅庚等梅氏族人，而施闰章一直宦居外地，晚年返乡乃主坛坫，后又入职京师，死于侍讲任上。同样，代表桐城或者“龙眠”特色的诗人是方文、方以智叔侄以及钱澄之、蒋臣等，而姚文燮、张英晚年返乡，成为风雅主持。

降“江南”作为“文化圈”的影响力。而这种行政区划上的“遮蔽”的负面影响，三百年来都客观存在着。即便是今天，“南京都市圈”包括了安徽的芜湖和宣城，却排斥了苏州，其历史根据正是追溯到顺治时期的“江南省”。尽管也有清人仍试图延续晚明“江南”的概念，认为杭、嘉、湖、苏、松、常、镇七府就是江南[①]，但毕竟应者寥寥。这种行政区划造就的概念混乱也影响了近现代“江南史”的学术研究。近代史学家论“江南文化”，主要指苏皖两省的长江以南地区，也包括浙江的杭州湾和太湖南岸的嘉兴、湖州等地区，从而形成一个以“南京、上海、杭州”为基点的“长三角”，以“南京——镇江（包括扬州、泰州）——常州——无锡——苏州（包括太仓）——上海”沿长江一线为一条边，“上海——嘉兴——杭州”沿钱塘江一线为一条边，而杭州——湖州——南京沿太湖西线为一条边。兹将有关阐述“江南”的近著大致列举，以考察“江南”范畴变迁。近二十年来，最早对明清之际“江南”概念的复杂性予以阐释的可能是周振鹤先生。他认为清廷虽分割江南，但其核心区域还是环太湖所在的五府，认为“名副其实的江南地区包括明代的苏州、松江、常州、嘉兴、湖州五府，而杭州、扬州和镇江三府则处于这个经济文化区域的边缘，到清代特别是晚清以后，此三府已经很少被当作‘江南’看待了”[②]。冯贤亮《明清江南地区的环境变动与社会控制》一书，追随周振鹤，从历史地理的角度界定“江南”：“江南地区是指长江下游南岸的太湖及其周边地区，包括明清时期的苏州、松江、常州、嘉兴、湖州五府与太仓直隶州的全部，以及镇江府的大部和杭州府的余杭、海宁二县。”李伯重认为，南京和镇江的辐射力不可小觑，经济史研究视阈下的明清江南地区，理应包括清代的苏州、松江、常州、嘉兴、湖州、杭州、江宁、镇江及太仓州这八府一州之地[③]。徐茂明《江南的历史内涵和区域变迁》单独把明清时期的六府一州（苏州、松江、常州、杭州、嘉兴、湖州、太仓）从地理上划分出来，“江南”的范围也是因时而变的，从宋代包括两浙地区，到明清时期退缩为浙西地区，即以苏州为中心的太湖流域，大致包括苏州、松江、常州、杭州、嘉兴、湖州、太

① 东鲁古狂生：《醉醒石》第八回“假虎威古玩流殃，奋鹰击书生仗义”，上海古籍出版社1992年版，第68页。

② 周振鹤：《释江南》，载周振鹤：《随无涯之旅》，三联书店，1996年，第324—334页。

③ 李伯重：《“江南地区”之界定》，载李伯重：《多视角看江南经济史(1250—1850)》，三联书店，2003年，第448页。

仓六府一州[①]。黄敬斌也认为：“江南的定义，即苏州、松江、嘉兴和太仓州全境（不包括崇明），湖州东部（乌程、归安、德清等县），杭州东北部（钱塘、仁和、余杭、海宁州）以及常州的南部（主要是无锡、金匮等地）。”[②]

不同于史学的视野，文学研究者常常根据自己的研究裁定其“江南”研究对象，因此更为莫衷一是。费振钟先生认为：据文化地理观点，“江南”指的是长江下游沿江南岸地区，其中现在的江苏南部从南京到苏州是其主要部分（这一部分也是历史上的吴语区），兼及安徽的一部分、江西的一部分和浙江西部一部分[③]。吴建华认为“在明清江南人口的研究中，尽管迄今为止，人们对于江南的界定还不统一，范围有宽有窄，但是，以苏州（包括清代太仓直隶州）、松江、常州、杭州、嘉兴、湖州为江南核心区的地位已无可动摇”，然而他在其近著中修正：“（郑板桥笔下的）这个江南是稍大的江南概念，可见板桥是将扬州算入江南的，自己是兴化人，扬州人，江南人，站在扬子江边扬州的江南人。但有时候，他的江南是明明白白的太湖地区，如引用张翰的典故人诗。这时，板桥心目中的江南，难道就没有他自诩真正的江南人、苏州人的真情实感！”[④]此处却将扬州纳入江南范畴，这种情形所在多是。早在1992年学林出版社出版陈建华所著《中国江浙地区十四至十七世纪社会意识与文学》中，即以江浙各大城市作为江南地区的论述对象。再如凌郁之认为“江南”所言甚广，甚至包括武昌，其《苏州文化世家与清代文学》认为：“所谓江南，就地理而言，指长江以南地区，凡川、鄂、湘、赣、皖、苏、浙各省长江之南皆是江南。而国人习惯意义上所说的江南，则往往是指苏、浙二省的长江以南地区，也就是古人所谓‘江东’，钱大昕说：‘今人所谓江南，古之江东也。’”[⑤]邱江宁《明清江南消费文化与文体演变研究》在《代序》中，认为“江南”包括徽南全境：“本文所叙述的江南地区特指明代的浙江和南直的江南地区及扬州府，即今之浙江、江苏、安徽

① 徐茂明著、唐力行主编：《互动与转型：江南社会文化史论》，上海人民出版社，2012年，第23页。

② 黄敬斌著《民生与家计：清初至民国时期江南居民的消费》，复旦大学出版社，2009年，第9页。

③ 费振钟：《江南士风与江苏文学》，长沙：湖南教育出版社，1995年，第5页。

④ 吴建华：《郑板桥与江南的关系》，《人大复印资料》2007年第2期《明清史》转载，第80页。

⑤ 凌郁之：《苏州文化世家与清代文学》，齐鲁书社，2008年版，第11—12页。

二省长江以南及扬州、泰州二市。”[①]蔡静平《明清之际汾湖叶氏文学世家研究》除了认可徽南，还包括宁绍平原的狭长地带：“‘江南’一词，其内涵大致为明清时期江苏省长江以南的应天（清代称江宁）、镇江、常州、苏州、松江、太仓等府州，浙江省的杭州、嘉兴、湖州、绍兴、宁波等府郡以及安徽省的皖南诸府郡。”[②]袁行霈等主编《中国地域文化通览·江苏卷》也认为，“包括南京、苏州、镇江、常州、无锡等苏南地区，江西东北部上饶、景德镇、九江等地区，浙江北部杭州、嘉兴、湖州、绍兴等地区，安徽南部的芜湖、马鞍山、铜陵、池州（九华山）及徽州地区是为典型意义上的狭义江南。”[③]王英志先生将江南等同于江浙地区或者吴越地区，他说，清前期吴越地区古典诗歌创作力量之强，发展势力之大，简直如大江直流而下，“说清初中国诗坛大家、名家江南占十之七八，不算为过。”[④]诸如此类，不胜枚举。

我们在梳理明清之际政治区划和文化意义上“江南”范畴，发现了它们之间的区别；在对比晚明和清顺治时期的“江南”概念时，也发现了其一直处于变动不居之状态。唯一可以确认的是：尽管明代与清代“江南”区域的大小不同，但是其三个中心并未改变，即南京、苏州和杭州。当然，在清初还有两三个重要的附属中心——扬州和宁波，以及与苏州互为太湖犄角的常州。从严格意义上讲，扬州和宁波在明代和“江南”并不沾边；但是随着清初京杭古河道“漕运”的疏浚，原来处于南京、镇江上游的扬州和杭州下游的绍兴、宁波等市镇迅速崛起，从而支撑起一个更大的“长三角”区域。明清之际江南主要的诗学活动，主要围绕这些中心展开。

首述南京。

清初江南首善之区仍是南京。在明代，南京政治地位显赫，曾为京师、留都和弘光朝都城，是南直隶的政治和文化中心，在清代仍为江南地区的政治和文化中心。陈引驰先生《地域与中心：中国文学展开的空间观察》一文提出文学研究的空

① 邱江宁：《明清江南消费文化与文体演变研究》，上海三联书店，2009 年，第 2 页。

② 蔡静平：《明清之际汾湖叶氏文学世家研究》，岳麓书社，2008年，第9页。

③ 袁行霈、陈进玉主编，周勋初本卷主编：《中国地域文化通览（江苏卷）》，中华书局，2013年，第3页。

④ 王英志还做了细致描述：“清代前期的著名诗人、诗论家大半集中在江南地区，苏州地区尤其群星璀璨。著名的如文苑之宗师、明清诗坛之关键人物钱谦益（常熟），千古奇女子柳如是（吴江），大家吴梅村（太仓），还有顾炎武（昆山）、归庄（昆山）、金圣叹（苏州）、尤侗（苏州）、吴兆骞（吴江）、诗论大家叶燮（苏州），等等。浙江亦有黄宗羲（余姚）、毛奇龄（萧山）、吕留良（桐乡）、浙派初祖朱彝尊（嘉兴）、浙派代表人物查慎行（海宁）与厉鹗（杭州）等等。”见王英志：《性灵派研究》，辽宁大学出版社，1998 年，第 36 页。

间维度的两个关键范畴：地域和中心。他指出：明清时代的江浙地区仍是并更加成为一个重要的文学中心区域。高启、文征明、唐寅、徐渭、冯梦龙、钱谦益、朱彝尊、郑板桥、袁枚、赵翼、龚自珍等等出自于此；到了现代，这里也仍是出作家甚多的区域[①]。我们认为，这些作家大半有在南京求取功名的经历；南京的书肆，是他们获取学问的主渠道之一，曾大兴先生认为，在万历至崇祯的几十年中，金陵的刻书业达到极盛。而且由于徽州、湖州刻书工艺的急剧发展，许多刻工移向金陵和杭州，进一步促进了金陵刻书业的发达。南京还是江南籍闲散官员的聚居地，围绕他们，组建了诸多的诗社，丰富了江南的诗学活动。更为重要的是，研究诗学的风气也是从南京等中心扩散开去的。据戴名世《戴名世文集》云：“天下各种书版，皆刊刻于江宁、苏州，次则杭州。四方书贾皆集于江宁，往时书坊甚多，书贾亦多有饶裕者。”[②]马卫中、高磊《论清人编宋诗选本的地域不平衡性》[③]，指出清代宋诗选本的产生集中于江南地域的现象，并从经济、文化、刻印技术、丰富的藏书等数方面分析其原因。

次论苏州。

清初江南的经济文化中心仍是苏州。胡晓明先生指出，历代江南经历了“五波”发展浪潮，其中心分别是南京（六朝）、扬州（隋唐）、杭州（宋元）、苏州（明清）、上海（近现代）。在详解“第四波”江南“认同”时，他指出：“以苏州为中心的明清时代城市文明、工商主导、物质精致化以及雅俗结合文明成为中国文化中的大趋势，是继六朝以后江南崛起的又一高峰，是江南认同真正成熟的时代。江南经济成为全国举足轻重的中心，随着社会民生的富庶、教育的发达、文明程度的提高，江南成为国人心中的向往之地。”[④]到了明清时期，苏州府所辖地域基本稳定，形成“三县附郭而居，六邑环其外”的格局，并延续了500年。清初，长期作为府城的苏州，其行政级别有所提升，顺治十八年(1661年)，分置江南右布政使，

① 陈引驰：《地域与中心：中国文学展开的空间观察》，《社会科学》，2005年第2期，第111页。

② （清）戴名世著、王树民等编校：《戴名世遗文集》，中华书局2002年，第122页。

③ 马卫中，高磊：《论清人编宋诗选本的地域不平衡性》，《苏州大学学报》2012年第5期。

④ 胡晓明撰：《“江南”再发现——略论中国历史与文学以及海外有关中国典籍中的“江南认同”》，载于其主编《中国文史上的江南 “从江南看中国”学术研讨会论文集》，上海辞书出版社，2014年，第22页。

驻苏州。至康熙六年(1667年)，分江南为江苏、安徽两省。改右布政使为江苏布政使司，仍治于苏州。乾隆二十五年（1760），江苏、安徽分治，江苏治所仍在苏州。

再述杭州。

清初江南第三个中心仍是杭州。尽管顺治间官方作出了将“浙江”独立于“江南省”的行政划分，但是诸多学者对此是抱有成见的。比如全祖望就说：“盖会稽之西土，自罢侯置守以来，虽其中离合不一，而苏、松、常、镇之合于浙西，则未有异者。若以地势民风言之，则杭州而西，应与苏、松四府为一部；江宁而东，应与徽、池诸府为一部；扬州而北，应与庐、凤、淮、徐为一部。据大江而三分之，是划野之至当者。”[①]当时所谓“江南十才子”“江南三布衣”（朱彝尊、姜宸英、严绳孙）等称号中，也有不少浙籍诗人。今之学者多承其说，如吴仁安《明清江南著姓望族史》，将“江南”分甲乙等组，甲组为江苏，乙组为浙江，且在叙述中将其打通，比如论述到山阴张岱时，他说：“张岱又经常盘桓于南京、扬州、镇江、苏州、无锡、嘉兴、杭州等江南繁华城市，尤其长寓杭州。”[②]清初杭州诗人在浙江的地位仍是最高的，诸如“西泠十子”等，引领江南的文望。

清代及近代，杭州诗坛人才辈出、群星璀璨，领浙江诗坛一时之风骚；诗派、诗群层见叠出，诗学观念、诗学好尚异彩纷呈，诗歌词曲作品蔚然可观。其中，最著名的当属浙派诗词。广义的浙派，自清初黄宗羲创始，历经康、雍、乾三朝，前后百有余年，涉及诗人数以百计，下开清中叶之桐城诗派及近代宋诗派，在文坛上影响至为深远。狭义的浙派，如袁枚等人所云“浙派”，专指以厉鹗为首的杭州诗人群体。王英志先生在考察“性灵派”之籍贯构成时说，已知籍贯的性灵派成员七十一人中，苏州地区（及附近吴江、常熟、太仓）十九人，杭州嘉湖（及绍兴）地区至少十六人，南京（及常州、丹徒、镇江）十人，其他江南地区（松江、青浦、淳安、徽州、桐城、宣城、青阳、扬州等）二十余人。苏州、杭州、南京是性灵派的三个主要据点。可以说，性灵派是江南诗派，名副其实；就其主体来说，亦可称为吴越诗派乃至太湖诗派[③]。

末论扬州。

① （清）全祖望著，朱铸禹编校：《鲒埼亭集外编》卷四九，载《全祖望集汇校集注》，上海古籍出版社，2000年，第1821页。下文引《鲒埼亭集外编》均为此书，注释从简。

② 吴仁安：《明清江南著姓望族史》，上海人民出版社，2009年，第553页。

③ 王英志《性灵派研究》第二章“性灵派存在与构成的特征”之第二节“性灵派的地域性与环境优势”，辽宁大学出版社，1998年，第32页。

葛剑雄、周有光、包伟民等先生等均主张将清初的扬州并入江南。葛先生是从历史文化学、人口迁移等角度阐释的，诸如其《中国人口发展史》诸作，认为扬州与南京的人口组成近似；而周老是从民俗学、语言学上阐述的，其遗集《拾贝集》，其中有一篇《江南在哪里？》的文章，先从地理学、气象学上可说（凡有梅雨季节者都是江南），从语言学上可说（吴湘客赣闽粤），从历史学、经济学、文学上，扬州都有“江南”特征，他还举出杜牧“秋尽江南草未凋”为例，说明其题咏的正是扬州景象。包伟民以市镇发展的同步性来论证扬州地处江南，具有江南文化特性[①]，但是将扬州纳入清初诗学史之江南范畴者，首推严迪昌先生。其《清诗史》指出：“扬州作为江东的繁华都市，于清初的重要地位除了系经济交通一大命脉之外，更在于它是新旧二朝文化名士的朝野之间沟通、社交、融会的一个独特渠道。”[②]这里的“江东”是旧称，正是我们众所周知的“江南”。

浙江师范大学梅新林校长认为：除了“南京、杭州、苏州”三大中心再加上扬州、常州，构成了江南地区的“五星结构”[③]。其实，我们从地图上察看，“江南”的结构更像一个锥状的等腰长三角，以南京（包括镇江）和苏州（包括明清之际号称“小苏州”的松江）和杭州（包括嘉兴）为三点，其中南京为顶点，太湖南岸一线为“南

① 载陈晓燕，包伟民：《江南市镇：传统历史文化聚焦》，同济大学出版社，2003年，第16页。

② 严迪昌解释说：“如果说，曾经是朱明王朝开国之都，太祖皇陵奉安所在，甲申鼎革后又被称之为‘南都’的金陵，可以作为一种象征，成为遗民野老们故国之痛的精神纠结的符号的话，那么，虽则遭受过‘十日之屠’的古广陵扬州，却极其微妙复杂地成了清初新朝皇都北京与‘南京’之间的文化缓冲前沿。这只需考察周亮工、龚鼎孳等与扬州诗文词坛的频繁交往、深层联系就能明白这一态势，此间有着一架贯联四方、交通天下的文化网络。王士祯有幸于顺治十六年(1659)谒选得扬州府推官，以其风流儒雅的才华取得了朝廷所未曾预料的文化实绩，而他本人则由于取得了江东遗逸的承认、接纳以至赞誉、倾倒，为日后领袖诗坛、主盟天下获取了决定性的条件，坚实地奠定了基础。”《清诗史》第二章《“绝世风流润太平”的王士祯》，浙江古籍出版社，2002年，第431页；另载钱仲联，范伯群主编《中国雅俗文学 第一辑》，江苏教育出版社，1998年，第228页。

③ 梅新林认为：清初遗民文人群体重点活动于杭州、嘉兴、宁波、绍兴一带，而尤以宁波为盛。同时，随着以嘉兴秀水朱彝尊为宗主的浙诗派与浙西词派的崛起与发展，又加重了嘉兴在清代前期文学版图中的地位。进入清中期，在杭州作为浙江省会城市的优越条件的综合作用下，伴随浙派诗与浙西词派宗主向杭州的迁移，杭州无可疑义地成为浙江最重要的文学活动中心，并与江苏的南京、扬州、常州、苏州连为一体，形成吴越区系中的“五星”结构。载梅新林著：《中国古代文学地理形态与演变》（下册）第五章《文学地理的区系轮动》，复旦大学出版社，2006年，第963页。

京—溧阳—宜兴—湖州—杭州”；太湖北岸一线为“南京—镇江—常州—无锡—苏州—松江”。常州和宜兴的情形比较特别，它类似于南京和苏州、南京和杭州的中转站，明清时期，以其农工商发展均衡、交通较为便利，亦崛起为文化名城，著名的东林学派、阳羡派、常州词派皆诞生于此。这一结构体具有相对稳定性，是传统意义上明清“江南”的核心区域。当然，除了我们认可的经济文化核心区域的江南，文化的江南、文学的江南可以适当放大至整个长三角地带。其实，略作扩展的“文学江南”，未始没有地理学、经济史学的根据，诸如杭州西湖、宁波“东钱湖”与江南核心区的太湖一样同样是潟湖，杭嘉湖平原区与宁绍平原区也就隔着杭州湾；同样，扬州与镇江一衣带水，十字交叉，不仅隔长江相望，而且均属于“南粮北运”的重要运河港口城市。沿着太湖南岸一线的“南京—溧阳—宜兴—湖州—杭州”对折，将这个狭义的、狭长的等腰三角对折，最远一角即桐城，其中一边为合肥，一边为“贵池—铜陵—宣城—广德—杭州”，像明末的“贵池二妙”、清初的合肥诗群、宣城和桐城诗派，即诞生在这一组陆地的交通要道上。这大概就是明清之际诗学最繁盛的“江南”的具体所在。

基于以上的江南“中心城市”的梳理，本节小结如下：本书既然着眼于“明清之际”，理应正视“江南”概念在明清迥异的现实。清廷固然别立了一个“江南省”，但这个政区上的江南绝不等于文学意义上的江南。我们认可袁行霈等先生的观点，即便是“狭义的江南”，也应该较晚明原有的苏南、浙西以及南京、镇江和松江等“八府一州”有所扩充，因为时代赋予了新的经济文化内涵，以由南京所辐射的“镇—扬—泰”小三角和杭州所辐射的“宁—绍—台”小三角以及代替原来经济中心苏州而崛起的上海为三个基点相连接，形成一个全新的从江、浙、上海往外拉伸的大三角区域。和笔者持同样观点、以同题学位论文为起点的蔡静平，对明清之际的“江南”界定为“江南”一词，其内涵大致为明清时期江苏省长江以南的应天（清代称江宁）、镇江、常州、苏州、松江、太仓等府州，浙江省的杭州、嘉兴、湖州、绍兴、宁波等府郡以及安徽省的皖南诸府郡[①]。这一界定是比较符合当时文人学者的心理认同的。严明《陈廷敬诗的分类及特色研究》一文，也将江南界定为运河沿岸的水乡名城的总体，他说：“陈廷敬随着康熙帝南巡的浩荡船队，第一次来到他心仪已久的江南，先后到了扬州、镇江、苏州、松江、嘉兴、杭州、南京等江南文化名城。”[②]则直言康、乾“六下江

① 蔡静平：《明清之际汾湖叶氏文学世家研究》，第9页。

② 李正民主编：《陈廷敬诗学研究》，山西人民出版社，2009年，第73页。

南"实际上就是文化、文学意义上的江南。不管是从经济角度而言，还是从文化和文学意义上而言，"明清之际"文学版图上的江南与近现代的"长三角"地区一样，已经融汇为一个更大的整体。

第三节　朝野对立：清初"江南"诗学生态

"明清之际"是一个较为特殊的历史时期，而"江南"则是在这个时期中转型最为剧烈的地域。其间关键的转折发生在"甲申""乙酉"两年，史称"甲乙之际"[①]"甲乙之变"[②]。几乎在甲申（1644）一年之间，大明帝国轰然倒塌，作为少数民族的满人入主中原，这一巨变对于国人精神世界形成无比强烈的、颠覆性的震荡效应，比如黄宗羲在《留别海昌同学序》中，即将之描绘为"天崩地圮"[③]。而接下来的一年，则是清兵血洗江南的"乙酉之难"，其给予江南文人造成的祸乱可谓亘古绝今，其中的文学世家，多半因为投入成员予以抵御，最终英勇就义，朱彝尊诗曰"此地由来多烈士，千秋哀怨浙江东"[④]，即歌咏其事。据王家范统计，在明末江南数百名举人、进士中，直接参加抗清斗争的有80多人，他们中的三分之二皆壮烈殉国[⑤]。以黄宗羲、朱彝尊等为代表的浙籍仁人志士抗清失败后，主动承担了以学术曲线救国的重担；"千秋哀怨托骚人，一代兴亡入诗史"，以吴伟业、屈大均、归庄等为首的诗人，辄"以诗为史"，抒写心灵的悸恸。

与江南文人的转折相应，清初对于江南诗人的政策也经历了一个从打压到安抚的过程。首先是连年打击：顺治十六年（1659）"丁酉科场案"，江南主考方猷、钱开宗被斩首，应试举人吴江吴兆骞、房考翰林学士桐城方拱乾等被流放；次年"通海案"，魏耕、钱缵曾、潘廷聪、祁班孙等千余人或遭捕或流放。为了保护江

---

① 参谢国桢《晚明史籍考》卷八"甲乙之际"，上海古籍出版社，1981年。

② 语出顾炎武，载王云五等撰《续修四库全书提要》第5册史部《明季实录提要》，台湾商务印书馆发行，1972年，第125页。

③ （明）黄宗羲著，吴光辑：《黄宗羲全集》第10册，浙江古籍出版社，2012年，第645页。

④ （清）朱彝尊：《曝书亭集》，《清代诗文集汇编》第116册，中华书局，2015年，第55页。

⑤ 王家范：《百年颠沛与千年往复》，上海远东出版社，2001年，第365页。

南文人，海盐杨雍建上疏“江南之苏州、松江，浙江之杭嘉湖（结社之风）尤甚，其始由于好名，因之植党”，力主严禁士子结社；又次年的“哭庙案”，苏州金圣叹、湖州沈大章等十八人被押赴金陵斩首，“吴下讲学立社之风，于是乎绝”（孙静庵《栖霞阁野乘》）；再次年“奏销案”，吴伟业、徐乾学、徐元文、韩菼、汪琬、秦松龄等被格去功名；再次年“明史案”，吴炎、潘柽章被凌迟处死，陆圻、查继佐等收监……在所谓“江南十大案”的持续打击下，江南诗学人才被扫荡一空。然而，有识之士隐忍以行，为清初江南诗学的镗鞳正声积蓄能量，如朱彝尊、尤侗、陈维崧等，纷纷“隐于学、隐于艺、隐于词”。江南士人的举止，客观上与清廷形成了博弈的态势。为了安抚，顺治、康熙等不得不接二连三推出“讲睦修德”的文治与怀柔政策，开史馆、博学鸿词科、举“升平嘉宴”甚至巡视江南、附庸风雅，原本与朝廷有血海深仇的士子随着时间推移也慢慢归化。比如潘耒，本是庄史案中被杀的潘柽章之胞弟，朱彝尊胞弟彝鉴的两位连襟皆死于明史诸案，《明诗综》“沈章”条，“今其二子皆登鬼箓，遗书不可问也”[①]；而最终潘、朱二人“皆以布衣入选，海内荣之”[②]。然而其余江南百余名士，皆千方百计推迟官场的征募，如姜宸英、曹溶、顾炎武、魏学渠、李良年、谭吉璁、毛际可等，这种“朝野对立”的格局，造成了易代之际空前的诗学张力，促成抒发骚怨的遗民诗与歌咏太平的盛世诗竞相爆发的局面，终于迎来了文学史上所谓“清诗中兴”“清词中兴”之盛景。

“文变染乎世情，兴废系乎时序”。（《文心雕龙·时序》）在明清易代之际，江南文士[③]以其与世推移、与时俱进的诗风，使这片文化昌明之地成为举国瞩目的诗学话语中心。诗文社的风起云涌与北方政权的猜忌扑杀交互式发展，成为动荡时代的文学主流。在晚明，东林、复社与当局者的“党争”先后相继。延至清初，一方面朝廷严禁结社，另一方面该地的前社员，以其不屈不挠的地下斗争，客观上促成所谓“江南十大案”的发生：薙发、哭庙、奏销、通海、庄史、南山、丁

① （清）朱彝尊：《明诗综诗话》“沈章”条，清乾隆四年江清抄本，第714页。按：此条为四库全书本《明诗综》所无。

② （清）赵尔巽等：《清史稿》卷109《选举志四·制科》，上海古籍出版社，1986年，第3205页。

③ 本文所涉“江南”，既不同于明代南直隶（江苏、安徽）与东南七州府（杭、嘉、湖、苏、松、常与太仓），亦不同于清代分治后的苏、松、常、镇、宁五府，而是介于两者之间，以苏州、杭州和金陵为三个中心的长江下游大三角经济文化区。

西科场，以及金坛、无为迎降案……以至于世家孑遗纷纷劝诫后人远离官场、转事农商。比如“唐宋派”归有光曾孙归庄，“戒子弟勿为士，盖今之世，士之贱也甚矣”[①]；朱彝尊姑丈谭贞良等，“相戒勿儒，而农田以给”，以至于“浙西人物之盛、动屈首指”的谭氏“历乾、嘉、道、咸四叶，绝少挂名朝籍者”[②]；湖州董说为六子取名“樵、牧、耒、舫、渔、村”，“兄弟六人，俱确守父训，著书修行，为沧海之遗民”[③]。此种士人心态，助长了遗民诗的气焰，其热烈程度达到历史之最，时人宋荦认为，“胜国遗民诗，几与德祐、祥兴诸君子争烈矣”[④]。其实，清初学者经常拿宋元之际的遗民与当代相比，就因为其境遇十分相似，此即所谓“崖山之后无中国，甲申之后无华夏”。当一个文明的民族遭到野蛮部落完全征服之时，知识分子虽然无力反抗，没有“铁肩担道义”的决心，但是他们以笔为戈矛，却可以“妙手著文章”。尤其是江南一地，当兵棼之际，诸如弱冠之年的顾炎武、朱彝尊等投笔从戎，知事不可为，则退而著述，所以遗民文学之强盛，是不难想象的。1688年，寓居西湖的林云铭想要续编《晋安风雅》，他发现除了遗民诗，几乎无诗可选。他说：“吾郡徐惟和先辈，向有《晋安风雅》之选，故明三百年中，代不数人，人不数篇，而膴仕钜公十居六七。嗣后数十年来，作者颇盛于昔，余尝欲博蒐以续其后，然军兴变故之余，大约多怀才不遇之士、感愤无聊之音，欲求如向时钜公悠游侍从作，为雅颂以志国家之盛者，实鲜其人。间有幸邀一命，出理民社，又往往拙于为吏、救过不暇，未遑他及，反不如散人畸客，放浪于山巅水湄、犹得吮毫自寄。是吾郡今日之诗虽盛，而实衰时为之也。”[⑤]今人潘承玉则断言：南明[⑥]遗民诗为“清初诗坛中坚”[⑦]。

世易时移，终有一变。以上所勾勒的“世情”与“时序”，主要是为了证明江南诗学一直持续发展的动力，源于当地学者的人文自信，无论他们是出世还是入

① （明）归庄：《归庄集》卷六《传砚斋记》，上海古籍出版社，1984年，第360页。

② 谭新嘉等：《碧漪斋集》，《丛书集成三编·文别集》第60册，新文丰公司，1936年，第435页。

③ 范来庚：《南浔镇志》卷七《人物志》，民国25年铅印本。

④ 卓尔堪：《明遗民诗》(《遗民诗》)卷首，中华书局，1961年，第2页。

⑤ （清）林云铭《挹奎楼遗稿》《清代诗文集汇编》第106册《挹奎楼遗稿》卷四《龚澹岩诗序》，第470页上，又见《四库全书存目丛书》集部第230册，齐鲁书社1997年。

⑥ 笔者按：主要是江南。

⑦ 潘承玉：《南明文学研究》第四章《清初诗坛中坚：南明遗民诗在清诗史上的地位》，中华书局，2012年，第229页。

仕，无论其身份是官吏还是遗民，并不会因为极端政治而遭受完全的摧残。赵园先生曾列举明清之际诸多文人以“诗”抗争的史实，进而得出结论说：“诗在明亡之后，不啻士人的一种生存方式。”①而江南士子在内在人格上沉潜刚克，而其外显性格又温柔多情，促成了明清之际诗学的大发展、大变革。明清之际“江南”文士遭受凤凰涅槃式的痛苦在历史上是绝无仅有的，没有哪个代际，一方文人会被一个新朝压抑百年之久（历经顺、康、雍、乾四朝文字狱）。他们秉承兴亡绝续的文化理念，将江南诗学的“柔韧性”发挥到无以复加的极致。以下详论其地域诗学之发展特征。

江南诗学始于晚明吴中，鬯于明末金陵，而结穴于清初娄东、云间、虞山诸派，能够源远流长、后来居上，除了人才蔚起、文运昌隆，正在于有其鲜明的地域风格。早在万历中，万历两大才子湖北袁宏道和江西汤显祖即曾辨别三吴诗学的地域风格。袁宏道《金竺山房诗序》盛赞吴中诗学之成就：“苏郡文物，甲于一时。至弘、正间才艺代出，斌斌称极盛，词林当天下之王。厥后昌谷少变吴歈，元美兄弟继作，高自标誉，务为大声壮语，吴中绮靡之习，因之一变。”②汤显祖亦曰：“诗者，风而已矣。或曰，风者十物所以相移，亦物所自足，有不可得而移者。十三国之风，采而为诗。舒促鄙秀，澹缛夷隘，各以所从……江以西有诗，而吴人厌其理致；吴有诗，江以西厌其风流。予谓此两者好而不可厌、亦各其风然，不可强而轻重也。”他虽然站在为家乡江西诗人鼓吹的立场上，但亦承认江南诗学之风流特色。除了吴中，留都金陵亦成为江南另一诗学之核心所系。宏道、显祖之师友焦竑从诗教观念出发，认为金陵既有江南“道德之所在”，亦是“人文之渊薮”。他说：“岭南复所杨先生倡道金陵，问学者屦常满户外。当是时，温陵李长者与先生狎，主道盟……天生此两人，激扬一大事于留都，非偶然也。余故不辞而书之，亦以见江南道德所在，未全寂寥也。”③所以，《明儒学案》将其列在“泰州学案”下，推尊焦氏至与王世贞并论的地位，称其“积书数万卷，览之略遍，金陵人士辐辏之地，先生主持坛坫，如水赴壑，其以理学倡率，王弇州所不如”④。因此钱谦益

① 赵园：《明清之际士大夫研究》，北京大学出版社，1999年，第452页。

② （明）袁宏道著，钱伯城笺校：《袁宏道集笺注》卷十八《叙姜陆二公同适稿》上海古籍出版社，2008年，第696页。

③ （明）焦竑撰，李建雄整理：《澹园集》，中华书局，1999年，第901页。

④ 黄宗羲：《泰州学案四》之《文端焦澹园先生竑》，《明儒学案》卷35，北京：中华书局，2008年，第829页。

亦称之为“东南儒者之宗”。焦竑还有主持金陵风雅的一面，其《竹浪斋诗集序》写道：“金陵故文献之渊薮，以诗名者代不乏人，即文学茂才，在所有之。以余所知，如金子有之高古，盛仲交之渊博，以及子坤、伯年，世擅其长。近日周吉甫、陈延之、顾孝直、陈荩卿、叶循甫诸人，彬彬盛矣。”[①]金陵作为诗学中心，其辐射力在明清之际彰显无遗。在焦竑等的影响之下，一大批江浙的学者型诗人以“世其家”的背景强势崛起[②]，至清初，留都出现了以龚鼎孳、周亮工、冯如京、沈亦琛等为代表的贰臣诗人群，以及顾梦游、杜濬、余怀、林古度、邢昉、纪映钟等遗民诗群。

江南诗人作者之众、诗集之富，令人目不暇接。晚明何白尝曰：“今人称诗者，无论五都之市，即十家之聚，亦不乏人，莫不沾沾。家宝火齐而椟珍木难，标树灵蛇而品目绣虎。”[③]吴中所谓娄东、太仓“十子”、云间所谓“六子”、浙西所谓“西泠十子”者，大半系世家子弟。浙江世家人文之盛，仅以余姚孙鑛和黄宗羲为例予以阐发。清初著名史学家全祖望曾感叹道：“有明三百年，天下称世家者，莫如姚江孙氏。其官，则阁学而下，六部、三法司、七寺、翰詹、坊局科道，以及五府等官，无不备也。而其人，则忠孝政事、风节文章，亦无不备，益自忠烈公递传至忠襄公，而明与之俱亡。”[④]裘琏《续姚江逸诗序》亦赞曰：“吾浙文献之盛，莫如姚江。其以理学、节义、勋名著者，自六朝迄有明，千百年间，彪炳寰宇，尚矣。若夫诗，艺文之一事耳，能是三者，即骚雅吟咏，稍逊他邦，宁即以是见少，而诸巨公乃必兼擅而后已。他姑无论，若虞永兴、王新建、谢文正、倪文忠、孙文恪、黄忠端，即第取诗，与前人较，亦足凌铄千古。”他们崛起的背景，正是建立在庞大的世家文人基数之上的。据民国学者余绍宋不完全统计，明清之际，浙籍诗

① （明）焦竑撰，李建雄整理：《澹园集》，中华书局，1999年，第778页。

② 徐雁平说：“世其家”，“世”乃继承之意，其中有自觉承接家学统系之意。而家学统系不能自动生成，它是对家族过去诸多文化活动的筛选与重构，它是家族的文化记忆。“记忆的文化功能是建立社群的联系，强化彼此的情感。”它以符号、象征物、图像、文本和仪式呈现，传达一种“一体意识、独特性和归属感”。从一体意识和归属感而言，推阐家学传承统系有敬宗收族之用；而独特性，则近似区分家族门风、学业特征的徽记。语见徐雁平著：《清代世家与文学传承》，生活·读书·新知三联书店，2012年，第6页。

③ 何白撰；沈洪保点校；《温州文献丛书》整理出版委员会编：《何白集》卷23《<石屋先生诗>序》，上海社会科学院出版社，2006年，第385页。

④ （清）全祖望：《鲒埼亭集外编》卷4《明兵部尚书兼东阁大学士赠太保谥忠襄孙公神道碑铭》。

人数量超过五六千，已百倍于唐、十倍于宋、两倍于明前中叶之二百年[①]。从金华胡应麟，到桐乡陆时雍，再到海盐胡震亨，其诗学者之身份，正是建立在强大的乡邦文学、累聚文献等基础之上的。在此“文献之盛”的助力下，他们又得到了当时江南诗人群体的协助而被延誉四方。比如，胡应麟在其父胡僖的资助下游学金陵和吴下，得到了诗坛大佬太仓王世贞兄弟的指点，才有了《诗薮》之成功。再如，“神韵说”的首倡者陆时雍比胡应麟之创作环境更为恶劣，所受限制更多。有关陆氏的各种史实，哪怕是方志均少得可怜，然而细考，其生平与交游也非同小可，余姚大都督孙鑛、桐乡学者周拱辰均与之有密切往来，并非是一般的乡村学究[②]。《诗镜》可能是由其生前好友周拱辰在苏州“缉柳斋”刊刻的[③]。所以，那些误认为陆时雍“生平不详”便以为他是无名小卒的人是大错特错的；陆氏与当地文坛甚至是杭郡中心武林均有着千丝万缕的联系。这种联系，在后来的余姚黄宗羲身上再一次凸显，其宁波、绍兴、武林诸地门人将其推尊为一代儒宗。

---

① 余绍宋《浙江文征例议》：“据雍正志经籍所载，唐虞世南以下，著录达五十家；宋钱俨以下，著录逾五百家；元黄庚以下，著录逾二百家；明刘基以下，著录达二千家；清代诗人，视前益盛，阮元两浙辅轩录可考者三千余家，潘衍桐续录可考者四千七百余家，若取越风、槜李诗系、湖州诗摭、诗录、东瓯诗存、三台诗录、台诗三录、四录，金华诗录、武林诗选、两浙诗钞、越郡诗选、姚江诗存、梅里诗辑、石门诗存、桐溪诗述、闻湖诗钞、峡川诗钞、吴兴诗录、溪上诗辑、诸暨诗英、上虞诗集、黄岩集、仙居集、临海集、太平集、兰溪诗辑、临海诗辑、三台名媛诗辑、须江诗谱、严州诗录、罗阳诗始、缙云诗征、同浦诗存、安州诗录、天台诗存、太平诗存、云浦诗存、西安怀旧集等，详加搜录，增补之数，当亦不下千余家。”1946年《胜流》9月刊。

② 我们考证其出生在江南文学世家，其父陆吉为1582年举人，后为兴化和高密知县、官终昌平太守，其子陆赉锡、赉铱为1661年前后均中进士，分别即任平原、盐山县令，康熙《桐乡方志》云其三代皆能“世其家学”；时雍的生死之交为屈骚研究专家周拱辰，陆时雍之侄甥和门生即杨园先生张履祥，与陆氏同好的当地四大或六大诗人后来都为清初县令一级的官员，他们合称“桐川四子”或“六子”，分别是沈槎、张超、张方起（1655年进士）、孔自沫（1649年进士），以及周拱辰、钱人诩。陆时雍的大部分著作均遭毁板，仅有《诗镜》《楚辞疏》等诗学著作流传下来。受拱辰之影响，陆时雍在楚辞学方面也卓有建树，《楚辞疏》前有桐乡乌镇左都御史唐世济、武林门人张炜如、至交周拱辰序，评点者如余姚大都督孙鑛、门人钱塘张炜如和焕如兄弟、昭阳李挺和李思志；榷商者如乌程举人唐元竑（著有《杜诗捃》）、余姚张存心，校订者如乌程陆元瑜、武林张烨如、张寄瀛——他们都是晚明江南学者型诗人。

③ 见姜亮夫：《姜亮夫全集》（五）《楚辞书目五种》，云南人民出版社，2002年，第114页。

尽管清初江浙分治，但文人在习惯上依然合称之为江南；而分治的前提自然又带来文人私下的比较。总体而言，浙“略逊于江”：浙西（越）人文略逊于以金陵、苏州为双核心的江苏（吴）地区。早在晚明，这种格局就已经形成。文征明、归有光和王世贞均有“吾吴文献甲天下”之感叹。文氏说，“吾吴文章之盛，自昔为东南称首”[①]。他还说，“吾吴为东南望郡……其浑沦磅礴之气，钟而为人，形而为文章，为事业，而发之为物产，盖举天下莫之与京。”[②]归氏说，“吴为人才渊薮，文字之盛，甲于天下。其人耻为他业，自髫以上皆能诵习……江以南其俗尽然。”[③]正是在这种优势下，王世贞认为天下文献吴郡第一、浙郡第二。其《槜李往哲列传序》赞曰：“今天下称文献，独甲吾吴郡，而钱唐居其一（乙）。顾嘉兴当二方之中，地独坦衍，饶稻禾、蚕桑、织绣工作之技，衣食海内弗尽，而人物则自明兴以及今嘉万之际，益彬彬矣！”[④]王世贞的观点得到了湖州首辅陆光祖的赞同，其《曹郡侯修学记》说：“今天下称文献，多奇秀，独甲三吴，而就李居其一（乙）。自明兴及嘉万之际，益彬彬焉！”[⑤]所以，以苏州为中心的诗家文献往来较嘉兴和乌程（槜李）等地更为频繁，比如苏州黄德水的《唐诗纪》残本，辗转流传至吴江俞安期等人之手再编辑；赵宧光《弹雅》与许学夷《诗源辨体》互相称引数目高达百余条；榷税淮扬的李维桢与吴江俞安期就《诗隽》之辑评发生了激烈的版权之争；湖州臧懋循在金陵刻就《唐诗所》……类似例证，不胜枚举。

然而，浙西亦有自身的特点与优势，在清中叶后来居上，形成了浩大的所谓“浙派”。一言要之：浙郡人文稍逊于吴，但是学者型诗人为数众多，当不在三吴之下。究其缘由，大概是民风淳朴、安好读书之故。吕留良《古处斋集序》曰：“昔尝问黄太冲：‘浙以西人称多慧，而学者每出南岸，何也？’太冲曰：‘浙西之材，未十岁许，便能操觚，文与年进，至三十许而止，自是以后，则与年俱退亦

① （明）文征明著，周道振校：《文征明集》卷32《翰林蔡先生墓志》，上海古籍出版社，1987年，第735页。

② 同上卷19《记震泽钟灵寿崦徐公》，第1163页。

③ （明）归有光：《震川先生集》卷九《送王汝康会试序》，上海古籍出版社，1981年，第191页。

④ （清）陈梦雷编纂《古今图书集成 第64册“理学汇编·文学典”》，中华书局，第77447页。

⑤ 嘉兴市文化广电新闻出版局编：《嘉兴历代碑刻集》，群言出版社，2007年，第133页。

如进，故日就销落。吾地人差朴，然三十后，正读书始耳。’时窃震其言。”[①]可见，黄宗羲等认为浙西偏向于培养学术性人才。张岱《夜航船序》亦云：“余因想吾越，惟余姚风俗，后生小子无不读书。”[②]而仕宦大族，无不笼络当地才子，代为坐馆或陪读，这些才子却往往高中进士。如朱国祯弱冠即馆于首辅温体仁家，三十二岁举进士；再如王思任陪读于黄洪宪家，二十一岁即中进士[③]。这些阀阅大族的子弟，爱好广泛，附庸风雅，所在多能。状元张汝霖三子烨芳卒，其友哭悼者皆当世著名诗人。“季叔殡，宋羽皇、谢耳伯始去。后客有来吊，不通主人，径造殡所，留诗去者，则郑孔肩、吴伯霖、闵子将、严印持、黄元辰、李长蘅、陈明卿、文文起、陈古白、缪当时、方孟旋、艾千子、陈大士、罗文止、邱毛伯、章大力、韩求仲、宋比玉、萧伯玉、万茂先。”这里提到的学者大半是浙人，如武林严持御、闵元振，嘉兴陈泰来、归安韩敬等。汝霖之孙张岱交游更众，“余好举业，则有黄贞父、陆景邺二先生、马巽青（倩）、赵驯虎为时艺知己；余好古作，则有王谑庵年祖、倪鸿宝、陈木叔为古文知己；余好游览，则有刘同人、祁世培为山水知己；余好诗词，则有王予庵、王白岳、张毅儒为诗学知己；余好书画，则有陈章侯、姚简叔为字画知己；余好填词，则有袁箨庵、祁止祥为曲学知己；余好作史，则有黄石斋、李研斋为史学知己；余好参禅，则有祁文载、具和尚为禅学知己。”在这一长串名单中，有制艺名家武林黄汝亨、陆梦龙、马权奇等，有古文名家山阴王思任、倪元璐、陈函煇等，旅游有刘侗（按：湖广麻城人，寓居）、山阴祁彪佳等，诗人则有王亹、王雨谦、张弘等，书画名家则有陈洪绶、姚允在等，词曲家有袁于令、祁豸佳等，史学家有黄宗周、李长祥（按：四川遂宁人，隐居绍兴）等，佛学家有祁熊佳、释静涵等。此二十人，只有两三个外籍者，他们都是晚明文坛或者艺苑响当当的人物。这里提到的张岱的族人张弘，清初也成为遗民，编有《明诗存》。类似结交广泛的尚有归安韩绍之子韩敬，他凭借关系网络贿赂为状元，而韩敬之子韩子蘧也是清初著名遗民，于康熙年间编有《明诗兼》。文学世家的文献力量之强大，即便是再残酷的文字狱也消亡不了的，张、韩诸子的遗民行迹即是

① （清）吕留良：《吕留良全集》卷五，中华书局，2015年，第151页。

② （清）张岱著，栾保群点校：《琅嬛文集》，浙江古籍出版社，2013年，第28页。

③ 《吕留良全集》卷4《王谑庵先生传》云：“山阴王谑庵先生，名思任，字季重。年十三，即从漏衡岳先生馆于榜李黄葵阳宫庶家。先生落笔灵异，葵阳公喜而斧藻之，学业日进。万历甲午，以弱冠举于乡，乙未成进士。”第149页。

明证[①]。

从以上江、浙诗学特征的列举中，我们似乎看到了另外一种文化角逐：清廷除了在行政区划上进行“江、浙”分制，同时还以“官修大典”来消解江南文化话语权。不管是“明史馆”还是“唐诗局”，都有直接攫取江南学者成果的嫌疑，其书籍来源，皆江南藏书家供奉；其入馆修书者，亦皆江南宿儒大家。自然，越是如此，“江南文人”存亡绝续的文化使命感越发强烈，他们以私修的方式予以抗争，很多学者死后都得到了和朝廷对等的“私谥”。纵是朝廷的高文典册，江南文人亦与之一较高下。谢国桢先生《晚明史籍考》考证，即便是“明史案”等文祸大张之际，仍有查继佐《罪惟录》（《明书》）、万斯同《明史》等著作。另据张宗友《朱彝尊年谱》之考察，哪怕是《全唐诗》辑成之年，竹垞仍纂就《全唐诗未备书目》一卷，犹存编辑《唐诗综》的志向，这或许就是江南诗学能垄断清初诗坛的深层原因。

本章小结：

承前绪论所述，我们认为清初江南诗学文献发达，原因是清诗在当地学者的酝酿中触发了“生新机制”：出于整体上诗学的新变，清初江南诗学迸发出惊人的活力。这种新变，是基于与晚明江南诗学对比作出的判断。清初江南诗学相较晚明主要有三个方面的解构与重建。

其一是时代的解构，确立了新朝“一代之文学”的地位，诗词等各个领域的文学跨过明代的“中衰”而迈越唐宋，全面“中兴”。“一代之文学”的提出，本质上是一种尊体策略。清初文人反复强调“晚明无诗”“明无词”，极力唱衰前代，建立一种迅速崛起的文学印象。这一解构带来了正反两个后果：一方面，无数文人以饱满的热情投入创作，谱写时代新声，促生了清初诗词的繁荣景象；另一方面，也在一定程度上歪曲了明清诗词一体化的历史真相。

其二是地域的解构，一方面是新朝将江浙一分为二，原本属于南直隶的徽州等划入江苏从而组建“江南省”，而另一方面是清初诗人沿袭明朝的习惯，默认了

---

① 黄裳认为，韩子蘧不罹文祸，实乃万幸。他说：“《蘧庐诗》，不分卷，以诗体分别部居。吴兴韩纯玉子蘧著。九行，二十一字。白口，左右双边。板心下有‘凤晨堂’三字。前有‘康熙甲子七月上浣蘧庐居士书于德未暮斋’自序。次目录。感遇诗有‘心长发短，为之奈何’句，又断句如‘天荒地老人如旧，浊世何妨心太平’，‘年来莫下新亭泪，事去空怀杞国忧’，遗民心事如见。内兄陈之遴自辽左还朝，有诗寄之。癸酉七十自寿诗云‘年年空说俟河清’，语皆刻露，不入禁网，幸也。”见黄裳著《来燕榭书跋 增订本》，中华书局，2010年，第311页。

"江浙皖南"即江南的学术惯例，"江南"的范围反而扩大了，原本作为中心的城市，如金陵、苏州、杭州、扬州等，继续发挥其辐射作用，江南各大诗派诸如云间派、娄东派、虞山派、宣城派、龙眠派等纷纷崛起，大大打破了"江南省"的行政规划。这一解构，在政治上和文学上都形成了双重的影响。晚明江南原本"东林"一党独大，是一个能操控政治的实体；到了清初，以"昆山三徐"为首的"南党"，其实已经泛化为广义的江南士人同盟。而江南的各个诗派，也不再有完全统一的诗学主张，连诗派内部都出现了分化，诸如虞山派分为宗宋与宗晚唐两派等，出现了普遍的多元化的倾向。

其三是"诗学"的破局与重构，包括两个方面，一是主体由文士变成了遗民与贰臣，原本处于基层的"处士"，其身份变为"遗民"，获得了道德上的优越感，他们改变了传统的"怨而不怒"的诗教观念，变成"怨而能悱"，诗歌的抒情功能得到了张扬。由于鼎革的变故，无论是遗民还是贰臣，都有强烈的"诗史"的诉求，诗歌的叙事功能亦空前阐发。此二者结合，刺激了创作的繁荣。二是原本明代倚重初盛唐诗歌接受的惯例，被彻底抛弃了，不仅大量引入中晚唐诗歌创作范式，而且还直入宋诗的畛域，以李剑波先生的话而言，即"清代诗坛对宋诗范式的重建与创新"，由此而形成"出唐入宋"的诗学新格局，奠定了清诗"中兴"的理论基础。

基于以上这三组重构，清初江南诗学非但没有因年代、地域和主体的变更而中衰，反而在变革中获取了"生新机制"，凸显出一派勃勃生机，江南各地域的诗歌创作便呈现了本章开头描述的丰收盛景。

第二章　陵替与复兴：鼎革之际江南诗学语境

明代阁老李东阳有句名言："诗之为物也，大则关气运，小则因土俗，而实本乎人之心。"[①]明末清初东林党魁钱谦益亦曰："诗文之道，萌折于灵心，蛰启于世运，而茁长于学问。三者相值，如灯之有炷有油有火，而焰发焉。"[②]其大意皆是：诗学的发展，大致而言，由两个外因、一个内因驱动。最大的外因是时势，时代的风气转移，任何诗人都将受到裹挟；辅助性的外因是地域风格。而最大的内因，则受诗人群体趋同的心态、共同的情感等心理驱动。明诗朝茶陵派向北方七子派转化，自然是弘正之际气运、土俗、世道人心等合力驱动的结果。到了嘉（靖）隆（庆）之际，诗学形成中原、山东、江南鼎足而立的局面。再到万历年间，诗学的主阵地在"江南"[③]。直到启祯之际，北方诗学势力稍有抬头，中州和山东文学世家的青年才俊相继登上历史舞台，如中州的"雪苑六子"，即在侯恪等率领下成长起来，正如睢阳田兰芳《冶云庄诗集序》所云："自何李崛起，而诗家侈为斯道中兴。献吉家本秦也，而实生长大梁；若仲默，则固申伯国之遗民也，故谈风雅者，往往推河南为风雅正宗焉。无何，楚人信其管窥，倡异议于万历末叶，岌岌有乱雅之忧。卒起而振垂绝之绪者，侯、彭两先生也。"[④]稍后，山东再度崛起，有新城王氏、莱阳宋氏、临朐冯氏等，诗学逐渐回归到嘉（靖）隆（庆）之际"三个文学阵营"的状态[⑤]，江南、中原与山东诗学并没有大致相同的诗学祁向，因此当山东王士祯代替江南钱谦益主持坛坫之际，各地诗学盟宗并不完全认可，所以上述田兰芳还曾说："自王阮亭倡诗教于中朝，天下之士，翕然风靡，争取韩苏皮陆之裁而哜焉，盛唐篇什，几束高阁。宣城施愚山起与同时往来游处无间，而论诗终不相合。"[⑥]这种各自源于地域传统的风会变化，奠定了清初多元化地域诗学的基础。

然而经历鼎革巨变之后，尽管"江南"仍是清初诗学势力最为强大的区域，诗

---

①　（明）李东阳《李东阳集》第二卷《文前稿》卷4《赤城诗集序》，岳麓书社，1985年，第57页。

②　（清）钱谦益《有学集》卷49《题杜苍略自评诗文》，《钱牧斋全集》第6册，第1594—1595页。

③　详见拙著《晚明江南诗学研究》。

④　（清）田芳兰：《冶云庄诗集序》《逸德轩闰一稿》之《侯敷文填词序》，《清代诗文集汇编》第108册，第313页上。

⑤　"北、中、南"三个阵营的说法，见饶龙隼《明代隆庆、万历文学思想转变研究》第三章第二节《不同地域的文风凸现和相剂》，西南师范大学出版社，1995年，第135页。

⑥　（清）田芳兰：《冶云庄诗集序》《逸德轩闰一稿》之《侯敷文填词序》，《清代诗文集汇编》第108册，第328页上。

学活动却受到了战乱的影响，江南与京师不通声气者近十年（1642—1651）。吴江计东描述说：

往启祯丁卯戊辰（1627—1628）之间，江南北文会之事大盛，应社倡之，复社承之。中州文人，翕然与应复两社相唱酬者，梁园数君子也。且是时陪京有太学，海内能文之士大都繇此应制举，高秋七八月，胜流云集，问讯往来交错于道。南方之才士，中原莫不闻；中原之才士，南方莫不识也。至辛巳（1641）岁，我师张西铭先生殁，文会失领袖；壬午岁（1642），中州即大被寇难屠戮，梁园才士几尽，制科亦不行，自是以后，风流凋丧，南北声闻阻绝不通者数年。辛卯岁（1651），吾郡方复有文会之事。[①]

这种南北诗学联系的中断，对于清初的文学建设，其负面影响是很大的。然而未尝没有利好：那便是“另起炉灶”。自从1632年陈子龙、吴伟业等准拟组建“燕台七子社”失败，到1642年中州沦陷，北方七子派的直接影响逐渐中断，就江南诗学而言，陈子龙、吴伟业等大致经历了一次由模拟七子派到生新自创的转变，创建了云间派和娄东派，加之钱谦益创立的虞山派，这清初的“三大流派”扬弃七子诗学，形成自主生新的地域诗派，可视为诗学的新动向。相较于江南诗人的这种创变，与北方仍有联系的中州诗人之思想还停留在晚明阶段，比如鄢陵刘佑《茸庵诗自序》云：“（近体至）开元大历间，彬彬乎称盛焉，然其时格律虽设，犹未甚严也。宋元相继，诗道几绝。胜国时高刘袁宋倡之于前，李何王李和之于后，诗歌之盛，拟于二唐。今读其遗集，而思其词意，大约亦以自抒其性情，非必切比声律，一字不合，数数窜易者也。而今之论诗者则不然，喜于严刻，乐于弹击，一言之瑕，辄肆诋诃，作者亦遂闻其风而畏之。”[②]中州“雪苑派”与江南诗派唯一的共性是推尊杜甫，比如刘佑、贾开宗等皆曾于1669年著《秋兴八首偶论》，刘氏还选辑《杜诗录最》，自序曰：“诗之有少陵，犹史之有龙门、扶风，文之有昌黎、柳州诸公也……自卢德水先生，始乃有《胥钞》一书，或病其落入清逸一格。余性嗜诗，而尤癖于杜。读其全集，盖不啻数十反复矣。究苦其泛滥博涉，不能尽入腹笥，欲录摘其尤以资朝夕，顾有志未逮，徒勤寤思。兹以竭选铨曹，滞留毂下，僧房阒寂，应接几绝，乃取其全诗而详阅之。”[③]然而，中州诗家视杜甫为唐诗之绝

① 《清代诗文集汇编》第97册《改亭文集》卷二《偶更堂诗集序》，第103页上。

② 同上第136册《学益堂文稿初编》卷二，第293页。

③ 同上《学益堂文稿初编》卷三，第309页。

响，而江南诗家却一致认为杜甫为中晚唐诗歌之发端，适合作为诗学突破的起点，这是两者最大的不同。

由于鼎革的几年间真实史料取证困难，我们仅可以科举等资料一揆大端：清初开科取士，起初都是在北方少数几个省进行的，这就造成了魏宪《百名家诗》中的官宦诗人十之七八来自北方，他们绝大多数是尊崇以杜甫为诗宗的七子诗学。然而在江南，“陶渊明”已悄然升至与杜甫同等地位的诗人。在南北诗学联系中断的清初十年间，以陶渊明、杜甫等诗歌体裁为范式，清初江南诗人参合自身的身世际遇和艺术习得，往往能自领一队、自成一家。首先，他们质疑晚明以来因袭他人体格的做法。归安吴光在为湖州董斯张从孙董闻京所作《董丹鸣诗序》中回顾说：“今世诗人复好语格律，然古人如陶之《饮酒》、谢之游山、摩诘多言禅理、太白好道神仙，大约孤行一意，状所欲状而已，而后人视之，终不可到。然则古人之荦荦名一家者，类自有特立之趣，而不在区区也。今之言诗者，必曰，若为陶、为谢，若为摩诘、为太白，且曰歌行宜学某某，律绝宜学某某。”[①]其次是诗学观念的转变。“江南”诗学在明末形成了强大的地域传统，人们习惯性在诗作鉴赏中贴上“某某体”的标签，陈玉璂（1636—1705）曾予以批判[②]。他说：“古人治诗，恒日敩某代某体，故江淹拟诗皆识前人姓氏。迨其后或拟陶拟谢拟长庆，纷纷以出。至明万历间，则有云济南、太仓体；崇祯间，则有云竟陵、云间体，而体遂不足道。虽然，吾人作诗之道，必拘拘于体之弗失，将遂工乎哉！”[③]从学理层面上说，这段话是十分在理的。然而在实际创作中，一方面是复古传统的承续，另一方面又有复杂的政治因素的驱动，借助于“某某体”则更能表现江南士子集体的痛苦记忆。于是在最后，清诗终于破茧而出，冲破气运左右下的“土俗”，形成全新的以记载的历史印迹和心灵创痛（“诗史”）为主要特色的诗歌表达方式，成为左右清初江南诗坛的一股强劲的学古势力；他们在传统的“少陵体”“元白体”“长庆体”“义山体”等中晚唐诗体的基础上，创造了诸如“宣城体”“梅村体”“神韵体”“翕山体”“茶村体”，从而完成了清诗品格的自我塑造。

① 《清代诗文集汇编》第127册《吴太史遗稿》，第556—557页。

② 按：武进陈玉璂，康熙间进士。谢国桢传曰：幼苦学读书，至夜分两眸欲合，辄用艾灼臂。诗文下笔千言，旬日间动至盈尺。少年华士，所交多一时闻人。性喜远游，坐客常满，有冒巢民、陈贞慧之遗风。其为文如江海之水，盈科而行，而烟云荡漾，杳渺莫测，有潇洒之致。《续修四库全书总目提要》专著类《学文堂集》提要，第600页。

③ 同上第142册《学文堂文集》序十《许九日诗集序》，第610页下。

另一方面，李东阳所说的“气运”、钱谦益等所谓的“世运”，大大加速了清初江南诗学的转型。受地域传统和时代风气的双重影响，原有“诗缘情”的地域传统，在天崩地解的政治下，朝着“诗缘性情”的方向发展。而向来拥有“花柳繁华地、温柔富贵乡”的江南文人，遭受诸如“乙酉之变”以及清初“十大案”等文字狱的影响，其立身出处也迥异于晚明。正如前述，他们需要借助传统的诗歌体式，来记录这一段“诗史”，并且抒发其“心史”。江南诗学的新变已悄然而至。以下详述。

第一节　江南诗学与“缘情”传统

明清之际诗学兴盛的一个见证，是杨慎及以下33名晚明元校者共同完成了《文心雕龙》的校对整理工作，使得这部沉寂近千年的作品重见天日，并且彰显出其强大的理论指导价值。特别是它在《明诗》一篇中提出的诗学的核心理念——“诗者，持也，持人性情”[①]，在清初的诗坛上大放异彩，不仅与江南诗人所崇尚的“诗缘情”观念相印证，而且融会贯通自李梦阳、袁宏道所谓“真诗在民间”的诗学思想，在时局动荡的大背景下，演绎出色彩斑斓、千姿百态的诗歌创作故事；但凡史上因真情率性而“不合时宜”的优秀诗人，在这个代际均得到了最大限度的追捧，诸如屈原、贾谊、陶渊明、杜甫、李贺、李商隐、苏轼、黄庭坚、陆游等。以上诗人的诗作，其受众之广、评论之多，已达到了无法统计的程度。邬国平曾说：“作家作品的接受史是读者演奏的一部交响乐，是由接受者心灵集体投影于其上而形成的一幅曲线图。它是一条流动不居的长河，读者是流水，作家作品是被承载的帆船，帆船低昂的背后是水潮涨落的运动。”[②]类似屈原、陶渊明、苏轼等传统意义上的南方作家首次在江南运河上千帆竞逐，自有其深层的诗学动因；从现象层面上看，这未尝不是南方诗学传统发展到明清之际的江南诗坛进行的一次系统而全面的梳理和总结。以下详论。

① “诗者持也”本是《诗纬·含神雾》中首倡的观点，但经过刘勰吸收之后，成为《文心雕龙》核心的诗学观之一，今人孙蓉蓉认为：《文心雕龙》中关于诗歌“顺美匡恶”的思想内容，“比兴”的艺术手法和“典雅”的诗歌风格，以及诗歌创作的“情志统一”说等，这些诗论都是对“诗者持也，持人情性”说的具体阐述和发挥。见其所著《刘勰与<文心雕龙>考论》，中华书局，2008年，第164—169页。

② 邬国平著《中国古代接受文学与理论》，黑龙江人民出版社，2005年，第59页。

晚明江南诗学，究其大体趋势而言，是以所谓“性情”补救格调派之偏失。即便是身处“后七子”阵营的一些诗人，也开始接纳江南“六朝”传统，强调陆机以来“缘情绮靡”的诗歌特色。比如四川铜梁张佳胤作为王世贞亲点的“末五子”，虽然坚持了格调派的主张，然而，他在两浙巡抚任上作《吕少傅公寿诗序》云：“诗者，持也。古人亦云持人性情。《三百》之蔽，义归‘无邪’而已。夫人秉七情，有触即发，对境咏志，天籁自鸣。故‘玄鸟’‘云门’‘大唐’‘南风’，以至衢巷诸谣，文取辞达，曷尝他求哉。”[①]接替王世贞、张佳胤出任兵部尚书之职的余姚孙鑛也说：“夫诗者，生人心者也。欲恶之情感而咏，歌声发，章阐物志，缀文成音，及其述鸿业、赞皇猷，则雅之义归焉。”[②]这种修正，一定程度上受到了江南地域传统的影响。

然而，受七子诗学的影响，晚明江南诗学“格调派”的势力一度较为强盛；早在万历二年，作为阁臣的太仓王锡爵就曾为李栻《唐诗会选》作序，探讨诗的本质及其社会功用，沿袭格调派一以贯之的宗旨。他强调：“诗之为教，非小技也；冀感人，非小用也。”[③]并且，他历数三百篇以降的著作，认为直到唐诗，性情泛滥，腐败不可收拾，都是因为远离诗教的缘故[④]。在此基础上，他充分肯定李栻的选政之功，认为可以接续《唐诗品汇》等传统，他说：“选唐诗者，无虑数家，惟襄城杨士宏、新宁高棅二刻，差可人意。然《初学记》《乐府诗集》《文苑英华》诸书，多可采者，不以入选。至其所选时，脍炙一向，未观大全。作者诚难，而选之岂易乎？”此外，由于程朱理学是官方正统之学，南方学者和官员也难免会有兼容

① （明）张佳胤著，吴文治主编：《明诗话全编》，《居来先生集》卷54《复友人论时学》，凤凰出版社（原江苏古籍出版社），1997年，第5册，第4618页。

② （明）孙鑛著，吴文治主编：《明诗话全编》，《孙月峰先生全集》卷7《吕少傅公寿诗序》，转引同上《明诗话全编》第4703页。

③ （明）王锡爵著，吴文治主编：《明诗话全编》《王文肃公文草》卷1《唐诗会通序》，第4799页。

④ （明）王锡爵《唐诗会通序》曰：“夫古昔《三百篇》，不过里巷歌谣之语、与夫大夫君子舒泄其胸中之夭绍并禋祀、朝会、燕享之乐章耳。然夫子选之，至与羲、文、周公之《易》，尧、舜、禹相授受之《书》，垂教万世……建安、黄初之间，林林作者，亦时有仿佛一二焉。然以厕《三百篇》之音，区以别矣。自是而后，代兴代替，愈巧愈拙。至于齐梁，其靡殆甚。入唐而后，稍自振拔，成一代之长，亦备诸体。故今之言诗必曰‘唐音’，以其原本伦化、陶写性灵、识超景会、不娓娓调声磨韵，间庶几犹有古风焉。然就中号得上乘者，代不数家，人不数首。刘勰少许乎通图，严羽致惜于滥觞，岂其诬哉？”

诗教与性情的主张。与王锡爵同朝为官、同样强调选政者尚有公安派的先驱沔阳费尚伊，他说：“（诗三百）皆原情体性，依永谐声，体裁各异，杼轴并殊。总之，风不袭雅，雅不袭颂，譬则大块噫气，激者、谪者、突者、嚆者各以其类触而成声，故曰天籁之自鸣，此诗之所由生也……自北地、信阳、历下、太仓诸君子出，而学士大夫始黜唐诗不讲……不知优孟之学叔敖，色泽则是，而神情弗肖，滥觞之极至，使刻削者伤气，悲壮者累情，割裂者伤体，诗安得而不卑乎！”[①]只是与王锡爵不同的是，他强调真诗的自然性，反对模拟和剽窃，这一说法，已经比较接近公安派的核心诗学思想了。除了“公安派”倡导“诗缘情”，万历初还有一个“唐宋派”，作为江南言情诗派之滥觞。率先不满七子模拟习气、较公安派先提出唐宋诗均可采、并形成一定影响的是毗陵薛应旂（1500—1575）等为首的“唐宋派”。薛氏之孙薛寀在《堆山先生前集钞》之《归纫杂咏序》中说：“忆昔毗陵之称诗者，多染词人习气，独唐中丞（顺之）与先学宪发为正大典雅之音。时昆麓外祖师两家宗派，介然自树于七子之间，为七子所不喜……诗至今日，唇讥腹诽，何常之有！然愚终不敢以钟、谭之讥袁、徐，与袁、徐之讥王、李，为品诗之极则，而必取吾毗陵两大家与翼云兄弟以正之。”[②]此外，该诗派还有吴维岳，其裔孙吴应奎作《柳南诗话》，谓其祖能在七子派外自领一队，今人评曰：“王元美评广五子……峻伯颇不平之。裔孙应奎蘅皋诗：‘少日成名众所希，毗陵诗派早知归。敢因历下持牛耳，遽忘云山旧钵衣。’”[③]薛氏、吴氏等不忘江南“衣钵”，主张“持性情之正”，故而能不为王李七子派所左右。

提倡“性情”的“唐宋派”，其影响主要在散文领域，在诗坛明确提出唐宋诗兼宗思想的还当属公安派。万历二十年（1592）稍后是公安派崛起诗坛的时代，其主要成员大致上均有仕吴的经历，他们受江南文化的影响，在获得诸如金陵状元焦

---

① （明）费尚伊：《市隐园集》21《刻任山甫诗集序》，载沈乃文主编：《明别集丛刊》第4辑第14册，黄山书社，2015年，第259页。下文引《明别集丛刊》均为此书，注释从简。

② 同上《明别集丛刊》第5辑第70册，第228页。

③ 杨钟羲撰，雷恩海、姜朝晖点校：《雪桥诗话全编》三集卷九第二一则，人民文学出版社，2011年，第1891页。

竑等学者印可之后[1]，强调随性自适。比如桃源江盈科，论诗追随公安袁宏道，其出发点亦从批驳李攀龙片面模拟盛唐始。他为袁宏道所作《敝箧集引》云："世之称诗者，必曰唐。称唐诗者，必曰初曰盛。惟中郎不然。曰：诗何必唐，何必初与盛，要以出自性灵者，为真诗尔……以心摄境，以腕运心，则性灵无不毕达。是之谓真诗，而何必唐，又何必初与盛之为沾沾？中郎论诗之概若此。"[2]与宏道倡言"性灵"稍有不同，他强调"真诗"无外乎"趣味"二字，惯于从"趣味论"的角度言诗。他说："凡为诗者若系真诗，虽不尽佳，亦必有趣。若出于假，口必不佳，即佳亦自无趣。"[3]因此，他欣赏吴中才子唐寅的诗作，认为："（寅）放浪丹青山水间，以此自娱，亦以自阔。尝题所画小景，云：'不炼金丹不坐禅，不为商贾不耕田。兴来只写江山卖，免受人间作业钱。'此等语，皆大有天趣，而选刻伯虎诗者，都删之，盖以绳尺求伯虎耳。"[4]他认为："盖诗有调，有趣，调在诗之中，有目者所共见。若夫趣，则既在诗之中，又在诗之外，非深于诗者不能辨。"[5]

公安派诗论在江南的影响，首先体现在文人诗学观念的更新。诸如江阴许学夷、闽中谢肇淛等，不再固守七子派的陈调。许学夷在其《诗源辨体》（作于1593—1613年）中，认为不必固守格调，应该有通变的观念，使诗歌便于表达情志；而其前提是不必以古人拘束今人。他说，"论诗者以汉、魏为至，而以李、杜为未极，犹论文者以秦、汉为至，而以（韩柳欧苏）四子为未极，皆慕好古之名，而不识通变之道者也。"[6]比许学夷小四岁的湖州司理谢肇淛则说："诗者，人心之感于物而成声者也。风拂树则天籁鸣，水激石则飞湍咽。夫以天地无心，木石无情，一遇感触，犹有自然之音响节奏，而况于人乎！（故有喜声怒声哀声乐声，）

① 焦竑认为："诗非他，人之性灵之所寄也。苟其感不至，则情不深，情不深，则无以惊心而动魄，垂世而行远；观尼父所删，非无显融膴厚者厝乎其间，而讽之令人低徊而不能去，必于变风雅归焉，则诗道可知也。"载《澹园集》卷十五《雅娱阁集序》。李剑雄等据此认为，焦竑是公安派的先驱。

② （明）江盈科：《江盈科集》，《湖湘文库》一，吴文治主编：《明诗话全编》，凤凰出版社（原江苏古籍出版社），1997年，岳麓书社，2008年，第276页。

③ （明）江盈科：《江盈科集》增订本二《闺秀诗评》，四库禁毁丛刊，北京出版社，1997年，第705页。

④ （明）江盈科：《雪涛阁小书》之四，岳麓书社，2008年，第715页。

⑤ （明）江盈科：《雪涛阁集》，岳麓书社，2008年，卷8《陆符卿诗集引》，第290页。

⑥ （明）许学夷：《诗源辨体》卷18第三。

此四者，正声也。其感之也无心，其遇之也不期而至，其发于情而出诸口也，不知其所以然而然……故《诗》有六义，兴居其首。四始之音，风为之冠。诚能深于物感之旨，远追风人之致，翛然寄兴，由形入神，其于诗道无余蕴矣。”谢氏论诗，同时也受到了其族人谢耳伯元校本《文心雕龙》的影响，秉承了“诗者持也、持人性情之正”的主张。

公安派诗论，还在一定程度上动摇了七子格调派的理论基础，促成了其阵营的分化。江南诗人在摆脱七子束缚时逐渐意识到：内在的“性”，比如“心性”“性情”“性灵”是诗的本质的出发点，而非外在的“诗道”或者“诗教”。哪怕是江南儒学家，也是与北方诗家的论诗初衷大相径庭的。比如同为东林党魁，无锡顾宪成与河北赵南星一经比照，分歧立显。顾宪成说：“诗者，心之精神之所寄也，其歌也，有思；其咏也，有怀；其美刺也，有风。即喜怒爱憎是非与荣辱毁誉得失，何适而非诗也者？”[①]强调无论喜怒哀乐，发至内心就能成就好诗。而赵南星则赞同中州李衮之说：“李献吉而后诗绝矣。魏懋权之诗也，唐世人莫知也，然必传。懋权往矣，吾二人勉之哉……知诗者，则其性地近于灵明矣，其何事不彻？今天下南方之为诗者，尤不喜杜、李，孔谏甫生于广东，乃独喜之，一一诵之于口。其为诗不专学二子，然皆唐人之致。”[②]他所强调的是七子派所提倡的格调和才力，与江南诗家探讨的才性和情韵是两种概念，并且为北方诗学代言，仍以上追李献吉为己任[③]。

公安派诗论的第三个重要影响，便是预设了“出唐入宋”的诗学发展可能性。其宗主袁宏道所提倡的“真诗”，与李梦阳在实际上是不一样的。陈文新老师指

① （明）顾宪成《泾皋藏稿》卷八《送肖桂朱先生守慷庆序》，四库全书本。

② （明）赵南星《赵忠毅公诗文集》卷二《杏石先生诗集序》，四库禁毁书丛刊第68册，北京出版社2000年；转引自《明诗话全编》第5册，第5424页。

③ 赵南星《赵忠毅公诗文集》卷七《李于田宋诗选序》：“北方之士人率不为诗，其为之者多成，何也。北方之人性朴而气劲。朴故其词质，直写其志意，劲故其中之所存勃勃欲吐，不能自隐。诵之者可以知其人品与其土俗。故北方之人其性近于诗而不学。学者乃不知诗道，每每失之……求诗之美而骋博斗异，过于涂饰，则不可以见性情。故诗自古至唐而止，宋人无诗，至我朝李献吉而有诗，献吉之后复无诗，以其涂饰之过也。迄于近日，文章益衰……可不悲哉？余友李袞美兄弟及李于田诸人乃始有悟，力挽颓波，以追献吉，而铅华易为妍，淡素虑无姝，能之者寡矣。苏子哲，生齐鲁之乡，自幼而喜为诗，来为赞皇广文，官闲地僻益为诗，其诗直抒性情，而妍雅之词、幽旷之趣自堪击赏，绝非近日之滥竽者所能仿佛其万一也。夫诗之道岂小哉？”载《四库禁毁丛刊》集部第68册，第166页。

出，李梦阳提出的“真诗在民间”，其理论前提是“诗乐一体”，并为其尊唐抑宋张本。而袁宏道更强调“不学步于盛唐、任性而发”的性情之真[①]。只要是真性情之诗章，就应该得到学习推广。由于三袁推崇苏轼，在江南掀起一股崇苏的风气，从而启动了宋诗学的发展。比如四明（今温州）何白提出，只要是抒发性灵之诗，其格调就会因时而变，“降自唐宋，皆可类推”，原文出自1611年所作《答林孺苞》一书中：“（诗者）各全其天，不以拟议牵合，损吾性灵，直抒胸臆，我去古人何必有间？夫汉魏之不能为三百篇，非不能也，盖情源既滥，势难拘格，格与时迁，欲其不变不可得也。其至焉者，即为汉魏之三百篇可也。其降自唐宋，皆可类推。然三百篇未尝一日不在人间。今之论诗者，必曰何者效汉魏，何者效六朝，何者效初唐、盛唐，字字句句而摹之，此乃汉魏六朝之面目，非我本来胸臆也。”[②]嘉定李流芳不分唐宋诗之界限，于1614年重九为吴县沈春泽作《沈雨若诗草序》云：“夫诗者，无可奈何之物也。长言不足，从而咏歌嗟叹之，知其所之而不可既也，故调御而出之，而音节生焉。若导之使言，实制之使不得尽言也。非不欲尽，不能尽也。故曰无可奈何也。然则人之于诗，而必求其尽者，亦非知诗者也。余尝爱昔人钟怀吾辈之语，以为不及情之于忘情，似之而非者也。必极其情之所之，穷而反焉，而后可以至于忘。则非不及情者能近之，而唯钟情者能近之也。”[③]他还提出：“求工于诗者，固求达其性情而已矣。诗之传也久而且多，凡为诗者，不求之性情而求诸纸上之诗，掇拾饾饤而为之，而诗之亡也久矣。”[④]

公安派“真诗”理论直接影响到竟陵派。该派宗主钟惺进一步发挥“真诗”主张：“真诗者，精神所为也。察其幽情单绪，孤行静寄于喧杂之中，而乃以其虚怀定力，独往冥游于寥廓之外。”[⑤]他提出隐（含蓄幽峭）、秀（明丽深秀）、清（清虚淡静）、厚（朴质精深）等诗性要求，并以自己独到的眼光铨选《古诗归》

① 陈文新《“真诗在民间”——明代诗学对同一命题的多重阐释》，原载《杭州师范学院学报》，2002年第5期。

② 何白撰、沈洪保点校；《何白集》，《温州文献丛书》，上海社会科学院出版社，2006年，第473页。

③ （明）李流芳《檀园集》卷7，陶继明、王光乾校注《嘉定李流芳全集》，上海古籍出版社，2013年，第197页。

④ （明）李流芳撰，陶继明、王光乾校注：《蔬斋诗序》，第198页。

⑤ （清）钟惺：《诗归序》，《续修四库全书》，第1589册，上海古籍出版社，2002年；第351页。

《唐诗归》（刻于1617年），一举击破了七子坛坫，钱谦益评价说："海内称诗者靡然从之……所撰《古今诗归》盛行于世，承学之士，家置一编，奉之如尼父之删定……浸淫三十余年，风移俗易，滔滔不返。"[①]嘉兴陆时雍《诗镜》便是对《诗归》的借鉴，四库馆臣认为："书中评语，间涉纤仄，似乎渐染楚风，拣总论中所指晋人华言是务、巧言是标，实以隐刺钟、谭；其字句尖新，特文人绮语之习，与竟陵一派，实貌同而心异也。"[②]与竟陵派偏好晚唐不同，陆时雍更加看好六朝初唐，他列举张正见、庾肩吾等五言古诗说，他们的诗"得意象先，神行语外"[③]，是唐人做不到的；即便是"艳体"，也自有光彩照人之处，而钟谭是反对艳体诗的，这与他清刻冷峻的性格有关。谭元春《鹄湾文草·奏记蔡清宪公》其四引钟谭对话："（伯敬）书云：'情艳诗，非真深远者勿留！不喜人于山水花木着妇女语。'尤为笃论。春选古诗至齐、梁、陈、隋而叹焉，顾伯敬曰：'岌岌乎殆哉！诗至此时，与填词差一黍耳。隋以后即当接元，被唐人喝断气运，天清风和，可谓炼石重补矣。'伯敬以为然。"[④]由于"真诗"的标准不一，陆时雍与竟陵派的评选篇目亦有别；陆氏的"真诗"标准是古雅自然、神韵天成，正如其《古诗镜》卷九晋第二评陆机《挽歌》所云："凡过饰则损真，好尽则伤雅，故道贵中和，诗归风雅。"这一主张可谓对雕饰太过的七子派、吐露轻易的公安派的折中，这些观点颇为精到。然而相较公安竟陵派而言，其尊唐的主张显得更为保守，他对于杜甫的"拟乐府"、韩愈的"拟古"诸作均予以批判，他说："夫优柔悱恻，诗教也，取其足以感人已矣。而后之言诗者，欲高欲大，欲奇欲异，于是远想以撰之，杂事以罗之，长韵以属之，仿诡以炫之，则骈指矣。此少陵误世，而昌黎复衍其波也。"[⑤]陆氏进而认为，盛中唐本身有一种过于苛求诗歌极致的做法，会对"真诗"造成损害："诗之所以病者，在过求之也，过求则真隐而伪行矣。然亦各有故在，太白之不真也为材使，少陵之不真也为意使，高岑诸人之不真也为习使，元白之不真也为词使，昌黎之不真也为气使，人有外藉以为之使者，则真相隐矣。"[⑥]值得一提的

① 钱谦益《列朝诗集小传》丁集中《钟提学惺》，上海古籍出版社，1983年，第570页。

② 永瑢、纪昀主编：《四库全书总目提要》，海南出版社，1999年，第1035页。

③ 陆时雍：《诗镜总论》第43则，四库全书本。

④ 谭元春《谭元春集》卷二十七《奏记蔡清宪公四》，上海古籍出版社，1998年，第758页。

⑤ 《诗镜总论》第七三则。

⑥ 同上第八三则。

是，陆时雍的观点，其实是明中叶以来所谓“金陵六朝派”的传统观念，他们推尊六朝初唐，影响深广，诸如汤显祖等皆入其彀中。因此在晚明学者总结之时，其声势也颇大，除了陆时雍，海虞冯复京早岁亦主张初盛唐，持中晚唐“沉降”之说。他认为刘禹锡诗远逊大历才子：“胡元瑞左袒刘梦得，称其诗雄奇，有大家才具。又云杜牧之俊赏，才胜温李。予谓未然。七律皆中唐下俚者，视之李益韩翃则为伧父也……樊川诸体无篇，但见《宫怨》《登乐游原》《青冢》《赤壁》《送隐者》诸恶绝。”[①]他还认为白居易长篇歌行读而易厌，高棅只取数首是正确的：“高新宁本意不取元白，真卓识也……晚唐名公李员外商隐、许刺史浑、马尉戴、温方城庭筠、郑都官谷、韦相庄，非烟花之靡调，则萧飒之哀音。”[②]“唐无五言古诗，中晚益以韩柳元白李贺诸派，道丧声息”，故“诗至晚唐，而气骨尽矣”[③]。这种以初盛唐为“雅道”的诗学主张，在明末清初仍然一度盛行。

竟陵诗风盛行于明末。启祯之际，宦官弄权，江南士子蛰居不出、埋头著述者不少，他们可视为竟陵派的同调。金陵顾起元便是其中之一。他说：“诗者，持也，持人之性情也。天倪自动，人籁相宣，刻玉不足纪其盈虚，铸金未能均其清浊。其合也则涂歌巷号，动以叶于宫商；其离也则刻鹜雕龙，祖自彰其骫骳。岂非哀乐之感，冥乎自然，律吕之调，非由人事者也？后世披华者至于剽市金，袭美者同乎宝燕石，遂使宫娃厨媪争言元、白之诗，酒肆歌楼竞谱高、王之曲。泛滥之态靡恒，丽则之情益寡。释彼取此，每况愈下，以乱易暴，无或取焉……”[④]可见，顾起元对公安派所提倡的元白诗风、七子派所提倡的高岑王李诗歌均持否定态度。顾氏的诗论，对蛰居金陵的钟惺形成了影响，托名钟惺《词府灵蛇序》前一段即照抄顾起元：“诗者，持也，持人之性情也……冥乎自然，律吕之调，非由人事者也？余浏览古今，扬扢风雅，《三百五篇》有一字不韵，有一字不法者乎，能法法，则法属我用，不法而法。不能法法，则我属法搏，法而不法。”相较于钟惺，谭元春在金陵出入二十余年（从万历三十三年钟惺推介至金陵友人，到万历四十七年与钟

① 转引自吴文治：《明诗话全编》第9册，凤凰出版社（原江苏古籍出版社），1997年，第7308页。下文引《明诗话全编》均为此书，注释从简。

② 吴文治《明诗话全编》第9册，凤凰出版社（原江苏古籍出版社），1997年，第7309页。

③ 吴文治《明诗话全编》第9册，凤凰出版社（原江苏古籍出版社），1997年，第7311页。

④ （明）顾起元：《懒真草堂集》卷十三《潭西楼集序》，转引同上第6346页。

惺、茅元仪、林古度等秦淮结社，到崇祯九年参与顾梦游、方文秦淮社），金陵诗派对他也有较深的影响。

崇祯初崛起诗坛、与竟陵派相颉颃者为云间诗派；他们重拾后七子派的诗学理论，注重风雅诗教。起先，与钟惺《诗归》同时，云间唐汝询著有《唐诗解》（初刻于1615年）、黄廷鹄辑有《诗冶》。唐汝询五岁盲目，受教于其兄汝谔，据钱谦益《列朝诗集小传》，汝谔博学好古，“笃嗜王、李之学”，是七子派的拥趸；而钱氏复赞汝询《唐诗解》“一本古人为解故，而尽削妄庸附会之语，庶几古学粲然复明于世”[①]。至于黄廷鹄，其舅乃“松江十八子”魁首唐文献，亦是朱彝尊之表祖叔，其所治《诗冶》，明确表明诗歌评注之例并非起于竟陵钟谭，而是源自七子派中的江南领袖徐祯卿、王世贞；其《凡例》云：“钟、谭自谓绝无沿袭，而其所宗，仍不离枚、李、曹、陶之辈；即有别为拈出，犹之乎偏锋而尔。若其指摘潘、陆诗，本自（徐）昌谷；六朝善反为唐，本自（王）元美，亦非创论。”该凡例中，他盛赞李攀龙《诗删》“精严之极”，同时也承认竟陵派的选政之功绩（“余辑兹编久矣，已得锺氏、谭氏《诗归》，可谓自出手眼者”），不过，他强烈批判钟谭主观臆断、得不偿失：“其于古人幽细活活之致，剔发最醒，第尽矫诸家以伸其说，不无太过？亦粱肉海错之喻耶？”[②]因此，当地方志称：“时竟陵、公安继起，专欲扫除娄东济南之派，天下咸宗之，廷鹄独以为不可，曰‘王、李拾汉魏三唐唾余，固为钝汉，若拾钟、袁唾余，得毋转下乎？执一舍一，终无是处。吾不须安排壁垒，供人齿颊也’。”[③]可见其心仪七子派。而徐祯稷《诗冶序》亦云：“近代好奇之士，祖祖晚唐宋元，谓即景命物，足凿秘思妍翮，或失则俚……余识谢综览，所稍睹记，《诗品》《诗纪》《诗宿》《诗所》《诗源》《诗归》《诗隽》诸刻，盖已穷蒐博罟，振藻艺林，去取详略，互有瑕瑜。至澹志先生之《诗冶》出，而蕴藉囊括，又另一炉鍾矣。”[④]这也说明《诗冶》是针对公安竟陵派诗学流俗之弊、以期回归七子派“雅道”的诗选。而追思“汉体昔年称北地”、不满足“楚风今日满南州”者，复有明诗殿军陈子龙，在《仿佛楼诗稿序》中，他说：“夫诗衰

① （清）钱谦益：《答唐训导汝谔论文书》，《牧斋初学集》下册卷79，上海古籍出版社1985年，第1701页。

② 转引自张洪海辑著，黄霖、陈维昭、周兴陆主编：《诗经汇评（下）》见《诗冶凡例》，凤凰出版社，2016年，第867页。

③ （清）顾传金辑：《蒲溪小志》卷二，上海古籍出版社，2003年，第45页。

④ 转引自吴文治主编《明诗话全编 第7册》，第7696页。

于宋，而明兴尚沿余习。北地、信阳，力返风雅；历下、琅琊，复长坛坫。其功不可掩，其宗尚不可非也。特数君子者，摹拟之功多，而天然之资少，意主博大，差减风逸，气极沉雄，未能深永。”[①]因此，他以丰沛的才情、博大的胸襟、坚强的意志进行创作并铨选《皇明诗选》，从而廓清明末乌烟瘴气的诗坛，成为实际的精神领袖；因此《明诗综》编撰者朱彝尊为作小传赞云：“王、李教衰，公安之派浸广，竟陵之焰顿兴，一时好异者诪张为幻……（陈）卧子张以太阴之弓，射以枉矢，腰鼓百面，破尽苍蝇蟋蟀之声，其功不可泯也。”[②]

崇祯年间，专事吴歈、不染楚风者，尚有太仓王穉登之子王留、湖州董份之孙董斯张，他们以晚唐温李诗风为尚，并结合吴地民歌，创造了一种“吴下体”的诗歌体式。董斯张在《徐元叹小叙》中说：“今人议七子，后动称性情诗，问渠性是何物？罔措矣。吾尝语王亦房（留），识得性情两字，一生吟咏事毕……今日读元叹所寄诗，真能为性情诗者也。”（《静啸斋遗文》卷一）“夫作诗者，一情独往，万象俱开，口忽然吟，手忽然书，即手口原听我胸中之所流，手口不能测；即胸中原听我手口之所止，胸中不可强：而因以侯于造化之毫厘，而或相遇于风水之来去——诗安往哉？”（同上《汪子戊巳诗序》按，该集收1638—1641年间诗作）此外，豫章亦开始弥漫一股实学风气，艾南英是代表性人物，其《葛山诗义序》云：“今之言诗义，重言性情，而轻言学问考订之事。遂欲以轻俊巧媚，文逃空之拙。如是则何人不能为诗者。而为诗义者，必不能舍学问而孤言性情。孟子不云乎，上无礼，下无学。然后知成周之世，其下未有不学者。故虽闾巷小民、游人思妇，皆能言其所见如此也。”[③]在这股风气的推动下，以钱谦益为首的虞山派开始崛起。

明末虞山诗派推尊中晚唐诗学，他们非但为艳体诗歌正名，而且将之上升到《诗经》中提倡的“比兴寄托”的高度，弘扬《毛诗序》“诗者，志之所之也”的诗学传统。虞山门人冯舒在《以明上人诗序》中说：“今天下之言诗者莫盛于楚矣，钟、谭两君以时文妙天下，出其手眼为《诗归》……为诗也字求追新，义专穷奥，别风淮雨，何容间哉！于是天下之士，从风而靡……夫吾虞山言诗者则异于是矣，曰诗意，志之所之也，称事达情，以文足志而已。”[④]很明显，这里“诗之志”

① （明）陈子龙著，王英志辑校：《陈子龙全集》卷25，人民文学出版社，2011年，第788页。

② （明）陈子龙著：《陈子龙诗集》附录四，上海古籍出版社，2006年，第781页。

③ （清）艾南英：《天佣子集》卷四，《葛山诗义序》，清艾舟重刊本。

④ （清）冯舒：《默庵遗稿》卷九《常熟二冯先生集》，民国14年铅印本。

指的是“称事达情”，认为“文”（也就是表达技巧）只是为了“足志而已”，这就兼顾了言志和缘情的两大传统。虞山派的思想还不止于此，他们有进而融汇古今诗学思想的祈愿，比如天启三年（1623）冯舒跋其父冯复京《说诗补遗》时便说：“（庚申，即1620）冬而成书，先君子敕不肖曰：‘吾之此书，可谓目空千古，起九原而质之，必也其瞑目乎！……夫中晚之不得为初盛，犹魏晋之不得为两京，而谓初盛诗存，中晚绝，将文心但存苏李，而宇宙遂止当涂乎？此何待知者而辨也。故初盛有初盛之唐诗，以汉魏律之，愚也。中晚有中晚之唐诗，以初盛律之，亦愚也。凡今之人，守琅琊之《卮言》，尊新宁之《品汇》……谓子美没而天下无诗，虽夜郎蛇汉，夏虫语冰，未足为喻也。吾书八卷，尚守故说，天假吾年，庶有以新天下之闻见乎？’”[①]钱谦益好友王铎与如皋冒襄友善，也赞成打通三唐，他在给冒襄的诗序中说：“吾闻之，甚精必愚，诗道犹是也。习诗者以宋元诋三百汉魏三唐，习文者又以世说、稗海诋六经秦汉，滔滔天下，吾不知之矣！”[②]

相较而言，曾经风靡大江南北的竟陵派，也一样重视艳诗、民歌甚至古逸民谣，也一样赞同打通三唐甚至将前秦两汉诗歌与唐诗融合，然其主张“幽情单绪”，没能够及时将“情志”统一起来，尽管他们别具手眼、文妙天下，但是在正统文人看来，无非如冯班所述“字求追新，义专穷奥”。于是清初实学兴起之后，竟陵派便被一片谩骂声裹挟，连楚中著名诗人黄冈杜濬也对其大加挞伐。在南京寓居长达三十年后，杜濬为黄冈表弟奚禄贻作《奚苏岭诗序》，提出其与奚氏诗有“三同”，皆为“真诗”，这里所谓的“真诗”，就是指表现情志，融通今古，能敦复古道、持人性情之正。他说：“夫苏岭少而沉敏，余少而轻率，然而好学，同也；三十年来，苏岭以才大不能藏，余以器小不能行，然而兼善、独善，其学各有所本，同也……然吾里之一二狂士以空疏游戏为真，诗道遂亡。真岂如是之耶！夫真者，必归于正，故曰正风正雅，又曰变而不失其正。诗至今日不能不变，道在不失其正而已。”[③]这里所谓“吾里之一二狂士”似乎就是指竟陵钟谭。杜濬虽在诗学理论上较少建树，但是他取得了不凡的创作业绩，后人评价为“尝谓文体坏于范陈，诗体坏于元白……作诗力追少陵，《灯船鼓吹》百韵长歌，虽以此得盛名，应

① 转引自吴文治《明诗话全编》第9册，第7316页。

② （清）冒襄：《同人集》卷3《冒辟疆朴巢诗序》，康熙冒氏水绘庵刻本。

③ 《清代诗文集汇编》第37册《变雅堂遗集》文一，第179页上。

是别调。五言律尤高浑沉雄，自名一家”[①]。值得注意的是，杜濬提出“诗体坏于元白”，并非拒绝长庆体，只是排斥元白诗歌鄙俗的格调，这也是主张“情志”结合的一种表现。他本人还是认真学习元白叙事技巧的。我们后文中还会突出其“茶村体”看重的就是“中唐”的创变“唐诗三变后，吾意止中唐”[②]，因此“源于元白”的吴伟业才会与之相师友。

清初诗人大都介于“后七子派”和“竟陵派”之间、首鼠两端。有关综述，钱钟书《谈艺录》[③]以及《容安馆札记》[④]梳理甚详，不赘。此处仅以龙眠方以智、海宁朱一是的观点略做补充。方以智指出：“近代学诗，非七子，则竟陵耳。王李有见于宋元之卑纤凑弱，反之于高浑悲壮，宏音亮节，铿铿乎盈耳哉……竟陵《诗归》非不冷峭，然是快己之见，急翻七子之案，亦未尽古人之长处，亦未必古人之本指也。”[⑤]朱氏亦云：“余少时言诗者，户竟陵也。继而趋济南。二者皆有失。竟陵尚别恶同羊枣马肝，此单嗜耳，岂可饭乎？济南……去唐远矣，其失也声律通美、性真不抒，庖人司烹，肥脔巨鲜，腻口少味，易牙吐弃之，竟陵若在，亦反唇讥矣。”[⑥]受竟陵诗派的冲击，明末江南诗人更有调和后七子派、公安竟陵派的意味。作为竟陵派的拥趸，山阴王思任《倪翼元宦游诗序》云：“诗以言己者也。而今之诗则以言人也。自历下登坛，欲拟议以成其变化，于是开叔敖抵掌之门，莫苦于今之为诗者。曰如何而汉魏，如何而六朝，如何唐宋。古也，今也，盛也，晚也，皆拟也，人之诗也，与已何与？李太白一步崔颢语，即不甚为七言；杜子美竟不作四言诗，亦各任性情之所近无乐乎？”[⑦]

清初，钱塘毛先舒近承云间派衣钵、远绍七子，然其《诗辩坻》能够修正模拟复古的观念，他说：“诗以写发性灵耳，值忧喜悲愉，宜纵怀吐辞，蕲快吾意，真诗乃见，若模拟标格，拘忌声调，则为古所域，性灵斯掩，几亡诗矣。”（卷一“总论”）苏州金圣叹则受竟陵派影响较多，他说：“诗者，人之心头忽然之一声

① 《清代诗文集汇编》第 37 册《变雅堂遗集》附《黄州府志·隐逸传》，第 339 页下。

② 同上《变雅堂诗集》卷三《怀山堂论诗》，第299页下。

③ 钱钟书：《谈艺录》，载“中华现代学术名著丛书”，商务印书馆，2011 年，第125—126 页。

④ 同上商务印书馆，2003年，第601—605则。

⑤ 方以智《诗说》，载《通雅》卷首三，影印文渊阁四库全书本。

⑥ 《清代诗文集汇编》第42册《自课堂集》卷首朱氏《序》，第391页下。

⑦ （明）徐渭等著《明人小品十六家》下，远方出版社，2001年，第550页。

耳，不问妇人孺子，晨朝夜半，莫不有之。今有新生之孩，其目未之能眴也，其拳未之能舒也，而手支足屈，口中哑然，弟熟视之，此固诗也。天下未有不动于心，而其口有声者也。天下未有已动于心，而其口无声者也。动于心，声于口，谓之诗。”[①]他们论诗，一定程度上还是受到了公安竟陵派力主“性灵”、抒发“性情”等说法的影响。

到了康熙初，遗民诗风与文人歌咏升平之诗竞作，“诗为心声”的提法成为一时艺林常谈。比如漳州王经邦《文喜堂诗集序》云：“诗者心之所之也。心之乎气，气之乎声。有声而后有音，有音而后有诗。故诗之为声与音莫不籁生自天而吹乎？合天而十五国之风以叶；诗亡而骚著。灵均之际，上官也，其天忧愤，其声繁以急，诗盛而杜少陵尤著。少陵之际，天宝也，其天愁惨，其声凄以切，故自三百篇至于近体词曲，提耳骚坛，代不乏人……元感于穷愁之天，而得其不得已之籁，于声音之表，殆如阮嗣宗造苏门，披发握坐，竟无所对；临去未远，开清角之啸，林峦草木皆有异声……岂独与屈杜诸子为繁急凄切之声，使人叹为穷愁益工者哉！”[②]这篇序言，明显是借他人酒杯浇自己块垒。表面上，是对湖南巡抚副使赵作舟诗歌的赞颂，实际上是黄道周门人王经邦从山林走向庙堂、从遗民诗转向官员之诗的心迹流露，这首诗写在他就任淄川县令的第三年，也即康熙四年，作者对于以表现浓郁屈骚情结的黄道周诗学开始反思，回归北方诗经学传统。同样抛弃遗民诗学者还有宜兴储方庆（1633—1683），其《桐斋近草序》云：“屈宋遭时不偶，续变风变雅，杂之以楚声，其言缠绵比附，寓意于美人香草，抒写其孤愤，此其人盖有不得已而中者，而后为此放废之言。而后之论诗者不察，猥云：诗人之道，必托乎骚雅，恣肆乎言词，然后可以登于作者之林。殊不知屈宋之心，深以不获味采薇天保为戚戚也。汉魏以降，诗莫盛于唐，然世谓唐之诗人少达而多穷，故论诗者有穷而后工之说。夫穷人之诗，几乎变矣！如谓工之必由乎穷也，则诗止有变而无正也，彼正风正雅何居焉！”[③]王经邦、储方庆的事例说明，康熙初遗民诗风正逐渐消歇。然而，其间未尝没有反复，诸如合肥施闰章委婉指出，当此际遗民诗还是占据绝对优势的。他说：“今四海干戈未宁，独风诗为盛。贫士失职之赋，骚人怨愤之章，宜其霞蔚云属也。”（《学馀堂文集》卷六《毛大可诗序》）“风诗独盛”局面

① （清）金圣叹：《金圣叹选唐诗六百首》，北京出版社，1989年，第1页。

② 《清代诗文集汇编》第85册，第20—21页。

③ 《清代诗文集汇编》第129册《储遯庵文集》卷二，第421页。

的出现，刺激了施闰章以“温柔敦厚”的诗教观念指导创作的诗学理念的形成。他认为诗歌性情之“广大精微，无所不有，温柔敦厚，诗之教也。近日北音噍杀，南响浮靡，历下竞陵，遂成聚讼”[①]。正是施闰章的这种“温厚醇雅”的诗教观念，令王士祯大为叹服，仿张为主客图，将其诗绘制挂入书斋[②]。但并非所有文臣都像施闰章那样，热衷于“盛世清明广大之音”，有些贬谪失意的文臣也会重拾旧业，抒写骚愤。比如以经学著称的熊赐履，于1687年自作《些余集序》，转而回归“楚骚之旨”。其序云：“余自幼埋首章句，不喜吟咏……丙辰（1676）被放，流寓金陵……十余年间，得若干首，要不可谓无病呻吟者矣。杜子于皇见而赏之，谓宜付梓以公同好。以识行吟江畔之意。曰些余者，犹骚指也。”[③]晋江丁炜持折中之说，他认为无论上承风骚，或者独抒胸臆，只要发诸性情就能写好诗；而各人的性情又是各不相同的。“诗者思也，固因乎时，即乎遇，传吾情之所欲言，而无不切中。十五国风、楚骚汉魏、皆本诸此。今日诗家，人人殊论。”[④]持这种中庸观点的江南文人有很多，诸如归安吴光《马杏公诗序》亦云：“诗者思也，因乎思之所至，挥绰情性。”[⑤]临海洪若皋《马又范诗序》云：“夫诗皆人之性灵为之也。性灵不卓越，则格不高；性灵不俊逸，则趣不永；性灵不畅达，则词不快；性灵不透悟，则思不钩深而致远。”[⑥]这些说法，已经比较接近后来袁枚“性灵说”的诗学思想了。

康熙中，特别是三藩初定、海内承平之际，唐诗学得到了较快发展。康熙本人对于诗歌的社会作用持肯定态度。他说：“诗者心之声也，原于性而发于情，触于境而发于言。凡山川之流峙，天地之显晦，风物之变迁，以及君臣父子夫妇兄弟朋友之间，古今治乱兴亡之迹，无不可见之于诗；而读其诗者，虽代邈人湮，而因声识心，其为常为变，皆得于诗遇之。”可谓对于“诗本性情”的官方阐释。这个时期，诗人和学者对于“性情”的领悟有了先天、后天之分别，江南诗坛呈现出才情

① （清）施闰章撰,施愚山集第1册文集卷二十七《与彭禹峰》，黄山书社，2014年，第548页。

② 参俞陛云《吟边小识》评曰：“王渔洋极爱施愚山诗，为深得风人之旨，乃仿张为《主客图》之例，择施诗之尤者，列以为图。”王培军、庄际虹：《校辑近代诗话九种》，上海古籍出版社，2013年，第439页。

③ 《清代诗文集汇编》第139册《经义斋集》卷四，第88页。

④ （清）熊赐履《经义斋集》卷四《清代诗文集汇编》第132册《问山文集》卷一《谢昼也诗序》，第494页。

⑤ （清）丁炜《清代诗文集汇编》第127册《吴太史遗稿》，第560页下。

⑥ （清）吴光《清代诗文集汇编》第91册《南沙文集》卷四，第500页下。

与学识并重的格局。那些认为诗歌的决定因素是先天的才情的诗人，大多以中晚唐“才子诗”为仿习的对象，诸如“大历十才子”以及《才调集》所选“温李”等作家。比如位列“江左三大家”的合肥龚鼎孳，晚年论诗极其推尊大历。其评价汪昂、吕西屏、徐延寿等人的诗作，均认为“有大历之风”。吴江钮琇甚赞李贺、温庭筠之才气，他说：“浪仙苦吟，三经年而得句；庭筠捷获，八叉手而成章，其才情之所昭者一也。”①桐城姚光燮则序友人诗，认为只要具备个人的才性风格，便能得性情之正：“其所以为情，一一返于性而托之于诗，则无论诗之为曹刘、陶谢、李杜、元白也。其所以为曹刘、陶谢、李杜、元白之势位有同不同，而诗则同也。”②坚持性情来自后天培养的诗家有吴中汪琬，宁都魏禧，以及河南商丘侯方域等，他们的诗名为文章所掩。有些理学名家诸如黄宗羲、顾炎武、王夫之，在其晚年亦主张将性情与学识相统一。认识到“以学识为诗”之重要性、强调做学者型诗人的评论家首推吴江叶燮，提出以“才、识、胆、力”作为诗学四要素之说，当今谈艺者评价已泛滥，不赘。此外，像潘耒、朱彝尊、严绳孙等后来凭借才情学识考入博学鸿词科的文士，皆主张沉潜涵泳，将个人感兴与书本知识结合起来。潘耒的评论较为典型，他说：“古来诗人，罕能著书。诗本性情，书根义理；作诗尚才华，著书贵学识。故前代曹、刘、颜、谢及四杰、十子之徒，绝不闻有书传世；而刘勰、崔鸿、颜师古、刘知几辈，亦不闻以诗名。其有能兼工并美者，一代无几人也。”

到了康熙末，毗陵邵长蘅提出，诗歌是一种天人合一的综合性才艺：“夫诗，艺也，然要其至，则天人兼焉。汉唐以来诗虽逊古，顾其间能卓乎名家者，大抵或为沉郁，或为豪放，或为绮丽澹逸幽奇，各习焉而得其性情之所近；而其学之勤也，必本之三百篇、离骚以浚其源，叩之六艺子史百家以博其识，旁及山经地志佛老方伎之说以尽其变；其思之专也，必刿心鉥肝，憔悴诚壹，一切荣枯得失悲乐之感，莫不发之于此，夫其体之沉郁豪放绮丽澹逸幽奇，不可强而同者，从乎天者也；其学之勤而思之专，尽乎人者也。是故有人而无天，终身为之，未必其至也；有天而无人，率然至之，未必其皆至也。呜呼！不其难哉！”③邵长蘅等人的“天人兼焉”的观点，表明清初诗人对“诗以道性情”的认识已经深化到“如何培养性情”的阶段，也昭示着清代诗人最终得以形成广泛学习一切前人成果、进而塑造自

① 《清代诗文集汇编》第165册《临野堂集》卷四《醒石上人诗序》，第26页下。

② 《清代诗文集汇编》第106册《无异堂文集》卷五《牧云子诗序》，第137页上。

③ 《清代诗文集汇编》第145册《青门麓稿》卷七《吴退诒诗序》，第214页下。

我性情的诗学成熟。

我们用以上万余字，来梳理明清之际江南文人“缘情绮靡”与“诗持性情之正”等诗学思想发展历程，旨在说明这两种说法在本质上是一回事。在江南文人的眼中，诗歌所缘之“情”就是“性情”；而“绮靡”作为“情”的特质之一，亦被江南文人视为“正声”的体现。正是基于此，我们就不难理解很多看似矛盾而又具有内在逻辑的诗学现象：为何“云间派”左袒后七子派，而虞山派则大肆攻讦之？这是因为随着时代的改变，对于江南诗学品格的要求也发生了改变，对“性情”的理解也自然有了变化，“性情”之说的语境也有了变化。原本在晚明与“齐气楚风”争胜的“吴歈”，还处于吸取后七子、竟陵之长处的阶段，因此云间派陈子龙提出了兼容并蓄的主张；到了清初，山左和中原文学世家公子（诸如王士祯、宋荦等）基本上都宦游到了江南，作为诗学主体的江南诗人群体尝试开一代新风，于是以虞山派钱谦益为首的学者抛却后七子和公安竟陵的诗学思想，提出了较为进取的诗学主张。其后施闰章、朱彝尊、邵长蘅等，虽然在继承七子诗学方面略显保守，却沿袭虞山抨击竟陵派，斥其诗为“亡国之音”，呼吁“盛明广大之声”，诗歌极“温柔敦厚之致”，这是“性情说”在康熙年间的自然延续。

另一方面，“诗以道性情”的诗学观，已经融入到清初全新的诗学语境中去了，这一语境的创设，正是以明末江南文人惨痛的生活经验为代价的。此后，“诗以道性情”进而又为清初江南文人的“以诗为史”、抒写“心史”提供了合法性依据。因此，要摸清清初江南文人诗学思想的因革创变，就必须先探究这个语境。换言之，清初江南各地的诗人所承受的时代创痛，可谓旷古绝今，有必要先做一番梳理，详见下面两小节。

第二节　江南战乱：乙酉嘉定、昆山、云间之难

甲（申）乙（酉）年间，江南文人迎来亘古未有的灾难性大变局。仅以“乙酉”一年发生的大事来证明：如果说“甲申之变”昭示着大明王朝的终结，那么“乙酉之难”则意味着江南世家的浩劫正开始发作。在官方和私修的各种“明史”中，“甲申”“乙酉”一北一南，成为独特的时代记忆。“乙酉”（1645）也即顺治二年，才是江南世家真正的命运转折点。江南学者陆世仪（1611—1672）《感遇

诗序》说："乙酉之遇，天下古今所未有也。所遇为古今未有，则所感亦为古今未有，何诗之足云？然以不生不死之人，处倏安倏危之地，欲歌不能，欲哭不可，悲愁郁愤，发而为诗，固亦屈之情，陶之思也。"[①]由于乙酉之变所产生的心灵创痛之深之烈亘古绝今，遗民以屈原和陶渊明两位亡国诗人为主题范式，以元末文天祥、郑所南为立身典型，也就顺理成章成为此刻江南诗歌创作的主旋律。陆世仪曾写道："营头夜陨海涛奔，真宰茫茫未可论。绝岛君臣留正朔，瘴天风雨葬忠魂。谁将心事传龙比，赖有遗书属弟昆。千古崖山成恨事，临风遥恸一倾尊。"[②]此际的诗歌发展过程，是与该年江南陷落的战争史相始终的。

首先是这一年的4月，督师史可法以及入幕的江南世家子弟如几社何刚（字悫人）等在所谓"扬州十日"中几乎全部阵亡。5月，清兵攻陷南京，江南士子死难颇众。但这并非主要的创痛。当战火烧到江南的家园，他们噩梦才真正开始。一场野蛮对文明的征服，激发起各地的义愤，甚至一度改变了江南士子平和雅驯、温柔敦厚的传统性格；从他们身上迸发出的"宁为玉碎不为瓦全"之决心和意志，三百八十年来感动过无数革命志士，在类似民族危亡的生死关头，它激励着民众保家卫国的决心，其本身足以成为气吞长虹的诗史；其间的若干诗章，正如嘉定许用纯那一曲《五更转》那样，成为彪炳史册的正气之歌。

甲申、乙酉之际，大江以南文学世家，遭受到类同于宋末"崖山之变"的毁灭性打击。昆山顾炎武以笔记体撰述《明季实录》，吴江叶燮之父叶绍袁著《甲行日注》、江阴季承禹著《江南围城日记》等日记，均已详细记载清军南下的种种暴行。江阴城破，黄毓祺被押入死牢，作《咏史》诗九十三首[③]。豫章彭士望写下《感旧》长诗，凡一千七百余字，以长歌当哭的方式追悼一百七十余死难亲友，被梁以

① 《清代诗文集汇编》第36册《桴亭先生诗集》。按：陆世仪，字道威，号刚斋，晚号桴亭，私谥尊道，江苏太仓人。世仪学问渊博，著述宏富。张伯行编其《陆桴亭文集》五卷，康熙五十三年正谊堂刻，南开大学图书馆藏。又有《陆桴亭诗集》十卷，清钞本，苏加玉校，丁丙跋。世仪为学，讲求切于世用，于六艺外，如天文、地理、河渠、兵法之类，亦能专事研讨。集中志传诸作，尤能务实记事。世仪殁后而名显，陈田《明诗纪事》谓其"能为潜龙"，争名"不在一时在千古"。

② （清）陆世仪著，陈田辑撰：《明诗纪事》第5册辛签卷13《遥哭希声钱公，公娄县令也，申酉之难，间关岭海，卒死王事，葬海中之瑯琪山，其二弟肇一、兼三负遗书至娄，因赋一律以益思慕》，上海古籍出版社，1993年，第3116页。

③ 张寅彭等编《清诗话三编》第一册，上海古籍出版社，2014年，第576页。

樟称为“甲（申）、乙（酉）以后第一篇诗史。盖惊心动魄，自昔所无矣”[①]。国破家亡的幻灭感，促生出一大批遗民诗人，他们纷纷放弃举子业，参与到诗歌创作中。他们当中尽管有的声律未谐，有的声病不通，有的平仄难究，有的对仗欠稳，但这并不妨碍他们写诗，这些江南才子只求宣泄，藉以同声一恸。海宁陈确作于1646年春日的《同人诗草序》中详细描绘此种状态：

乙酉、丙戌之间，儒者始共弃帖括之学，恣情声律，而诸好事遂往往呼号同志，集坛壝而赋诗，诗成然后命饮，法严令具，若闱试然。窃以为非时所宜……诸同人蔑不至……余素非能诗者，而同学查二雅、董典瑞、爰立侄，皆初习诗，未悉声病，然往往情见乎辞。盖犹向者燕市和歌之意也。[②]

毕生致力于理学的陈确，起初认为对于以诗歌这种方式反抗暴力是不恰当的（“窃以为非时所宜”），然而，面对强盗，其师友刘宗周、祝开美等高歌蹈死，还是令其感到震怵。《辑祝子遗书序》云：“乙酉五月之变，先生（刘宗周）与开美皆在籍，未死。六月，征书及先生，先生死。薙发之令至吾宁，开美亦死，率颜子从匡之义也。”[③]这些忠义的死难，令他产生了“易水之悲”，不得不发为诗歌，这就是所谓“盖犹向者燕市和歌之意”。此种江南遗民群体同声歌哭状态，最终成就了中国诗史上最大规模的遗民诗盛举。严迪昌先生在《清诗史》中，认识到“甲（申）乙（酉）之变”是明清诗史的一大转圜：“甲申、乙酉之变所导引起的诗界裂变和复合，即是诗史行程在清初的转机。遗民诗群乃典型的‘野遗’群体，毋论就诗人的人格自我完善抑或是诗风的百派融汇而言，都是对‘一尊’诗教的严重冲击并有力淡化。”[④]事实上，遗民诗兴盛的意义，还远不止于创作观念的转变，更在于创作主体的转移。原来以士大夫、中央及地方官员为主体的诗坛，被没有任何国家公务身份的遗民所占据。这造成了清初统治者的忌惮和恐慌。潘承玉发现，卓尔堪《遗民诗》所有的“乙酉”字眼均变成了“甲申”，其背后一个不可告人的秘

① 邓之诚：《清诗纪事初编》卷2“彭土望”条，上海古籍出版社，2012年，第210页。
② （清）陈确：《陈确集》（上册），中华书局，1979年，第242页。
③ （清）陈确：《陈确集》（上册），中华书局，1979年，第239页。
④ 严迪昌：《清诗史》（上册），浙江古籍出版社，2002年，第30页。

密，即将清兵屠戮江南的罪行转嫁给李自成，从而在舆论上钳制江南士子[①]。然而，这种张冠李戴的涂改，只能愚昧一般意义上的百姓，对于江南文人的“圈子”而言，显然是不起作用的，江南的诗社越来越多。杨凤苞忆云：“明社既屋，士之憔悴失职、高蹈而能文者，相率结为诗社，以抒写其旧国旧君之感。大江以南，无地无之。”[②]（《秋室集》卷一《书南山草堂遗集》）直至顺治十七年，海宁杨雍建客观上为了保住头顶乌纱、主观上为了保护江南子弟，上疏曰：“今之妄立社名，纠集盟誓者，所在多有。江南之苏、松，浙江之杭、嘉、湖尤甚。其始由于好名，其后因之植党。相习成风，渐不可长。”这一势头才得以逐渐放缓。综而言之，正如潘承玉所说，甲申、乙酉之变，造成了诗歌史上前所未有的变局，遗民诗人冲破一切世俗和传统，为清诗的转型奠定了基础[③]。

尽管遭到新朝的禁毁，江南诗人有关乙酉之变的诗章，还是流传了许多，能让我们切实感受当时士子的心态。潘柽章《烟雨楼》诗记述道：“长江浩浩空流水，石头城下黄尘起。江南七郡无坚城，驱马吴山应直指。越州一矢下钱塘，遍地揭竿从此始。经生帷幄市人战，分坊别对当高雉……”其《广陵行》祭扬州十日屠曰：“城中流血迸城外，十家不得一家在。”[④]类似这种兵灾，在乙酉年的江南屡见不鲜。比如虞山钱曾《悲歌十首》云：“平明胡骑入城中，乱杀居民无处避。生擒妇女到营前，少者拘留老者弃。衣裳垢敝随犬羊，坐卧相牵真断肠。”“路旁妇

① 潘承玉：“所有人物小传中的所有‘乙酉’敏感字眼均被改掉。经过这样全面的改动，遗民们为自己民族国家亡于清人之手而产生的种种愤激弃世之举，仿佛都变成了针对崇祯帝朝廷为乱臣贼子李自成之流覆灭而来。民族矛盾被悄悄换成了阶级矛盾，遗民们内心的仇恨对象‘满清’被悄悄换成了农民起义军，遗民们忠臣于自己民族国家、决不臣服于异族新朝的坚贞民族气节被悄悄换成了一般的封建道德‘君为臣纲’，他们在民族矛盾激烈的历史关头经受的种种精神折磨，作出的艰难人生抉择，他们为民族国家危亡放弃一切个人享受的光辉峻洁人格，也都黯然失色。”见其《清初诗坛：卓尔堪与<遗民诗>研究》一书，中华书局，2004年，第300页。

② 《秋室集》卷一《书南山草堂遗集》。

③ 潘承玉说，清初明遗民诗群是一个为“亡国之痛”“破家之哀”的共同“情思”所驱使，泯灭了原有的各自审美畛域，超越了“因”“变”纠缠和“门户之见、宗派习气”的“悲怆诗人”的融汇聚合；他们不为“温柔敦厚”诗教传统所囿，冲决官方尊崇的醇雅诗风，从“家国沦亡”的个人“实感”出发的“血泪歌吟”，乃是诗史的一个“转化”“演进”或曰“转机”。显然，这些论述已经比较深刻地触及清初诗歌发展的本质进程和遗民诗的历史地位，只是仍欠明确而已。同上，第448页。

④ （清）韩纯玉《近诗兼》稿本残存，载[日本]所藏稀见明人诗文总集汇刊第一辑，广西师范大学出版社，2019年。

女吞声哭，面黑耳焦半头秃。右抱啼儿左挽衣，衣穿骨露身无肉。”“孤儿死父妾死夫，旦莫存亡那可必。”虞山冯舒有《雪夜归村中即事》：“前年扰扰惊北兵，城南万室成蓁荆。先人敝庐二百载，劫灰一旦无留赢。”[①]“忆昨前年七月半，杀人不异屠牺牲。”[②]石门吕留良《乱后过嘉兴》三首：“兹地三年别，浑如未识时。路穿台榭基，井汲髑髅泥。生面频惊看，乡音易受欺。烽烟一怅望，洒泪独题诗。”“雪片降书下，嘉禾独出师。儒生方略短，市子弄兵痴。炮裂砖摧瓦，门争路压尸。缒城遗老人，此地死方宜。”“问有生还者，无从问故宫。残魂明夜火，老眼湿秋风。粉黛青苔里，亲朋白骨中。新来邻里别，只说破城功。”[③]就连后来被选入鸿博的秀水朱彝尊、长洲尤侗等，也有诗记载乙酉之变给家乡带来的灾难。朱氏《夏墓荡》诗曰：“干戈静处见渔师，羡尔花源信所之。岂意叉鱼艇子集，杀机不异锐头儿！”[④]尤侗《反招魂》赋曰：“乙酉六月六日，卿谋忌辰也。乱深矣！将安归命？巫阳辞焉……魂兮魂兮望江南，天地干戈行路难。绣旗八色罗围庐，赤火黑墨白荼如。将军铁甲当中居，壮者谎虎少输貔。浅草平原千骑驱，杀人而食同茭蒲。絷子之马驾子车，执子斩刍饲驼驴。”据吴振标《中国古代名篇分类精赏》中解析：“题为‘反招魂’，意即反《楚辞·招魂》之意，对清军蹂躏江南的罪恶行径表示了深沉的愤慨。其悼州反清主题鲜明，感情激烈，因而使收入此赋的《西堂杂俎》一书在清乾隆时期被列为禁书。”[⑤]

在书写“乙酉之变”的诗人中，当时被公认为最著者为归庄、顾炎武。时人为之韬晦，故谓之“归奇顾怪”。实际上，所谓“奇怪”者，不过是佯狂避祸的惯用文人伎俩，他们写乙酉的诗篇，大都是纪实的。顾亭林《秋山》诗曰：“秋山复秋山，秋雨连山殷。昨日战江口，今日战山边。已闻右甄溃，复见左拒残。旌旗埋地中，梯冲舞城端。一朝长平败，伏尸遍冈峦。北去三百舸，舸舸好红颜。吴口拥橐駞，鸣笳入燕关。昔时鄢郢人，犹在城南间。”此乃借用长平之战之典故，写扬州

① 王应奎《海虞诗苑》卷二，乾隆乙卯古处堂本。上引钱曾诗同出，载于卷四。哈佛燕京电子本。

② 冯班：《钝吟集》（丛书集成续编第123册），上海：上海书店，1994年，第72页。

③ 吕留良：《吕留良全集》第3册《何求老人残稿》卷一，第11页。

④ 原出《曝书亭诗集》卷一，转自朱则杰注评：《清诗选评》三秦出版社，2004年，第146页。

⑤ 转引自李永明，刘丽兰，李天：《中国历代名赋之乐舞论》，陕西师范大学出版总社有限公司，2015年，第249页。

屠城之役；又有《表哀诗》曰："霜催临穴旐，风送隔邻砧。白鹤非新表，青乌即旧林。欲求防墓处，戈甲满江浔。"表达乌鹊南飞亦无枝可依的愤恨。如果说，顾炎武的诗歌经徐元文删改，已经变得比较"温柔敦厚"，那么归庄则是赤裸裸的宣泄。归庄《万古愁曲》二首，名为传奇剧，其实就是乙酉组诗，美国学者魏斐德查证："据说顺治皇帝在紫禁城吃饭时，让人唱过这首歌。归庄的弟弟在史可法的幕府，他的两个仆人设法逃过了扬州之屠，带回了大屠杀和兄弟遇难的消息。"未知顺治末年皈依五台，除了看破红尘俗世，是否与江南乙酉杀戮太重相关；但可以肯定的是，清兵初下江南动辄屠城的这股"戾气"，在相当长的时期，都会成为横亘在统治者和江南文士之间的一层孽障。归庄还有一首歌行，系其诗集中最重要作品之一，诗名《悲昆山》，诗云："悲昆山，昆山城中五万户，丁壮不□□□□（原文阙），顾同老弱妇女之骸骨，飞作灰尘化为土……城陴一旦弛铁骑，街衢十日流膏血。白昼啾啾闻鬼哭，乌鸢蝇蚋争人肉。一二遗黎命如丝，又为伪官迫慑头半秃。悲昆山，昆山诚可悲！死为枯骨亦已矣，那堪生而俯首事逆夷！"[①]

类似于归、顾的著名遗民诗人还有很多，他们中不少人是因为失去了直系亲属、与清廷结下深仇大恨，而选择拒不合作，诸如桐城钱澄之。张晖评价说："就钱澄之而言，他对前朝的眷恋和对往事的记忆从来没有停歇过。在现实生活中，他常常回忆起明清易代之际的惨痛历史，如回想起乙酉年妻儿的自沉……这些，会使得钱澄之一反平时为现实生活所压抑、遮掩起来的遗民态度和立场，在诗文中以激烈的情绪来发抒其缅想前朝的心境。"[②]这类的遗民也是一个比较庞大的群体，诸如姜埰、姜垓兄弟，祁班孙、祁理孙兄弟，徐枋和邢昉等等，身上都背着"后金"的血债。

乙酉年遭受重大打击的是昆山、嘉定、云间、娄东、龙眠诸诗派。夏历1645年7月6日，清兵攻破昆山并屠城，城中五万户被杀死近半，昆山顾炎武及其姊夫徐开法以及归庄家族，几乎遭到了灭顶之灾，仅其本人等少数幸免于难。在当时，顾炎武四弟顾缵、五弟顾绳皆战死，生母何氏、嗣母王氏均被创，王氏更是绝粒而亡，临终遗言其勿忘家仇、勿事二姓。徐开法长兄开弘全家罹难；二兄开禧因外宦逃过

① （美）魏斐德著；陈苏镇，薄小莹译：《洪业：清朝开国史》，新星出版社，2013年，第460页。诗见《归庄集》，第537页。

② 张晖《文体与遗民心境的展现：以钱澄之晚年著述为例》一文，载吴承学，何诗海编《古代文学的文体选择与记忆》，凤凰出版社，2015年，第267页。

一劫；五弟开远身中三刀三箭，侥幸被救活。《昆山县志》忠实记录了这血腥的一幕："举人徐开远妻张氏，兵至，子履恒、履慎皆被杀，履恺投水死，氏赴井死，乳媪徐唐氏抱幼子履怿为兵夺去，自缢死。"①归庄家族亦罹难，其两位嫂夫人皆投水自尽，背负如此血海深仇，"昆山三徐"后来为了保存世家文脉，参与了新朝的科举考试，除了科举成名、效命朝廷，他们没有别的出路。国恨家仇促使其子侄发愤图强，其努力程度他人不及。三徐皆高中进士、出仕新朝、位极人臣，而由他们提拔、汲引之后生才俊不计其数，众望所归，如登龙门，"三徐"亦成为清初有影响力的诗人。正如张云章《上三徐先生书》所言："今三先生以度越一世之才学，而取天下至巍隆之科第，鼎立朝右，为股肱耳目之臣……惟以进贤能、振拔淹滞为己任。向者三先生主文京兆、浙、陕，得士之称，举天下如一词，靡靡之风，一变而之古。而又广收博采，汲引未进，力之所能，略无爱惜，当此之时，不惟天下魁闳宽通之士，皆于洋洋而来，苟挟其片长曲艺者，无不车驰辐辏，愿奔走于下风。信乎！三先生无愧于诗人。"②

那么，顾炎武之妹、昆山徐顾氏是如何培养"三徐"的呢？野史载："昆山三徐之太夫人，亭林先生女弟也。世称其教子极严，课诵恒至夜午不辍。三徐既贵，每奉命握文柄，太夫人必以'矢慎矢公、甄擢寒畯'为勖。太夫人未六十，立斋已登九列，持节秦中，所识拔多知名士。健庵以编修总裁北闱，果亭以编修典试吾浙，亦无愧金篦玉尺，皆母教也。太夫人三子，皆登鼎甲。一女归长洲申菽旆，中江南省元。锦韬象服，牙笏盈床，国初至今将三百年，闺闱中尚无与比肩者。"③我们能够想象，徐顾氏是如何夜以继日培训自己的儿子们，更可以想见，若干年后，徐乾学、徐元文等讴歌康熙"盛世文学"，对比其早年的奋发图强，其内心的隐微处又会有怎样的心境。

随着江南各城市相继沦陷，一大批心系前朝的世家子弟罹难。1645年8月21日，复社领袖太仓张采（受先）变身为头陀，逃难于分湖南岸绛田宝筏庵，偶遇同来避难的吴江前工部侍郎叶绍袁，两人谈及清兵"嘉定三屠"之惨状。绍袁回忆说，"八月二十一日，冒雨同诸子、仲日（严祇敬）、吴眉之、迪之至宝筏庵，时已昏

① （清）冯桂芬纂：《中国地方志集志 江苏府县志辑10 同治苏州府志（四）》苏州府志第一百二十三卷，"烈女"第十一，江苏古籍出版社，1991年，第188页。

② 《清代诗文集汇编》第142册《朴村文集》卷三，第20页。

③ （清）陈康祺撰《郎潜纪闻 初笔》卷九，中华书局，1984年，第195—196页。

矣。适张受先亦弃家遁迹至此，相对凄然。次日雨中即别去。张受先云：'敌薄嘉定，侯豫瞻率兵民守捍甚坚，敌百计攻之。力屈城陷，豫瞻赴水死。子几道、云俱，相继赴水，御难之臣，此为最烈矣！'"[①]施蛰存引杜登春《社事本末》谈及此次江南陷落、复社大创亦云："诸君子以身殉国者，史道邻可法、何悫人刚，守扬州死。侯豫瞻峒曾、黄蕴生淳耀，守嘉定死。沈云升犹龙、李存我待问，守松江死。徐勿斋汧、扬维斗廷枢，于苏州破日死。夏瑷公允彝于松江破日死。"[②]此中最壮烈的是嘉定城的文学世家，他们几乎全军覆没，全城两万余口，仅存老弱病残四五十人。晚明名噪一时的以"嘉定四先生"为首的"嘉定诗派"[③]，从宰辅徐学谟以来经营三代人，损失殆尽。诸如唐时升和娄坚家族随侯氏（侯峒曾）与黄氏（淳耀）等均战死[④]，其中，"嘉定四先生"中除了寓居的程嘉燧（1565—1643）两年前已死，其余世家皆满门丧绝。如唐时升之子唐昌全以及从弟唐景曜、唐培叔侄等皆死难。娄坚之独子娄复闻、娄坚之婿龚用广等亦罹难。娄氏一门灭绝，另参《吴县志·列传》卷七十一"列女传"之"娄复闻妻张氏"条，可见妇孺亦不免，其惨烈方志已详，不赘。"四先生"之一的李流芳，其子侄十余口，仅剩其兄李名芳一个

① （明）叶绍袁编著、冀勤点校《午梦堂集》，中华书局，1998年，第905—906页。

② （明）陈子龙著《陈子龙诗集》，上海古籍出版社，2006年，第311页。

③ "嘉定诗派"由施蛰存先生首提，他在《读（檀园集）》中将"嘉定四先生"视为"明代最后一个诗派"，见《人间世》第15期，1934年11月5日。

④ 朱子素《嘉定乙酉纪事》是这样描述的："（闰六月十七日）南京通政司左通政侯峒曾，卧病盘龙江，遣其二子诸生玄演、玄洁入城，聚士民，图为城守。都察院观政进士黄淳耀，亦偕其弟诸生渊耀入城……七月初四日癸丑，城陷。左通政侯峒曾、进士黄淳耀、教谕龚用圆、举人张锡眉皆死之。成栋进兵，屠其城……教谕龚用圆，抱其兄增广生员用广，相谓曰：'我祖父清节自矢，历三世，今日之事，若苟且图存，何以见祖宗于地下耶？'因共溺。及两尸浮出水面，犹握手不解。其弟邑诸生用厚，携妻子出避，寻自溺，盖一门俱尽节云。""是役也，城内外死者约凡二万余人。缙绅死者四人：侯峒曾以自溺死，黄淳耀以自缢死，龚用圆以自溺死，惟唐咨禹以遇兵死。孝廉死者二人：张锡眉以自溺死，傅凝之旧刮以从军泖湖死。贡士死者一人：王云程以骂贼死。太学死者二人：朱长祚以遇兵死，金德开遇兵手执家训死。诸生死者七十八人：唐培、唐景曜、朱霞、徐文蔚俱以战死；侯玄演、玄洁以从父死；夏云蛟以坚卧不屈死；吴耀夫妇以骂贼死；潘大伦、以举火焚庐、纵饮自溺死；龚用广、龚用厚、陈师文并以自溺死；李杭之、李友之、李昂以家祸死；朱元亮、龚孙弦、唐昌全、朱衮、王兰、赵维贤、陶恕先、孙和京、金堪士、娄复闻、龚元彬、宣衷恂等俱以遇兵死；金起士以痛哭死；其余或以遇兵死，或自溺自尽者，未能悉数。"转引自关东、陶继明，葛秋栋主编：《嘉定抗清史料集》，上海古籍出版社，2010年，第4页。

三岁的孤儿李宜之活到康熙之际，其余全部遇难[①]。由于"四先生"直接继承人在屠城中灭绝，"嘉定派"尚来不及发展壮大便就此摧折。

除嘉定之外，复社其他眉目亦多以战死或战败自杀殉国，如贵池吴应箕、徽州金声、苏州鲁之屿、嘉兴徐石麒、昆山顾咸建、山阴祁彪佳、吴江吴昜及沈自炳、沈自南等。出家为僧者更众，比如"太仓二张"之一的张采、吴江县令熊开元。受张、熊二人影响，一晤之后，吴江叶绍袁亦万念俱灰，次日便出家为僧，次年，与二子误食毒菌暴卒，其幼子叶燮不得不转籍苏州谋生。

"云间派"作为明末江南最大的诗派，与"嘉定派"一样，受唐宋派和后七子派的双重熏陶，诗人蔚起，盛况空前。宰辅徐光启曾说："海内治《诗》士首称三吴。三吴则揭震泽王太傅、昆陵唐中丞、薛考功、海虞瞿少宰为四大家。吾松业诗者十有七八，而以诗著者十之二三。"[②]尽管这里的"诗"特指诗经，但有时也可以泛指，比如宋征璧说："我松以诗著，故作者日益多。作者多，故其学日益习。每亲串宴集，目属私数，能诗者十人而八九。"[③]然鼎革之际，斯文扫地。乙酉夏，远在海隅的松江、上海的诗人群体大多数未能幸免于难。"嘉定"惨遭屠城、风雅泯灭之消息传至云间，"云间三子"之一的夏允彝沉塘自杀。据同邑王鸿绪《夏允彝传》："（允彝）彷徨山泽间，欲有所为。闻友人徐石麒、侯峒曾、黄淳耀、徐汧等皆死，乃以八月中赋《绝命词》，自投深渊以死。"[④]允彝死后，其子夏完淳与云间陈、李二子均相继死去：1647年，夏完淳战败就义，年仅17岁。与之有"陈夏"之目的领袖陈子龙起兵未果，被俘，于5月13日押解嘉定途中得间亦投水自尽，其弟子王沄收而葬之。后二年，"三子"孑遗李雯事清，因母老扶柩返乡、抑郁病故。吴仁安据叶梦珠笔记统计，晚明

① 《嘉定乙酉纪事》云："（闰六月）二十二日，南翔镇复有李氏之祸。李氏自世庙以来，蝉联不绝，其裔孙贡士李陟，年少有隽才，知名当世，就镇纠合义旅，立匡定军未就。里儿忌之，倡言李氏潜通清兵，因群拥至门，陟与其族杭之等，自恃无他肠，对众漫骂自若。市人素畏李氏，恐事定后，必正其罪，遂哄而入，佯言搜得奸细，李氏无少长皆杀之，投尸义冢，纵犬食其肉，惨毒不可言状，莫敢致问。"

② （明）徐光启撰；邓志峰点校：《毛诗六帖讲意》上册，上海古籍出版社，2011年，第10页。

③ 《清代诗文集汇编》第58册《林屋文稿》卷六《董苍水诗稿序》，第121页上。

④ （清）王鸿绪：《明史稿》，《夏内史集》附录。商务印书馆，1939年，第83页。

松江文学世家约六七十家，战祸之后最出名的二三十家遭到了灭族式的打击[①]。鼎盛的“云间诗派”亦至此遭受重创，逐渐衰落了。

“乙酉”之难，成为江南士子内心最隐微处的创痛，受他们影响的后辈青年才俊成长为清廷诗文领袖，无论是成为遗民还是朝廷新贵，都在想方设法保全这些江南世家的文脉，用诗文祭奠此间牺牲的英烈。与此同时，新朝文网不断收紧加密，“乙酉”难后，不仅嘉定、云间诸派风流云散，而且，新兴的“娄东十子”“西泠十子”等也漂泊不定。政权更迭引发了乡绅权力的失范，昆山顾炎武、阳羡陈维崧兄弟等遭到了当地恶霸劣绅的欺凌，纷纷被迫远走他乡[②]，余姚黄宗羲、秀水朱彝尊等亦为生计被迫远走他乡，坐馆或者入幕，导致其诗学流派缺乏实际的凝聚力，如吴绮为陈维崧等所作《梁溪唱和诗集序》云：“或金马浮沉，寥落子云之阁；或穷鸟伏处，栖迟仲蔚之园；或杳渺河山，怅黄炉于既往；或飘零湖海，嗟皂帽之不逢。”[③]晚明江南原有的地域性版图遭到初步解构。而江南后继的“十大案”，辄将明代地域性社团的根基连根拔起，以致清初提及的地域性诗派的主要领袖与“原籍”脱节[④]，形成迥异于明代“公安”“竟陵”“云间”诸派的风貌；同时，清诗也获得了“另起炉灶”的最佳契机，得以摆脱宗唐复古、片面追求“格律”的格局，自成面目。熊一萧评价清初释大汕等人之诗，感慨道：“岂与世之骄语格律，辄訾公安、竟陵之纤，侈述性灵，更摘空同、济南为剿、专持一己之所见，以畛域自画者可同日语哉！所以和尚诗不得指为三唐两宋、何代何家，由其海阔天空、自成今古，行乎不得不行，止乎不得不止也。”[⑤]这个评语可以通用在清初许多世家诗人身

① 吴仁安说：“据叶梦珠《阅世编》记载，松江地区六十七家士大夫‘望族’之中，在明清易代的战争、动乱和政治变动中，破家的有华亭徐阶相国的徐氏家族，复社名士陈子龙和夏允彝、夏完淳父子的陈氏、夏氏家族，上海杜氏，横港彭氏，龙华张氏，上海徐光启家，‘云间望族’陆氏，闵行朱永佑家族等二十多个望族，约占全数六十七家的三分之一以上。”吴仁安《明清时期上海地区的著姓望族》，上海人民出版社，1997年，第66页。

② 有关顾炎武被叶方蔼、叶方恒家族驱逐，远遁晋中的研究已多不赘。后来叶方蔼举荐顾氏入鸿博，亦可谓别有用心。陈宗石在《湖海楼词集序》中称维崧“方伯兄少时，值家门鼎盛，意气横逸……故其词多作旖旎语。中更颠沛，饥驱四方”。奏销案后被其他家族势力剥夺田产，可能是陈氏家族破败之因。

③ 《清代诗文集汇编》第68册《林蕙堂诗集》卷五，第74页下。

④ 除了云间派的陈子龙、虞山派的钱谦益等南明孑遗，清初诸诗派领袖大都很早就脱离了原籍。比如娄东派的吴伟业，西泠派的黄与坚，宣城派的施闰章，桐城派的钱澄之、方文，阳羡派的陈维崧，梅里派的朱彝尊等等。

⑤ 《清代诗文集汇编》第130册《离六堂集》卷首序，第2页下。

上，他们在乙酉之后的歌哭，不计较任何形式和体格，击碎唾壶，睚眦崩裂；怒发冲冠，长歌当哭。有明以来为复古而复古的“七子”格调，在遗民诗人中来不及讲究，充斥于胸臆的仇恨怨怒，便已经发为诗歌、力透纸背。

从某种程度上说，“失之东隅，收之桑榆”，“清诗”高于“明诗”之处，正在于打破传统、融会贯通；从客观上看受益于传统势力的解构。兵祸使得江南地域诗派版图重组，削弱了从晚明以来江南诗学宗唐一派的传统力量，从而获得了更为广泛的延展空间。动荡之后的诗学获得了发展的巨大兼容性，清初诸诗人大家走南闯北，出唐入宋，掀起了一种兼以厚重的历史感怆、沉实的社会阅历抒写心灵悲歌的诗学主潮，成为以清诗“六大家”为典型代表的共同时代特征。这六大家主要由曾宦游江南的山左诗人和出入于京师的江左诗家两大体系构成（即南、北二派：南朱北王、南施北宋、南查北赵），其中宋琬与王士祯结通家之好且一度宦游江南[①]，而王渔洋与赵执信是舅甥；朱彝尊与施闰章是绍兴祁门“湖上诗社”的重要成员，两人一同入京考取鸿博，彝尊之表弟为查慎行。前辈四人宋、施、王、朱在甲申乙酉年与清廷基本上结有破家之仇：甲申四月底，王士祯叔父王与胤举家自杀殉国，后来渔洋请汪琬作传、朱彝尊撰墓铭；宋琬之父宋应亨、兄宋玫在前一年死于莱阳守卫战，其《记愁诗》云：“兵火心犹栗，音书骨尚惊。下殇怜弱子，肯构赖吾兄。假寐时求夜，无言坐到明。故园当此际，安敢问人情！”[②]乙酉年他寄居在吴江叶燮家，八月，叶之舅沈自南等起义遇害，失去栖居地的宋琬昧心写诗称沈氏等系螳臂当车自取灭亡：“铁蹬宁足恃，螳臂何其愚！湖水半为赤，曲港漂人颅。”[③]这几句话表面上不近人情，然而反过来细读，这何尝不是对于生死之际的亲友一洒同情之泪呢？乙酉闰六月，朱彝尊叔祖朱大定等起义被杀，其华亭诸舅亦死难，不久生母唐氏惊悸而死，生父“朝夕擗踊，每上食，号恸不能起”。唯有宣城施闰章因幼年早孤、由叔父施誉养大，因此“乙酉”兵灾之际，其叔担心施家绝后而避难于山洞，方才躲过一劫；但是等到他们回去的时候房舍等已荡然无存了。总之，综合以上“六大家”的身世，我们发现他们其实在不同程度上都被打下了“乙酉之难”的烙印。

① 按：王氏1660—1666在出任扬州推官，宋氏1661—1671在浙江按察使任上被诬，一直寓居江浙。

② 诗见《安雅堂未刻稿》卷一，（清）宋琬著；辛鸿义，赵家斌点校：《宋琬全集》，齐鲁书社，2003年，第401页。

③ 同上《安雅堂未刻稿》卷一，第344页。

有关江南“乙酉”之记述，计六奇《明季南略》卷四、卷五所载多是，殉国者多为文学世家子弟。比如本年四五月，1602年重九参与屠隆烟雨楼排演《彩毫记》的著名乡绅马在田，其曾孙马纯仁在南京城破之日投河自尽，马家文采风流，一日而尽。1624年无锡高攀龙为免受魏忠贤下狱之辱投河自尽，死前有遗书致门下华允诚，乙酉难中，讲究“大义”的华允诚亦因与其婿、其从孙不跪、不肯薙发，被拽光头发而后皆斩首；状元孙继皋之子孙源文哭死；武进解元董元哲痛哭而死；继1638年京师提督宜兴卢象升战死后，其弟卢象观乙酉起兵不克而死；长洲文震亨（1585—1645）是文徵明曾孙，前明中书舍人，以绝食殉明；前明礼部侍郎徐九一（按：即“海内三大遗民”之一的徐枋之父）拒绝薙发，在虎丘后长荡赴水而死；昆山顾鼎臣之曾孙顾咸正、咸建、咸受城破皆死，其子天逵、天遴因藏匿陈子龙被杀，顾氏一门忠烈，仅存一个五岁幼童，“吴中人士莫不悲之”；嘉善相国钱士升之子钱棅、从子钱旃，起义被杀，妻室投水自尽……等等，不一而足。六月，绍兴祁彪佳、王毓蓍投水死，刘宗周、高弘图绝食死……我们重复罗列了这一系列惊心动魄、国破家亡的场面，并非仅仅为了指责清廷杀伐之罪，而是借以说明清初江南诗人情绪高涨，与这些刻骨铭心的国仇家恨脱离不了干系。

然而江南诗学发展迅猛的原因还在于：为了打压后起的江南世家子弟的反抗情绪，清初统治者制造了“江南十大案”，比杀戮更加紧密的文字狱接踵而至。“野火烧不尽，春风吹又生”，没有灭绝的江南文士以其世家累积的学力、雪耻抒愤的毅力、博通古今的才力、不畏强权的胆力逆势而上、再度崛起，成为一股强大的文学新势力，详见下节。

第三节　江南文祸：苏南、浙西劫后余生

鼎革之际，与顾炎武、朱彝尊等早年秘密参加抗清斗争不同，江南通家大族如吴氏、潘氏等文士中，多数人以一介书生的身份固守书斋，耕读传家。然而江南之役后，他们中的佼佼者接二连三地被剥夺生存和发展的权利。

首先是1646年的“薙发案”，令他们千年以来“南渡衣冠”的尊严扫地一空。

昆山归庄诗云："一旦持剪刀，剪我半头秃，华人髡为夷，苟活不如死。"[①]当时秉承此心志者不在少数，据说成千上万的人因拒绝薙发而遇难。据计六奇记载，会稽潘集、山阴周卜年和朱炜、诸暨方炯、萧山杨云门、杭州陈潜夫和陆培，以及温州王瑞楠、邹钦尧、叶尚高等，均为抵制剃发令，自杀殉难[②]。更多的士子选择暂时出家，避免羞辱，诸如苏州张采、吕毖等与吴江县令熊开元、乡绅叶绍袁、沈自继一同削发为僧，吴县张尔温，太仓赵自新、王瀚，仁和金堡、秀水董说，上元陈丹衷，秀水沈起、金坛高作霖、沛县阎尔梅等纷纷出家[③]；桐城方以智，徐州万寿祺、云间陈子龙，石门吕留良等皆尽发僧服[④]。苏州李渔写下当时回乡扫墓的感受："髡尽狂奴发，来耕墓上田。屋留兵燹后，身活战场边。几处烽烟熄？谁家骨肉全？借人聊慰己，且过太平年。"（《丙戌除夕》）余姚黄宗羲在《思旧录》中，虽有异言，亦不敢声张，仅以片言回忆因拒"薙发"而被迫投缳自尽的好友陆培"以死节一洒之"。而朱彝尊《明诗综》中故意露出败笔，抄袭卢仝"有发即有身"的诗句，说是他嘉兴的一个远房表叔项真写的，以此彰显其气节。后世腐儒皆言朱彝尊抄袭，以为自己有所发明，殊为可笑。如陆以湉《冷庐杂识》云："《明诗综》七十一卷，项真名下《静志居诗话》云：予尝见其为闺人铭梳奁曰：'人之有发，旦日思理，有身有心，奚不如是？'笔法极其飞舞。绎其语，殆亦非真狂生也。予按铭乃卢仝所作，见《唐文粹》云：'人之有发兮，旦旦思理。有身兮，有心兮，胡不如是？'项盖减易其字而书之耳。"[⑤]殊不知此处为朱彝尊打的一个哑谜，谜底就是"薙发令"。博学的朱竹垞曾有心编辑《唐诗综》未竟，竟会糊涂到连卢仝的诗句也辨不出来吗？他不过是找个借口，掩饰其长歌当哭的心疾罢了。

公元1650年，也就是顺治七年，在嘉兴南湖逃难的江南士子组建了一个神秘的

① （清）归庄：《归庄集》卷1《诗词·断发二首》，上海古籍出版社，1984年，第44页。

② （清）计六奇：《明季南略》，第284页，第297—298页，第300页。

③ 张清河：《晚明诗学年表初编》"隆武元年"条，四川大学出版社，2015年，第263页。

④ （清）孙静庵著；赵一生标点：《明末清初史料选刊 明遗民录》浙江古籍出版社，1985年，卷三，第23页；卷二十四，第184页；卷七，第58页。

⑤ （清）陆以湉：《冷庐杂识》，中华书局，1984年，第113页。

诗社“惊隐社”，一些逃难的世家子弟如顾炎武、归庄、吴宗汉等人参予其中[①]，殉难于“薙发令”的陆培之弟陆圻，叶燮之兄世侗，潘柽章、吴炎、王锡阐等知名学者，以及朱鹤龄、顾有孝等著名诗人皆在列。但他们并没有逃脱日渐收拢的文网。1659年，吴县“哭庙案”爆发。“哭庙”之“庙”并非“庙堂”之庙，本与顺治之灵无关涉，实乃当地诸生哭于明伦堂以檄文反贪肃廉，据当事人顾予咸呈堂证供，“吴中故习，诸生事不得直即作卷堂文，以儒冠裂之夫子庙庭，名曰哭庙”。在晚明就曾经上演过松江诸生斥逐董其昌的类似事件，最终以诸生获胜而告终。然而，这种类似“公车上书”的行为却是清人所憎恶的。时值大皇帝新丧，六岁的康熙登基，鳌拜等专政，遂大发淫威，将顾予咸、倪用宾、金圣叹等十八人被斩首，“妻子奴仆家资财物当地入官”（《清史稿》卷九十二），他们是：“（庚午哭太庙狱，吴下名士同时就戮者十八人）曰金人瑞，曰倪用宾，曰沈玥，曰顾伟业，曰张韩，曰来献琪，曰丁观生，曰朱时若，曰朱章培，曰周江，曰姚刚，曰徐玠，曰叶琪，曰薛而张，曰丁子伟，曰王仲儒，曰唐尧治，曰冯郅。”顾公燮《丹午笔记》说，沈玥妹婿即朱时若，丁子伟堂兄即丁观生，皆“与予善”，而金圣叹除了著述，亦未尝作奸犯科，不过是以文字触犯时忌。他痛心地倾诉道：“金圣叹，名人瑞，庠姓张，字若来，原名采。为人倜傥不群，少补长邑诸生，以岁试之文怪诞，黜革。次年科试，顶金人瑞就童子试，拔第一，补入吴庠。圣叹以世间有六才子书：《离骚》《庄子》《史记》《杜工部诗》、施耐庵《水浒》、王实甫《西厢记》。岁甲申，批《水浒》；丙申，批《西厢》；亥、子之交，方从事于杜诗，未卒业而难作，天下惜之，谓天之忌才至于如是。然此案已载入志乘，以雪诸生之冤。则此十七人者，固可因圣叹先生而传，又可因志乘而十八人相与并传不朽矣。”[②]他们深层次的罪名，即“莫须有”的文字狱。金圣叹等被斩，确实有震慑作用，翻阅《丹午笔记》等资料，类似金圣叹著书的徐增亦敛手，转而专攻学术，吴

① 惊隐诗社：又名逃社、逃之盟。成员有叶继武、范风仁、沈祖孝、金完城、陈忱、颜俊彦、朱临、钟俞、戴笠（杭州人）、归庄、顾炎武、钱肃润、陈济生、程棟、施諲、吴珂、吴宗潜、吴宗汉、吴宗泌、吴宗沛、吴炎、吴寀、吴在渝、吴南杓、吴嘉楠、顾有孝、顾樵、戴笠（吴江人）、潘柽章、叶世侗、周灿、周尔兴、周抚辰、周安、朱鹤龄、朱明德、钮明伦、王锡阐、王仍、沈永馨、沈泌、李恒受、钱重、金瓯、金廷璋、金始垣、金成、颜祁、钟嵚立、陆圻，地点在吴江，摘自王小舒著《中国诗歌通史（清代卷）》，人民文学出版社，2012年，第121页。

② 转引自孙中旺编：《金圣叹研究资料汇编》，广陵出版社，2007年，第82页。

中士子，此后皆两股战战，噤若寒蝉。

1657年，金陵“科场案”爆发，有“江左三凤凰”之目的吴兆骞被投入死牢，经多方营救后，流戍宁古塔。据杜登春《社事始末》载：“江浙文人涉丁酉一案不下百辈，社局于此索然，几几乎熄矣。一年之间，为槛车谋行李、为复壁谋衣食者无虚日。”[①]另据孟森先生考证，吴兆骞等“凡流宁古塔者，旨有父母兄弟妻子并流之语，尤为奇酷”[②]。此案对江南士子的影响力一直持续了二三十年，吴兆骞即典型例证，他的遭遇引来了普遍的同情。吴伟业力排众议为吴氏送行。梁溪才子、顾宪成远孙顾贞观甚至以血书立下了“必归季子”的誓言，这一机会等待了半生，直到20年后，顾氏在《侧帽投壶图》上巧题一曲《金缕》感动了词友纳兰性德[③]，在其推荐下拜会其父宰辅明珠，最终吴兆骞才得以生还。吴可以减罪戍还的消息传至京师，原来有心无力的汉族文士欢呼雀跃，“一时名士哭以迎之”，迎来了一场盛世狂欢。徐乾学第一时间上缴了所有赎金，并写下《喜吴汉槎南还》诗以相贺，和者云集，如徐元文、纳兰性德、潘耒、陈维崧、尤侗、王鸿绪、毛奇龄、徐釚、王琰、姜宸英等多至数十百人。王士祯等亦参与倡和，其《和徐健庵宫赞喜吴汉槎入关之作》，即有“太息梅村今宿草，不留老眼待君还”之句[④]。潘耒系吴兆骞之表弟，且与之俱有远戍之经历，其《寄怀吴汉槎表兄》中，同情吴氏“白璧点苍蝇，俄然陷文网”，抒发“我本牢愁人，转蓬念株根；人琴有余痛，枕席多泪痕；目断柳城北，心悬狼河滨，练裙与皂帽，一往同酸辛”之悲慨[⑤]。而吴兆骞所收贺诗更不计其数，宋荦即有《吴汉槎归自塞外作歌以赠》等诗。两年后，吴兆骞卒于京师，叶燮等亦曾作诗悼之。如果我们稍加考索，就不难发现：江南世家子弟之所以对吴兆骞施以特别的关注与怜悯之情，实是物伤其类、情非得已。

1659年，归安钱志熙三兄弟与金坛杨越、杨宾父子等，因“通海案”被捕，亦远戍宁古塔。钱氏与吴兆骞更迭唱和，组成了所谓“辽东七子”诗会。“通海案”持续了三四年，直到1662年，魏耕、钱缵曾、潘廷聪等俱因“通海”被杀，祁彪佳

① （清）杜登春《社事始末》，《丛书集成初编》第764册，中华书局1991年影印本。

② 孟森：《科场案》，载《心史丛刊(外一种)》，岳麓书社，1986年，第53页。

③ 参纳兰性德《祭吴汉槎文》：“自我昔年，邂逅梁溪，子有死友，非此而谁？《金缕》一章，声与泣随，我誓返子，实由此词。”《纳兰性德集》，三晋出版社，2008年，第150页。

④ （清）王士祯著，惠栋、金荣注，宫晓卫、孙言诚、周晶、闫昭典点校整理《渔洋精华录集注》（下册），齐鲁书社，2009年，第1031页。

⑤ 《清代诗文集汇编》第170册《遂初堂诗集》之《梦游草》卷中，第55页下。

之二子祁班孙、祁理孙等远戍宁古塔，牵连者成千上万。据计六奇《明季南略》载：仅金坛（镇江属邑）一地，所涉九案，“仅因海寇一案，屠戮灭门，流徙遣戍，不止千余人”[①]。九案叠加，受刑者或近万。沈寿岳被弃市，其弟沈寿民（眉生）因未参与集会躲过了这场浩劫，更因得力于其弟子吴肃公相与庇护，耕读隐居四十年而终，得以与徐枋（上节所提及，即徐九一之子，亦是下文将提及的潘耒之师）、巢鸣盛并称“海内三遗民”[②]浩劫之后，沈氏隐居黄山绝顶文殊院，“樵猎埋名姓”[③]，曾邀黄宗羲登黄山，黄虽以母老未成行，仍写诗倡和说：“同人灭顶丁连甲，天外举头吾与渠。”时人程非二《赠沈眉生先生住文殊院》诗亦云“性命孤存钩党外，文章半付铁函中”[④]，处境之凶险可见一斑。他们以杜甫自期、以郑思肖自勉，痛写心史。比如方孝标《读杜》诗云：“读杜如读易，江河万象归。每嫌笺注浅，深悟昔年非。逢乱人偏赏，含情知未希。自怜千载异，怅望敢同依。”[⑤]在甲申、乙酉乱后，又连遭奏销、通海诸案打击，早年复社的那些“同学”[⑥]，更为晚年遗民“同道”，共同推尊杜甫，他们之间成为互为犄角、相互扶持的精神支柱。

1661年，苏、松、常、镇等州“奏销案”爆发，涉及面较“迎降”更为广泛，今人李兴盛列述云：“奏销案起，苏松等地士绅褫革者一万三千五百余人。兆骞兄兆宽，友人吴伟业、宋实颖、王昊、徐乾学、徐元文、计东、顾贞观、秦松龄、顾湄、汪琬、董含、董俞等均以此案褫革或降谪。”[⑦]一万三千五百之数是确指，即陆文衡《啬庵随笔》所载“革职枷责者至一万三千五百十七人”[⑧]，常州陈玉璂、邵长

---

① （清）计六奇：《明季南略》卷十六“金坛一案”条，中华书局，1984年，第425页。

② （清）方苞：《白云先生传》：“当时三楚、吴越，耆旧多立名义，以文术相高，惟吴中徐昭法、宣城沈眉生躬耕穷乡，虽贤士大夫不得一见其面。”

③ 黄宗羲《南雷诗历》卷二《得沈眉生书》，黄宗羲著、吴光主编：《黄宗羲全集》第11册，浙江古籍出版社，2012年，第264页。

④ 此诗选自《国雅初集》。闵麟嗣《黄山志定本》亦载此诗。沈眉生即沈寿民，号耕岩，宣城5人。

⑤ 《清代诗文集汇编》第63册《钝斋诗选》卷十一，第304页上。

⑥ 《柳南随笔》引黄宗羲《题张鲁山后贫交行》诗云：“‘谁向中流问一壶，少陵有意属吾徒。社盟谁变称同学，惭愧弇州记不觚。’自注云：‘同学之称，余与沈眉生、陆文虎始也。’”

⑦ （清）吴兆骞著，李兴盛主编：《吴兆骞年谱》，黑龙江大学出版社，2014年，第94页。

⑧ 转载自孟森：《心史丛刊》，中华书局，2006年，第21页。

蘅身罹其难，皆有诗文可资佐证。陈诗曰：“有叔有叔名士益，患难以来家壁立。县官索租不论田，一万四千逋名人。”[①]可见陈玉璂的几个叔叔皆因“奏销案”锒铛入狱。邵文曰：“江南奏销案起，绅士絓黜籍者万余人，被逮者亦三千人。昨见吴门诸君子被逮，过毗陵，皆锒铛手梏，拳徒步赤日黄尘中，念之令人惊悸。此曹不疲死亦道渴死耳。”出于贪生怕死，邵氏连卖带送，败光了家族的田产，他接着描述说：“先人贻薄田八百余亩，一月间为某斥卖过半，然不名一钱，只白送与人耳。”[②]无锡秦松龄，曾被顺治钦定为考试第一、入选康熙最年轻之翰林学士，然而奏销案中曾被褫夺功名成为平民。杨钟羲评述曰：“秦留仙十九选庶常，世祖见其白鹤诗，曰‘此人必有品’。置第一，授检讨，以逋粮案墨吏议，发往湖广军前效用，蔡大将军廷之讲学。”[③]此外，平湖、阳羡一带的奏销案，一度影响相当大，董以宁（1629—1669）、邹祗谟（1628—1670）、任绳隗（1621—1679）、徐喈凤（1622—1689）、龚百药（1619—？）甚至陈维崧等均受到牵连。据武进蒋鸿翩载，其年伯朱廷迪、其岳翁毛氏兄弟皆因此破产入狱，邹、董或有不免。“年伯朱惠长，名廷迪，湖州人，疏狂有才致，甲子榜后复被革，嗣是益放。”[④]“妇翁毛引庵先生，讳重伸。字申人，孝廉讳重倬、卓人，公同怀弟也。孝廉与同时邹讦士、董文友齐名，先生亦以高才生先后其间。不意妄罹诖误，盖所欠官课银仅数厘，又系吏胥加派，非其罪也。年逾四旬，遂卒。余年十九而娶，明年，始过华渡，距先生之亡十余载矣。”[⑤]“奏销”使得苏州文学遭到毁灭性的打击，著名诗人吴伟业、汪琬、黄与坚即被革去功名。大约在1663年冬，流寓宁古塔的方孝标被赦南还，途经苏州，恰逢韩愈诞辰之会，参与的文士众多，然而功名多被褫革，只有三位尚穿官服，方氏作诗讽曰：“衮衮群公为奏销，悬车岂待北山招？辕门昨日昌黎寿，止有三人衣锦袍。”[⑥]足见奏销案对苏州文学世家的打击面之广。松江的彭师度，曾

① （清）陈玉璂《学文堂诗集》卷1《河间道中偶成七歌》其二，载《丛书集成续编》第126册，上海书店，1994年，第582页。

② （清）邵长蘅《青门簏稿》卷11《与杨静山表兄二书》，《清代诗文集汇编》第145册，第254页下。

③ 杨钟羲《雪桥诗话全编》，人民文学出版社，2011年，第77页。

④ （清）宋长白《柳亭诗话》卷28，载张寅彭等编《清诗话三编》第1册，上海古籍出版社，2014年，第985页。

⑤ 张寅彭选辑，吴忱、杨焄点校：《清诗话三编》，上海古籍出版社，2014年。

⑥ 《清代诗文集汇编》第63册《钝斋诗选》卷22，《吴门竹枝词》其四，第405页下。

与吴兆骞、陈维崧齐名“江左三凤凰”，亦被削去功名。据《松江诗钞》不完全统计，松江起码有七名进士因奏销案被斥革或降职，他们是董含、沈珣、宋庆远、王又洴、叶映榴、赵子瞻及叶嗣郢。奏销案中，松江文学世家无不受到牵连，以至于云间文学一蹶不振，连知府张升衢也哀叹：“一经题参，玉石不分。淹滞至今，几近数载。遂致怀才抱璞之士，沦落无光；家弦户诵之风，忽焉中辍。一方文运，顿觉索然。”[①]只有少数文人学者能够坚持初心、弘扬正气，诸如卢元昌（1616—1695）奏销后发愤著述，辑有《杜诗阐》。江南士风，在“奏销”诸案的打压下，一度生气索然。

1663年6月，吴兴“庄史案”爆发。据地方史载，这部私修明史之编辑共二十一人[②]，以朱彝尊从曾祖朱国桢之《明史》为初本补葺而成，作俑者庄廷鑨是个盲眼的富商，本想窃取众人之成果垂名后世，不料被人告发，遂酿成惊天大案，所有参与者被判满门抄斩。查继佐、陆圻、范骧三人均因有高人指点（疑是致仕的周亮工发现祸苗，劝三人早作告庄氏书以备不虞；魏裔介陪审帮忙开脱，吴六奇负责后台运作）抽身而出；陆圻即“薙发令”殉节的陆培之兄。而潘柽章、吴炎等十八人被凌迟，其余七十人被斩首，弃市数日，尸体腐臭不可闻。柽章的妻子沈氏为叶绍袁外侄女、沈自炳女，怀有身孕，受辱北徙沈阳广宁。《松陵文征》卷十七存有其社友戴笠的《潘力田传》，说其“妻沈氏，中书自炳之女，坐北徙，以有身不即死，赍药自随，既免身，至广宁所，生子又死，即日饮药自杀”[③]。吴炎为吴宗潜、吴宗汉、吴宗泌、吴宗沛等“七吴”之子侄，与叶恒武同为“惊隐社”主盟者之一，事发后，炎妻亦服毒自尽。“惊隐社”自然就地解散了。这场骤然突发于康熙二年的“庄史案”牵连范围之广大大超过了当时官修方志之记载，即远远不止于所牵连的江南二百二十二位名士，很可能数倍于之；远在浙江桐乡的陆时雍的好友周拱辰

---

① （清）叶梦珠《阅世编》卷六，中华书局，2007年，第160页。

② 《六郡志》吴江市七都镇人民政府、吴江市档案局、吴江市地方志办公室编，乾隆年间孙阳顾编撰《儒林六都志》载：“庄左黄（廷鑨）系五都富人，后迁南浔，庄君维之子。天资颖异，博通经史，游庠人贡，屡试不遇，遂以愤郁盲其两目。思史公自叙，有‘左丘失明，厥有《国语》’之句，欲以史才表见于后世，遂将朱平涵所撰《明史》概葺而续之；厚币聘江浙名士查伊璜、范文白、陆丽君（京）、潘力田、吴赤炎（淏），暨吾里张西庐、董诵孙等二十余人，分卷修葺。查、范、陆三人先与庄氏龃（龉）龉，不久辞去，馀十八人成书付梓。”广陵书社，2010年，第44页。

③ 转引自闵尔昌辑录《碑传集补》卷三十六，1923年扫叶山房石印本，1932年燕京大学图书馆排印本。

也差一点罹难。《冷庐杂识》“周孟侯先生”条所言甚详[①]。陆时雍《诗镜》亦由周氏襄刻未竟（周拱辰曾评注并襄刻其《楚辞疏》等著作，而《诗镜》未能及时刊刻），其在当时不得推广，或与此文网高张有一定关系。

身处文祸漩涡中的江南文士，其心态是十分复杂的。1665年夏，姜宸英曾为吴江徐釚诗集作序，言及吴江名声最著之三先生潘耒、徐釚、徐枋等同气相求，兼有“隐士”“奇士”和“畸士”等多重属性：“徐子为人，以文章雄视一世，尤跌宕自喜，其所游多深沉奇士，或晦迹弋钓，黄冠缁笠，蓬藋杂居，麋猿为伍，甚至变姓名、混市肆，君至必求得之，余故欲因之以遍识其所愿交者……吴江又有畸士曰潘耒亦善诗，诗类徐子，而特好著书，徐子屡从余言之。余所谓隐君子者，耒之师孝廉徐君俟斋也。时康熙乙巳仲夏。”[②]1682年，潘耒作《送同年徐电发假归》云：“同官同里舍，分谊非寻常。我过子针砭，子美我簸扬。文笔手参削，汤药口互尝。”[③]他们之间显然已经超脱了君子之交的范畴，事实上视对方为生死兄弟。姜宸英的赠序非常写意，似乎吴江的隐君子们是甘于淡泊、相安无事的，然而事实并非如此。以“畸士”称潘耒、以“隐士”称其师徐枋亦有龃龉之时，这里大有曲衷。潘耒即“明史案”罹难者潘柽章之胞弟，按照大清律例，“谋反大逆”之罪，五服三代均要受到株连，也即是说，他们的祖父、父、子、孙、兄弟及伯叔父、兄弟之子凡年满16岁者，均要斩首。时潘耒已满17岁，或因其嫂有身孕、二侄幼小，特恩准随嫂流放沈阳广宁，他中途得间逃回，改母姓更名吴琦，刻苦攻读，这就是上文姜宸英所言“深沉奇士……甚至变姓名、混市肆”。据徐嘉《顾诗笺注》引潘耒《沈兼人六十寿序》，其间备尝苦辛：“予年十八，亡兄蒙难，嫂侄北徙。思为存孤计，尾其后以行。抵燕山，见事不可为，力尽而返。遂使两孤儿长沦绝域，生

---

① 陆以湉曰：“吾邑周孟侯先生拱辰，明季贡生，吾母之七世祖也。先世累著清德，母夫人梦砚生花而生公。比长，聪颖绝人，又励志于学。尝坐小楼，去梯三年，读古今文五千篇有奇，由是才藻艳发，名噪一时。吴兴庄廷鑨将刊明史，以厚币聘公。先一夕，公梦其父畀以一合，启示之，则赫然一人头也，惊而寤。时庄使至，有警于是梦，峻辞御之。及明史祸发，诸名士株连被戮者多，公独脱然无累，识者谓世德之报。屡不得志于有司，牢骚抑塞之气悉寓于文辞。著有《圣雨斋集》，其宫词八十首，寄兴无端，尤足令才士读之，同声感喟。”《冷庐杂识》，中华书局，1984年，第93页。

② 《清代诗文集汇编》第141册《南州草堂集》卷首序，第241页上。

③ 《清代诗文集汇编》第170册《遂初堂集》之《梦游草》卷中，第62页上.

死不知。”[①]正是在这种锥心刺骨之痛楚的刺激下，潘耒成为一代文人领袖。《清代学人传》说：“柽章既遘史祸，君以孱童，惨酷几无生理，念覆巢之余，计惟奋志向学，庶可以亢宗名世，乃受业于同郡徐枋、顾炎武，能承其教；群经诸史，旁及算数宗乘，无不通贯。”[②]若干年后，他将以惊人的文史才华，成为“恩人”康熙的近侍，与朱彝尊、严绳孙并称为“海内布衣三检讨”；不仅如此，他还进了史馆，参与编修明史。潘耒入仕后，作为“海内三遗民”的徐枋立即修书欲与之断绝师生关系，潘氏跪于门庭彻夜，还为徐枋刻印诗文全集，然徐氏至死未予谅解。昆山徐元文曾作诗盛誉徐枋之志，特意点出两点：不食周粟（君善丹青，资以给养）、不见汤斌（巡抚汤公屏驺从入山访之，君辞不见）。诗云：“卓哉徐处士，皎洁净如练。入山岂必深，尘迹自能断。载乘探幽奥，山川写英绚。独寤聊自歌，斯饥亦云宴。珍重式庐情，斯人不可见。”[③]徐枋有《五君子哀诗》[④]，分别纪念陈子龙、叶襄、杨补、姜垓、郑之洪，都是前明的仁人志士，尤其是陈子龙，徐氏泣血滂沱，追忆十二岁即追随其学诗文之经历，颇可见江南骨鲠之士的渊源，亦显示出民间“三遗民”之声望远大于官修的“三检讨”。

值得一提的是，“遗民”的声望是永久的，而被官方收编进入仕途的时间是短暂的，这一对比性的结果很明显。古代读书人皆以“名节”自重，因此失节的潘耒等的余生在悔恨中度过。1685年，潘耒给徐釚作序云：“今吾同举而同官者五十人，屈指六七年来，迁除者几人，罢免者几人，物故者几人，若星之流，若蓬之飘，千百年后，考论其人，不将若今之视昔耶？其存殁将不在文辞耶？今之文辞视昔人之盛衰何如耶？呜呼，其可惧也！”[⑤]潘氏最在意的，还是“千百年后、考论其人”的盖棺论定。此外，其最大的遗憾还在于恩师徐枋对其入仕不予谅解。直至致仕，他仍忏悔不已，曾以羡慕前辈遗民之口吻写诗云：“实愧田横称节士，方知梅

① 转引自支伟成著：《清代朴学大师列传》卷一“顾炎武传”附，岳麓书社，1998年，第6页。

② 转引自（清）顾炎武著、王蘧常辑注、吴丕绩标校：《顾亭林诗集汇注》下，上海古籍出版社，2006年，第839—840页。

③ 《清代诗文集汇编》第133册《含经堂集》卷十一《徐处士枋》，第317页上。

④ 《清代诗文集汇编》第81册，第371页下。

⑤ 《清代诗文集汇编》第141册《南州草堂集》卷首序，第249页上。

福是男儿。”[①]其诗文集名《遂初堂集》，即“遂我初服”、不忘初心的意思，与吴梅村死前遗嘱“吾死后，敛以僧袰，葬吾于邓尉灵岩相近，墓前立一圆石，曰‘诗人吴伟业之墓’”[②]，是同样一种忏悔心迹。

徐釚（虹亭）在位的时间较潘耒稍长一些，其忌惮文祸的心态则一直延续到晚年。他和湖州朱彝尊（竹垞）等人，本为姻娅，共举鸿博，同官京师，且为邻居，其关系自非常人可比；然平日谨慎，并不往来。其在位之际，若非钩沉史料，我们很难发现他们隐秘的超脱常人的友谊。两人在京时，徐釚曾以新修家谱请序于朱，朱在此《吴江徐氏宗谱序》中只是略微提及其情谊：“己未（1679）岁，虹亭兄与予同举鸿博，而交好尤深。一日，出家谱示予，反覆阅之。”[③]“反覆阅之”，表面上看似乎是对其家谱相当不熟悉；仔细玩味，其实是因为过于熟悉，思忖如何避嫌。不仅如此，他的题款仅仅冰冷的五个字“秀水朱彝尊”，而不加任何诸如“通家眷弟”或“年弟”“年眷”“年家姻眷”等表示亲热的字眼。在朝廷的密切监控下，两人也心照不宣地保持着这份独特乡谊。待其贬谪致仕后，其交好似兄弟，人皆以神仙侣目之，《郎潜纪闻》曾详载其“四同”之谊[④]，并指出：“徐、朱本姻戚，虹亭七十时，竹垞往祝，因命工为《二老垂纶图》。”从1679年的《枫江渔父图》，到1705年的《二老垂纶图》，二十六年间两人各主风雅，徐釚编著了《本事诗》和《词苑丛谈》，创作了《菊庄词》《南州草堂集》，而朱彝尊编辑了《明诗综》和《词综》，创作了《朱陈村词》和《曝书亭集》。他们之间声气相望、心有灵犀，这种“隐系东南文献之传”的世家交流方式，正是当时江南诗学语境的一个生动的写照。

---

① （清）潘耒：《后写怀》其三，见清顾炎武著、王蘧常辑注、吴丕绩标校《顾亭林诗集汇注》，上海世纪出版股份有限公司，上海古籍出版社，2006年，第1199页。

② 据顾湄《吴梅村先生行状》，转引自叶君远著《吴梅村传》，人民文学出版社，2012年，第235页。

③ 上海图书馆编、丁凤麟整理：《中国家谱资料汇编 序跋卷》，上海古籍出版社，2013年，第400页。

④ “吴江徐虹亭、秀水朱竹垞二先生，少负方名，定交辇下，后同被征，同入史馆，相宅同居。虹亭就征之日，嘱友绘《枫江渔父图》；竹垞题诗，有‘惊起沙鸥定相笑，黑头未称作渔翁’之句……既而竹垞谪官，虹亭亦言归，所居虽壤画江浙，然邮篚百里而近，朝挂席而夕抵其庐，一舸往还，互商旧业。白头二老，隐系东南文献之传，后生望见者，咸以神仙目之。”转引自《曝书亭集外稿》卷七《徐虹亭七十寿序》，《郎潜纪闻》作者郎瑛引原版注：家藏手稿，系朱竹垞未敢或者不便刊印者。《清代诗文集汇编》第116册，第657页上。

清初文网之密，连方外之士亦不能幸免。释函可于顺治四年（1647）押解北京诏狱瘐毙，就是典型例证。受到相似牵连的尚有叶绍袁、金堡、黄周星等。史学家潘柽章评价表叔吴江叶绍袁时说："乙酉后，弃家入山，混迹缁流，感愤时事，发为诗歌，有三闾五柳之遗风。自号粟庵，盖言未免食粟，以志愧也。尝辑一时死节诸臣为书，未就而卒。"[①]绍袁卒于1648年，《吴江县志》等记载："居平湖母家冯氏村居止焉，感怆忧郁成疾，卒年六十。"[②]五年后，其四子叶世侗与幼子叶世倕固守首阳之志，于浙西皋亭山萧寺误食毒菌一同暴卒。面对如此国仇家恨，曾经忝仕新朝的绍袁幼子叶燮在《西华阡表》中痛述隐衷[③]。绍袁的长孙叶舒崇，是在考中新朝进士后抑郁忧愤而死的。吴江徐釚和湖州朱彝尊均对他的死深表遗憾[④]。朱彝尊的著名词作《高阳台》，就是影射叶舒崇心疾的名作[⑤]。其后，他又作了《流虹桥纪事送叶元礼归吴江》诗。这种借风雅韵事传递幽恨的方式，亦见于叶舒崇回敬朱彝尊的绝句，徐釚记载了叶氏诗作，"鸳鸯湖口推朱十，代北汶西词客哀。弄墨偶然工小令，人间肠断贺方回"[⑥]，众人"解道江南断肠句"，这正是当地词客反复炒作其"虹桥艳遇"的心机之所在。钱塘金堡在南湖僧居多年，法号今释澹归。相传1650年，吴梅村于鸳湖结"十郡大社"，席半，有僧缄诗投入。启视，一座失色，知为澹归所作。原诗云："十郡名贤请自思，座中若个是男儿？鼎湖难挽龙髯日，驾水争持牛耳时。哭尽冬青徒有泪，歌残凝碧竟无诗。故陵麦饭谁浇奠，赢得

① （明）叶绍袁编著，冀勤点校《午梦堂集》附录《松陵文献（叶绍袁传）》，午梦堂集系中华书局1998年版，第907页。

② 《午梦堂集》，第1085页。

③ 《午梦堂集》第1084页："（府君）生燮兄弟八人，惟幼弟傹早殇；燮五兄一弟，俱诸生授室，或夭，或早卒。兄佺年四十五，偁年十八，傛年二十二，侗年三十七，儋年二十，燮弟孚（按：原名倕）年二十七。惟侗有子舒崇，康熙丙辰进士，中书舍人，亦早卒。余俱无后，可悲也！"另见《己畦文集》卷十四。

④ 同上《午梦堂集》第1112页引本事诗："《本事诗》说：元礼（按：舒崇字）与星期（按：叶燮）进士并擅文誉，有大小阮之目。早岁飘零，倦游京洛，尝与仆辈痛饮燕市，有'青山埋骨黄墟邈，红豆关心绿鬓残'之句。"

⑤ 其序云："吴江叶元礼，少日过流虹桥，有女子在楼上，见而慕之，竟至病死。气方绝，适元礼复过其门，女之母以女临终之言告叶，叶入哭，女目始瞑。友人为作传，余记以词。"

⑥ （清）徐釚：《词苑丛谈》卷九，上海古籍出版社，1981年，第196页。

空堂酒满卮。”[①]梅村愧疚难当，不复措辞。然金堡守望三十年，眼见恢复无望，与一同为僧的金陵黄周星于1680年先后投湖自尽。地方志载：“丹霞师澹归，姓金名堡，钱塘人，为谏官，随永历入滇，后入丹霞山为僧。及归，与吴兴陆楷山有旧，遂住平湖武塘。流寓黄九烟者，白下黄周星也，为师，同年生，迎于郡之天宁寺，谓师曰：‘汝今乃始归乎？汝沽名！汝高于龚鼎孳、吴伟业毫发耳！’师作骚九章以遗之。后九烟益无聊，五月五日，缚所著诗文于臀，自投于洙泾之高桥下。不数年，师亦示寂于湖。”[②]（按：这里的不数年，应是不数月之误。）后来黄宗羲将金堡列为“十大遗民诗人”之列，认为其诗可以备“一代之史”：“明室之亡，分国鲛人，纪年鬼窟，较之前代，干戈久无条序，其从亡之士，章皇草泽之民，不无危苦之词，以余所见者（黄）石斋、（周）次野、（屈）介子、（吴）霞舟、（钱）希声、（张）苍水、澹归十余家，无关受命之笔；然故国之铿尔，不可不谓之史也。”[③]澹归卒，王夫之有《尉迟杯·闻丹霞谢世，遥为一哭》一词悼之。

尽管新朝对明末有抗清情绪的江南文士极尽打击之能事，但是作为人文渊薮，江南人才济济，国家的文化尚需要那些才士去建设。以博学鸿词科笼络江南士子，成为“盛世文运”的一个象征。虽然有些孤傲的江南诸生未去应征，但是绝大多数都被朝廷威逼利诱，被迫出世[④]。据当时笔记记载，江南应征硕儒二百余人，被录取者五十人，其中江南籍三十余人，像海盐彭孙遹、无锡秦松龄、萧山毛奇龄、阳羡陈维崧、吴县钱中谐、秀水朱彝尊、徐嘉炎、吴江徐釚、潘耒、长洲汪琬、苏州冯勖、宣城施闰章、宝应乔莱、江都汪楫等前明文学世家孑遗均在列。其中，潘耒堪称典型代表。杨钟羲传云：“潘次耕少受史学于兄力田，复师事亭林、昭法。鸿

---

① 陈垣：《清初僧诤记》三，载《励耘书屋丛刻》(下)，北京师范大学出版社，1982年，第2527页。

②（清）许瑶光修《中国地方志集成：浙江府县志辑14嘉兴府志》，卷87《丛谈》，上海书店出版社，1993年，第848页。

③ 黄宗羲：《南雷诗文集》卷一《万履安先生诗序》，《黄宗羲全集》第10册，浙江古籍出版社，2012年，第49页。

④ 除了众所周知的黄宗羲、顾炎武、吕留良等，还有许多追求名节之士未曾应征。诸如《野鸿诗的》的编者黄子云，会稽陶元藻《凫亭诗话》卷下：“黄野鸿子云，姑苏布衣，学力深邃。丙辰举博学鸿词，有司以野鸿应诏。同征诸君，约之北上，野鸿以诗谢之曰：空谷衣冠非易购，野人门巷不轻开。殊有兀奡之气。尝登太白楼，题诗云：‘文章睥睨世无敌……’亦觉磊落英多，自负特甚。”载《清诗话三编》第三册，第1679—1680页。再如《瑶华集》编者、陈子龙门生蒋平阶，《明史稿》编者、黄宗羲门生万斯同亦皆如此。

博五十人中，尤西堂（侗）年最长，次耕齿最少，亭林赠诗所谓闻有二毛人，年才三十二也。入史馆……官翰林者皆进士出身，次耕与竹垞（朱彝尊）、藕渔（严绳孙），以布衣与选。次耕又精敏敢言，无稍逊避，在翰林五年，降调，归。遍游罗浮、天台、雁荡、武夷、黄、庐、中岳，各为诗古文记之。陈说岩相国欲荐之起，力辞而止，赋老马行以谢，自号止止居士。”[①]有些江南才子心怀傲气，不肯合作，公然在考试过程中抵触，也被康熙破格拔擢，比如无锡严绳孙借口眼疾不作答卷，仅题一诗应对，康熙帝不以为忤，仍以“史局不可无此人”为由，列其为二等；长洲尤侗试卷不合程式，康熙以“老名士”目之，亲自从废置卷末拔擢入翰林。其他文人亦纷纷进京赶考，有的还极力钻营、笼络京师的乡贤故旧以期中榜，出现了如王应奎所描述的“一队夷齐下首阳”的情状[②]。

入京之后，这些新晋的江南翰林学士集中学习，从切磋诗艺的角度组建了明清时代最大的宫廷诗学沙龙，这一“国家工程”成为提升诗学品格的有力保障。大学士薛所蕴回忆云：“唐以诗取士，初盛中晚，作者无虑数千百家，故其间古调新声皆极才人之致，而要不悖于风雅之遗。近代以来，首重经义，益以策论表判，而不及诗。独选入翰林者，俾肆力于吟咏，而开馆教习，往往以诗之工拙第其高下。今天子右文，每科于胪传唱第后，临轩亲简英妙绝伦，读书中秘，日有课、月有程，时进诸殿陛，面校其艺，躬为序次，赏罚随之。”[③]受益甚著的曹申吉表示：“忆自甲午（1654）岁初学声律，及入馆（乙未，1655）后，以诗为课，性情所至，时成吟咏，戊戌（1658）外除以来，风尘道路，有触辄书，己亥（1659）岁杪，自楚移豫，偶检笥中，遂复成帙，春正之暇，出而汰之，付诸剞劂。庚子（1660）春王月北海曹申吉自记。”[④]曹氏从一个不知声律的文人一跃而为诗人仅用了五年时间，福清魏宪与大名府签事孔胤樾便说曹已接续二李、钟谭崛起于山左诗坛：“山左文人接踵，皆以三百篇为鼻祖。白雪楼（按：指七子派）既已奉祧，隐秀轩（按：指竟陵派）当祀别室，起而陈俎豆、次昭穆者，舍此其谁？！”[⑤]更不用说那些本已诗名卓荦的江南才子，在公事之余频繁参与诗歌切磋了。更重要的一点是：当朝廷归

① 杨钟羲：《雪桥诗话全编》，人民文学出版社，2011年，第85页。

② （清）王应奎：《柳南随笔》卷二《诸生就试》。

③ 《清代诗文集汇编》第137册《澹余诗集》卷首序，第1—2页。

④ 《清代诗文集汇编》第137册《澹余诗集》卷首自序，第11页。

⑤ （清）魏宪：《百名家诗选》卷十一《曹淡余小引》，载黄秀文辑《华东师大馆藏稀见丛书汇刊》第2册第436页。

拢在野著名江南文士之后，他们均将多年心血整理成别集、全集、甚至编辑总集予以出版（遗民是没有财力做到的）。乾隆初钱陈群《松桂堂集序》总结云："康熙己未，诏举博学鸿词。是时，国家治化翔洽，文教覃敷海宇，人文彬彬日盛。老宿名士，云集辇毂……恩遇隆渥，实唐宋制科所未有也，于是海盐彭羡门先生裒然举首……与先生同举诸公，其年陈君有《检讨集》，次耕潘君有《遂初堂集》，大可毛君有《西河全集》、钝翁汪君有《尧峰集》，悔庵尤君有《西堂全集》，竹垞先生有《曝书亭集》，他如施愚山、庞雪厓、王华亭、汤睢州诸君子，以专集行世者无虑数十家，夫既飚驰天下，几几乎人怀盈尺矣！"①

综上所述，从天崩地解、人人自危，到高文典册、人怀盈尺，江南文学经历了一次浴火重生的过程；在短暂的三十年间，从谷底迅速攀升至巅峰。虽然在此后，那些"入彀"的翰林编修或庶吉士在《明史》解馆之后被朝廷以各种名义贬谪直至除名殆尽，但江南诗学人才创造的举国神话，可谓是前无古人后无来者。江南大劫之后又大兴，如长江之水，在吞噬家园之后，又赐予其巨大的养料，呈现出清初一片蓬勃的丰收盛景。

本章小结：

纵观明清之际一百多年江南的诗学观念发展历程，我们可以发现：尽管流派更迭、风尚变换，但无论是七子派、公安派还是竟陵派，都无法更改作为一个地域整体的江南诗人"持人性情之正"的诗学思想。在后七子派最盛之际，有毗陵薛应旂、吴维岳等"唐宋派"相颉颃；公安派崛起之际，复有金陵焦竑、顾起元专心著述、吟咏性情；竟陵派风行海内，顾梦游、唐汝询、钱谦益、冯舒等皆能各自树立己说，成一家之言。这是江南诗学一以贯之的诗学品格。

然而，缘何在有关晚明七十年的评价中，没有人谈及诗词"复兴"，反而被人误读为"无诗""无词"，而清初半个世纪即有所谓"复兴"之誉呢？这里，我们就有必要一探诗学发展的动因了。在固守半壁江山的割据王朝的时代，诸如东晋、南朝、南唐、南宋、南明，"诗缘情以绮靡"的特质，有较强的"反噬"效应，其诗学本体伤于柔弱，所谓"东南妩媚、雌了男儿"是也。但是，一旦建立统一的大帝国，形成南北融会的诗学格局，打开新朝诗词之学格局者，往往出于东南。江南诗人以其"清气"注入新朝帝国的诗歌血液之中，形成"清丽""清雄""清刚"等时代风格，甚至左右着整个王朝的诗风朝健康的道路上发展。譬如唐诗，由"吴

①《清代诗文集汇编》第125册《松桂堂全集》卷首，第1—2页。

中四士”张若虚、贺知章等导引，李白、岑参、储光羲等壮大了“边塞”“山水”各派，形成了所谓的“盛唐气象”；再如宋词，无论是范仲淹、张先、柳永或者晏殊、王安石[①]，打破原本“代言”格局者，基本都是江南人。到了清初，“缘情绮靡”的江南诗学特质，促成了其诗词的“复振”（或曰“中兴”）。无论是“江左三大家”，还是“朱陈村词”，打开大格局、迎来新气象的领路者，大多数由江南文人充当。江南诗人博学通览，不为流俗所动，以“诗以道性情”为诗歌之本质特征，最终在明清之际成为统领整个诗坛的诗学势力，不仅清初三大家皆出于江南，而且在康熙时期也迎来了蓬勃的发展，“六大家”之中居其半，这充分说明：江南诗学在清初全面振起，正是风云际会的时代所驱使的。

上段文字，证实江南“缘情”传统的发扬，成为清初江南各派能够风起云涌、驰骋诗坛的内在动因；而在外因方面，则主要是因为天崩地解的时代（乙酉兵燹之后有经历了“十大案”的文字狱）给新生一代造成了无法弥合的心灵创痛，他们不得不长歌当哭，用诗词来记录“心史”。无论是诸如“梅村体”的歌行，“玄恭体”的五言长篇，或是“茶村体”“鑫山体”“神韵体”的五七律诗（笔者按：这些创体的诗学实践，将在下一章展开），“以诗存史”均是其创体的初衷；无论是改造“稼轩体”的陈其年，还是夺胎南宋“江湖词”的朱竹垞，或者后继的阳羡、浙派词人，大半旨在“陶写性情”（宗元鼎《乌丝词序》）、“用写曲衷”（曹溶《古今词话序》），寄托其国仇家恨；所谓“仆本恨人、词非小道”（陈维崧《<今词选>序》）“老去填词，一半是空中传恨”（朱彝尊《解佩令·自题词集》），词较诗而言成为更为隐秘、稳妥的抒发愤懑的诗体样式，因而得到了普遍的推广。出于以上原因，本章安排二、三小节，历数江南“乙酉战乱”以及其后十余年间频繁的文字狱给文人造成的内心伤害，以此作为清初江南诗学展开的基本背景。

① 按：晏、王籍贯为抚州，属江南西部，为广义的江南。

第三章　钱谦益的理论突破及江南诗歌的创体实践

明清之际，时人对诗歌的接受还主要在唐诗领域。从某种程度上说，明诗与清诗，正是从学习对象上划分了界限。清诗人只是大略区分五七言古体、近体，而且大多数人近体写好了才学古体。明人则似乎相反，他们诗集前多了四言诗、拟骚体、拟古乐府等体裁，似乎更乐意学古体。只要多翻一些明人和清人的诗集，大致看看编排的侧重，这一分界线便一目了然，诸如吴伟业、王士禛诗集里很少有四言和拟骚体等诗体。王渔洋是公开反对从古乐府开始学诗的，他说："三十年前，予初出交当时名辈，见夫称诗者无一人不为乐府。乐府必《铙歌》，非是者弗屑也；无一人不为古选，古选必《十九首》《公宴》，非是者弗屑也。予窃惑之：是何能汉魏者之多也？"（《带经堂诗话》卷三）中州"雪苑诗派"的贾开宗也直接声明：凡是拟袭以往那些半死不活的古体诗格式的都是自欺欺人[①]。当然，这个过程发展是缓慢的，根源在于前后七子诗学观念延续百年，这些观念在诸多诗人眼目中一直是明诗"正统"；要打破这个传统，除了巨大的外力支持之外（比如改朝换代），还需要有各个方面的合力（比如诗坛新领袖新主张、新的权威诗选、新的地域诗坛格局等）。从钱谦益到王士禛，清初诗学的革新正是从"破除旧体"（或曰"别裁伪体"）开始的。

关于明末清初诗学宗尚，不少学者都有比较宏观的概括。比如周兴陆认为："明末清初诗论家各自作出不同的探索。大致而言，有三种趋向：一是以陆时雍、王夫之、冯班、冯舒为代表，宗奉汉魏六朝初盛唐，标尚温雅婉丽的风格，忌粗忌俗。一是以陈子龙、毛先舒等为代表，重新提出尊崇格调复古……又有吴伟业等人继续苟延残脉，至清中期又走向前台。一是钱谦益、吕留良、吴之振，至清中期厉鹗、钱载等声势逐渐洪大的尊宋诗学。"[②]且不论其结论恰当与否，单独看这三种走向的划分，或许正是由王士禛、钱谦益"三分法"演进而来。王士禛说，"明末及国初歌行约有三派：虞山源于杜陵，时与苏近；大樽源于东川，参以大复；娄江源于元白，工丽时或过之。"[③]王士禛被钱谦益赞之以"独角麟"，且以"与君代兴"之序言相勉

① 《贾子诗序》："余诗中无四言，以《三百篇》绝调也。无颂，以艰深不可伪也。无骚、无赋，以怪癖不可拟也。无乐府之作，以乐府之作，其人、其事、其情不可借也。无六朝诸歌，以淫哇不可训也。无七言排律，以重滞不可运志。诗中五言古、七言古、五言律、七言律、五言绝、七言绝、五言排律七体，为其可为者，不为其不可为者。非辞劳也，不敢以自欺也。"《清代诗文集汇编》第9册《遡园文集》卷一，第351页。

② 周兴陆：《中国分体文学学史 诗学卷》下册，山西教育出版社，2013年，第797页。

③ （清）王士禛：《分甘余话》卷二，中华书局，1989年，第53页。

励，则又是受钱谦益影响。那么，钱谦益的“三种诗病”是什么？他曾假程嘉燧之口扬搉李东阳诗论：“近代诗病，其证凡三变：曰弱病、狂病、鬼病。”[①]晚明曹学佺、王留、董斯张等崇尚温雅婉丽诗风[②]，或失之弱；陈子龙、毛先舒、吴伟业等弘扬七子格调诗学，或失之狂；而竟陵钟谭一派，专在（孟）郊（贾）岛窠臼讨活计，或失之鬼。在当时，陈子龙、吴伟业等江南诗人，无论是伤之弱（过于工丽）、病于狂（独尊格调），均受七子派、竟陵派影响。陈子龙亦赋诗承认“汉体昔年称北地，楚风今日满南州”的事实。但毋庸置疑的是，伴随晚明环太湖流域经济文化的畸形繁荣，“缘情绮靡”的江南成为全国诗学中心，明末云间派、娄东派的势力正如日中天，崛起而取代竟陵派是迟早之事。成为“贰臣”的钱谦益并没有底气直接去批判陈子龙等[③]，他选择从七子、竟陵二派同时倒戈破题，前者是“学古而赝”，后者是“师心而妄”，从而提倡学人之诗，正是其机心所在。

钱谦益的转圜，是在全面衡量明代唐诗学的基础上，将眼光下放到中唐以下乃至两宋的视阈内展开的，然而这一破冰之旅，在当时遇到了极大的阻力。吴伟业便毫不客气地批评说：“牧斋深心杜学，晚更放而之香山，则后之论正统者，未必无司马君实其人也。”意思是，像司马光追溯史学传统一样，后人一定会查阅钱氏离经叛道的旧账。今人朱易安认为：“（明代人学唐诗）形成了一种‘倒学’的结构：从体制、声调入手，上窥诗歌的兴象风神，直至体味诗人的性情和才能。‘倒学’理论导致‘性情’与‘格调’的分裂，成为格调派难以弥补的缺陷。”明人宗唐，从学习方式上走了一条迥异于宋人的道路，借朱易安先生的术语，亦可谓

---

① （清）钱谦益：《牧斋初学集》卷83《题怀麓堂诗钞》，上海古籍出版社，1985年，第1758页。

② 按：曹学佺虽为闽人，然而主持金陵青溪诗社，钱谦益曾盛誉之，其所辑《石仓诗选》对清初选政影响颇大，对江南诗学人才之蔚起亦有提携之功。其后，董斯张等受启发发明“吴下体”，朱彝尊《静志居诗话》评曰：“遐周（董斯张）初学诗于赵广业，及入闽，心折曹能始（学佺），归与吴允兆（兆）、王亦房（留）酬和。是时公安、竟陵派盛行，浙西风气，不尽移易。”其诗虽伤靡弱，但亦能自成一派。

③ 钱谦益攻击云间派之文字有二，见诸为周亮工《赖古堂文集》所作序：“日者云间之才士，起而嘘李、王之焰，西江为古学者，昌言辟之。辟之诚是也，而或者扬榷其持论，以为敢于评古人而易于许今人，抹杀《文选》，诋諆《文赋》，非敢乎？某诗逼太白，某文过昌黎，非易乎？”另见《题徐季白诗卷后》：“云间之诗，自国初海叟诸公以迄陈（子龙）、李（雯），可谓极盛矣。后来才俊，比肩接踵……云间之才子，如（陈）卧子、（李）舒章，余故爱其才情，美其声律。惟其渊源流别，各有从来。余亦尝面规之，而二子亦不以为耳瑱。”

“倒学”。宋人习唐，先有所谓晚唐体、西昆体、白体，然后王荆公、苏东坡、黄山谷上溯到学杜甫，乃集大成。明人先学李杜，虽才力不济，依旧要求溯源流、穷正变，号召大家从《诗三百》、离骚汉乐府、古诗十九首、建安正始从头开始，因为李杜都走过一条上薄风骚下通选体的道路。明人企图“李杜再兴”，学习的“战线”过长，所以他们直接死在拟四言诗、拟骚体、拟乐府、拟歌行之道路上者不计其数。而清代大多数诗人倒像是走了一条正确的道路，较明人承袭前人旧调、老死于盛唐诸公户牖之下大不一样，以两三位著名诗人作为师法对象而融会贯通，有各自的面目，最终找到了“以五七言古、近体为文本形态的诗的生新机制”①。这便是钱氏未尝点明的“蹊径”。

任何变革都需要有现实基础，诗学也一样。明末清初，宗唐的气氛已经发生了微妙变化。在有明一代前后七子垄断诗坛之际，唐诗选本一直没有根本性的发展，选诗皆以初盛唐为主体。明末唐诗类选“四唐”本逐渐增多，初步改变了沿袭高棅《唐诗品汇》、李攀龙《唐诗删》此类“权威选本”选诗侧重“初盛”的状况，但中晚唐诗仍然是附庸。冯复京描述道：“凡今之人，守琅琊（王世贞）之《卮言》，尊新宁（高棅）之《品汇》，羽北海（冯维讷）之《诗记》，信济南（李攀龙）之《删选》，谓子美没而天下无诗。”②可以说，选本的垄断直接反映了后七子诗学独擅诗坛的真实面貌。直到万历末竟陵派的《诗归》问世，才彻底颠覆后七子传统，大量注入中晚唐诗，然其取径幽僻，论诗主观，遭人诟为“邪说”。因此，仁和王晫感慨道：“夫历下选唐诗，非选唐诗也，选唐诗之似历下者，是以历下选历下也。竟陵选唐诗，亦非选唐诗也，选唐诗之似竟陵者，是以竟陵选竟陵也。”③钟谭《诗归》在清初江南选家中引起一阵轰动，名家蜂起，或效之，或攻之，可谓一石激起千层浪。比如华亭唐氏《诗解》、桐乡陆时雍《诗镜》、仁和陈祚明《诗选》等在沿袭的同时皆欲“纠正”其偏。陆时雍的《唐诗镜》与钟惺《唐诗归》半数篇目相同，然唐汝询和陈祚明则醉心七子诗学，陆时雍、王夫之则醉心神韵诗学，那么我们或许可以理解为：竟陵派突击性地介入汉魏以外的古诗、初盛以外的唐诗的选政领域，引起了江南选家的群体性的反思，他们或者超越后七子的诗学畛域，去争夺中晚唐

① 严迪昌：《清诗史》绪论一《清诗的价值和认识的克服》，浙江古籍出版社，2002年，第1页。

② （清）冯舒：《说诗补遗跋》据其父冯复京口述而成，载《明诗话全编》第7册，第7316页。

③ 《清代诗文集汇编》第144册《南窗文略》卷五《与友论选词说》，第42页下。

诗等领域的选政权柄，或者回归江南徐祯卿以来的传统，开创“神韵”一脉——前者恰以钱谦益为代表，后者正以王士祯为领袖。可以说，江南诗学发展的两条轨迹，至此已十分明朗了。因此，本章以钱谦益“出唐入宋”之开辟始，以王士祯之“神韵体”之实践终，勾勒清初两代诗人“代兴”之际的发展曲线。

第一节　转圜之际：虞山派的上下求索

钱钟书先生在《谈艺录》中指出，清初诗坛诸大家虽各具面貌，但基本上都是从模拟后七子派入手的：“清初诗家如天生、竹垞、翁山，手眼多承七子，即亭林、梅村无不然。毛西河扬言薄七子，而仍未脱彀中。匪特渔洋为‘清秀于麟’。世人以为七子光焰至牧斋而熄者，失之未考耳。”[①]坦言无论是浙派的毛奇龄、朱彝尊，还是苏南的顾炎武、吴伟业，抑或是关中李天生、南海屈翁山、山左王士祯，皆表里不一者，阳言摆脱七子派而实际上阴袭之。钱钟书还逐一举证，“竹垞早作，何止钻仰初唐，于汉魏六朝无不学……《宣府镇》《云中至日》等诗，皆七子体”；“（渔洋）自作诗多唐音，近明七子，遂来‘清秀于鳞’之讥，而其言诗，则凡合乎‘谐远典则’之标准者，虽宋元人亦所不废”[②]。钱钟书还指出，“清初之沿明诗者”，其取径皆不专在盛唐之际，朱彝尊、王士祯等皆如是，此中钱谦益的“先导”作用功不可没。他引王应奎《柳南续笔》论牧斋赠渔洋诗序为例：“顾王、李两家，乃宗伯所深疾者，恐以阮亭之美才，而堕入两家云雾，故以少陵、义山勖之。”“牧斋提倡宋元，而竹垞专尚汉唐，与七子主张略似。”[③]钱钟书言下之意很清楚了：清初后起的诗家扯着打击竟陵派、学习后七子派的幌子，而钱谦益是引路人。只不过牧斋为了自树旗帜，并且扩大诗歌的取径范围，将七子派的幌子竟一并扯下，做得过激一点而已。

那么，钱谦益有没有学习后七子派？不仅有，而且其前半生皆深陷其中。对于这一点，今人论著中已作定论诸如孙立《明末清初诗论研究》、张永刚《明末清初

① 钱钟书《谈艺录》第“三〇”条《渔洋竹垞说诗：竹垞诗》，商务印书馆，2013年，第269-270页。

② 《清代诗文集汇编》，第265页。

③ 《清代诗文集汇编》，第268页。

党争视阈下的钱谦益文学研究》、丁功谊《钱谦益文学思想研究》、孙之梅《钱谦益与明末清初文学》等皆有较为详尽的论证。然而有一点罕有人注意：钱谦益不只学了后七子一家，作为后期东林党领袖，钱谦益为东南坛坫人望所归，其诗学经历亦相当丰富。他与后七子派末流（主要是末五子、中兴五子等）、公安派、金陵六朝派、竟陵派、嘉定派、云间派主要成员皆有师友之谊，比如李维桢、袁中道、汤显祖、钟惺、程嘉燧、陈子龙等，仅从书牍和碑传铭文即可考见[①]。因此，无论是汤显祖等倾向的"六朝初唐体"，还是李维桢、陈子龙等提倡的"七子体"，抑或是钟惺偏好的晚唐古淡一派，或者程嘉燧鼓扬的唐宋律体，钱谦益均有研究。此外在崇祯十年，他还在诏狱中与较早染指李商隐诗风的曲周刘荣嗣作"笔战"组诗，成为生死之交[②]。经过这些磨砺，钱谦益铺设了其沿着杜甫、白居易、李商隐、陆游、元好问等直贯而下的诗学基础。尽管他尽焚三十七岁以前之诗作，但我们仍能够从其书信序言中找到辨识其学诗历程的蛛丝马迹。如其顺治初所作《答山阴徐伯调》曰：

仆年十六七时已好陵猎为古文。空同、弇山二集，澜翻背诵，暗中摸索，能了知某纸，摇笔自喜……为举子，偕李长蘅，见其所作，辄笑曰："子他日当为李王辈流。"仆骇曰："李王而外，尚有文章乎？"……里居又数年，与练川诸宿素游，得闻归熙甫之绪言，与近代剽贼雇赁之病。临川汤若士寄语相商曰："本朝勿漫视宋景濂。"于是始覃精研思，刻意学唐、宋古文，因以及金元元裕之虞伯生诸家，少得知古学所从来，与为文之阡陌次第。今所传《初学集》，皆三十七八已后作也。

尽管钱谦益三十七八岁以前之诗文已被其自弃，但是从这段文字中，我们还是可以窥见其诗学路向：经过二十多年的摸索之后，钱谦益已从后七子派转入"唐

① 按：钱谦益为作墓志者，有末五子赵用贤（《牧斋初学集》卷六十四《赵公神道碑铭》）、中兴五子冯梦祯（《初学集》卷五十一《南京国子监祭酒冯公墓志铭》）"嘉定四先生"李流芳（《初学集》卷五十四《李长蘅墓志铭》）等。类似此种铭文颇多。为钱氏作年谱的方良先生曾感慨："他擅长写碑记墓铭，传世数百篇，足有数十卷之多。但是，钱谦益本人的碑记墓铭无人写，存世仅见其弟子归庄与名流龚鼎孳的两篇祭文，还有若干祭诗。"见方良著：《明清文化名人》，中国言实出版社，2014年，第100页。

② 按：钱氏曾将此间诗歌辑录为《霖雨集》，程嘉燧《牧斋先生初学集序》所云"与友人刘敬仲谈艺和诗"即此。四川大学出版社，2015年，第235页。参张清河：《晚明诗学年表初编》"崇祯十年十月"条。

宋派”，其间主要受三种革新势力的影响：其一是嘉定“唐宋派”，主要是李流芳、程嘉燧等；其二是毗陵“唐宋派”，主要是“练川诸宿”归昌世、王志坚等；其三是金陵“唐宋派”，主要是汤显祖和袁中道等。这里有个问题，即貌似钱谦益与公安派的主张是一样的，其实这是个误会。公安派的文学主张是故意与七子反着来的，比如袁宏道在给苏州才子张凤翼的书信中说：“世人喜唐，仆则曰：‘唐无诗。’世人喜秦汉，仆则曰：‘秦汉无文。’世人卑宋黜元，仆则曰：‘诗文在宋、元诸大家。’……不肖恶之深，所以立言亦自有矫枉之过。”[①]钱谦益提倡出唐入宋，却并非矫枉过正，而是旨在吸收各种“唐宋派”中合理的诗文主张，开辟出一条打通唐宋诗文的路径来，此即孙立引钱氏《何景明小传》所谓“诗不当割时代为鸿沟”[②]。孙立先生在论述钱氏诗论时，在章节题目中点明钱谦益为“明代复古主义的终结与清诗的开山”，隐约已触及钱虞山诗学的实质：当他提出填平唐宋诗文鸿沟的同时，也为明清诗学“出唐入宋”提供了一条可资参照的途径。因此正是从这个角度而言，衔接明清两代的诗界宗主，非虞山钱谦益莫属。

总之，明末清初，众多的江南诗人秉承“诗以道性情”的传统观念，力主调和格调与性灵，折中于后七子派与竟陵派之间，只有钱谦益是个例外。他公开抨击后七子与公安竟陵，实际上是对明诗后七子与竟陵二派均感到不满，试图另起炉灶、力挽狂澜。钱谦益对于此二派的批判，主要体现在成书于顺治九年（1652）的《列朝诗集》中，体现了其发展的诗学史观；而其继往开来的诗学创见，则多出于《初学》《有学》二集中。由于钱氏对于清初江南诗歌的转型居功甚伟，因此，本章节独立论述钱谦益在明清诗学转圜之间的特殊贡献。拟从诗学理念、诗学路径、实际效果等角度，以“正本清源”“破门而入”“种瓜得豆”三小节展开。

一、正本清源

复古派是明代文学的主流，复古盛唐诗成为明诗至强至固的传统，欲“破”其藩篱必须经过非常人物以非凡眼光、用非常手段才能实现；晚明虽有公安派、竟

① （明）袁宏道著、钱伯城笺校《袁宏道集笺校》卷11《与张幼于尺牍》，上海古籍出版社，2018年，第501页。

② 孙立说：“袁氏这套话语，在钱谦益的语汇中当然也不时出现，但我们同时发现，钱谦益又提出了另外一个话头，就是‘诗不当割时代为鸿沟’这种意识虽然在钱氏思想中并不一定占主流，但如履霜之渐，对清初叶燮等人的文学史观发生了影响。”孙立：《明末清初诗论研究》，广东高等教育出版社，2003年，第267页。

陵派提出“独抒性灵”“不拘格套”“清厚隐秀”“幽深孤峭”等主张，成为明诗复古运动的搅局者，但对于明诗复古的整体势并没有大的改变。有关这一判断，详见廖可斌先生《明代文学复古运动研究》第九章[①]。尽管清初云间、娄东、龙眠诸派均曾对七子、竟陵诗风予以继承或批判，但抨击最有力的总结者还是虞山宗主钱谦益。顾贞观曾评曰：“近代诗家，坛坫角立，虞山钱宗伯最后起，思一举而廓清之，若北地之古歌、济南之乐府、竟陵之近体，靡不指擿瑕类，力为讥评。”[②]钱谦益之批判虽然也有意气之争的成分在，但他撕开一道缺口，提出一个重要的方法论：指明兼宗唐宋元明的“向下”之路。相较之下，同时期的其他诗人学者均未能有如此明确的诗学设计和期待。钱谦益清算明诗复古流弊的同时，也为清诗指出了唐宋兼宗、融会贯通的发展方向。

钱谦益指出，中国诗歌的转变从盛中唐之际的杜甫开始，杜甫就是近代诗歌创作的本源。这就是我们所谓的“正本清源”[③]。牧斋认为，后七子复古路径是错误的，他们只会将诗人学者引入歧途。早在崇祯七年甲戌（1634）中秋，钱谦益作《黄子羽诗序》，首次公开批判后七子：“近代之学诗者，知空同、元美而已矣。其哆口称汉、魏，称盛唐者，知空同、元美之汉、魏、盛唐而已矣。自弘治至于万历，百有余岁，空同雾于前，元美雾于后。学者冥行倒植，不见日月。”[④]值得注意的是：在陈述七子派用到了一个词“冥行倒植”，按照我们今天惯常的说法，就叫作“倒行逆施”。也就是说，将当今诗歌创作的主要精力置于拟汉魏乐府、古体歌行、盛唐近体的作法，是一种机械的复古，当务之急应以诗圣杜甫为参照，改造原有的拟古诗体，完成“别裁伪体”的任务，这就要求“向下看”。稍前，钱谦益作《徐元叹诗序》曰：

呜呼！诗难言也。不识古学之从来，不知古人之用心，徇人封己，而矜其所知，此所谓以大海内于牛迹者也，王、杨、卢、骆，见哂于轻薄者，今犹是也，亦知其所以劣汉、魏而近风、骚者乎？钩剔抉摘，人自以为长吉，亦知其所以为骚之

① 廖可斌先生认为，公安派是“浪漫主义狂飙运动”，而竟陵派实际上已向复古派回归。《明代文学复古运动研究》，商务印书馆，2008年，第363–369页。

② 《清代诗文集汇编》第144册《松溪漫兴》卷首序，第71页下。

③ 按：裴世俊曾用专章来说明钱谦益诗学乃“正本清源挽大雅”，认为钱谦益是以整体的“诗教”观念为出发点来推尊杜甫的；我们与其不同之处在于专从传播接受学的角度来研究虞山诗论。参裴世俊：《钱谦益诗歌研究》第五章，宁夏人民出版社，1991年，第211–223页。

④ 钱谦益：《牧斋初学集》卷32，上海古籍出版社，2003年，第925页。

苗裔者乎？低头东野，慬而师其寒饿，亦知其所谓横空磐硬，妥帖排奡者乎？数跨代之才力，则李、杜之外，谁可当鲸鱼碧海之目？论诗人之体制，则温、李之类，咸不免风云儿女之讥。先河后海，穷源溯流，而后为体始穷，别裁之能始毕。虽然，此益未易言也。其必有所以导之。导之之法维何？亦反其所以为诗者而已。[①]

在姑苏徐波（元叹）诗集辑成之际，江南才子赐序者颇多，笔者曾在拙著《晚明江南诗学研究》中援引董斯张（1587—1628）之序，强调其批判七子派泥古不化，缺乏真性情之弊[②]；到了钱谦益作序之际，显然牧斋已经不满足于辨别其性情的“真伪”，而是更进一步涉及其诗体的“真伪”，也就是说，钱氏已然将后七子体视为“伪体”；他认识到汉魏盛唐距离当代的诗歌实践太远，而李贺（长吉）孟郊（东野）温（庭筠）李（商隐）诸家较近，是可以模拟的对象，将其视为骚之苗裔者、“横空磐硬，妥帖排奡者”“可当鲸鱼碧海”者。因此，在诗学取径方面，提出了“反其道而行之”的做法：“导之之法维何？亦反其所以为诗者而已。”

那么，牧斋的归穴何在？对此，他有过十分明确的回答：以杜甫为旨归。清初钱氏作《曾仲房诗序》，所谓“自唐以降，诗家之途辙，总萃于杜氏。大历后以诗名家者，靡不繇杜而出”[③]，就是这个意思。而之所以选择杜甫，很可能是他提供了“别裁伪体、转益多师”这种可资操作的诗歌创作途径。钱谦益一再给其最为亲近的门生透露这个诗学的基本“法门”。在上述《徐元叹诗序》中，他还说过：“自古论诗者，莫精于少陵‘别裁伪体’之一言……不识古学之从来，不知古人之用心，徇人封己而矜其所知，此所谓以大海内于牛迹者也……先河后海，穷源溯流，而后伪体始穷，别裁之能事始毕。”（同上《初学集》卷三二）再如在给门人冯舒的诗序中说：“‘别裁伪体亲风雅，转益多师是汝师’，得之者，妙无二门；失之者，邈如千里：此下学之径术，妙悟之旨归也。”[④]钱谦益将这种“融会贯通”的精神视为杜诗的精髓，批判七子学杜“食古不化”，亦详见其《曾仲房诗序》等序

① 钱谦益：《牧斋初学集》卷32，第924页。

② 张清河：《晚明江南诗学研究》，第379页。

③ 钱谦益：《牧斋初学集》卷32，第928—929页。

④ 钱谦益：《牧斋初学集》卷40，《冯己苍诗序》，下文引《牧斋初学集》均为此书，注释从简。第1087页。

文，不赘[①]。他以老杜为源头，将归有光以来的唐宋派学统视为“古学”，自作诗偈曰：“古学丧根干，流俗沸螗蜩。伪体不别裁，何以亲风骚。”指出只有做好了当下的诗歌革新工作，才是真正兴复古学。这一宗旨贯穿钱牧斋诗学实践之始终，暮年钱氏《牧豕集序》曰：“余之既耄，固宜老归空门。惟是多生结习，于诗文一道，未能舍然。见有所谓亲风雅裁伪体者，每欲引为忘年交。”[②]

为了使学者懂得虞山诗学之根柢，达到推尊杜甫的目的，他孜孜矻矻，亲为注杜，至死不辍[③]；其致朱鹤龄注杜专著序云：“自昔笺注之陋，莫甚于杜诗……今人视宋，学益落，智益粗，影明隙见，熏染于严仪（按：严羽）、刘会孟（辰翁）之邪论，其病屡传而滋甚。人各仞其所解以为杜诗，而杜诗之真面目，盘回于洄渊漩复，不能自出。”[④]他对严羽《沧浪诗话》进行了百般攻击（详见下文展开），但唯独对于推尊杜甫这件事上，他认为严羽是有大功劳的：“宋之学者，祖述少陵，立鲁直为宗子，遂有江西宗派之说，严羽卿辞而辟之，而以盛唐为宗，信羽卿之有功于诗也。”可见其诗学宗旨。钱谦益还力排以黄庭坚为首的“江西诗派”，以苏轼、陆游为范式，将建立宋诗学作为“古学”的内容之一，并将之等同于儒家邹鲁正统，他说“宗宋诗风有邹、鲁儒学之风，吕愿良季臣其哀然者也”[⑤]。《顾麟士诗序》亦曰：“（顾梦游）于有宋诸儒之学，沈研钻极，已深知六经之指归，而毛、

---

① （清）钱谦益：“向令取杜氏而优孟之，饬其衣冠，效其颦笑，而日必如是乃为杜，是岂复有杜哉？本朝之学杜者，以李献吉为巨子。献吉以学杜自命，聋瞽海内。比及百年，而訾謷献吉者始出，然诗道之敝滋甚，此皆所谓不善学也。夫献吉之学杜，所以自误误人者，以其生吞活剥，本不知杜而曰必如是乃为杜也……献吉辈之言诗，木偶之衣冠也，土菑之文绣也。烂然满目，终为象物而已。今之訾謷献吉者，又岂知杜之为杜，与献吉之所以误学者哉？古人之诗，了不察其精神脉理，第抉摘一字一句，日此为新奇，此为幽异而已……不足以窥郊、岛之一知半解，而况于杜乎？”载《牧斋有学集》卷三八。

② （清）钱谦益：《牧豕集序》，《牧斋补集》，《钱牧斋全集》（八），第862页。

③ 钱注杜诗持续二三十年，见钱曾追忆：“此我牧斋笺注杜诗也。年四五十即随笔记录，极年八十书始成。得疾著床，我朝夕守之。中少间，辄转喉作声曰：杜诗某章某句，尚有疑义。口占析之以属我，我执笔登焉，成书而后，又千百条。临属纩，目张，老泪犹湿，我抚而拭之曰：而之志有未终焉者乎？而在而手，而亡我手，我力之不足，而或有人焉，足谋之而何恨。而然后瞑目受含。”（清）钱谦益：《钱注杜诗》弁首《序》，上海古籍出版社1979年版。

④ 《吴江朱氏杜诗辑注序》，《牧斋有学集》卷15，第699页。

⑤ （清）钱谦益著，（清）钱曾笺注，钱仲联标校：《吕季臣诗序》，《牧斋有学集》卷二十，上海古籍出版社，1996年，第834页。

郑之《诗》，专门名家，故其得者为尤粹。其为诗，搜罗杼轴，耽思旁讯，选义考辞，各有来自，虽其托寄多端，激昂傀仰，而被服雍雅，终不诡于经术，目之曰儒者之诗，殆无愧焉。”[①]可见，钱谦益所谓的“古学”诗歌理想即儒者之诗、学者之诗；而俗学则指七子派、竟陵派之诗。早在1642年，钱氏给虞山诗学继承人陆贻典[②]等的《虞山诗约序》中，即已开宗明义：“余少而学诗，沉浮于俗学之中，懵无适从。已而扣击于当世之作者，而少有闻焉。于是尽发其向所诵读之书，溯洄风、骚，下上唐、宋，回翔于金、元、本朝，始知诗之不可以苟作，而作者之门仞奥窔，未可以肤心末学，跂而及之也。自兹以往，濯肠刻肾，假年穷老而从事焉，庶可以窃附古人之后尘。”[③]这里“溯洄风、骚”是一句套话，未必有实际创作导向，而“下上唐、宋，回翔于金、元、本朝”，指出诗歌的向下一路，确乎是切合钱牧斋的诗学履践的。为了达到这一目的，钱谦益做了诸多努力。

首先，他企图斩断明诗复古“谬论”的根源，批判严羽等“取法乎上”的诗学原则。

罗时进教授指出：“（虞山诗派）从‘源头’上对明代主流诗学观加以梳理和掊击，而‘嘉靖之末，王李名盛，详其诗坛，尽本于严沧浪，至今未有知其谬者’（冯班《严氏纠谬》卷首语），因此对严羽进行系统的理论化的批评必然成为最重要的实施策略。”[④]此语指明其一，而未详其二。钱谦益不吝苛责之辞，是因为严羽、高棅等将盛唐诗悬设在诗学接受史程中的最后一站，经过前后七子推波助澜，形成了“大历以下不复作”的创作定式，这一“取法乎上”的原则具有迷惑性和欺骗性；而明人恰恰奉守严羽、高棅“诗必盛唐”的典则，要求诗歌根源于《诗经》《楚辞》而止于盛唐。其实，这一说法由来已久，早在严羽之前，无名氏《雪浪斋日记》便提出这一观点，该书云：“欲知诗之源流，当看《三百篇》及《楚辞》、汉、魏等诗。前辈云：‘建安才六七子，开元数两三人。’前辈所取，其难如此。予尝与能

① 《牧斋有学集》，卷十九，第822页。

② 按：陆贻典（1618—1687），字敕先，号觌庵，江苏常熟人。与冯班同游于钱谦益之门。家富藏书。《渔洋感旧集》卷四补传，载其有《元要斋稿》。冯班为此集作序，集今未见。康熙二十五年贻典病笃，属好友张文镂序行其集，文镂辑为《觌庵诗钞》六卷，雍正元年文颂之子道琮刻，前有江村、陈瑚、张文铵序，又张道淙跋。钱谦益尝为此集作序，后碍于禁令，削其名而存序。钱谦益《陆勅先诗序》论其诗，谓“其根深植厚，以性情为精神，以学问为孚尹”。冯班《元要斋稿序》谓“其于诗律益深，咏情欲以喻礼义”。

③ （清）钱谦益：《初学集》77卷三十二，《钱牧斋全集》（第2册），第922—923页。

④ 罗时进：《地域 家族 文学：清代江南诗文研究》，上海古籍出版社，2010年，第242页。

诗者论书止于晋，而诗止于唐。”这里的前辈为黄庭坚，颇见其瓣香江西诗派之旨。严羽承其说，《沧浪诗话·诗辨一》：“此乃是从顶额上做来，谓之向上一路，谓之直截根源，谓之顿门，谓之单刀直入也。”“学诗者以识为主，立志须高。”“先须熟读《楚辞》，朝夕讽咏，以为之本；及读《古诗十九首》，乐府四篇，李陵、苏武、汉魏五言皆须熟读，即以李杜二集枕藉观之，如今人之治经，然后博取盛唐名家，酝酿胸中，久之自然悟入。”[①]很显然，严羽是成功将这一向上复古路径理论化的名家，其影响至大。元代吴师道、李道坦、杨士弘诸人皆承接严沧浪之诗学主张，诸如刊于1359年的《诗法源流》《诗法正宗》等诗话认为，“诗源于德性，发于才性，心声不同，有如其面。故法度可学，而神意不可学。”“唐诗主于达性情，故于《三百篇》为近；宋诗主议论，故于《三百篇》为远。”“古诗径叙情实，故于《三百篇》为近……自选体以上，皆纯乎正。”[②]明人高棅等深信严羽以来宋元诗家之说，将以上议论冠于《唐诗品汇》前言，一一摘录，名曰《历代名公叙论》，颇见其法乳和家数。沿至七子派，此风愈烈，遂至于要求腰斩唐诗，“大历以下书勿读”，直接上溯到汉魏古诗。李攀龙甚至武断地说，“宋无诗”（《空同集》四库全书本），“唐无五言古诗”[③]。明人的偏见来源于偏信，偏向所谓“向上一路”的学习观念，直至金华胡应麟尚且坚如磐石。胡氏依然认为宋无诗、然宋有诗论，并且诗论集大成者首推严羽，次则为刘辰翁，由他们奠定明诗直追唐汉的历史地位，比如《诗薮·杂编》卷五云：“南渡人才，非前宋比，而谈诗独冠古今。严羽崛起烬余，涤除榛棘，如西来一苇，大畅玄风。昭代声诗，上追唐汉，实有赖焉。刘辰翁虽道越中庸，玄见邃览，往往绝人，自是教外别传，骚坛具目。”[④]延至清初，此论仍然反复为后人强调，即使不大赞同，亦不免为之辩解。比如王夺标（字赤城）《陈雪石古诗序》将“无古诗”解释为“盛极而衰”，他说：“诗之有古也，汉魏而上三百篇为近。齐梁后人为近体，及唐始成。唐人多以近体应制，而全力为古诗，故古诗无不妙者。宋元明以来，代不数人，其余略辩四声，辄诗人自命，往往律诗多而古诗少，更往往律

① （宋）严羽著，陈超敏评注：《国学经典 沧浪诗话评注》，上海三联书店，2018年，第13页。

② 以上诗话条目见《唐诗品汇》前引《历代名公叙论》，上海古籍出版社影印版，2012年第11—13页，另见中华书局点校版，2015年，第11—16页。

③ （明）李攀龙：《唐诗选》，四库存目全书集部第309册，济南：齐鲁书社，1997年，第1页。

④ （明）胡应麟：《诗薮》，上海古籍出版社，1979年，第321页。

诗愈多而愈无诗，又何论古诗耶？呜呼，诗亡矣！”[①]再如大兴王源为屈大均所作《屈翁山诗集序》云：“予尝以谓诗人遍天下而诗亡，非亡，亡于诗之本与所以诗之故。”[②]《梦月岩诗集序》又云：“或曰：今之诗人盛矣，亡乎？曰：今之诗人盛矣，亡也。郑卫盛而韶亡，莠盛而苗亡，穿窬之道盛而君子亡。”[③]他详解其说，认为诗亡于中唐元白以后，其《汪淡洋诗序》云：“予尝怪宋人知尊少陵而多袭元白，严仪卿谓苏黄尽失唐人之体，自为江西宗派，亦元白之流弊耳。然则为诗者务使老婢能解，风雅之不亡者几何矣！”[④]王锡阐为张厚庵所写的《开云轩诗序》亦云：“诗莫富于唐而古诗亡……开元天宝间，卓荦奇伟，如青莲、少陵，其人无论矣；即王孟之属，考其素行，无足多者，而诗歌尔雅，不诡于正。迨至东野浪仙而一变矣。玉川长吉而又变矣，庭筠义山而又变矣，徽之乐天而又变矣，甚如许浑、曹唐，滥及香奁诸咏，而变且极矣，不维古诗亡，而唐诗之盛者亦亡矣……宋诗有三变：意胜而律亡，辞胜而意亡，理胜而辞亡，不维盛唐之诗亡，而唐诗之变者亦亡矣。”[⑤]这种以中唐为界、认为唐诗“盛极而衰”“三变而亡”的观点俯拾皆是，不赘举证。究其思想根源，皆本着今不如古、今俗不如古雅之观念，崇尚从诗三百及汉魏古诗入手，这，才是他们所谓的诗歌正道，才是其所谓诗歌之源流。

钱谦益在清初面临的诗学状况是：竟陵派诗歌理论虽然遭到众口一词的唾弃，但是七子派诗学理论之受众仍相当多，“取法乎上”仍然被视为金科玉律。与钱谦益相隔不远的陆楣，论诗即强调取法乎上。《乾隆无锡县志》评其诗云：“诗不作大历以下语。”[⑥]陆氏作《陈文学诗序》云：“嗟乎！诗之为学难言矣！唐人矩矱也；汉魏陶冶也；楚骚其橐钥乎？三百篇其化工乎？推之齐梁以究其敝，沿之宋元及明，此人人知之……（而）于世俗之所云孰为建安黄初孰为开元大历孰为宋元孰为明之王李钟谭者，悉有以大破其藩篱，而不使少为吾性情之累，而后吾之真诗以出。呜呼！岂易言哉！”[⑦]作为秦松龄的西堂之宾，陆氏为之代作诸多诗序，皆强调以“取法乎上”“参乎宋元明之变”。他说：“（陈朝喈）君持论断，以盛唐

① 《清代诗文集汇编》第136册《南疑文集》卷二，第152页上。
② 《清代诗文集汇编》第174册《居业堂文集》卷14，第121页下。
③ 《清代诗文集汇编》第174册《居业堂文集》卷14，第123页下。
④ 《清代诗文集汇编》第174册卷14，第124页下。
⑤ 《清代诗文集汇编》第105册王锡阐《晓庵先生文集》卷1，第41页上。
⑥ 《清代诗文集汇编》第176册《铁庄文集》卷首，第1页上。
⑦ 《清代诗文集汇编》卷2，第31页下。

为质的。或稍及中晚宋人，则摇手相戒。故诗特整瞻有法度。”[①]在《中晚唐诗叩弹集序》中，他认为中晚唐诗虽然欠缺法度，犹有性情，他说：“一代论诗，自《品汇》以还，专遴中晚名，集本平原之赋；自比叩弹，不拘风格之同。惟以才情为主。缅有唐之中叶，丁大雅之垂，秋初以铜马遗氛……翠辇频移，延秋之夜乌谁托；红蕉罢唱，纥干之冻雀无归。彼有人焉，何嗟及也！生斯世也，能不悲哉！”[②]认为中晚唐诗为变徵之声。在后一篇序文中，他虽然表示将初盛唐“法度”与中晚唐“性情”融为一体，所谓“高岑启其沉郁，温李助其缠绵已也”；其旨趣“可谓袭唐人之矩度，备近代之鼓吹者矣”[③]。也只是将中晚唐诗作为其鼓吹盛唐的补充。显然，陆氏的诗学实践，仍然承袭着明初高棅以来一以贯之的做法。

除了陆楣等江南诗家，大江南北亦不乏“后七子诗学”的跟从者，云南河阳赵士麟便是其中之一。其在所作《宋次眉诗序》中，亦持唐诗愈变愈衰之论。他说：

唐诗有三变：曰盛、曰中、曰晚。当其中也，自以为胜于盛，而不知其已属乎中。当其晚也，方不屑为乎中，而不知其旁落于晚。迨至于晚，寒、瘦、神、鬼之诮不得免焉，风气使然欤？抑天之降才尔殊也，三代既远，天真渐薄，感被复庞，三百篇变而骚，骚变而赋，赋变而古风、绝、律。思烦体错，奔于嗜好，自昔然已。良由识见异，乃思变；变屡易，乃遗讥。中厌盛，思爕变盛，故落中，晚厌中，思变中，故落晚，而诗亡矣。君子之言，贵乎有本，非特诗之谓也。[④]

在唐诗与魏晋以来诗歌的比对中，他抄袭宋濂旧说，认为唐诗源自魏晋，其《诗论》云：

唐初承陈隋之弊，多遵徐庾，遂至颓靡不振。王子安、刘希夷、王昌龄、沈云卿务欲凌跨三谢、蹴驾江薛，然溺于久习……至杜子美，乃集其成……李太白，宗风骚及建安七子，其格高，其变化若神龙不可羁，然骄人甚矣。王摩诘依仿陶渊明，虽运词清雅，而萎靡不振。韦应物祖袭谢灵运，然寄秾鲜于简淡之中，陶后一人也。他如岑参、高达夫、刘长卿、孟浩然、元次山之属，咸以兴寄相高，大历之际，诗道称盛。[⑤]

---

① 《清代诗文集汇编》卷2《陈朝喈诗序（代秦对岩）》，第36页上。

② 《清代诗文集汇编》，第40页上。

③ 《清代诗文集汇编》第176册《铁庄文集》卷2《燕台秋感集唐诗序（代）》，第41页上。

④ 《清代诗文集汇编》第115册《读书堂采衣全集》卷14，第338页下。

⑤ 《清代诗文集汇编》第115册《读书堂采衣全集》卷8《论诗》，第210页下。

经查证，赵士麟这段话与宋濂《答章秀才论诗书》基本一致[①]，可见明清国初出现这种论调的环境何其相似。如果没有钱谦益，清诗是否会延续云间派等唐诗学路径，再出现类似"末七子"等后七子之后的格调诗学？其结果是很难虞料的。除了岭南，中原的七子派诗学势力亦颇强大。比如作为"雪苑六子"之一的商丘刘榛，从"代变"的角度提出"唐不可袭"的主张，他说：

诗亦有时乎？曰：然。唐之初而盛中而晚，不相袭也。曰：唐之前不知有汉魏乎？而不汉魏也；唐之后不知有唐乎？而不唐也，何也？曰：果时也。虽然，天地之化机日新，而性情之蓄泄在我，惟我见而自信，浅也；规规于古人而莫知所变，滞也。凿我之天而忘乎发情止义之本，陋也。君子去是三者，而厚以蓄其气，精以辨其体。[②]

从中原刘榛等的诗学主张看来，北方人强调学术传统、正变源流；恰如其为宋荦之子宋山言作《纬萧草堂诗集序》云："中丞公执牛耳于诗坛者三十余年，而山言庭趋膝侍，暮命朝提，意无非四始六义之教，而于所谓正变源流，究极而领会之，当已无不熟矣。"[③]一旦将"源流"与"正变"联系在一起，必然会将诗歌的本源上溯至《诗三百》，"取法乎上"便成为定式，盛唐以下诗歌便属于"变体"，学习"大历以下"便无从谈起。好在晚明江南诗人并不执念于诗教观念，拙著《晚明江南诗学研究》已详述，不赘引证[④]。明清鼎革之际，云间（松）、西泠（杭）、娄东（苏）诸派大体沿袭了后七子派的宗唐诗学，将唐诗之体推尊到登峰造极的高度，在此基础上完备了"四唐"诗歌历程的构建；到了顺治年间，诸如云间派、西

① 宋濂书曰："唐初承陈隋之弊，多尊徐、庾，遂致颓靡不振。张子寿、苏廷硕、张道济相继而兴，各以风雅为师，而卢升之、王子安务欲凌跨三谢，刘希夷、王昌龄、沈云卿、宋少连亦欲蹴驾江、薛，固无不可者。奈何溺于久习，终不能改其旧，甚至以律法相高，益有四声八病之嫌矣。惟陈伯玉痛惩其弊，专师汉魏而友景纯、渊明，可谓挺然不群之士。复古之功，于是为大。开元天宝中，杜子美复继出，上薄风雅，下该沈、宋，才夺苏、李，气吞曹、刘，掩颜、谢之孤高，杂徐、庾之流丽，真所谓集大成者，而诸作皆废矣。并时而作，有李太白，宗风骚及建安七子，其格极高，其变化若神龙之不可羁。有王摩诘，依仿渊明，虽运词清雅，而萎弱少风骨。有韦应物，祖袭灵运，能一寄秾鲜于简淡之中，渊明以来，盖一人而已。他如岑参、高达夫、刘长卿、孟浩然、元次山之属，咸以兴寄相高，取法建安。至于大历之际，钱郎远师沈宋，而苗、崔、卢、耿、吉、李诸家，亦皆本伯玉而宗黄初，诗道于是为最盛。……"

② 《清代诗文集汇编》第137册《何叔献诗序》，第145页下。

③ 《清代诗文集汇编》第198册《纬萧草堂诗集》卷首序，第109页上。

④ 参张清河：《晚明江南诗学研究》第三章第二节有关《江南诗学特征论》南北诗学特征差异之论述，第128–156页。

泠派等诗人开始尝试打通四唐界限，这一转变，或多或少受到了钱谦益的影响。

其次，钱谦益率先对严羽、高棅等严守“四唐”界限的说法提出批评，提出了打通唐诗的主张。

钱谦益指出唐诗是一种风貌，诸多诗人诗作有前后期之别，不应该将这些诗人固定在某个特定时段：“夫所谓初盛中晚者，论其世也，论其人也。以人论世，张燕公、曲江，世所称初唐宗匠也。燕公自岳州以后，诗章凄惋，似得江山之助，则燕公亦初亦盛。曲江自荆州已后，同调风咏，尤多暮年之作，则曲江亦初亦盛。以燕公系初唐也，遡岳阳倡和之作，则孟浩然应亦盛亦初。”[①]受其启发，“西泠十子”之一的柴绍炳作《唐诗辨》，更加明确了初、唐、中、晚四个阶段的创作特色，指出了融会贯通的可能性。详引如下：

诗自三百篇以后，厥体代变，然谈者辄言唐诗，以其备古近体，而极一时之盛也。由唐以前，汉魏六朝诗虽工而体未备，由唐而后，五季宋元体虽备而几无诗，故谈者不得不以唐为归矣……近体也，唐人之独擅，可以超前绝后者也。武德神龙之间，谓之初；开元天宝之际，谓之盛；大历元和以还，谓之中；长庆开成之后，谓之晚。立于初，则王杨卢骆、沈宋燕许诸公掞其藻；立于盛，则李杜高岑、崔储王孟诸家擅其才；立于中，则钱刘韩李、元白韦柳诸君标其韵；立于晚，则温李吴许、韦杜刘马诸子扬其波。此有唐三百年作者与气运为升降，其世次可约略而指者也。就其世而论之：则丽密庄严、体质已具，时沿陈隋余习者，此初唐也；高华浑美，气格独胜，更踵神（龙）武（德）能事者，此盛唐也；清扬雄隽，稍视开（元）（天）宝降格者，此中唐也；雕藻织声，又为（大）历（元）和变调者，此晚唐也……其中有初而渐进于盛者，如张说《幽州》《新岁》，贾至《春日》《应令》之类是也；有盛而渐入于中者，如王维《酌酒》、高适《重阳》之类是也；有中而可几于盛者，如韩翃《寒食》、李益《从军》之类是也；有晚而可进于中者，如于武陵《劝酒》、薛莹《秋日湖上》之类是也。又有大家而体不能兼者，如工部之不长于七绝、供奉之不优于七律、襄阳之不能工于五言之外是也；有作家而不可为法者，如长吉之牛鬼蛇神、乐天之老妪可解，俱失其中是也。有名重当世而篇不入格者，如韩愈游南山石鼎，警句自用我法之类是也。有盛传一时而实堕恶道者，如徐凝白练青山之句，以此夺解之类是也。有益其宗工而未免流弊者，如杜陵粗率之句，实开宋门；青莲软美之调，已逗元习是也。持此以论唐诗，则盛衰之际、工

---

① （清）钱谦益著，《牧斋有学集》卷15《唐诗英华集序》，第707—708页。

拙之数、偏全离合之效，大较可睹矣。①

西泠才子柴绍炳同时也受云间陈子龙的影响，谈诗仍以唐为旨归，亦承续“四唐”之中，“盛唐”为最之说。然而他直接受到钱谦益甚至更远的公安派袁宏道诗学观的影响②，认为四唐之间没有明显的界限，初可以入于盛，盛可以渐于中，中亦可以几于盛。此外，他还明确提出四唐之间不存在人为的设限，初唐人也可能写出具有盛唐风貌的诗章，晚唐人也可能写出具有中唐格调的作品，因此主张将唐诗的各个阶段开放打通。只不过柴氏对于“向下打通”的诗学进路并不看好，他用“杜陵粗率之句，实开宋门”十个字高度概括，这恰恰是后来虞山诗派所作的工作；而倾向于六朝初唐清丽诗风的李白，与宋元时代南方诗歌的发展也是有渊源关系的，诸多作家纷纷挖掘李白诗歌的六朝初唐传统，选择性接受李白的诗歌。这就是柴氏所说的“青莲软美之调，已逗元习”③。只可惜柴氏持否定的、嘲讽的语气，以所谓粗率、软美看待宋元诗，这是不可取的。我们将整段话合起来考察，似乎可以这样理解：李杜诗歌作为唐诗高峰，为后世建立轨范，开启了宋元的诗歌路径。只可北方七子派惜限于复古的诗学局限，未能继承李白、杜甫诗歌之精神实质，动辄选择“百年”“万里”等夸张雷同的字眼，这种剿袭的“唐诗”引起了大江以南诗人们

① 《清代诗文集汇编》第55册《柴省轩先生文钞》卷三，第77—78页。

② （明）袁宏道《袁中郎全集》卷二一《与丘长孺》：大抵物真则贵，真则我面不能同君面，而况古人之面貌乎？唐有诗也，不必《选》体也。初、盛、中、晚自有诗也，不必初、盛也。李、杜、王、岑、钱、刘，下迨元、白、卢、郑，各自有诗也，不必李、杜也，赵宋亦然。

③ 在宋元时期，诗人仿效李白“清新庾开府、俊逸鲍参军”“往往似阴铿”“中间小谢又清发”之类的诗歌，讲究体物赋情婉转有致。这也是李白诗歌之传受与江南地域传统相结合的结果。早在中唐各种唐诗选中（如《河岳英灵集》《才调集》），李白的这类诗歌占据很大比重，当时诗人亦盛赞李白诗歌之“奇丽”，比如张苏州（祜）作有《梦李白》等。至晚唐，淮上郑谷、皖南杜荀鹤、松陵皮陆等更是将李白诗集视为枕中秘笈。宋代梅尧臣、苏轼、陆游等，亦沾染了诗仙的“仙气”，这种以绮丽的情思见长的诗歌风貌，一直延续到宋末的“四灵”直至元末的“玉山诗群”和“铁崖派”。

的普遍反感[①]。而这种架空的惯性思维，柴氏本人亦沿袭而毫无察觉。比如他仍然固守“宋无诗”之说，其《吴锦雯诗序》云：

宋无诗，唐有诗矣……宋人指匿于理，效法在唐高得衰晚卑，乃学究本色耳，何诗可言？明代诸公，知矫其弊，有备体而无特长，盖袭则性情不展，矫则风味愈离。谈诗于今日，视古似易而实难矣……（吴子乐府歌行）颇兼信阳北地之长，五七言律绝，华好亮畅，乃不失明卿子欤？五言古不多作，作亦自佳境地，非谢山人所解耳……以锦雯之才，日益深诣，将近宗开、宝，远取河梁，以上希古三百篇。[②]

钱谦益的卓越之处，正在于他不仅具备了柴绍炳对唐诗的通观思想，还在于他以“诗以道性情”为准的，对唐诗进行细读，分析了严守四唐界限的危害性，指出了其发展至宋诗的合理性与必然性。为了破除自明初高棅以来唐诗“四唐”迷信，他首先以明代复古唐诗学的滥觞者严羽为抨击对象。钱氏对严羽的斥责可谓俯拾皆是、不遗余力，笔者简单考索即有十多处。如《徐元叹诗序》云：“自仪卿（按：严羽）之说行，本朝奉以为律令……二百年来，遂若涂鼓之毒药。”[③]《爱琴馆评选诗慰序》云：“古学日远，人自作辟。邪道魔见，蕴酿于宋季之严羽卿、刘辰翁，而毒发于弘（治）、（正）德、嘉（靖）、万（历）之间，学者甫知声病，则汉魏、齐梁、初盛中晚之声影，已盘桓于胸中，佣耳借目，寻条屈步，终其身为隶人

① 诸如太仓王世贞评曰：“（于鳞乐府）以字累句，以句累篇，守其俊语，不轻变化，故三首而外，不耐雷同。”（《弇州四部稿》第一五〇卷）“结语太咄易，七言律与绝句等，更不成篇，亦寡音节，百年、万里，何其层见迭出也。”（《艺苑卮言》卷六）金华胡应麟评曰：“用字多同，十篇而外，不耐多读。”“于鳞、明卿、元美妙得其法，皆取材盛唐，极变老杜。近以‘百年’‘万里’等语，大而无当，诚然。”（《诗薮》续编卷二）桃源江盈科曰：“若其（于鳞）诗，大都以盛气雄词，凌驾傲睨。数十年来，但留‘中原’‘紫气’‘我辈’‘起色’等语，为后生作恶道。”（《雪涛诗评·诗文之别》）鄞县王嗣爽说：“于鳞诗读至十余首，‘天地’‘风尘’‘百年’‘万里’，屡出可厌。”（《管天笔记外编》卷下《文学》）虞山钱谦益批评曰：“（于鳞诗）‘百年’‘万里’，已憎叠出；周礼、汉宫，何烦洛诵？刻画雄词，规摹秀句，沿李颀之余波，指少陵为颓放，昔人所以笑樵帖为从门，指偷句为钝贼也。”（钱谦益《列朝诗集小传》丁集上《李按察攀龙》）衡阳王夫之曰：“王、李则有万里、千山、雄风、浩气、中原、白雪、黄金、紫气……舍此则更无可以言诗矣。”（《明诗评选》卷6）昆山吴殳评曰：“（于鳞）截取一句，换字以为盛唐。”（《围炉诗话》卷6）

② 《清代诗文集汇编》第55册《柴省轩先生文钞》卷7序，第171-172页。

③ 钱谦益《牧斋初学集》卷32，上海古籍出版社，2009年，第924页。

而不能自出。”[①]《吴江朱氏杜诗辑注序》云：“今人视宋，学益落，智益粗，影明隙见，熏染于严仪卿（羽）、刘会孟（辰翁）之邪论，其病屡传而滋甚。”[②]《唐诗鼓吹序》：“盖三百年来，诗学之受病深矣！馆阁之教习，家塾之程课，咸禀承严氏之《诗法（话）》，高氏之《品汇》……只足以增长其邪根谬种而已矣！”[③]《题徐季白诗卷后》云：“世皆遵守严羽卿、刘辰翁、高廷礼之瞽说，限隔时代、支离格律，如痴蝇穴纸，不见世界。”[④]对于周亮工翻刻严羽《沧浪诗话》之举，钱氏亦借为周氏赖古堂集作序表达了不满：“元亮近在樵川，痛诗道榛芜，刻严羽《诗话》以风示海内……独归盛唐，则其所矜诩为妙悟者，亦一知半解而已。余惧世之学诗者，奉沧浪为质的，因序元亮诗而梗概及之。”[⑤]对于忝仕新朝、劫后余生的周亮工在金陵以毕生财力襄刻古籍，钱谦益的心情是复杂的，他一方面高度赞扬周氏的义举，另一方面对于其煽动严羽余绪颇有微词，1657年冬月末，他在给王猷定的书信中说：“乙未（1655）冬，为周元亮叙《赖古堂文选》，数俗学流派，擢搯病根，多所破斥……俗学谬种，不过一赝，文则赝秦、汉，诗则赝汉、魏、盛唐……惟论诗家之弊，归狱于严羽、刘会孟及本朝之高棅，矫首厉角，又成斗端。”[⑥]显然，钱谦益认为以七子为代表的众多明代诗人皆因不读古书、误信严羽等人所传播的“俗学谬种”而结穴于“赝”、成就不高。在为顾嗣立《唐诗英华集》所作序中，钱氏专章批严羽云：

世之论唐诗者，必曰初盛中晚，老师竖儒，递相传述。揆厥所由，盖创于宋季之严仪（卿），而成于国初之高棅，承伪踵谬，三百年于此矣。夫所谓初盛中晚者，论其世也，论其人也？以人论世……则曲江亦初亦盛……世之荐樽盛唐，开元、天

① （清）钱谦益著、（清）钱曾笺注、钱仲联标校：《牧斋有学集》中册卷15，上海古籍出版社，第713页。

② （清）钱谦益著、（清）钱曾笺注、钱仲联标校：《牧斋有学集》中册卷15，上海古籍出版社，第699页。

③ （清）钱谦益著、（清）钱曾笺注、钱仲联标校：《牧斋有学集》中册卷15，上海古籍出版社，第709页。

④ （清）钱谦益著、（清）钱曾笺注、钱仲联标校：《牧斋有学集》中册卷47，上海古籍出版社，第1563页。

⑤ （清）钱谦益著、（清）钱曾笺注、钱仲联标校：《牧斋有学集》中册卷17，上海古籍出版社，《赖古堂文选序》，第767页。

⑥ （清）钱谦益著、（清）钱曾笺注、钱仲联标校：《牧斋有学集》中册卷38，上海古籍出版社，《答王于一论文书》，第1327页。

宝而已。自时厥后，皆自郐无讥者也。诚如是，则苏、李、枚乘之后，不应复有建安，有黄初；正始之后，不应复有太康，有元嘉；开元、天宝已往，斯世无烟云风月，而斯人无性情，同归于墨穴木偶而后可也……严氏以禅喻诗，无知妄论，谓汉魏、盛唐为第一义……彼所取于盛唐者何也？不落议论、不涉道理、不事发露指陈，所谓玲珑透彻之悟也。《三百篇》，诗之祖也，“知我者谓我心忧，不知我者谓我何求”，“我不敢效，我友自逸”非议论乎……“投畀有北”非发露乎？“赫赫宗周，褒姒灭之”非指陈乎？今仞其一知半解……而其症传染于后世，举目皆严氏之眚也，发言皆严氏之谵也，而互相标表，期以药天下之诗病，岂不慎哉！[①]

实际上，钱谦益抨击严羽“以禅喻诗”，其目的是引进实证之学，否定虚妄之言，尽管在客观表述上曾引发李因笃、王士祯等北方学者的反感（李氏异议详见本文开头所引述，渔洋《借山诗序》亦云“严沧浪以禅论诗，千古不拔”[②]），但江南诗学家对于批判严羽的治学路径大致是认可的。比如徐釚《雪门厂公响雪诗序》云：“自严沧浪以禅理论诗，有声闻辟支果之说，遂开钟谭幽僻险怪之径，谓冥心静寄，似从参悟而入，一若诗中之真有禅者，致驱天下诗人皆枯坐寂灭而后止，此虞山宗伯所以极力诋排，惟恐后之学者堕入魔障也。然则诗岂可以禅律乎？！”[③]钱谦益寄名弟子、吴县徐增亦云：“严沧浪以禅论唐‘初’‘盛’‘中’‘晚’之诗，虞山钱先生驳之甚当。愚谓沧浪未为无据，但以宗派硬为分配，妄作解事。沧浪病在不知禅，不在以禅论诗也。恐人不解钱先生意，特下一转语。”[④]至于虞山后学冯班等踵事增华作《严氏纠谬》，而昆山吴殳又作《正钱录》攻击虞山，皆有失公正的学术态度，属于意气之争，可略去不论。

虞山打通唐诗的同时，将眼光向下，借鉴唐、宋、金、元、明诗歌发展史上诸大家的诗学成果，从杜甫、白居易到苏轼、陆游、元好问，直至其友人汤显祖、袁中道。他在给内侄钱遵王的回信中说：

仆少壮失学，熟烂空同、弇山之书，中年奉教孟阳诸老，始知改辕易向。孟阳论诗，自初、盛唐及钱（起）、刘（长卿）、元(稹)、白(居易)诸家，无不析骨刻髓，尚未能及六朝以上。晚始放而之剑南（陆游）、遗山（元好问）。余之津涉，

① 《牧斋有学集》卷15，《唐诗英华集序》第707—708页。

② 《清代诗文集汇编》第195册《完玉堂诗集》卷首序，第1—3页。

③ 《清代诗文集汇编》第141册《南州草堂集》卷十九，第384页下。

④ 王夫之等撰，丁福保辑《清诗话》，上海古籍出版社，2015年，第444页。

实与之相上下……汤临川亦从六朝起手，晚而效香山（居易）、眉山（苏轼）。袁氏兄弟则从眉山起手，眼捷手快，能一洗近代窠臼。[①]

这种亲人之间的内部书信，颇可窥见钱谦益之家数。为了使其门下诗人陆贻典等明白其诗学思想、树立虞山诗派之宗风，崇祯十五年壬午（1642）钱谦益还写过《虞山诗约序》，序曰：

余少而学诗，沉浮于俗学之中，懵无适从。已而扣击于当世之作者，而少有闻焉。于是尽发其向所诵读之书，溯洄风骚，下上唐宋，回翔于金、元、本朝，然后喟然而叹，始知诗之不可以苟作，而作者之门仞奥突，未可以肤心末学，跛而及之也。自兹以往，濯肠刻肾，假年穷老而从事焉，庶可以窃附古人之后尘。[②]

大约两三年后，正是在明清鼎革之际，钱谦益及其虞山门人能从唐宋古诗文入手，广泛习读东坡、剑南等诗文集，很快壮大了“虞山派”。虽然钱谦益之迎降为其带来了难以挽回的负面影响，但作为清初江南颇具规模的虞山诗派，在其弟子（二冯、陆贻典等）、宗族门生（钱曾、钱陆灿、钱良择等）的一致努力下，虞山诗派成为继云间派之后最有影响的全国性诗歌流派。

最后，通过与北方七子派势力的抗衡，钱谦益与关中、中州、山左诗人交往，引领出唐入宋的新趋势。

清初“七子派”诗学最盛于北方三地：关中、中州、山左。首论关中。受关洛理学、实学的影响，“三李”李颙、李因笃、李柏，以及楚才晋用的顾炎武（按：后文专节讨论）等，将“格物明理”的诗教观与七子格调诗学结合起来，形成了强大的“关中诗学”传统。在当时，关中“三李”皆推崇七子诗学，坚持诗宗盛唐，先后对虞山予以批判。李因笃、李塨（“三李”中的李颙在诗学方面并无发明，此处以同为理学家的李塨代替。李塨与颜元开颜李之学）公开表示与钱谦益诗学立场不同，李柏较为封闭，在诗学方面并无创论，而其堂兄李楷则曾经公开致函钱牧斋质疑。钱氏在回复李楷的书信中，表达了对“唐宋古学”的坚守，显示了其破除王、李、钟、谭“俗学”的自信，书曰：

仆年四十，始稍知讲求古昔，拨弃俗学。门弟子过听，诵说流传，遂有虞山之学……侧闻中原士大夫飏何、李之遗尘，集矢加遗，虽圣秋亦背而咻我，而足下以不朽大……此其识见固已超轶时俗而追配古人矣。夫文章者，天地造化之所为

① 钱谦益《牧斋有学集》卷39《复尊王书》，第1359页。

② 钱谦益：《牧斋初学集中》卷32，上海古籍出版社，第923页。

也……窃窃然戴一二人为臣子，仰而曰李、何，俯而曰钟、谭，乘车而入鼠穴，不亦愚而可笑乎？①

经过与虞山一番商榷之后，李氏虽推崇七子派，却并非一仍窠臼，他试图矫正李于鳞“唐无古诗”的提法：

予方弱冠，结交皆老苍，时诸公论诗，竞斥钟谭，左袒中原七子。七子主声调，似近盛唐。然沧溟谓唐无五言古诗，而先正所云效法于唐，固指古体，至律绝历唐始备，奚假更端？天之赋才，非吝于今而丰于古。江河日下，视古人不啻径庭，岂独其才殊哉！②

此外，文学界亦有“关中三李”之说，无李柏，替之以泾阳李念慈。念慈著有《谷口山房集》，其诗学旨归，正是由盛中唐诸家而归穴于杜陵。魏宪《百名家诗选》小引曰：

案头因取劬庵先生之诗诵之，无意于高，而步凌垠埒矣；无意于深，而泝墉波澜矣；无意于幽，而径转寂寞矣，急移于月下两人对吟曰：此率真诗也。汰昌谷之险涩、太白之粗豪，去辋川、彭泽之萧淡，骎骎乎其进于少陵者乎！囊空同以诗鸣北地。议者谓得杜之神。劬庵固地灵之所钟也，取空同与之颉颃上下，安得谓我不见古人也！③

关中三李的诗学主张具有理想化的色彩，以顾炎武《酬李处士因笃》中的一句诗“上论周汉初，规模迭开创”可窥一斑。除了李楷谪居广陵期间，因为同为“贰臣”之故，尚且与钱谦益书信往还，其余诸李站在遗民的立场上捍卫明诗特别是七子派诗学，对钱谦益完全采取了漠视的态度④。在钱谦益之后，受到另一位江南名家顾炎武的影响，李因笃开始反思明诗“赝盛唐”之根由，源自于割裂古诗传统而门墙自高。可以说，这一思想与钱谦益是一脉相承，因为傅山曾说过，顾炎武的诗学

① 钱谦益：《牧斋有学集》卷39，《复李叔则书》，第1343页。

② 《清代诗文集汇编》第124册《受祺堂文集》卷三《钮明府玉樵诗集序》，第74页上。

③ 《续修四库全书》集部第1625册，枕江堂刻《百名家诗选》卷七十《李劬庵小引》，第330页下。

④ 按：笔者补充此一大段文字，是对蒋寅先生《清代诗学史》第一分卷首章对江南诗学阐释后，次章即以关中诗学对举的一种呼应。

观念可能源自钱谦益，遂许之以东南宗主[①]。在另一篇序文中，李因笃也曾公开谴责李于鳞："近代大家，合者独近体耳。而于鳞则云'唐无五言古诗'。徒矜拟议之能，而略神明之故，固七子所繇自域也。"[②]他提出的改进策略或者说诗学路向，即将盛唐以前的选学传统以及汉魏风骨等梳理成为"向上一路"。其《许伯子茁斋诗序》云："学天宝开元诸公，未能为天宝开元诸公也。溯回从之，必至《三百（篇）》，所谓登山而诣其极、道水而穷其源也。"[③]这与严羽《沧浪诗话》所指明的出路是一致的。这说明清初传统的诗学势力仍然强劲。也还是在给这个许伯子的书信中，李因笃表达了对钱谦益的不满："近宗西涯者莫如牧斋公，请证之牧斋生平作诗论诗之离合，便知此等如狂药诱人，万万不宜入口矣。"（《与许学台》）他还说："虞山论诗与余异。昔者沧浪专主妙悟，献吉不取大历以下，宗伯皆深非之。"[④]李塨也说："诗自骚赋汉魏乐府以及唐人律体，虽刻画风云月露，视三百篇达政能言之道相径庭，而其大小正变以各道性情，则未有殊也。自明季虞山钱氏宗宋而绌唐，于是风云月露之辞变，而马脖鸭蕨弥漫纸上，而诗乃卑而不足道。"[⑤]三李与虞山意见相左，这里有极其复杂的地域文化差异性根由。相较而论，三李与虞山的看法各有短处。宗"妙悟"者偏于个性化，易径入生涩一途；而主张兼学唐宋者习惯于贪图便利，易流为燠熟之弊。这一点，李因笃比较其师兄刘汉客与曹溶、顾亭林诗歌的短长，概括得十分精当：

予自十五学诗……稍稍有得焉。曩石生（按：刘汉客）诗，主括景物务实沉而取凑泊，固度越诸子矣。又性好奇，故生造创吟，时出寡和。而按之古人之法，生熟宾主犹有辨。曹秀水司农晚年诸体独步，亭林先生间且病其用奇。亭林诗俱存，非能胜曹刘也，而其持论必不可易。[⑥]

李因笃与顾炎武提倡兼取南北诗学之长、通变古今诗学之善的初衷是好的，但

① 傅山忆曰："宁人向山云：'今日文章之事……司此任者牧斋也。牧斋死，而江南无人胜此矣。'"傅山：《为李天生作》十首之八自注，《霜红龛集》卷九，山西人民出版社，影印丁宝铨本。

② 《清代诗文集汇编》第124册《续刻受祺堂文集》卷1《王使君书年五吟草序》，第138页下。

③ 《清代诗文集汇编》第124册第139页下。

④ 《清代诗文集汇编》第124册《张源森诗序》，第148页下。

⑤ 《清代诗文集汇编》第152册《芸晖堂诗集》卷首序，第229页上。

⑥ 《清代诗文集汇编》第124册《续刻受祺堂文集》卷1《张仲子淮南诗序》，第140页下。

他们也认为创作的实绩不佳，“非能胜曹（溶）刘（汉客）”。他们将原因归结为古学不存。李氏盛赞顾炎武能通古今，他说：“予方弱冠，结交皆老苍，时诸公论诗，竞斥钟谭，左祖中原七子。七子主声调，似近盛唐……奚假更端天之赋才，非吝于今而丰于古，江河日下，视古人不啻径庭，岂独才疏哉！学之不逮久矣！读书破万卷、下笔如有神，往惟吴郡顾亭林征君不愧斯语。”[①]李因笃对于杜甫之诗倒背如流，曾令曹溶、顾炎武等叹为观止。杨钟羲评曰：“李天生尝以四十韵长律诗赠曹秋岳，秋岳叹为风雅以来仅有斯制。初入都，南人易之，一日宴集，语杜诗，应口诵，或谓偶熟，复诘其他，即举全部，且曰：吾于诸经史类然，愿诸君叩之。一座咋舌。其《长安秋兴》四首云云……游代州，爱其风土，居句注、夏屋间者十年。《望夏屋山诗》云……平生尚气节，急人之难，亭林游济南，被诬陷，天生走三千里至日下，诉当事而脱其难。亭林感其意，赋诗三十韵，乃广二十韵酬之。”[②]此则评价，差可反映李氏学力之深、人品之峻。

然而，人的天分才力是有限的，用治实学的方式来指导创作，其成就难免受到局限，所以李氏也承认“亭林诗俱存，非能胜曹刘也”。他所推崇的还是前后七子的领袖二李，对于钱谦益指责李梦阳之失不以为然，反而认为是北方诗学的优良传统：“关中北地崛起，含宫吐角，其乐府投骚汉人矣。近钱侍郎受之，顾摘其字句微疵，至诋之以秦声。不曰关中丰镐旧畿，二雅之遗音俱存。”[③]为什么钱谦益与李因笃诗学分歧如此之大？1699年孟冬，在《全唐诗》征集前夕，吴江潘耒给李氏《受祺堂集》作序，最终给出了答案。他认为主要是学习立场之差异，导致两人产生“向上”与“向下”两个根本诗学路径之别：“人心世道如江河，导之使下易，挽之使上难……效元、白，效皮、陆，效东坡、放翁者盈天下，与之言风骚汉魏盛唐李杜，则掩耳疾走……诚得先生辈数人，主词盟而树之帜，大雅元音，庶几不坠矣乎！微独先生之诗进于古也！”[④]当然，潘耒此序言语之间偏向李因笃，可能是受到了其师顾炎武的影响——但事实上他也是钱谦益的拥趸，其作于同时的《五朝名家诗序》，即左袒宋诗，充分肯定了清初诗歌“四十年来”出唐入宋的发展进程。

钱谦益的诗学思想，被西泠十子之一的孙治、孙淯兄弟继承下来。孙淯有个志

① 《清代诗文集汇编》第165册《临野堂文集》卷首序，第4页下。

② 杨钟羲《雪桥诗话全编》，人民文学出版社，2011年，第75页。

③ 《清代诗文集汇编》第124册《受祺堂文集》卷三《元麓堂诗集序》。

④ 《清代诗文集汇编》第124册《受祺堂文集》卷首《李天生诗集序》，第4页。

同道合的好友、汾西侯七乘，前文交代，孙湄曾为侯氏序刻诗集[①]。东坡曰“不识庐山真面目，只缘身在此山中”，能够洞察江南复古积习之弊者，正是此关中人侯七乘。侯氏批评曰：

今之论诗者，略于言情而苛于绳体。远取诸古，则何为汉魏、何为四唐、何为宋元；近取诸今，则何为北地、何为琅琊、何为公安竟陵。遂乃挦撦义山、活剥少陵，刻羚羊之角，绘蜉蝣之羽，家守金科、人遵玉律，其有纵横排荡、自放于绳尺之外者，便以叛体离宗目之。[②]

清初诗人在后七子、公安竟陵诗风延续的情况下，越来越意识到“格调”坚守之难，不免坠入剿袭的窠臼。而模拟近代诗人作诗，无疑是获得“诗法”的一条捷径，但是又容易被讥为“俗学”。然而，摒弃钟谭“俗学”容易，剔除七子诗学“格调”则颇难。复古“格调”发展到极致，便是学问做得越足，创作上越发捉襟见肘。侯氏在另一篇序言中描述他自己的作诗经历：

予于诗，上自魏晋唐宋以迄有明何王王李钟谭诸大家，目皆能辨，口皆能言，胸中皆能识而强记，独手不能作耳。方予之粗知诗也，则亦粗作诗，既而所见愈广、所知颇进，而诗乃真成搁笔矣。[③]

与孙湄、侯七乘一样，受到钱谦益影响的中州诗人韩程愈（1615—1698），其诗宗法唐宋名家，无门户之见，不厚古薄今。曾作《虞山诗钞序》云“能尽七律之变者，于唐为少陵，于明为虞山”[④]，其推崇钱谦益若此。又曾作《冬怀》诗一组80首，与钱谦益的《病榻消寒》组诗构意皆相似。《清诗纪事初编》略云：“文多纪事之作，先友传七人，长老若阮汉闻、张民表，人望若吴应箕、万寿祺，社盟若贾开宗，异人若理bay和、李夔，皆状其行事甚悉，笔亦足以副之。诗法唐贤，无门户之习；不菲薄七子、钟谭，而最服钱谦益。又甚推服金圣叹。于当时之事，盛有指摘。”这里的阮汉闻、张民表，均系1640年广陵郑超宗“黄牡丹诗会”上钱谦益所

---

① 《清代诗文集汇编》第112册《孝思堂全集序》，第1页下。

② 《清代诗文集汇编》第112册《孝思堂集》卷三《刘君用诗序》，第80页上。

③ 《清代诗文集汇编》第112册《沈天开诗序》，第87页上。

④ 邓之诚《清诗纪事初编》卷八，韩程愈小传引，上海古籍出版社，1984年，第897页。下同。

品题的“进士”（“状元”为番禺黎遂球）[①]。可以说，韩程愈受到了钱谦益的间接影响。此外，中州直接投贽于钱谦益的诗人还有侯方域，《牧斋初学集》卷三十六《赠侯朝宗叙》云：“侯氏多才子，朝宗与其兄赤社，觐省其尊人司农，因见余于请室……朝宗将还商城，抠衣言别，余书此以赠之。朝宗归持以示赤社，并与中州人士见之。知其必相与唏嘘，掩卷彷徨而三叹也……戊寅（1638年）四月十二日。”钱谦益一见其诗，便大加称誉，认为“其诗俊快雄浑，有声有色，非犹夫苍蝇之鸣，侧出于蚓窍者也”，即认为有七子诗风，与竟陵派迥异。然而崇祯十五年（1642）三月，李自成所部起义军攻陷商丘，“雪苑前六子”徐作霖、刘伯愚、吴伯裔、吴伯胤、张谓等人皆死于战乱，仅侯方域逃亡；四月，起义军水淹开封，张民表以及周亮工之叔、弟、侄儿溺死者十余人，原本受七子诗学影响、而在钱谦益改造之下发生重大变化的中州诗学竟然从此一蹶不振，钱谦益培养的人才凋伤，很大程度上影响了其诗学主张之北渐。

钱谦益对七子势力最明显的抗衡，还在于提携山左俊彦，直接消除七子派的影响。众所周知，山左系后七子诗学之大本营。钱氏对于后生晚辈宋琬、王士祯等，可谓推心置腹，细数其诗学源自归有光及嘉定诸先生以及汤显祖、公安三袁、晚年王世贞之授受，冀宋、王等改弦更张，摒弃七子诗学，继承其宋诗学于万一。其致宋琬之诗文有三，《有学集·读宋玉叔文集题辞》云：“午、未间客从临川来，汤若士寄声相勉，曰：‘本朝文，自空同已降，皆文之舆台也。古文自有真，且从宋金华着眼。’自是而指归大定。”[②]又为宋琬诗集序曰：

辛丑（1661）夏，余过武林，俯仰今昔，凄然有雍门之悲；已得尽读其诗文，而玉叔属余为其序。余故不知其诗，强仕已后，受教于乡先生长者流，闻临川、公安之绪言，诗之源流利病，知之不为不正；家世与弇州游好，深悉其晚年追悔，为之标表遗文，而抉擿其指要，非敢以臆见为上下也。今之结俦附党、群而相噪者，

① 按：“黄牡丹诗会”与者十余人，除了中州阮、张之外，钱谦益门人徐增亦在其中。钱氏为作《徐子能黄牡丹诗序》曰：“往者国家全盛，淮海繁华，广陵郑超宗家园有黄牡丹之祥，盛集文士，宴赏赋诗，糊名驰书，属余题首。余推南海黎美周第一。超宗镌赠金爵以旌异之。美周方应进士举，徐子子能赋《黄牡丹状元》诗，一时呼美周为‘黄牡丹状元’，此亦承平盛际，唐人擅场之流风也。都会焚毁，英俊凋伤。郑生侠骨，久付沙场。黎子文心，尚余碧血。余归心法门，灰冷梦断，维扬昔游，杳然龙汉吾劫外矣。”钱谦益《牧斋有学集》卷二十，上海古籍出版社，2003年，第853页。

② 钱谦益《牧斋有学集》卷四十九，上海古籍出版社，2003年，第1588页。

祖述弇州之初学，掇拾其呕哕之余，以相荐扬。谚有之：海母以虾为目。二百年来，俗学无目，奉严羽卿、高廷礼二家之瞽说，以为虾目；而今之后人，又相将以俗学为目。由达人观之，可为悲悯！[①]

钱谦益将逝之前，还曾给已为余杭知府的宋琬写信，嘱托其照顾房师冯梦祯之子冯云将，免除其徭役赋税[②]，可见他们在诗文切磋之余，颇有私交之谊。而其对于王士祯，则更显亲密。顺治十八年，王士祯在司理扬州任上，以年家子身份投贽于钱谦益，请其和《秋柳》诗。

钱谦益婉拒，转而赠王士祯《古诗一首赠王贻上士祯》，并书于扇面，历数诗坛变故，“献吉才雄骜，学杜铺醨糟。仲默俊逸人，放言訾谢陶。考辞竟嘈囋，怀想归浮漂。江河久壅决，厚涌亦腾嚣。幺弦取偏长，苦调搜啁噍。鸟空而鼠即。厥咎为诗訞”，称王士祯“骐骥奋蹴踏，万马喑不骄，勿以独角麟，俪彼万牛毛”，希望他抛弃七子、竟陵诗学，成为诗坛翘楚。又为其诗集作序，中有“与君代兴”之语，且示以诗学门径。其《王贻上诗序》云：

神庙庚戌（1610）之岁，偕余举南宫者，关西文太清、新城王季木、竟陵钟伯敬（惺），皆雄骏君子，掉鞅词坛……伯敬以幽闲隐秀之致，标指《诗归》，窜易时人之耳目。迨于今，轮才讽说，簸弄研削，莫不援引钟（惺）、谭（元春），与王（世贞）、李（攀龙）、徐（渭）、袁（宏道），分茅设蕝，而关西、新城之集，孤行秦、齐间，江表之士，莫有过而问者……嗟夫！诗道沦胥，浮伪并作，其大端有二。学古而赝者，影掠沧溟、弇山之剩语，尺寸比拟，此屈步之虫，寻条失枝者也。师心而妄者，惩创《品汇》《诗归》之流弊，眩运掉举，此牛羊之眼，但见方隅者也。之二人者，其持论区以别矣。不知古学之由来，而勇于自是，轻于侮昔，则亦同归于狂易而已。贻上之诗，文繁理富，衔华佩实。感时之作，恻怆于杜陵；缘情之什，缠绵于义山。其谈艺四言，曰典、曰远、曰谐、曰则。沿波讨源，平原之遗则也；截断众流，杼山之微言也；别裁伪本，转益多师，草堂之金丹大药也。平心易气，耽思旁讯，深知古学之由来，而于前二人者之为，皆能淘汰其症结，祓除其嘈囋。思深哉！《小雅》之复作也，微斯人，其谁与归？[③]

关于钱谦益逢人即谴责竟陵派、后七子派，哪怕是对后生小子亦不遗余力、不

① 钱谦益：《宋玉叔安雅堂集序》，《有学集》卷十七，《钱牧斋全集》（五），第764页。

② 参钱谦益《牧斋杂著·牧斋先生尺牍》卷一《与宋玉叔》，《钱牧齐全集》七，第244页。

③ 钱谦益《牧斋有学集》卷十七，第765页。

厌其烦，我们不再赘述。这段序言可以肯定一点：钱谦益确实将王士祯视为接替自己诗歌事业的人选。比如针对王士祯提出的诗歌应坚持四大宗旨："典、远、谐、则"，钱谦益表示认同。而且还进一步认为，王士祯秉承陆机《文赋》传统，主张沿波讨源，又具备皎然的悟性，能够截断时流，但仅仅这些仍是不够的。他语重心长地祭出当年授予钱尊王、冯舒等门人的法器——杜甫"别裁伪体、转益多师"，作为"金丹大药"赠予王士祯，希望他"深知古学所由来"，扬弃王李钟谭之诗学主张，"淘汰其症结，祓除其嘈囋"；其果能如此，则庶几能与古学贤者一道；而"微斯人其谁与归"这一结语，表明王士祯与钱谦益立场的一致性。不仅推举如此，钱谦益还录士祯多首诗入《吾炙集》。二十余年后王士祯追忆此事，尚称钱氏为"真生平第一知己也"。由此我们可以肯定，康熙初王士祯推崇宋诗，与钱谦益的引导有着某种深层次的诗学关联。

二、 破门而入

如果要彻底清除七子诗学之影响，打破其复古盛唐的诗学壁垒，就必须破门而入。为此，钱谦益将自严羽以来的诗论主张做了一番总结，他说："上下三百余年，影悟于沧浪（严羽），吊诡于须溪（刘辰翁），象物于庭礼（高棅），挦撦吞剥于献吉（李梦阳）、允宁（王维桢），举世瞑眩，奉为丹书玉册。"[①]这才是明诗食古不化的症结所在。钱谦益认为，倘若要彻底改变这个面貌，就必须将严羽所树立的诗学模型连根拔起，铺垫一条打通唐宋诗歌通道的诗学途径。钱氏有针对性地提出了所谓"相与肆力古学，发皇荡涤，焕然与唐、宋同风"之主张[②]，通过其本人及其门人的不断努力，终于攻破了有明七子诗学的堡垒，对江南诗学的蓬勃发展作出了突出贡献。毛奇龄《张弘轩文集序》云："在昔崇祯之末，主持文教者，首推云间。自虞山钱氏说起，而陋者袭之，言诗于宋则渭南、宛陵。"虽然毛氏对于宗宋诗风的兴起持否定态度，但钱谦益开启一代诗风，在江南培养了大量继承者，导致诗风朝中晚唐和两宋方向转化，这已是不争的事实。因此长洲尤侗也说："大抵云间诗派，源流七子，迨虞山著论诋谟，相率而入宋元一路……文宗大家是也。"[③]

① 钱谦益《牧斋有学集》卷十五《鼓吹新编序》，上海古籍出版社，1996年，第712页。

② 《牧斋有学集》卷十七《赖古堂文选序》，第770页。

③ 尤侗著；杨旭辉点校《尤侗集 下》之《艮斋倦稿》文集卷三《彭孝绪诗文序》，上海古籍出版社，2015年，第1156页。

尤侗认可钱谦益“文宗大家”的领袖地位，受其影响，江南诗人“相率而入”，正说明经虞山提倡之后诗风转向宋元的普遍性。

为了区别于此前严羽、高棅等提倡的沿唐诗上溯至汉魏直至诗三百的“向上一路”，钱谦益提倡从盛唐杜诗顺流而下。钱氏编辑《列朝诗集》或许就是本着这个初衷努力的。钱谦益的诗学实践，得到了大江南北不少学者的认同，比如前文提及的无锡陆楣，虽并不完全赞成其学说，但仍然肯定其功绩。他说：

（唐诗）体制最备，后之选者，各主一家。如《鼓吹》之高华、《品汇》之庄重，《唐人》则主声调，《诗选》则主气格，《英华》则主才情，至钟谭矫何李之俗，独主理趣，故七律所取皆幺弦孤韵。当《诗归》初行，翕然宗尚，虞山出而辟之，至诋之为鬼幽为兵象，虽持论过刻，而学者晓然知《诗归》与何李均非正宗。同时娄东、合肥二子与虞山名字相埒，角立骚坛，昌明诗学，今之号为诗伯者，皆三子之流亚也。[①]

陆楣这段话的最后一句是颇值得玩味的。“今之号为诗伯者，皆三子之流亚也”，“诗伯”为谁？江南朱彝尊、施闰章、叶燮，中州宋荦、侯方域，或者山左王士祯、宋琬、田雯等？总之，清初整个诗坛都受到钱谦益的影响，后期的登坛者基本上都曾受到钱谦益提携。直接接受钱氏之学的诗人学者所在多是，比如阎若璩《与戴唐器书》中盛赞钱牧斋，声称“参合唐宋金元而出之，是牧斋宗伯。貌似宗宋，而中有绝调之作，每读不忍释手”[②]。“吾从海内读书者游，博而能精，上下五百年，纵横一万里，仅仅得三人焉，曰钱牧斋宗伯也，顾亭林处士及黄南雷而三。”[③]他还以实际行动捍卫钱氏诗学声名：“故愚尝闻人谤牧斋学识、杜于皇五言律诗，辄掩耳而走。用是重得罪于当代君子，亦曾欲变易议论以媚于世，奈良心难昧，鬼神难容，故不得已昌言正论，期与天下共名此学。”[④]阎若璩要昌明的正论，正是虞山氏“参合唐宋金元而出之”的向下一路，因为他曾经明确表示：“学诗舍唐人而直趋三百，犹学道舍程朱而直宗尧舜，此病狂之言也。以为绝代奇谈者，反辞耳。”[⑤]可见，对于这种“惟古是从”、动辄上溯到诗经楚辞的学诗途径，清初学

① 《清代诗文集汇编》第176册《铁庄文集》卷三《与黄锡奇书》，第51页上。

② 《清代诗文集汇编》第141册《潜丘劄记》卷五，第175页上。

③ 金鹤冲：《钱牧斋先生年谱附记》，《牧斋杂著》，《钱牧斋全集》（八），上海古籍出版社，2003年，第973页。

④ 《清代诗文集汇编》第141册，第192页下。

⑤ 《清代诗文集汇编》第141册，第175页。

者基本上认为是狂刍之言。他们宁愿选择在中晚唐大家中追寻唐诗的“脉理”，沿此途径取法宋明诸大家，“上下五百年”，博采约取，追寻钱谦益、黄宗羲等开辟的学者型诗歌创作道路。

上文提及：钱谦益批判自严羽以来的“上下三百年”后七子派尊奉盛唐诗为高文典册的“吊诡”“影悟”错误路线，其后学阎若璩则总结自严羽以降“上下五百年”读书精博者仅有当代钱谦益、顾炎武、黄宗羲三人，其目的在于扫荡后七子派复古盛唐的传统，开辟宗法中晚唐诗的“向下一路”。钱谦益和阎若璩等皆认同钱起、刘长卿是盛唐一代人物[①]，并赞赏李商隐为杜诗之继承者，这和严羽、刘辰翁、高棅以来的看法是迥然不同的。钱谦益力排众议，从盛唐以下下功夫，逐渐改变了诗学风尚。至1684年前后[②]，毗陵邵长蘅给姜宸英写信，认为经过牧斋等鼓吹中晚唐宋元诗风之后，诗人已不读唐以前之诗书，变得矫枉过正了。他说：“不读唐以后书，自是献吉欺人语耳。今人矫之，真欲尽屏斥唐以前诗文，束置高阁，举世滔滔，良可慨也。海内倡鸣古学，屈指如足下辈，不过数人，微足下挽之而谁挽耶？”[③]他甚至强调完全摒弃晚唐，他说：“仆学诗垂三十年，汉魏三唐至宋元明人诗，尠所不观，亦尠所不好，独不喜多看晚唐诗。晚唐自昌黎外，惟许浑、杜牧、李商隐三数家差铮铮耳，馀子专攻近体，就近体又仅仅求工，句子间尺幅窘苦不堪。世界偌空阔，何苦从鼠穴蜗角中作生活计耶？”[④]邵长蘅等欲学杜甫“上薄风骚”，号召读唐以前书，然而“举世滔滔”均学唐以后诗文，这恰好证明了钱谦益之改革在其身后是成功的。

那么，钱谦益缘何未能完成诗学由直指“向上一脉”到打通“向下一路”的转变？我们认为，其一是源自于清初强大的明诗传统在短期内难以发生如此重大的逆转，另一方面源于其自身实践的不够。尽管钱氏《有学集》中，用多达十余卷、

① 《清代诗文集汇编》第141册《潜丘劄记》卷五《与戴唐器》：“玉溪生诗自有仙才，自不知者耶？良可痛惜。”“牧斋翁曰：‘唐人如岑嘉州、王右丞、钱考功，皆于老杜争胜毫芒。’初不解钱仲文何以当此，今读《载酒园诗话》方知牧翁之推赞不谬也。”第175、176页。

② 按：行年据前一书“尝梦想缥缈莫厘之胜……与足下别六七年”，当为丁巳二月十七日与姜氏同游锡山秦氏寄畅园之时。两人曾同题作《慧（惠）山秦园记》。

③ 《清代诗文集汇编》第145册《青门麓稿》卷十《与姜西溟二首》其二，第260—261页。

④ 《清代诗文集汇编》第145册《青门麓稿》卷十一《与金生四首》其四，第258页下。

八十余篇诗文集的赠序[①]，来阐述自己破除盛唐诗歌迷信的主张，然而这种方式是零散的。比较集中反映其思想的著作，还是《列朝诗集小传》，只可惜他没有能真正编辑完整，天启以后的作者，基本上就没有了。关于虞山《列朝诗选》未竟之因，清初文人不敢明说，惟方外今释澹归（仁和金堡）予以点破，他说："《列朝诗集传》，虞山未竟之书，然而不欲竟。其不欲竟，盖有所待也。传有胡山人白叔死于庚寅（1650年）冬，则此书之成，两都闽粤尽（失）矣。北之死义，仅载范吴桥，余岂无诗……虞山未忍视一线滇南为崖门残局，以此书留未竟之案，以待后起者，其志固足悲也……《覆瓿》《犁眉》分为二集，即以青田分为二人……一以为元之遗民，一以为明之功臣，则凡为功臣者，皆不害为遗民。虞山其为今之后死者宽假欤？吾不得而知，而特知其意不在诗。"[②]陈寅恪先生赞同其说，认为"诸家评《列朝诗集》之言，唯澹归最能得其款要"[③]。然而，《列朝诗集小传》未能延及明末清初，也削弱了虞山的诗学影响。

应该说，钱谦益在清初诗学的建树中，"破"的功劳远大于"立"，除了一部未竟的《列朝诗集传》，钱氏并没有系统阐释其诗学主张的力作，那些单篇零散地批判严羽、高棅等"谬种流传"的序言，很容易受到后人訾议。钱谦益发现了诸如《唐诗鼓吹集》《唐苑英华集》等前人选本的"善本之秘"，揭发严羽、高棅等唐诗选评之谬，并借题发挥其"唐宋同宗"的主张，同时也招致不少人反对。比如曾经受教于钱谦益的鄞县周容，在康熙十七年（1678年）应征博学鸿儒考试时，读其《有学集》诸序，意颇不以为然。其《春酒堂诗话》云：

家旧有《唐诗鼓吹》一册，俱七言近体，意主绮靡，而魔诗俗调，十居其七……丙午客燕，见牧斋先生《有学集》中有《鼓吹》一序，证为元遗山选次，比之王荆公《百家诗选》……若《鼓吹》之猥鄙，何以当先生意如是，恐不足以服严氏、高氏之心。先生往矣，安能起九原而面质之？[④]

---

① 谢正光先生说："考《牧斋有学集》所收同时人著述之序文，诗文别集类即不下八十篇。清初作者中之精英，身列遗民（如归庄、叶襄、王猷定、顾湄等）、服官清廷（如施闰章、周亮工、王士禛、季振宜等），或逃身方外者（如天童、退庵、石林等），莫不期得牧斋一言以自重。再观《有学集》中牧斋与当时人唱酬之诗作，益知牧斋在江南之文坛，固为雄长也。"谢正光《清初诗文与士人交游考》，南京大学出版社，2001年，第67页。

② 《清代诗文集汇编》第46册《遍行堂集》卷八，第426页。

③ 陈寅恪《柳如是别传》引录，下册976～977页。

④ 郭绍虞等编：《清诗话续编》，上海古籍出版社，2016年第2版，第95页。

在清初江南的宗唐诗人中，类似周容者不在少数，他们与钱谦益保持距离，囿于传统，他们也不敢直面破除七子诗学的壁垒，而是采取一种迂回的诗学策略，绕过“诗必盛唐”的高峰，寻幽揽胜，去探寻整个唐诗的秘境。取代钱谦益盟主地位的王士祯也是如此，他占得“代兴”之契机，不满足于接踵李攀龙，遂有超乘而上之志向。其山东老乡程可则所言甚明：“近代诗道寖降，公独蔚然以古秀典则，为诗家矩彟，后先所撰著，莫不尽其能而专美，乃世类言新城追踪历下，与琅琊昆季颉颃。孰知公兼体备善，非一端可涯涘哉！”[①]此段议论，公开推举王士祯为后七子诗学之接班人，无非为了吹捧山左诗学，未必有实际指向；昆山吴殳讽渔洋为“清秀李于鳞”，便说破了王士祯与李攀龙之间有师承渊源。在王士祯逝世的当年（1711），山东孔尚任为表弟秦济（公楫）《止园集》作序，又直接否定渔洋和李于鳞的领袖地位[②]。可见清初门户意气之争，虽稍逊于明，亦无时无之。王士祯对钱牧斋尚留情面，其《带经堂诗话》卷二曰：“钱牧斋驳之，冯班《钝吟杂录》因极排诋，皆非也。”对于冯班、吴殳等虞山后学，王士祯则怒斥之：“而常熟冯班诋諆之不遗余力，如周兴、来俊臣之流，文致士大夫，锻炼罗织，无所不至。不谓风雅中乃有此《罗织经》也。昔胡元瑞作《正杨》，识者非之。近吴殳修龄作《正钱》，余在京师亦尝面规之。若冯君雌黄之口，又甚于胡、吴辈矣。此等谬论，为害于诗教非小，明眼人自当辨之。至敢詈沧浪为‘一窍不通，一字不识’，则尤似醉人骂坐，闻之唯掩耳走避而已。”[③]客观而言，王士祯为了袒护严羽，此处诋毁冯班、吴殳等亦太过。杭世骏《榕城诗话》卷上载：“德清戚进士弢言每为二冯左袒，予跋其《才调集》点本后云：‘固哉冯叟之言诗也。’……夫西昆沿于晚唐、西江盛于南宋，今将禁魏之不为齐梁，禁齐梁之不为开元、大历，此必不得之数。风会流转，人声因之，合三千年之人为一朝之诗，有是乎？二冯可谓能持诗之正，未可谓遂其变者也。”冯班“能持诗之正”，之所以遭到王士祯批判，似乎是代钱牧斋受过了。

钱谦益、冯班等想要通过“毕其功于一役”的方式破除严羽诗论，其后来的阻力是可想而知的。大江南北，不少学者均对此发表了意见。桐城钱澄之认为，尽管钱谦益在破除严沧浪惟初盛是宗的迷信方面功不可没，但他忽视了严氏论诗的合理

① 《清代诗文集汇编》第42册《自课堂集》文集《王诒上诗序》，第403页下。

② 孔尚任序曰：“（公楫诗）体裁不一……唐人则似钱刘，骎骎而入李杜之堂；宋人则似苏陆，元以后及明之北地信阳历下太仓则不屑为矣。近人多趋新城，窃其粉泽以相媚，而公楫犹厌薄之。”载《清代诗文集汇编》第183册《止园集》卷首序，第4页下。

③ 王士祯《分甘余话》卷二，中华书局，1989年，第37页。

内核，以至于没有代表性作品。钱澄之《书有学集后》曰：

虞山于诗所以辟何李王李诸家者，不遗余力，而尊少陵至矣！其诗声调之和雅、词藻之葩流、故实之详和、对仗之工巧，间有规模乎白陆，要之不失温李之遗响，以语于少陵未也。极诋严羽、刘辰翁，分别四唐，是矣！而不信诗有悟入一路，由其生长华贵，沉溺绮靡，兼以腹笥富而才情赡，因题布词，随手敏给……虞山不事苦吟，宜其无惊人句矣！[①]

江西永新诗人贺贻孙于1684年刊行《诗筏》，亦取沧浪以禅喻诗、舍筏登岸之说。虽如此，他们对于严氏之说便有所警惕，不再像明人一昧崇拜。比如他曾说："严沧浪诗话，大旨不出一'悟'字；钟、谭《诗归》，大旨不出一'厚'字，二书皆足长人慧根。然诵沧浪诗亦有未尽悟者，阅钟、谭集亦有未至厚者，以此推之，谈何容易。"[②]总之，钱谦益、冯班之后，赞成严羽、反对虞山诗派横加指责的说法比比皆是，诸如王士祯、田雯等，皆袒护严羽，主张"取法乎上"，直到回溯至《诗三百》。诸如田雯为魏裔介所作《兼隐堂诗序》曰："今夫论诗者，莫不上溯汉魏，下讫四唐，纵有历下竟陵各逞其态，究未有蔑汉魏四唐之俎豆者。余以为风气迭易，牴牾易生，何不直追三百篇，进而益上，风雅颂之规模，历久不祧，四言之中，不已櫽括五七言，而露其端倪，窥其堂奥乎？"[③]这段公案一直延续到晚清潘德舆《养一斋诗话》仍未休止，他们基本都赞成诗歌应该上溯至汉魏以至于诗三百，要求"取法乎上"，只是对所谓"妙悟""禅喻"等说法有所争论[④]。

我们将钱谦益《有学集》和《列朝诗集小传》综合起来，试图去寻绎钱谦益的初衷：其之所以推倒明人"伪诗"、另起炉灶弘扬宋金元"真诗"，大概是为了更有效率地指导创作实践。或许钱氏认为，三千年的诗史想要打通融合，在诗学或史学的早期尚属可能（比如《史记》和杜诗），到了积淀过于滞重的后世绝非人力

① 《清代诗文集汇编》第40册《田间文集》卷二十，第206页。

② 郭绍虞等编《清诗话续编》上，上海古籍出版社，1983年，第141页。

③ 《清代诗文集汇编》第138册，田雯《古欢堂集》序卷二（实卷二十五），第396页上。

④ 潘德舆曰："严羽《沧浪诗话》，能于苏、黄大名之余，破除宋诗局面，亦一时杰出之士、思挽回风气者。第溯入门工夫，不自《三百篇》始，而始于《离骚》，恐尚非顶项上作来也。然訾沧浪者，谓其专以妙悟言诗，非温柔敦厚之本。是又不知宋人率以议论为诗，故沧浪拈此救之，非得已也。且沧浪谓汉、魏不假妙悟，夫不假妙悟，性情之中声也。汉、魏尚不假妙悟，况《三百篇》乎？知诗之本者，非沧浪其谁？虽然，以妙悟言诗，犹之可也，以禅言诗则不可。诗乃人生日用中事，禅何为者？此则文士好佛之结习，非言诗之弊也。"郭绍虞：《清诗话续编》，上海古籍出版社，1983年，第2011页。

所及，在实践中是根本行不通的。前面提及，钱谦益已从源头喝断严羽之流的“荼毒”和影响，钱谦益还用其一生学诗的体会来证明：一个精力有限的诗人，不可能任何学问都追本溯源从头学起，每个人都是根据自己的需要量体裁衣。他在《与遵王书》指出：“古人论诗，研究体源。钟记室谓李陵出于《楚辞》，陈于出于《国风》，刘桢出于《古诗》，王粲出于李陵，莫不应若宫商，辨如苍素。独孤及谓沈、宋既没，崔司勋、王右丞崛起开、宝之间，得其门而入，皇甫补阙数人而已。今之论古诗者，曹、刘、陆、谢能一一知其体源否？论盛唐者，祖祢李杜二家，亦知司勋、右丞开、宝间别有流派否……泝流而下，自韩柳、皮陆，以讫于宋之庐陵、眉山，金之遗山，而已知尽能索矣。更溯而下之，淈其流而扬其波，殆将往而不返，非所望于高明也。”[①]他似乎想说明：一个人的精力有限，选准和自己个性趣味相投的几个大家，能“得其门而入”，最后青出于蓝，便是上乘诗法。在《复遵王书》中，钱氏以自己作诗之经历为示范，略云：

仆少壮失学，熟烂空同、弇山之书。中年奉教孟阳诸老，始知改辕易向。孟阳论诗，自初、盛唐及钱、刘、元、白诸家……四十年来，希风接响之流，汤临川亦从六朝起手，晚而效香山、眉山。袁氏兄弟，则从眉山起手，眼明手快，能一洗近代窠臼。眉山之学，实根本六经，又贯穿两汉诸史，演迤弘奥，故能凌躐千古。[②]

钱氏不仅现身说法，还广举诗坛著名前辈来论证，无论多么优秀的诗人，其宗法对象皆是很有限的。万历时期诗坛的名家程嘉燧、汤显祖、公安三袁等，或诗法钱（起）刘（长卿）元（稹）白（居易），或诗法六朝和苏轼。可见，学诗因人而异，所谓风骚汉魏“雅正”之音亦不可强致，倒不如学宋代大家苏轼来得直接，通过学苏，一样可以“根本六经、贯穿两汉、演迤弘奥、凌躐千古”。钱谦益以身示范，企图证明：只有除“伪”破“赝”，根据个人禀赋选择合适的师法对象，才能在诗学上取得像公安袁宏道、嘉定程嘉燧以及临川汤显祖之类的业绩。

钱谦益诗学祈向，即反对拟古剽窃，以“稽古为今用”为矢的。其方向既然明确，其效果也确乎立竿见影，从《初学集》纂成，到虞山诗学标宗立派，只在数年

① 钱谦益《牧斋有学集》卷三十九，第1359页。

② （清）钱谦益著、钱曾笺注，近代钱仲联标校《牧斋有学集》（下册），上海古籍出版社，1996年，第1359—1360页。

之间便形成了巨大影响。冯班为门下邓林梓（1630—1677）[①]作《邓肯堂小游仙诗叙》，声称："东涧老人名冠天下，每言后生不及前人，未尝不叹息也。其门人数千，而称许者曰邓君肯堂。东涧雅性慎许可，作人诗文序，虽贵人名士，有声誉于一时者，言无假借也。"[②]钱氏鼓励同里门生"拨弃俗学"，除了立志古学的"二冯"之外，尚有钱遵王、陆元泓等，均能有所创获。譬如后者，吴门徐增曾为之慨叹："（陆秋玉诗）锥心洗髓，踢破虀瓮，扫瞖去障，独露光明。余窥其意，宁十年无字，不肯一笔千言；宁为庸众惊疑，不可失一人知己。吴郡数百里内有此奇观，吾不敢复论人诗矣！"[③]总之，钱谦益以其戛戛独造之匠心，开辟宗门，一举破除剽袭唐诗之魔障，这便是"虞山诗派"之缘起。

钱谦益抨击七子诗学是渊源有自的；尽管尊崇宋诗的倾向与公安相同，但他毕竟不像袁宏道那么执拗，特意和后七子王李诗学反着干，而是试图从文章领域里的"唐宋派"学理上来根除七子派空枵剽窃汉魏盛唐的弊病。继钱氏批判严羽之后，虞山门人冯班对于沧浪更是深恶痛疾，特作《严氏纠谬》一书予以指斥。钱钟书先生从"妙悟"论出发，认为严羽所言在理，批判虞山派不解沧浪妙悟之旨趣[④]；而笔者认为，恰恰是此种误读性的批判，方能体察虞山派之别有用心。冯班诗学钱谦益，而钱氏的诗学根基源出于唐宋派的归有光，如果不是从诗学的共同感应方面去

① 按：生年据王应奎《柳南随笔》"徐泾桥邓肯堂幼有神童之目，年十三，赋《空谷诗》为松圆诗老（程嘉燧）所赏，遂以此得名，人呼之为'邓空谷'。"程氏始居佛水山庄，大约在1635年馆于钱牧斋"耦耕堂"读书时，彼时教钱谦益诗法。其后大约在崇祯十四年（1641）著《耦耕集》，定居于此，越二年而卒，权且以1642年为肯堂获松圆诗老面炙之时，其年十三，故肯堂生于1630年。陈望南《海虞二冯研究》据方志所考卒年为1679，似误，冯班有丁巳（1677）哭祭之诗，以冯班为准。

② 冯班《钝吟老人文稿》，1923年小山书屋刻本。

③ 《清代诗文集汇编》第41册《九诰堂集》文卷之《陆秋玉水墨庐诗跋》，第479页下。按：徐增（1613—？），字子能，号而庵，江苏吴县人。钱谦益弟子。入清隐居石湖，康熙八年尚在世。与陕西孙枝蔚、昆山归庄、太仓陆世仪等交往，著《九诰堂集》三十五卷，凡诗二十五卷，文八卷、诗余一卷、史论二卷，清钞本，湖北省图书馆藏。又有《池上篇》诗稿本一册，后有康熙九年范某跋，南京图书馆藏。别有《池上篇》不分卷，钞本，一册，湖北省图书馆藏。光绪《苏州府志》卷一三八载，所著有《而庵集》《元气集》。自卓尔堪后，称其诗者仅《咏黄牡丹》而已，而于《九诰堂集》，未见有人提及。

④ 钱钟书《谈艺录》卷二八《妙悟与参禅》："'（钝吟）禅家死句活句与诗法并不相涉……沧浪不知参禅'云云。按前段驳沧浪是也，后段议论便是刻舟求剑、死于句下，钝吟亦是钝根。"商务印书馆，2011年，第239页。

理解严羽的旨趣，而是从师法对象去考察，虞山派其实不仅没有错，而且以高度的责任感完成了一件重要任务：攻击严羽等所谓“顿门”的盛唐诗学[①]，直接“破执”“回向”，将“向上一路”改为“一路向下”，将“单刀直入”改成“破门而入”[②]，藉以破除盛唐迷信。这一点，其族人后学钱孙保看得非常清楚：

近日谈诗者，无不以虞山诗为口实……盖（牧斋）公少年时，诗文不脱王李窠臼，登朝之后，嘘震川于煨烬中而大好之，手追心慕，尽得其学而学焉。《初学》之诗文，遂孤行天下。[③]

钱谦益这方面的言论在江南产生了积极的影响。虞山门下二冯，以及钱遵王等均有所建树，他们不拘于唐宋某几家，主张兼收并蓄。其后学蒋伊认为：“诗本性情……有合乎风人之遗，不必问其字句格调之孰为唐孰为宋也。”[④]此外，无论是宦迹江南的王士祯、宋琬，还是流寓淮扬的陈伯玑、周伯衡、吴江朱鹤龄、昆山吴殳等，皆朝此“向下一路”走下去。据柳塘吴祖修回忆：“钝翁（按：宋琬）先生每谓余可以言诗，其法较密……教余以古人为诗，未尝妄作。虽极琐屑，题皆有感托。余因先生言，求之唐宋元明大家集中，皆略得其法与其所以立言之旨，益知向者家君（吴殳）及（胡）悦之、（陈）伯玑、伯衡诸先生所论皆具有本末也。同里朱愚庵先生谓余曰：‘……子之言是也。吾闻之钱宗伯之论诗良然。’”[⑤]当然，最直接的影响还是其虞山派的弟子冯舒、冯班兄弟。在诗论方面，钱氏及冯班其首先对明代“倒学”的作俑者严羽发难。

虞山钱谦益在清初处于领袖地位，事实上是无人能出其右的；但他想要推倒晚明江南诗坛的偶像王世贞，亦洵非易事。钱谦益不满明诗人惟七子是从，曾经明确表示：“余之评诗，与当世牴牾者，莫甚于二李及弇州。”[⑥]王弇州即王世贞，其在吴中之影响，绝非钱谦益所能轻易撼动。尽管当时江南另一诗派领袖吴伟业对钱谦

① 佛典《神会集》云：“明镜可以鉴容，大乘经可以正心。第一莫疑，依佛语，当净三业，方能入得大乘。此顿门，一依如来说，修行必不相误。”

② 严羽《沧浪诗话》中阐述道：“夫学者以识为主：入门须正，立志须高……路头一差，愈骛愈远……工夫须从上做下，不可从下做上……谓之‘向上一路’，谓之‘直截根源’，谓之‘顿门’，谓之‘单刀直入’也。”

③ 钱孙保《穷愁漫语》，《清诗话三编》，第927页。

④ 《清代诗文集汇编》第122册《莘田文集》卷六《王敬哉先生青湘堂诗序》，第427页上。

⑤ 《清代诗文集汇编》第157册《柳塘诗集》卷首自序，第375页。

⑥ 钱谦益《绛云楼题跋·徐季白诗卷》，上海古籍出版社，2015年，第137页。

益毕恭毕敬[①]，但他更加信奉王世贞，曾被人许誉为弇州传人，梅村门人朱一是尝作《上梅村》诗云："弇州、梅村一梓里，后来者胜投袂起。"吴氏麾下的"太仓十子"，亦被徐世昌《晚晴簃诗汇·诗话》表述为"瑰词雄响以继弇州者"；接续"太仓十子"者还有"东冈十子"，亦以追步弇州为目标，这一过程一直持续到康熙中叶。可能出于现实的考虑，钱谦益并没有触及当时诗坛的根本问题，而是打着"兴复古学"的旗号，炮制所谓弇州折服于归有光的"晚年定论"[②]，以苏、陆为进路而出唐入宋。

直至清康熙初，受钱谦益等启发，顾有孝、潘耒等人开始反思七子派"宋无诗"之观念，不断从事宋元诗之选政。潘耒为同乡顾有孝《五朝名家诗选》作序说：

诗章之道，发乎心灵，触乎情境。其所以为诗者，无弗而同至……自嘉靖七子有唐后无诗之说，至今耳食者从而和之，宋、元诸名家之诗，禁不一寓目，复于唐代独尊初盛，自大历以还，割弃不取，斤斤焉划时代为鸿沟，别门户如蜀洛，既以自域，又以訾人。一字之生新弃而不用，曰惧其堕于中晚也；一句之刻露摘以相语，曰惜其入于宋元也。天与人以无穷之才思，而人自窘之；地与人以日新之景物，而人自拒之，其亦陋而可叹矣……四十年前，人醉竟陵之糟粬，乃者骎骎复堕济南之云雾，先生之书，随时补救，因病发药，岂有他哉！学者诚于此诸家之诗，错综参伍，潜思熟玩，尽其不同之致，得其所以不同而同之原，乃能纵横自运、冥会古人。若徒袭其皮毛，落其窠臼，则今之为宋元诗者，恶趣正复不少，执药成病，传染更深，吾知卢扁（按：扁鹊之别名）望而反走矣。[③]

潘耒指出，明亡而王李竟陵诗风垂四十年，到了康熙中叶，世人竞相学习宋诗，甚至一度到了"执药成病"的程度，这自然也非虞山诗学的本意了。因此潘耒、顾有孝坚守虞山之学，在与竟陵派和七子诗学相颉颃的同时，还要防止滑入宋诗的"恶趣"之中。难能可贵的是，潘耒和顾氏强调虞山诗法，即学古而不复古，

① 陈玉璂《常熟吴苍符诗序》云："常熟之有钱宗伯举世无不震其名……太仓吴祭酒笃信宗伯，见今世有诋諆其诗文者，辄怒形于色，或作为文词，盛气以争。"《清代诗文集汇编》第142册《学文堂文集》序九，第600页上。

② 钱谦益《列朝诗集小传》丁集上"王尚书世贞"条："（王元美）作《卮言》时年未四十，与于鳞辈是古非今，此长彼短，未为定论。行世已久，不能复秘，惟有随事改正，勿误后人而已……元美病极，刘子威往视，见其手子瞻集不置……昔者王伯安作《朱子晚年定论》，余窃取其义以论元美。"第437页。

③ 《清代诗文集汇编》第170册《遂初堂集》卷六，第313—314页。

要求在宋元各名家诗中"错综参伍，潜思熟玩"，参详同异、考究根源，做到"纵横自运、冥会古人"，而不是剽窃剿袭、落入前人窠臼，成为类似七子宗唐一样死板的"宗宋派"，可谓是深得虞山诗学之要领者。由此可见，钱谦益对于清初江南吴中一带的诗学影响是何其深远。综上所述，作为明清鼎革之际名气最大的诗人，钱谦益反思明诗弊端，从源头上痛下一刀，破除七子派诗学模拟剽窃盛唐诗歌的窠臼，在江南造成了轰动性的影响。其诗派继承者冯班等将唐诗的流变下延至晚唐李商隐；而反对者亦不得不将眼光投射到整个"三唐"，吸取中晚唐的创作经验。虞山钱氏与海虞二冯"开源延流"式的诗学实践，成为清初江南诗人从宗盛唐到全面宗唐、从宗唐到祢宋的关键节点。虞山派对于清诗转型可谓首功。

三、种瓜得豆

尽管虞山门人冯班在《邓肯堂小游仙诗叙》中，声称钱氏有"门人数千"，但由于钱谦益在清初成为"贰臣"，诸多曾受教于他的世家子弟均与之划清了界限，只有少数世交诸如吴伟业、归庄、方文等仍相过从。我们只有耐心寻找一些例证，来说明钱谦益正本清源、出唐入宋奔流直下的诗学思想有可能影响到哪些人。首先是"假我堂"雅集的十人：顺治十一年十月，钱谦益于张奕私宅假我堂晏集，作了组诗《冬夜假我堂文宴诗有序》（《牧斋有学集》卷五），宾客有吴江朱鹤龄、昆山归庄、嘉定侯涵、长洲金俊明、叶襄、徐晟、陈三岛、袁骏等；这些人可视为钱谦益之拥趸。比如侯涵曾投贽于钱谦益，钱氏假我堂组诗亦有一首题为《简侯研德并示记原用歌字》。此前的顺治九年，钱牧斋曾向吴伟业推介侯氏，后来吴伟业和侯涵均为娄东门下弟子周肇《东冈诗稿》作序；此后1664年归庄作《侯研德文集序》亦云："嘉定之文派，故宗太仆，而虞山钱宗伯则太仆之功臣也。研德渐摩乡里先哲之训，又奉虞山之教。"[①]侯涵从批判何景明入手，认为再次走回七子诗学的道路是行不通的：

何大复尝谓：唐初四子，音节可歌，子美调失流转，予初韪之。然究其所为《明月篇》，声浮于情，学者从是矫宋元之过，相与规步音响，趋摹格调，而天下之情隐者，亦大复为之戎首也。数十年以来，声盛者情伪，情真者声俗，两家之说，戛然不入，而其不谐真乐则同终，亦成其两伪而已矣！[②]

① 归庄：《归庄集》卷三（上册），上海古籍出版社，1984年，第215页。

② 《清代诗文集汇编》第122册《秋笳集》卷五前序，第269—270页。

然而，除了瞿式耜等乡里门生，以及侯涵、朱鹤龄、归庄等寄名弟子心摩手追，钱谦益当时的诗学设计似乎“曲高和寡”，并没有得到时人的领会。为了壮大声势，钱谦益曾将与其辩论商榷“古学”的关中李楷（见上文李叔则）、太仓陈瑚皆拉入其阵营，见诸《答山阴徐伯调书》云：“《初学》往刻，稼轩及诸门人……今之好古学者，有叔则（李楷）、愚公（朱鹤龄）、确庵（陈瑚）、孝章（金俊明）、玄恭（归庄）诸贤。”[①]李楷宦游淮扬、为当地“望社”社员，陈瑚系理学家，金孝章、归玄恭为遗民，他们都是主流诗坛之外的作家。由此可见，钱牧斋因变节而生气委地，江南士子唯恐避之而不及，其晚年是窘迫而落寞的，其诗学影响力，断然不得与后来的“代兴者”王士禛相提并论。尽管钱谦益的诗学体系尚未真正建立起来，但他破除了后七子的“诗必盛唐”迷信，这是值得大书一笔的。

钱谦益于康熙三年去世后，黄宗羲、吴之振等浙东“宋诗派”崛起，可谓是钱氏“出唐入宋”诗学主张的自然延续。钱谦益所设定的诗学路径，是沿着唐宋金元明五朝诗歌铺垫成一条通途，这只是一种理想状态，在实施过程中，“虞山派”诗学的发展与其原初的设计发生了重大的偏转，正如蒋寅先生所说：“学宋元诗最后变成了学中晚唐，这个种瓜得豆的滑稽结果。”[②]其影响主要在直接和间接两个方面。直接的影响是虞山派内门生改弦易辙，纷纷从推崇苏轼、陆游等宋诗转向中晚唐白体、义山体、香奁体等，代表作家为海虞二冯，以及毗邻虞山的太仓十子等。间接的影响，涉及到“代钱而兴”的宗主王士禛和“自领一队”的叶燮等。王渔洋在经历了二十年出唐入宋的诗学实践之后[③]，又折返到盛中唐；同样，受到钱谦益影响的叶燮，已开辟出从杜甫至韩愈、苏轼一条文人之诗、学人之诗的路径，然而到其横山门人沈德潜主持坛坫的时候，又回到七子格调的阵营中去了。而这些百年之后的诗学主张，固然与钱谦益渐行渐远，似乎绕了一圈回到了原点，但事实并非如此：无论怎样，钱谦益播下的种子总算有了一些成果，到了康熙中叶，苏轼、陆游诗集家置一编，钱谦益是功不可没的。更为重要的是，清初众多的诗人对于“唐诗

① 钱谦益《牧斋有学集》卷三十九，第1349页。

② 蒋寅：《陆游诗歌在明末清初的流行》，原载《中国韵文学刊》2006年第1期。

③ 孙立：“（王士禛）任扬州推官虽只有四年，但这几年正是江南诗风开始变化之初，他受钱（谦益）及诗学氛围（《宋诗钞》的刊行）的双重影响而发生转变，并不是不可能的。此后直到康熙二十八年他五十五岁时编成《唐贤三昧集》，又标志着他向宗唐的复归，掐头去尾的话，王士禛此前宗宋的时间至少也有二十年左右。”孙立《明末清初诗论研究》，广东高等教育出版社，2011年，第308页。

学”有了完整的体认，尽管他们口头上并不否认七子诗学推崇盛唐的主张，但在实际创作中，多半是偏向于中晚唐体格的，如张鸿跋《常熟二冯先生集》曰：“启、祯之间，虞山文学蔚然称盛，蒙叟、稼轩（瞿式耜）赫奕眉目，冯氏二弟（冯舒、冯班）奔走疏附，允称健者。祖少陵，宗玉溪，张皇西昆，隐然立虞山学派。”这可能就是蒋寅先生所说的“种瓜得豆”的最主要体现吧。

虽然钱谦益从严羽、高棅开始批判，铺垫了一条出唐入宋的诗学建设道路，但是一开始并没有多少人走上这条道路；特别是那些江南诗人，他们宁愿沿着晚明后七子的路线走下去，把严羽及其《沧浪诗话》视为整个明代宗唐抑宋的源头，而并非“诗必盛唐”的源头，从而走向更广阔的推尊唐诗的道路。显然，较之虞山，这无疑是一个更隐秘更稳妥的诗学策略。“西泠十子”之一的毛先舒即此种宗唐诗人的代表，其《诗辩坻》回护严羽，仅仅从其见识卓特入手：

严仪卿生宋代，能独睹本朝诗道之误，谓“近代诸公乃作奇特解会，遂以文字才学议论为诗……叫噪怒张，乖忠厚之风。”论眉山、江西，亦可称沉着痛快，真敻绝之识，其书之足传宜也。[①]

毛先舒论诗从汉唐入手，尝以古来大家作十才子赞，分别是“左丘明、庄周、屈原、司马迁、枚乘、曹植、李白、杜甫、韩愈、苏轼”。（《巽书》卷七）虽然他认同苏轼文章，但不喜苏诗，尤其厌恶苏门黄庭坚之诗风，认为“诗须博洽，然必敛才就格，始可言诗”。这是因为毛氏直接师承云间陈子龙，拒斥江西诗风。计东曾言：“自宋黄文节公兴，而天下知有江西诗派，至于今不废。近代最称江西诗者，莫过虞山钱受之；继之者，为今日汪钝翁、王阮亭，最排斥江西诗者，莫过云间陈给事及李舍人、宋中丞。”[②]由此可见毛氏的立场渊源。针对友人的质问：“且宋诗多理学，宜可继颂，而今酷病之，何也？”毛先舒答曰“后世未尝无颂也，调不侔也”[③]，即唐诗与宋诗的格调是迥异的。可见他赞赏严沧浪“学诗入门须正”之说[④]，虽然总体上还是为了回到七子“格调派”老路，但是显然其宗唐的范围扩大了。毛先舒回顾其诗学历程云：

少时为诗，惑于楚人之说诗者，而同曹不平各私其邦贤。始以徐渭为越君子

① 《清诗话三编》第一册《诗辩坻》卷三，第62页。

② 《清代诗文集汇编》第97册《改亭文集》卷四《南昌喻氏诗序》，第127页下。

③ 《清诗话三编》第一册《诗辩坻》卷末《自序》，第96页。

④ 《清诗话三编》第一册卷一，第8页。

军，不足则又张之以渭南之师，曰陆游吾越中人也。久而觉（？按：手写草体，此字不能定）皆不足恃夫，然后转而为信阳、为北地，为初明诸家又迟之。迟之而始进而为三唐。[①]

不管怎么说，清初受云间影响的江南诗家眼界更宽阔一些，因此毛氏也不完全赞同七子诗学，比如在谈到古诗时引王世贞评严氏云："元美论沧浪论古诗则鹘突（糊涂），良然。"同时他也认为李攀龙"唐无古诗说"有误："李于鳞云：'唐无古诗，而有其古诗。陈子昂以其古诗为古诗，弗取也。'两'其'字竟作唐诗解，语便坦白。"[②]然而，云间、西泠诸派不同于钱牧斋之处在于，他们主张的诗学改良路径仍然是延续明代的，这一思路也为代替钱谦益而崛起的毛先舒、王士祯等人继承。王曰："往与西河毛检讨谈诗若文……海内已寖寖乎日新月盛。诗则竞效颦剑南石湖，放弃三唐汉魏，愈趋愈下，捉襟肘见之态，有不可以终日者。"[③]此处的"毛西河"系毛奇龄，他是"浙中三毛"中的另一位。他至死未改其说，1712年，90高龄的毛氏说："诗有情有文，而世之称工诗者，每曰不知情生于文、文生于情，一似文与情可以交峙而相生焉者。因之华亭陈氏在明季论诗，狃嘉隆浮绘之习，专以文行；而虞山钱氏矫之，特出南宋径率诗为之挥戈曰：诗只有情耳。于是不学之徒纵横而起。"[④]这说明毛、王等人又是在钱谦益"取法乎下"基础上的又一次反动，是在钱氏造成全国性的影响、又一次弊端横生（"不学之徒纵横而起"）之后的矫枉过正。

由于虞山诗派在破除严羽影响并不成功，钱谦益指出向下直通宋元明清的诗学路径，事实上在当时并未造成撼动整个诗坛的影响；七子诗学的势力仍然强大。正如本节开头援引钱钟书先生所说："清初诗家如天生（李因笃，1632—1696）、竹垞（朱彝尊，1629—1709）、翁山（屈大均，1630—1696），手眼多承七子，即亭林（顾炎武，1613—1682）、梅村（吴伟业，1609—1671）亦无不然。"[⑤]钱谦益虽然提携了这些后生晚辈，但他们各领一方诗派，与虞山诗学的主张皆不尽相同。我们前文提到李因笃、顾炎武虽承认钱谦益领袖江南的地位，但他们同时亦捍卫七

① 《清代诗文集汇编》第195册《菀青集》卷首序，第98页上。

② 《清诗话三编》第一册卷二，第43页；卷三，第45页。

③ 《清代诗文集汇编》第195册《菀青集》卷首序，第102页下。

④ 《清代诗文集汇编》第195册《性影集》卷首序，第413页上。

⑤ 钱钟书：《谈艺录》（补订本），中华书局1999年版，第109页。括弧姓名为笔者所加。

子格调派的诗学宗风，坚持以盛唐之音为法则，而吴伟业等以中晚唐白体、义山体等为范式，创造性发明“梅村体”，崛起为娄东诗派，与云间、虞山相鼎足，因此钱谦益与吴伟业徒有授受之名，并无诗学承袭之实。朱彝尊其实和钱谦益有过交集，他公开承认的一次是“南湖诗会”，钱谦益推举杨维桢“杨柳枝”词为第一，朱氏首肯之。还有一次是朱彝尊矢口否认的，大约在顺治十一年冬，朱彝尊可能参与了“假我堂”征诗的活动，并很可能与钱谦益等共同参加过“反清复明”的地下组织，我们可从《曝书亭集》中找到蛛丝马迹[①]。清初诗人大多如朱彝尊一样，保留有鲜明的明诗学立场，对于云间派与虞山派的论争保持中立，既不赞成“向上”追溯汉魏先秦古体，也不赞成一味“向下”滑入宋金元近体，而是通览古今、择其善者。尽管如此，朱彝尊因幼年在云间成长，感情上仍倾向于云间之学，其《明诗综》继承了陈子龙《皇明诗学》的主流观点，视七子诗学为明诗正宗。后来叶燮的弟子沈德潜，也基本上沿袭朱彝尊的态度，这或许是钱氏“种瓜得豆”最深远的两大后果。

为了建设新的诗学体系，钱谦益不仅从选本源头上肃清七子诗学之影响，而且祭出类似于公安派的法器，认为唐诗自有传统而不必汉魏；中晚唐诗亦自有优长，不可偏废[②]。在钱氏的汲引下，娄东、西泠的诗学风貌悄然一变。比如“西泠十子”之一的黄与坚曾向钱牧斋学习诗法，其诗学观念更是受钱氏影响，即认为唐诗自成体系，不必从汉魏学起。他说：“诗学种子实在三唐，由一代渐模，才得至此，非

① 朱彝尊《张君诗序》云：“曩予少壮时，获交圣野叶氏、长儒朱氏、孝章金氏、宁人顾氏、祯起徐氏、鹤客陈氏、无殊俞氏，茂伦顾氏，恒与往还唱和。而张君善诗，予未及知。”（《曝书亭集》卷三十八第471页。）按：我们因此怀疑，朱彝尊和钱谦益也有交集，即张奕“假我堂”之会。朱氏所列可与“假我堂唱和”对号入座，除了归庄变成顾炎武之外：叶襄、朱鹤龄、金俊明、归庄、徐晟、陈三岛……顾有孝，这里的张君，我们怀疑就是“假我堂主”张奕。参照钱谦益甲午十月二十八日“假我堂”宴集序：“嗟夫！地老天荒，吾其衰矣；山崩钟应，国有人焉……诸君既斐然成章，和以楚声。贱子亦慨然而赋，无以老耄而舍我。他人有心悉索敝赋以致师，则吾岂敢？客为吴江朱鹤龄长孺、昆山归庄玄恭、嘉定侯泓研德、长洲金俊明孝章、叶襄圣野、徐晟祯起、陈三岛鹤客，堂之主人张奕绥子。拈韵征诗者袁骏重。其余则虞山钱谦益也。”第819页。朱彝尊尚有《雨中陈三岛过偕饮酒楼兼示徐晟》（《曝书亭集》卷四）等，亦载有这段过往。

② 李中黄《逸楼论诗·论诗小引》高度概括为：“北地起，中晚废；公安出，汉魏清。”《清诗话三编》，第883页。

汉魏可及。”与此同时，他和吴伟业研习“古学”[①]，所以，他谴责王世贞与李攀龙“欲以汉魏词华掩抑三唐”的做法，认为其“才虽大，而工夫皆外用，不曾内用也”[②]。不仅如此，黄与坚还直接从中晚唐甚至北宋苏黄中寻找师法对象：“余初学时颇爱钱刘温韦诸子，以为取径中唐，易于上手。已复取宋苏、陆诸子诗，杂然好之，绝不起唐宋元明异同之见。”[③]从这个角度，便很好解释钱谦益的门生冯班以及再传弟子吴殳等缘何喜好晚唐“义山体”了，他们“初学时颇爱钱刘温韦诸子”，无非是易于上手。所以，当万斯同等不解地质问吴殳缘何舍三唐而独尊晚唐时，吴殳回答曰“尚其真”，学习晚唐诗接续其法乳而又能够自立：

又问：“丈夫何故舍盛唐而为晚唐？”答曰：“二十岁以前，鼻息拂云，何屑作‘中’‘晚’耶？二十岁以后，稍知唐、明之真伪，见‘盛唐体’被明人弄坏……故舍之耳……二李，刁家奴，学二李者又重佁也。”又问：“学晚唐者，宁无此过？”答曰：“人于诗文，宁无乳母？脱得携抱，便成一人。”二李与其徒，一生在乳母怀抱间，脚不离地，故足贱也。谁人少时无乳母耶？[④]

吴殳所说“法乳中晚唐”，和黄与坚所谓“取径中唐，易于上手”是同一种诗学策略。相对于“西泠派”的黄与坚因受云间派影响固守中唐“钱刘温韦”园囿，虞山、昆山的冯班、吴殳等人走得更远一些。他们论诗直接从义山介入，这种作法得到了时人的肯定。1658年，秦松龄序云：“魏（裔介）公谓予曰：修龄诗宗李义山，然世之为义山者，多龃龉少陵，余独以为善学义山者，善学少陵者也。然则魏公之知修龄，审矣！”[⑤]

为了更加接地气，更加方便地伸张晚唐诗学，冯班更是将严羽一抹到底，作《严氏纠谬》专著，以期动摇七子诗学之根基。开篇即云：“嘉靖之末，王、李名盛，详其诗法，尽本于严沧浪，至今未有知其谬者。今备论之如左。”冯班的诗学主张，其实是以时人之见来苛求古人。比如其论“元和体”：

大历之时，李、杜诗格未行，至元和、长庆始变，此亦文字一大关也。然当

① 《清代诗文集汇编》第74册《愿学斋文集》卷二十四《姚襄周西墅诗草序》：“余为诸生时，吴梅村先生招同读书于旧学庵，相与古学为砥砺，从容抵掌。”第238页上。

② 黄与坚《广诗说》张寅彭选辑《清诗话三编》第一册，上海古籍出版社，2014年，第67页。

③ 《清诗话三编》第一册，第60页。

④ 吴殳《答万季埜诗问》，《清诗话》上，第28页。

⑤ 《清代诗文集汇编》第147册《苍砚山人文集》卷二《吴修龄诗序》，第680页上。

时以和韵长篇为元和体。若以时代言，则韩、孟、刘、柳、韦左司、李长吉、卢玉川，皆诗人之显赫者也。云元白诸公，亦偏枯。大略沧浪胸中不了了，每言诸公，不指名何人为宗师，参学之功少也。[①]

冯班的指责严羽的主要根据有三：其一，“元和”系时代造就的转型期，不宜作为一种个别作家的体格。既然严沧浪认为“大历”是一副言语，“元和”又是一副言语，从整体上界定“大历”为盛唐之衰、“元和”为唐诗之变的变体特性，那么拿它来作为某类作家的风格就不合时宜。其二，时人所指的元和体，是指元、白互唱互和的千字百韵的排律[②]，也即其“和韵长篇”，不能代指元、白等人的整体诗歌风格。其三，元和之际，有特色的诗人尚有韩孟韦柳等七八家，风格多元化，不限于元白酬唱之一种。冯班从逻辑或者说纯学术的角度来解构严羽“印象式”的构建，显然有吹毛求疵之嫌，因为“元和体”在八百年流变中，众说纷纭，从来就没有一个明显的范畴界定，论者各据所需而已。比如新旧唐书之《元稹传》以至于《全唐诗》《御制唐诗》之元稹小传，皆以“元白诗”为元和体。然而明清之际的诗人根据自己的需要来揣度“元和体”的意思。王世贞《艺苑卮言》引唐李肇的观点，认为元和诸公所作诗均为“元和体”：“昔人有言：元和以后文士，学奇于韩愈，学涩于樊宗师，歌行则学放于张籍，诗句则学矫激于孟郊，学浅易于白居易，学淫靡于元稹，俱谓之‘元和体’。”[③]许学夷以“中自韩愈至元稹十三子为‘元和体’”[④]。吴伟业《梅花庵话雨同林若抚联句》亦似指元白轻艳一类的诗：“大历场谁擅，元和体独纤。”[⑤]汤右曾（1656—1672）《僧房闲寂》句云“元和有体三千首”[⑥]，又专指白居易诗。总之，冯班《严氏纠谬》一书，所涉问题大多类此，将中国诗话传统中印象式批评、诗性言说强作解会，变成学者式的推敲，如是一来，即使能起严羽于九原为一问，严氏未必降首。

① 冯班《严氏纠谬》，《清诗话三编》第8页。

② 元稹《白氏长庆集序》：“（乐天）寄予百韵律诗及杂体，前后数十章，是后，各佐江、通，复相酬寄。巴蜀江楚间洎长安中，少年递相仿效，竞作新词，自谓为‘元和诗’。”白居易《余思未尽加为六韵重寄微之》联句“制从长庆辞高古，诗到元和体变新”，自注：“众称元、白为千字律诗，或号为元和格。”

③ 王世贞撰、罗仲鼎校注：《艺苑卮言校注》卷四，齐鲁书社，1993年，第194页。原文见李肇《唐国史补》，文字稍有出入。上海古籍出版社，1979年，第57页。

④ 《诗源辩体》杜维沫点校本，第10页。

⑤ 吴伟业《吴梅村全集》上，上海古籍出版社，1990年，第191页。

⑥ 《清怀堂集》卷十五，四库全书本。

虽然如此，冯班对《沧浪诗话》逐条较真，以十分严谨的学术态度来解剖一部印象式诗话著作，并非是无理取闹，其诗学宗旨皆是冲着破除七子诗学之迷信而来的。因此其侄冯武（1617—？）在开篇即注云：

自宋末以来，大抵为（严沧浪）所误。《诗人玉屑》开卷即载其诗评，不待王、李也。攻之极当。钱牧翁作《唐诗英华序》，亦采其大略，然不若此覈论，未足祛后学之惑也。[①]

此处严武直接说明《严氏纠谬》的宗旨，是直承钱谦益《唐诗英华序》旨意而来。冯班较之钱谦益，人微言轻，然而其私淑弟子绵延至康乾之际，影响却更为深远。像钱良择、吴殳、赵执信、顾嗣立等江南寒士，皆继承冯氏诗学思想。特别是生活于康乾之际的长洲顾嗣立，一生著述颇丰，编过宋、金、元等诗学选集（《唐诗述》《宋诗删》《金诗补》《元诗选》《今诗定》）以及韩愈、温庭筠、苏轼多部笺注别集，按道理应该较为宽容，但他立论却颇为严峻，坚决反对严羽“诗必盛唐”的观念，公然为“晚唐体”辩护，左祖“二冯”学说。1704年9月，顾嗣立序刊其《寒厅诗话》，赞成海虞二冯的主张，将《瀛奎律髓》一并视作严羽、空同流毒予以清算，中云：

虚谷（按：元初方回）之论宋诗详矣，然其大旨则祖江西而祧晚唐。善乎定远先生论曰：“西昆之流弊，使人厌读丽词。江西以粗劲反之，流弊至不成文章矣。四灵以清苦为诗，一洗黄、陈之恶气象、狞面目，然间架太狭，学问太浅，更不如黄、陈有力也。”冯已苍先生曰：“方公《律髓》一书，于大段未十分明白，只晓得江西一派恶知见，且不知杜……独于今世不论章法，不知起结，如竟陵、空同诸派，彼善于此耳。”[②]

王士祯袒护严羽，是出于其“神韵”与严沧浪的诗性言说颇为类似，他推崇其“顿悟”说。而在研习对象上，并非严守诗宗盛唐一说。作为开创清诗面貌的诗学大家，王氏善于全面学习前人，兼宗唐宋各家。比如他亲为淄川唐梦赉编选诗文集，并为之序。尽管王士祯在其集序中说“其文近于蒙庄而其诗近于东坡”，但王渔洋同时消解了晚明诗学的派别争论，直接将中晚唐诗人皆列为宗法对象。唐氏本人尤推崇者为中唐李贺。比如1680年写于杭州的《法黄石先生黄山集略序》云：“（钉铰者，）此盖谓学少陵昌黎、飞卿、义山之诗不就，与妄訾济南北地者

① 冯班《严氏纠谬》，《清诗话三编》第8页。
② 丁福保辑《清诗话》上，上海古籍出版社，2015年，第85页。

也……（率意者，）此盖谓学长庆、渭南之诗不就，与妄訾公安竟陵诸子者也。”[①]这说明他扬弃了竟陵后七子的诗学观，而取法中晚唐白居易、韩愈、温庭筠、李商隐以及晚唐陆游。他还在《闻黄石先生有归志》之诗中，直接将法氏比作李贺，谓其乃“云亭奇字张芝草，石鼓鸿文李贺诗”[②]。他还曾广泛赓和韩愈等人诗韵。如《醴泉寺用韩退之南溪韵》；其《感兴》一诗，渔洋评点为“得义山之神”；《金陵二首》“又梦得也”；其《王朴斋方伯诗序》亦云：“与从事于诗盖将二十年于兹，汉魏六朝而降无论已，自隶诸生时即服膺竟陵，尝背诵不遗其全集一字。继而学沧溟亦然，十年来又复弃之矣。余急索（君之诗）而读之……此所谓词坛之飞将军者，若操鞭弭以与东野、浪仙诸君子从事，则钜鹿之战，诸侯皆作壁上观耳。窃因诗而乃废然自返也。”[③]此外，王士祯评其《挽韩崇安有声》诗似袁中郎佳处，《寄毕子山典籍》诗似徐文长等等，不一而足。唐梦赉学竟陵、沧溟诗各十年，最终转而学刘禹锡、孟郊、贾岛、李商隐，王渔洋门下类似唐氏的诗人还有很多。

虞山诗学的影响，除了二冯，还有吴江朱鹤龄、昆山吴殳等。朱氏曾与虞山集注杜诗、义山诗，而在创作上亦受虞山影响，偏嗜白居易体，评家认为他“诗近香山，文醇而不肆”。清初江南诗学界出现了所谓“谈诗之三绝”，即冯班的《钝庵吟录》、贺裳的《载酒园诗话》，以及吴殳的《围炉诗话》。其中最为著名者，当属昆山吴殳（1611—1695）。一名殳，字修龄，江苏太仓人，赘于昆山。崇祯十一年诸生，寻被斥。遂事佛，远游京师。与鄢陵梁曰缉友善。自天文乐律、兵法地理，以至医药卜筮，靡不探究原委。其诗服膺常熟冯班、丹阳贺裳，合采其说，成《围炉诗话》。“尝自谓贺黄公《载酒园诗话》、冯定远《钝吟杂录》及某《围炉诗话》可称谈诗之三绝。”(郭绍虞《清诗话前言》)《中国诗论史》编者评价：“三人论诗，观点相近，常互相引述，又都不同程度地受钱谦益影响，可以看成以钱谦益为代表的虞山诗派的重要论诗专著。”[④]吴殳早于顾嗣立，且公开私淑冯班学说，诗学李商隐，也学孟郊，在江南诗坛形成了一定影响。俞陛云《吟边小识》评曰：“吴修龄《寄胡稚威》诗，有‘冻苦星辰白，霜明鼓角干’句，胡极称之，谓‘不减孟郊’。”[⑤]康熙二十年（1681），吴殳著成《围炉诗话》六卷，其自序云：

① 《清代诗文集汇编》第103册，第188页。

② 《清代诗文集汇编》第103册，第389页上。

③ 《清代诗文集汇编》第103册，第192页。

④ 霍松林主编：《中国诗论史》（下册），黄山书社，2007年，第960页。

⑤ 王培军、庄际虹：《校辑近代诗话九种》，上海古籍出版社，2013年，第532页。

辛酉冬，萍梗都门，与东海诸英俊围炉取暖……其有及于吟咏之道者，小史录之，时日既积，遂得六卷，命之曰《围炉诗话》。一生困厄，息交绝游，惟常熟冯定远班、金坛贺黄公裳所见多合……宋人浅于诗而好作诗话，迩言是争，贻误后世，不逮二君远甚。严沧浪学识浅狭，而言论似乎玄妙，最易惑人。诗人于盛唐诗，虽相推重，非尽知作诗之本末；于中晚诗，非轻忽则溺惑，亦未究升降所以然……（冯）定远于古诗、唐体，妙有神解，著书一卷，以斥严氏之谬。[①]

此外，颇受冯班影响的常熟钱良择《唐音审体》，也推尊晚唐体，故赵执信云“常熟钱木庵推本冯氏，著《唐音审体》一书，原委颇具，可观采”[②]。观钱氏《抚云集》，仅模拟李商隐《燕台诗》便高达二十四首[③]。此类寒士的诗话客观反映了清初江南诗学的一个面向。然而，值得一提的是：明清之际诗论的学术氛围，可能正是由一茬接一茬的“人微言轻”的学者营造的，他们皆有攀附权贵的事迹。这些民间的、草野的诗学家，必须借助于朝廷当权派或者当地名宦才得以生存或者发展，从晚明至清初，不绝如缕：胡应麟攀附王世贞、许学夷和胡震亨结交李维桢、赵宧光借重申时行、唐汝询寄食于张叔翘、姚士粦结识钱谦益、陈祚明坐馆于严沆……类似事迹所在多是。吴殳上段引文中的“东海诸公”，可能指以昆山三徐为代表的江南新贵，蒋寅先生《清代诗学史》举陈维崧《湖海楼诗集》卷八《屡过东海先生家不得见吴丈修龄诗以柬之》为例，论证颇充分，不赘引述[④]。吴氏诗学主张得以推广，正是得力于他们的引荐，所以序末他接着感慨云：“嗟乎！事贵有益于身耳。周美成献诗蔡京曰：‘化行禹贡山川内，人在周官礼乐中’，遂至通显，诗如是者至矣！衰朽谬语，何足算乎？”蒋寅先生曾经质问：缘何吴殳较《围炉诗话》更早的稿本《逃禅诗话》中删尽对许学夷、冯班、贺裳的评价，如“余于三君，伯清（许学夷）先生，严师也。定远、黄公，畏友也，皆如李洞之于阆仙，铸金为像者也”？显然，这不过是其诗学生存的一种策略，从这个角度看也就解释通畅了。到康熙末年，赵执信诗学既是虞山冯氏诗学的延续，也是其绝响。赵氏在《冯舍人诗序》中说：“（予）越轶山左门庭，弃其家学，而宗虞山冯氏，讪笑哄然，渔洋

① 郭绍虞等《清诗话续编》，第470—471页。

② 丁福保等《清诗话》引《谈龙录》第三条，第318页。

③ 《清代诗文集汇编》第165册《抚云集》卷六《燕台诗二十首》《秋日燕台杂感四首》，第492—494页。

④ 蒋寅《清代诗学史》，第239页。

亦内薄之。”[①]作为王士祯之甥，赵执信私淑冯班诗学，不仅“标新领异、与时消息”，甚且作《谈龙录》与其舅分庭抗礼。然其欲分前辈大佬一杯羹，则又谈何容易。于是有了一段公案：方王渔洋邀名之际，赵执信不肯屈居其下，甚至戒诗四五年，而渔洋亲为之转圜，其门人张云章《赵赞善涓流集序》转述道：“王先生知之曰：‘噫！子过矣，宁退避老夫耶！’遇其来，为置酒而酌之，请驰其禁。于是赞善复稍稍事吟咏。”[②]除了赵氏，诗学不受王士祯待见的尚有贺裳[③]，其《载酒园诗话》亦遭到王士祯诋毁。海宁吴骞为之大鸣不平：“王新城尚书，生平宏奖风流，为物望所归。同时之人，有片言只韵之佳者，无不叹赏，为之延誉，不遗余力。独于丹阳贺黄公裳殊多不满。黄公著《载酒园诗话》，（王）文简极诋之，岂其竟无可取耶？此或别有他故，不得而知矣。”[④]实际上，王士祯对所谓江南时人标榜晚唐诗风的冯、吴、贺“谈诗之三绝”都予以严厉批判甚至詈骂，一反平日宽容心态。他在《古夫于亭杂录》等诗学笔记中一再讥讽冯班等点评《才调集》“卑之无甚高论”，而赵执信竟然为之“铸金礼佛”[⑤]，《分甘余话》指责冯氏“危害诗教非小，明眼人自当辨之”“犹似醉人骂座，闻之惟掩耳鼻走而已”[⑥]。显然摆出一副以朝廷显学对付寒士诗学的轻蔑架势。《四库全书总目》“渔洋诗总评”曰：“士祯谈诗，大抵源出严羽，以神韵为宗……惟吴殳目为清秀李于鳞。汪琬亦戒人毋效其喜用僻事新字，而赵执信作《谈龙录》，排诋尤甚。”显然，此种言论代表着官方的立场。直到乾嘉之际清诗初具规模，袁枚才有了定评：“严沧浪借禅喻诗，所谓羚羊挂角，香象渡河，有神韵可味，无迹象可寻。此说甚是。然不过诗中一格耳。阮亭（王士祯）奉为至谕，冯钝吟笑为谬谈，皆非知诗者。诗不必首首如是，亦不可不知此种境界。”无论是冯班“另起炉灶”，还是王士祯“借题发挥”，他们对于严羽的《沧浪诗话》都是在有意误读、为己所用，都是一种片面的、选择性的诗学策略。

---

① 《清代诗文集汇编》第175册《冯舍人遗集》卷首序，第613页上。

② 《清代诗文集汇编》第175册《朴村文集》卷八，第64页下。

③ 按：丹阳贺裳尊崇晚唐，其诗学主张影响亦甚巨，从构建的体系性、评诗的客观性方面与《围炉诗话》堪称伯仲之间，所以在此“三绝”并提。

④ 吴骞《拜经楼诗话续编》卷二，转引自《清诗话三编》，第1904页。

⑤ 王士祯《夫于亭杂录》卷五：“（冯班）《钝吟杂录》，多拾钱宗伯牙慧……其自为诗，但沿‘香奁’一体耳。教人则以《才调集》为法……卑之无甚高论。乃有皈依顶礼，不啻铸金呼佛者，何也？”《王士祯全集》，齐鲁书社2007年，第4920—4921页。

⑥ 王士祯《分甘余话》卷二，出处同上，第4982页。

第二节　江南诗体范式的戛戛独造

钱谦益多次强调“别裁伪体”“转益多师”，这种密切关注创作实践的诗歌理论，如石投水，在清初诗坛荡漾起层层涟漪；受其影响，顺康之际短暂的二十多年时间内，诗界涌现出了大量“生新”的诗体范式，主要有“梅村体”“玄恭体”“蠢山体”“宣城体”“茶村体”“神韵体”等。目前学界认可的诗体范式主要有“梅村体”“宣城体”“神韵体”。王小舒等指出：

在清初，出现吴伟业的“梅村体”，可以说，正是古典诗歌发生质变的一个信号。此后，施闰章的“宣城体”，王渔洋的“神韵体”等等，也都是对前人加以提炼与整合的结果，并且也都取得了可观的成就。据此，我们有充分的理由说，入清以后，的确开启了诗坛的一个新的纪元。虽然“格调”的余波尚在，但情况显然与过去不同，谁也不能否认这一点。[①]

所谓“格调”的余波，即明代七子派诗风的延续。而今人所扬言“古典诗学”已经“质变”、发生了“与过去显然不同”的情况、“开启了诗坛的一个新的纪元”，也即钱仲联先生所述：入清后诗歌的整体风貌发生了巨大转变，由“复古”变成了“学古”。他们不再单纯地、机械地模拟某一家、某一派，而是转益多师——这也就是引文中所说，此类诗体范式的出现，“也都是对前人加以提炼与整合的结果”；而恰恰这一切都与钱谦益或多或少发生过某些重大关联。凌凤翔在《初学集序》中更认为钱谦益开创清诗之新风：“窃惟宗伯诗，适当诗派中衰之际，实开熙朝风气之先。”中州宋荦《漫堂说诗》也将钱氏目为清初诗风转变之代表：“唐以后诗派，历宋元明至今，略可指数……本朝初又变于钱谦益。”对此，孙立教授指出所谓“开（康）熙朝风气之先”，实际上是承前启后，改变了诗歌发展的格局[②]。那么，这些诗体范式是怎样出现的，又有哪些体貌特征，我们将展开作详述。

---

① 石玲，王小舒，刘靖渊：《清诗与传统：以山左与江南个案为例》，齐鲁书社，2008年，第48页。

② 孙立：“凌、宋二人均认为钱不仅在当时学界广有影响，且能开风气之先。所谓开风气之先，大约是指钱谦益在诗文方面能起一种承前启后的作用，能对其身后的文学发展起一种示范的效果。”孙立著《明末清初诗论研究》，第248页。

吴伟业与“梅村体”

从某种程度上说，正是在钱氏提倡唐宋派“古学”、号召“别裁伪体”的冲击下，以云间派为首的七子派复古阵营最终走向末路，江南诗人广泛吸收中晚唐诗人和宋代苏轼、陆游等大家的艺术经验，迎来了百花齐放的创作之春。而成就最著者，便是占据“东风第一枝”的“梅村体”。腊梅花开，正在冬尾春头；“梅村体”之出现，也恰在云间派渐近尾声与虞山派壮大声势之际。其开创者吴伟业，受到了陈子龙、钱谦益的双重影响。《梅村诗话》评陈子龙（1608—1647，字卧子，号大樽）：

诗特高华雄浑，睥睨一世。好推崇右丞，后又摹拟太白，而少陵则微有异同。要亦崛强，语非由中也……（与李叔章）号陈、李诗，继得辕文，又号“三子”诗，然皆不及。当是时几社名闻天下。卧子奕奕眼光，意气笼罩千人，见者莫不辟易。登临应答，淋漓慷慨，虽百世后犹想见其人也。尝与余宿京邸，夜半谓余曰：“卿诗绝似李颀。”又诵余《雒阳行》一篇，谓为合作。余曰：“卿诗固佳，何首为第一？”卧子曰：“‘苑内起山名万岁，阁中新戏号千秋’，此余中联得意语也……”余赞叹久之。[①]

吴伟业对于陈子龙睥睨一世的气概是由衷钦佩的，当陈子龙将之比作盛唐才子李颀之际，吴伟业不置可否，但他对于陈的诸七律名句“赞叹久之”。他还在给云间其他诗人的书信中，反复称陈子龙是明末诗坛盟主。比如梅村为“三子”之一的宋征舆作《宋直方林屋诗草序》曰：“往余在京师，与陈大樽游，休沐之暇，相与论诗，大樽必取直方为称首，且索余当为之序。当是时，大樽已成进士，负盛名，凡海内骚坛主盟……于是天下言诗者辄首云间。”[②]吴伟业与陈子龙等互相推许、惺惺相惜，在明末清初的诗坛引领云间、娄东诗派，均创造了不凡的业绩，后来王士祯总结说：“一时瑜、亮，独有梅村耳。”[③]

吴伟业与陈子龙在创作上互相砥砺，他曾在给“云间六子”之一的彭宾所作五十寿序中回忆：二十年前，当彭宾等复社俊彦流连于酒馆赌场之际，陈子龙一人在旅社秉烛读书。吴伟业知耻而后勇、最终取得超越云间其余诸子的诗学成就，亦

---

① 王夫之等撰《清诗话》（上册）第 71 页。另见《吴梅村全集》卷五十八，第 1135 页。

② 吴伟业：《吴梅村全集 》卷二十八（中册），第671页。

③ 王士祯：《香祖笔记》卷二，16页。

是受陈子龙实学精神所感染[①]。他在为彭氏所作另一篇《彭燕又偶存草序》中，充分肯定云间派的复古主张："云间之以诗闻天下也，三四君子实以力还大雅为己任，遭逢世故，投渊蹈海。其英风毅魄，流炳天壤，可以弗憾。"[②]七八年后，伴随云间三子逝世，娄东派崛起，吴伟业又被彭宾称为骚坛盟主。顺治六年，云间派诗人彭宾曾有诗寄赠吴伟业曰："和璧蛇珠世希有，一逢周客皆难售。黄钟大吕出明堂，当时作者尽奔走。披谒龙门客不空，骚坛艺苑称宗工。"综上述，我们可知：陈子龙等云间诸子对于吴伟业的影响，主要集中在诗歌创作实践方面，通过互相吹捧为诗坛盟主这一细节上看，云间诗歌理论对于吴梅村影响有限。吴伟业并不主张专门模拟盛唐，而是强调三唐会通，正如钱谦益弟子陆元辅评价的那样："甲（申）乙（酉）以来，以诗鸣江左者，莫盛于娄东。其体大率以三唐为宗，而旁及于国朝高（启）、杨（基）、何（景明）、李（梦阳）诸作。其人则吴梅村先生为之帜志。"[③]

吴伟业与钱谦益为知交好友，顺治七年（1650）年十月，吴伟业至虞山拜访钱谦益，恰闻旧日红颜卞玉京正在此地不远，虞山敦请之，未料卞氏避梅村而不见，径入内帏找柳如是叙旧。宴后，吴伟业遗憾写下《琴河感旧四首》。次年春，卞氏以女道士身份亲自到长洲拜访梅村，吴梅村又写下《听女道士卞玉京弹琴歌》。当此际，吴中名伶王紫稼入京，吴梅村作有《王郎曲》；钱牧斋则有《辛卯（1651）春尽歌者王郎北游告别戏题十四绝句》。不久，吴伟业有感于吴三桂降清自重，作《圆圆曲》。本年初夏牧斋作《与吴梅村论社书》，有"顷与阁下在郡城晤言，未及遽分鹢首，窃有未尽之衷，不及面陈"之语。顺治十年，吴伟业奉旨以旧臣赴阙。吴梅村、钱牧斋、潘耒等均曾向东南儒者之首顾炎武发出邀请，但均被顾拒绝。顾亭林在给弟子所作的《寄潘次耕燕中诗》曰："或有金马客，问余可共登。为言顾彦先，惟办刀与绳。"决绝之意，凛然如是，顿令吴伟业等短气。然纵观吴

① 吴伟业《彭燕又五十寿序》：往者余偕志衍（吴继善）举于乡，同年中云间彭燕又、陈卧子以能诗名。卧子长余一岁，而燕又、志衍俱未三十。每置酒相与为欢，志衍偕燕又好少年蒲博之戏，浮白投卢，歌呼绝叫；而卧子独据胡床，燃巨烛，刻韵赋诗，中夜不肯休，两公者目笑之曰："何自苦？"卧子慨然曰："公等以岁月为可恃哉？吾每读终军、贾谊二传，辄绕床夜走，抚髀太息，吾辈年方隆盛，不于此时有所纪述，岂能待乔松之寿、垂金石之名哉！曹孟德不云乎：'壮盛智慧，殊不吾来。'公等奈何易视之也！"《吴梅村全集》卷三十六，第766页。

② 《吴梅村全集》卷二十八，第671—672页。

③ 陆元辅《陆菊隐先生文集》卷五《王怿民诗序》，《清代诗文集汇编》第61册，第378页下。

氏诗学履践，可见先后其受益于云间、虞山两家，而能自出面目，故而能创立娄东派，与前者鼎足而三。在理论创建上，吴伟业辄对钱谦益推崇备至。他在《致孚社诸子书》中云：

弇州先生专主盛唐，力还大雅，其诗学之雄乎！云间诸子，继弇州而作者也；龙眠、西陵，继云间而作者也。风雅一道，舍开元、大历其将谁归？至古文辞，则规先秦者失之模拟；学六朝者失之轻靡；震川（归有光）……开示后学。若集众长而掩前哲，其在虞山乎！①

值得注意的是：吴伟业与陈子龙探讨的核心是创作，而与钱谦益直接对话，往往以理论探讨居多。诸如钱谦益发表了著名的《梅村先生诗集序》，“略举学诗之说以引其端”，序曰：

梅村之诗，其殆可学而不可能者乎！夫诗有声焉，宫商可叶也；有律焉，声病可案也；有体焉，正变可稽也；有材焉，良楛可攻也。斯所谓可学而能者也……戴容州有言：“蓝田日暖，良玉生烟，可学而不可置于眉睫之间。”以此论梅村之诗，可能乎，不可能乎？文繁势变，事近景遥，或移形于跬步，或缩地于千里。泗水秋风，则往歌而来哭；寒灯拥髻，则生死而死生。可能乎，不可能乎？所谓可学而不可能者信矣……读梅村诗者，亦可以霍然而悟矣。窃尝谓诗人才子，皆生自间气，天之所使以润色斯世，而本朝则多出词林。然自高青丘以降，若李宾之、杨用修者，未易一二数也。丰水有杞，生材不尽，而产梅村于隆平之后，以锦绣为肝肠，以珠玉为咳唾，置诸西清东序之间，俾其鲸铿春丽，眉目一世。

钱谦益在序中给予吴伟业极高的评价，推举其为一世之“眉目”，可以延续高启、李东阳、杨慎以来的“诗人才子”传统。钱氏也自知其诋毁七子派甚激，写下此序的同时，又修书解释说：“豫章徐巨源规切不肖为文，晚年好骂，此叙一出，恐世之词人，树坛立坫者，又将钳我于市矣。”②那么，吴伟业对钱谦益的主张有何反应呢？他既不同于云间派，也与虞山派有异，恰以中庸之道居于两者之间。他说：“然则为诗之道何如？曰：亦取其中焉而已……夫诗者，本乎性情，因乎事物，政教流俗之迁改，山川云物之变幻，交乎吾之前，而吾自出其胸怀，与之吞吐，其出没变化固不可一端而求也，又何取乎訾人专己，喋喋而呫呫哉。”吴伟业认为，“訾人专己”属于明人习气，应该戒除。他在《龚芝麓诗序》中专门批评了

① 吴伟业：《吴梅村全集》卷五十四（下册），上海古籍出版社，第1087页。

② 钱谦益：《与吴梅村书》，《有学集》卷三十九，《钱牧斋全集》（六），第1363页。

钱谦益：他在《与宋尚木论诗书》中说："牧斋深心学杜，晚而更放而之于香山、剑南，其《投老》诸什为尤工。既手辑其全集，又出余力以博综二百余年之作，其推扬幽隐为太过，而矫时救俗以至排诋三四巨公（按：指七子领袖李、何、王、李），即其中未必自许为定论也。"[①]这里有两层意思：一层是赞扬钱谦益"深心学杜"，"更放而香山、剑南"，写出了诸如《投老》等优秀作品；另一方面，也批判钱氏"推扬幽隐""排诋巨公"，持论不公正。在该文中，他也对片面追求盛唐格调的七子派后学提出了警告，他说："吾只患今之学盛唐者，粗疏卤莽，不能标古人之赤帜，特排突竟陵以为名高，以彼虚骄之气，浮游之响，不二十年嗒然其消歇，必反为竟陵之所乘。"吴伟业有意提示云间后起之秀应避免"粗疏卤莽"之病、"虚骄浮游"之气，以免让竟陵派卷土重来。这表明云间、娄东二派本来皆是导源于七子格调派的《太仓十子诗序》，只是在具体创作方面产生了分歧。

具体而言，吴伟业及其"梅村体"所走的路线，即盛中唐杜甫、白居易、李商隐等一脉相承的路线：在内容方面，将直面现实与咏史明志相结合，以高度的社会责任感投入诗歌创作；在形式上，以齐梁体、初唐体、元白体等七言歌行为基础，融会创新。大体而言，其在创作特征上，有两个借鉴虞山诗派和云间诗派的表现。其一即钱谦益指出的有"诗人才子之气"，颇类同于杨用修（慎）、汤临川（显祖），能将齐梁体、初唐体进行改造，剂之以清刚雄健之精气；其二是兼有陈子龙和钱谦益所指陈的风格特征，能将"高华雄浑"与"鲸铿春丽"结合起来，将老杜"拟乐府"、元白"新乐府"精神延续下去，锻造成为一种"何意百炼钢、化为绕指柔"的凄壮之意境。此即以陈子龙所赞誉的《洛阳行》为发端，以《永和宫词》《圆圆曲》《鸳湖行》等为代表作的歌行体创作特征。它们有一个共同的特点：叙事日常化，注重细节，以缠绵悱恻的人生感触去表现宫廷斗争或情感纠结，很类似于元稹《连昌宫词》、白居易的长恨歌。所以，四库馆臣认为"梅村体"兼有"初、中、晚"唐诗歌行体的特色而采撷其优长者，其总评曰：

其（吴梅村）少作大抵才华艳发，吐纳风流，有藻思绮合，清丽芊眠之致。及乎遭逢丧乱，阅历兴亡，激楚苍凉，风骨弥为遒上。暮年萧瑟，论者以庾信方之。其中歌行一体尤所擅长，格律本乎四杰，而情韵为深；叙述类乎香山，而风华为

① 吴伟业：《吴梅村全集》（下册）卷三十二，第1090页。

胜。韵协宫商，感均顽艳，一时尤称绝调。其流播词林，仰邀睿赏，非偶然也。[1]

有关“梅村体”具体作品的呈现，今人论证已多，笔者不赘引，我们主要侧重于传播接受方面去分析“梅村体”的影响。由于梅村歌行的成功创作，清初诗人仿效者不少，而尤以钱谦益、吴伟业的友朋弟子为甚，标志之一是以老杜为本色，渐染初唐及元、白诗风。下文所述“翕山体”“茶村体”“神韵体”等皆有与之类似的创作面向，据杨际昌《国朝诗话》记载：“国朝歌行，其初遗老虞山入室韩、苏，太仓具体元、白，合肥学杜，不无蛟螭蝼蚓之杂，才气自大。韩、苏，杜之嫡派也。元、白，初唐之遗响也。圣庙时，巨公济济，总以南朱北王为职志。朱始尚才华，后极驰骋，佳处兼似青莲。王则杜、韩皆宗，而得力于苏为多，平生颇略元、白，性趣使然也。予谓果有风情，元、白自不可废。常熟钱湘灵《牡丹花下集同袁箨庵、唐祖命、方尔止、张瑶星、余澹心、黄俞邰诸君子长句》云……杜于皇《苍略来看寓园芍药，酒后有感南村花时作歌》云……不失元、白风情也。”[2]其余如“江都吴薗次……诗则歌行如《青山下望黄将军墓道》，淋漓顿挫，亹亹逼梅村……乃明七子派之佳者”[3]。又曰“陈其年……予观其集，歌行佳者似梅村，律佳者似云间派。大约风华是其本色，惟骨少耳”。论诗家观其衢路，无外乎是。

“玄恭体”“翕山体”

“玄恭体”创造者为归庄（1613—1673），字玄恭，号恒轩，江苏昆山人。入清或称归妹，或称归来乎，表字或称园公，或署悬弓，号普明头陀，又号鏖鏊山人。一度与顾炎武齐名，有“归奇顾怪”之目。生平著有《悬弓集》三十卷、《恒轩文集》十二卷、《恒轩诗集》十卷，皆散佚未刻。其婿金侃辑其所作，编成《山游诗》《恒轩诗》各一卷，前有自序谓：“《山游诗》，老归子己酉秋冬游苏州、松江诸山作。”而《恒轩诗》更为知名，钱谦益为序。杨钟羲评述曰：“归恒轩为震川先生曾孙，早年入复社，与顾石户（炎武）齐名。两人皆耿介特立，有‘归奇顾怪’之目。方史阁部守维扬，恒轩仲兄尔德名昭，参幕府事，城破死难。石户《吴兴行》云……纪恒轩葬其兄尔德事也。尝与同县顾文康曾孙端木推官咸正，举兵不济，推官授命，

① 纪昀等《四库全书总目》第一七三卷“《梅村集》”条，中华书局影印，1965年，第1520页。

② 杨际昌《国朝诗话》卷二，《清诗话续编》，第1613—1614页。

③ 杨际昌《国朝诗话》卷二，《清诗话续编》，第1623页。下同，第1636页。

不愧相门子。天逵、天遴被执，石户欲为之经营而未得也，后先死于难。石户哭推官诗极沈痛。恒轩行遁得免，书淫墨僻，以佯狂终身。”①

归庄的诗学主张，介于钱谦益和吴伟业之间，今邬国平等已有结论②。钱谦益与归庄之间的师友情，在明清之际诗人群中是比较罕见的。顺治十七年（1660），归庄向钱谦益借录曾祖归有光稿本，钱氏序曰：“往余笃好震川先生之文，与先生之孙昌世访求遗集，参读是正，始有成编。昌世子庄游于吾门，谓余少知其先学，抠衣咨请，岁必再三至。”③一年之中，拜访钱谦益数次，这在遗民群体里是绝无仅有的。《常熟县志》在钱谦益“流寓”门人一栏中亦载有归庄，云：“归庄，太仆震川之曾孙也，游钱宗伯门下。常游虞山。”④其实，顾炎武和归庄都是钱谦益的学生，据时人吴炎回忆云：“（钱谦益）因屈指东南古文家曰：‘老夫耄矣，所见如归子玄恭、顾子石户、王子蚧石者，乃今又得二子！……虞山之于文，三百年间少所许可，何况当世……玄恭、石户皆与余称肺腑交。”鼎革之际，虞山变节，顾炎武与之断绝任何往来，而归庄仍谒之不误，遂有钱氏赐“玄恭体”之名。

归庄在其幼年时便已随父归昌世结识钱谦益，崇祯十四年（1641），归庄曾作《寿钱牧斋先生三十六韵》。我们前文说过，钱谦益早年有私淑归有光“古学”的经历，可惜归死后数十年竟不得梓一集，其孙昌世临终嘱托季子归庄，务必刻成《归有光全集》。为完成父命，顺治六至七年，归庄曾馆于虞山陈必谦家，他在《蒋路然诗序》中云：“丑、寅之交，余舍馆虞山陈氏。”⑤据孙之梅考证，此两年正因为编辑其曾祖全集之故转投虞山，其《书先太仆集后》云“（先君子）命庄假馆虞山，从先师钱牧斋宗伯借藏本，录其所无者，合得八百余首，箧而藏之”本

① 杨钟羲《雪桥诗话全编》，人民文学出版社，2011年，第44页。

② 邬国平、王镇远评价说：“归庄对晚明诗派之争均致不满。《顾天石（炎武）诗序》云：‘百余年来，宗派不一，互相訾謷，譬之尚质，敝必至于鬼；尚文，敝必至于塞。后之救弊者不得其道，其趣愈下，而不可复挽。’而对‘近代诗家’‘昌言正论’，表示由衷钦服和赞成。据《王异公诗序》，这主要指钱谦益和吴伟业的诗论。该文说：‘近世钱宗伯始为之除榛莽，塞径窦，然后诗家始知趣于正道，还之大雅；而吴司成又虑其矫枉过正，复从而折衷之。后之论诗者不能易也。’……可见他论诗在虞山、娄东两派之间。”《中国文学批评通史——清代卷》，上海古籍出版社，1996年，第150—151页。

③ 钱谦益：《新刻震川先生文集序》，《有学集》卷十六，《钱牧斋全集》（五），上海古籍出版社2003年版，第729页。

④ 归庄《归庄集》附录二，上海古籍出版社，1984年，第580页。

⑤ 同上卷三，第200页。

此；而《归庄集》卷五复有《与某侍郎》之书，提出拜钱谦益为师，“今庄之于阁下，实愿北面相师焉”，这说明归庄是在入清以后拜入虞山门下[①]。这两年归庄与钱谦益互动甚为频繁，后来钱牧斋追忆云：“往余笃好震川先生之文，与先生之孙昌世访求遗集，参读是正，始有成编。昌世子庄游于吾门，谓余少知其先学，抠衣咨请，岁必再三至。”[②]顺治十年三月，全集告罄，钱谦益为序，《归庄集》卷五有《上钱牧斋先生书》曰：“新正得吾师序文，感激涕零，持以示人，靡不感动……又念先君子平日风流文彩，映望一世，而终身沦落，志不得展，所赖以垂名后世者，惟墓石之文。”则又为其父归昌世乞铭，钱牧斋《有学集》卷三二乃有《归文休墓志铭》。顺治十二年，顾炎武遭人告发卷入“通海案”，峻急之下归庄持顾氏名帖拜乞钱谦益代为转圜，顾炎武闻之大怒，径向钱氏索要名帖，钱不与，顾乃通告天下以自白，使得钱谦益颇为尴尬[③]。顺治十三年（1656）五月，归庄造访虞山再为其集索序，钱谦益为作《归玄恭恒轩集序》（序见《有学集》卷一九）。康熙元年，钱谦益八十一岁，作有一首很长的五古（共八十二韵）赠归玄恭，并云戏效“玄恭体”，其《赠归玄恭八十二韵戏效玄恭体》中有云：“子有诗百篇，稿本庋吾匦，元气含从衡，冥涨失滓埃。”又说他“摇笔断修蛇，垂芒射青兕”。(诗见《有学集》卷十二）。并有“思君诚无度，抚己良有耻”的感慨，述归庄之有“四善”(善学、根基、奇志、激昂)，己却有“四不善”，虽为牧斋老人过分的谦虚话，或为一种善颂的方式；但是，从中可以看出，谦益极其看重归庄的诗歌创作。康熙三年，钱谦益卒，归庄为作《祭钱牧斋先生文》，高度评价牧斋之文为“光华如日月，汗浩如江海，巍峨如华嵩”，“八音之琴瑟笙镛，五采之山龙华虫”[④]。蒋寅先生认为：“前辈言古人赠诗，每效受赠者之体。如昌黎赠东野诗，即效东野之体，验之韩诗及二人联句，容或有之。……《牧斋有学集》卷十二有《赠归玄恭八十二

① 孙之梅：《钱谦益与明末清初文学》（增订版），山东大学出版社，2010年，第100—101页。

② 《钱牧斋全集》第3册《初学集》卷八《题归太仆文集》，第1759页。

③ 全祖望《鲒琦亭集·亭林先生神道表》：“顾氏有三世仆曰陆恩，叛投里豪，欲告先生通海。先生亟往擒之，湛之水。仆婿复投里豪，以千金贿太守，求杀先生，即系奴家，危甚！有为先生求救于某公者，某公欲先生自称门下，其人私书一刺与之。先生闻之，急索刺还，不得，列揭于通衢以自白。某公亦笑曰：‘宁人之卞也。’”

④ 《归庄集》卷八，上海古籍出版社，1984年，第471页。

韵戏效玄恭体》，亦其例也。”[1]可以说，“玄恭体”是钱谦益一手炒作起来的诗体范式，“戏效”二字，表示对后学的一种首肯。钱谦益终身景仰杜甫，而“戏效某某体”正是杜诗所擅长。据今人蔡锦芳统计，“杜甫的戏题诗共有三十四首，在其一千四百多首诗中占百分之二强”[2]，其中较为有名者为《戏为六绝句》《戏作俳谐体遣闷二首》《风雨看舟前落花戏为新句》等，都具有启迪新风的效应，钱氏本人戏效“玄恭体”，亦当作如是观。

那么，“玄恭体”有何特色？我们仔细考察，发现了这样几点。首先是“奇峻”，志节高尚，诗风峻急，如秋风夜雨，飒飒而至。归庄长篇歌行，纯以气韵胜，顾炎武悼诗云“峻节冠吾侪，危言惊世俗。常为扣角歌，不作穷途哭”[3]，可谓知己。元好问《除夜》诗曾曰“折腰真有陶潜兴，扣角空传宁戚歌”，归庄本人诗则曰“自从名教坏，更不哭穷途”，顾炎武将两个典故进行比对，更显归庄的遗民气节：他有陶潜的心安理得之乐，却没有阮籍的仓皇失路之悲，哪怕是长歌当哭，亦如易水之歌，能够起顽震懦。其次是“精警”，也就是有所谓“点石成金”之功力，能将寻常情景事态高度概括，成为一种文学范型。钱谦益对此也是高度赞赏的。如《读归玄恭看花二记》云：“玄恭《看牡丹》诗云：‘乱离时逐繁华事，寻常人看富贵花’此二句，可概括记游数十纸矣。”[4]最后是“豪宕”与“恻艳”间出。归庄善草书、善画竹，尤工于诗，其《落花诗十二章》体物赋情，旷达之处见沉郁，表现了江南遗民的黍离之感，如其一曰：“江南春老叹红稀，树底残英高下飞。燕蹴莺衔何太急，溷多茵少意安归？阑干晓露芳条冷，池馆斜阳绿荫肥。静掩蓬门独惆怅，从他芳草自菲菲。”

吴伟业评云：“流丽深雅，得寄托之旨，备体物之致，玄恭之诗，超诣无前，骎骎乎度越骅骝矣。”宋琬评曰：“前此赋落花者，以唐子畏（寅）为最，然佳句虽多，而失之纤缛……玄恭以磊落崎崟之才，为婀娜旖旎之词，兴会所至，犹带英雄本色。”（均见《归庄集》附录）王德森《画赞》云：“庄为人豪迈尚气节。年十四，补诸生。纵览六艺百家之书，尤精《司马兵法》……诗仿香山、剑南，而豪

① 蒋寅《金陵生小言》，载中华书局编辑部编《学林漫录》第十六集，中华书局，2007年，第230页。

② 蔡锦芳：《杜诗版本及作品研究》，上海大学出版社，2007年，第213页。

③ 顾炎武：《顾亭林诗集汇注》下册，上海古籍出版社，2006年，第1063页。

④ 钱谦益：《读归玄恭看花二记》，《有学集》卷四十九，《钱牧斋全集》（五），上海古籍出版社，2003年，第1607页。

迈过之。”[1]其余如《述怀》《避乱》《卜居》《赠杜于皇》等，或慷慨跌宕，或寄托深沉，呈现出迥异于晚明江南“吴歈”的诗歌风貌。

接续“玄恭体”而登场的“嵞山体”，亦源自钱谦益之提携以及桐城作家群体的提倡。

“嵞山体”系龙眠诗派之代表潘江戏仿方文诗格而作。康熙初，潘江作有《王子安节以<嵞山续集>见贻，即效嵞山体赋以志感》，朱丽霞、胡金望等学者皆以此为“嵞山体”得名的由来[2]。然而笔者考得另一首，似乎更早、也更加符合“嵞山体”特征，这便是《得家书效嵞山体》，诗云：“老妻书至劝还家，细数家园乐事赊。彭泽黄鱼无锡酒，宣州栗子霍山茶。芭茅已补床头漏，扁豆犹开屋角花。旧布衣裳新米粥，为谁留恋滞天涯。”[3]特别是颈联，“芭茅已补床头漏，扁豆犹开屋角花”，可谓深得“嵞山体”神髓。“床头漏”源出杜甫《茅屋为秋风所破歌》，这里反用其意，表达对归园田居的渴望；而屋角扁豆花开，则吸纳民间语言，晓畅如画。这便是今人所概括的“嵞山体”特色。据金天翮《皖志·列传稿》卷二称：“文性开朗，有天趣，以布衣侨居金陵。能为诗……其诗任性灵，虽民谣里谚、途巷琐事，皆摭拾供诗材。”方文擅长将诗歌创作与民间语言形式相结合，吸纳民间养料，浅显易懂，遂形成自成一家的独特风格，时人称之为“嵞山体”[4]。

“嵞山体”作者方文（1612—1669）系遗民中诗歌创作成就卓著者。方氏出身名门，其侄即方以智，其妻为左光斗四女。明亡后一度寓居金陵，与李渔结为儿女亲家。家贫，以医卜为生。“其诗格与孙枝蔚、姚佺相近，陈维崧以为‘声声精工’。”[5]

方文气节高尚，自视不凡，且不轻言许人。据《凤麓小志》载：“尝绘陶渊明、杜少陵、白香山及己像为《四壬子图》。时陈名夏过白下，乞定其诗，执礼甚恭。文读之曰：‘甚善！但必改三字。’名夏谦曰：‘岂止是顾三字者何也？’文厉声曰：‘但须改陈名夏三字耳。’名夏亦怒曰：‘尔谓我不能杀尔耶？’拂

---

① 王德森：《昆山明贤画像传赞》，《归庄集》附录二《传略》，上海古籍出版社1984年版，第577页。

② 见《方嵞山集》卷首《整理说明》，黄山书社，2010年，第2页。

③ 潘忠荣主编：《桐城明清诗选》，安徽美术出版社，2011年，第99页。

④ 宋豪飞：《明清桐城桂林方氏家族及其诗歌研究》，黄山书社，2012年，第308页。

⑤ 上海古籍出版社编《清人别集丛刊·嵞山集提要》，《上海古籍出版社五十年图书总目 1956—2006》，上海古籍出版社，2006年，第33页。

衣去。”[①]方文对于贰臣的态度颇为矛盾，他对陈名夏极尽嘲讽之能事；而对周亮工、钱谦益、钱陆灿等贰臣却甚为恭敬。方与周同庚壬子，同住金陵，复与钱陆灿同庚，钱氏《题嵞山先生续集》自注云：“周栎园侍郎与尔止俱壬子，予亦壬子。白香山诗云：‘何事同生壬子岁，老于崔相及刘郎。’”颇具兄弟之情。而方文与钱牧斋之间的交往，辄有师生之谊，即具有与文坛宗师探讨诗学的意味。顺治十八年，方文曾访常熟，却不曾面晤钱谦益，遗憾留有《常熟访钱遵王雨中留饮》诗[②]。次年九月，方文曾拟偕林古度至常熟祝其八十大寿，钱谦益因而作书谢客而不见。他在《喜钱牧斋先生惠书复寄》首云“少年曾作虞山客，亲见先生半百时。稍长服膺初学集，近来心醉列朝诗”，次云“拟同词客来为寿，却讶长书谢所亲”。表达了并不因钱氏成为贰臣便疏远的意图，以及因仰慕而不得见的遗憾。钱谦益暮年，对于江南文学世家中新兴的青年才俊均着力汲引，方文《嵞山续集》卷二有《喜孙豹人见访，予稍迟虞山之行因作歌》诗，诗歌开头即云：“三月八日天气晴，方子将作虞山行。虞山老人八十二，邮书期晤情非轻。”而钱谦益《有学集》卷二十二有诗回应方文和孙枝蔚《送方尔止序尔止之访余也，告于其友，其友人孙豹人赋诗以张之》。康熙二年五月，方文再访常熟，终于得以见牧斋，得尝其家藏之荔枝酒，作有《常熟访钱牧斋先生》及《钱牧斋先生招饮荔枝酒酒后作歌》，表达了对这位宗主的推崇：“每愁风雅道纷纶，品定列朝诸诗人。不辞好辨为剖析，遂今艺苑开荆榛。”并传达“私喜平生说诗意，与公符合争微芒”之意，足见方文之诗学倾向与牧斋颇有相近之处。在相处一个月后，方文归金陵，钱谦益作《方生行》与《送方尔止序》手书赠之，再次称赞方文之诗“有少陵之风骨”，且慨叹方“岿然为遗民宿老”，赞叹与自伤之情溢于言表。“一时词坫耆宿若钱牧斋、林茂之、施愚山、孙豹人、宋玉叔、王涓来、顾与治、王阮亭、纪伯紫诸公盛相推许，以为必传。”与方文同时代的这些著名诗人如钱谦益、林古度、施闰章、孙枝蔚、宋琬、王泽弘、顾梦游、王士祯、纪映钟等都与之交游密切，情谊深厚，彼此诗酒唱和，往来酬答，或为其诗集作序，或赞和其诗，都认为方文诗歌“必传”，正是对方文诗歌创作特色及其价值的认可和赞同。

“嵞山体”以“白体”为尚（关于其对“白体”接受之分析，后文作展开，此处略去），其特征形成于顺治末。此前方文与其侄方以智均受云间派七子诗学影

① 陈作霖、陈诒绂撰《金陵琐志九种》（上），南京出版社，2008年，第72页。

② 方文《鑫山续集》卷三，第997页。

响[①]，并未形成自己的诗学风貌。自1657年起，一改昔日诗风，“往日刻画杜工部，近日沉酣白乐天”。曾乞序于施闰章，施赞其诗“款曲如话，真至浑融”。“龛山体”其长处在“明快”，以通俗严谨为宗尚。今人评注云：“此诗以白居易作诗态度的一丝不苟，通俗谨严，示范后人来赞颂方文诗格。乃有率尔操觚，随笔涂抹，并无天然之致者，宜引以为鉴。”[②]其缺点是“流滑”，诗歌往往一气呵成，如弹丸脱手，又如大河奔流，不可遏止。对于这一点，钱牧斋以苏轼“知其所当行、止其所不可不止”劝勉，钱氏复作《与方尔止》书信曰：“古人诗暮年必大进，诗不大进必日落，虽欲不进不可得也。欲求进必自能变始，不变则不能进。陆平原曰：‘其为物也多姿，其为体也屡迁。’又曰：‘谢朝华于已披，启夕秀于未振。’皆善变之说也。近代思变杜者，以单薄肤浅为中唐，五言律中两联不对谓之近古，此求变而转下者也。唐人如岑嘉州、王右丞、钱考功，皆与老杜争胜毫芒。晚唐则陆鲁望、皮袭美，金源则元裕之，风指褫厚，皆能横截众流。足下论诗以杜、白为第宅，亦不妨以诸家为苑囿也。”[③]方文突破文体学视野，从文化影响力的角度推崇杜甫，特别将众诗派所摒弃的香山诗提高到与少陵体并举的地位[④]，亦得到了钱谦益的首肯。钱谦益还劝他更进一步，转益多师，“不妨以诸家为苑囿”，向岑参、王维、钱起、陆龟蒙、皮日休、元好问等各代大家广泛学习。

“宣城体”“茶村体”

“宣城体”为梅清、施闰章、高咏等共创，因施闰章而名扬天下。宣城古名宛陵，故该诗体亦称“宛陵体”，首倡于王士祯。康熙十八年（1679），王士祯作《夜月冰修（陆嘉淑）、子湘（邵长蘅）、耦长（梅庚）见过，同效“宛陵体”三首》。与此同时，邵长蘅作有《将之登州，留别阮亭、愚山两先生，冰修、其年、耦长诸子》长诗，诗中有句曰：“一年客京华，结交多老辈。僦屋短墙连，论诗古人配。历下自雄长，泱泱表齐大。宛陵正体裁，惊喜汉仪在。卓荦元龙豪，清新都

① 参方文《方龛山诗集》卷一《云间五子诗》，第3—5页；

② 周韶九选注《中国古典文学名家选集　陈维崧选集》，上海古籍出版社，1994年，第239页。

③ 钱谦益：《与方尔止书》，见钱曾笺注、钱仲联点校《钱牧斋全集·有学集》，上海古籍出版社，2003年，第1356页。

④ 朱丽霞《“龛山体”与“少陵体”“长庆体”——桐城派先驱方文诗歌论》安徽省桐城派研究会编《桐城派研究　第14辑》，合肥工业大学出版社，2012年，第144页。

官派。”（《青门旅稿》卷一）说明施闰章等提倡的“宛陵体”或“宣城体”是以梅尧臣（都官）为宗尚的，在当时的京师已声势蔚然，足与王渔洋分庭抗礼。《清史稿》评述云：“（王士祯）门人问诗法于闰章，闰章曰：‘阮亭如花严楼阁，弹指即见。予则不然，如作室者，瓴甓木石，一一就平地筑起。’论者皆谓其允……闰章与同邑高咏友善，皆工诗，主东南坛坫数十年，时号‘宣城体’。”[①]高咏者，宣城诸生，杨钟羲有小传[②]。吴文治先生评述云：“闰章工诗，近体学杜甫，古体学王、孟，诗风朴素，与宋琬齐名，时称‘南施北宋’。王士祯曾赞其五言诗‘温柔敦厚，辞清句丽’。据东南词坛数十年，号为‘宣城体’。”[③]李圣华由“宣城体”扩展成《论宣城派》一文，文中说：“宣城体的出现，既是宣城诗歌传统的厚重积淀，又是清初世运变化使然，更是施闰章等人不懈艺术追求的一种结果，某种程度上意味着清初诗人谋求从唐诗、宋诗、明诗的旗麾下走出来另辟阵地。尽管宣城派在康熙后叶就逐渐淡出人们的视野，但其可贵的诗歌推动了清代诗坛的繁荣，宣城体与神韵体、梅村体一起构筑了清初诗歌的繁复景观，并影响着清诗的演变走向。”[④]

在钱谦益、吴伟业、王士祯主盟诗坛之间，施闰章亦曾领袖一时。邓之诚《清诗纪事初编》卷五云：“清初词宗，必诗文并茂，而后可以树帜。钱、吴而后，朱、王、施、宋继之。朱、王学钱，若闰章者，庶几足以继响娄东也。宣城诗教，倡自梅尧臣，闰章由之加以变化，章法意境，遂臻绝诣。愁苦之事，皆温柔敦厚以出之。尤工五言，王士禛为《摘句图》，载于《池北偶谈》。顺、康间，好事能主持风雅者，推周亮工、龚鼎孳，士多归之。闰章后起，而收恤寒畯，得士与埒，为世所称。然人不同科，即诗文静噪，亦当有别矣。”[⑤]袁行云《清人诗集叙录》卷五评曰：“所著《学馀堂文集》二十八卷、《诗集》五十卷……其诗受宋梅尧臣影响，

---

① 赵尔巽等撰：《清史稿》（简体横排）之《列传》卷二百七十一，天津古籍出版社，2000年，第746页。

② 杨钟羲：“宣城高咏阮怀，别号遗山。少与施愚山，梅杓司、耦长分韵阄题，声名籍甚，兼工书画，称三绝。省闱前后十五试，不售，愚山赠句云：疏狂合侧时人目，腾达还余几辈传。年近六旬，始以明经贡入太学。又数年，召试鸿博，入翰林，未几以老病乞休，旋卒。潘次耕挽诗有云……”《雪桥诗话全编》，人民文学出版社，2011年，第89页。

③ 吴文治：《中国文学史大事年表》（下），黄山书社，1993年，第2571页。

④ 《苏州大学学报》（哲学社会科学版），2005年第6期。

⑤ 邓之诚《清诗纪事初编》下册，上海古籍出版社，2012年，第580页。

加以变化，为清初宋诗派巨擘。”[①]《清史稿》还曾引《渔洋诗话》，将王士祯与施闰章做了比较：“（王士祯）门人问诗法于闰章，闰章曰：‘阮亭如花严楼阁，弹指即见。予则不然，如作室者，瓴甓木石，一一就平地筑起。’论者皆谓其允。”[②]由此可见，宣城派的重“学”与“实”，和清初其他诗派相比，尤为醒目。一方面，以创作论而言，主“学”构成了“宣城体”与“梅村体”“神韵体”的一个显著不同。孙奇逢门人汤斌与施闰章结交三十余年，推尊施氏曰：“世之文人，学无原本，妃青俪白，补缀为工，遂足取誉一时，自矜博雅，求其典型不坠，追配前哲，如先生者几人乎？”汪琬认为闰章之诗可以“贯道”，他说：“愚山先生道孔孟之道，而学朱陆之学者也。及其为诗，则又命词简切，立意澹远……庶几乎能贯道艺者欤！”魏禧之序亦以为其诗文“原本道义”：“先生诗文原本道义，无自矜厉之气。其誉人也，无过情之词，绸缪往复，亦未尝自过其情……先生诗古节雅音，得风人之性情，海内士久服而论定之，无待予不知言者之扬厉已。”[③]论诗家还拈出“学人之诗”以作评说，如朱庭珍《筱园诗话》称施氏之诗“所谓学人之诗，洵无愧矣”[④]。曹溶序梅文鼎诗集，也指出：“有本之学，其积也不易。专一以入之，博涉以辨之，持久以蓄之，然后群美毕汇，溢出而为诗，则其气厚志完，无体不备。”另一方面，以认识论而言，施闰章之诗中“始终有个人在”，其诗歌非常注重纪实性，完全不同与王士祯。今人评价说：“清代的写实诗风，正是由钱澄之与吴嘉纪、施闰章所开创的。”[⑤]

施闰章之诗，也与“畲山体”等遗民诗不同，有一种“春容大雅”的气度。其出名亦有钱谦益奖掖的成分在。钱谦益与施闰章没有见面，他受豫章陈允衡（1622—1672）转请，为《施愚山诗集》作序云：

西昌陈子伯玑来告我曰：“宛陵施愚山先生，今之梅圣俞也……”余诵诗而论

① 袁行云：《清人诗集叙录》卷三，人民文学出版社，2016年，第74页。

② 按：《渔洋诗话》原文为“洪昇防思问诗法于施愚山，先述余夙昔言诗大指。愚山曰：‘子师言诗，如华严楼阁，弹指即现；又如仙人五城十二楼，缥缈俱在，如华严楼阁，弹指即现；又如仙人五城十二楼，缥缈俱在天际，余则不然，譬作宣室，瓴甓木石，一一须就平地筑起。’洪曰：‘此禅宗顿、渐二义也。’”

③ 施闰章撰；何庆善，杨应芹点校：《施愚山集 4》附录二，黄山书社，1993年，第245—246页。

④ 张代会，周方：《清初文学研究散论》，北岳文艺出版社，2007年，第188页。

⑤ 吴孟复《桐城文派述论》，安徽教育出版社，2001年，第29页。

其世，盖三叹焉。昔者隆平之世，东风入律，青云干吕，士大夫得斯世太和元气，吹息而为诗。欧阳子称圣俞之诗，"哆然似春，凄然似秋，与乐同其苗裔者，此当有宋之初盛，运会使然，而非人之所能为也。兵兴以来，海内之诗弥盛，"要皆角声多，宫声寡，阴律多，阳律寡；噍杀恚怒之音多，顺成啴缓之音寡，繁声多破，君子有余忧焉，愚山之诗异是。锵然而金和，温然而玉诎，拊搏升歌，朱弦清汜，求其为衰世之音不可得也。[①]

在此序中，钱谦益还称其"能以诗回斡元气"。后来王士祯作《渔洋诗话》，亦称其五言诗"有风人之旨"。王士祯追忆说，"康熙辛亥，宋荔裳琬、施愚山闰章皆集京师，与余兄弟倡和最久。"并且说，"康熙以来诗人，无出南施北宋之右。"某种程度上可以说，"宣城体"之所以名气很大，盖由施闰章而起；而施氏成名，则为钱谦益等引接、由王士祯定论之故。其实，作为朝廷倚重的大臣，施闰章主盟宣城派，掩盖了其诗派中其他不同的声音，"宣城体"中自带梅尧臣以降"宋诗"属性的诗歌也未能发扬光大，对于此一点，我们在介绍"宣城诗派"时提及。

与"宣城体"不同，"茶村体"则是遗民诗歌形式；并且与"玄恭体""翕山体"不同，甚至可以说是代表遗民诗歌最高成就的诗体形式。作者杜濬（1611—1687）字于皇，号茶村，湖北黄冈人，明副贡生。明崇祯八年（1634）与其弟杜岕一同侨寓金陵，从此开始了长达四十年的寓居生涯。家贫之甚，有时甚至不能举火。曾一度依凭李渔、熊赐履等文友度日。但他自己绝不在清朝谋职，也曾作《与孙豹人书》，劝友人孙枝蔚不要在清廷做官，"毋作两截人"；贰臣钱谦益来访，他更是闭门不纳，拒不接见。但这并不能说明他不受钱谦益的影响。与吴伟业、方文、归庄这些前明复社的通家子弟不同，杜濬与钱谦益扯不上师生情谊，为坚守其遗民立场，他拒绝钱牧斋是很正常的。但其弟杜岕则不同，与钱谦益一直保持着书信往来[②]；那么，钱谦益的诗学观念是否通过杜岕转而影响到杜茶村本人呢？我们认为这是很有可能的。

"茶村体"以老杜为正朔，不欲取中晚唐以下；然而杜濬受公安竟陵等乡贤之

① 施闰章撰；何庆善，杨应芹点校：《施愚山集 4》，第246页。

② 钱谦益《吾炙集》仅收二十一至交之诗，其中就有杜岕。而《有学集》则有卷三八《答杜苍略论文书》顺治六年(1649)，钱谦益六十八岁，曾与杜苍略论经史，作《答杜苍略论文书》，稍后又作《再答苍略书》；《有学集》卷四十九复有《题杜苍略自评诗文》；《有学集补遗》卷下《赠王平格序》云："丁酉（顺治十四年）之阳月，余在南京，豫章王于一(王猷定)介一士以见，曰此秦人王天佑，字平格也。余惊而喜曰：是尝为杜苍略叙《史论》者耶？"……由此可见，凡杜岕诗、文、史论，均曾得到钱谦益评议指教。

影响，实际上并不排斥中唐刘柳等人之诗风，只不过厌弃元白通俗之作。（《黄冈县志·隐逸·杜濬传》：“尝谓文体坏于范陈，诗体坏于元白。”）学界每举《赠陈寒山社长四十韵》为例[①]，说明杜濬之诗歌倾向于后七子，实际上如此举证是以偏概全、极不准确的。该诗系杜濬早年之作，成于崇祯十四年（1641）夏秋之际，时受靖江县令陈函煇（寒山，1590—1646）之邀，杜氏表达了他复古初盛唐的诗学主张，彼时他与方以智、郑超宗等“三君”（按：语出茅元仪《三君咏》）交往[②]，深受云间诗学之影响。同理，朱丽霞等学者所撰《不染楚风——茶村体之于晚明清初诗坛的意义及对清中期诗坛的影响》一文也有可商榷处[③]，因为其所举《江南通志》里提及的“不染楚风”，特指不作“竟陵体”，一如云间领袖陈子龙所谓“汉体昔年称北地，楚风今日满南州”，是狭义的说法。事实上，杜濬也接受广义的“楚风”——即继承自楚骚以降“真诗在民间”的传统，比如刘禹锡在巴山楚水所作的《竹枝词》诗，公安袁中郎定居柳浪后的诗作，他都是十分赞赏的，他还效法刘彭城等作了18首《竹枝》[④]。杜濬也并非一味倾向于盛唐，他说，诗当“以盛唐为门庭，以老杜为壶奥，以刘、柳为轩榭，自宋以下无讥焉”[⑤]。显然，从盛唐到盛中之际的杜甫再到中唐刘柳，均为杜濬的诗法对象；而之所以以老杜诗为根本，是因为其“诗史”的创作范式更便于抒写“真诗”，兴复雅道——正如熊赐履《与杜于皇》云：“昨裔三（按：松江学使朱雯）云：云间诗会颇盛，大约太仓、历下之余耳。若得少陵提唱其间，则习气可转，而雅道一振。”[⑥]于皇也以诗回应说：“诗到无心处，如传空谷音。直从非想想，贵以不能能。皂绎开熊绎，平陵启杜陵。要言殊简截，戒与小人乘。”[⑦]在熊赐履等乡党的勉力下，杜濬以老杜为师承，颇入其老苍之境，因此王志道（觉先）评其诗云：“浣花溪上话残春，诗句文章老更真。”[⑧]乾隆初彭端淑感慨：“杜于皇登金焦北固诸作，雄浑悲壮，直入少陵之室，真一代

① 《清代诗文集汇编》第37册《变雅堂遗集》卷一第276页。

② 按：约在游昆山返秦淮之际。见《变雅堂遗集·诗集》卷七《燕矶感旧序》：“岁在辛巳，余年三十有一，东游鹿城，荷诸同人饯送于燕子矶者为四明薛千仞……桐城方直之、江宁顾与治……”第324页上。另见《文集》附录《推枕吟·燕矶感旧》。

③ 载于《南京师范大学学报》（社会科学版）2009年7月第4期。

④ 《清代诗文集汇编》第37册《变雅堂诗集》卷九，第329—330页上。

⑤ 《清代诗文集汇编》第37册《变雅堂遗集·文集》卷一《喻先生诗序》。

⑥ 《清代诗文集汇编》第37册《变雅堂遗集》附，第351页上。

⑦ 《清代诗文集汇编》第37册《变雅堂诗集》卷三《柬熊青岳》，第308页上。

⑧ 《杜茶村留饮书斋时有故宫人在坐》，《变雅堂遗集》附。

之冠冕也。”[①]张维屏《听松庐诗话》评杜濬诗说：“苍朴沈郁，嗣响少陵。”陈田评曰：“于皇诗，师法杜陵，身际沧桑，与杜陵遭天宝之乱略同，故其音沉痛悲壮，读之令人酸楚。”[②]

康熙中，于皇实际上折回公安竟陵之路径，以“楚风”为尚，偏向于学中唐刘柳，其《怀山堂论诗》云：“唐诗三变后，吾意止中唐。过此风斯下，其他运可伤。”[③]他写的很多七绝，颇得刘彭城《金陵怀古五题》之神髓；而其五律之佳者，又有直夺刘随州“五言长城”之趋势——这种欲苍欲老的诗风便是其独得之秘，后人称之为“茶村体”。

其实，“茶村体”还有另外一种面目，那便是继承吴伟业的乐府风情诗，参之以张、王乐府的秀蕴之气。明亡之后，杜濬之诗兴亡之感颇深。如《关山月》《焦山》《燕矶感旧》和《古树》等诗皆然。后者云“松知秦历短，柏感汉恩深。用尽风霜力，难移草木心”，就是明证。尤其是对“初唐体”乐府的继承与创新，可谓功力深厚。汪观《题茶村诗卷后》所云：“茶村耽寂寞，满腹杜陵秋……能高千古眼，别起一层楼。”杜濬与吴伟业互相师友，其五言诗宗魏晋初唐，以寻常语寄深意蕴，曾被吴伟业偷师。吴梅村曾云：“吾于此体，自得杜于皇《金》《焦》诗而一变，然犹以为未逮若人也。”（《变雅堂文集·祭少詹吴公文》）而他本人曾明确表示曾师从吴梅村，亦曾醉心张王乐府。在庚辰（1640）至乙酉（1645）间，杜因与吴有师生之谊，受其诗教颇深，于1647年写就的名作《灯船歌》便颇有吴氏风采，极有可能是受吴氏启发而作[④]。范仲闇评曰：“余友于皇氏所制同文千题，崇尚风格，则阮籍、子昂；谭事说情，则文昌、王建，而出之秀蕴，纳以精华，调御古人，为才实胜，故能韵空七泽、砥柱九江。”[⑤]此类创作，杜濬持续了数十年，直到1683年初秋仿少陵作《七歌》，则越张（籍）王（建）而直入老杜之室，汪异三评曰：“七言古诗推少陵先生第一，今茶村先生岂可置第二？世有具眼细读此七歌自知之，无俟赘谈也。”

然而杜濬成就最高的还在于五言律诗之创作。黄冈县志评价他“作诗力追少陵，

① 张寅彭选辑《清诗话三编》第二册《雪夜诗谈》卷下，第1427页。

② 陈田：《明诗纪事》，上海古籍出版社，1993年，第 页。

③ 《变雅堂诗集》卷三，第299页下。

④ 《清代诗文集汇编》第37册《变雅堂遗集》文七《祭少詹吴公文》，第257页下。

⑤ 《清代诗文集汇编》第37册《变雅堂遗集》附《范仲闇集》评语，第357页上。

《灯船鼓吹》百韵长歌，虽以此得盛名，应是别调。五言律尤高浑沉雄，自名一家”[①]。其五律成就之巨，从当时名流之点评可见一斑：熊赐履评价他“尤工五言，几于盖代”；太仓吴伟业尝云“吾五言律，得茶村焦山诗而始进”，“吾于此体，自得杜于皇诗而一变，然犹以为未逮若人也。”（杜濬《祭少詹吴公文》中引语）阎若璩于时贤多所訾謷，独许杜濬五律，称为“诗圣”；虞山钱谦益亦称许杜濬为楚人第一，“麦秀渐渐哭早春，五言丽句琢清新。诗家轩翥今谁是？至竟《离骚》属楚人”，且自注曰：“杜于皇近诗多五言今体。”杜濬五律超迈时流，于此可见一斑。

杜濬“茶村体”还受到了同邑顾景星的影响，以至于袁枚《随园诗话》言及黄冈诗群之领袖嬗递，评曰：“黄公与杜茶村齐名，而今人知有茶村，不知有黄公。”在当时，就连顾景星本人也意识到杜之诗学成就（尤其是五律）已出己上，他作诗云：“五言诗律好，知子有师承。近日标高格，茶村句可称。斯文看后起，一鼓竟先登。老我无堪述，平生几折肱。”[②]顾景星所谓的“师承”，也即以杜甫五言律为法式。杜濬曾说：“斯道犹水也。水莫大于江海，惟子美沛然湛然，能挹于江海。今吾好子美之诗，譬如得路程地志，亦将按其理道以往，趋于江海而已。”（彭湘怀《杜茶村诗钞·评语》引）杜濬曾认为“少陵全知之，诸唐人知其半，宋人知其一二，而反以为累”(《变雅堂集》卷二《程孚夏诗序》)。

杜濬以杜甫为典范、以五律擅场，成为遗民诗人的杰出代表，迎来了江南诗家的一致称许。吴江叶燮评价说：“茶村为诗家老将，力排卑靡。”（《已畦文集》卷八《桐初诗集序》）秀水曹溶声称“论诗于今日布衣之士，吾必以杜于皇为巨擘”，又在其晚年著《杂议平生诗友十四首》中盛赞“杜于皇诗自为一格”，诗云：“落纸随人换酒钱，雄才合在楚云边。一生惯得安心法，懒向冲波驾铁船。”[③]吴伟业有《送杜大于皇从娄东往武林》七言歌行，中间盛赞杜濬诗说：“解囊示我金焦诗，四壁波涛惊欲倒。一气元音接混茫，想落千峰入飞鸟。”并且说“看君囊气出江山，始悔从前作诗少”（《丙申春就医秦淮，寓丁家水阁浃两月，临行作绝句三十首留别》），钦佩之情溢于言表，认为只有杜濬能理解他的诗篇。桐城方苞曾说杜濬：“名在天下，诗每出，远近争传诵之。”（《杜苍略先生墓志铭》）鲁

① 《清代诗文集汇编》第37册《变雅堂遗集》附《黄州府志·隐逸传》，第339页下。

② 《清代诗文集汇编》第37册《变雅堂遗集》附《麻城旅夜读吴初明<楚游诗>兼寄杜二濬》，第346页下。

③ 《清代诗文集汇编》第45册《静惕堂诗集》卷四十四，第580页。

元裕《变雅堂诗钞序》："唐诗尚矣，后之克继唐响者惟明；明诗尚矣，后之集明之大成者为黄冈杜茶村先生。"[①]近人袁行云《清人诗集叙录》卷三总结曰："濬为明末遗民中杰出诗人，不独江汉之首推也。五古渊源陶、谢。《感遇十二首》《钟山》《九日临高台诗》《苦雨诗》气韵遒古。七古沉雄顿挫。《初闻灯船鼓吹歌》，尤名负当时……五律精深，力追少陵。阎尔梅许为诗圣……唯七律一体，稍欠蕴藉耳。"杜濬的名气，从时人的选本亦可见一斑。吴蔼《国朝名家诗选》，杜濬排第四（宋荦26首、吴伟业25首、屈大均20首、杜濬诗19首、钱谦益18首）；武林卓尔堪《遗民诗》选濬诗158首，数量居全书第一。他评杜濬说："气势嵘峥，不可一世，每一诗成，脍炙人口，洵乎卓然大家。"

扬州司理王士祯与"神韵体"

王士祯不是江南人，但"神韵体"却是地地道道的具有江南诗学特征的诗体形式。中国诗歌在漫长发展史中，产生所谓"新变"的一个重要原因是"异质"的介入。比如杜甫平生最为欣赏南北朝诗人庾信，便是其在江南"流丽"诗风的基础上，又介入了北方诗人的健朗之气，以至于老杜再三感叹："庾信文章老更成，凌云健笔意纵横。""庾信平生最萧瑟，暮年诗赋动江关。"同理，山左诗人王士祯主持扬州诗坛，遍交江南著名诗人，与前明遗老、新朝俊彦皆相师友，逐渐成长为会通南北诗学的一代宗师。康熙十一年，王士祯告别江南京师诸友人，远宦四川，作《年来钱牧斋、吴梅村、周栎园诸先生，邹訏士、陈伯玑、方尔止、董文友诸同人相继殂谢，栈道感怀，怆然有赋》诗[②]，回忆生平文字之交曰："载酒题襟处处同，平生师友廿年中。九原可作思随会，四海论交忆孔融。春草茫茫人代速，落花寂寂墓门空。白头骑马嘉陵路，唯有羊昙恨未穷。"这里指的孔融，可能借指钱谦益。王士祯是被钱谦益选入《吾炙集》二十一人中年纪最小的一个[③]，也是期望值最高的一个，为之许下过"代兴"之承诺。士祯为之感激，终生在心，曾反复回忆

① 柯愈春：《清人诗文集总目提要》（上册），北京古籍出版社，2001年，第76页。

② 王士祯：《渔洋精华录》卷五《壬子蜀道集》，上海古籍出版社，1999年，第799页。

③ 钱氏《吾炙集》可能原本仅录二十一人。参现代陈寥士《单云阁诗话》评曰："钱牧斋《吾炙集》，当时秘不示人，今所传柳南王氏钞本，凡二十一家，或云非完帙，或云即定本，不可臆断矣。绛云灰烬，《吾炙》独存，冥冥中似有天意。要皆遗民故老怆怀旧国，其零篇剩墨，可歌可泣，令人流连咏叹，凭吊欷歔而不能自已。"王培军、庄际虹：《校辑近代诗话九种》，第355页。

钱牧斋以“小友”呼之的这段经历[①]。王士祯与钱谦益曾有三次通信，颇期待钱氏能赓和其成名作《秋柳》，并乞观柳如是诗集，均被钱牧斋婉拒。然而牧斋一开始就给他写了《王贻上诗集序》，序尾曰：“往余尝与太青季木论文东阙下，劝其追溯古学，毋沿洄于今学而不知返。太青喟然谓季木曰：‘虞山之言是也，顾我老不能用耳。’今二子墓木已拱，声尘蔑如。余八十昏忘，值贻上代兴之日，向之镞励知己、用古学劭勉者，今得于身亲见之，岂不有厚幸哉？”[②]这便是王渔洋所谓钱氏承诺“与君代兴”的来历：钱谦益所谓的“代兴”，很可能是指让王士祯代其从祖王季木而兴，未必真有让其取代钱氏本人的意思，而王士祯故作发挥，明确了其取代钱氏主盟江南甚至领袖全国诗坛的志向。这显然是误读，因为五十年前王士祯正值青年，也不过是操瓠赋诗颇有才气，钱谦益纵使再有远见，也绝不会料到其后来有超越“江左三大家”以及南施北宋的成就。钱序的主题，还是敦复古学、以正明末不正之诗风。我们比照同时期长洲汪琬、昆山叶方蔼所作序文，基本上都是表达同一个意思。汪序曰：“贻上之诗绪密而思深，间能自出新意，纵横驰骤，无所不可。庶几尽破其所谓敖辟骄志之习，以进于正风者与！”[③]叶亦序曰：“予观贻上之诗，根情苗言，华声实义，上溯国风、雅、颂之遗，下极汉、魏、三唐才人之致，盖有乎中而表见于外者也，非无乎中而致饰于外者也。其言之足以垂世而行远如此。”（同上）汪琬代表的是江南以韩愈、李商隐“诗文”与“学理”相一致的学者观念，而叶方蔼则力主“白体”，奉行白居易“根情苗言、华声实义”的文学主张，他们都按照自己的文学理想，来赞扬王士祯的诗歌符合正统的唐诗“古学”观念，料定其必传，如是而已。

事实上，王士祯在扬州之际做推官，其名气未必比他攀交的吴伟业、周亮工、

① 参《于夫古亭杂录》卷三：“予初以诗贽于虞山钱先生，时年二十有八，其诗皆丙申后年少作也。先生一见，欣然为序之，又赠长句，有‘骐骥奋蹴踏，万马喑不骄。勿以独角麟，俪彼万牛毛’之句，盖用宋文宪公赠方正学语也。又采其诗人所撰《吾炙集》。方盦山白海虞归，为余言之，所以题拂而扬诩之者，无所不至。予尝有诗云：‘不薄今人爱古人，龙门登处最嶙峋。山中柯烂蓬莱浅，又见先生制作新。’‘白首文章老巨公，未遗许友入闽风。如何百代论骚雅，也许怜才到阿蒙。’今将五十年，回思往事，真生平一知己也。又为作集序，有‘与君代凝’之语，时余年逾弱冠耳，其为所赏异如此。余后有绝句云：‘少年薄技悔雕虫，拂试当年荷钜公；红豆庄前人去久，花开花落几春风。’”中华书局，第4880页。又见《带经堂诗说》卷四，第4757、4813页。

② 钱谦益：《有学集》卷十七，《钱牧斋全集》（五），上海古籍出版社，2003年，第766页。

③ 王士祯：《渔洋精华录集释》（下册）附录五，上海古籍出版社，1999年，第1985页。

方文等高多少，更不用说攀附钱谦益了；同样，他也没有什么特别的诗学理论，所谓“神韵体”之名也是后来追加的，王士祯及同时代的任何诗友都没有提到“神韵体”一词；现代学人为了叙述方便，广泛使用此词，比如吴世昌研究《红楼梦》，认为曹雪芹之诗学李贺，不染当时流行的王渔洋“神韵体”[①]；钱志熙追忆夏承焘的诗歌创作，认为其颇有类似王士祯“神韵体”之作[②]；再如宋豪飞、王小舒等皆曾以“神韵体”标举渔洋之诗[③]，且认为其继承的正是唐诗中“王孟清韵”的传统[④]。

“神韵体”之所以在康熙乾隆间流行数十年，其他诗体诸如“梅村体”“宣城体”等尽废，似乎是一种“无心插柳”的结果，它与钱牧斋“种瓜得豆”正好相反：虞山诗派由于派内的分裂，并没有形成新的诗体样式；而“神韵体”一旦与山水清音相结合，综合南北诗学之大成，结合唐诗以来被高华壮美掩盖的另一个清丽优美的隐性传统，在康熙一朝大放异彩。有关“神韵说”的专著，可谓成百上千，而“神韵诗学”又与中国汉魏晋唐的“山水清音”发生关系，组成了一个强大的学统体系[⑤]，辄更超出了笔者所能驾驭的范围。我们在此唯一能够做好的一件事，是考察顺康之际王士祯的诗学传承。

王士祯创造性发挥“神韵体”，是向江南诗人群体的一种迎合。起初，他师承“香奁体”，与彭孙遹等唱和，但是并不成功。钱钟书引袁枚《随园诗话》，说明王士祯“神韵体”之最终成功，乃是后天不断调整、持续努力的结果；钱钟书甚至认为，王士祯之所以提倡“神韵”，是因为与江南一二诗家相较，其艳体毫无优

---

① 吴世昌：《调查香山健锐营正白旗老屋题诗报告》，见吴令华编《吴世昌全集》（第9册），河北教育出版社，2003年，第225页。

② 钱志熙：“夏先生的写景诗，以活法见长，有玲珑凑泊之美……可谓深得渔洋神韵体之三昧。”载《温州文史论丛》，上海三联书店，2013年，第331页。

③ 宋豪飞：“（清初）诗坛上亦各体纷呈，如王士祯‘神韵体’、吴伟业‘梅村体’、施闰章‘宣城体’等，各具面貌，显名诗坛。‘龠山体’与之各有所长，足相匹敌.却未能与之并传于世，可谓不幸。”《古籍研究》编辑委员会编：《古籍研究》总第60卷，安徽大学出版社，2013年，第276页。

④ 石玲、王小舒等评价说：“在清初，出现吴伟业的‘梅村体’，可说正是古典诗歌发生质变的一个信号。此后，施闰章的‘宣城体’，王渔洋的‘神韵体’等等，也都是对前人加以提炼与整合的结果，并且也都取得了可观的成就。据此，我们有充分的理由说，入清以后，的确开启了诗坛的一个新的纪元。”石玲，王小舒，刘靖渊著《清诗与传统：以山左与江南个案为例》，齐鲁书社，2008年，第48页。

⑤ 参王小舒《神韵诗学百年回顾》，《文史哲》2000年第6期。

势，于是用以掩饰其气短才薄。钱先生之引证凿凿，可备一说[①]。然“神韵体”自有其精光独到之处，其出发点，是在盛唐杜甫之外，另树一旗帜，即王孟韦柳的山水清音。杜甫地位虽高，然清初学之者趋之若鹜，其在江南的实际影响主要在遗民群体中；当新朝靖乱之后、域内清平之际，王孟韦柳一派之影响后来居上，这就为王渔洋的崛起提供了契机。昆山朱用纯的观点，代表当时学者的心声。他说：“愚独不喜劝人学少陵，学少陵而不得，将流为村学究……不肖于唐人，自李杜而下，独取王右丞，次则孟襄阳。中晚如许丁卯、韩致光、韦端己辈，虽皆绝工，然靡靡不足学；温李元白又是一格。”[②]清初大学士魏裔介《论诗二十则》，也谈到了学习“高岑王孟”的重要性。他说，“学少陵者，学其气之混茫、辞之雄博，非学其痛哭流涕也；学渊明者，学其自靖之志、寄托之苦，非学其耕田饮酒也。明李空同首倡少陵，而李于鳞七子和之，其后渐属滥觞。公安、竟陵起而排之。然不法高岑王孟，而法白居易、法孟郊……发天地之奇秘，抒自己之性情。”[③]魏裔介还说：“陶谢韦柳为正风，何也？以其才清也。”[④]到了王士祯、田雯等京师唱和的时候，对王孟清韵的呼吁已经超越了高岑的边塞之声。田氏《丙臣诗序》曰：“高岑王孟为盛唐诗人之冠，果亦以其学胜与？夫高岑摩垒堂堂，各成一家，而读之数过，尚存组织锻炼之迹；独至王孟，则尤擅其妙，余每读王孟之诗，谓如天女散花，幽香万片，落人巾帻间，境静神怡，不可思议，所以为诗之至者……学王孟而不得其什一，犹越鸡之不能为鹄，才不足故也。以此论诗，诗可知矣。”[⑤]从陶韦王孟一派下

① 钱钟书：“《随园诗话》卷三驳‘绝代销魂王阮亭’之说曰：‘阮亭之色并非天仙化人，使人心惊。不过一良家女，五官端正，吐属清雅，又能加宫中之膏沐，薰海外之名香，取人碎金，成其风格。’盖谓渔洋以人工胜也。窃以为藏拙即巧，用短即长；有可施人工之资，知善施人工之法，亦即天分。虽随园亦不得不称其纵非绝色，而‘五官’生来尚‘端正’也。然一不矜持，任心放笔，则譬如飞蓬乱首，狼藉阔眉，妍姿本乏，风流顿尽。吾乡邹绮《十名家诗选》所录、《观自得斋丛书》中收为《渔洋山人集外诗》者，是其显例。如《香奁诗》云……恶俗语几不类渔洋口吻……奚足与彭羡门作艳体倡和哉！（汪钝翁《说铃》载彭王倡和集事；《松桂堂集》中艳体七律，绮合葩流，秀整可喜，异于渔洋之粗俗贫薄。即其卷三十一之《金粟闺词》、卷三十二之《春闺杂咏》，虽多冶而伤雅，然心思熨帖，仿佛王次回。渔洋诗最不细贴，未解办是也。）渔洋天赋不厚，才力颇薄，乃遁而言神韵妙悟，以自掩饰。一吞半吐，撮摩虚空，往往并未悟入，已作点头微笑，闭目猛省，出口无从，会心不远之态。”《谈艺录》，商务印书馆，2011年，第229—230页。

② 《清代诗文集汇编》第104册《愧讷集》卷二《与唐履吉》，第29页上。

③ 张寅彭选辑、吴忱、杨焄点校《清诗话三编》，第34页。

④ 《清诗话三编》，第45页。

⑤ 《清代诗文集汇编》第138册，田雯《古欢堂集》序卷二（实卷二十五），第402页下。

来的可能还包括桐城钱澄之，韩菼《田间文集序》称："饮光少负盛名，为诸生祭酒。遭明季崎岖丧乱，与时消息，其用至妙，未易窥也。其为诗冲淡深粹，出于自然，度王孟而及于陶矣。"[①]总之，晚明江南盛行陶韦王孟"神韵"诗风，在清初经王士祯、乔亿、刘体仁、梁佩兰、魏裔介等众多有影响力的诗人的提倡，这才形成了声势浩大的"神韵体"。

其实，王士祯等提倡"神韵体"，主要是在明七子一味模拟高华壮美的"盛唐之音"基础上进行反拨，追求一种"味外之味""韵外之旨""弦外之音"。在清初不仅仅只是所谓的山水清音，其接受对象已经出唐入宋。王渔洋较钱牧斋高明之处，在于与时俱进、推陈出新。浏览蒋寅先生《王渔洋事迹征略》，笔者发现其诗学策略总是伴随交游对象而不断调整。顺治十五年，王渔洋主要模拟王维，有《梁曰缉为言辋川雪中之游》《题赵澄访王右丞〈群峰飞雪图〉》等诗。顺治十六年，王渔洋再次晋京选官，暮春过济南施闰章，途中读徐祯卿、高叔嗣集，有《题迪功集》。一入京便与新科翰林昆山叶方蔼、海盐彭孙遹、太仓黄与坚唱和，这是其主动接受江南诗学的积极信号。年底授扬州推官，又与同仁唱和"香奁体""无题诗"，按他自己的话说，"盖宛娈犹疑之际，借题发挥而已。"顺治十八年在扬州任上，观平山堂，次东坡韵十余首。消夏金陵，次韵钱谦益秋柳绝句，并选《唐诗七言律神韵集》示儿读之。观其扬州司理之初，便与江南诗人同习性，可谓"入乡随俗"之楷模。也正是大约在这个时候，形成了其"神韵"的理念。到了康熙三年，王渔洋将赴任礼部主事，他便在舟中读了两本"新"诗集：三月，读陆游集；八月，读韦应物集。大概此际诗名既大显，在考虑树立"神韵"总旨的同时，通过调整宗法对象，最大限度地容纳各种诗歌风潮。王渔洋眼界之阔，钱钟书先生亦为之叹服[②]。此期，江南学者出现了两个突出的面向，其一是读韦柳之集，其一是读苏陆之集。比如钱塘张卿子有五律《读唐风人集》六首，韦应物与李杜韩白等并列；高淳邢昉，"初以韦柳为门庭，冲和肃淡，辞微而旨隐；及身遭变际，刻意学杜，犹存七子习尚。"[③]邢昉诗集是施闰章整理刊刻、宋荦核定的，王士祯负憾之一，即未曾面晤邢昉，因

① 韩菼《有怀堂文稿》，《清代诗文集汇编》第147册，卷三，第429页。

② 钱钟书："渔洋论诗，宗旨虽狭，而朝代却广。于唐宋元明集部，寓目既博，赏心亦当。有清一代，主持坛坫如归愚、随园辈，以及近来巨子，诗学诗识，尚无有能望项背者。故其自作诗多唐音，近明七子，遂来'清秀于鳞'之讥，而其言诗，则凡合乎'谐远典则'之标准者，虽宋元人亦所不废。"《谈艺录》，商务印书馆，2011年，第265页。

③ 袁行云《清人诗集叙录》，人民文学出版社，2016年，第7页。

宗风略同，而资助其身后冻馁之子女，《池北偶谈》有载：王渔洋因与施、邢等人论诗大旨相似，亦将李杜与王孟韦柳两方面的诗兼而采之。相对而言，其兄王士禄则相对纯粹一些，其追和对象只限于杜甫、李商隐和苏东坡、黄山谷，而且前后时期基本保持不变。以追和东坡韵而言，如《（辛丑，1661）上方寺访东坡先生石刻诗次韵》《癸卯（1663）除夕偶读东坡集有龙钟三十九劳生已强半之句……感旧述怀见乎词矣》《甲辰（1664）元旦次日大雪复次除夕韵》……《壬戌岁（1682）暮追和东坡韵三首》等。因此，魏宪评价王士禄之诗以南朝之谢、唐之杜、宋之苏并列为模范对象："（西樵）诗悲壮苍凉，大约沉酣于少陵，以灵运、子瞻佐之，不斤斤模拟古人，而古人实不能外焉。此西樵之所以岸焉自立、为时流之所亟推也。"[①]王士禄兼主神韵、旷逸、沉郁，对渔洋是有直接影响的。

有一点颇值得玩味：王渔洋从来没有明确标举过宗宋或者宗唐的旗帜，也不愿意充当立山头的旗手（这样做容易招人攻击、成为靶子），而是不动声色、紧跟潮流，成为诗歌风潮最前沿的航标船，不断调适帆板迎接风向。因而严迪昌《清诗史》如此论渔洋："他的以'宗唐'为'神韵说'的基石，绝无歧义。惟其在唐人中所特为推尊的对象（笔者按：如李杜）不在总旨中同时强调，而是留给门生和世人从他的选本和创作实践中去体会辨认。这是渔洋的高明处，正如他在具体论诗时未尝不兼取宋元名家一样。"[②]严迪昌先生之说对我们颇多启发。所谓兼取宋元，其目的仍在唐诗，这一点，无论从时人意见或是从其操持选政而言皆有目共睹。纪昀等四库馆臣认为，康熙初多有弃置后七子与竟陵两派而径入宋元者，而"神韵体"能重返唐音："国之初人皆厌明代王、李之肤廓，钟、谭之纤仄，于是谈诗者竟尚宋元。既而宋诗质直，流为有韵之语录；元诗缛艳，流为对句之小词。于是士祯等以清新俊逸之才，范水模山，批风抹月，倡天下以'不著一字，尽得风流'之说，天下遂翕然应之。"[③]显然是将王士祯作为扭转宋诗之风、高唱唐诗之调的开山宗师来看待的。

王士祯更为聪明之处在于攀交官场与遗民两个诗学阵营。他在给兵部尚书张缙彦之诗章中，仿《饮中八仙歌》推尊当道："新乡司马真人龙，挥毫落纸若飘风。

① 魏宪《百名家诗选》卷十七"王西樵小引"，黄秀文辑《华东师大馆藏稀见丛书汇刊》第三册，北京图书馆出版社，2006年，第86页。

② 严迪昌《清诗史》，第463页。

③ 纪昀等《四库全书总目》第一七三卷"《精华录》"条，中华书局影印，1965年，第1522页。

安丘相公志复同，龙吟鹰答相噌吰……孟津学士人伦宗（自注：觉斯先生。笔者按：王铎），今日杜陵推薛公（行屋先生。按：薛所蕴）。登坛左右挽桃荆，旌旗壁垒何熊熊。”[①]不久便得到了钱谦益的汲引，钱氏许之以“代兴”。士祯与此同时，还笼络了流寓扬州的诗文才子诸如邓汉仪（为之襄刻《诗观》）、陈允衡（为之刻《诗慰》）、孙枝蔚、冒襄、吴嘉纪、李沂、王猷定等，并提出“论诗三十绝句”，概括了其生平诗学祁向。四库馆臣评曰：“其在扬州作论诗绝句三十首，前二十八首皆品藻古人，末二首为士祯自述……平生大旨，具在是也。”郑方坤《国朝名家诗钞小传》亦云：“先生既早达，因得弃帖括弗事，而专致力于诗……其大要见于论诗三十绝句。时先生年甫二十九，居然少年也，而诗学已蔚然成一大家……（本朝）至先生出，而始断然为一代之宗。”我们考索扬州诗人群体，不难发现：王阮亭横空出世正是众星拱月的结果。孙枝蔚如是评赞：“今大江南北，自广陵抵姑苏诸胜地，须便永属阮亭先生，当无异议者。”邓汉仪评曰：“（渔洋诗）高秀古奥，罕有等伦。”

为了进一步分析清初江南新兴的诗体样式对于清诗转型的影响，我们将各种诗体爆发的大致时段做一个对比性的胪列。

“梅村体”形成于顺治八年至十四年之间。创立者吴伟业，顺治七年（1652）以复社名宿于虎丘参加十郡大社，次年（1651）春再会于嘉兴南湖，江南最大两个诗文社慎交社与同声社合并，吴伟业被尊为盟主。不久作长篇歌行《圆圆曲》，名噪江南。顺治十年，迫于征召，仕清为秘书院侍讲，迁国子监祭酒。顺治十三年以丁忧南还，从此不复出仕，康熙十年卒于家。

“玄恭体”形成于顺治末，以康熙元年钱谦益作“戏效玄恭体”为标志，到康熙初有所发展。尽管归庄参加了顺治七年的惊隐社、十一年的苏州“假我堂文宴”等遗民群体的秘密诗社，为其赢得了“归奇顾怪”的诗坛声誉，但诗体自成一貌还是源自钱谦益的指导，以及与遗民诗人的唱和切磋。顺治十三年闰五月，归庄访钱谦益于常熟，曾经小住过一段时期以编辑《归有光全集》，牧斋授之以“诵读法”“述作轨”[②]。十四年腊八，与顾炎武、戴笠、王仍等遗民参加吴江潘柽章的“韭溪草堂”雅集。直到康熙七年，与黄冈杜濬、宝应杨紫虹等访季振宜家中，唱和累日。康熙九年，他还曾与姜宸英等参加了曹溶的“倦圃赏桂”等活动。正如他在给好友所作序文中

① 《清代诗文集汇编》第12册《燕笺诗集》卷首《读坦翁先生燕笺短歌纪之》，第627页。

② 钱谦益：《有学集》卷十九《归玄恭恒轩集序》，《钱牧斋全集》（五），第821页。

所说，“诸体皆备，合计千余首，大抵豪迈放逸，一往奔注，直抒胸臆，不屑于字句求……慨然有封狼居胥之意。”[①]未尝不是其自身诗体特征的写照。早在龚自珍之前，遗民诗人归庄以其酒胆剑气，写出了充满奇情壮采的诗章。

“茶村体”主要活跃于顺治末。顺治十一年（1654），黄传祖《扶轮广集》云：“江南近习，专尚风藻，气骨稍薄……于皇久擅金陵，偏师锐甚。楚州丘陆马靳，壁垒森严，可畏端在金陵淮扬间哉。”其中，顾景星与杜濬于顺治十四年的社集最为瞩目，见于梅磊《秋日龚芝麓总宪集侯孝台限赋同集者纪伯紫、顾赤方、杜于皇、姜绮季、余澹心》之诗。杜濬虽然与余怀、纪映钟、梅磊等淮扬诗人群体相唱和，但他是颇为特立独行的。

“宣城体”主盟者施闰章，其诗学体式的形成期当在顺治十八年至康熙六年，施愚山调任江西布政司参议至罢官回乡之际。由于江西的“易堂九子”与施氏皆崇尚经世实学，趣味相投，在江西士子的拥趸下，施闰章的诗文事业蓬勃发展；后来经过豫章陈允衡等推介，得到钱谦益赐序并延誉于江南。后来直到康熙十八年，王士祯等在京师与施闰章、梅庚唱和，效“宛陵体”三首，标志着宣城体的成熟。

“嵞山体”主要作品集中于顺治十四年至康熙八年，作者方文流寓金陵、淮扬之际，与周亮工、王士祯、孙枝蔚、汪楫、钱谦益等时相游从。顺治十五年年，他“蹇驴破帽入京城”，结识王士祯，并以医术结交大学士魏裔介亲家李世林。十六年，因李氏资助，购得金陵桃叶渡小筑，遂有徐州、杭州之游。十七年秋，与王士祯等唱和于扬州。十八年冬，访施闰章于西江官署，施为其《西江游草》序云：“兴会所至，冲口而出，……真至浑融，从肺腑中流出。”进而访钱谦益于常熟。康熙二年九月，于扬州观看《万年欢》杂剧，方文提议更换，满座哗然，王士祯为之圆场[②]。冬日再访钱谦益，得饮荔枝酒，赠牧斋《红豆诗》，次年闻讣，返祭钱谦益。康熙四年春居金陵，与林古度、龚贤等唱和游从；夏游扬州，与孙枝蔚、汪楫红桥泛舟，以《四壬子图》请名流题咏；七夕送王士祯之京。至康熙五年（1666）诗学大成，陈维崧作绝句赞曰：“字字精工费剪裁，篇篇陶冶极悲哀。白家老妪休轻诵，曾见元和稿本来。”康熙八年（1669）秋，方文过芜阴病卒，家仆扶柩返金

① 《归庄集》卷三《张公路先生诗集序》，上海古籍出版社，1984年，第186页。

② 方文《方嵞山诗集》卷五“广陵一贵家宴客，伶人呈剧，目首坐者点《万年欢》，予大呼曰：‘不可，岂有使祖宗立于堂下，而我辈坐观者乎？！’主人重违客意，予即奋袖而起曰：‘吾宁先去，留此一线于天地间。’王贻上拊几曰：‘壮哉！遗民也。’遂改他剧”（按：标点为笔者加），第849页。

陵葬之，孙枝蔚、钱陆灿等前往吊唁，生前以医卜为业的他，死后居然以一首“鑫山体”降乩，“平生诗酒是生涯，老死江干不忆家。自入黄泉无所见，冥官犹戴旧乌纱”，虽未必为真，然由金陵降乩者之拟作，可知方氏之诗脍炙人口，潘江、孙枝蔚等其生前知交好友亦信以为真[①]。

康熙一朝学“白体”者，吴伟业得其精工秾丽，方文得其明白晓畅，按照钱谦益所谓“灵心、世运、学问”诗学三要素而论，吴与方之别，与各自生平遭际、灵心性格、世运学风均相关。吴伟业在反讽与自责中，以“诗体小说”的笔法描绘清初政治历史事件，其“梅村体”兼容“白体”与“义山体”之气格，加之其一直引领人望，无论为复社领袖还是京师祭酒，出语必然典雅，一如其诗句曰：“我本淮王旧鸡犬，不随仙去落人间。”而方文以医卜治生，混迹于市井，即便与文士唱和，其作品也不乏插科打诨的俗语谐趣。从总体上看，吴伟业学习“白体”的成就要大于方文，但此二途均在康熙一朝发生了深远影响。吴伟业主要影响到京师徐乾学等；方文主要影响到“桐城派”，有关“白体”的拓展，我们在后文详述。

“神韵体”并非王士祯一人提出，吴调公、郭绍虞等先生都曾指出：早在晚明，江南各地为了反对后七子诗学，已经开始张扬“神韵”之诗学，诸如桐乡陆时雍的《诗镜》等便已经以“神韵”作为论诗的法则；其他江南诗家，诸如金华胡应麟、海盐胡震亨、江阴许学夷甚至湖南衡阳的王夫之等均提到过诗歌的“性灵”与“神韵”[②]，但是他们并没有像王士祯那样，将“神韵”作为最高的诗性原则。王士祯“无心插柳柳成荫”，是从四首《秋柳》开始的，他将这组青年时代作于大明湖畔的诗歌带到江南，引发了近百人的追和。而伴随其诗人地位不断攀升的，还有他亨通的官运，从顺治十七年出任扬州司理，到康熙十九年就任国子监祭酒，王渔洋作为诗坛和政界一颗新星冉冉升起，取代了吴伟业的地位。很显然，“梅村体”中，“以诗纪史”的方式极其容易遭来时忌；而施闰章弘扬“宣城体”，秉承“温

① 潘江《木厓续集》卷十八；孙枝蔚：《溉堂续集》卷三《闻方尔止死后降乩，有诗纪异偶成》，上海古籍出版社，1979年，第701页。

② 吴调公认为：“合用‘神韵’而成为一个审美范畴概念的，较早有明人胡应麟和陆时雍。胡应麟《诗薮》曾以‘神韵轩举’说明‘盛唐气象’的‘混沦’。陆时雍的《诗镜总论》则说：‘诗之佳，拂拂如风，洋洋如水，一往神韵，行乎其间。’其后有清初王夫之。他（在《唐诗评选》卷四，杨巨源诗评中）主张‘虚实在神韵，不以兴比有无为别’。”郭绍虞亦曾小结说，“明人胡应麟实始标神韵之名，陆士雍、王夫之继之。”吴调公《神韵论》，人民文学出版社，1991年，第3页脚注。

柔敦厚”诗旨，力求将学问、文章与修身涵养相结合，在明末清初的转型期还较少有人能够达到（事实上它过一段间歇期之后，转嫁到了桐城诗派，两者合称“江上诗派”，详见后文）；只有王士祯所拥立的“神韵体”，讲究所谓“不着一字，尽得风流”，最符合统治者所提出的“盛世清明广大之音”的愿景。很显然，“神韵派”先是接续了江南的“地气”，后来又迎合了康熙文教新政的“世运”，而其本人又颇有“灵心”，故其在诗坛形成最大的影响，也就是顺理成章的趋势了。

本章小结：

顺康之际的诗坛，实际上以钱谦益“别裁伪体”为发端，各种新尝试涌现为发展、以王士祯“神韵体”流行为小成。钱氏虽未承认独创某体，但他正本清源指明从杜甫降至白居易、李义山的向下一路，打破了中晚明以降诗歌独尊初盛唐的坛坫。虽然牧斋所倡导的“唐宋古学”并未完全获得虞山诗派后继者认可、诗派内部亦出现分歧，但是以海虞二冯等为代表的诗人毕竟有所收获，晚唐体得以流行，此即蒋寅等学者所谓“种瓜得豆”。

受钱谦益的影响，在虞山之外，江南各大诗派和诗学群体吸取中晚唐体格，已经开始各种创体的尝试。成就较为突出者，为“梅村体”“宣城体”和“神韵体”，此外还有“玄恭体”“翕山体”“茶村体”等。“梅村体”夺胎于“白体”而绮丽过之，兼取中晚唐之胜；“宣城体”虽受施闰章影响，强调温柔敦厚，然而施氏至京城推毂的诗体范式，已对原初体格有所变革，其源起当是梅庚、梅清等继承中唐乐府纪实精神而发明的体式，这一点，即便是施闰章亦有所留存。“玄恭体”兼有“白（居易）、韩（愈）、李（义山）”之风采，尤其是七言古诗，诗风峻急，气韵流转，发唱惊挺；“翕山体”倾向于营造中唐元白、晚唐皮陆所倡导的雅俗共赏的美学特征。

总之，我们列述的这五六种新兴的诗体形式，或直接或间接都受到了钱谦益的影响。从顺治七年到康熙八年的这二十年间（1650—1669），这些江南的诗体并作，主要是针对后七子诗学的反拨或扬弃，它们或借鉴“白体”“义山体”，或吟唱盛中唐“王孟韦柳”的山水清音，或习得中唐的张王乐府，迎来了一轮学习中晚唐诗的高潮，这一趋势一直持续到康熙十七年朝廷诏举博学鸿词科之时。从康熙十八年起的后三十年，随着遗民诗风的消歇，清诗开始了更加全面的“出唐入宋”的新变。

第四章　明末清初江南诗歌“出唐入宋”概述

第一节　清初诗坛大致走向

相对明前中期而言，晚明诗人在“复古”基础上，突出了“创新”的必要性。笔者曾在拙著《晚明江南诗学研究》中，以金陵焦竑（1540—1620）、顾起元（1565—1628），嘉兴黄汝亨（1558—1626）、李日华（1565—1635）等为个案，详细阐述了这些江南诗人所提出的兼容格调与神韵的调和论主张：焦竑提出“神法相兼”和“善学者不师其同，而师其所以同”的创变性观点，质疑“后七子派”的机械复古论；顾起元提出“诗可以观天机而标神理”，反对拟古，寻求诗歌创作的“真境界、真面目”；黄汝亨强调“谐情合体、仿性抒才”，等等；直至嘉兴李日华，闲居日长，诗思精进，呼吁迎接“天地一线新新生机”，几乎达到了钱谦益所号召的“生生不息、新新相继”的理论创新之高度。然而，面对前后七子长达百年的复古履践，此时的江南文人虽然对其“诗必盛唐”之说进行了纠偏，实际上并没有形成明显的“生新机制”；其在诗学理论与创作中也是颇为矛盾的，其矛盾主要有三对：复古与创新、格调与神韵、宗唐与宗宋，拙著在解析这些矛盾后所得出的结论为：“晚明江南文士主张各种调和论来化解上述矛盾，他们以博学调和古今，以艺术调和韵调，以情致调和唐宋，在诗学承祧、人才储备、思想酝酿等各个方面，为清初诗学的殿堂搭建了高水准的平台。”[①]到了明末，“云间派”又回到了“前后七子”时期推崇初盛唐的老路上，廖可斌先生所著《明代文学复古运动研究》末章论述甚详，不赘引证。沿至明清鼎革之际，江南其他诗派才渐渐开始突破后七子的苑囿，“虞山派”或复古宋诗或推尊“晚唐体”，“娄东派”倚重中唐元白诗风，这种复古的总体倾向在清初得到了延续性的发展。

“复古”诗风带来了诗学的两面性：从积极的一面看，文人对古典时期尤其是唐宋的诗学，从形式到内容均进行了充分的讨论（著名的“唐宋诗之争”就是典型）；从消极的一面看，清初诗人重蹈复古旧路，在整个17世纪依旧被众声喧哗的复古氛围所笼罩，其诗学偏向于集前人之所长，并没有出现全面的创变性格局，在此一点

① 张清河《晚明江南诗学研究》书前《摘要》，第3页。

上似乎略逊于“自成一体”的宋诗。但清诗的集成性特质，使其实际成就至少超越了明诗（钱钟书等先生已论定）；其与前明最大的不同在于：由于钱谦益的引领、王士祯等的建树，清诗走上“出唐入宋”的道路，清初诗人不再局限于“向上一路”，追溯汉魏以前之古体以及初盛唐之近体，而是多元化发展，虞山等派提倡“向下”发展、“出唐入宋”、转益多师，而江南其他著名诗人亦各援中晚唐大家，创造各自的风格。也就是说，清诗与明诗本质上没有什么不同，都是倾向于“复古”的；只是在师法对象方面有了明显的差别。清诗的取径要宽阔许多，清初诗人便打破了“古体必汉魏、近体必盛唐”的七子坛坫，敢于向中晚唐及两宋甚至金元明代诸大家广泛学习。此“由唐及宋”的转变过程，约略在康熙年间最终完成。

康熙初，诗坛的主流仍然承袭后七子派等宗法盛唐的主张。比如王岩于康熙三年（1664）为流寓扬州的汪楫所作《悔斋诗序》，虽然不再否定大历等中唐诗风，但依旧承续着晚明诗家的一贯口吻，排斥长庆以下的中唐格调，他说：

汪子以所作《悔斋集》示余，其诗盖出入盛唐大家，而上溯汉魏，不蹈袭古人字句，皆自出机轴，纵横变化，无所不可。长庆而下所不屑也。汪子之诗若此，岂犹人之诗已哉！①

在江南，宗唐风气最甚者除了扬州，尚有兴化等地。（按：复旦大学葛剑雄教授主张将清初扬州等地规划入江南）比如兴化李沂（子化，号壶庵，1616—1698）编选《盛唐六家诗》，州官莱阳周正序曰：“今之诗，元气不可复，衰气不可遏也久矣！吾友李壶庵忧焉，曰：何术以救之？余曰：救之以盛唐之诗。元气衰而后衰气乱之，雅音衰而后淫哇之气乱之。”②李沂为了继续阐发其诗宗盛唐的主张，在康熙年间重刊行《唐诗援》三十卷（首刊于崇祯六年），其主要的宗旨即声援盛唐诗。李沂之弟李沛号平子，二李与江都书画家叶弥广（博之）号称“三隐”，又与同邑宗观（鹤问）探究诗艺，时人称“（其诗）出入于汉魏，上下于唐之初盛”③。周正本人在为李沂外甥王仲儒（景州，号西斋，1634—1698）之弟王熹儒（勿斋，生卒年不详）所作《勿斋诗集序》中，对王氏师法中唐甚为不满，规劝其归正于盛唐。他说：“王子歙州之为诗也，独师中唐。其师中唐何也？时也。自明嘉隆以后，矫异者有不论格调，求本性情之说，人多祖之，甚者以盛唐人诗为大戒。夫

① 《清代诗文集汇编》第123册《受祺堂诗集序》，第273页。

② 《清代诗文集汇编》第149册《取此居文集》卷上《盛唐六家诗选序》，第523页下。

③ 《清代诗文集汇编》第35册《艾陵文钞》卷五《宗鹤问山响集序》，第269页上。

求本性情是也，至以盛唐为戒，则必盛唐人皆无性情，至中晚始有性情也，岂然乎！夫以盛唐之格调写我之性情，何不可！而恶之，直以盛唐人诗格调高矣，兴象备矣，蕴义深矣，人不易到，不如快心露骨者之作易工、读易喜耳，岂真盛唐人诗不可学哉！”[①]后来，王熹儒听从周正意见，编辑《唐诗选评》十卷，亦以盛唐为主。与李沂“鼎立而三”的从侄李驎、李国宋（时号“兴化三李”，见卓尔堪《遗民诗》卷九李沂小传），诗风亦由中唐上溯至盛唐。据李驎《楚吟自序》云：“予闻往者七子燕集，于鳞诗必晚出。”[②]又据《咸丰重修兴化县志》卷八《文苑》本传说，“（李）国宋天才艳发，少时古体学颜谢，近体似温李，中年以往纯学盛唐，神韵悠远，无剽窃叫嚣之习。”可见，兴化诗群的诗学旨归还是所谓七子派所推崇的“盛唐元音”。邓之诚严格以长江划界，将扬、泰诸州视为江北，其评价兴化诗学云：“清初江南诗事，虞山、娄东、云间角立争盛，江北若无预焉。世方贵宋，亦视无睹。……乃知一江之隔，不为习气所染，实赖诸李二王之功。淮扬地近情亲，遂有同风矣。”[③]

清初江南诗人“出唐入宋”的探索过程是漫长而曲折的，不少诗家甚至会一仍后七子时代之诗学主张，以上所援引“兴化三李”即一例证。“三李”受淮扬遗民宗唐诗学的影响，这充分说明了部分江南诗人于明诗有割舍不下的情怀。比如朱彝尊给顾炎武的挽联是“入则孝出则悌，守先王之道以待后学；诵其诗读其书，友天下之士尚论古人”，可见这些遗民继承明代文学之志趣。而朱彝尊本人更是明诗学的集大成者，雕于1702年的《明诗综》便是其晚年一腔心血的见证。然而，扬弃七子诗学毕竟是大势所趋，上述兴化李国宋、王仲儒等诗人亦曾有“独师中唐”“近体似温李”的一面；兴化“诸李二王”与扬州宗元鼎等倡和往还，而宗氏则公认为清初学习李商隐“义山体”的诗家。也就是说，尽管有恋旧之情怀，他们也在探索新朝诗歌生新之路径。

到了康熙十七年（1678）左右，江南诗坛宗尚“三唐”已成为普遍流行的趋势。相较而言，中原及北方、云贵诸地区滞后一些，仍沿袭北方“后七子派”之观念，诗歌直指“向上一路”。云南赵士麟受“后七子”诗风影响，其“唐诗观”即如此。他曾批判“唐诗有三变”，每变愈下。其《宋眉次诗序》云：

① 《清代诗文集汇编》第35册，第531—532页。

② 李驎：《虬峰文集》卷十五，《四库禁毁丛刊补编》，北京出版社，2000年，第413页。

③ 邓之诚：《清诗纪事初编》，上海古籍出版社，1984年，第527页。

唐诗有三变，曰盛、曰中、曰晚。当其中也，自以为胜于盛，而不知其已为乎中；当其晚也，方不屑为乎中，而不知其併落于晚。迨至于晚，寒瘦神鬼之诮不得免焉，风气使然欤？[①]

陕西临潼周灿所作《刘戒庵诗序》，亦指斥晚明诗人“不思三唐而上”。他说：“余因是有慨于今之为诗者，哓哓于李王钟谭之席，苦争胜负，独不思三唐而上有汉魏，汉魏而上有三百篇鼻祖之可寻乎？！”[②]次年（1679），他告诫靳逢源直寻此“向上一路”：“弟少好学诗，长而未达，官西曹日，遇一二诗友，朝夕切劘，渐觉有得……故斗胆上陈，愿先生以高怀卓见，扫去一切，直寻向上一路……《诗体明辨》一部呈来，恐蹈失信之讥。”[③]他们尊奉的圭臬，竟然还是明七子派徐师曾（1517—1580）的《诗体明辨》。相较而言，江南诗坛要开放活跃得多，除了兴化等地盛唐诗风偏盛，其他各地皆以中晚唐体和宋诗为师法对象。比如正在1679年夏五月，顾景星为常州邵长蘅《篦橐诗集》作序云：

今海内称诗家，数年以前争趋温李致光，近又争称宋诗。夫学温李致光，其流艳而佻；学宋诗，其流俚而好尽。二者皆诗之弊也。[④]

因此他接着断言“三十年后”诗风可能由宋返唐：“余尝谓诗文盛衰之运，譬之寒暑然，往则复，穷则变，更三十年，宋诗之流弊将极，然后穷而思变，而子湘之诗乃大重。”（出处同上）其大意是说，诗学“向下”固然接地气，但是容易产生流滑率意之弊，也即顾氏所谓“流俚而好尽”。他所推断的趋势也基本上是正确的，清诗确实朝着唐宋诗兼容、各取其长的方向发展，“更三十年”而后，到《全唐诗》刊行的前夕，仍然延续这一趋势。桐城方世泰亦有类似的看法，他说：

康熙己卯（1699）、庚辰（1700）以后，一时作者，古诗多学韩苏，近体多学西昆，空疏者则学陆务观，浸淫濡染，三十年其风不变。[⑤]

可见，在康熙中后期，学习韩愈、李商隐、东坡和陆游者较为普遍，而且经历了“三十年其风不变”的稳定发展期；“诗宗三唐两宋”亦成为流行的口号。这里所提的“三十年”的提法还有好几处，比如杭州张世炜在所撰《宋十五家诗删序》中也说：“今三十年来，天下之诗皆宋人之诗，天下之家诵户习皆东坡、放翁之句

① 《清代诗文集汇编》第115册《读书堂綵衣全集》卷一四，第338页下。

② 《清代诗文集汇编》第144册《愿学堂文集》卷三，第302页下。

③ 《清代诗文集汇编》第144册第329页下。

④ 《清代诗文集汇编》第145册《邵子湘全集》卷首序，第149页下。

⑤ 《清诗话续编》第4册，第1942—1943页。

也。”[①]这和方世泰的表述几乎如出一辙。也正是在康熙己卯年（康熙三十八年，1699），著名诗人吴江潘耒在为关中李因笃所作《受祺堂诗集序》中，便指出当时效法唐宋诸大家的盛况：

百余年来，学者之弊，佻而为公安，纤而为竟陵，浮而为云间，流派各别，去古滋远。迄于今，效元白、效皮陆、效东坡放翁者盈天下，与之言风骚汉魏、盛唐李杜，则掩耳疾走，如枘凿之不相入，岂非唱郢曲者难为工，和巴歌者易为响耶！[②]

潘耒指出：在当时，“效元白、效皮陆、效东坡、放翁者盈天下”，而此前诗家所提倡的“风骚汉魏、盛唐李杜”竟遭人摒弃。早在此两年前，潘耒为江西黎士弘作《讬素斋集序》（康熙三十六年，1697）、明确题出“三唐宋元”。他说：

言诗者时而主汉魏，时而主三唐，时而主宋元，彼此更相訾笑，其于不能自立（者）均也。[③]

虽然他的这些话是站在同情李因笃、黎士弘等复古汉魏盛唐的诗学立场上说的，但毋庸置疑认可了中晚唐两宋诗风的普遍性。也在己卯年（1699），同样为吴江籍的学者张尚瑗回顾明清之际的诗学走向，几乎总结性地指明了清初诗学的复古路径，其为梁佩兰（药亭，1629—1705，“岭南三大家”之一）《六莹堂集》所作序云：

夫明自弘正间，北地信阳以一切规模初盛唐，绳尺李杜，为学者倡导，至历下、娄东，益广厥派，海内之言诗者，谓不屑道中晚以后一字。竟陵公安诸公，忽变为窈眇孤绝之音，以仿佛陶韦；而虞山力起而尽排之，纵横于韩白欧苏，不名一家。本朝三十年以前，蒙叟之旨未畅，学者犹王李也。洎今而宋元诗格家喻户晓。[④]

吴江张尚瑗指出，在康熙初，以钱谦益为首的虞山派等提倡中晚唐及宋诗风（即引文中所言及推尊“韩白欧苏”），较少有人响应附和，诗家犹学“云间”即后七子派（“本朝三十年以前，蒙叟之旨未畅，学者犹王李也”）；但是到了康熙中后期，整个诗坛已经普遍接受三唐两宋诗风了（“洎今而宋元诗格家喻户晓”），正印证了一句俗语：“三十年河东，三十年河西。”按：张氏此语似解嘲，即无可奈何之意。据陈恭尹1699年为其《石里泽家集》作序，称其诗“载其风

① 张世炜《野秀山房二集》，道光二年重刊本。

② 《清代诗文集汇编》第123册《受祺堂诗集》卷首序，第273页。又第170册《遂初堂文集》卷八，第361页上。

③ 《清代诗文集汇编》第170册《遂初堂文集》卷八，第359页上。

④ 《清代诗文集汇编》第120册《六莹堂全集序》，第393页下。

土、传其轶事，上补三百篇之未备，以续十九首之传”[①]，似赞其“取法乎上”。丁炜亦夸其“杰才鸿律，当与施（闰章）、宋（琬）继主骚坛”[②]，亦言其为格调派人物。然而张氏之语，亦从侧面见证了中晚唐诗及宋诗风之普及。

到了十八世纪初，大江南北皆兼宗唐宋，而且不再像上述吴江潘耒、张尚瑗一样对此倾向抱有成见。比如康熙四十七年（1708），泾阳刘追俭为金人望诗集作序中明确表示：“今观先生之诗，有为杜、为元白、为义山、放翁，而所以为留村先生者自在。”[③]本年（康熙戊子，即1708），钱塘翁嵩年为其表兄顾永年作《梅东草堂诗集序》亦云：

其狷介若彼，故其为诗，亦未尝规模唐宋，率性而行，自有与古合，有沉郁顿挫之致，亦有尽态极妍之姿，是以少陵为宗，而或出于元白、钱刘、温李者也。[④]

延至清中叶，这种杂取“元白、钱刘、温李”甚至苏黄的诗学主张几乎成为思维定式。比如乾隆时期嘉兴吴文溥云：

闲尝取唐、宋以来诗人之诗，标举数家，若右丞之简贵，襄阳之清醇，左司之冲淡，少陵之变化，太白之横逸，昌黎之闳肆，玉溪生之绮丽缠绵，东坡、山谷之波澜峻峭，各摅性情，自若本色，未尝有所袭也。[⑤]

袁枚《随园诗话》卷四第四则，亦具有总结意味。他说：“凡事不能无弊，学诗亦然。学汉、魏《文选》者，其弊常流于假；学李、杜、韩、苏者，其弊常失于粗；学王、孟、韦、柳者，其弊常流于弱；学元、白、放翁者，其弊常失于浅；学温李、冬郎者，其弊常失于纤。人能取诸家之精华，而吐其糟粕，则诸弊端尽捐。”[⑥]

总之，清初江南诗人“兼宗唐宋”或者说“出入于唐宋”而又“未尝规模唐宋”，可谓得风气之先，开创了清诗的独立格局。从出唐入宋到形成特色，这一过程在康熙中后期基本完成，同时也标志着清诗多元化、开放式的格局已然形成。

---

① 《清代诗文集汇编》第198册《石里泽家集》卷首序，第311页下。

② 《清代诗文集汇编》第198册《石里泽家集》卷上《夏日同吴鱼男……颐园分得香字》诗后跋，第324页上。

③ 《清代诗文集汇编》第179册《浪淘集诗钞》卷首序，第556页下。

④ 《清代诗文集汇编》第152册《梅东草堂诗集序》，第438页下。

⑤ 《清诗话三编》之《南野堂笔记》卷一，第1995页。

⑥ （清）袁枚著；王英志校点：《随园诗话》，江苏古籍出版社，2006年，第77页。

第二节　江南三大诗派之认同

诗坛风向的转变，可以通过三个方面体现出来：其一是诗人题跋中所反映出的宗法对象的变化；其二是重要流派的替兴；其三是选政的更迭。有关第一点，客观而言材料本身就颇为芜杂，而且不排除题跋者主观臆断或阿谀奉迎，从而将受跋者比拟为前朝某大家。由于在此主客观方面都存在所谓的“资料陷阱”，笔者将本着“博览”和“慎取”的原则，对之进行汰选和梳理——本书将广泛搜集《明诗话全编》及《清代诗文集汇编》中较有诗学史价值的游宴序跋、诗集序跋、其他诗文总集代序跋中的相关文字，尽可能以年代秩序反映诗学发展的细微变化（如上一节行文中引王岩、潘耒、张尚瑗的序跋文），并将这些文字连贯起来，从时段的对比中察觉其间诗风之流变。相较而言，流派的代兴和选政的更迭比较客观，便于铺陈其事实，因此在本节展开论述。

明清诗学“流派”得以成立，有相当一部分是建立在“结社”基础上的，比如明前后七子便因“七子社”结成诗盟。但在清初“结社”这个基础变得支离破碎了，其主要原因是政治干预。明清之际“结社”是诗坛一个很普遍的现象。20世纪30年代，谢国桢《明清之际党社运动考》中钩沉诗文社129个；40年代，郭绍虞《明代的文人集团》考索明代文学社团为179个；世纪之交，李圣华《晚明诗歌研究》考索晚明诗文社97个；2011年，西南大学何宗美先生《明代文人结社与文学演进》列举明代文学社团680个；2013年，中华书局出版李玉栓《明代文人结社考》，共考得明人诗文社930个。然而，由于清初即颁布禁止结社的国家法令，清人在诗文集中明确提及结社者比较少见。尽管我们可以肯定清初文人秘密结社不下百个，但由于资料阙如，实证起来是很困难的，很多诗社之盛况，也只是“此情可待成追忆”。比如乾隆《震泽县志》吴棏追溯1650年、1710年江南结社情状云：

顺治庚辛间，吴宏人、闻夏、汉槎兄弟复与同志推广慎交社，敦槃之会，冠履云集。康熙庚寅，吴界远（按：吴棏）复大集于传清堂……时则吴门、娄东、玉峰、虞山、云间及浙之武林、海昌、苕上、梅里、武原、语水、当湖、魏塘、桐川莫不声气相通，论文莫逆。三十年来，此事不讲，而文风亦因以不振矣。①

可见江南结社主要在两个时期，一个是顺治初文网未张的时期，还有一个是

① 陈和志修，倪师孟等纂、陈其弟点校：清《（乾隆）震泽县志》卷三十八《旧事》，广陵书社，2017年，第1372页。

在康熙末期文网渐弛的阶段，当此两时段，几乎江浙各地均有结社。即便顺治十七年（1660）春正月海宁杨雍建上疏禁止结社并严禁以“同社”“同盟”相称，江南文人也没有停止结社，只不过一改前明互称社友的做法，以“吾党”“同人”“吾友”等相称，其举行社集，多半也以题咏时令、坐禅放生、祭祀名人等主题相号召，即便是最负盛名的“惊隐诗社”亦如此，比如杨凤苞评云：“明社既屋，士之憔悴失志、高蹈而能文者，相率结为诗社，以抒其旧国旧君之感，大江以南，无地无之……而惊隐诗社又为吴社之冠，汾湖叶桓奏，社中之领袖也。家唐湖北诸之古风庄，有烟水竹木之胜。岁于五月五日祀三间大夫，九月九日祀陶征士，同社麇至，成纪以诗……终于（康熙）甲辰（1664）。”[①]吴楫于1710复集社事，中间中断了60年。由于江南遗民结社的方式发生了由显及隐的变化，促成了对于隐逸诗人的推崇，屈原和陶渊明的诗歌受到追捧，而唐诗领域则是王孟诗派的受众空前壮大，王渔洋主张“神韵说”，其实也是对江南文人这种心态的迎合，其客观效果是：尽管王渔洋已北上，但“神韵派”成为整个江南组织最为松散、拥趸最众的流派，此前诸如“宣城派”“桐城派”“阳羡派”等地域性的诗派基本上呈现出蛰伏于本地、靠家族延续性传承的状态，一定程度上也受社事由显性到隐性的影响。这一点我们后文还将详述。

综上可见，江南诗人结社成派是诗学发展的必然趋势。诗学史表明，越往近代，诗学要想取得突破前人的成就，就越需要成群结队。初唐“四杰”“吴中四士”且勿论，到中唐以降，“诗派”更是成为普遍现象。如元白、韩孟、郊岛等，至宋代江西诗派达到极盛。诗人在经历初盛唐高峰之后，以个人的才情学力很难再达到李杜王维等“诗成啸傲凌沧洲”“尽得古今之体势”“诗中有画、画中有诗”的境界，正如吴县徐增《而庵诗话》中所言：李白、杜甫、王维将“天、地、人”三才皆囊括了[②]；在中唐以后，诗人如果想超越前人，需要借助流派相互促进、获取声誉、扩大影响。以中晚唐诗人为模仿对象的江南文人，自然也需要抱团结群。尽管清初的结社行为比较隐晦，但结社互为勉励却是相当必要的，这对于形成诗派也是必不可少的。以结社最为频繁的西湖之畔为例，大约经历了晚明“登楼”“读

① 杨凤苞：《秋室集》卷一，清光绪十一年陆心源刻本。

② 徐增云：“诗总不离乎才也。有天才，有地才，有人才。吾于天才得李太白，于地才得杜子美，于人才得王摩诘。”王夫之等撰、丁福保辑《清诗话》上海古籍出版社2015年，第439页。

书”诸社、清顺治十一年前后“孤山五老会”、顺康之际“北门四子社”、康熙初“鹫山盟”等，一直沿袭到乾隆年间。吴庆坻追忆云：

吾杭自明季张右民（用霖）与龙门诸子创“登楼社”，而西湖八社、西泠十子继之。其后有孤山五老会，则汪然明（汝谦）、李太虚（明睿）、冯云将（鵷雏）、张卿子（遂成）、顾林调（？待考）也；北门四子，则陆荩思（进）、王仲昭（嗣槐）、陆升黉（隽）、王丹麓（晫）也；鹫山盟十六子，则徐元文、毛驰黄（先舒）诸人也；南屏吟社，则杭、厉诸人也；湖南诗社，会者凡二十人，兹为最盛。[①]

诗社“盟主”与“诗派”是相辅相成的关系。诗派需要有领袖级别的诗人才能发展壮大，而优秀的诗人也离不开诗派的拥戴和推动，因而流派与诗人个体之间的“离合”就势在必然。其间亦有不受流派局限而矫然不群者，也有可能充当诗学领袖，正如1672年前后嘉兴李良年就流派的替兴所指出的那样：

（初盛唐）其时，诗未有派也。自元和列主客之目，而诗派以兴。宋则西昆豫章为最著。然当时所称同馆十有五人。吕居仁所列三十五家，今其诗乃不尽传，传者或不为世所宝，惜弗师古而袭派，未见其得也。刘后村有云：方元和体盛行，退之犹未免谐俗，而子厚独能成一家之言，韩子苍、徐师川不为山谷诗，山谷益重之，然则前人当诗派极盛之际而矫然自异者，犹不乏焉。胜国风人媲美前哲；其弊也，入于派而不知其所变。夫合数十百人之精神志虑争习为形似，尚安异其参伍错综以尽诗之变哉！诗与派之互为盛衰，斯可观矣！[②]

李良年推崇那些“当诗派极盛之际而矫然自异”的诗人，然而他本人未能免俗，其诗属前期浙派，词属“浙西派”。尽管如此，他提出的观点还是颇有启示意义的。他认为明代的前后七子等“入于派而不知其所变”，派中百数十人殚精竭虑“争习为形似”，批判其机械模拟而不知变化（“尚安异其参伍错综以尽诗之变哉”），可谓深中肯綮。可惜他并没有陈子龙、钱谦益、王士祯等人的通变意识，认为“诗与派”互为消长，陷入了机械的“循环论”陷阱。事实上，清初绝大多数的优秀诗人是在流派的推衍下才有所建树的；所以我们讨论流派，即以上述陈、钱、王所在江南三大诗派为线索展开。

清初江南诗坛呈现出流派迭兴、异彩纷呈的繁盛景观。作为新生一代，阳羡董

① （清）吴庆坻撰，《蕉廊脞录》，《清代史料笔记丛刊》系列，中华书局，1990年，第91页。

② 《清代诗文集汇编》第133册《珂雪诗集序》，第256页。

以宁在给无锡顾彩的诗序中，总结清初江南才子再三拟古、重蹈覆辙的教训，他说：

清兴以来，诗称极盛，约其风气，则踵事增华、变本加厉。此二语者，自古迄今类然。当陈给事大樽先生振起云间，变当时虫鸟之音，而易之以钟吕，高华雄爽，天下翕然同风，二三杰出之人，遂能本其体而逾瞻逾工，此可谓之增华者矣，而转相沿袭，餙为形似，今日云间之派，遂至滥觞……于是二三杰出之人，又相与趋而学杜，虽其混茫神化之境，未能蹴至，而气体间时或近之，较之旧习，亦可云变本而加厉焉。然而增华者人工，即加厉者亦人力也，皆人之所得为，则皆余之所得见也。[①]

解读董以宁这段话可知，清初的第一个流派是云间派，他们推尊晚明后七子派"诗宗盛唐"的主张，又企图寻求突破，产生了全国性的影响（"天下翕然同风"）。而在"云间之派，遂至滥觞"之际，相继崛起的"二三杰出人"，或许是指以虞山派的领袖钱谦益、娄东派的盟主吴伟业等。这些诗派都经历了一个从名家创派到后继者"转相沿袭，餙为形似"而被其他派别超越的过程。王士祯也曾以歌行体为例，来解析陈、钱、吴三派复古唐诗的特征："明末及国初歌行约有三派：虞山源于杜陵，时与苏近；大樽源于东川，参以大复；娄江源于元白，工丽时或过之。"[②]此小结或许不够准确和全面，但就其学派渊源与师法对象而言，亦可谓是深中肯綮的。陈子龙（大樽）之诗，参照对象是前七子领袖何景明（大复），而其诗学主张亦倾向于追求盛唐诗高华壮美之境界；钱谦益宗宋诗，与东坡为近，并将眼光投射到杜甫以下中晚唐诗人和南宋陆游等人身上，比如《晚晴簃诗汇》援引郑则厚之言云："虞山学问渊博，浩无涯涘。其诗博大宏肆，鲸铿春丽，一以少陵为宗，而出入于昌黎、香山、眉山、剑南，以博其趣。"[③]而吴伟业则承袭中唐元白诗派之传统，以"新乐府运动"之精神创作歌行体。这似乎也在说明：清初诗派之所以繁盛，得益于从中晚明后七子"诗必初盛唐"的束缚中解脱。蒋寅认为，"在（钱谦益）宋元诗的旗号下，人们实际接受的诗歌未必是真正代表宋元诗精神的作家和作品。诗坛对宋诗的喜好和接受，其实只限于陆游式的南宋诗风，取其易解易学而已。这种诗风也就是南宋流行的中晚唐诗风，具体说就是从大历才子、元白到

① 《清代诗文集汇编》第112册《正谊堂文集》之《董文友文选顾天石诗集序》，第311页下。

② 王士祯：《分甘余话》。

③ 徐世昌《晚晴簃诗汇》卷十九"钱谦益"，中华书局1990年，第544页。

皮陆一派的清浅流易之风。学宋元诗最后变成了学中晚唐，这（是）个种瓜得豆的滑稽结果。”[①]我们的理解是：无论是晚明的公安派，还是清初的钱谦益，其学习苏、陆等宋诗，无非是针对“后七子派”或者“竟陵派”痛下针砭和猛药，实属矫枉过正之举，其“种瓜得豆”的滑稽结果只是个表面现象，因为明清之际江南诗学正是从全面兴复唐诗学开启的，钱谦益的“破冰船”底下，是暗涌的江南各个流派崇尚中晚唐诗歌的热流。以下详论。

江南“一跃而成为清初诗学最具独创性的地域”[②]，并且云间、虞山、娄东成为江南的“三大诗派”[③]，是在当地的经济文化之雄厚基础上发展壮大的，有关江南之史地背景，今人论述颇夥，毋须赘言。然而笔者强调一点：江南诗集选刻的数量与质量，在明清之际是首屈一指的。因此，除了上文从流派中去探寻清诗发展的大致路向，我们亦可以从出版的倾向性方面寻找清初江南诗学的风向标，探索其前进的方向。

诗学的发展，自有其内在的延续性，其总体性的趋势并不受外界环境所左右，包括改朝换代。这一点前人已有发明，比如毗陵陈玉璂《名家诗选序》云：“夫诗至三百篇以迄汉魏六朝唐宋元明，其间盛衰不一，然性情所在，各不相袭，故陵谷有变迁，而诗之为道，不随断草荒烟同埋没也。”[④]这一原理可以说明：清初江南诗学繁荣、诗派繁盛、诗人繁多，主要是在晚明诗学所有成就的基础上取得更大突破的。

在晚明江南出版业的兴旺发达的虞山、娄东、金陵等地区，古今诗集广为发行，为学诗者提供便利。胡应麟曾云：“当今刻书，苏州、常熟为上，金陵次之。”[⑤]有关中晚唐诗人和两宋名家的诗集得到了及时的刊刻，诸如万历四十年上元朱之蕃刊行《中唐十二家诗》《晚唐十二家诗》；万历间苏州作坊主从南宋旧版翻刻《刘长卿集》《韦应物集》《李商隐集》；天启四年（1624）虞山毛晋刊刻《陆游全集》，崇祯元年（1628）刻成《唐人选唐诗八种》等。除了刊本，抄书也颇为

---

① 蒋寅《陆游诗歌在明末清初的流行》，《中国韵文学刊》，2006年第1期，转载自刘扬忠，王兆鹏编《宋代文学研究年鉴2006-2007》，武汉出版社，2009年，第294页。

② 蒋寅：《清代诗学史》第二章《拨乱反正的努力——江南诗学》，中国社会科学出版社，2012年，第143页。

③ 罗世进：《明清之际江南文学版图中的诗歌流派》，《江海学刊》2006年第5期，第181—186页。

④ 《清代诗文集汇编》第142册《学文堂文集》序十一，第629页上。

⑤ 胡应麟：《少室山房笔丛》，上海书店出版社，2001年。

盛行。当时，很多诗家为传抄唐宋人诗集而殚精竭虑。比如1629年冬，冯舒等得知苏州寒山赵宧光处有宋徐陵所辑《玉台新咏》，与冯班、何大成等六人冒雪持饼入山，呵冻抄书，四昼夜而归。后来，冯氏刊为《校定〈玉台新咏〉》①。

到了顺康之际，这一趋势得以延续。比如在刊刻方面，虞山毛晋之子毛扆继承父业刻有《汲古阁影刊南宋六十家小集》等。此外，金陵黄虞稷（俞邰，黄居中之子）钞有《南宋二十八家小集》，秀水朱彝尊亦辑有《宋人四十家小集》。俞陛云《吟边小识》云："《南宋小集》二十八家，黄俞邰钞自宋刻，所谓'江湖诗'也。朱竹垞亦辑宋人小集四十余种，其中五言有雅似唐人者，如……'黄花一杯酒，白发几重阳。'皆大历之嗣响也。"②在此基础上，诸多中晚唐两宋大家之诗歌全集得到整理问世，1699年邵长蘅在宋荦襄助下辑刻《删补施注苏东坡诗集》，1702年，查慎行辑成《补注东坡先生编年诗》。同在1702年汪立言刻成《白香山诗集》四十卷，朱彝尊、宋荦等为序。抄书方面，虞山钱氏在绛云阁遭火后无心打理，将大量宋钞本转手其族孙钱遵王。秀水朱彝尊得知，宴请遵王，私以黄金、青鼠裘买通其随从潜藏至其书库抄书，时称"雅赚"。又挟楷书手王伦潜入大内书库抄书，受降职处分，又称"美贬"。江西临川的李来泰（1624—1682）正是在江南句曲为官时（1655—1657），大量涉猎中晚唐及宋明诗集的。其《王孟迁交廻草序》云：

今天下竞言诗哉！铅椠之家，甫明声病，辄哆口开元大历，视中晚而下弗屑也。然求其合于风雅而得性情之正者，戛戛乎难之。忆句曲署中，偶手时贤一编漫置语云：伪唐人则有余，真宋人则不足。坐客皆瞠视不答……因叹数十年齐语楚咻，纷如聚讼，竞规模唐人之一体，究各成其伪而已。③

李来泰认为，前明七子派的偏颇在于垄断了唐诗传播的话语权，那些所谓的"铅椠之家"——即个人有出版权利的人，偏向性地选择了初盛唐诗；因为"哆口开元大历"、机械模仿少数盛唐诗人，从而引发了剿袭和作伪的流弊。因此，他呼吁有识之士起敝振衰，裁汰伪体，并结合自己在句曲官署中的阅读经验，提出以自

① 冯舒《默庵遗稿》卷九《重校玉台新咏序》："己巳之春，闻有宋刻在寒山赵灵均所，乃于是冬造于其庐，既得奉观，欣同传璧。于时也，素雪覆阶，寒凌触研。合六人之功，抄之四日夜而毕。凡七十三番，番三十行，行三十字。饥无暇咽，或资酒暖；寒忘堕指，唯忧烛灭。不知者以为狂人，知音亦诧为好事矣。"

② 王培军、庄际虹：《校辑近代诗话九种》，上海古籍出版社，2013年，第372页。

③ 《清代诗文集汇编》第121册《莲龛集》卷七，第113页。

己的眼光来选择唐宋诗。他视虞山宗主钱谦益为操持选政的楷模，其《跋元白倡和诗》中说，《元白倡和集》系虞山钱谦益从大内本抄得、经周亮工的儿子刊刻于南京。该跋云：“乐天代书诗一百韵，徽之和诗止前二十五韵，余俱缺，钱虞山从大内本钞出，全诗始备，周雪客梓之。”[①]李来泰对于钱氏不遗余力传抄前贤诗集叹赏不已，其原因大概是已经窥见了虞山诗学的“独得之秘”。当然，钱牧斋以李商隐、韩愈、白居易诗集为模仿对象而上溯杜甫的做法在今天看来是非常明确的了，今人周兴陆、丁功谊、赵炜、罗时进均有专著揭示。周文云：“本乎学问，关乎世运，取径杜、韩、苏、陆，而踔厉特出，自成一家，是钱谦益为吴中诗学走出的新方向。”[②]“（钱谦益）取法杜甫、韩愈、苏轼、陆游，是清代尚宋诗学的先驱。他的这种诗学取向，联系吴中特别是嘉定诗学环境，就容易理解了。那是吴中传统的自然发展。”[③]丁著云：“钱谦益早在明末就已经兼采众长，诗学白居易、李商隐、苏轼、陆游等大家。”[④]赵著云：“以杜、韩、白、李为代表的一批中晚唐诗人，志在打破盛唐诗坛难以为继的局面而另辟蹊径……钱谦益对中晚唐之推崇，实与其取法苏、陆的取向连为一体。”[⑤]罗著云：“（钱谦益的）诗学历程中由义山而上溯少陵，兼涉昌黎、香山的路径是十分清晰的。”[⑥]

众所周知，钱谦益操持选政，其最大成就在于编选明人诗歌总集《列朝诗集》，其实他对于唐宋诗在清初的传播也是居功至伟的。盛中唐的杜甫、中唐元白、晚唐李商隐、宋代的苏东坡、陆游的诗集，钱氏均有传抄整理。比如：牧斋以宋钞吴若本笺注杜诗，成为清初杜诗学最有影响力的笺注本之一。今人刘重喜甚至得出结论说：“无论是毛氏父子和钱遵王的《杜工部集》，还是季氏《全唐诗·杜工部集》，其形成的经过和获得的学术成就，都与钱谦益及其倡导的学术风气有莫大之关系。”[⑦]除了《元白倡和集》，他还传抄、笺注了李义山诗集。米彦青认为：“钱谦益不仅鼓励周围的亲族、朋友为李商隐诗歌作注，同时由于他及其哲嗣二冯

① 《清代诗文集汇编》第121册《莲龛集》卷十四，第188页上。

② 周兴陆：《钱谦益与吴中诗学传统》，《文学评论》2008年第2期。

③ 周兴陆：《诗歌评点与理论研究》，凤凰出版社，2011年，第187页。

④ 丁功宜：《钱谦益文学思想研究》，上海古籍出版社，2006年，第124页。

⑤ 赵炜：《明末清初虞山诗学研究》，百花洲文艺出版社，2011年，第125页。

⑥ 罗时进：《地域、家族、文学：清代江南诗文研究》，上海古籍出版社，2010年，第316页。

⑦ 刘重喜：《明末清初杜诗学研究》，中华书局，2013年，第63页。

对于义山诗的爱好，也带动了清初虞山诗派对于李商隐诗歌的接受和仿作。而以钱谦益为首的虞山诗派和以吴梅村为首的娄东诗派所形成的强大声势，在清初李商隐影响史上的作用功不可没。”[①]苏轼诗集之宋椠本，晚明即成为藏书家不传之秘，钱谦益得观之，并作有《跋东坡先生诗集》，论定“是书刻于嘉定六年（1213）。”[②]王友胜认为：“钱氏是清代唯一见到过施、顾宋椠本全帙的学者，他的说法当是可信的。”[③]他猜测说，后来“施注苏诗”得以面世，宋荦等受了牧斋及其族孙钱曾的指点，康熙中不惜重金购得毛晋汲古阁之残本，亟请常州邵长蘅等校刊并公诸于世。至于陆游诗集，蒋寅先生也有一个“有意味的”、间接的推想，那就是“汲古阁版《陆放翁全集》的刊行”出于牧斋私授：“联系到钱牧斋和程孟阳在京师的游从来看，毛晋汲汲访求《剑南诗稿》，急切地授梓，是不是也有配合老师提倡陆游诗之意，并正感受到山雨欲来的市场需求呢？”[④]

反之，虞山派后来逐渐式微，很可能是神韵、格调、性灵诸诗家兴起之后，虞山后学之著作皆湮没了。除了政治上的人为干预（比如钱谦益的书籍遭到了禁毁），也有学术上的自然淘汰。以《围炉诗话》为例：该著在当时赢得一片赞赏，然而后世传播并不广，评价亦不高；到了乾隆初，这本曾风行江南的诗话几乎完全被人遗忘，后人的记述也不过是人云亦云、错舛百出。比如阳羡史承谦（1707—1756）云：“《围炉诗话》，常熟吴殳修龄著（按：籍贯误记，应为昆山）。大约本东涧（按：钱谦益号东涧老人）之说，訾謷二李，梳剔杜陵，殊无妙论。其中但推尊一冯钝吟。《夫于亭杂录》中所谓‘铸金顶礼’者，想即此人也。”[⑤]赵执信（1662—1744）见识颇广，因与舅氏王渔洋相颉颃，凡渔洋所抵制之作皆大力裒辑之，然竟也未见此诗话：“昆山吴修龄论诗甚精，所著《围炉诗话》，余三客吴门，遍求之不可得，独见其《与友人书》一篇，中有云：‘诗中须有人在。’余服膺以为名言。”[⑥]雷国楫《龙山诗话》卷四也说：“余家食日阅赵宫赞秋谷执信《谈龙录》，内有一则，剧推昆邑吴修龄乔所著《围炉诗话》一书，后抵江左，遍觅之

① 米彦青：《清代李商隐诗歌接受史稿》，中华书局2007年，第36页。

② 钱谦益：《牧斋初学集》卷八十五《跋东坡先生诗集》，转引自钱谦益编、潘景郑辑《绛云楼题跋》，中华书局，1958年，第110页。

③ 王友胜：《苏诗研究史稿》（修订版），中华书局，2010年，第34页。

④ 蒋寅：《清代诗学史》，第162页。

⑤ 张寅彭主编：《清诗话三编》第二册《青梅轩诗话》卷一，第1475页。

⑥ 赵执信《谈龙录》第七则，载王夫之等撰、丁福保主编：《清诗话》上册第319页。

不可得，即遇昆邑绅士讯之，亦无有知之者。闻有知者，亦未之见。或云此书未付剞劂，故知者颇尠。后遇青浦褚大令启宗（亮侪，1760年进士，合肥人），谭及此书。伊言家有善本，出以相示。余持归舟，篝灯细阅，及至东白，而四卷已竟矣。其书大概左袒冯氏，痛诋李何王李，以及弘正嘉隆间诸子。其言诗准绳处颇有可掇，足备坛墠圭臬。其绎论唐诗处并无发明，徒增拘迂。主见如斯，宜乎其不闻于世也。”[①]无论是赵执信生平未睹，还是雷国楫大海捞针，都说明《围炉诗话》在乾隆初年遭到了冷遇。

选政直接关乎文运世风。虞山派的兴起建立在清初“实学”的基础上，也是建立在诋毁竟陵派“空疏不学”的基础上的；其宗主钱谦益攻击同年钟惺的“口实”便是文献；换言之，钱氏反击竟陵派最为得力的武器，便是指责钟惺等“不读书”。其为钟惺作小传，援引金陵张文寺言曰：“要其才情不奇，故失之纤；学问不厚，故失之陋；性灵不贵，故失之鬼；风雅不道，故失之鄙；一言以蔽之总之，不读书之病也。”其实，钟惺并非不读书，否则，《诗归》中独具眼光的去取便无法实现；只是其禅宗造诣要高于钱谦益，且信仰“顿悟”之学，不欲死于他人言下，也即顾炎武所苛责的“好行小慧，自立新说，天下之士，靡然从之”。（《日知录》卷十八《钟惺》）正因如此，当“神韵说”“性灵说”等兴盛之际，史承谦批判东涧（钱谦益）之说“殊无妙论”、雷国楫指责吴殳诸著“绎论唐诗处并无发明，徒增拘迂。主见如斯，宜乎其不闻于世”，这便很好理解了。

严格说来，钱虞山之后清初诗坛曾因群龙无首而一度沉寂，所谓王渔洋之“代兴”是后来王氏自认、其门人群体追认的。比如当时的大佬宋荦(1634——1713)便只承认有云间、虞山二派，他在《漫堂说诗》第十二则论“唐以后诗派”中说：“前后七子……此后诗派总杂，一变于袁宏道、钟惺、谭元春，再变于陈子龙；本朝初又变于钱谦益。其流别大概如此。”[②]也就是说，“云间三子”的主要活动周期尚在明末，而清顺治年间最有影响的宗派惟有“虞山诗派”。孙之梅教授亦持此种观点，她说：

突出的学术成就，完备的文学理论，卓越的文学创作，奠定了钱谦益在文坛上无可置疑的崇高地位。黄宗羲除了说他“四海宗盟五十年”之外，还说“主文章坛坫者五十年，几与弇州相上下”……朱彝尊称其“海内文章伯，周南太史公”；顾

① 《清诗话》上册《龙山诗话》卷二，第1785—1786页。

② 《清诗话》，第432页。

炎武十分鄙视钱谦益的降清，但当得知钱去世，感慨文坛再无后继。在这些评价的基础上，《清史稿·文苑传序》云："明末文衰甚矣！清运既兴，文气随之一振。谦益归命，以诗文雄于时，足负起衰之责。"当时的钱谦益片言可以为人轻重。四海所游之士，不远千里，行縢修贽，学者望走翕集，若百川之赴海。文人墨卿，联袂而谒虞山，不可胜数，形成了以钱谦益为中心而辐射到江浙、燕赵、齐、楚、岭南、八闽的清初文坛局面，确如徐世昌所言："牧斋才大学博，主持东南坛坫，为明清两代诗派一大关键。"[①]

对于钱谦益主盟一代的全国性影响力，陈祖范《海虞诗苑序》曾概括云："吾邑虽偏邑，有钱宗伯为宗主，诗坛旗鼓，遂凌中原而雄一代。"所谓"凌中原而雄一代"，便是彻底打破了后七子的坛坫，将江南诗学推至前沿。这一点，作为领袖东南的钱氏本人亦颇为自许，他确实是为江南地域文学代言的。早在其为明人所作小传中，便以为江南文学自成体系。《列朝诗集小传》丙集"周给事祚"条云："当时李空同崛起河洛，东南士大夫多心非其学……南方之士，北学于空同者，越则天保，吴则黄省曾也。"关于万历元年的"青溪诗派"，尽管今人吴文治认为该派仍系"后七子派"之拥趸[②]，钱谦益却给予了高度评价。1648年中秋，他回顾金陵"青溪诗社"的百年历程，提出了"三盛"之说："海内承平，陪京佳丽，仕宦者夸为仙都，游谈者指为乐土。弘正之间，顾华玉……此金陵之初盛也。万历初年，陈宁乡芹……此金陵之再盛也。其后二十年，闽人曹学佺能始回翔棘寺……缙绅则臧晋叔（懋循）、陈德远（邦瞻）为眉目，布衣则吴非熊、吴允兆、柳陈父、盛太古为领袖……笔墨横飞，篇帙腾涌，此金陵之极盛也。"[③]这里，钱谦益刻意用曹学佺担任南大理寺卿（1606—1609）时期的盛景遮蔽了"第四盛"，即钟惺主持金陵坛坫时期（1616—1621）。"青溪诗社"凸显了晚明江南诗人的尴尬地位，即表面繁盛掩盖不了的"外强中干"式的虚弱，正是因为有了闽人曹学佺和竟陵钟惺的

① 孙之梅：《钱谦益与明末清初文学》（增订版），山东大学出版社，2010年第467—468页。

② 吴文治认为："在'后七子'首领王世贞执掌诗坛的后期，经朱孟震、费懋谦发起，有莫是龙、盛时泰、魏学礼、陈芹、周才甫、梁伯龙、胡世祥、华复初、钟倬、黄乔栋、任梦榛、沈道章、尹教甫等数十人参与……辑刊《青溪社稿》，称盛一时。诗社宗旨虽主要在以诗会友，但就诗学主张来看，则在表示对'七子派'的拥护和支持。"见其《五朝诗话概说：宋辽金元明》，黄山书社，2002年，第144页。

③ 钱谦益：《列朝诗集小传 下》，上海古籍出版社，1983年，第462—463页。

“主政”，才支撑起江南的坛坫；直至陈子龙、钱谦益出现之前，江南文士在整个万历天启年的六十年间是没有太大作为的，清初几乎江南各地域的诗家都曾起来否定这段历史，比如“云间三子”中的李雯、毗陵陈玉璂和邵长蘅等十余人均认为“天下五六十年无诗”①，其实并非“无诗”，而是没有能和闽派、公安竟陵一争旗鼓的诗派。这种状态一直延续到清初，随着陈子龙英年早逝，除了声名不佳的钱谦益能够振作于诗坛，确实没有其他人物能独当一面成为一代盟宗，当时诗坛亦南北对举，比如“南施北宋”等，直至王士祯崛起为宗主，对此严迪昌先生曾予以辨明②。个中原因是复杂的，笔者看来无外乎“事”与“人”两方面的欠缺：清初遗民为生计奔忙、贰臣或新生代为功名劳碌，在17世纪下半叶鲜有如钱氏董理古人诗集之“事业”；更重要的是经历鼎革之际的乱离之后，不管是惶恐如惊弓之鸟的遗民，还是动辄被查纠的贰臣官员都是居无定所的，缺乏能领袖一时的“人才”——

① 明末清初，云间李雯云：“神熹之际天下无诗者，盖五六十年矣。”邵长蘅云：“万历启祯六七十年间，天下无诗。”释担当云：“（唐以前）勿论，余从唐而概之，有初盛中晚；继唐而概之，宋元盛于律而成一家言。继宋元而概之，明之高、杨，应运而兴，尚带宋元习气；至李、何崛起，大雅、正始，复还旧观。至七子而再盛，有如长江始于岷、峤而汇于洞庭，噫！壮则壮矣，安能不截其流而使之不下注哉！于是有好庚、鲍而排击七子者出，专以近体为号召，使人易就，一旦辄登坛坫，天下靡然响风，而诗亡矣。世运得不随之？”《清代诗文集汇编》第9册《橛庵草序》，第5页。常州陈玉璂云：“尝慨天下之无诗者久矣。非无诗也，无真诗也。诗之所以不真者，由无真性情故。《三百篇》学士大夫以至征夫思妇，莫不工诗，其性情真也。后世徒求之语言文字、较声律、辨体裁，若仿汉魏，仿初盛唐，仿愈似而性情愈漓。”《清代诗文集汇编》第29册《佳山堂诗序》，第525页上。他还说：“诗至今日而几亡矣……自公安竟陵，曼声并作，雅音渐远，江河日下，天下五六十年无诗。”《清代诗文集汇编》第142册《学文堂文集》序八《朱恪舒诗序》，第579页上。“雪苑派”领袖贾开宗认为：“唐之兴也，岑参、王维、孟浩然随境抒情，而变风之遗；杜甫抚时忧乱，博大雍容，有变雅之遗；而诗之派各著。宋、元而变风、变雅之道亡。及明李梦阳、何景明、王世贞诸子，专宗杜甫变雅而不及风，故明三百年而无风也。万历之际，诗道庞杂，宗唐白居易、孟郊，居易学风，其弊也俚；孟郊学颂，其弊也寒。可以为宗乎？故明之末，共杜甫变雅之道亦亡也。”《清代诗文集汇编》第9册《遡园文集》卷一《更庵诗序》，第348页。

② 严迪昌：“断言‘三大家’开清诗风气，为先行者，不符历史实际。清诗新的一轮‘风气’的导扬者，要推王士祯。‘南施北宋’称名家尽管是王渔洋所标示，但宋琬、施闰章洵属有成就之诗人，然而他们只是过渡阶段大批无所归属者的典型：有造诣、有影响，唯无与‘风气’的播扬。朱彝尊与王士祯齐名一时，亦有雄心树帜诗坛，可是，他名高位不济，宦途生涯的波折，构成了其有意创建诗风而力不从心的格局，远不及其在词的领域内的创获。”严迪昌《清诗史》（上册），第359页。

直到王渔洋宦游广陵（1660—1666）、施闰章分守湖西（1661—1667）、宋琬按察并谪居浙西（1661—1671）期间，诗坛才一度热闹起来；但是即便如此，他们也不敢明确地主持坛坫，是有所忌惮的。出于当时朝廷对于结社的禁令，以上诗人没有组织固定的团队；又因为清初江山甫定、疆域辽阔，这些人又不得不仕宦（或者游幕）于南北西东，亦不能融入当地的诗学群体，所以没有形成流派。诸如王渔洋在扬州、朱彝尊在广州、施闰章在南昌，尽管诗作颇夥、名气甚大，毕竟是昙花一现，任期一到就另谋高就了，等他们到了中晚年参与家乡的诗学建设，该地才初步形成流派之规模，当时有“南施北宋”“南朱北王”之称的名家皆如此。康熙初施闰章乡居宣城十年，与梅氏家族如梅庚、梅清等创建“宣城体”；朱彝尊晚年居秀水，营造曝书亭，日与浙西李氏、沈氏家族诗人唱和，成为“浙派”先驱；王士祯在京师力主“神韵”，在康熙中叶才形成辐射全国的影响力。

正因为顺康之际诗坛的这种纷乱状况，其诗派的体现方式是复杂的，所以刘世南先生的《清诗流派史》基本思路是以人系派，即按照“江左三大家”和“清诗六大家”为线索来构建其诗派体系的，他将清前期诗派分为九章，设河朔、岭南、顾炎武、虞山、娄东、秀水、神韵、宗宋、饴山九派，由于刘先生是首创，所以其分类标准有值得商榷处，比如将人名（顾炎武）、集名（赵执信《饴山》集）、地名（申涵光所在的河朔）、诗学宗尚（“神韵”“宗宋”）搅合在一起。等到蒋寅先生作《清代诗学史》时，将地名予以合并，列出江南、关中、浙江、山东四大部分，颇见整饬之功力，但是原本的流派特色有所削弱了。本书将在刘著、蒋著基础上，以地域诗风为导向，尽可能归纳出若干诗学群体或流派，再现明清之际诗歌从打破前明后七子“诗必初盛”畛域、兼取三唐两宋诸大家的诗歌发展趋势。随着北地诗学的终结、各地域诗派的崛起，他们之间相互影响、争鸣促进，大大推进了诗歌向“三唐两宋”跃进的进程。详见下节。

第三节　江南其他诗派之发展

明亡残余云间派、清兴继之者有虞山派，而甲（申）乙（酉）之际，以吴伟业为代表的娄东诗人以实际创作崛起，与前二者鼎足而三，形成清初三大诗派。对此，时人表示认同。虞山陆元辅认为：“甲乙以来，以诗鸣江左者，莫盛于娄东。其体大率以三唐为宗，而旁及于国朝高(启)、杨(基)、何(景明)、李(梦阳)诸作。其人则吴梅村先生为之帜志，相与唱酬者，周子俶诸子及（王）太原昆季也。百里之间，金春玉应，沨沨乎，洋洋乎，洵风雅之都会哉！”[①]2000年叶君远曾指出，清初除了云间、虞山、娄东之外，全国地域性诗学群体（“诗派”）也峰起林立，他说：

作为地域性诗歌流派，娄东诗派的出现并不是孤立的。差不多同时，一批类似的地域性诗派如松江的“云间诗派”、常熟的“虞山诗派”、杭州的“西泠十子”、河北的“河朔诗派”、广东的“粤东诗派”等等如众卉破土一般竞起于南北各地，各自以不同的理论主张、艺术宗尚、风格面貌竞秀争妍，含香吐艳，构成了明末清初诗坛一道绚丽多彩的风景。这实在是一个引人注目并且值得研究的文学现象。[②]

近年来，随着“江南学”的兴起，为明清之际江南各“诗派”正名的学者越来越多，比如梅新林、陈玉兰、罗时进、李时人、李圣华、赵红娟等，他们大致认为，除了成名于晚明的虞山、云间、娄东等在清初取得了全国性影响的诗派之外[③]，“江南”的地域性诗派还是较多的，比如李圣华提出的“宣城诗派”、朱丽霞提出“梅里诗派”、[④]赵红娟提出“南浔诗派”，罗时进同时提出“南浔诗派”“吴兴

① 《清代诗文集汇编》第61册《陆菊隐先生文集》卷五《王泽民诗序》，第378页下。

② 费振刚主编 叶君远：《吴伟业与娄东诗传》，吉林人民出版社，2000年，第1页。

③ 罗时进：《明末清初江南三诗派》，载《古典文学知识》2006年第1期。

④ 朱丽霞认为：“（周青士）以授人诗文为生。往来嘉善、桐乡之间，远近受业者甚众，所谓‘梅里诗派’者，实肇始于周篔。”见《明清之交文人游幕与文学生态：以徐渭、方文、朱彝尊为个案》，上海古籍出版社，2008年，第333页。然而，周篔本人推许王翃（秋槐）、朱一是（近修）、朱彝尊（竹垞），认为“梅里诗派”凡三变，其本人只是亲历者，周氏曰：“吾里之以诗称也，自王布衣秋槐及今方伯迈人两先生。始徐庾清、杜邻若、沈蓝村及余数人，习和之时，方炽竟陵之说，而两先生以唐为表率。岁乙酉，携李避兵，来者有徐山人士白诗特工，是时余长简从其亲以来年最少，故狃侈靡之习，尝倾橐千金，事弹棋六博丝竹声妓之娱，乃一旦舍去，学为诗，洵有志尚者。秋槐清逸独造，士白典赡淹贯，其诗各自标帜。长简往来两家，猎精吸华，辞藻清丽，而诗一变。时又有屠闇伯范遵甫及海昌朱孝廉近修窜身远遁，流离经岁，其诗沉郁哀痛，读之目眦裂而发上指也，诗又一变。及秋槐而朱竹垞、缪一潜、李秋锦辈各自成体制，而诗遂杂然多变矣。长简诗亦随而变，不守恒辙，然终落落无所遇合，吁！可嗟也已。《清代诗文集汇编》第84册《采山堂文集》卷四《余长简集序》第123—124页。

诗派”“秀水诗派”“梁溪诗派”等多个诗派[①]，曾礼军亦并提“柳洲诗派、西陵诗派、秀水诗派和浙派”[②]，显然以上学者对于“诗派”的看法是较为笼统的。此外，近来青年学者各以其学术对象自负，也希望建树更多的“诗派”，比如杨旭辉和纪玲妹提出“毗陵诗派”[③]、王向东提出“昭阳诗派”[④]、吴功华提出“桐城诗派”[⑤]等等。如果抛开严格意义上狭义的“诗派”概念不论，这些“诗派”基本上都是成立的，它们有各自独立的诗学传统。仅以“毗陵”“吴江”“柳洲”三诗群（诗派）为例。“毗陵诗群”起源于中晚明王慎中、吴维岳、万士和等人，他们曾尝试摆脱后七子束缚，推崇初唐诗和中唐韩柳诗法。《明史·文苑列传》云：“殆嘉靖时，王慎中、唐顺之辈，文宗欧曾，诗仿初唐。李攀龙、王世贞辈，文主秦汉，诗规盛唐”，由此可知“毗陵诗群”早期是推崇六朝初唐诗的，而他们又恰是晚明江南诗人推尊中晚唐、反对“后七子”诗学的先声。到了吴维岳裔孙吴衡（应奎）作论诗绝句之际，这条线索便十分明显了。其《读明人诗戏效遗山论诗绝句三十五首》其二十九追溯缘起，见征于杨钟羲《雪桥诗话》：“元美（王世贞）作诗评，与先芳均置之‘广五子’中，而太函（按：汪道昆）为峻伯（按：吴维岳，1514—1569）所取士，反跻而上之……峻伯颇不平之。裔孙应奎蘅皋诗：‘少日成

① 罗时进《基层写作视阈中的明清地域性社团文学考察》一文指出：“明清两代不少地域文学社团是由亲缘关系结成的，如南浔诗派由董氏家族开山并长期支撑；吴兴诗群以沈氏家族为主体引领驱动；桐城派由方氏、姚氏、马氏、张氏、刘氏五大家族为重要支柱……明清时期在地方性社群流派中发挥支柱或纽带作用的，往往是具有姻戚之谊的家族，如秀水诗派之中坚钱陈群、金德瑛、汪孟鋗家族有着复杂而紧密的姻娅关系，而秀水邑中诗人朱、陈、祝、王各氏同样姻缘交错，可以说秀水诗派实为由地缘与姻缘复线展开、交互作用而成的文学群体。浙派诗人以海宁查氏为魁杰，而查氏与陆氏、吴氏、许氏、钱氏、汪氏皆为姻戚。梁溪诗派中以秦氏、顾氏家族为共主，而秦氏与顾氏之间以及与邹氏、安氏也分别连成姻亲。”邵炳军，姚蓉，杨秀礼主编《泮池集——首届中国古代文学与地域文化学术研讨会论文集》，上海大学出版社，2012年，第393页。

② 曾礼军：《清代两浙文学世家的时空分布与文学建设》，《浙江师范大学学报》2013年第1期。

③ 杨旭辉援引赵怀玉为钱维乔《竹初诗钞》卷首所作序中说：“吾乡风雅盛于康熙间，邹进士、董文学倡国依社，后君家湘灵，继开毗陵诗派，学者翕然从之。于后复有醉吟、浣花、峨眉，一时旗鼓竞雄。故查悔余(按：查慎行)尝称吾常为诗国。”杨旭辉《清代经学与文学：以常州文人群体为典范的研究》，凤凰出版社，2006年，第109页。又纪玲妹《清代毗陵诗派研究》，南京：凤凰出版社，2009年。

④ 王向东《明清昭阳李氏家族文化文学研究》，上海三联书店，2014年。

⑤ 吴功华《桐城地域文化研究》，芜湖：安徽师范大学出版社，2014年。

名众所希，毗陵诗派早知归。敢因历下持牛耳，遽忘云山旧钵衣。’”[①]《静志居诗话》说：“履庵（万士和，1516—1586）出荆川之门，诗派从其师指授。然荆川集中罕存酬和之作，故履庵有‘姓名不挂更何论’之句。及督学贵阳以后，诗另入一格……颇有似柳柳州者。”[②]可见，“毗陵诗群”有鲜明特色，确实能够在诗坛独树一帜、甚至可称为“诗派”的。在清初，以董以宁、邹祗谟、陈玉璂、龚百药为代表的“毗陵四家”[③]，和包括杨宗发、恽格、胡香昊、陈鍊、唐靖元、董大伦在内的“毗陵六逸”，其诗歌显示出鲜明的地域特色，被后人追认为“诗派”，乃在情理之中。“吴江”“柳洲”等诗群（诗派）亦源自晚明，吴江后学袁景辂《国朝松陵诗征》卷一开篇即云：明清之际，“吾邑诗派不堕蛙声”。清末叶德辉追述康熙年间“叶燮—叶舒崇、徐釚、吴汉槎—李重华、沈德潜”的嬗递轨迹，以该地人才之盛，“吴江诗派，益为海内诗人共推崇”[④]。“柳洲诗派”较早由金一平以“柳洲词派”牵引出来；寻绎文献，发现此说久已有之。清初魏学渠《柳洲诗集序》曾云时有“柳洲八子”之名：“岁丁丑（1637）戊寅（1638）间，余兄弟盟八人于柳洲，讲经艺治事之学，以其暇为诗古文辞。”陈田《明诗纪事》冠以“柳洲诗学”之名[⑤]。除了“吴江诗派”“柳州诗派”，还有“海宁诗派”，这也是清初见诸文献的地域性诗派，据陈勋论清初诗派谓：“海宁诗派自陆辛斋（嘉淑）、朱岷左（嘉

① 杨钟羲：《雪桥诗话》三集卷九，《近代中国史料丛刊》续辑第二十四集，第240册，文海出版社1975年版，第1042、1043页。

② 朱彝尊《静志居诗话》卷十二，第352页。

③ 杨钟羲：“武进陈赓明玉瑾，与董以宁、邹祗谟，龚百药称毗陵四家。家太湖之马迹山，以椒峰自号，与迦陵（陈维崧）为兄弟行。所居凿园，邵青门用少陵《游何将军山林》十首韵寄题。迦陵尝读书其中，颜其斋日学文堂，李二曲为之记。每读书至夜分，诗文落笔惊人，旬日之间，动至盈尺。”《雪桥诗话余集》，北京古籍出版社，1992年，第106页。

④ 叶德辉《郋园读书志》卷十四：“吴江为苏郡剧邑，国朝以来，诗人辈出，秀甲东吴。先族祖横山公，主持吴中坛坫三十年，诗弟子数百人，以沈归愚尚书为巨擘。于是长洲一派，天下推为正宗。然以久去江乡，除一门从子，如元礼、学山、分干，二三公外，已畦衣钵，传者寥寥。自徐电发崛起于词科，吴汉槎流声于塞外，吴江诗派，益为海内诗人共推崇。其后李玉洲太史，为吴郡诗会主盟，与归愚尚书迭执牛耳。流风所被，而金文简及其介弟韵言国子，埙篪唱和，朝野同声。而王载扬、赵艮甫、郭频伽、袁甘林、袁篷生之流，继武骚坛，韵事流传，百年未泯。”叶德辉等撰《湖南图书馆编，湖南近现代藏书家题跋选》第一册，岳麓书社，2011年，第709页。

⑤ 陈田《明诗纪事》辛签卷二十八“魏允枏”条：“《槜李诗系》交让甲申后高蹈不出，柳洲诗学之盛，奉为主盟。”

徵）父子、查韬荒（容）为国初眉目，至初白（查慎行）、查浦（嗣瑮）兄弟以五、七字冠冕一时，致轩从诸人游，虽别自成家，而渊源可考。”（阮元《两浙輶轩录》引）这些群体或流派，表面看似差别很大，其实都有一点是相同的：各派的领军人物均承续了对于中晚唐诗歌甚至宋诗的传受。

目前，学界普遍承认的是清初江南三大派，但也并非没有争议。娄东与云间派争议较少，这两派的诗学主张是比较接近的，宋长白引汪琬之言评曰：“汪钝翁赠计甫草诗曰：‘黄门得名三十载，体势皆与梅村同。’平心之论，不得谓阿其所好也。”[①]黄门即陈子龙，梅村即吴伟业，“体势皆同”是指他们尽可能将诗学实践出入于中晚唐之间。由于江南在“甲申乙酉”经历的创痛过于剧烈，这些流派都选择了“杜诗”作为抒发感情的范式——陈子龙、吴伟业、钱谦益均有仿《秋兴八首》的组诗，其友人如方以智、朱彝尊、陈维崧等亦有集杜、拟杜诸作。然而，由于学殖和际遇的不同，他们所领属的诗派亦有诗法对象上的差异，云间派倾向于盛中唐、娄东派倾向于中晚唐。陈子龙麾下的“云间六子”[②]、吴伟业门下的“太仓十子”，也有些旁逸斜出、不在其宗风范畴之内的诗人，但不改变人们的整体印象。这三大“诗派”中，争议最多的是“虞山派”。在其派内有三种风格主张，一是钱谦益宗唐杜甫、宋东坡，一是钱陆灿宗中唐韩愈，一是二冯宗晚唐义山。其中哪一个代表虞山派的整体风格，一直是学界争议最为热烈的话题。钱良择认为，虞山诗派由钱谦益、钱陆灿、冯班等组成，但从学术影响上看，应该认可二冯。他说：“吾虞近代诗人，桑民怿以狂骇天下……吾家东涧（钱谦益），力排何李、王李、钟谭，学术渊源，一归于正。然能为伐鼓撞钟、长枪阔剑，而温柔敦厚、引而不发之旨荡然矣。此学少陵、东坡而滥者也。吾家圆沙（钱陆灿）老健飘忽，得未曾有，而瑕瑜间错，殊少全篇，此学少陵、昌黎、宛陵而杂者也。良金美玉，无疵可求，惟冯定远（冯班）先生一人。”沈德潜首倡“虞山派”，也是将钱陆灿排除在外的。《清诗别裁集》之“钱陆灿”小传云：“陆灿字湘灵，江南常熟人，顺治丁酉举人。湘灵为牧斋族子，然其诗不为虞山派所缚，别调独弹，戛戛自异，毗陵学

① 宋长白《柳亭诗话》卷二十六，见《清诗话三编》第705页。

② 俞陛云《吟边小识》曰：“明季云间六子，以夏考功允彝、陈黄门卧子最为擅名，而李舒章孝廉雯，亦有声于时，顺治朝，官弘文院撰文……其《蓼斋集》中，如《醉月滩怀李白》《大涤山行上黄石斋》七古二篇，皆才气横溢。”王培军、庄际虹：《校辑近代诗话九种》，上海古籍出版社，2013年，第402页。

诗者多宗之。”[1]

但是，近代以来，治文学史的学者均视钱谦益为虞山派的宗主，郭绍虞先生亦随此潮流。对此问题，我们是一分为二来看的：一方面，清初的钱谦益是广义上“虞山诗派”的总盟主，他是晚明以降江南地域诗学、特别是“昆山—嘉定—虞山”诗学的杰出代表；正如明末陈子龙代表着“云间—西泠”诗学一样，拥有最为强大的诗学势力。“虞山派”得以追认，不仅因为钱谦益的诗学业绩，更在于当时有比较强盛的地域性诗学群体，而且有着建设性的诗学成就。在当时，常熟陆元辅亦自诩其乡有所谓“疁城诗派”，这一表述是将嘉定和虞山两个邻近的地域连在一起进行的；见其1652年八月的《苏眉声诗序》。他认为该派堪称扫除王、李、钟、谭第一功：“吾疁之诗，宋元以来，作者如林，而孟阳程先生为之冠。先生之论诗也，由三唐溯汉魏，以博取为功、自然为至，若比儗荒涩、造作纤巧，则斥而去之曰：此诗妖也。一时之游者，若娄（坚）、若唐（时升）、若郑（闲驭）、若李（流芳）……陶庵黄（淳耀）先师暨侯氏诸子继起……窃怪今日之诗者，不之王李，则之钟谭，或剽贼浮艳，以相夸诩，其失也貌而不情；或刻琢性灵以自矜贵，其失也幽而近僻，二者皆所谓诗妖，而宜斥也。”[2]他还说：“疁邑固称诗薮，而白鹤南翔之里，尤为秀灵之所聚。启祯间，李长蘅先生以旷世逸才能诗……与程孟阳、郑闲驭辈，日觞咏其中，客过之者，宛如身在图画。丧乱之余，虽化为劫灰，而其遗文尚可考而知也。”[3]

另一方面，钱谦益的诗学宗尚也涵盖了虞山派其他诗人，包括从侄钱陆灿、门生冯班等的诗学主张。其弟子瞿式耜曰：“先生之诗，以杜韩为宗，而出入香山、樊川、松陵，以追东坡、放翁、遗山诸家。”[4]这里，以“杜韩为宗”可视为钱谦益之宗旨；而宗尚樊川、樊南（按：小李杜）、松陵皮（日休）陆（龟蒙）等晚唐诗风，取径较二冯尤宽，更何况他还更有预见性地将诗歌对象向下指引至苏轼、陆游、元好问等宋元诸家！从这个意义上说，钱谦益不仅倡导了虞山诗风，而且引领整个清初江南诗学的潮流；从更加宏观的角度看，以陈子龙、钱谦益为代表的两大家，一个是明末江南诗学的殿军，一个是清初江南诗学的冠军，他们分别倡导了学

① 沈德潜：《清诗别裁集》卷四，浙江古籍出版社，1998年，第398页。

② 《清代诗文集汇编》第61册《陆菊隐先生文集》卷五，第369页下。

③ 《清代诗文集汇编》第61册卷五《李雒文诗序》，第383页下。

④ 《牧斋先生初学集目录后序》，《牧斋初学集》，第53页。

习“三唐”“两宋”诗歌的潮流。因此，诸如清末谢章铤评陈子龙曰：“昔大樽以温、李为宗，自吴梅村以逮王阮亭翕然从之，当其时无人不晚唐。”[①]乔亿《剑溪说诗》评钱谦益曰：“明诗屡变，咸宗六代三唐，固多伪体，亦有正声。自钱受之力诋弘、正诸公，始缵宋人余绪。诸诗老继之，皆名唐而实宋，此风气一大变也。”[②]“观钱受之诗，则知本朝诸公体制所自出。”[③]

除了云间、虞山等具有全国性影响力的江南诗派外，江淮一地及其周边，也涌现了诸多有实力的诗学流派，他们处于广义上的“江南”地区，原有的晚明家族诗人在清初继续发挥着引领作用，诸如“兴化三李”的李清、李驎及从侄李国宋；“余姚三黄”的黄宗羲、宗炎、宗会兄弟等；“昆山三徐”的徐元文、徐乾学、徐秉文三兄弟；“盐桥三丁”的丁澎、丁景鸿、丁潆三兄弟；江西宁都“易堂三魏”之魏禧、魏际端、魏礼三兄弟；安徽“宣城诗派”第一代梅朗中、梅清诸兄弟，第二代梅蔚、梅磊兄弟，第三代梅庚、梅翀兄弟等；以及“宜兴五陈”陈维崧、维嵋、维岳、维岱、宗石五兄弟；“桐城二方”方文、方以智叔侄，“黄冈二杜”杜濬、杜岕兄弟等。我们仅以“宣城诗派”的梅氏为例，王士祯曾有《论诗绝句》云：“从夸荆地人人玉，不及梅家树树花。”宣城梅氏之诗学，在晚明已臻于极致，曾有“林中七子”之美誉[④]。据梅清的回忆，梅氏“能诗善画而有名者，从兄梅士珐、从弟梦绂、五弟素。予。季周、松龄、钟龄、季蔚。侄辈，梅磊、梅郎中（按：字朗三）。侄孙梅庚、梅狮、梅喆(一作清，从弟)、梅以俊、梅南以及梅历、梅鼐等”。另据梅清《瞿山诗略》自序，可见其家学源自亲相授受和乡贤点拨：

余髫时嘻戏，妄弄笔墨，先君见之喜且恉戒之……先君见背，余年十六矣，居三年，多病，乃从病中学诗。余之学诗也，断自方子畲山始。畲山论诗喜吟咏，有一唱三叹之致，余闻之，怳然得其大意。同里沈耕岩（寿民）、麻祖渊（三衡，一字孟璇）、颜庭生、施砥园、吴梦华（若金）、唐耕坞（允甲）、昝石汀、俞涧

① 谢章铤《赌棋山庄词话》续编卷三，唐圭璋辑《词活丛编》第十册第3530页。

② 郭绍虞等辑《清诗话续编》，上海古籍出版社，2016年，第1055页。

③ 《清诗话续编》，卷下，第1057页。

④ 杨臣彬《试谈梅清及其绘画艺术》：“梅清伯祖守相是明万历己丑进士，祖父守极是万历丙子举人，叔祖守峻九岁能文，当时被称为‘天下奇才’，万历间任吏部主事等官职。叔祖守和为万历戊戌进士，历官广西按察使。从祖中有梅守箕(字季豹)与从父中的蕃祚(字予马)、嘉祚(字锡于)、台祚(字泰符)、咸祚(宇以虚)、国祚(字景灵)、鼎祚(字禹金)，时有‘林中七子’之称。”载安徽省文学艺术研究所编《论黄山诸画派文集》，1987年。

影诸先生，群相奖掖，引为忘年之交。家象先（梅士玹）、朗三（朗中）、季升（梅超中）、杓司（梅磊，一字响山）、崐陵（梅亮，一作靓）、勿庵（梅文鼎，1633—1721），群从数辈，前后论诗，予唱汝和，林中旧业，于斯一振。犹忆壬午（1642年）夏，杓司下榻草堂，浴罢衔卮，取陶谢李杜诸集及乐苑新书，两人竞读，每夜默之，各以数百计。时愚山（施闰章）、观湖（倪正，1616—1697？）、腈嵋（吴肃公，1626—1699）、晓原（蔡瑶，号玉及，与梅清、梅庚、梅羽中合称“宣城四妙”）鹤翥（不详）诸同学，蒸蒸然来和之，致足乐也。不数年间中原鼎沸，四境仓皇，萑苻窃发，殆无宁日……屈指癸亥（1683年）以前，同事者为季赤（梅梦绂）、定九（梅文鼎）、子彦（梅以俊）、尔止、耦长（梅庚）诸子；癸亥以后，同事者为庚伯（梅岭）、子蔚、采南、汝舟（梅楫）诸子。[①]

从梅清自叙中我们可以发现：原本这些诗词界的青年才俊可以像“公安三袁”一样成就为全国诗学领袖，可惜四海板荡、社稷倾覆，他们的立身出处各不相同，即便是兄弟亦契阔南北，失去了本来的联系，只在某些特殊的时期才可能重逢于乡里，所以，也就不可能壮大当地的诗派。为梅清作序的梅家老大梅士玹曾感慨说：“余不肖，少从父叔学诗，旋伤捐背。继而仲珍别驾（梅鹍祚）、公衍太守（梅绵祚）、诞生光禄（梅膺祚），无锡勉仲（梅士劭）、勉叔（梅士劝）、布衣茂先（梅士颖），文学伯典（梅士学）、公依（不详）、孝廉笃余、昌歜、谓可言诗；而和歌相赏，又止仲昭（梅文泓）、鼎臣（梅之甲）、朕公文学（不详）、无华民部（梅之晔）、旃美隐士（梅士乙）、无尤州丞（梅士好）数人耳。”[②]梅家在晚明时期形成“林中七子”（即“祚”字辈），尚能形成仕宦规模，但到了清初，梅家子弟大半放弃了功名，而梅清、梅庚等人虽勉强中举，却又游食四方，投靠在施闰章、朱彝尊、王士祯门下。“宣城体”本是梅清首倡，以其先祖梅尧臣为准的，但是施闰章表面上习宋诗[③]，实际上更近于中唐体格。王士祯曾拿梅尧臣诗句试探

① 《清代诗文集汇编》第85册《瞿山诗略》卷首自叙，第531页上。

② 《清代诗文集汇编》第85册，第535页下。

③ 袁行云先生称施闰章是“清初宋诗派巨擘”：“清初诗人率多沿明七子学唐，高者远逾元明，下者肤阔空疏，在所不免。有一二主宋诗者未称专业。自闰章出，诗风大变，欧、梅、苏、黄、陆、范，各争肖之，且无比拟皮毛之习。此清人学宋之胜于明人学唐也。”事实上，施闰章是在王士祯带动下偶尔以宋诗之体与之唱和，不能一概而论。

施闰章，结果他并不熟悉梅氏之诗[①]。这也使得这一“诗派”未能形成有统一主张的流派性诗风。其他一些见征于地方志的诗派，如嘉兴“梅里诗派”、扬州“竹西诗派”、湖州“南浔诗派”、宜兴“阳羡诗派”、杭州“西泠十子”、无锡“听社十九子”等等，由于缺乏具有影响力的诗坛领袖（按：虽然朱彝尊被尊为“领袖”，但实际上坚守者却是王翃、周篔、朱一是、沈进、范路等寒儒，他本人并未在梅里长期定居，或南北游幕，或潜居京城；陈维崧亦如此），地位并不甚突出。大约在康熙三十年以后，尽管诗坛出唐入宋热闹非凡，但是诗人却很少言“某派”的。一方面是经历了“江南十大案（文字狱）”之后的审时度势，另一方面是随着当时诗歌的多元化时代的到来，“一派独大”的情形是再难出现的了。朱彝尊的言论最具代表性，他在《冯君诗序言》中说：“吾于诗而无取乎人之言派也……吾言其性情。温李之作派，流为西昆，试取杨刘诸诗诵之，未见其毕肖于温李也；黄陈之作派，流为江西，试取三洪、二谢、二林诸诗诵之未见其悉合于黄陈也。”[②]清初江南诸多诗派的文学属性被解构，这是多元化诗风发展的产物。当然，朱氏解构得并不彻底，我们今天仍视之为“浙派”先驱，这是从江南地域诗风的传承角度上来说的。

诗派（或曰“诗群”）有较强的延续性。以宗法制为基础的中国社会，毕竟强调宗亲血缘关系，有些前明诗派的骨干其本人即遗民，其领导的诗派也自然延续到清初，比如“昭阳诗派”，见征于朱彝尊《静志居诗话》：“启祯间，诗家多惑于竟陵流派。中州张鲍客暨弟皃客避寇侨居昭阳，每于宾坐论诗，有左袒竟陵者，至张目批其颊。是时艾山（李沂）特欣然相接，故昭阳诗派不堕奸声，皆艾山导之也。”[③]后世有《重修兴化县志》云：“（李沂）以诗歌自娱，深入盛唐之室。江淮南北数十年言诗派者，以阳山为正，而阳山之诗醇雅典，则以沂为依归。”[④]李沂之兄李清著有《澹宁斋集》，其友陈瑚序云：“公行文飞动，有令人歌者、令人泣者、令人喜解颐怒冲发者，唐宋稗史野乘莫逮也。”对于“昭阳诗派”诗宗盛唐、醇正雅典的诗学祈向，今人王向东著《明清昭阳李氏家族文化文学研究》一书所论

① 王士祯《梅诗》载云：“宋梅圣俞初变西昆之体，予每与施愚山侍读言及《宛陵集》，施辄不应。盖意不满梅诗也。一日，予曰：‘扁舟洞庭去，落日松江宿。此谁语？’愚山曰：‘韦苏州、刘文房耶？’予曰：‘乃公乡人梅圣俞也。’愚山为爽然久之。”

② 朱彝尊《曝书亭集》卷三十八《冯君诗序》，第321页上。

③ 朱彝尊《静志居诗话》卷二十二“李沂”条，人民文学出版社，1990年，第697页。

④ 咸丰《重修兴化县志》卷八，第277页。

甚详，不赘[①]。严迪昌、梅新林等采取了一个折衷的说法——“昭阳诗群”，主要也是以李氏族群为对象进行阐述的[②]。

即便是这些后起之秀流寓寄食他乡或者游宦封疆异域，他们总会有所谓“三年之期”（丁忧守制或授徒讲学）聚首乡里，即刻成为当地诗派的领袖或权威。比如施闰章亦于1651年丁忧返宣城里，1665年才到京城复命，六年间日与梅氏兄弟相唱和，成就了“宣城诗派”。该派之名虽首提于梅曾亮[③]，然此前施愚山倡导“宣城体”，早已得到学界公认。古宣城亦称宛陵，时人即有所谓“宛陵诗派”之谓，见钱之绣《新田诗原序》：“往海内尸祝竟陵时，余窃窃然非之……迩来风气一变，排击不遗余力，要之，非钟谭过也，不学钟谭过也。宛陵诗派极正，上者追踪汉魏，次亦不失初盛。则缘庭生（顾绍庭）、大美（蔡春宁）、孟璿（麻三衡）倡之于前，景山（沈耕岩）、尚白（施闰章）继之于后，而（梅氏）一门群从，笙篪叠奏：前有朗三（梅朗中），今有渊公（梅清）、季升（梅超中）、杓司（梅磊），如机、云、逊、抗（按：西晋陆氏及下一代兄弟），高步云间；轼、辙、过、迈，（按：苏氏），振响巴蜀。何虑不登作者之堂，而障百川之溃哉！”[④]这段话，揭橥了前辈遗民、施闰章以及梅氏家族在“宛陵诗派”中的作用和贡献。再如朱彝尊于1650年至1656年间在梅会里授徒，成就了“梅里诗派”，严迪昌先生认为，尽管杨钟羲在《雪桥诗话》中提到“梅里诗派”的概念，但严格意义上我们只能称之为

① 王向东：《明清昭阳李氏家族文化文学研究》第五章《作为文学家族的明清昭阳李氏家族》，生活·读书·新知三联书店2014年，第183页。

② 严迪昌说：“李氏群从以诗名者有李清之兄李潜(启美)、弟李瀚(士翔)、从兄弟李沂(子化)、李沛(平子)以及瀚之子国宋(汤孙)、沂从子驎(西骏)等。其中李沂与驎、国宋人称‘三李’，名最著。”严迪昌著《清诗史 》（上册）第一章，浙江古籍出版社，2002年，第161页。梅新林认为：“以李氏家族为主体的昭阳诗群（兴化古名昭阳），重要成员包括李盘、李乔、李清、李潜、李瀚、李沂、李沛、李国宋、李膦等。其中李沂、李膦、李国宋号称‘三李’，这一诗群，由孔尚任于康熙二十六年(1687)任职扬州时发现而昭著于世。”载《中国文学地理形态与演变》，上海人民出版社，2014年，第718页。

③ 梅曾亮著《柏枧山房诗文集》卷五《赠李莲舫》诗曰：“宣城诗派久湮塞，气猛才豪仗疏剖。”上海古籍出版社，2005年，第538页。

④ 《清代诗文集汇编》第85册《天延阁集》附录《删后诗》，第262页。

“诗群”，该群体中除了朱彝尊，其他成员均为声望不显的布衣[①]。除了“梅里诗派”，嘉兴当地还存在着一个“竹里诗群”，百年之后，嘉兴望族王氏编撰《竹里诗辑》、李氏编辑《竹里诗萃》，旨在延续清初檇李诗歌之辉煌。除了本地的文士热衷于地域文学建设，流宦江南的著名诗人如山东新城王士祯、山东莱阳宋琬、河南祥符周亮工等人，皆曾与淮扬、宁镇一带的文士流连诗酒、主持坛坫。受他们的影响，为了获得更大的声望，其他江南籍的官员在其所辖地域亦能起到引领诗歌风潮的作用，比如歙县的汪懋麟于康熙十二年（1673）重修平山堂；江都吴绮官湖州知府三年（1666—1669），人称“三风太守”，谓其诗文多风力，其人尚风节，饶风趣；1661—1663年前后施闰章任职江西布政司，邀王士祯等游金陵并为其《秦淮杂诗》二十首以及《金陵游记》一卷作序；约方以智等两游青原并写下《论诗十绝句》等。其他如陈廷敬蛰居南京，与杜濬唱和往还，等等。这些势力，也是推进地域诗学建设的重要力量。此外，金陵、苏州、杭州等地，亦成为遗民聚集区。著名遗民诗人黄冈杜濬，长期寓居金陵，与一同寓居的流寓白门的余怀、白梦鼐齐名，时有金陵“余杜白”之美誉；“龙眠诗派”的领袖方以智在国亡后出家为僧，闭关于南京雨花台高座寺；与顾炎武齐名的归庄武装起义失败后亡命天涯，北走淮扬、南避太湖，亦曾在金陵、苏州逗留；1664年夏，苏州灵岩寺，黄宗羲兄弟会晤徐枋，畅谈七昼夜，是为“灵岩之会”，等等。这些寓居的遗民，往往也会成为“第三方”势力，这三种势力搅和在一起，组成了较为紧密的地域性的诗学群体；在这些群体中，也都产生了比较优秀的诗家，他们大都是不满后七子模拟“初盛唐”、强调借鉴中晚唐多元化诗风的诗人。比如诗学中唐者，有“宣城派”领袖施闰章、“淮扬诗学群”的杜濬和孙枝蔚，“金陵诗学群”的周亮工，“吴中诗学群”的宋琬等等；学习晚唐者，有虞山派的冯班、秀水诗群的李良年和朱彝尊等；也有不分中晚者，如娄东派的吴伟业，既学习元白诗派，也习得香奁体。

总而言之，清初江南诗坛呈现出异彩纷呈的景象，不仅从明末承袭而来的三大流派队伍庞大，即便是其他地域性的诗学群体，亦呈现出各种组合的可能性；如果乡邦之中确实有诸如“六子社”“十子社”等诗盟、出现了领袖一时的宗主、形

① 严迪昌：“梅里诗派实际上只是一个群体，并无明确标帜。后来因朱彝尊名高一世，遂被尊为领袖。事实是起初作为布衣集团，王翃、周篔的影响却是主要的，《雪桥诗话余集》说：‘梅里诗派盛于竹垞，而实开于介人。’是符合史实的论断。”《清诗史》第三章，第252页。

成了比较统一的宗派风格，可能也会被后世追认为“派”。童庆炳先生等曾指出：“文学流派的产生，在过去的文学史上往往是后人的一种追认。”[①]欧明俊教授进而指出，清代大名鼎鼎的“桐城派”也是凭借姚鼐“追认”而成立的[②]。当然，这种“追认”需要有自立为领袖的人及时站出来，并进行权威性的阐释才得以成立；即便如此，也并非没有争议。钱谦益认为明初有所谓“闽派”的存在，便遭到了孙枝蔚的反对和否认[③]。

第四节　江南主要诗派之影响

后人在追认当时著名诗人的影响力的时候，“诗派”无疑是重要的参照。朱庭珍《筱园诗话》谓当时诗人，以“江左以牧斋（钱谦益）为冠，梅村（吴伟业）次之，芝麓（龚鼎孳）非二家匹”，又以为钱氏“奉韩、苏为标准，当时风尚，为之一变，其识诚高于明七子，才力学问亦似过之，所为诗长于七言，以七律、七古为上，七绝次之”，也就是说，虞山宗主钱谦益高屋建瓴，成就卓著；而吴氏“入手不过一艳才耳，迨国变后诸作，缠绵悱恻，凄丽苍凉，可泣可歌，哀感顽艳……七古最有名于世……七律佳者，神完气足……五律处处求工”，吴伟业沿袭着明末江南诗学绮靡的传统，气格稍弱；至于龚氏，“词采有余，骨力不足……气虽盛，然剽而不留，直而易尽，调虽高，然浮声较多，切响较少”，基本上乏善可陈。这虽然只是朱庭珍的一家之言，但其对于“江左三大家”的影响力的判断，几乎成为文

① 童庆炳：《文学概论》，武汉大学出版社，2000年，第632页。

② 欧明俊说：“‘桐城派’本无所谓‘派’，姚鼐之前，桐城文人皆无流派意识，从先驱戴名世到‘三祖’中的方苞、刘大櫆，他们只是创作，根本没有想过要创立什么‘派’，做梦也没想到会变成‘桐城派’的领袖；不能说方苞‘开创’了‘桐城派’。‘桐城派’是姚鼐刻意拟构的，姚鼐是为了创立学派需要而将方苞、刘大櫆‘追认’为领袖的。刘大櫆与方苞并没有直接师承关系，也是姚鼐拟构‘追认’的。”欧明俊著《古代散文史论》，生活·读书·新知三联书店，2013年，第62页。

③ 《溉堂后集》卷三《叶思庵龙性堂诗序》：“江西诗派，曰源曰派，皆不过论其门户耳，夫何益焉？因宋人既有西江派，而近代牧斋钱公乃目林子羽、高庭礼为闽派，斯又过矣。其诗但从唐人入手耳，林、高而后，如曹能始、黄石斋两公，炳炳大节，即可与日月争光，而诗或本之国风，或本之离骚，要之其人千古，其诗亦千古，决无疑也，闽诗其易及乎？”《清代诗文集汇编》第71册，第671页下。

学史家的公认。

明末最能代表晚明诗学成就者并非吴伟业（彼时他尚年幼），而是“云间派”的宗主陈子龙。为了在全国纲常废弛之际推尊诗教，敦复雅道，云间诸子乘势崛起，复兴七子诗学，这是时代的必然选择。就内因而言，也即从诗歌风尚转变的角度而言，其实是针对公安竟陵派的一次矫枉过正。马世奇《徐子能集序》云：“明兴，文凡几变，向之尊弇州、历下，而反唇于毗陵、晋江也；今之尊公安竟陵，而反唇于弇州、历下也，等之矇瞍之观场也。”[①]从外因方面来说，也即从地域经济文化的角度考量，云间在明末崛起，大有赶超苏州的趋势，当地文人在徐光启等影响下崇尚实学，七子派以汉唐为尚的美学祁向，更容易得到时人的认同。此外，云间本身亦有七子诗学传统。早在公安派崛起诗坛之前，“松江十八子社”便闻名遐迩，“十八子”中的唐文献是万历十四年（1586）的状元，而该科会元正是公安派的老大袁宗道。公安派风靡江南之际，云间派前驱冯时可、董其昌组建“中兴五子社”，以继承七子派衣钵；冯时可曾公开指出：“自北地，历下树标帜于中原，而群然趋之，始失其故步矣。然而失所以法也，非失于法也。吴诗之清浅而靡弱也，不以二李剂之而何以诗哉？”[②]竟陵派兴起之际，云间派则以实学而兴，昌明诗教，规范诗选是其首要任务。宗主陈子龙之主张十分鲜明：“诗者非仅以适己，将以施诸远也。《诗》三百篇，虽愁喜之言不一，而大约必极于治乱盛衰之际。”李雯则说：“自是（按：前后七子）而后，雅音渐远，曼声并作。本宁、元瑞之俦既夷其樊圃，而公安、竟陵诸家又实之以萧艾蓬蒿焉。神熹之际，天下无诗者盖五六十年矣。”因此，他们合作刊刻《皇明诗选》，以前后七子为圭臬，企图振兴明室、救敝起衰。陈序云：“诗由心生也……（世之盛也，）王者乘之，以治其治。其衰也……兵戎之象见矣，王者识之，以挽其乱……生于后世，规古既雅，创格易鄙……揽其色也，必准绳以观其体……洋洋乎有明之盛，风俪于周汉矣。”[③]

陈子龙强调唐诗为“雅音”，反对宋诗，力倡复古。其《仿佛楼诗序》云：“其宗尚不可非也。”在三唐诗风中，肯定初盛唐，对中、晚唐诗风持审慎态度。他在《答胡学博》中批判“万历之季，士大夫偷安逸乐，百事堕坏，而文人墨客所为诗歌，

① 《清代诗文集汇编》第41册《九诰堂集》卷首，第12页上。

② 《石湖稿·书徐太室二罗集序后》《冯元成杂著》，明万历刻本。转引自《明诗话全编》第10823页。

③ 陈子龙著、王志英辑校《陈子龙全集》上册卷二十五《皇明诗选序》，人民文学出版社2011年，第779页。

非祖述长庆，以绳枢瓮牖之谈为清真；则学步香奁，以残膏剩粉之资为芳泽"的诗学祈向[1]，亦可谓深中时弊，比如万历末时任湖州推官的福建长乐谢肇淛就曾说过："本朝功令不一，趣向多岐，亦有学杜者，学长吉、玉川者，学钱、刘者，学元、白者，学许浑、李商隐者，学六朝者。近来常有学坡、谷者。然到底未得盛唐门径。"[2]然而明清鼎革之际，陈子龙佯附清廷而继续革命，隐忍之际，诗歌多借助杜甫和白居易歌行体甚至晚唐风调，来抒发内心的隐忧，辄转向中晚唐，以至于后人谢章铤《赌棋山庄诗话》说："昔陈大樽以温李为宗，自吴梅村以逮王阮亭，翕然从之，当其时无人不晚唐。"[3]这句话是确有所指的。吴伟业追随陈子龙学晚唐温李"比兴"之法，钱谦益在追和其《琴河感旧诗》时亦似有所悟，他说："论李义山《无题》诗，以为音调清婉，虽极其秾丽，皆托于臣不忘君之意，因以深悟风人之旨。若韩致光遭唐末造，流离闽越，纵浪香奁，盖亦起兴比物，申写托寄，非犹小夫浪子沉湎流连之云也。顷读梅村艳体诗……窃有义山、致光之遗感焉。"也就是说，云间宗主陈子龙在实际创作中阑入晚唐，其清婉秾丽的风格也直接影响了吴伟业、钱谦益。

"云间三子"死后，清初江南诗学版图上，以娄东、虞山、西泠三派最为显要。娄东为吴中之冠，虞山为诗家渊薮，西泠为浙郡之首，前人均有论述。首叙以吴伟业为首的"娄东派"，它诞生于文化中心苏州。昆山归庄曾感慨："吾郡士子之能为诗文者，娄东为多，而后进尤盛，往往弱冠之年即以声韵为事。"[4]以甲天下的人文背景、和钱谦益一样声名鹊起的复社领袖而崛起诗坛的娄东派宗主吴伟业，其诗学史地位常常因所谓"钱（谦益）王（士祯）代兴"而被忽视。其实，钱王代兴之间有四十年，中间忽略的一代正是吴伟业。甚至从某种程度上说，吴伟业是清初与钱谦益划席而坐的诗坛领袖；只不过他与钱谦益一样，限于"贰臣"身份，在那个遗民势焰方炽的时代，其一代诗宗的地位不便于公开抬举出来，故未能像后来的王士祯一样，几乎被全体成员共推为一代诗宗。比如陈廷敬曾委婉地嘲讽他："虞山娄水擅诗名，能作咸英六代声。可惜身经离黍后，露盘和泪滴金茎。"[5]笔者查找了十余处当时的文献，在下一段中铺陈，以资佐证吴梅村的领袖地位。比如1655年虞

① 《陈子龙全集》下册《安雅堂稿》卷十八，第1408页。

② 谢肇淛：《小草斋诗话》卷一，吴文治《明诗话全编》第6册，第6672页。

③ 谢章铤著、刘荣平校注：《赌棋山庄词话校注》，厦门大学出版社，2013年，第329页。

④ 《清代诗文集汇编》第42册《归玄恭遗著》文卷末《江位初诗序》，第57页上。

⑤ 《清代诗文集汇编》第153册《静观堂诗集》卷十三《论诗柬尤悔庵十五首》其十二，第664页下。

山陆元辅亦云："甲（申）乙（酉）以来，以诗鸣江左者，莫盛于娄东，其体大率以三唐为宗，而旁及于国朝高杨何李诸作，其人则吴梅村先生为之帜。相与唱酬者，周子俶（周肇）诸子及太原昆季（王撰、王摅、王掞）也。百里之间，金春玉应，沨沨乎、洋洋乎，洵风雅之都会哉！"[①]在吴氏麾下阵营颇为壮大，不仅有"娄东十子"，还有"东冈十子"等。上海张宸《许允文鸿雪园诗序》亦曾云："自梅村夫子以风雅提倡，娄东天下言诗之士，奉之为师程，其同里倡和，相与导波扬流者，号东冈十子。"[②]"东冈十子"者，太仓沈受宏《毛亦史诗序》交待说："予少时初学为诗，于同里友朋求能诗之士，其最先得者为毛子亦史、周子翼微、郁子东堂，其后得王子弘道、宪尹兄弟，江子位初，赵子松一。又其后得许子九日（按：即上文许允文）、王子次谷、王子虹友，又其后得王子藩儒。之数子者，皆吾里之所号为能诗，而予之诗友也。"[③]他们皆私塾吴伟业，吴卒，沈受宏作《哭梅村师四首》，前序云："康熙癸卯（1663），受宏年十九，以诗谒吾师，谬被知赏，逢人称叹，不去齿颊，前后数年，辱与朝夕论诗，受教最深。"[④]除了娄东本地，虞山后学亦推崇吴氏。比如虞山蒋伊颇为倚重吴梅村，认为其可为江南主持坛坫："迩来南北纷纭，风波甚恶，此正可为不鸣不跃者一解嘲耳。"[⑤]同样持此论者尚有晋江丁炜，其《林献十樗楼诗集序》云："我朝以来，诗学独著，往衡者以诗取重于吴梅村。"[⑥]以吴氏为国初诗学总持。顺治末，江南"三家诗""七子诗"竞相刊刻，吴伟业为之冠。吴江徐釚总结说："先生诗，一刻吾邑毛卓人，再刻虞山顾伊人；吴江顾茂伦、赵山子复有《江左三大家选》。今姜子翥刻七子诗，以先生为冠。"[⑦]

而集中阐述"江左三大家"对清初贡献者为阳羡董以宁。他在上述《江左三大家诗选》的编者赵山子所作诗序中认为：率先打破复古坛坫、为清诗开一代风气者即此"江左三大家"，进而认为钱谦益和吴伟业皆居功至伟。他说：

（吴江赵孝廉山子）又选钱牧斋、吴梅村、龚芝麓三先生之诗，名曰"江左三大家"，以示余。余曰：山子之为是选也，可谓知诗……（夫诗）虽自唐迄明，诗

① 《清代诗文集汇编》第61册《陆菊隐先生文集》卷五《王泽民诗序》，第378页下。

② 《清代诗文集汇编》第64册《春酒堂遗书》附外纪，第347页下。

③ 《清代诗文集汇编》第167册《白溇先生文集》卷一，第614页上。

④ 《清代诗文集汇编》第167册《白溇先生诗集》卷一，第478页上。

⑤ 《清代诗文集汇编》第64册《春酒堂遗书》卷十三《与吴梅村年伯书》，第578页上。

⑥ 《清代诗文集汇编》第132册《问山文集》卷一，第495页。

⑦ 《清代诗文集汇编》第142册《学文堂文集》序十《吴梅村先生诗集序》，第604页上。

之盛已无分南北，而其气体则自分。故近如（高）季迪、（袁）海叟，以致（徐）迪功、（王）元美，各擅风华，溯其源流，固大抵别为江左之派……其吐词易为博大、为流丽、为秀艳……自于北地、信阳、历下、竟陵之派，有各不相袭者，今常熟、太仓与合肥，江分南北而总为扬州之地，三先生一时振起于其间，俱臻极盛，虽其诗之取境各异，而其为菁华则无有不同。[①]

董以宁的这段话，将明清之际的流派按地域进行了总的划分，认为明代的“江左诗派”在齐、楚各派（北地、信阳、历下、竟陵之派）畅行天下之际保持了独立的品格（“固大抵别为江左之派”），在清初终于拨云见天、大放异彩（“俱臻极盛”）。1689年，金德嘉有一段总结性的评价，可谓公允。他说：

余尝谓诗文之盛，开拓者难为功，承藉者易为力。明诗盛于何李，古泝汉魏，律泝初盛唐，厥功伟矣。琅琊历下后七子盖踵武云。亡何二三窾鸣者出，风雅式微不绝如线。云间诸君子稍稍振之，迨梅村芝麓相沿至今日。[②]

一个很有意思的现象是：云间派与西泠派，倾向于后七子诗学，犹带有明诗遗风；而虞山派与娄东派，则已然鼓吹诗法中晚唐，开创了清诗的面貌。可能是鼎革的变故，原本的诗教观念在新的社会中还未来得及重构，而一度被压抑的中晚唐诗风则迅速振响。娄东吴伟业曾鼓扬温李诗风。如其“好‘东冈十子’。读其诗，望而知为梅村夫子之徒也……然而诗实工矣，其气昌以婉，其音朗以达，其色隽以丽，大约有钱刘之清润，兼温李之纂组，而又取宗于常侍、江宁之间。”[③]

至于“西泠”，作为清初浙郡诗坛第一派，在顺康之际也发生了朝向中唐的变化。“西泠”是否成派，时人是有争议的，“西泠十子”之一的毛先舒便认为“派者自创耳”，他说：“今人论文，每云某家某派、某格某调，不知古人所谓家派格调又从何出？其初亦皆是自创耳。方其一番开山，亦未尝纷纷同异；久之论定，遂更奉为家派耳。”[④]这一解释可谓精道。“西泠十子”刚开始“自创”一派的时候，并没有统一诗学思想（“未尝纷纷同异”），但由于“十子”皆才高早慧，互通音书，逐渐形成了比较统一的诗学主张，即敦复古学，且沿袭“云间派”更上溯三唐诗学。比如毛先舒与柴绍炳就“古音反切”三次修书往复争辩，其诗学思想集中体现在早年所作《诗辩坻》中，

① 《清代诗文集汇编》第112册《正谊堂文集》之《赵山子诗序》，第316—317页。

② 《清代诗文集汇编》第157册《被园诗集》卷首序，第463页。

③ 《清代诗文集汇编》第64册《春酒堂遗书》附外纪，第347页下。

④ 《巽书》卷七《答孙无言书》。

张寅彭先生为作提要云：“此书自叙为作于‘乙之首春，成于壬之杪冬’，考顺治十七年王士祯、邹祇谟编选之《倚声初集》已著录是书，则此‘乙’‘壬’当为顺治二年乙酉（1645）至九年壬辰（1652），时值作者三十岁上下，故议论不免气盛，颇有明七子之遗风。”此复古三唐的诗学祁向，在同为“十子社”的仁和陈祚明《慎斋诗存序》中亦有所体现，该序云：“西泠固多诗人，自余十七学古诗，与柴虎臣绍炳、陈际叔廷会、毛驰黄骙相唱和，其后五言古好胡彦远，介韦苏州、韩退之之体，爰章淇上士斐，近体爱严颢亭沆……西泠诸子，引商刻羽，追摹古人，而彦远、茂三间或自抒胸臆，形其所感怀怨叹，予并爱好之，不能置也。”[①]这里提到了他们好尚中唐韦应物、韩愈诗风。然而，“西泠十子”诗学主张变动不居，康熙初亦兼宗唐宋诸大家。方象瑛在为“十子社”的陈廷会所作《陈际叔集序》云：“以陈子之文观之，大约三变：始学为秦汉，继从事于六朝，近乃好为唐宋大家。自世俗论之，似乎每趋而愈近，而不知其以秦汉为体六朝敷其华、八家达其气。读书多而养气厚，固不可以一人一体名之也。余少时读西泠十子诗，心向往之。今得与陈子居接武，为予评点诗文，雅相推许。”[②]

继江南“三大诗派”而崛起、影响清诗近二百年的诗学群体是“龙眠诗群”，到了乾嘉之际发展壮大为“桐城诗派”，他们中多数人取法中唐。起初，以方以智、钱澄之、陈焯等为代表的诗人与“云间派”角逐坛坫，与陈子龙、夏允彝等结“云龙社”，

① 《清代诗文集汇编》第66册《平圃遗稿》卷八，第672页下。

② 《清代诗文集汇编》第128册《健松斋集》卷二，第39页上。

以应和“复社”、踵武“东林”，一时有所谓“云（间）龙（眠）”之合称[①]。除了“云间派”，龙眠诗人与“宣城派”“虞山派”以及“淮扬诗群”的领袖施闰章、钱谦益、王士祯等唱和往来，以此之故，时人称之为诗派，比如韩诗序田茂遇《水西近咏》曰：“海内崇尚诗学有三派，曰宣城，曰华亭，曰桐城。”[②]钱澄之与钱谦益探讨杜诗，王士祯亦尊称方文为“龙眠诗老”[③]。其后钱澄之、潘江、姚文燮等纷纷编辑龙眠诗选集，使得这一诗学群体在江南名重一时，后人徐璈在《桐旧集引》中总结说：“国初以来，搜辑遗逸，编录韵章，若钱田间、姚羹湖、潘蜀藻、王悔生诸先生《诗传》《诗选》《龙眠诗》《枞阳诗》之类，皆为总集佳本。”

清初“龙眠诗社”中诗名最盛者当属钱澄之；但是他本人并不认可“龙眠”之称，而是泛称“江上诗派”。所谓“江上诗派”，按我们的理解，即“上江南”的诗派，与钱谦益等“下江南”的“瞾城诗派”相颉颃。钱澄之说：“十数年来，郡

---

① “云龙社”系龙眠诗人钱澄之、方以智、陈焯等与云间诗人夏允彝、陈子龙等共同缔结；史料或载钱氏，或载方氏，皆失之片面。如《道光桐城续修县志》卷十五《人物志·儒林》载钱澄之为“云龙社”主倡：“钱澄之，字饮光，原名秉镫，字幼光，号田间。崇祯间诸生。弱冠时尝面斥阉党巡按御史某，名闻四方。是时几社、复社始兴，秉镫与陈子龙、夏允彝交最善，遂为云龙社，以联吴淞，冀接武于东林。”转引自陆勇强著《魏禧年谱》，齐鲁书社，2014年第190页。按：《清史稿》亦以为钱澄之与陈子龙结“云龙社”：“是时复社、几社始兴，比郡中主坛坫者，宣城沈寿民，池阳吴应箕，桐城则澄之及方以智，而澄之又与陈子龙、夏允彝辈联云龙社，以接武东林。”中国文史出版社编：《二十五史》卷十五《清史稿（下）》，中国文史出版社，2003年，第2475页。乾隆二年方苞所作《钱田间先生墓表》已述。然而方以智仲子中通认为，云龙社系其父与陈子龙缔结，见《陪诗》卷一《迎亲集》中有一首名为《丁酉秋日父执冒朴巢大会世讲于白门》之诗句首联曰：“云龙坛坫旧知名，（原注：老父与卧子先生向有云龙之称，谓云间龙眠也。）二十年来水上萍。”汤宇星：《从桃叶渡到水绘图 十七世纪的江南与冒襄的艺术交往》，中国美术学院出版社，2012年，第216页。方鸿寿《方以智年谱》认为：“崇祯五年，游西湖遇陈卧子(子龙)，与论大雅而合，遂订交。自是与卧子结云龙社相倡和。时竟陵方盛，公及江左诸贤力嗣纤诡，倡明古学，一时高才屈服，有改学以智诗者。”艺文志编委会：《艺文志》（第二辑），山西人民出版社，1983年，第224页。毛奇龄认为“云龙社”中龙眠诗人之代表为方以智、方文等方氏成员，其《龙眠方又申游稿序》云：“江左能诗家旧推云间龙眠，而方氏则尤擅龙眠之胜。故启祯之际有称云龙与方陈者，陈则黄门，方者，指诸方也。”毛奇龄著《西河文集》序二十，万有文库本，商务印书馆1937年，第483页。

② 田茂遇《水西近咏》，《四库未收书辑刊》第 7 辑 第 23 册，北京出版社，2000年，第311页。

③ 按：此诗王士祯《精华录》不载，见《后白门集》所载《牛首同方尔止》诗：“龙眠诗老能招隐，兜率岩前拟以居”。

中诗学大盛，作者竞起，其为之领袖者，皆乐与予交，所称‘江上诗人’。”[①]这一说法渊源有自。“江上诗社”的前身系明末文社，陈焯所作《瞿山诗略后集序》亦云：“江上文社，莫盛于崇祯之际，宛陵诸子，里巷争鸣，一门以内，坛坫角立。当是时，闭户著书，夷然不屑者可二三人。”[②]然江阴城因箕踞长江之上，亦称“江上”；比如明末许学夷《澄江诗选》，一名《江上诗选》。著名高淳诗人邢昉在花甲之年游览江西匡庐、鄱阳，返归之际辑稿为《江上诗刻》。冯煦以为，清初丹徒笪重光（1632—1692）、冷士湄（1626—1711）、余京为“江上三诗人”，并谓“惜不得起归愚（按：沈德潜）而质之”[③]。可见，“江上”的范围可能稍大一些，或许还包括宣城、丹徒等地，而“龙眠”大概就是指桐城。“龙眠”一地，虽说宗派属性并不明朗，但地域特色亦十分鲜明，有较为固定的诗社作为基础。比如钱氏所交诗社“主盟”者张杰、潘江等。阁老徐乾学曾云：“龙眠张西渠先生归，日与其友陈涤岑、潘蜀藻、姚羹湖相唱酬，龙眠诗格，清高刻露，大江以北，推为翘楚。”[④]张西渠即张杰，系“六尺巷”主人张英之三兄，主持桐城最大的诗社“花社”。清初废除文社后，龙眠一地的致仕官员以赏花的形式开展“花社”，成为诗社的一种重要形式。关于龙眠花社盛极一时的情景，张英为其兄所作《东畲集序》曾描述云：“先生与故乡耆旧数君联花社之饮，花时则各扫亭榭，相招一觞一咏，本于性情，《东畲集》中唱和诗尤多。”[⑤]其余重要诗人，如潘蜀藻即潘江，刊行该地总集《龙眠风雅》；姚羹湖即姚文燮（1628—1693，经三，官至云南开化府同知），刊印《龙眠诗选》《昌谷集注》，系方拱乾外甥；方氏以其流寓经历成为桐城诗派另类，笔者带过不论[⑥]。陈涤岑即陈焯，著有《安庆府志》，辑有《宋元诗会》一百卷；涤岑曾与“云间三子”商议合选《云龙诗选》未果，其作于康熙

① 《清代诗文集汇编》第40册《田间文集》卷十五《江上诗人集序》，第151页下。

② 《清代诗文集汇编》第85册《瞿山诗略后集》原序，第528页上。

③ 转引自《清人诗集叙录》卷七《江上诗集》，第210页。

④ 《清代诗文集汇编》第124册《憺园集》卷十九《桐城张西渠诗集序》，第503页下。

⑤ 《清代诗文集汇编》第150册《笃素堂文集》卷五，第393页上.

⑥ 桐城方拱乾的情形有些特殊，其诗学杜，乃以全家性命来续写“诗史”者。顺治十六年春，以“科场案”流放宁古塔，顺治十八年冬始遇大赦戍还，1661年冬至，其自序《何陋居集》云：“纵观史册，从未有六十六岁之老人，率全家数十口，颠连于万里无人之境，犹得生入玉门者，咄咄怪事。他日知我者、不知我者，亦当曰：‘此白头老子，倔强犹尔，尚能于万死之中，自写胸臆，庶几与少陵“他乡阅迟暮，不敢废诗篇”之意，仿佛其百一乎。’若夫穷虽奇而诗不工，年虽老而诗不老，则学与力实为之，余终身百拜少陵下矣。”

十六年（1677）冬至的《龙眠风雅序》云：“予弱冠游吴下，即与华亭李舒章、宋子建辈汇龙眠云间诗合为一选，因取韩孟倡和之意，以云龙名编，方授锓人，而当甲申之三月，其事中止。越三十载，同学潘君蜀藻乃专辑《龙眠风雅》以行。”[①]他也是受到王士祯密切关注的学者，叶之溶记曰：“王渔洋奉使祭告南海，次桐城大雪中。陈墨公焯初未相识，即过访。二从者囊书数十册，罗列案上。指示曰：‘此我二十年来所辑宋元诗，会闻君奉使过此，请抉择之，然后问世耳。’因纵观是书竟日，宾主无一言及世事。此种胸襟，实属罕有。”[②]加之钱澄之本人为龙眠诗人作传，他们在该地均德高望重，曾先后执掌龙眠坛坫。潘江《木厓集》中有《思旧诗》十九首，一人一诗，计有姚康、吴道凝、李崇稷、田有年、李念慈、李世洽、孙枝蔚、章在兹、曾传灿、方文、方兆及、王天壁、齐邦直、顾孝自、施闰章、郎汝楫、李来泰、方畿、王凝命，其中除了孙枝蔚、施闰章、李来泰等外籍流民或官宦，半数是龙眠诗派中人。除此以外，京师尚有程芳朝（1611—1676）、姚文然（1620—1678）等人亦与龙眠诸子书信往还，能够独立于宋诗晚唐派之外。姚文燮《祝山如朴巢诗序》曰：“近世驰骋声华、逐逐京洛辈，大抵采死翟之羽……吾乡人多能诗，而不好名，故诗不尚淫艳，世咸知龙眠能诗，而为传龙眠诗者绝少。或者谓名之不存志将焉属，则竞趋诗名，必组文饰词、工人媚悦然后可，呜呼，志日侈矣。”[③]这种独立的品格，成为龙眠超越云间而起的主要保障。

至康熙末，龙眠诗社活动犹炽，仁和丁灏《退谷文集序》曰：“往岁龙江诸英俊倡为江上送春诗，遍征在城南北同人属和，悉陈退思先生甲乙论定。”[④]乾隆初，“桐城三祖”崛起诗文坛坫，该派达到鼎盛。姚莹《桐旧集序》总结“龙眠”诗派起伏云：“窃尝论之，自齐蓉川给谏以诗著有明中叶，钱田间振于晚季，自是作者如林。康熙中，潘木崖先生是以有《龙眠风雅》之选，犹未极其盛也。海峰出而大振，惜抱（姚鼐）起而继之，然后诗道大昌，盖汉魏六朝三唐两宋以及元明诸大家之美无不一备。河内诸贤谓古文之道在桐城，岂知诗亦然哉！”[⑤]由此可见，“龙眠诗派”是一个长达一世纪的庞大诗学群体。

---

① 四库禁毁书丛刊编纂委员会：《四库禁毁书丛刊》集部第98册，北京出版社，1997年，第4页。

② 叶之溶《小石林诗话二编》，载《清诗话三编》，第1287页。

③ 《清代诗文集汇编》第106册《无异堂文集》卷二，第37页上。

④ 《清代诗文集汇编》第186册《退谷文集》卷首序，第1页下。

⑤ 姚莹：《桐旧集序》，徐儆编：《桐旧集》卷首，1927年影印原刊本。

尽管桐城方氏、张氏、刘氏等大族曾经领袖一时，但从维系诗派、整理文献的角度来看，姚氏的功绩是最大的。温世亮《麻溪姚氏家族文化与明末清初龙眠诗苑》一文所言甚详[1]，可备参考。姚氏振兴龙眠诗学始自明末，姚康（1578—1653）为前驱，前引潘江《思旧诗》十九首，第一即此人。康原名士晋，字伯康，更此名者，当系避祸隐居——他曾是史可法的幕僚之一。潘江高度评价其诗史之才，《姚隐居修那》诗云“隐居良史才，持论新而稳。臧否耻雷同，取直不取婉”，亦颇见其性情。“龙眠”诗群之流派属性，也是姚文燮点明的，其《莲园诗草序》云：“余向有《龙眠诗传》之选，搜辑前贤遗编，虽断楮残帙，珍若拱璧，穷日夕者凡数年，因知诗莫盛于龙眠，而方林与吴兴为尤盛。盖龙眠界在江表，习尚朴素，外劲中虚，不屑趋时名而因人以传，又不敢自信为可传，则吟咏一道，亦且为自抒其性情已耳。夫惟自抒其性情，则知古今人不相越，故其言至近而其意可通于千百年以上三百篇，岂真邈不可及哉！”[2]徐璈总结说：

国初以来，搜辑遗逸，编录韵章，若钱田间（澄之）、姚羹湖（文燮）、潘蜀藻（江）、王悔生（灼）诸先生《诗传》《诗选》《龙眠诗》《枞阳诗》之类，皆为总集佳本。[3]

鼎革之际，所谓“江上诗派”或者“龙眠”派，方以智亦堪称一时之领袖。方氏早岁追随云间观念，认为：“诗者，志之所之也。反复之，引触之，比兴而已矣。世亦有知比者，未可以言兴也，兴之为比深矣，赋之为比兴更深矣。发乎情，止乎礼义。诗以宣人，即以节人。老泉曰：‘穷于礼而通于诗。’……立礼成乐，皆于诗乎端之。春秋律易，言之者无罪，闻之者足戒，皆于诗乎感之。道不可言，性情逼真于此矣。”当时，在方文、方以智叔侄匿迹之际，钱澄之也曾自诩为领袖。1662年冬其《龙眠感怀》诗云：“过江诗卷手亲编，回首登坛二十年。艺苑即今争虎视，词场次第数龙眠。”[4]钱澄之早年与方以智经历略同，倾向于后七子派之诗学主张。1649年7月，澄之亦云：“予自总角学诗，迄今二十年……五言诗远宗汉

---

① 温世亮：《麻溪姚氏家族文化与明末清初龙眠诗苑》，载《中国典籍与文化》（北京），2013年2期第40～47页，另见《人大复印报刊资料·中国古代近代文学研究》2014年第2期第190页。

② 《清代诗文集汇编》第106册《无异堂文集》卷首序，第192页下。

③ 徐璈《桐旧集引》，许结编选《中国历代文学流派作品选 桐城文选》，凤凰出版社，2012年，第151页。

④ 《清代诗文集汇编》第40册《田间诗集》卷一，第393页下。

魏，近兼有取乎沈谢，誓不作陈隋一语。唐则惟杜陵耳。七言诗及诸近体，篇章尤富，皆欲出入于初盛之间，间有为中晚者，亦断非长庆以下比。此生平学诗之大概耳。”这说明，在顺治年间，龙眠诗派比较接近云间派，尚且以七子诗学为鹄的[①]。只是后来，随着张英等“台阁”诗人以及潘、姚诸子好尚“长庆体”，龙眠诗风才有了一些积极的变化。

以上江南三大诗派及其附属的西泠、龙眠诸派除外，江苏还有锡山诗派，代表为钱陆粲、康德亮、顾宸、吴濯，许玉俨、王廷禧、黄传祖、黄家舒等。浙江还有梅里、竹里、睦州诸派。“睦州诗派”得名源自南宋一本诗集，系严州翁衡所编，浙中遂安的方象瑛反复提倡，欲光大之，在朱彝尊编选《明诗综》之际，极力推荐其乡诗作，其《报朱竹垞书》云：“敝乡前辈具《睦州诗派》一书，近淳安鲍广文复葺《青溪先正诗集》。”[②]其《青溪先正诗集序》亦云：“吾睦居浙江上游，锦峰绣岭，向多诗人。李唐之世，吾家白云处士，洎皇甫湜、徐凝、李频、章孝标、施肩吾之徒，先后皆以诗名，宋元迄明，代有作者。《睦州诗派》一书至今传焉。”[③]可见，睦州诗派是明初宋濂等人提出来的，指的是晚唐皇甫湜、南宋谢翱等睦州籍诗人群在各自的朝代所形成的流派，到了晚明，由于历史的相似性，以方象瑛为首的“睦州诗派”亦得以重生，显示出地域诗派恒久的生命力。

同样在晚明诗学基础上发展壮大的地域诗派或诗群，江西尚有以“易堂九子”等为首的“宁都诗派”，包括魏际端（1620—1677）、蒋易（1620—？）、邱维屏（1614—1629）、魏禧（1624—1680）、彭士望（1610—1683）、李腾蛟（1609—1668）、万寿祺（1603—1652）、王猷定（1598—1662）、张自烈（1597—1673）、熊文举、文德翼、陈弘绪、薛正平、李元鼎；新建徐世溥（1608—1658）、临川傅占衡（1608—1660）、黎元宽（1601—1678）泰和萧士玮、萧士璋等。他们主张诗歌合“性情之正”，比如陈弘绪反对江南“缘情绮靡”之说，倡导“典重深奥”之义，其《集虚馆诗序》曰：“夫诗主于情而已。主于情而又能典重深奥，斯真足以传矣，更何绮靡之足言乎！”[④]江西的诗派注重文统，对绮靡的江南诗学是一种有力的调剂或补充。

---

① 《清代诗文集汇编》第39册《藏山阁文存》卷三《生还集自序》，第704页上。

② 《清代诗文集汇编》第128册《健松斋续集》卷四，第428页上。

③ 《清代诗文集汇编》第128册《健松斋续集》卷一，第390页上。

④ 《清代诗文集汇编》第10册《石庄初集》卷二，第710页上。

第五节　江南诗坛唐诗风的流变

晚明江南诗坛崇尚王孟清韵，诸如苏州王穉登、王光胤以及鄞县屠隆等，均受后七子领袖王世贞的影响。然而，山阴徐渭诗法中唐李贺，吴县令袁宏道诗法中唐白居易，汤显祖诗法初唐六朝诗人以及南宋“中兴四大家”……苏州二王与屠隆，皆与这些著名诗人相往来，最终“寡不敌众”，逐渐改变了原来“诗必盛唐”的观念，朝中晚唐转型，此即朱彝尊《静志居诗话》卷十六所云：“嘉靖七子之派，徐文长欲以李长吉体变之，不能也；汤义仍欲以尤、萧、范、陆体变之，亦不能也；王百符（穉登）、王承父、屠长卿虽迭有违言，然寡不敌众。自袁伯修出，服习香山、眉山之结撰，首以白、苏名斋，既道其源，中郎、小修继之，益扬其波，由是公安流派盛行。”[①]到了下一代，诸如王穉登之子王留，辄公然倡导晚唐之变体“吴下体”；明末，以苏（轼）陆（游）诗为突破，宋诗亦一度在江南流行，此入清以前江南诗学之大概。

明清之际江南诗学最为主要的进路是出唐入宋。其间宗唐者有两大主要的诗学群体，一是“淮、扬、宁、镇”崇尚中唐诗风；一是“苏、松、常、杭、嘉、湖”普遍阑入初中晚唐。我们探讨前者，主要以金陵的“元白诗风”为个案予以简要解释。早在晚明万历初，金陵焦竑在其《题寄心集》等文中，将白居易比肩老杜，他说：“杜子美力挽其衰，闵事忧时，动关国体，世推诗人之冠，良非虚语。乐天虽晚出，而讽谕诸篇，直与之相上下，非近代词人比也。”[②]“乐天见地故高，又博综内典。话有独悟，宜其自运于手，不为词家鸡径所束缚如此。而近世宗尚子美，往往卑其音节，不复数第，肤革稍近，而神情邈若燕越，非但不知乐天，亦非所以学杜也。”[③]明末清初除了“梅村体”夺胎于元白，在金陵等地，早有宦居秦淮的曹学佺，以“元白诗风”自领一队。学佺在袁宏道退出“冶城大社”之后十余年主持金陵青溪诗社，同时也从袁氏处借鉴了其“长庆体”高华流丽的写作风格，这一点是山阴宋长白点破的。他说：“明局既终，于闽得二石，石斋、石仓也。黄以理学持身，忠节皦然，弗可尚已；曹以博雅擅名，辄起辄仆，盖棺论定，与黄无间焉。黄诗险奡钩棘，天

① 朱彝尊著、黄君坦校点：《静志居诗话》上，人民文学出版社，1990年，第465页。

② 焦竑：《澹园续集》，第911页。

③ 焦竑《澹园集》卷十五《刻白氏长庆集钞序》，第146页。

性所钟，流传者人尽识之；曹诗如得家信……置之长庆集中，亦复何辨？”[①]金陵黄周星亦从杜、韩、元、白、温、李等中晚唐入手。其为姜埰所作《敬亭集序》云：“余洒泪读之，其沉雄悲壮，则杜拾遗也；其博奥苍古，则韩吏部也；典丽铿鋐、流离顿挫，则又兼温李元白而有之。盖不问而知其严气正性凛如也。”[②]这个评价未尝不可视为他的自况。在淮扬诗群中，王士祯的地位是比较突出的，渔洋诗学在江南一带鼓荡，一开始也深受白居易诗风的影响。王渔洋的门生中多半是淮扬苏杭的后起诗人，基本上处于偷师白居易的状态，以致其甥赵执信反唇相讥。其《谈龙录》引钱塘朱樟评曰：“《精华》遗录满人间，偷句江东亦汗颜。只有杭州风俗厚，纸屏争画白香山。”[③]王士祯在京师继续接受白体，可能还受到了其表兄高珩等的影响，今人评价为“其诗多率意而成，故往往近元、白《长庆集》体”，如其《后长恨歌》，讽刺南明将相荒淫误国。但是，晚年王士祯却对于其在淮扬学习“白体”的经历进行了否定，可谓是“得鱼忘筌”；其在《蚕尾文》里明确表示：“乐天诗可选者少，不可选者多，存其可者亦难。”《香祖笔记》卷五则直斥白居易论诗“悖谬甚矣”。值得注意的是，随着王士祯北入京师倡导“神韵说”，金陵淮扬“元白诗风”亦未见式微，直至康熙末，长期宦居金陵的曹寅亦承续“白体”，著有《楝亭诗钞》八卷，今人评价曰：“其诗才思赡富，清逸有致，出入与白、苏之间。”[④]

在“淮扬—金陵”诗学群体中，推崇“白体”影响最大的，是三个“壬子年”出生的流寓诗人桐城方文（1612—1669，尔止）、钱陆灿（1612—1698，湘灵）、周亮工（1612—1672，元亮）。他们因陶渊明和白居易也都是壬子年出生，从而推崇陶、白诗风，诗作大都平淡自然。方文是著名遗民，以行医占卜维生，与其侄方以智并称“桐城二方”，行止见其自题诗：“山人一耒字明农，别号淮西又忍冬。年少才如不羁马，老来心似后凋松。藏身自合医兼卜，溷世谁知鱼与龙？课板药囊君莫笑，赋诗行酒尚从容。”著有《嵞山集》五十卷。潘江《龙眠风雅》评云：“一时词坫耆宿若钱牧斋、林茂之、施愚山、孙豹人、宋玉叔、王涓来、顾与治、王阮亭、纪伯紫诸公皆盛相推许，以为必传。”[⑤]可见其影响力。施闰章序其集云：“余尤怪世人多薄视香山，而（方）尔止酷好之，辄以为尔止病。今试取香山诗沉

① 宋长白《柳亭诗话》卷十，见《清诗话三编》第345—346页。

② 《清代诗文集汇编》第23册，第86页下。

③ 袁行云《清人诗集叙录》上册卷十七，第607页。

④ 袁行云《清人诗集叙录》上册卷十六，第575页。

⑤ 潘江《龙眠风雅》卷三十三，转引自《嵞山集》附录，第894页。

吟三复，清真如话，飘然欲仙……岂可以‘白俗’二字蔽之哉！”对于方文偶有俗句、为王士祯等讥笑，邓汉仪辩解说：“尔止诗专学长庆（体），仆昔与之论诗萧寺，颇有箴规，尔止弗善也。要汰其俚率，存其苍老，斯尔止亦足传也。”朱彝尊定评曰：“尔止间作可笑诗句，颇为时论揶揄。然如嘉谷登场，或舂或揉，秕糠终少于粒米。”[①]今人袁行云评曰：“（方文）诗学白居易，款曲如话。清初诗坛，独树一帜。”[②]马智忠《方文与孙枝蔚交游考述》一文认为：“以甲申之变（1644）为界，方文32年的创作生涯中有26年是学白体的。翻开《嵞山集》之《四游草》和壬寅至己酉诗，语言平实质朴，冲淡简拙，很难找到艰深的语句，但其中又不乏丰沛的感情和卓越的见识。严迪昌先生在《清诗史》中评述说：方文的诗‘朴老真至’四字足可概括之，诗语明白如话，诗心深挚苍凉，诗境清朴纯真。纪映钟《徐杭游草题词》评方文诗说：‘以自然为妙，一切纤巧华靡、破裂字句，从不泚其笔端，垂三十年，守其不变，而日造坚老纯熟，冲口而道，如父老话桑麻，不离平实，却自精微。他人视之乃在千仞岗头，可望而不可即，盖学与年俱进，诗益以至焉，非一日之故也！’”[③]钱陆灿因奏销案褫夺。客游扬州、金陵三十年，学诗于吴伟业，晚岁讲学常州，在东南一带颇负诗名。著有《调运斋集》，今人评价曰：“诗宗晚唐，兼学白居易。以软丽为尚，在东南颇负文望。尝批校《杜诗》《梅村集》。学识不高，乃主持一方文会，学者争师事之，俨然宿学老儒。”[④]另著有《圆沙和陶诗》《再生录》，以示陶渊明、白居易之再生。更为巧合的是，他与方文一样，将自己比作白居易：其藏书印刻有“杜子美、白乐天同壬子生”字样，表明他生于明万历四十年(1612)，与唐代杜甫、白居易出生年干支相同，皆为“壬子”。顺便一提的是，钱陆灿因德高望重，作为淮扬诗群中推尊“白体”的代表，他参加了1694年徐乾学的“遂园修禊诗会”。“是会序齿，钱湘灵居首，年八十三，次盛诚斋、尤悔庵、黄庭表、王却非、何涵斋、孙赤崖、许鹤沙、健庵、广庵及徐果亭、秦对岩，凡十有二人，通得年八百四十二岁。禹尚基作图，卷首湘灵书兰亭续响四字。后有湘灵所作记，附见者诗。”[⑤]其侄孙钱良择贺寿诗云“强年射策冠江左，献赋归

① 邓、朱二评，皆转引自《嵞山集》附录，第894—895页。

② 袁行云《清人诗集叙录》上册卷三，第96页。

③ 王政，周有斌主编；周生杰，郭全芝副主编《古典文献学术论丛 》第1辑，黄山书社，2010年，第269页。

④ 袁行云：《清人诗集叙录》，第100页。

⑤ 杨钟羲撰集《雪桥诗话余集》，北京古籍出版社，1992年，第104页。

去栖蓬蒿”，可谓真实写照。同样自命为陶渊明、白居易转世者还有金陵周亮工，此三位同庚的诗人惺惺相惜，皆以“白体”为范式进行创作。周亮工的情形比较复杂，几度入狱后又复官，他本人曾经焚烧过大半生前诗作；但仍然保存了不少仿效或赞美白居易的诗章，如1647年所作《七夕》，中有“盲女琵琶天宝事”之句，王小舒说这是“由盲女的琵琶声联想起白居易在《长恨歌》里流露的天宝遗恨”①。更重要的是，他借用白居易“天涯沦落客”之口吻，写过多首脍炙人口的诗篇，比如《舟中与胡元润谈秦淮盛时事次元润韵》，有“渡口桃花新燕语，门前杨柳旧乌啼”，心迹流露还是较显豁的。他死时，黄虞稷为撰《行状》曰“其心好异书、性乐酒德，则如陶渊明……而遭谗被谤、坎凛挫折，又如苏长公”，唯独不提同生于壬子的白居易，颇不可解。钱陆灿作墓志铭亦曰：“其诗取《十九首》、陶、谢、三曹、盛唐下到今，宿记倒诵，又且数十家。”②这数十家之中，自然包括白居易。今人张传友说：“（周亮工）尤为叹赏白居易之诗，坚持学乐天之诗须先学其为人，‘能如其人，则庶几矣’。今人诗之所以无英气，是由于今人‘少奋发矫厉之志，但求和光人俗，期于寡祸’，以至‘节败才靡’‘英气消尽’而诗文亦坏（《尺牍新钞》），应该说此论是切中清诗之弊的。”③考察周亮工本人的诗论，亦可见其对白居易的推毂，比如其为方文所作《西江游草序》云：“尔止之诗初出犹为人所惊怪，越数年而渐习，又数年而玉叔、尚白与余辈后先倡导之，而尔止之教遂大著于天下。”④周亮工与徐增论诗，今其原著不可见，然《尺牍新钞》卷八保存有《与申勗庵》云：“夫学乐天之难，不难于如其诗，而难于如其人。乐天胸怀淡旷，意致悠然，其诗如行云流水，无诎屈聱牙之病。能如其人，亦庶几矣。”⑤

以上钱、方、周三人推崇“白体”，又因为他们是清初诗坛较为活跃的人物，其影响力辐射到整个江南。钱陆灿宗法杜甫、白居易，因其往来于淮扬、毗陵、虞山三地，各地的诗风也受到了他的影响，比如毗陵诗派，胡香昊、陈炼等皆秉承其“诗由香山溯源少陵”的宗旨，《六逸诗话》记载钱氏对陈炼的影响：“陈子古文

---

① 赵敏俐，吴思敬著；王小舒著，中国诗歌通史　清代卷，人民文学出版社，2012.06，第175页。

② 周亮工著、朱天曙编校整理《周亮工全集　18》之“诗文补编等”，凤凰出版社，2008年，第187页。

③ 张传友：《清代实学美学研究》，上海交通大学出版社，2012年，第174页。

④ 方文：《嵞山集》，第772页。

⑤ 周亮工辑；米田点校《尺牍新钞》，岳麓书社，2016年，第217页。

得其乡先生唐应德（顺之）遗法，诗由香山、义山溯源少陵，信其必传于后，后之读者当以予言为不谬也。”[①]钱陆灿对虞山后学也产生了直接的影响，比如陆元辅也强调从李杜以下兼宗王维、岑参、白居易、李贺，其《慎余堂诗序》云：“吾家良辅，天资俊异，诗思超群，且能学于古人，取三百篇而下迄于李唐之作，口诵心惟……具浣花之沉雄，兼青莲之飘逸，且出于辋川、嘉州、香山、昌谷之间，悲壮清幽，古雅瑰奇，靡所不有，不名一家而词各有本。”[②]方文的影响，主要是启发了与其竞逐“龙眠”盟主的钱澄之，我们后文详述；而周亮工不仅为吴嘉纪序刻其《陋轩诗集》，而且将之推荐给淮扬新宦汪楫、王士祯，使得吴嘉纪仿效“元白乐府”的诗风畅行吴下。观周、汪、王为吴氏所作三序，可知当时诗学转圜[③]；相较而言，周亮工为吴嘉纪延誉不遗余力，汪楫为之感动而再序，王士祯则颇为揶揄，认为吴嘉纪不配为元白乐府代言，只不过是孟郊、贾岛一流人物。自王渔洋离开扬州后，诗道北行，渔洋与龚鼎孳等在京师开创了诗坛的新局面，在张寅彭教授为蒋寅先生《清代诗学史》第一卷所作书评《渔洋诗：取于宋而归于唐》中所述甚详[④]，不赘引；我们这里要强调的一点是：作为“代钱而兴”的王士祯，也同钱谦益一样，因为其超前诗学观遭到了来自各方势力的反制，比如其乡阁老冯溥[⑤]、昆山权臣徐乾学等，而后者正是崇尚以“白体”为主的唐诗派代表，我们亦在后文探讨“白体”范式时展开。

清初江南，特别是“苏、松、常、杭、嘉、湖”等“环太湖城市圈”的诗人群体普遍渐染三唐诗风，主要沿袭自中晚明所谓“六朝派”，即被今之学者（如雷

① 庄杜芬、徐梅辑录《六逸诗话》，《毗陵六逸诗钞》本。

② 《清代诗文集汇编》第61册《陆菊隐先生文集》卷五《慎余堂诗序》，第377页下。

③ 周亮工序云：“吴宾贤居陋轩，环堵不蔽，自号野人……因汇其前后之作，刻为《陋轩诗》。余受业人升州吴介兹日：‘读野人诗，想见此老彳亍海滨，空墙落日，攒眉索句，路人作鬼声唧唧。’”汪楫序云：“周栎园先生在广陵，见野人诗，推为近代第一……先生既得见野人，虑野人死，益切，语余日：‘古之工为诗文者多矣，人情忽近喜远，其人不死，则著作不传，野人之人之遇之诗皆可必其传。’”王士祯序云：“癸卯春，周栎园司农将之青州，过扬州，遗予《陋轩诗》一卷，盖海陵吴君嘉纪之作也。披读一过，古澹高寒，有声出金石之乐，殆郊岛者流。”《续修四库全书》集部第1403册《陋轩诗》八卷本卷首。

④ 原载《东方早报》之《上海书评》一栏，2014年9月16日。

⑤ 见张秉国《从冯溥与王士禛的交往看康熙前期的唐宋诗之争》，《明清文学与文献》，2016年第12期。

磊、陈斌等）称为“嘉靖六朝派”，包括以顾璘等为首的“金陵六朝派”、以四皇甫为首的“吴中六朝派”以及以杨慎为首的其他“六朝派”[①]；尽管未能形成与七子派相颉颃的势力[②]，但它与江南婉丽绮靡的地域风气相结合，形成了绕开七子派维盛唐格调是尊的局势，开始推崇中唐韦、柳、钱、刘等诗人[③]，至公安派出，亦有人研习元白诗歌，促成了晚明唐诗学发展的新变：在促进初唐诗风地域化的同时，也进行中晚唐诗歌的模拟创作。朱彝尊在《明诗综》对于这种平淡柔和的诗歌风貌予以描述：“隆庆诸臣力挽叫嚣之习，归于平淡。定陵(万历)初年，人皆修辞琢句，出入风雅之林，若李伯远、郑允升、归季思、区用孺辈，尤卓然名家……未见万历初之不及嘉靖季也。”[④]这一有力论断甚至影响到了清末的陈田对整个晚明诗歌偏重大江以南的判断[⑤]。

江南诗风转变较为明显的流派，首推清初“浙派”，从陈子龙弟子柴绍炳、毛奇龄直至朱彝尊，一以贯之地崇尚唐诗；从朱彝尊到吴之振、吕留良、查慎行，又逐渐过渡到宋诗，杨钟羲曾小结曰：“朱青湖（彭）谓陈卧子司李绍兴，诗名既盛，浙东西人无不遵其指授，西泠十子皆云间派也。西河（毛奇龄）幼为卧子激赏，故诗俱法唐音。竹垞初年亦然，康熙中叶始尚宋诗。盖自查悔余、吴孟举出，而诗格始大变。毛稚黄著《白榆堂诗》，陈卧子见而特诣之，复序其《歊景楼诗》。与陆圻丽京、柴绍炳虎臣、孙治宇台、陈廷会际叔、张纲孙祖望、丁澎药园、沈谦去矜、吴百朋锦雯、黄昊景明，号西泠十子。与西河及遂安毛际可会侯，

---

① 参见雷磊《杨慎诗学研究》第六章《明代六朝派的演进》（中国社会科学出版社2006）、陈斌《明代中古诗歌接受与批评研究》第二章《嘉靖六朝派及其诗学承担》（上海三联书店2009）。

② 曾毅著《订正中国文学史》：“弘治间，李何倡为复古，海内文章家若趣王会，不敢移宫换羽。其于词坛别树一帜者，若杨用修之华丽，薛君寀之雅正，华察、高叔嗣、皇甫四杰之冲澹高古，于时俗之规抚少陵以外，或学韦柳，或宗三谢，然其势接微，均非李何之敌。”原上海泰东图书局1930年版，载任慧编：《民国时期中国文学史著作二十七种 3》，国家图书馆出版社，2015年，第346页。

③ 李开先《海岱诗集序》：“世之为诗有二，尚六朝者，失之纤靡，尚李、杜者，失之豪放，然亦以时代南北分焉。成化以前，及南人纤靡之失也；弘治以后，及北人豪放之失也。”《闲居集》卷五，卜健点校《李开先全集》，文化艺术出版社，2004年，第393页。

④ 朱彝尊《静志居诗话》卷十五“李应征”条。

⑤ 陈田《明诗纪事庚签自序》：“余博览篇章，精核艺薮，若区海目之清音亮节，归季思之淡思逸韵，谢君采之声情激越，高孩之之骨采骞腾，并足以方轨前哲，媲美昔贤。汤若士、李伯远、谢在杭、程松圆、董遐周、吴凝父、孙宁之、晋安二徐，抑其次也。”

称浙中三毛。"[①]作为清初浙派诗人的前驱，"西泠十子"之一的柴绍炳较朱彝尊还要早一代（当他活跃在西湖之畔时，朱彝尊尚未弱冠，还在夏墓荡避乱）；其言论颇具代表性，他指出了江南诗学的两个面向。从积极的一方面而言，他博学通透，不满足于简单的分类，而是就"四唐"之间的通变作了详细的阐发，为中晚唐诗在清初诗坛全面介入诗学实践做好了准备；而另一方面，柴氏诗学也带有由明入清的保守性。他固执地坚持唐体"正变"论、唐诗"递降"说，强调"取法乎上"，排斥白居易、韩愈、李贺、李商隐等中晚唐大家，从而全面消解了杜甫以降宋元诸家诗法创变的积极意义。此种观念，在其私淑弟子毛奇龄等人诗论中得到了改善，他兼取中唐韩柳，从而为浙派朝宋诗风过渡预设了某种可能性，故而《柳亭诗话》卷十一"鞠陵"条曰："吾越诗人自朱朗诣、毛西河主持风气，不落训诂窠臼，沿及近日，唐音不可问矣。"[②]然而，毛奇龄等赞亦赏苏、陆等宋诗大家所带来的诗风变化，肯定"代有人才"，从源流正变方面梳理唐宋诗发展脉络。比如他在《容斋千首诗序》中说："唐人太白、子美、摩诘、嘉州而下，一变而大历，再变而长庆，三变而西昆，下逮宋元，如眉山、剑南、遗山、道园诸人。"[③]今人袁行云认为，毛氏"近体大都游历应酬之诗，以神（龙）、景（云）、开（元）、大（历）为归"；并援引其论诗要旨曰："古来能尽其才者三人，梁简文、杜甫、白居易而已。李白勿与焉。"[④]其于白居易，非特视为俗诗之代表，而视之为雅道中人，早有定论。等到朱彝尊崛起诗坛的时候，"浙派"醇雅的诗风才得以确认，近代徐珂有定评："经师之善诗文者，每以国初朱竹垞、毛西河为言。其实，西河非竹垞可比。竹垞文有骨力，卓尔大雅；西河惟善于驰骋耳。竹垞诗渊雅坚厚、取材典则，西河已伤猥杂，气亦未醇。"[⑤]

其实，柴绍炳、毛奇龄师生对于浙派的开创之功丝毫不逊于朱彝尊，比如他们对于唐诗严辩声律的学术化态度，感染了浙西诸多诗人，李式玉即其中之一。他回忆说："予少喜为诗，然好自宽，及与柴子虎臣、毛子稚黄相晨夕，而后不敢易言诗也。盖虎臣严于论韵，而稚黄精于审格，引绳批根，虽欲稍自宽假不可得也。今虎臣墓有宿草，而稚黄又善病，不复如曩时，对食掷麈，尾毛悉落饭中，食冷而

① 杨钟羲《雪桥诗话全编》，人民文学出版社，2011年，第26—27页。

② 《清诗话续编》，第359页。

③ 《清代诗文集汇编》第138册《容斋千首诗》卷首序，第4页上。

④ 袁行云《清人诗集叙录》卷七《西河诗集》，第211页。

⑤ 徐珂编撰《清稗类钞》第二十九册《文学》，商务印书馆，1918年，第25页。

复暖者数四，则予诗之日以疏率，亦可知矣。”[①]柴、毛、李诸子探讨“唐诗”韵律之际，盐桥丁澎等对于晚唐风也进行了学术探究和创作尝试，并以此回应前七子南方诗学的代表何大复（信阳）。他说：“予安知诗哉！然自汉魏六季以迄唐开宝间，作者斌斌，尝得受而读之，大约风雅之规，典则居要；骚赋之致，深永为宗。古体之工，专求意象；歌行之畅，必归才气。近律务先声调，短绝独主风神，结撰殊途，而金科玉条，古今不易……近今诗学沦废，竟陵导源；西江波靡，泛滥不止，陨林楗石，望洋者惊焉。然则信阳舍筏，津梁日迷，诗道江河，要非救时笃论。”[②]这一段话，代表着清初西泠派承云间余绪的主流话语，虽然口头上仍宗汉魏盛唐，但以才调风神论唐诗，成为其晚唐诗创作的实践的依据，因此，云间派的沈荃、彭宾、张安茂等对丁澎推崇有加。张序作于1654年，略云：“大历及来，诗亡七百有余岁矣，献吉氏出而修明之、信阳起而和之，历下既没，邪说横流，诗亡又六十有余岁矣。我云间三子出而修明之、西泠起而和之，一盛一衰、一晦一明，岂不系乎人哉！我友丁子飞涛，弁冕乎西泠者也。其诗温丽而含清，雄杰而尽伦，若文明之有黼黻，而藻缋之有丹青。”二十年后，云间、西泠派的后起之秀已经不再讳言晚唐，比如沈荃序丁澎诗集于1671年，略云：“夫丁子天下之才也，忠君爱国之诚，与夫慕戋悦群之概，其为缠绵婉恻、清绮柔淡，实有不能自已者。”[③]彭宾序云：“余观西泠飞涛丁子诚无愧矣。人才之生，不能尽合：流宕有余，遂逾格律；矜束过甚，又损逸思。得一人焉，以引领群彦，斯才派咸准天人均会，前七子之有李何，后七子之有王李是也。飞涛出而两浙名流如昌谷、子舆辈，斌斌乎一时驰誉，皆登作者之堂矣。”本年，福清魏宪访诗于云间，曾概括云间派近半个世纪的辉煌历史，言其宗风始终未变：“云间士大夫以风雅相尚。董宗伯（其昌）、陈征君（继儒）基其始，陈黄门（子龙）、夏考功（允彝）、李舍人（雯）总其成，海内翕然宗之。今见山（按：顾大申）际文明极盛之时，宋宪都（征璧）沈学士（荃）、王侍御、王学宪、张节推、周太守、董宋二进士、田董二孝廉出全力以防其弊，古风宗汉魏、近体准盛唐，于太仓历下之古人，不无继起之功。”[④]接替云间崛起的“西泠十子”，在模拟对象方面已逾迈“太仓历下之古人”（按：指七子

① 《清代诗文集汇编》第78册《巴余集》之《池上楼诗序》，第171页。

② 《清代诗文集汇编》第78册《扶荔堂文集》卷十《正巳堂诗集题词》，第561页。

③ 《清代诗文集汇编》第78册《扶荔堂文集选》卷首序，第450页。下同。

④ 《续修四库全书》集部第1625册，枕江堂刻《百名家诗选》卷三十九，第96页上。

派），成为后来浙派一直开辟到宋诗、超乘而上的中介和桥梁。

值得一提的是，毛大可（即毛奇龄）、张安茂等人所推崇的“云间派”或“西泠派”的宗唐路径，最初还是“不作大历以下”的。与他们师友之交的诗僧元璟亦如此，他在其诗集自序中阐明的复古路径，不过是尊崇严羽、高棅以来的明诗路数。他说：

禅与诗一也。禅贵悟，诗亦贵悟也。禅无名无形，相如水中月火上雪，从无思议，没把捉处，追之、捋之，一旦豁然，直达本源，乃真禅也。诗有仁义，系风教，可以感天地泣鬼神，必从三百篇、汉魏晋宋、三唐参悟其旨趣，镕其精液，然后缘情托物，性灵流露，纯雅和平、空明超远，以极自然之妙，此真诗也。[①]

毛大可（奇龄）比照“西泠”与“虞山”诗派之差别，其视角颇为独到：以诗僧为参照系。他说：“钱牧斋重憨山集，阅《从军》作，尚多烟火气，欠醇雅。至于近时方外，号名通而著述者，蒿尘满目，难以入作者之室。借公遍参名宿，得天童之法印，旷怀逸韵，托诸吟咏，有体制，有风骨，开辟有力，变化自在。”借山诗名后起，曾得到当时的文宗诗伯汪琬和王士祯的赞赏。汪序其诗集云：“体格清整，词旨亦高雅”；王渔洋序亦云：“严沧浪以禅论诗，千古不拔。汉魏陶谢以及盛唐，白牛上乘也；大历以下，逮乎宋元，羊鹿等车也……钝翁称许为不谬也。”[②]借山在江南诗坛最为活跃之时当在甲子至乙丑年（1684—1685），期间他主持云间、西溪吟社，与董俞（1631—1688）、吴骐（1620—1695）等“云间七子”、陆堃等“当湖七子”相酬唱。吴骐序云：“甲子（1684年）春，借公游云间，春藻、大雅两社诸子，唱酬弥月，名噪一时……真得唐贤风调。”陆堃是朱彝尊的表叔，年辈略长，序借山集云：“借山行脚归，结茅庐西溪，同学诸子联一吟社，丹黄甲乙，互相切磋，所传《乙丑倡和集》也。借师五古擅场，得汉魏体气；五律清远，胚胎王孟；七律有钱刘神韵，（郑）鹧鸪、（许）丁卯不足让也。”[③]可见，陆、吴、董等“七子”皆爱好中晚唐诗，认为借山之诗有中唐钱（起）刘（长卿）、晚唐郑谷、许浑等人的风调。他们本人亦如此，比如朱彝尊《瑶花慢·寄酬陆我谋表叔》词云：“齐纨皎洁，诗句好，仿佛玉溪风格。”汪琬《董苍水诗序》云：“（董俞）究极于风雅正变之故，爰及汉魏，下讫三唐。”可见他们之间，大致有

① 《清代诗文集汇编》第195册《完玉堂诗集》卷首自序，第1页下。

② 《清代诗文集汇编》第195册《完玉堂诗集》卷首序，第1—3页。

③ 同上《清代诗文集汇编》第195册《完玉堂诗集》自序。

推崇后七子格调、但同时渐染晚唐诗风的共同特点。

除了云间、西泠、浙西诸子诗类晚唐以外，无锡、阳羡等“毗陵诗人群”亦宗尚晚唐。比如严绳孙，他与朱彝尊、姜宸英并称“江南三布衣”，三人皆嗜好晚唐温李诗歌，严氏为最。徐世昌《晚晴簃诗话》云：“荪友（严绳孙）诗宗黄初、建安，近体出入温、李，蔚茂而婉丽，为同时姜宸英、叶方蔼、吴绮所重。王渔洋亦谓其‘冲融恬易，鲜矫激之言’。”今人袁行云评价其严氏《秋水集》云：“是集……姜宸英、叶方蔼序。绳孙早负诗名，与吴伟业、归庄、顾湄、屈大均、朱彝尊、顾贞观、陈恭尹均有赠酬。诗古体宗魏晋，五七言近体出入于中晚唐间。”[①]姜宸英为严氏《秋水集》所作序云：“余往在吴门，见有所谓《秋水集》者，其诗宗黄初建安以还，五七言近体时出入于温李之调，蔚茂而婉丽，卓然能自成家者也。”[②]与严绳孙同样以诗名驰骋邑中的顾贞观，后人夏孙桐的评价，亦是出入于晚唐名家之间：“先生之诗，导源中晚唐，如初日芙蓉，天然去其雕饰……《纑塘》一集，出于手定，以清微淡远为宗，优入韦柳，乃晚年最高之境。”[③]顾氏诗集中，有《无题十首》等诗，可见不仅学习韦、柳，也取法玉溪[④]。阳羡徐喈凤认为，沈宋李杜、钱刘温李皆是唐诗典范，前者是初盛，后者系中晚。他说：“今人竞言诗矣！拟古者曰‘曹刘陶谢’，摹唐者曰‘初盛沈宋李杜，中晚钱刘温李’，以是言诗，诗日盛。”[⑤]

此外，长洲状元韩菼也嗜好义山“无题”组诗，其《傅商霖诗集序》云：“余同馆商霖傅先生善为诗……而兴寄所至，特善言情，不能自任也。尝语余颇好作《无题》诗，若蓄缩不欲出之者，余索而读之，尤妙得风人之旨也。昔玉溪生传长吉云：未尝得题，然后为诗，审尔则其自寓《无题》云云者，亦大都如驴背锦囊中所得，而研墨叠纸足成之者，别有会心，不可端倪。盖古人之诗，皆无题也，每取诗中一二字名篇，读者得意可以忘言，得言可以忘象，有琴心者不在弦，得醉中趣者不在酒，知此可以读先生之诗矣。”[⑥]《芦中集序》：“诗缘情而绮靡，说者以为斯言起齐梁之渐，而非也，是缘情者也……而皆有诗也，其有相之者乎？春女悲

① 袁行云《清人诗集叙录》上册卷七，第225页。
② 《清代诗文集汇编》第86册，第1页下。
③ 《清代诗文集汇编》第148册《顾梁汾先生诗词集》卷首序，第597页下。
④ 《清代诗文集汇编》第148册顾集卷一，第606页下。
⑤ 《清代诗文集汇编》第144册《松溪漫兴》卷首徐序，第72页下。
⑥ 《清代诗文集汇编》第147册《有怀堂文稿》卷三，第91页。

而春为我春，秋士思而秋为我秋，兴寄偶然，胸有造物，是独非情舆？情之所溢，不得不绮，即不得不靡，土鼓路鼗，鸟迹篆籀，其势也，若繁艳失归，流宕逐末，则君形者亡焉，固无论已。”[①]吴中的诗学才子崇尚“无题诗”，可谓渊源有自，我们在后文中还会列举自晚明王彦泓以来的传统。韩菼的“无题”，其实质也是“借题”，他们旨在抒发绮靡之情，将个人情感与复杂的时代沧桑交织在一起。

陈子龙、吴伟业等其他诗坛领袖，尽管在各种序言中标榜“古雅”“诗言志”，在实际创作中则偏向“诗缘情以绮靡”，皆有偏爱中晚唐诗的倾向。谢章铤《赌棋山庄诗话》说：“昔陈大樽以温李为宗，自吴梅村以逮王阮亭，翕然从之，当其时无人不晚唐。”[②]华亭宋征璧曾经讽谏吴伟业远离晚唐体，以上溯盛唐为宗，其《上吴骏公先生》书云：“夫诗之有绮丽焉，而或以为淫；清新焉而或以为弱，烂熳焉而或以为卑。其好温李，不知有钱刘，及其效钱刘而后知温李之靡也；当其好钱到，不知有高岑，及其效高岑而后知钱刘之薄也。但中晚初盛，体格不一，俱各有传于后，则亦各有精诚透彻，不可诬也。然不佞窃有疑焉，愿质之阁下。”很显然，吴伟业更擅长中晚唐诗之“精诚透彻”，不大理会云间派耆旧以七子诗学为宗的主张了。类似的境遇，在虞山派的内部诗学主张之分歧中亦有所体现，钱谦益也无法阻止其弟子、宗侄研习晚唐的步伐，“虞山派”的冯舒和冯班直言其自幼及壮皆“尚于绮丽，以温李为范式”[③]。因此松陵朱鹤龄赞之曰：“学海人推大小冯，君今才老更称雄。玉台艳制亲骚雅，石洞仙经礼碧空。”[④]钱谦益侄儿钱龙惕作为虞山诗派之重要成员，与冯班、吴伟业、王吴、朱鹤龄等人多唱和往来，著有《大衮集》传世，其诗“原本温李，旁及子瞻、裕之，憔悴婉笃，大约愁苦之词居多”（王应奎《海虞诗苑》）。近代徐兆玮序其《大衮集》序云：“王柳南（应奎）尝谓吾邑诗有钱、冯二派。魁杰之才，肆而好尽，此学钱而失之；轻俊之徒，巧而近纤，此又学冯而失之。而《诗苑》录钱夕公诗，则称其‘原本温李，旁及子瞻、裕之’，盖能规模二家而不失其本色者。”[⑤]龙惕又辑有《玉溪生诗笺》，分上中下三卷，计四十六首，书成于顺治五年戊子（1648年），近代王葆初跋云：“所著有

① 《清代诗文集汇编》第147册《有怀堂文稿》卷三，第95页。

② 谢章铤著、刘荣平校注：《赌棋山庄词话校注》，厦门大学出版社，2013年，第329页。

③ 冯班：《钝吟文稿》之《同人拟西昆体诗序》，《四库存目·集部》第216册影印毛氏汲古阁康熙刻本，1997年，第566页。

④ 《清代诗文集汇编》第22册《愚庵小集》卷五《同冯定远夜话》，第661页上。

⑤ 《清代诗文集汇编》第33册《大兖集》序，第443页下。

《李义山诗笺》，盖即笺释道源注本，吴江朱长孺尝取其说以入诗注者，是其寝馈于玉溪者久，故其得力也深。”[①]这是李商隐诗歌在清代传播史上的又一创获。

要而言之，鼎革之际，温李等晚唐体几乎成为虞山、娄东、西泠、扬州、阳羡、浙西诸地后起诗人群体效法的一种共同范式。究其原因，因为帖括的关系，这些“江南才子”一开始“触电”写诗的时候，正是青少年时期，他们既受江南子弟倚红偎翠的生活之影响，又兼骈俪文风之习染，很自然从温李一派入手。诸如“娄东十子”之领袖吴伟业、黄与坚，阳羡宗主陈维崧、溧阳马氏兄弟等早年皆有晚唐风调的写作经历。这种骈文风尚“迁移”到诗歌领域，是当时普遍的现象。比如“阳羡派”即如此，他们首先是在文坛立足于江南，其次才过渡到占据诗、词畛域。翟源洙《鸣鹤堂诗集序》云：“自诸先生（按：侯方域、魏禧）相继殂谢，而慈溪姜西溟驰声海滨，吾郡邵青门及储在陆两先生亦以古文辞叠主三吴坛坫；在陆门下士多古学深邃者，而吾舅氏昼山先生尤杰出，遂崛起而夺南北之帜。于是阳羡人文，直与雪苑、金精相埒。”[②]在下一篇《任王谷传》中，翟氏解析阳羡诗文风气渐变过程：“国初江左诸公，承云间余习，以辞章相尚。若唐初之王骆、宋初之杨刘，比肩而立，故吾邑清才若吴又邺、许埙友辈，皆以哀艳之词驰声郡邑。陈迦陵尤工其体，俪花斗叶，驱清涌云，两兼其胜。”[③]侯方域《陈其年诗序》亦云：“往云间有陈黄门、李舍人，皆起榛莽，以才情横艳一世，得其年而三。然则风雅之道，又未曾不在吴趣也。”[④]储欣《任王谷诗序》曰：“吾邑虽小，山深而水舒，禽鱼草木秀丽。生斯地者，类喜为流连吟咏。顾以余之所见，独得蒋先辈韦人，措意出辞，往往直入陶、杜室，而王谷足以比肩。”[⑤]总之，国初骈俪文风促进了阳羡诗歌之自然发展；然而，阳羡强大的古文传统又反过来规制其“中晚唐体”的诗歌转向。储欣和任源祥皆反对陈维崧崇尚绮丽之诗风，敦劝其归宗杜甫。后者曰：“足下少年，一误于长吉，再误于艳体……足下所遗《宋尚木书》，论次盛唐诸公，而独不及杜甫，足下之好尚可见。足下之所好者，远则李白，近则陈子龙，此数公者，足下之所好也，而不及杜甫也。杜甫沉雄，而足下好婉缛；杜甫厚重，而足下好飘逸；婉缛飘逸，非不美之称也，以足下之才，而婉缛飘逸既足以驰骤江东，成

① 《清代诗文集汇编》第33册，第445页下。

② 《清代诗文集汇编》第63册《鸣鹤堂诗集》卷首序，第4页上。

③ 《清代诗文集汇编》第63册，第6页上。

④ 侯方域：《壮悔堂文集》卷一，四部备要本。

⑤ 《清代诗文集汇编》第127册《在陆堂文集》卷三，第231页。

名当世，而仆窃以为千秋之业，非得力杜甫不可。”[①]而任氏的观点得到了储欣的首肯，他不赞赏学晚唐以下，认为必须取法乎上，其《任王谷诗序》云：“夫诗源于三百篇，奇而为骚、靡而为赋、肆而为乐府，雅而为汉魏古诗，淫于梁陈盛于唐，此其大较也。升降叠迁，作者代有，学者深造而得之心随其材质而自取之，则皆可以有立。而宋人区区宗派间，李杜昌黎，迭相胜负，一唱众和，党伐讙呶，此何为也？其风至明而益炽……于同邑陈其年，则规其有才无情，以仓促取辩为才，好何李云间而不知师杜甫氏。”[②]直到陈维崧五十岁作《戊己诗》之时，任源祥再序，盛赞其已变“晚唐体”为“李杜”雄篇，几乎“变”为今之“诗圣”。他说：“陈子自少薄游，而戊申己酉乃由齐鲁抵燕赵，更历宋卫陈许，暨洛阳、虎牢，而归览京都之盛，吊梁园之墟，感慨发其所历岱、恒、碣石、大河、嵩少之奇观，跌宕抒写，一寓之于诗……今观是集，而昔之飘逸者变为雄浑，昔之婉缛者变为清苍，昔所专其好于太白者，今乃兼子美而两擅其长。甚矣！陈子之善变也。天地变而成文，四时变而成功，鱼龙变而成神，气质变而成圣。诗虽小道，亦善变而愈工。观是集也，其亦所谓变而成圣者乎？”[③]与陈维崧有类似经历者还有潘宗洛，储大文作《中丞公传》，赞其“诗繇玉溪诣少陵”[④]。也就是说，此际的阳羡派诗人，大抵皆有沿李玉溪上溯至杜甫的诗学主张。

与陈维崧私交甚深的邹祗谟，其诗亦好尚中晚唐。邹曾经仿白居易《琵琶行》作《青儿弦索行》、仿《长恨歌》作《金屋歌》，仿李商隐作《无题》诗。梁溪邹漪评点其《雨夜宿贻上邸中因忆云孙初子和贻上韵》诗云：“贻上先生，天才独绝，其诗上自曹刘，下自香山之流便、长吉之奇险、飞卿之纤丽，无所不有，予奉之为拱璧。何我訏士两地相望、异曲同工，并驰逸响与骚坛也！是可以旗鼓中原矣。”[⑤]贻上即王士祯，前文已言及其早年有相当长一段时期研习中晚唐诗体，然而，王士祯主要旨在参详变化，邹祗谟却是陷入其中不自拔，很难说他能够与王氏旗鼓相当；即便是阳羡盟主陈维崧，与王士祯之诗学成就亦是有一段距离的。这主要受制于阳羡浮艳的地域诗风之限制。据《邹訏士诗选》《董文友诗选》仍可知，

① 《清代诗文集汇编》第63册《鸣鹤堂诗集》卷三《与陈其年论诗书》，第62页下—63页上。

② 《清代诗文集汇编》第127册《在陆堂文集》卷三，第231页。

③ 《清代诗文集汇编》第63册《鸣鹤堂诗集》卷四《陈其年戊己诗序》，第83页下。

④ 《清代诗文集汇编》第200册《潘中丞文集》卷末传，第402页下。

⑤ 《清代诗文集汇编》第101册《邹訏士诗选》，第616页上。

邹氏和阳羡董以宁（文友）等皆曾和王渔洋、彭孙遹《无题诗》三至五首、《和“长吉恼公诗”五十韵》《无题和韩致光韵》《和会真诗》。邹氏有《答文友见怀客游西陵作用元相答白傅代书诗一百韵》；董氏则有《怀讦士客游杭州和乐天寄徽之代书诗一百韵》，他们仿效“香山”诗，规模最著者可能有几十人，“同郡旧游”皆参与，比如董集中有这样的诗题：《同郡旧游毕集同云孙讦士邀观查东山及徐太守女乐连宵宴集共念少游临别和白香山江南逢萧九话旧游戏赠五十韵呈诸公》[①]。此外，从董以宁诗集中，查出明确标举“晚唐体”者数首，如《七夕和蒋槎长韵为晚唐体》《后七夕再和前韵》等[②]。邹祗谟还曾与宗定九等作《杂兴》诗二十余首，有《秋日广陵杂兴》《冬日秣陵杂兴》《春日西陵杂兴》，以及《舟泊清江浦待放关作长庆体》等诗[③]。以上皆是“阳羡—无锡”诗人群体效法“中晚唐体”之明证。值得一提的是，“阳羡诗派”大抵是宗尚三唐的，其爱好中晚，主要还是为了能造“盛唐”之境。故魏禧为任源祥作《鹤鸣堂集序》云：“诗不薄七子而上窥汉魏，取径三唐……文初学六朝，折而为韩（愈）、欧（阳修），浸淫于两汉，得其朴茂。”（见邓之诚《清诗纪事初编》）

虞山诗派从领袖到骨干成员，则无一不受李商隐诗歌之影响。比如钱谦益，米彦青指出：“他的诗学历程中由义山而上溯少陵，兼涉昌黎、香山的路径是十分清晰的……在晚唐诗人中，其对李商隐可算情有独钟：他曾有手钞《李商隐诗集》三卷传世。不独手钞李商隐诗集，其对李诗学术史的研究亦见之于《初学集》卷三十二《曾房仲诗序》、卷三十九《邵梁卿诗草序》和《有学集》卷十五《注李义山诗集序》及《李义山诗集序》等……李商隐在党派夹击中坎坷运蹇是晚唐诗人里的典型代表，而钱谦益的遭遇和思想的复杂也是当时学者中少见的，可以说是忧患丛集，浮沉动荡而进退失据，所以钱牧斋选择接受晚唐诗人中的李商隐既是个人原因，也是时代的风会所致，但无论如何，经过他的大力督促友朋笺注义山诗集，促成李商隐在明末清初的诗坛被吴中一带文人大量接受是不争的事实。”[④]对于冯舒、冯班兄弟接受“义山体”，她评价说：“由于二冯爱读书，而又钟情温、李、西昆体，为他们的仿义山诗体提供了可能性；遗民身份对故国的拳拳思念之心，政治高

① 《清代诗文集汇编》第112册《正谊堂诗集》七律第二卷，第491页。

② 《清代诗文集汇编》第112册《正谊堂诗集》五排第二卷，第514页。

③ 《清代诗文集汇编》第112册，第618—626页。

④ 米彦青《清代李商隐诗歌接受史稿》，中华书局，2007年，第37页。

压之下的难言隐衷是促成其向义山‘婉娈托寄’诗风靠拢的客观外在条件。”袁行云先生的评价是：“作者（冯班）论诗受钱谦益影响最深，不喜明代前后七子模拟之习，而沉酣六朝，于唐效杜牧、李商隐；又学西昆，瑕病亦未除尽。”[①]深受虞山派影响的朱鹤龄，《愚庵小集》卷四《过虞山同陈南浦诸子集剑池浦池亭即席同赋》有“句索西昆隐，交论北郭幽”之句。其《吴菌次太守惠贻林蕙堂文集》将初唐四杰与老杜、义山比作“六博”：“齐梁清丽赏老杜，万古江湖四杰称。西昆创自玉溪子，自比六博未足矜。”其《寒月》诗，《愚庵小集》卷五该诗后载时人诗评：“樵水曰秾丽得之温李，结意深长。”《四库提要》总评曰：“所作韵语颇出入于少陵、香山之间。”

娄东派领袖吴伟业深受李商隐诗歌之影响。米彦青博士曾引靳荣藩《吴诗集览》这本注释吴诗的集子予以说明。《吴诗集览》共载吴梅村诗1030首，而直接接受“义山体”者近百首，占总数的十分之一。她得出结论说：“在吴梅村所接受的义山诗的影响中，七古所占比例最大，已经达到24%，差不多是四分之一，这就超越了诗史上所说的梅村七古源出元、白，而少有论者注意到其对李商隐诗歌的接受的评述。”[②]受其影响，作为“太仓十子”之首黄与坚推崇“义山体”，其《论诗三说·诗说》尝云：“诗体不同，昔人以为各有炉灶是已。七言律差与五言不同，余初学时，颇爱钱、刘、温、韦诸子，以为取径中（晚）唐，易于上手。”[③]溧阳马世俊说：“余年二十有四，始习为诗，初好温李之作，如义山《锦瑟》《马嵬》诸咏，裒集成帙。”[④]他教导马世杰作诗门径：“尝论学元白诗，易过于质；学温李

---

① 袁行云《清人诗集叙录》上册卷四，第125页。

② 米彦青援引袁枚《随园诗话》、朱庭珍《筱园诗话》、林昌彝《射鹰楼诗话》证明：“义山体”对吴伟业的影响不在“白体”之下。她说：“在诗史上不论李商隐还是吴梅村的作品中，七言体的影响远远超过五言体，这也充分说明吴梅村在其诗歌创作中袭风义山诗，并将其融入自己的风格中从而写出了影响深远的作品。袁枚称吴梅村七律‘秀媚新婉，含宫咀商，贯珠止水’。朱庭珍对吴梅村七言体源出义山更有精深识见，曰：‘（梅村）七古最有名于世，大半以《琵琶》《长恨》之体裁，兼温、李之词藻风韵，故述词比事，浓艳哀婉，沁入肝脾……七律佳者，神完气足，殊近玉溪。’近代甚喜玉溪诗的林昌彝也曾说过：‘近代七言律诗最为沉雄者首推吴梅村，盖能以西昆面子运老杜骨头者，自义山、遗山而后殆无其匹。’”

③ 《丛书集成新编》第9册，台北新文丰出版公司，1985年，第2页。

④ 《清代诗文集汇编》第28册《匡庵文集》卷四《彭上馨诗序》，第220页下。

诗，易过于文，雒斯（按：马世杰之字）得文质之中，独运斧斤。”[①]近代杨钟羲评曰：“黄庭表赞善与坚，有忍庵集，牧斋称其《长安》《金陵杂感》诸篇，顿挫钩锁，缠绵悱恻，风情骨格在致尧、裕之之间。其诗说云：乙丑，余自衡州抵郴州，郴江在下流，距潇湘五百余里。秦少游词。郴江幸自绕郴山，为谁流下潇湘去……古人兴会所至，往往率易如是。子美诗用古殊切核……苏诗差处尤多，如摸金校尉为摸金中郎，扁鹊为仓公，贾梁道司马懿为司马师之类。洪容斋以为无害，亦非笃论。诗人以古为涂泽，借字可，借事则不可。”[②]黄与坚之诗，喜借典用事，讲究篇章的“顿挫钩锁”，词采的“缠绵悱恻”，其风情骨格在致尧、裕之之间，即韩冬郎和元好问，此二人亦学习李商隐诗歌的诗人。

除此以外，“西泠十子”的代表柴绍炳、丁澎等也偏嗜温李诗，柴氏序十子诗选称丁澎等“如合德（按：赵飞燕之妹）入宫，芳香竟体，以自然标胜”。到了顺康之际，温李诗风大盛，孔尚任《秣陵秋》唱词感叹道：“西昆词赋新温李，乌巷冠裳旧谢王。”扬州邓汉仪记载当地太守吴绮在苕溪与宗元鼎共选《唐诗永》、以温李为宗的经历：“戊申（1668年）秋杪客苕上，与薗次（吴绮）有《唐诗永》之选，阅温、李全集，乃知古人词虽秾丽，而魄力之大，意识之高，迥非时流可望。”（《诗观》初集卷七宗元鼎《小楼》诗评）至康熙四十一年（1702）和四十三年（1704），秀水陈堡和虞山二冯（冯舒、冯班）各有选评温李集问世。二冯在《才调集·温庭筠诗评语》中肯定了温、李文字境界：“温李诗，句句有出而文气清丽。”后人评价说，“冯定远祖述《才调集》，由温、李以溯齐、梁”[③]。直至乾隆二十九年（1764），长洲宋邦绥犹云：“韦公穀所选《才调集》十卷，选择精当，大具手眼，当时称善，后代服膺；国朝冯默庵、钝吟两先生加以评点，遂为学诗者必读之书。”[④]《温李二家诗集》《才调集》风行江南，成为温李诗在清代之接受史历程中达到极盛的一个标志。

除了“西泠十子”，“太仓十子”之一的王昊，在经历“奏销案”打击之后，纵情诗酒，争逐声色，其诗阑入元白温李等中晚唐诗之境。有关王氏诗学转向之心路历程，有同样经历的吴江计东在其赠序中所言甚详：“辛丑后，余与惟夏（按：

① 《清代诗文集汇编》第28册《雒斯弟郊居诗集序》，第224页上。

② 杨钟羲《雪桥诗话全编》，人民文学出版社，2011年，第89—90页。

③ 杨钟羲《雪桥诗话全编》，人民文学出版社，2011年，第98页。

④ 宋邦绥《才调集补注自序》，《续修四库全书》集部第1611册，第253页下。

王昊字）以诖误坐废，余浪游两河齐赵间五六年不归，而惟夏自隐于骚人酒徒之中……辛丑前，惟夏尚欲以制科起家，继二美（按：其曾祖王世贞兄弟）先生数世科名……今则浩然无萦于人世，悲吟长啸、中酒高眠于山巅水涯、寒风冰雪之间，其为诗歌益专且锐，工力加于前数年十倍。”最早点出王昊之诗有中晚唐倾向者，为太仓盟宗吴伟业，据郁禾序云：“梅村先生喟然曰：吾殆与王子矣。其雄放得之青莲，沉着得之少陵，而清润如钱刘，绮丽如温李，无不备于笔畦墨径中……时而为元白，纵横出没，无所不可，吾殆与王子矣。夫梅村先生千秋人镜、一代宗工也，其许可若是。”到了1665年夏，其太仓同学陈嘉静亦序云：“今阅其诗，上祟汉魏下发初盛，此元本于家学者也。而复求之钱刘温李以得其清新秾丽之致、香山剑南以得其真率豪放之气……而始成王子之诗也。”其宗侄王吉武亦坦言：“其早岁所作，古体宗汉魏，间出于初唐，近体规橅盛唐，兼法玉溪，辛亥（1671）后，复参以香山、眉山、剑南，而波澜益老。”[①]同时经历奏销案的毗陵任源祥，在质疑侯方域一昧学习杜甫诗歌之时，也坦言道：“今吴中风气，偏重初唐，固大不可；而欲尽初唐而弃之，则又见之不广矣！”[②]

此外，虞山世族大家也遭到了“奏销案”打击，许多前朝文士进入遗民行列，严熊即其中之一。严氏作为望族子弟，受教于钱牧斋和冯班，所交接者皆周围著名诗人[③]。其诗取法晚唐，只是其视角甚为特别：他偏好韦庄、许浑、罗隐诗歌，到了晚年才浸淫于韩孟元白诗集，勉强算是回到了“正轨”。其题为《予初学诗喜韦庄罗隐许浑诸家，迩年多读李杜韩孟元白集，觉有所进，暇日重续江东诗漫记四韵于卷尾》反映了他诗学轨迹[④]。严熊在晚唐遗民诗人中找到了心灵的契合点。他本人曾醉心于功名，然而新朝的“奏销案”使之望而却步，从而坚定了遗民立场。在另一首组诗所言甚明：《余年十七补博士弟子员，越二年而丁沧桑之变，新朝初具文乞退，当事不许，匏系十余年，今年辛丑以钱粮诖误除名，诗以志感凡六首》，其二

① 《清代诗文集汇编》第102册《硕园诗稿》卷首序，第6页上。以上所引诗序皆同一出处。

② 《清代诗文集汇编》第63册《鹤鸣堂文集》卷三《与侯朝宗论诗书》，第62页上。

③ 严熊“少为名诸生”，“晚年里居，与名流酬倡”。明末清初诸多名人，如文震孟、文震亨、钱谦益、龚鼎孳、归庄、阎尔梅、冒襄、孙朝让、冯舒、宋琬、杨补、顾苓、王士祯、孙永祚、钱陆灿、邓林梓、钱曾、黄周星、叶燮、徐乾学等人，均与之交游。参丁祖荫《重修常昭合志》下册，上海社会科学出版社社，2002年，第1051页。

④ 《清代诗文集汇编》第100册《严白云诗集》卷二，第19页上。

云：“才著青衫入圣墙，水流花谢恨苍茫。前身应是唐罗隐，我不成名国亦亡。”[①]与严熊类似者还有金坛王叔闻，其《王叔闻诗钞》五卷中，卷末以《罗隐秀才遗稿》压轴。严熊、王叔闻之诗还是有一定代表性的，这也从另一个侧面充分反映了清初“江南”文士普遍习尚中晚唐诗的情状。

第六节 江南诗坛崇宋返唐之路

一、崇宋诗风之兴起

昔人云：“夫以首创者难为功，因循者易为力。”（司马贞《补史记序》）钱谦益和王士祯有一个共同的特点，即均为清初“宋诗”的“首创者”，都遇到了前所未有的诗坛阻力。尤其是王士祯，作清诗继往开来的领袖，其诗歌创作几度徘徊于唐宋之间，实属不易。王士祯推崇宋诗的阻力主要来自江南，经历所谓“唐宋诗之争”后，由宋返唐，又得到了江南士子的推戴。王士祯对江南诗学主要的“功绩”来自于两个方面：一是从早年游宦江南所习得的中晚唐诗法中找到了上溯盛唐的进路，从而较好地结合了七子派的诗学传统，并由此上溯至高棅、严羽以来开辟的唐诗学传统；二是结合晚明王世贞和袁宗道推崇苏轼、清初钱谦益好尚陆游等“软宋诗”传统，以“江西诗派”之主张为根据发展“硬宋诗”，这一通融的观念对于当今学者亦有思想启迪之意义[②]。从而使以“苏黄”为代表的宋诗整体呈现，清诗迎来了三唐两宋兼宗的时代——至此，清初诗学的大致轮廓已然呈现。这就是蒋寅先生的创论：“程（嘉燧）、钱（谦益）所提倡的是陆游一路的软宋诗，王渔洋提倡的则是江西派的硬宋诗，黄庭坚正是王渔洋最初予以推崇的……这于清代诗歌

① 《清代诗文集汇编》第100册，第15页上。

② 对于由杜甫一派开启的“宋诗”，蒋寅先生划分为两个层面，汪涌豪教授评价蒋著《清代诗学史》时说：“（蒋著以）地域意识渗透到诗论家思想深处，它以不同地域的诗人聚落与诗学趣尚为切入点，提携起整个清初诗学。如论钱谦益与王士祯提倡宋诗，一以陆（游）元（好问）为主，末流放为轻滑熟烂；一以苏（轼）黄（庭坚）为主，取其瘦硬奇肆，两者各有拥趸，呈现为一好‘软宋诗’、一好‘硬宋诗’的不同趣尚，就是在地域意识的大背景下展开的。”社科院文学研究所主办、陆建德主编、白烨、刘延玲等编辑《中国文学年鉴 2013》之《论著评介：＜清代诗学史＞（第一卷）》，中国文学年鉴社，2013 年，第 766 页。

史又是一个绝大的问题。因为清代中叶以后的诗歌史，大体就是在杜、韩、黄融合的师法观念主导下展开的。”①

清初宋诗的推进，主要来自两个方面：其一是以王士祯、黄宗羲为代表，王士祯主张从盛中唐杜甫、韩愈以至于北宋黄庭坚瘦硬诗学的打通，与之桴鼓相应的是黄宗羲的宗宋诗观：“《南雷诗历》五卷……气骨坚卓。其诗根柢于读书……故虽学黄庭坚，而无聱牙之态。于明七子、钱谦益均有不满之词。与顾炎武、王夫之两家，取径不同，而作诗之旨一也。”②其间叶燮、陈维崧等推崇韩诗者也起到了重要的助推作用；其二是以钱谦益、施闰章等为代表，主张从杜甫、李商隐以降至宋代的苏轼、陆游以及金源诗人元好问的融会。钱谦益且不论，宣城施闰章对于康熙初京师清初宗宋诗风之兴盛，功莫大焉，近人评价说：“《学余集》五十卷，施闰章撰……其诗受宋梅尧臣影响，加以变化，为清初宋诗派巨擘。”③其间曹溶、朱彝尊、吴之振、吕留良等为代表的浙派学者客观上也起到了推波助澜的作用。以上两种诗风，沿着一条中轴线交替发展，即从源头的陶渊明，经王维、白居易、韦应物、苏轼一线发展，崇尚平中出奇、瘦中见腴。客观而言，以“苏、陆”为范式的宋诗派先入为主，占据一定优势。究其原因，大概清初江浙一带的诗人，虽然学风与诗学思想发生了与明代迥异的变化，但根基却仍在晚明心学，苏轼、朱熹等的影响尚在。比如东林诗学，后人秦赓彤《重刻高忠宪公诗集序》评价云：“夫乃叹先生之诗前序，拟诸陶，并拟诸骚，犹未尽先生之诗也。先生之诗，见道之诗也，其味淡，其言和，其性情之冲夷，皆学问之所见也。鸢飞鱼跃之机、水面云天之象，皆于诗恍然遇之。”清初，高攀龙之侄高世泰1653年为同邑吕阳（全五）所作《薪斋集序》亦云：

义熙以来，渊明作穷称简淡，然子瞻谓其质而实腴，所以为隐逸诗人之宗。齐梁而后，弊于靡，非弊于文。今观全五之诗，何其森丽婉缛，惊魂灿目，铿前人未铿之韵，布前人未布之采，至于斯乎！或谓全五古诗逼徐庾，近体逼温李，似之矣。抑未知全五之志也。全五以孝友为本，静穆为品，经术为资，诸子百家为驱使，当其心绪类触，豪兴待摅，神游希夷，形兀槁木，旬锻月炼而出之，不知其为掇徐庾之艳也，并不知其为吮汉魏之隽也，不知其为续温李之声也，并不知其为协

① 《东方早报》2014年12月21日。

② 袁行云：《清人诗集叙录》卷三，人民文学出版社，2016年，第74页。

③ 《清人诗集叙录》，卷五，第163—164页。

初盛之什也，惟欲搜千古之秘，穷五声之变，成一家之言而已。[①]

这段话很值得玩味。高世泰似乎想表达这样一个观点：吕阳的诗集，已将“温李新声”与传统的“道学经术”合而为一。这实际上是重操宋代道学家学习徐庾温李诗歌的旧业了。

宋诗是在中晚唐诗基础上发展的，在清初中晚唐诗风滥觞之前，宋诗之再兴亦有所局限。庞垲（1657—1725）曾说：“临安盛子鹤田……盖学宋人之诗而善取裁者也。宋承唐中晚之后，风格一放，取用益弘，故其诗无所不有。吾见夫今之学宋者矣，以俚俗为清真，以浅率为老放，以粗豪为雄健，以用僻事难字为奥博，将所谓温柔敦厚之旨、神听和平之音去之惟恐不远，而唐人益不足挽矣！”[②]王泽弘亦云：“（宋人学诗，）鄙琐以为真，浅率以为老，自谓直接风雅之传，而风雅道消久矣！”因此，清初人很清醒地认识到学宋诗具有两面性：一方面容易上手，另一方面，一旦失之浅率，便再难登大雅之堂。所以，当时江南文人很审慎地涉足宋诗，他们均选择了苏（轼）陆（游）等少数大家入手。自明末公安派、嘉定派之后，虞山钱谦益提倡宋诗，也只不过是苏轼、陆游等极少数宋代诗人进入清初作家的视野，可以说，所谓“唐宋诗之争”在康熙之前似乎还是个伪命题。此前学者固然抬出宋代一二大家，但并没有能改变诗坛整体宗唐的氛围。清初，以“大历”为研习对象的中唐诗风和以李商隐“义山体”甚至“香奁体”等众多“晚唐体”诗风席卷江南，这是时代的腥风血雨、金戈铁马摧残蹂躏此倚红滴翠、轻软香浓的“温柔乡”所致。接二连三面临所谓“江南十大惨案”，士子们长歌当哭已不能，他们只好效法中晚唐侘傺平生的诗人发出一声声浩叹。“悼亡”“伤逝”“感旧”之后，那些前朝世胄中的青年才俊痛哭之后冷静下来。为了家族的生存，他们不得不参与新朝的科举考试。当其受命于清廷内官或外宦之际，再也不能沿袭原有的或骚怨或愤悱的诗歌模式，于是纷纷选择一些比较稳妥的诗歌策略，宋诗无疑是其中最为稳妥的一种。宋代文人那种注重典故、注重日常、谨小慎微的诗学态度引发了他们的共鸣，于是康熙初，宋诗风悄然兴起；与此同时，“香奁”诸作者亦转移了阵地，将绮丽艳情转向词作，诗歌则雅化了。吴江徐釚《紫云词序》描述从顺治末到康熙初三十年的变化：“三十年来，海内诗人多寓声为词，如《香严》《棠村》《金粟》《玉凫》《丽农》《扶荔》诸集，乐部争传，彬彬称盛，由是解操觚者艳

① 《四库全书存目丛书》集部第200册《薪斋集》卷首，第94—95页。

② 《清代诗文集汇编》第155册《丛碧山房文集》卷一《盛鹤田诗序》，第379页上。

慕纷填，几乎家辛柳而户秦、黄。”[①]可以说，清初诗人朝宋诗和词作转型，有其不得已而为之的背景。大约在顺治十七年间，“太仓十子”与“西泠十子”等晚明江南登簪才子相继归顺于新朝，诸如吴伟业、黄与坚等，这一诗坛重组的信号表明：文人不在依恋于过去的残梦，他们开始直面现实。正是在这样的背景下，才有所谓“浙派”的产生以及所谓“宋诗派”的兴起。

“浙派”宗宋的传统最早可以追溯到曹溶。乾隆初，吴颖芳将朱彝尊推为浙派创设之祖，今人张仲谋教授将黄宗羲视为浙派的开宗初祖，皆因当下学术风气转变而附会耳。乾隆间考据之学渐兴，故吴颖芳云“吾浙国初衍云间，尚傍王李门户，秀水朱太史竹垞出，尚根柢考据……浙诗为之大变”。仲谋先生认为，“黄宗羲以其卓有个性的理论探索与创作实践”为浙派的形成与发展奠定根基。这些说法均值得商榷。朱竹垞为清词宗师，黄梨洲乃一介名儒，他们在诗学上受陈子龙、钱谦益提携，且长期处于追随云间和虞山的状态，说到他们在诗坛别立“宗宋”一宗，还是很牵强的。黄梨洲本人亦有一段出唐入宋的诗歌习得历程，其门下士主要以习文为主，崇尚韩欧古文，自然而然从唐宋文的领域介入唐宋诗，并没有卓荦而起、成为诗派。比如鄞县万言说：“八代衰而韩文公起之，五季靡而欧阳文忠公振之，自余与寒村学文于黄先生即持此说久矣。及来京师，见公卿贵人下及馆客游士，莫不家宝文选之书，人挟温李之册，而韩欧一派文字多束之不观心，窃疑之。”[②]万言（管村）、郑梁（寒村）等推崇韩柳欧苏之文，亦爱好其诗，后者于1674年还专门编辑了一部《四大家诗钞》。然而，郑梁并非真正喜好韩柳之诗，他所爱好者全在苏诗，邓之诚评曰：“梁诗学东坡，有极俊爽处，有句云：敢问坡后有寒村，其瓣香可知……究不失为浙东一大家。”[③]后来，万、郑等黄门弟子抛文从诗，转投王士祯门下[④]，也间接说明黄梨洲之诗学没有形成气候。

倒是曹溶因为仕宦的关系，早就摆脱了“遗民”状态和“名士”风范之束缚，加之诗名早成，诗文著作与钱谦益、吴伟业在“伯仲之间”（《檇李文系》卷十三），及早入宦使他拥有了奖掖朱彝尊的资本。竹垞之孙《祖考行述》状其弱冠之时说“远近称诗者咸过梅会里，就王父论风雅流派，靡不心慴。同里倦圃曹公见

① 《清代诗文集汇编》第132册《紫云词》卷首序，第702页上。

② 《清代诗文集汇编》第149册《管村文钞内编》卷二《寒村集序》，第632页上。

③ 邓之诚《清诗纪事初编》卷七丙编，上海古籍出版社，2012年，第858页。

④ 同上第149册《管村文钞内编》卷二《渔洋山人续稿序》：“（予）少虽学文于梨洲先生，而未究其业，辄弃之北出，以公艺林宗匠，幸获洒扫其门。”第634页上。

王父诗文，尤击赏不置”[①]。这说明曹溶先于朱彝尊主盟梅里。在浙西，曹溶率先提倡宋诗，且有余力亦有余资开雕宋诗宋文选，可惜天不假年，终未卒业。朱彝尊之从孙、曹溶之外孙朱丕戭《静惕堂词序》描述其生平著述，“选录未竟者，《宋诗》《元诗》《宋文》《元文》四集，均未梓行而殁”[②]。此论据较曹氏族孙曹庭栋之描述更为直接，庭栋《宋百家诗存序》犹云：“秀水司农倦圃先生，余宗大父行也，亦尝裒辑宋诗。遍采山地经志，不下二千余家，未及梓。今亦散佚略尽。”[③]事实上，朱、曹两家的孙辈都说错了，曹溶的《宋诗选》是从翻刻《两宋名贤小集》中来的，从此宋元残本中析出六十家，补充至二百余家，各编成诗册。该手稿成为朱彝尊选宋诗之蓝本。朱氏序《名贤小集》云：“（陈）思所编群贤小集……诗板遂毁。其从孙（陈）世隆当元至正之末，复合两宋名人之诗梓之，甫完数，家遂遭兵燹，其稿本流传，日以散佚。吾乡曹倦圃先生仅得其十之二三，率皆糜坏，乃补缀成编，复汰其近日盛行诸集，留得二百余家，选宋诗者当于此中求之。彝尊又序。”[④]当事人朱彝尊为曹溶接力，推荐所“留得二百余家”，叮嘱“选宋诗者当于此中求之”，这里的“选诗者”或许指的就是吴之振等人。这段话已将宋诗选本之来龙去脉交代得很清楚了。

曹溶和朱彝尊的后代世为姻亲，在秀水诗派的壮大过程中，形成一股中坚力量。曹庭栋《宋百家诗存》在宋诗在清代的发展史程上具有里程碑式的意义，其乡宿儒多推崇曹氏“家门宗风”，钱陈群即其一。这位雍乾两朝元老、与沈德潜并称礼部“二老”的文坛领袖作有《百家诗存题词》，为宋百家各题一首论诗绝句，前序云：

诗莫盛于唐。自唐以后，宋、元、明代有名人，云蒸霞蔚各标旨趣者，千门万户，不可纪极。顾唐诗传世者称独备焉，良由当时已有唐人自选唐诗不下十数种，逮本朝圣祖仁皇帝钦定《全唐诗》出，尤为详备……三唐总持，永为圭臬。元诗则有秀野顾氏选本，明诗则有牧斋钱氏、竹垞朱氏选本，虽中多渗漏，犹得为操觚家取裁。《御选宋诗》卷帙较全唐为减，而姓氏多至千余人，盖四百年中无美不收，洋洋大观矣。里人曹庭栋取潘讱叔（潘是仁）、吴孟举（之振）未成之钞本，补其

① 张宗友：《朱彝尊年谱》，凤凰出版社，2014年，第42页。

② 《清代诗文集汇编》第46册《静惕堂集》，第 页下。

③ 四库全书本《宋百家诗存》卷首原序，第1—2页。

④ 《两宋名贤小集原跋》，四库全书本。

缺略，列为百家。[①]

值得一提的是，钱陈群的这段陈词，早在二百年前便已经证实了笔者所提的两个观点：其一，在唐诗接受史程中，《全唐诗》的推出标志着经典化的完结（“三唐总持，永为圭臬”）；其二，乾隆时期出现的《御选宋诗》《宋百家诗存》正是在明清之际江南潘是仁、吴之振等基础上逐步补充完善的，其出现标志着宋诗传播和接受进入了一个比较成熟的阶段（“无美不收，洋洋大观”）。

曹溶和朱彝尊的诗学路向仍是上溯李、何，以初盛唐诗家为宗主，以宋代苏、陆诗为辅助，澄净洗练，清隽秀拔。曹氏代表作为七言古诗《答觉公》，末段云：“静为动母理固存，物有危机慎所履。少壮已去不复来，造化弄人良有以。砺节当思习坎亨，适性莫如肥豚美。一代文章吃未除，千年事业瘢谁洗？我欲向我探其始，回看英雄土苴耳。”李因笃评曰：“（歌行）至唐初始盛，过此则太白纵横、子美沉郁，又各成一家……然比初唐诸公为变体矣……近代胎簪更畅言之，亦竟与北地分途……先生双提并輓而行，奥衍昭深，不顾时眼。”[②]可谓深中肯綮。朱彝尊选宋诗、明诗，亦皆以唐诗为轨范，亦得到了大江以南诸多宗唐派的规劝。比如方象瑛劝说：“近日竞摹宋诗，一二人倡之，群起而效之，途径一开，滥觞日甚。高者掇拾苏黄，规模范陆，遂岸然以唐人为不足学……障狂澜而返之，非足下谁望耶！今幸主选政，起衰救弊，正在此时，唯冀痛扫时习，力返唐音，挽回廓清，固不可听之随波逐靡之流也。”[③]

曹溶在洞悉七子诗学流弊的同时，也提倡以宋元诗风“调剂”初盛唐诗风。我们且看其晚年论诗绝句十四首之诗学主张，分别回忆陈确、龚鼎孳、李楷、潘耒、屈大均、邓汉仪、杜濬、叶燮、虞山诗派、长安旧侣、云间派、吴伟业、释函可以及他自己，其兼宗唐宋之意图昭然若揭[④]。如末一首忆云“野服从来拙自知，胸中木强未随时”，可谓生动之写照；其十自笺曰“长安旧侣，新尚宋诗”，诗曰“好奇争欲逞新裁，元祐频令入管来。恰似赏他春色遍，杂花还向野亭开”；其十一笺曰“吴梅村诗称阑入元人”，诗曰“娄江学士擅风华，璧月光中骤玉騧。重唱铁崖新乐府，倩他红袖拂琵琶”，明显持欣赏态度。相较宋元诗，曹溶认为晚唐风调不及

① 《清代诗文集汇编第261册 《香树斋续集》卷二，上海古籍出版社，2010年，第251页。

② 《清代诗文集汇编》第45册《静惕堂诗集》卷十二，第307页上。

③ 《清代诗文集汇编》第128册《健松斋续集》卷四，第428页上。

④ 《清代诗文集汇编》第45册《静惕堂诗集》卷四十四，第580页。

宋诗，其九笺曰“虞山诗派，沿袭不已”，诗曰“情芽本易惹闲愁，红豆庄前粉镜秋。别体江河成日下，西昆翻讶少风流”。即便如此，曹溶亦擅长“西昆体”，其《静惕堂》诗集卷三十八即有与叶燮同赋“西昆”四首。曹溶还在各种诗文序中，表达其对苏轼之赞赏。《和敬堂全集序》云：“苏文忠每为文，必至于怨诽讽讥，其持论不以怒骂为讳，后之君子，未尝或嗤之；然则震雷在前、厝火在后而不渝其乐，沿泳道德之指畜之既久，发为语言者，殆及斯术而用之。”[①]由此可见曹溶在诗坛上是个类似于“八爪鱼”的多面手。类似于曹溶者尚有毗陵邵长蘅，正因其不喜晚唐、不为时流所惑，而阑入宋诗畛域。其与友人书云：“仆学诗垂三十年，汉魏三唐至宋元明人诗，尠所不观，亦尠所不好，独不喜多看晚唐诗。晚唐自昌黎外，惟许浑、杜牧、李商隐三数家，差铮铮耳，馀子喜攻近体，就近体，又仅仅求工句字间，尺幅窘苦不堪；世界尽空阔，何苦从鼠穴蜗角中作生活计邪？然此语亦足令时贤侧目。”[②]

康熙初，宋诗风在京师兴起，吴之振、吴尔尧、吕留良等所辑《宋诗钞》起到了推波助澜的作用。李康化举证说：康熙十年冬，吴之振携《宋诗钞》赴京师，以之分赠友人。并携其刻印于嘉兴的《八家诗选》攀交京城诗界名流，“八家”者，即施闰章、宋琬、王士祯及士禄兄弟、沈荃、陈廷敬、程可则和曹尔堪。次年春由京师返乡，在京文章巨子如徐乾学、王士祯、陈维岳、严沆等近30人写了《赠行》诗，诗中大都提及其赠书情状，“这表明《宋诗钞》的编刻和传播，在当时是引起很大轰动的。”[③]“由唐及宋”的诗论大家，除了叶燮，还有王士祯。渔洋在主政扬州其间，便开始其唐宋兼宗的尝试，特别是模拟昌黎、东坡、香山范式作诗[④]。他的诗学进阶，仍以徐祯卿、高叔嗣等七子派初唐诗为主[⑤]，白香山、韦苏州、李义山等

---

① 《清代诗文集汇编》第54册《和敬堂全集》卷首序，第99页下。

② 《清代诗文集汇编》第145册《青门麓稿》卷十一，第580页。

③ 李康化：《明清之际江南词学思想研究》，巴蜀书社，2001年，第253页。

④ 顺治十八年扬州推官下车伊始，正月十五日，王士祯游平山堂，次韵苏诗十余首，见《阮亭诗选》卷十四《上方寺访东坡先生石刻诗次韵》《大明寺和题画韵》等。

⑤ 《二家诗选序》：“不佞束发则喜诵习二家之诗，弱岁官扬州，数于役大江南北，停骖辍棹，必以迪功、苏门二集自随。”蒋寅《王渔洋事迹征略》“顺治十八年闰七月初七”条按：王士祯之兄士禄此时亦读高、徐二家诗，“然则西樵（王士禄）于徐祯卿亦颇倾心，公（渔洋）平生论诗多受西樵影响，与此可见一斑矣。”人民文学出版社，2001年，第73页。

中晚唐以及宋代苏、陆诗为辅[①]。王氏同乡曹申吉《赠王阮亭三绝》其二云："清新独许高徐业（自注：谓苏门、迪功也），兄弟翩翩皇甫同。初日芙蕖天际想，陶韦异代得宗风。"[②]曹氏认为，王渔洋兄弟之诗继承的是江南徐祯卿以及"四皇甫"的神韵故调。这就正好解释：以故彭孙遹、陈维崧等皆推崇之，彭氏《答贻上》诗云："群山海内尊东岱，绝调人间在广陵。"陈维崧《和冶春词》云："玉山筵上颓唐甚，意气公然笼罩人。"陈氏亦从后七子诗直接转入宋之苏、陆诗，前后判若两人，后人已有评断[③]。康熙十年前后，王渔洋入职礼部主事，都下风气嗜苏、黄，而各地亦有推崇宋诗者，比如福建长汀黎士弘（1618—1697）推崇宋诗，1669年其诗集刊刻于江西永新溉本堂，卷首序云："豫章陈伯玑号为通人，颇持言论，岁丙午（1667），为予点次篇章，入《国雅》之选，间语余：公诗近乃更喜宋调。予笑应之曰：安敢宋也，特才尽耳。"[④]然而，得风气之先的王渔洋改弦更张，对苏轼之崇拜远不如黄庭坚[⑤]。他所处的扬州延至整个江南，对苏轼的推赞却是士林普遍的现象，而推崇黄鲁直者甚少，所以受到了江南士子的抵制，其中公开反对者正是与之齐名的朱彝尊。有关这段公案，参阳羡后学史承谦《青梅轩诗话》一则："渔洋先生于宋人中最推崇黄太史，元明以来所未有也。此是先生另出眼处。竹垞先生则云：'江西宗派各流别，吾先无取黄涪翁。'鄙意则舍王而从朱也。"[⑥]按：朱彝

① 康熙三年清明修禊，门人宗元鼎劝之"休从白傅歌杨柳……江楼齐唱冶春词。"陈玉璂跋云："时先生方作冶春诗成，席间出示，诗不一章，章不一格，大约以义山之玲珑，干之以少陵之丰骨；以浣花、玉山之绮艳，参以剑南、铁崖之诡谲。"

② 《清代诗文集汇编》第137册《澹余诗集》卷三，第43页上。

③ 比如郭麐《灵芬馆诗话》卷二："陈迦陵少时从陈黄门游，故其为诗亦沿七子之体。后乃出入眉山、剑南之间，一变旧学。今所传《湖海楼诗》，为其弟子万（陈宗石），所刻者多被征以后之作。闻有《射雉集》，乃客如皋冒氏时所刻，未之见也。前时于袁二恬处见有《湖海楼集》，乃在子万所刻之前，未能的知其为《射雉集》，当亦其时不相远也。集中拟古乐府神似黄门，七律则高华典重稍有窠臼，与其后集如出二手。惟七绝一体，始终不变。"《清诗话访佚初编》第二册，第40页。

④ 同上第68册《讬素斋诗集》卷首序，第482页上。

⑤ 大约在康熙八年冬，王渔洋泛览韩昌黎、杜牧之、苏东坡、黄鲁直、陆放翁、元裕之、虞伯生诗集，各题一绝，《精华录》卷四《冬日读唐宋金元诸家诗偶有所感各题一绝于卷后凡七首》其四："一代高名孰主宾，中天坡谷两嶙峋。"指出东坡和山谷在宋诗的地位中不相上下。其倾向于山谷已颇为显豁。上海古籍出版社，1999年，第641页。

⑥ 张寅彭等辑《清诗话三编》第三册，第1470页。

尊厌恶黄庭坚，盖从与毛奇龄、施闰章等论诗而来[1]；当时喜苏厌黄者甚众，比如孙枝蔚和王士祯的学生王又旦。杨钟羲评述曰：“郃阳王幼华，从孙豹人受诗。时辇下称诗，有十子之目。十子者，田纶霞雯、宋牧仲荦、丁澹汝澎、曹颂嘉禾、曹升六贞吉、谢千仞重辉、叶井叔封、颜修来光敏，幼华其一。朱竹垞题其《过岭诗集》云：迩来诗格乖正始，学宋体制嗤唐风。江西宗派各流别，我先无取黄涪翁。比闻王郎意亦尔，助我张目振凡聋。诗十卷，曰《黄湄集》。”[2]朱彝尊对宋诗的接受面，仍不过是江南明人传统，也即苏轼以来的“软宋诗”，这一点是不及王士祯的。

王渔洋北上京师、扬榷宋诗风之后，淮扬诗群的孙枝蔚、宣城派的施闰章、龙眠派的潘江也间入宋诗畛域，这或许证明：宗宋诗风不是由一两个人发起的，而是一种群体性的倾向。淮扬诗学中坚、著名遗民孙枝蔚著有《溉堂后集》六卷，其诗歌创作由取法杜甫转向学习苏轼，袁行云评曰：“《后集》为康熙十八年至二十五年诗……首王泽弘、方象瑛序。其诗转为朴质，益近宋人。”[3]渔洋所品题的人物中，最著者为北宋（琬）南施（闰章），皆有兼习宋诗之祈向，《池北偶谈·谈艺》曰：“康熙以来，诗人无出南施北宋之右，宣城施闰章愚山、莱阳宋琬荔裳也。宋渡江后诗颇拟放翁，五言古歌行，时闯杜韩之奥。”施闰章总体倾向于宗唐，但其诗学梅尧臣，康熙十一年，曾与云间派的沈荃一同为曾灿的《过日集》作序；对比沈序“此不过学宋人之糟粕，非欲得宋人之精神”的消极宋诗观，施闰章要通达得多，他晚年还曾资刻陈焯《宋元诗会》。桐城派大家潘江，其《木厓续集》廿四卷，所收皆康熙十五年以后诗，亦由杜（甫）白（居易）转为苏（轼）陆（游），铺陈叙事，间作议论。袁行云列数其《送御马》《水草夫》《礟车》《采船木》等揭露时弊之作，其酬赠之人如孙枝蔚、施闰章等，和诗时有宋调；其“晚作《四时田园杂兴》仿范石湖，凡六十首，入情益深，而渐入宋格”[4]。类似孙枝蔚、潘江、施闰章者，还有长洲汪琬、阳羡陈维崧、秀水朱彝尊等江南诗家，其诗

---

① 杨钟羲引施闰章《蠖斋诗话》曰：“山谷言近世少年，不肯深治经史，徒取给于诗，故致远则泥。此最为诗人针砭。诗如其人，不可不慎，浮华者浪子，叫号者粗人，窘瘠者浅，痴肥者俗，风云月露，铺张满眼，识者见之，直一叶空纸耳。故曰君子以言有物。”《雪桥诗话全编》，人民文学出版社，2011年，第87页。

② 杨钟羲《雪桥诗话全编》，人民文学出版社，2011年，第73页。

③ 袁行云：《清人诗集叙录》上册卷六，第193页。

④ 《清人诗集叙录》，第200页。

学实践皆有由唐入宋之趋向。汪琬早年作《拟唐人诗》八首[①]，晚岁作《读宋人诗六首》[②]，前后之别迥然；陈维崧早岁酷爱昆体艳诗，中岁以后作绝句推崇苏轼陆游，曾赋《暮岁客居自述仿渭南体柬知我数公》十首等；其《湖海楼诗集自序》云“吾诗在唐宋元明之间”，后人遂以“湖海楼高揖子瞻”评之，亦颇见其中晚年参悟唐宋诗心迹。钱钟书先生曾作如是体会：“且又一集之内，一生之中，少年才气发扬，遂为唐体；晚节思虑深沈，乃染宋调。若木之明，崦嵫之景，心光既异，心声亦以先后不侔。明之王弇州，即可作证……言诗必盛唐，《四部稿》中，莫非实大声弘之体。然《弇州续稿》一变矜气高腔，几乎刿言之瘢，刮法之痕，平直切至。屡和东坡诗韵。”明清之际出唐入宋者，王世贞始作俑，钱谦益、施闰章、宋琬、王士祯、朱彝尊等继之，盖明清之际，士林学者，大多少年宗唐、老来习宋；少年以气胜，晚年以意胜，所谓唐宋诗之争，可能只是一种臆想的语境，当时并没有大面积发生过论诗主张的“冲突”，甚至我们所列举的这些大家，亦有出唐入宋的转变过程，这些是自然而然、随时代风气转变而潜移默化的。唯一正面交锋的例子，我们在下面两小节详解之。

二、“返唐”：京师风向之折回

少壮者宗唐，老者则爱宋，是钱钟书先生的心得体会，也许是一种学诗者主观印象中的通例；而明清之际，受时代风潮的裹挟，个人的喜好有时候也不得不服从于集体的意志。清初顺治近二十年间，恰逢明末清初急骤转折时期，同时也是文网未张、人心思定的诗学积淀时期，一些人恰如朱彝尊之词所描述的那样，“十年磨剑，五陵结客，把平生涕泪都飘尽”，为了生计，他们辞亲远游、江湖结客，基本会沿袭云间派或后七子宗唐的诗风；顺治末康熙初，文网高张，萧墙祸起，为了避祸，他们的诗风又会转为老成持重。我们仅以王士祯、汪懋麟等为例，管窥整个时代诗风的变化。他们受江南文学影响，康熙十年以后开始“习宋”，康熙二十一年辄又“返唐”，这一反常的行为说明：个人的喜好，也会因为强势的时代风潮发生重大的扭转。

① 汪琬著、李圣华笺校：《汪琬全集笺校》卷一第一首，人民文学出版社，2010年，第5页。

② 李圣华认为，这组论诗诗作于康熙十一年，“汪琬所读宋人诗，”诗载《钝翁类稿》卷八，第254页。

有关王渔洋在康熙十年以后习染宋诗之事实，可以从他提携其门生江都汪懋麟的举动中寻找蛛丝马迹。汪系王渔洋司理扬州时的故交，又考中了康熙六年进士，康熙十六年(1677）王渔洋在其京邸亲定《十子诗略》，汪懋麟亦是“金台十子”之一。汪诗系次年（1678）二月自订，在《凡例》中他说出了学诗的路径：

余学诗初由唐人、六朝、汉魏上溯风骚，规旋矩折，各有源本，不敢放逸。庚戌（康熙九年1670）官京师，旅居多暇，渐就颓唐，涉笔于昌黎、香山、东坡、放翁之间，原非邀誉，聊以自娱。讵意重忤时好，群肆讥评。故兹集前后并存，俾览者知余本末，而亦自验所学一变再变，诚不自知其非也。[①]

汪氏所说的“一变再变”是有具体所指的。其“一变”发生在康熙初，他赞赏苏陆诗风的做法遭到了宗唐派的反对。京师诗坛大佬中明确宗唐者为毛奇龄与施闰章[②]，毛奇龄等曾兴师问罪，请王士祯评判是非，而王渔洋此际似乎更倾向于偏袒汪懋麟这位门下弟子，毛奇龄的话反而成了京师笑柄：“萧山毛检讨大可（奇龄）生平不喜东坡诗……汪季甪举坡绝句云‘竹外桃花三两枝……’，语毛曰：‘如此诗，亦可道不佳耶？’毛愤然曰：‘鹅也先知，怎只说鸭？’众为捧腹。”（《居易录》卷二）尽管毛奇龄曾自我辩解，恐怕王士祯的记载才是事件的原本，因为同时在场的叶之溶也记下此则：“大可不喜东坡诗，蛟门曰‘竹外桃花三两枝……亦可道不佳耶？’大可拂然曰：‘鹅也先知，宁独鸭耶？’众为捧腹。”[③]但渔洋师徒也回护不了一个基本的事实：当时的诗坛主流还是宗唐的。毛奇龄很快就找到了以矛戳盾、反击汪氏的证据。山阴胡天游之子稚威请序于汪懋麟，汪序曰：

诗莫盛于唐，唐莫盛于开元天宝之际，杜子美、李太白、王摩诘，其学者所师

---

① 《清代诗文集汇编》第151册《百尺梧桐阁诗集》凡例第二则，第342页下。

② 施闰章为了抗击汪懋麟等“高谈宋诗”的“长安词客”，编纂了一部一百首的《唐七律选》，题曰“馆选”，毛作序。不久，在金是瀛署中，毛奇龄遂与汪懋麟交火。《西河诗话》卷五云：“诗以雅见难，若裸私布秽，则狂夫能之矣；亦以涵蕴见难，若反唇戛膊，则市牙能之矣；又以不着涯际见难，若搬楦头、翻锅底，则獃儿能之矣。然则为宋诗者，亦何难、何能、何才技，而以此夸人，吾不解也……尝在金观察许，与汪蛟门舍人论宋诗，舍人举东坡诗‘春江水暖鸭先知，正是河豚欲上时’，不远胜唐人乎？予曰：‘此正效唐人而未能者也。“花间觅路鸟先知”，唐人句也……若鸭则先谁乎？水中之物，皆知冷暖，必先以鸭，妄矣……若以“鸭”字、“河豚”字为不数见、不经人道过，遂矜为过人事，则江鳅、土鳖皆物色矣。’时一善歌者在座，观察顾曰：‘诗贵可歌咏，若“河豚”句……能脱嗓否？’各笑而罢。”《清诗话三编》，第815—816页。

③ 《小石林文外·本朝诗话》，《清诗话三编》，第1242页。

承也。胡子之诗，其殆宗太白、摩诘，而得其正者与？[①]

可能是迫于时人舆论，汪懋麟本人亦在诸多场合表明：其宗旨在于兼宗唐宋，成一家言。其《韩醉白诗序》云：

论诗者或怪予去唐而趋宋，甚者分疆自树，是奚足较哉！诗严于唐，放于宋，里巷妇孺所知也。夫其学必已至乎唐，而后可以语乎宋。如未至焉，而遽测以耳，岂惟不能知乎宋之诗，亦未尝知乎唐之诗而已。今之窃学言唐者，必以黜乎宋为言，而窃学言宋者，又未深究乎所以为宋之意。之二者，其失一而已。[②]

1678年，汪懋麟自订《百尺梧桐阁集》之时，又回到了诗宗中晚唐的旧路上来。中晚唐诗风其实也一直是汪氏所偏嗜的，早在康熙十三年（1674）他为邓汉仪诗集戏题绝句云："玉溪名与浣花香，千载何人更擅场？慎墨堂中论绝调，群公齐让邓南阳。"[③]此诗表明他与邓氏一样，深受李商隐诗风的影响。到了康熙十五年（1676），汪懋麟作《锦瑟词集》三卷，其实是用"义山体"之诗歌技法来填词，此次诗坛大佬无一例外对其赞许有加。曹尔堪赞其"温润"，王士祯推之为"晏欧正派"，沈荃夸其"婉转"，彭孙遹称其"旖旎"，陈玉璂言其"香真"，董以宁谓其"温丽"……李武曾、曹禾、朱彝尊、徐釚等，间以词坛李义山目之，比如武曾云："义山诗多艳体，乃自谓无他，可使国人尽保展禽酒肆无疑。"[④]徐釚序云："直欲上掩和凝、下凌温尉。"宗元鼎序云："无怪乎义山赋锦瑟无端……岂独义山，彼飞卿金荃好词、端巳浣花新味，要皆妙解风流，燃脂弄粉……（蛟门）名久著于古学诗歌，予每吟咏其好句，艳于郑之鹧鸪、谢之蝴蝶。"[⑤]辄直言在扬州，汪懋麟与宗元鼎（定九）等一道皆嗜晚唐体。魏宪转述王士禄评语："今人言诗，古体动称汉魏，黄初以降若不屑者，定九独不废六朝；今人言诗，近体动称初盛，大历降若不屑者，定九独不废中晚。盖今人为诗，多以郛郭，而定九以神韵；今人为诗，多以剽袭，而定九以研精也。"王士祯评曰："意得处往往欲逼二谢，绝句尤得樊川（杜牧）、玉溪（李商隐）诸家之妙。"[⑥]

---

① 《清代诗文集汇编》第151册《百尺梧桐阁集》卷五，第820页。

② 《清代诗文集汇编》第151册《百尺梧桐阁集》卷二，第241页上。

③ 《清代诗文集汇编》第151册，卷十二，第457页上。

④ 《清代诗文集汇编》第151册《锦瑟词》卷首词话，第513—514页。

⑤ 《清代诗文集汇编》第151册，第512页上。

⑥ 魏宪《百名家诗选》卷八十二"宗定九小引"，黄秀文辑《华东师大馆藏稀见丛书汇刊》第五册第434页。

在京师即将开设“博学鸿词”恩科之际，江南士子以中晚唐诗相推许，汪懋麟亦曾参与其中。尽管汪懋麟与王士祯一样，其诗歌创作本欲沿着宋元以下走得更远，然而新镌的博学鸿辞“馆舍”文员基本上是宗中晚唐的，与他们交往唱和，实际上是不得不变，这也就是他所称的诗学“再变”。比如康熙十八年（1679），与汪懋麟有“二汪”之称的汪楫曾与两个集团唱和往来，均是唱和中晚唐体。一个是阳羡陈维崧、浙西朱彝尊和李良年等“舍人”，有《己未人日高谡园招同家钝翁兄锡鬯武曾饮斋中被酒作歌》《己未元日曹舍人颂嘉招同豹人大可锡鬯其年冰壑天章石林共集迟武曾次耕西崖不至限韵三首》等诗为证；另一个就是同出扬州的“二汪”。其京师雅集，有《夏日过十二砚斋蛟门出示所藏画轴邀余共作题图长句二首限温李体》[①]《三月三十日过蛟门寓舍值赋漫兴诗成索和率尔命笔遂得六首》等诗[②]，前者表明汪懋麟生前曾蹈袭“义山体”，而后者表明其宗唐的态度，对剿袭盛唐等现象作出批判，其第二首跋云：“时有痛诋论诗之非者故及之”，诗云“不作初唐以上诗，何妨生较古人迟。铸将贾岛终非佛，绣出平原岂用丝。怪底沐猴披盛服，还嗤狂犬吠清时。武夷九曲难图画，佳处惟应到者知。”汪懋麟所作《史淑时诗序》亦甚推故人子为“晚唐体”，他说：“其七言歌行，托体长吉，而音情骀荡又类鲍明远，近体清丽，在飞卿义山之间。”[③]

汪懋麟偏好中晚唐甚至宋诗，其实还受到了韩愈“以文为诗”、自成一格的创作方法的启示或者说是“诱导”。他认为，在唐宋诗传承中，韩愈是承上启下的关键人物，善学杜甫者惟韩，因此精选韩诗376首刊行，并自序云：“（有唐二百八十九年）惟杜甫氏勃兴，自开阃奥，莫有穷极……后有韩愈氏出，论诗独推李杜，谓其陵暴万物，故其为诗，窃有意于甫而又不欲遂以甫之诗为之，更辟一境，务为巉割怪险，而御之以气，一往横肆，如其为文。遂自以为愈之诗而非甫之诗，人亦自然知非甫之所为而为之者，惟愈而已。古今学诗者，知甫不知愈，谓愈之非甫也，岂第非甫，且以为甫病，是不知愈又岂知甫者哉！甫之学鲜能传者，传之者惟愈也。”[④]此段话有两点值得留意：其一是认为韩愈学杜甫，能够离形得神、自成机杼，开宋人学习杜甫之不二法门；其二是其方法论，而所谓“一往横肆、如

① 《清代诗文集汇编》第140册《悔斋三集》之《京华诗》，第747页。

② 同上第755页上。

③ 《清代诗文集汇编》第151册《百尺梧桐阁集》卷二，第242页上。

④ 《清代诗文集汇编》第151册《百尺梧桐阁集》卷二《选韩诗序》，第244页上。

其为文”，便是从韩愈习杜的方法中获得的经验之谈，这一点，从杜濬在康熙十七年（1678）秋为汪氏所作序中，亦知其出唐入宋的根由，正是源自于“诗文一体”之观念。从总体上说，杜濬是赞赏其诗文一体之主张的，特别是把“唐宋派”的文章技法迁移到诗歌创作中，学习韩愈的诗歌技巧等，认为这是真正学习老杜的可行性途径。他说：“（余）以书报汪蛟门曰：君集文章第一，诗二词三；二与三对文章言之，孤行仍不妨第一也。蛟门疑吾言，复余书曰：夫吾之于诗，刳心有年矣，为文章之日浅而古人之堂奥深，未敢以自信也，今君反昂吾文于诗，是必有独见焉……余因再报蛟门曰：……今蛟门之文，高古顿挫，使览者惟恐其尽，盖垂邮于王（荆公）以达于韩（昌黎），同志中可以谈韩氏之学者，一人而已。”[①]以上例证，说明康熙十七年以后汪懋麟的诗学主张与叶燮、陈维崧、朱彝尊等相差不大，除了推尊盛唐，也是兼宗中晚唐与宋代诸大家的。所以，在汪死后，宋荦、王士禛、方象瑛为之作传或者墓志铭，皆以善学中唐韩愈、白居易、北宋苏轼之诗风推尊之。宋之志铭曰：“君诗出于昌黎、眉山间，而时出新意，能自成家。”[②]王士禛之传亦同，他说：“君诗才票姚跌宕，其师法在退之、子瞻两家，而时出新意。”[③]方之志铭曰：“（君）于诗好杜韩苏陆及香山诸家，有目君诗学宋者，辄曰：彼不识唐，安知宋耶？！”[④]此墓志铭最后一句，便是上文汪氏《韩醉白诗序》中的著名言论。

康熙年间“宋诗热”一旦兴起，便引发京师热议，并引起了时人的反思，曾一度导致由宋返唐局面的出现。邵长蘅将回归唐诗的王士禛、宋荦二家诗合刻，序曰：“今海内称诗家，并称新城、商丘两先生无异辞……（余）序曰：一代风雅之归，必有正宗。宗之言主也，尊也，言其人能主持风雅，而学者尊事之也。夫其所以为一代之宗者，其才足以包孕馀子，其学足以贯穿古今，其识足以别裁伪体，而又有其地，有其时。夫才与学与识，人也；地与时，则有天焉，五者兼焉，故难也。今夫跻高位都通显者，其气力能奔走一时……本朝五十年间，能兼是五者而得之，而为风雅宗，意在两先生欤？蘅奉教两先生久，数闻绪论，因得以阐作者之旨……其渊源于风骚汉魏三唐以自成其家，大概相同……自祧唐祢宋之说盛，后生

① 《清代诗文集汇编》第151册《百尺梧桐阁集》卷首序，第209页下。

② 《清代诗文集汇编》第151册《百尺梧桐阁遗集》卷首序，第546页下。

③ 《清代诗文集汇编》第151册，第550页。

④ 《清代诗文集汇编》第128册《健松斋续集》卷八《汪蛟门墓志铭》，第458页。

靡然，且谓两先生亦尝云尔，顾两先生诗具在，其所为溯源风骚，斟酌汉魏三唐，以自成其家者，各有根柢，虽间亦取于宋人，第以资泛澜耳。”[①]作为宋荦的门客，邵氏所推举似有阿谀主人之嫌；宋远不逮王，久为学界公论，直至清末民初，姚大荣《惜道味斋说诗》犹评曰：“漫堂树帜骚坛，与施愚山、王扬州并驰，然以诗论，不足以当渔洋，更何敢望遗山？邵青门曲誉之，非也。”[②]邵长蘅赞赏“两先生”由宋返唐之举动，并鼓动他们操持选政、鼓吹唐音，比如他在《渐细斋集序》中说：“今海内谭艺家，盛宗宋诗。玉局、剑南几于人挟一编。夫学宋人不足病，诗学宋人而不知宋人所从来，则为诗学病不浅。欧阳永叔有云：自杨刘唱和，学者争效之，风雅之变，谓之西昆体，由是唐贤诗集几废而不行，今日复类似。”[③]伴随类似邵氏呼声高涨，王士祯作出了回应，其《十种唐诗选》与《唐贤三昧集》等相继刊行，宋荦亲为之序，可谓顺应潮流。1691年靖江郑宣曾说：“余论诗不主声调，然宦京师数年，所见名卿材大夫及四方之游士，往往以此擅誉一时，虽不复趋步王李，而一种清和秀润之音，亦皆声调也。间有不主声调者，则必在羁穷牢落之人。”[④]这里力主“清和秀润之音”的人，便指的是王士祯。与王士祯交游的太仓黄与坚说：

宋诗亦是沿袭中唐，未尝与唐人一派断灭，今人不知原委，徒于宋诗趋走如鹜，亦贪其径之易耳。王阮亭先生选唐人十种，存唐的派，复纂《三昧》一书，直抉正宗，以提醒世人眼目，其留心诗教者多矣。[⑤]

王士祯融合南北选家之长，经过精择细考编辑诸唐诗选，才顿改从盛唐大历“腰斩”唐诗之选本的格局，融汇中晚唐诸家之长，一举扭转了当时片面泥古盛唐的风俗，因此宋荦评定认为：

李于鳞《唐诗选》，境隘而词肤，大类已陈之刍狗；钟谭《诗归》，尖新诡僻，又似鬼窟中作活计，皆无足取！近日王阮亭《十种唐诗选》与《唐贤三昧集》……力挽尊宋、祧唐之习，良于风雅有裨。[⑥]

长洲韩菼《唐贤十体诗选序》云：

---

① 邵长蘅《清代诗文集汇编》第145册《青门胜稿》卷四《二家诗钞序》，第472页上。

② 王培军、庄际虹：《校辑近代诗话九种》，上海古籍出版社，2013年，第82页。

③ 《清代诗文集汇编》第145册《青门麓稿》卷七，第215页下。

④ 《清代诗文集汇编》第147册《寒村安庸集》卷二《竹窗近体序》，第364页上。

⑤ 黄与坚《诗说》，转引自《清诗话三编》第一册，2014年，第60页。

⑥ 宋荦《漫堂说诗》，王夫之等著《清诗话》，上海古籍出版社，2015年，第429页。

尝读渔洋诸集，而知先生之诗矣。其天资高而学闳以肆，亦尝泛滥出入于有宋诸名家，而风味筋力，自在大历元和以上，顾微妙无迹，雅不欲自名。今之有是选也，盖恐学者之滔滔不知返，而大为之防也……景纯渊明之作为一编，附三百篇、楚辞之后各一编为羽翼，而极赏王、韦有萧散之趣，而深味乎隽永超诣也。先生之去取，盖亦近本好古之思焉，尽削夫俗下之所为唐者以存唐，雅音不坠，其在斯乎！[①]

长洲顾嗣立引宋荦的话评价王士祯说：

宋中丞西陂先生曰："李于鳞《唐诗选》，境隘而词肤……良于风雅有裨。至于杜之海涵地负，韩之鳌掷鲸呿，尚有所未逮。"持论极当。[②]

顾嗣立只说出了宋荦的一个面向，即明代的唐诗传统。如何确立新朝的唐诗学传统？宋荦还是坚持从宋诗上溯而学唐。与宋荦持同样观点者尚有毗陵邵长蘅、吴江徐釚等。邵氏《与贺天山》第二书云："宋诗何尝不佳，惜今人只挦撦皮毛，原不识宋诗真源流耳。果识宋人源流，则于汉魏李杜三唐，正不必插棘编篱，强分畦域也。"[③]徐釚说："（今人）复又厌苦唐人之规幅而争以宋为师，于是东坡山谷放翁诸集家铉而户诵之矣。然求其所为东坡山谷放翁者无有也，无他，志之不专而业之不勤也。余则常取东坡山谷放翁诸诗为之涵咏唱叹焉，追而遡夫少陵昌黎乐天诸家，穷日夜研索之不休，探其奥窔，析其微茫，有一字一句之未得者，至忘寝食。"[④]徐釚诗学陆放翁，而上溯至李义山，甚至韩昌黎、白乐天、杜少陵。至于明代的唐诗学，宋荦等基本持否定态度。他说王李之钝滞、钟谭之尖新，冯班也说王李之叫嚣、钟谭之慧黠，均非正道。而王士祯能继承江南诗学传统，"沿唐以及宋"。顾嗣立还看到，回归唐诗之后的王士祯，一定程度上放弃了其追求"硬宋诗"的初衷，以"至于杜之海涵地负，韩之鳌掷鲸呿，尚有所未逮"。这是北方诗学向江南诗学妥协的结果，而"杜之海涵地负，韩之鳌掷鲸呿"实质上是沿明七子派的方向开拓的。在当时，保守七子派之代表、山西太原王炜在为毗陵恽寿田所作诗序中就曾借题发挥，对江南中晚唐诗甚至宋诗风潮之兴起予以抨击："故其所尚，有取晚唐浮艳者；有谓盛唐决不能及而取刘文房以立骨者；有以苏髯翁、陆放

① 韩菼《有怀堂文稿》卷三，《清代诗文集汇编》第147册，第95页。

② 《寒厅诗话》第1条，《清诗话》（上），第82页。

③ 《清代诗文集汇编》第145册《青门簏稿》卷十一，第257页上。

④ 《清代诗文集汇编》第141册《南州草堂集》卷二十《山姜诗选序》，第388页上。

翁、元遗山为才情正宗者；其最下则以宋人论理为真性情，一唱百和、醉行梦呓，思以移易乎斯世。呜呼！诗至今日，尚犹可言哉！"[①]从这个意义上说，王士祯比那些北方诗学的保守派开明许多。

三、明清之际江南"唐宋诗之争"平议

明清之际，江南"唐宋诗之争"主要体现在三个层面：其一是前明孑遗，以黄宗羲、吴之振、吕留良等为代表；其二是致仕官吏，以汪琬和叶燮为代表；其三是京师馆阁，以毛奇龄、汪懋麟、徐乾学等为代表。有关黄宗羲、汪琬、叶燮到底倾向于"宗唐"，还是"宗宋"，似乎久已成为学术界的公案，颇有探讨之必要。架空或者悬置某个学者来谈论其宗唐或宗宋是毫无意义的。因此我们设法将其返置于当时的时代背景之中去考察。

（一）1671年《宋诗钞》编撰与黄宗羲出唐入宋

《宋诗钞》得以编撰，余姚黄宗羲功不可没。作为清初知名的学者，黄宗羲以文章气节享誉东南。俞陛云《吟边小识》评曰："黄梨洲学术、志节，卓立千秋，魏公象枢曰：'吾欲见而不得者，夏峰、二曲、梨洲三人。'汤公斌曰：'黄先生论学，如大禹导水，吾党之斗杓也。'其为名臣推重如是。诗歌非所措意，而洪钟自无纤响。如《卧病》诗云：'好友多从忠节傅，人情不尽绝交篇。'《悼张苍水》云……其自序《南雷诗历》云：'多读书则诗不期工而自工，若学诗以求其工，则不可得。'是足以知诗矣。"[②]这段评论，大略可知黄宗羲诗学宗旨。黄宗羲对于《宋诗钞》的贡献在于指导编辑与编后校阅，主要发生于其坐馆鄞上期间（1664—1673）。到了己未年（1679）前后，黄氏已年届七十，将主要注意力转移到经义之学，但仍然主张唐宋兼宗，主要有《黄孚先诗序》《万履安先生诗序》《姜山启彭山诗稿序》《寒村诗稿序》等；到了康熙二十八年（1689）作《安邑马义云诗序》的时候，垂老之际的黄梨洲已有明显宗宋倾向。然而，由于年纪过大，其与江南学者聚而论诗的场景几乎难以考见。后世学人讲究"盖棺论定"，遂将其晚来宗宋看作一生之诗学倾向。黄梨洲高寿（活到86岁），以晚年只言片语掩盖中岁卓有成效之诗学活动和理论建树，似乎不妥。本小节我们将按时间顺序，寻绎黄梨洲出唐入宋的诗学进路。

---

① 《清代诗文集汇编》第100册《鸿逸堂稿》卷五《恽叔子诗序》，第465—466页。

② 王培军，庄际虹辑校：《校辑近代诗话九种》，上海古籍出版社，2013年，第412页。

早在吕留良、吴之振等开始《宋诗钞》编选工作的前一年，黄宗羲便指出：操持选政的学问要从读书中来。浙中学者型的诗人数量要远远超过浙西，这是1662年吕留良、黄宗羲探讨编选诗集之前得出的意见，我们前文引《古处斋集序》已作说明。吕留良论诗文，独与黄宗羲合拍。尽管后来因黄宗羲《高旦中墓志铭》、购置澹生堂书籍等涉语中伤，吕留良与之交恶，但吕晚村对于黄所指示《宋诗钞》编辑原则之功绩，仍然是直言不讳的。因此近有邓之诚评吕氏曰："初，留良从黄宗羲游，后乃差池，坚谓友而非师……以诗文论，诚黄宗羲劲敌，惟史学不如。"[①]宋诗钞之编撰，实则听取了黄宗羲的意见。似乎可以这么说：黄宗羲等指示吕氏、吴氏尊重文献，这一原则造就了《宋诗钞》远远优于明代诸家宋诗选本。《宋诗钞》书前"出版说明"是这样描述的："清康熙二年癸卯（1663）夏，吕留良、吴之振、吴自牧（笔者按：吴尔尧）开始选刻宋诗，高旦中（按：高斗魁）、黄宗羲也曾参加搜讨勘订，最后由吴之振、吴自牧叔侄两人编定为《宋诗钞初集》。"[②]以文献、考据为依托，黄宗羲与吴之振等一开始就铺设好《宋诗钞》的编辑道路。

康熙三年甲辰二月，当此际黄宗羲与《宋诗钞》的同撰者吴之振再遇，并馆于其家。时值嘉兴高承埏稽古堂藏书外流，黄宗羲劝吴之振力购，其《天一阁藏书记》称："甲辰馆语溪，槜李高氏以书求售三千余，大略皆钞本也。余劝吴孟举收之。余在语溪三年，阅之殆遍。"[③]四月底，黄宗羲与吴之振、吕留良等欲访钱谦益"绛云楼"残书，时钱氏已重病不能握笔，值盐槎使顾云华重金求墓志、序文三篇，钱将黄等反锁至绛云楼让其读书并代笔，因得观宋钞残本。五月，黄宗羲、吕留良等赴虞山吊唁钱谦益。这是黄宗羲一生出唐入宋的诗学活动的肇始，不久，他仿杜甫体例，写下《八哀诗》，深切缅怀钱谦益等，吕留良《跋八哀诗历后》谓其视钱虞山为师，亦为"死友"。比较王渔洋刻意贬低杜甫《八哀诗》之成就，其诗学宗尚之别显而易见；可见真正师法钱虞山者，还是遵循杜甫"诗史"传统的江南文人。次年，秀水朱彝尊于太原听闻江南文人悼念钱虞山诸事，亦写有《题钱宗伯谦益文集后集杜》诗，推尊钱氏为"海内文章伯，周南太史公"。这说明，当时整个江浙虽然受到了钱谦益诗学思想的影响，但其主流还是推尊杜甫的。他们由推尊杜甫，转而"以诗存史"，

① 邓之诚《清诗纪事初编》卷二，上海古籍出版社，2012年，第242—244页。

② 吴之振、吕留良、吴自牧选《宋诗钞》，中华书局，1986年，第1页。

③ 黄宗羲《天一阁藏书记》，吴光主编《黄宗羲全集》第10册，浙江古籍出版社，2012年，第117页。

具体体现为用诗学活动来延续文网高张之后的江南文脉。“以诗存史”成为那个时代的主题；而《宋诗钞》之问世，亦是遵循此主题的一场学术接力，其价值和意义，远远超过了单纯的编辑行为。康熙元年“通海案”发，大明忠烈山阴祁彪佳一家卷入其中，覆巢且无完卵，祁理孙、班孙二公子俱被流放至“宁古塔”，而其“澹生堂”所藏八万卷图书被封存拍卖，成为黄宗羲等最为牵绊之物。黄劝东家吴之振力购，吴将此事委托吕留良父子，而吕氏私自扣留其间精华钞本，黄宗羲遂与吕留良交恶，而黄、吴、吕三人皆生隙。黄先绝吴、吕而去，入郡城任书院主讲，此前黄曾为编辑《宋诗钞》开列书目，因与主编者疏离，故而实际上未曾参与编辑工作。吴之振财力颇富，《宋诗钞》主要由吴氏叔侄（吴之振、吴尔尧）编辑，吕留良辅佐。近在省城的黄宗羲，与主倡者之一鄞县高斗魁（字旦中）一同校阅。吴之振采纳了黄宗羲、吕留良之意见，除了参考祁氏藏书，还综合江南鄞县天一阁、昆山徐乾学传是楼、金陵黄虞稷千顷堂部分宋钞本检校。正如虞山派提倡晚唐“义山体”诗风一样，浙中诸文士提倡宋诗，也是在诗集的整理刊刻的基础上形成风气的。他们以文本的刊刻为契机，开始商讨诸多诗学的传播接受问题。晚明江南各藏书大家，如嘉兴稽古阁的高氏、虞山绛云楼的钱氏、鄞县天一阁的范氏、山阴澹生堂的祁氏、金陵千顷堂的黄氏等，均为《宋诗钞》之编撰提供了文献资助。有些人不仅提供文献，而且参与了校阅。比如《吕晚村先生文集》卷三《复吴孟举书》书云：“《宋元集》及经学书目乞录一纸来，黄俞邰欲看也。”①可见在成书过程中，曾得到千顷堂主人黄虞稷（1629—1691）的关注和指点。

黄宗羲和吴之振交谊颇厚。据黄梨洲《黄叶村庄诗序》云：“孟举友兄不得见者十一年矣（笔者按：即顺治二年，黄宗羲二十岁，曾与郡中六十余世家子弟投贽于刘宗周，听其讲学。）今年二月至语溪，则城西有一园新辟，种菜其中，示以倡和之作，珠玑满目。余家四明山，计此十年间，流离迁播，尝作《避地赋》以自伤。田园荒芜，即欲种菜且不可得，况能韵为之诗乎？”此后黄梨洲二月至语溪坐馆，冬月返余姚老家，往来数年。（按：梨洲所言十年间为概述，不确。以《黄梨洲先生年谱》考，其馆于吴之振家凡三年，重整旗鼓代替二十年前刘宗周主讲证人书院凡六年）黄宗羲在甲寅年（1674，康熙十三年）再为避祸，寓居鄞县同族家，发表了一系列诗序，诸如《缩斋文集序》《半山诗集序》《景州诗集序》此时可以

① 吕留良著、俞国林编：《吕留良全集》第一册，中华书局，2015年，第97页。

明确断言其仍宗唐[①]。除了《宋诗钞》，吴之振还翻刻了《白氏长庆集》《元十家诗》，甚至刻印京城名流《八家诗钞》，为其赚取商业利润和政治资本。其利润见证于吕留良给吴氏之书：“《庆集》及《元十家诗》，乞发简来，以消午热也。利三刻价若止六分一两算，亦不为过厚。”[②]以上便是黄宗羲参与《宋诗钞》刊发始末，当时是和《白氏长庆集》一起发行的，而《白集》正是传是楼主徐乾学最为欣赏的刊物，这一举动，反映的是当时宗唐诗风的一个侧面。

《宋诗钞》在编排宗旨上有重大突破，认为明人选宋诗实际上奉行选唐诗之标准，而《宋诗钞》完全另起炉灶，还宋诗以本来面目[③]。吴之振等人提倡的宋诗，与王士祯是一个路数，即以北宋黄庭坚、中唐韩愈为进阶，以上溯杜甫为矢的。吴之振本人即研习宋诗，从吴氏《黄叶村庄集》来看，次东坡韵与昌黎韵最多，分别为9首、5首；其次是次杜甫、香山韵，各2首[④]。其友人叶燮为吴氏诗集序云：

苏子瞻诗：“家在江南黄叶村”，孟举好之，而名其所居也……时之论孟举之诗者必曰学宋。予谓古人之诗，可似而不可学……诗自三百篇及汉魏六朝、唐宋元明惟不相仍，能因时而善变，如风雨、阴晴、寒暑，故日新而不病。今人见诗之能变而新者，则举之而归之学宋，则锢于相仍之恒，而不知因者也。孟举之诗，新而不伤，奇而不颇……五古似梅圣俞，出入于黄山谷；七律似苏子瞻，七绝似元遗

---

① 考其七世孙黄炳垕所作《黄梨洲先生年谱》：1674年，黄宗羲不仅为鄞县黄氏族人黄嘉仁半山、黄尚质景州及其从弟黄泽望缩斋作诗序，还曾仿效晚唐皮陆体作诗：唐陆鲁望、皮袭美有《四明山倡和诗》，分为九题，后之言四明名胜者，莫不渊源于是。公作《四明九山题考》，并各系以诗。《黄宗羲全集》第十二册，第45页。

② 同上《补遗》卷二《与吴孟举书》，第403页。

③ 吴之振《宋诗钞序》：“万历间，李蓘选宋诗，取其离远于宋而近附乎唐者。曹学佺亦云：‘选始莱公，以其近唐调也。’以此选宋诗，其所谓唐终不可近也。而宋人之诗，则已亡矣。余与晚村、自牧所选盖反是，尽宋人之长，使各极其致，故门户甚博，不以一说蔽古人。非尊宋于唐也，欲天下黜宋者得见宋之为宋如此。”中华书局，1986年，第3—4页。

④ 分别是：《力行堂看雪用东坡遥知清虚堂里雪正似薝蔔林中花为韵得清虚字》《同社友饮安隐泉次碑刻坡公韵》《喜钟子静远自江山归同叶巳畦曹正则胡圆表任有原东阳小饮橙斋次坡公韵二首》《再叠前韵送静远之江山》《小集橙斋次东坡王定国送酒韵二首》《和漫堂怀西湖次东坡原韵》《次东坡韵谢友人黄柑》《重九前一日集二弃草堂用昌黎醉赠张秘书韵》《九日登楞伽山用昌黎城南登高韵二首》《度曲尽复观杂剧三叠（韩愈登高）韵》《叠昌黎韵答借山上人》《十三日筠士过黄叶村用双树容听法三车肯载书为韵分得容字》《同杨玉符太史及家青坛饮劳书升大参斋中是夕大雨雪以少陵灯前细雨檐花落为韵得前字》《效香山何处难忘酒二首》。

山，语必刻削，调必凿空，此其概也。不知者谓为似宋，孟举不辞；知者谓不独似宋，孟举亦甚愜。盖孟举之能因而善变，岂世之蹈袭肤浮者比哉！世之尊汉魏、返唐者必以予言为抑孟举，世之尚宋者必以予言为扬孟举，悠悠之论，非但不知孟举，实不知诗。[①]

对于吴之振的选政，叶燮除了高度赞赏，还曾有过与之共推一部精选唐宋诗集的企图。据其《己畦诗集序》来看，直到康熙二十五年（1686），叶燮至浙江崇德访吴之振，商量共同编撰唐宋元诗选。这说明《宋诗钞》获得巨大成功之后，江南诗人、学者仍不满足，想要极力完善它。《宋诗钞》在赢得市场的同时，也逐渐改变了参与者的诗学观念：越到晚年，这些学者越亲近宋诗。比如黄宗羲，他与叶燮论诗有诸多共性，他们都主张将性情与学问相结合、唐诗与宋诗相兼容，对将性情解释为所谓“温柔敦厚”甚为反感（叶燮留待下节展开）。比如《万贞一诗序》批判曰：“（今之论诗者）以为温柔敦厚之诗教，必委蛇颓堕，有怀而不吐，将相趋于厌厌无气而后已。若是则四时之发敛寒暑，必发敛乃为温柔敦厚，寒暑则非矣；人之喜怒哀乐，必喜乐乃为温柔敦厚，怒哀则非矣。”[②]万贞一即史学家万斯年长子万言，亦是黄梨洲门生。梨洲在鄞坐馆九载（1664—1673），门下士多有真才实学，他们反对虚伪地谈论“温柔敦厚”之性情。《南雷文定》四集有《谢莘野诗序》曰：“近年以来，浙东风气一大变，略如郑禹梅、万贞一、陆铃俟、姜友棠、周弘济、裘殷玉、谢莘野诸子，要皆称心所出，瑕瑜不掩。”所谓“称心所出”，就是这个意思。黄宗羲似乎为这几个学生都作了诗序，虽然年份不可具体考得，但无疑都作于这一时期，黄宗羲集中表达了他崇尚真性情、融会真才实学的诗学观。在《陆铃俟诗序》中，他重新给“诗”作了定义：“诗也者，联属天地万物而畅吾之精神意志者也。”在《姜友棠诗序》中，他对于姜氏之诗能“自出机轴、穷愁感慨”和“不知其然而然”感到欣慰，而且有抵抗俗流、自树一派的祈愿——“吾友姜友棠之为诗也，自出机轴，其穷愁感慨，若闲云之卷舒，怒壑之澎湃，不知其然而然，以成其为友棠之诗而已。知之而嗟叹之者，惟吾党郑禹梅、周弘济数人；其于时风众势，有所不计也。”

黄宗羲之诗学从整体上而言，仍然属于广义的“唐宋派”或者说“性情派”“性灵派”；就其诗学活动最活跃的时期而言，却是典型的“宗唐派”。下

① 《清代诗文集汇编》第104册《己畦集》卷八《黄叶村庄诗序》，第399—400页。

② 《黄宗羲全集》第十册，第94页。

面，我们聊举《张心友诗序》《姜山启彭山诗稿序》《靳熊封诗序》《寒村诗稿序》《曹实庵先生诗序》等例子，略作说明。《张心友诗序》，所作年月当在《张心友墓志铭》之后不久。（序末云：天假之年，以文字为诗、以才学为诗、以议论为诗，莫非唐音，则心友甫卒）鄞县张士埙心友卒于康熙十五年，那么该序应作于1677—1679年间，序云：

余尝与友人论诗，诗不当以时代而论，宋元各有优长，岂宜沟而出诸于外，若异域然？即唐之时，亦非无蹈常袭故……听者不察，因余之言，遂言宋优于唐。夫宋诗之佳，亦谓其能唐耳，非谓舍之外能自为宋也。于是缙绅先生间谓余主张宋诗。噫！亦冤矣！且唐诗之论，亦不能归一。宋之长铺广引，盘折生语，有若天设，号为豫章宗派者，皆原于少陵，其时不以为唐也。其所谓唐者，浮声切响，以单字只句计巧拙，然后谓之唐诗……豫章宗派之为唐，浸淫于少陵，以极盛唐之变，虽有功深浅之不同，而概以宋诗抹杀之，可乎？[①]

这是黄宗羲首次为“缙绅先生间谓余主张宋诗”辩护。可见，黄宗羲开始提倡宋诗的时候，是遇到了重重阻力的。但这些阻力并不能改变黄宗羲的初衷，他在推尊宋诗的道路上越走越远，在《姜山启彭山诗稿序》中，明确提出“善学唐者惟宋”的观点，可谓振聋发聩。该序所作年代，据文中“山启年未满三十”，则大约作于1679—1680年间。柯愈春评说：“（顺治八年生）……山启本名姜公铨，公铨字山启，号彭山，浙江会稽人。少从上海蒋平阶学诗。此集四册，有蒋平阶、黄宗羲、许尚质序。”[②]按：华亭蒋平阶、山阴许尚质皆师从云间派陈子龙。我们没有查到许尚质之序，但是其《酿川集》有一篇《姜生悼亡诗序》，云“姜生兰渚才人，蕙江世胄”[③]，应该就是此人，其诗有唐音，颇拟义山《无题》、元稹悼亡诸作。黄宗羲为姜氏所作序中，将明末唐诗视为“假唐诗”（吾越非无诗也，无今日之假唐诗也）。“假唐诗”最大的危害在于泯灭性情[④]，相对明诗而言，宋诗更有利于性情之发挥。他进而阐述道：“天下皆知宗唐诗，吾以为善学唐者惟宋……百年以来，水落石出；卧子（陈子龙）犹吹其寒火……刊其脂粉，而学未成，天下不以名家许之。其间公安欲变之以元白，竟陵欲变之以晚唐，虞山求少陵于排比之际，皆其形

① 《黄宗羲全集》第十册，第50页。

② 柯愈春：《清人诗文集总目提要》（上册）卷十三，第345页。

③ 《四库存目丛刊》集部第258册《酿川集》卷一，第9页下。

④ 黄宗羲《南雷文案》之《景州诗集序》云：“夫诗以道性情，自高廷礼以来，主张声调，而人之性情亡矣。”《黄宗羲全集》第十册，第15页。

似，可谓之不善学唐者矣。”[①]《寒村诗稿序》亦云：

寒村之诗出，人皆笑之……以其不似唐也。余以为惟寒村始可以言唐诗矣……夫竟陵、公安且能自别为家？竟陵学王、孟而失之者也，公安学元、白而失之者也，根孤伎薄……诗之为道，从性情而出。性情之中，海涵地负，古人不能尽其变化，学者无从窥其隅辙……寒村之性情，湔汰秋水，表里霜雪，故其为诗，不必泥唐而自与唐合。

黄宗羲大概认为，诗至晚明乃大变，各派皆欲突破七子派“假唐诗”格局，但都不成功，竟陵派学王孟而失，公安派学元白而失，唯有陈子龙稍振作，惜其英年早逝，学业未成，未能名家。这一观点，在其1688年给旗人靳治荆所作《靳熊封诗序》中予以重申：“百年之中，诗凡三变，有北地、历下之唐，以声调为鼓吹；有公安、竟陵之唐，以浅率幽深为秘籥；有虞山之唐，以排比为波澜。虽各有所得，而欲使天下之精神，聚之于一途，是使诈伪百出，止留其肤受耳。使君未尝循一家之门户，时而律吕相宜，则豫章失其派；时而言近指远，则王、孟开其牖；时而行空角险，则（杜甫）《北征》、（韩愈）《南山》启其涂。其精神所注如决水于江、河、淮、海。”[②]主张沿陈子龙所开辟之道路上溯，除了“刊其脂粉”，更应学而有成、不拘一途、转移多师，以期达到杜、韩、王、孟之唐诗境界。受新安令靳治荆委托，黄宗羲为山东诗人曹贞吉作《曹实庵先生诗序》曰：“今之为诗者，曰必为唐，必为宋，规规焉俯首缩步，至不敢易一辞，出一语。纵使似之，亦不足贵。于是识者以为有所学即病，不若无所学之为得也。”[③]在这篇序言中，黄宗羲可谓胸次豁然，他已经完全不再纠结于何谓唐诗、何谓宋诗的观念之争了，而是主张打破唐宋之分的陈见，用学问来融汇性情。

（二）1675年汪琬、叶燮“唐诗正变”论争与和合

长洲汪琬在康熙初的诗坛上是较为活跃的人物。顺治十五年夏秋之际，汪琬选户部郎中，与王士禛、邹祗谟、程可则等京师倡和。次年，华亭沈荃来访并赠药。汪琬转刑部，居京师七八年，跻身为后人追忆的“燕台七子”[④]，亦成为檇李沈季友

① 《黄宗羲全集》第十册，第45页。

② 《黄宗羲全集》第十册，第62页。

③ 《黄宗羲全集》第十册，第88页。

④ 按：刘声木《苌楚斋随笔》：“燕台七子在国初亦负盛名，名氏为莱阳宋琬、宣城施闰章、祥符张文光汴州赵宾、仁和陈祚明、丁澎、余杭严沆，见仁和锺雨辰殿撰骏声《养自然斋诗话》。”见该书《三笔》卷二，中华书局，1998年。

推举的“海内八家”[1]，成为诗文活动的主要成员。其论诗深受云间派之影响，然而他最为赞赏的还是杜甫、韩愈、苏轼、陆游几家诗。康熙二十六年，与之倡和二十年的董文骥病逝，汪琬为作《董御史文集序》追忆曰：“往时君为御史，与予及叶尚书子吉（方蔼）、李佥事元仗（开邺）之属凡数辈，聚于京邸，以诗歌古文词相磨砺，甚相乐也……君自少博闻纵览，诸凡杜、韩名篇，苏、黄快句，一一成诵在口。”[2]这未尝不是他本人的写照。因此在康熙六年王士祯转学宋诗之际，汪琬与昆山叶方蔼极力规劝其回归唐音。王渔洋《古夫于亭杂录》卷五载有此事：“康熙丁未戊申间，余与苕文（汪琬）、公勇（刘体仁）、玉虬（董文骥）、周量（程可则）辈在京师，为诗唱和，余诗字句或偶涉新异，诸君亦效之。苕文规之曰：‘兄等勿效阮亭，渠诗别有西川织锦匠作局在。’又文敏叶讱庵云：‘兄歌行，他人不能到，只是熟得《史记》《汉书》耳。’余深愧两兄之言。”汪琬确实看到了王士祯“偶涉新异”的机械性弊端，那就是初学宋诗者常犯的毛病：追求新僻、炫弄技巧。其指责应该说还是合理的，然其保守的一面也凸显出来。

汪琬实际上徘徊于唐宋诗之间，主要因为他首先是个文章家，极力推尊唐宋派，从诗文一体化的角度来看，他由爱尚韩愈诗文转而看好欧苏之诗，这本身也是一种进步。只是当时宋诗并非主流，所以他主张先从唐宋派的前辈那里学习经验。在康熙九年至十二年家居期间，汪琬曾泛读前人诗集，逐一为之作跋，如《跋唐荆川集》《跋刘子威前后集》等，意欲总结晚明江南七子派、唐宋派诗学沿革，以求推陈出新。比如后者跋曰：“子威之文，率多僻字奥句，支离诘曲，不可句读……有心者皆识之。而近世妄庸人乃欲掉其口舌，肆为异同之论。”[3]就在他与同好切磋唐宋派诗文技法的时候，汪琬自己却充当了“近世妄庸人”，参与了昆山、常熟两地学者有关归有光、钱谦益地位问题的口舌之争。首先是康熙十一年（1672）二月，与归庄就《归太仆全集》的版本校对问题再度引发激烈争论，大概汪琬信任钱谦益、侯涵等所藏钞本，而不信归庄族叔归起先钞本。归庄以太仆曾孙自居，不肯屈人之下，而汪琬以致仕官员和学者身份相颉颃，甚是倨傲，两人曾书信往来三四通。汪琬强调“太仆之文，天下后世之文，非一人一家所得私而有也，仆私淑太仆

① 八家者，莱阳宋琬、宣城施闰章、松江沈荃、新城王士祯、士禄、长洲汪琬、南海程可则、嘉兴曹尔堪，见沈氏《檇李诗系》卷二十六。

② 汪琬著、李圣华笺校《汪琬全集笺校》，人民文学出版社，2010年，第2158页。

③ 汪琬著、李圣华笺校《汪琬全集笺校》，人民文学出版社，2010年，第903页。

有年，宁得罪于足下，不愿得罪于太仆”[①]。有关此段公案，宋荦《尧峰文钞序》亦有记述。此际汪琬曾觉得事态有不可控的扩大趋势，曾委托周绍汉代为转圜：“玄恭（归庄）交游甚广，其声焰气势，皆足以杀仆，不得不自白于足下，幸足下代为雪之。”[②]不幸的是，次年八月，归有光全集未刻成，而归庄已病逝。斯人已逝，汪琬仍未罢手，将其所撰《震川年谱》与《归文辩诬录》予以出版。与此同时，归庄等所师事的诗坛领袖钱谦益，亦为汪琬所反感，汪氏还参与了一场“师钱”与“倒钱”的斗争。早在康熙三年钱谦益弥留之际，昆山吴殳作《正钱录》批判钱氏《列朝诗集传》。康熙八年，吴殳入京，伙同汪琬、叶方蔼细数钱谦益诸多罪责，其欺师灭祖之行为，又遭到了计东、吴伟业、钱陆灿等及时呵止。计东以“撼泰山”面刺汪琬，汪氏破口大骂，场面甚是激烈[③]；再加上吴伟业、王士祯面规之，吴殳与汪琬等才稍微收敛[④]。到了康熙十二年，钱陆灿以康熙八年于汪琬官署中钞得其所藏《正钱录》为底本，细作《列朝诗集小传序》一一驳斥吴殳，而事后吴亦有自悔之意，这段公案才归于沉寂。在这段公案中，除了吴殳，汪琬的角色也是极不体面的，他表面上师法钱谦益，而背后捣鬼，极尽诋毁之能事。钱谦益、归庄之死，无人能起九原而与之辩争，汪琬针对死人下手，难免败坏人品，所以此后数年，吴中士子虽公论汪琬学问文章一流，然皆訾议其为人刻薄。

很快，汪琬即被人攻讦，这一次挑起论争者为与之同时授徒于吴中的叶燮，争论的焦点是所谓“唐诗正变”说。康熙乙卯（1675年，即康熙十四年）夏五月，长洲汪琬为俞南史、汪家桢、汪森编选《唐诗正》三十卷作序曰：“有唐三百年之间，能者间作。贞观、永徽诸诗，正之始也……开元、天宝诸诗，正之盛也……降而大历以迄贞元，典刑具在，往往不失承平故风，庶几乎变而不失正者与？自是以后，其词愈繁，其声愈细，而唐遂陵夷以底于亡……是故正变之所形，国家

① 汪琬《尧峰文钞》卷九《与归玄恭书二》，同上，第513页。

② 同上《尧峰文钞》第513页。

③ 据王应奎《柳南续笔》载：昆山吴殳作《正钱录》，攻击东涧不遗余力。同时汪钝翁复为之左袒，吹毛索瘢，势焰甚炽。计甫草深为不平，因语钝翁曰：“仆自山东来，曾游泰山，登日观峰，神志方悚栗，忽欲小遗甚急；下山且四十里，不可忍，乃潜溺于峰之侧。恐重得罪，然竟无恙。何也？山至大且高，人溺焉者众，泰山不知也。”钝翁跃起大骂。

④ 王士祯《居易录》卷二十五：“吴人吴殳字修龄。予少时友其人。尝著《正钱录》以驳牧斋，予极不喜之。观洪文敏《容斋五笔》所载严有翼者。著《艺苑雌黄》，颇务讥诋坡公，名其篇曰《辨坡》，文敏以为蚍蜉撼大树。乃知此等不度德，不量力，古人亦有之矣。”袁世硕主编《王士祯全集》，齐鲁书社，2007年，第5册，第1174页。

之治乱系焉，人才之消长、风俗之污隆系焉。”这篇序言是典型的官样文章，汪琬因袭《诗大序》的风雅正变之说，本来无伤大雅，因为这种观念不仅来自于先贤所谓“治世之音安以乐，其政和；乱世之音怨以怒，其政乖；亡国之音哀以思，其民困：声音之道，与政通矣”（《礼记·乐记》）的诗教观，同样也来自于朱熹的《诗传》，极致于王柏《诗辨》。作为朱熹的三传弟子，王柏在《鲁斋集》卷十六《辨诗十·辨毛诗》曰：“夫子之删，固非删周公之所已定，删周公之后庞杂之诗，存者止二百有余篇。先儒以为变风变雅是也。颂虽无正变之分，而实有正变之体。”[①]为了附会其说，王柏将其朱熹等指定的《风雨》《子衿》《野有蔓草》等二十七篇“淫诗”，以及其自认的《将仲子》《野有死麕》等二十余篇全部剔除，认为孔子“删周公之后庞杂之诗，存者止二百有余篇”，以符合他心目中的“风雅正变”之说，可谓削足适履。在唐诗领域，明初高棅沿袭这一做法，其《唐诗品汇》将唐诗分为初盛中晚四阶段，在唐人“正宗”“大家”“名家”之外，别立“正变”一目。只不过他并没有将初盛唐与“正”、中晚唐与“变”一一对应起来。明末随着国势倾颓，江南仁人志士为了拯黎民于倒悬，大力提倡这种“风雅正变”之诗教观念，前后七子诗学得到了张扬。比如秀水冯梦祯《尧山藏稿序》云：“尝论我明诗道：李、何正始，琅琊中兴，正变羽翼，宜在今日。”[②]四库馆臣批评海盐胡震亨《唐音癸签》曰：“三百年之源流，正变犁然，可按实于谈艺有裨。”[③]鄞县抗清殉国的钱肃乐在《房稿二雅序》中也曾说：“诗之为教，原本于情。故或托物以寄怀，或感时而发咏。情舒畅者，有和平之响，危苦者，多噍杀之音。留连往什，靡不繇之……雅者，正也，言王政兴废之端也……兼之正变，以别盛衰。”[④]云间陈子龙也说：“大复尝言之矣：诗本性情之发者也……岂不深于风人之意哉？夫中晚之诗，凡郊庙典则、赠答雍容，每芜弱平衍，不敢望初唐之藩……方之以三百篇，《关雎》之与《车舝》，同为思美人也；《汝坟》之与《小戎》，同为念君子也。虽风有正变，词有微显，然情以感寄而深，意以连类而见，如楚谣汉制，

① 文渊阁《四库全书本》电子版。

② 冯梦祯《快雪堂稿》卷二，转引自吴文治主编《明诗话全编 5》，江苏古籍出版社，1997年，第5176页。

③ 《四库全书总目》卷一百九十六《唐音癸签三十三卷提要》，第1793页。

④ 钱肃乐著；卿朝晖点校：《钱肃乐集》，浙江古籍出版社，2014年，第65页。

代有殊音，又何疑乎？”[①]综合冯梦祯、钱肃乐、陈子龙等言论来看，大有将唐诗与“正变”之说严密挂钩的趋势，而汪琬恰恰是这么做的。他固守自明代以来形成的“温柔敦厚”诗教传统，继承陈子龙等人的学说，拿唐诗来附会汉儒的诗教观念，认为所谓的“正声”，是太平盛世之音，也正是社会需要的诗歌类型；而“变调”是衰世之音，是不符合儒家诗教观念的。以此而言，贞观、开元唐诗为正声，而元和以降为变调。汪琬在京师任职多年，他写的文章很受上层社会的赏识；而在康熙初，“风雅正变”之说也是一种很常见的观念，似乎已经成为一种普泛的思潮，所以说“汪琬不过是这种思潮的代表人物而已”[②]。但是，在叶燮看来，宋儒篡改诗经已不可信，将唐诗附会“正变”之说则更是荒唐之举。他反戈一击，作《汪文摘谬》批评曰：

昔夫子删《诗》，未闻有正变之分。自汉儒纷纷之说起，而《诗》始分正变……有唐三百年诗，有初、盛、中、晚之分，论者皆谓初、盛为诗之正，中、晚为诗之变。所谓以时云云也，然就初而论，在贞观则时之正，而诗不能反陈、隋之变。永徽以后，武氏篡唐，为开国以来未有之奇变，其时作者如沈、宋、陈、杜之诗为正耶、变耶？盛唐则开元之时正矣，而天宝之时而为变，其时李、杜、王、孟、高、岑诸人，生于开、宝之间，其诗将前半为正，后半为变耶？[③]

对于叶燮的此番评价，今人袁进、从远东是这样解读的：这段文字意在说明，“简单地以时代之治乱来判定诗歌的正变是不能解释上述（唐诗演进）问题的。显然，诗歌本身发展具有一定的独立性，它既不是时代的附庸，更不是政治的附庸”[④]。显然，叶燮看到了诗歌发展进程的复杂性，所以在《原诗》的开篇第一则就认为“综千古而论，则盛而必至于衰，又必自衰而复盛。非有前者之必居于盛，后者之必居于衰也。诗之源流本末、正变盛衰，互为循环”[⑤]。这个观点，某种程度上

① 陈子龙《安雅堂稿》卷三《沈友夔诗稿序》，陈子龙著、王英志辑校：《陈子龙全集》卷二十五，人民文学出版社，2011年，第1079页。

② 刘文忠《温柔敦厚与中国诗学》第七章《清代诗教的复兴与围绕诗教的论争》，上海古籍出版社，2015年，第175页。

③ 叶燮《汪文摘谬》，《清代诗文集汇编》第104册《已畦集》卷八。

④ 董乃斌、陈伯海、刘扬忠主编：《中国文学史学史》第一卷，河北人民出版社，2003年，第451页。

⑤ 叶燮《原诗》卷一《内篇·上》，王夫之等撰、中华书局编辑所编辑：《清诗话》（上册）共2本，中华书局，1963年，第565页。

可视为叶燮《原诗》的理论基础。

其实，叶燮与汪琬在诗学取径上大同小异，两人的争斗，大半源自意气用事。在论争发起十年之后，两人的诗文观点基本趋于一致。我们参照文献发现，叶、汪二人表面上互不相让，内心深处却惺惺相惜。叶燮之侄叶舒崇、叶舒礼皆师事汪琬，燮为其侄所作《桐初诗集序》云："元礼亦以工诗称，余因叹：'吾家风流不坠，其在此二子乎！'岁癸亥（1683），余游白下，与桐初相聚数月；乙丑（1685）游岭南……出其新诗以示余，其技益进而工，能合唐宋大家之长。"[①]而汪琬族侄汪鸿书亦学诗于叶燮，燮为作《蓼斋诗草序》，称其诗合于杜、韩之格[②]。他们都主张"诗文一道"[③]，因此格外看重唐韩愈、宋苏轼的诗文，在创作上兼宗唐宋。比如叶燮《密游集序》曰："志士之诗，虽代不乏人，然推其至，如晋之陶潜，唐之杜甫、韩愈，宋之苏轼，为造极乎其诗，实其能造极乎其志，盖其本乎性之高明，以为其质，历乎事之常变，以坚其学，遭乎境之坎壈郁怫，以老其识，而后以无所不可之才出之。"[④]如果说叶燮、汪琬诗学上有分歧，便是叶燮崇尚中唐韩愈诗文，而汪琬崇尚宋代欧苏诗文，在兼宗唐宋的基础上，叶燮偏向于中唐诗风，而汪琬更加倾向于"宋诗派"。叶燮特别强调了中唐诗歌的历史地位，认为中唐非特为唐诗之中，亦是整个中国诗史之中："三代以来，诗运如登高之日上，莫可复逾，迨至贞元、元和之间，有韩愈、柳宗元、刘长卿、钱起、白居易、元稹辈出……此中也者，乃古今百代之中，非有唐之所独得而称中者也。"[⑤]而汪琬除了研究大历、元白、韩孟等中唐诗人，还推尊宋代的苏、陆等作家。甚至可以说，在清初，认同唐之杜子美、宋之陆务观为爱国诗人之大家，极力推尊之者，首推长洲汪琬。其《剑南诗选序》云："宋南渡百四十年，诗文最盛，其以大家称者，于文当推文公朱子，于诗当推务观，其他皆名家而已……其人其诗，决当附食于子美、乐

---

① 《清代诗文集汇编》第104册《己畦集》卷八，第401页上。

② 同上，第403页下。

③ 参叶燮《南游集序》："诗文一道，在儒者为末务。诗以适性情，文以辞达意，如是已矣。……余历观古今数千百年来所传之诗与文，与其人未有不同出于一者。得其一，即可以知其二矣。即以诗论，观李青莲、杜少陵之诗……不爽如是也。其他巨者，如韩退之、欧阳永叔、苏子瞻诸人，无不文如其诗，诗如其文，诗与文如其人。"《己畦集》卷八，第405页下。

④ 《清代诗文集汇编》第104册《己畦集》卷八，第398页上。

⑤ 《清代诗文集汇编》第104册《己畦集》卷八《百家唐诗序》，第397页。

天、子瞻三君子之间，未可以前后进置优劣也。”[①]其《篴步诗集序》云：“唐诗以杜子美为大家，宋诗以苏子瞻、陆务观为大家。”[②]长洲汪琬于康熙丙寅（1686）作序则曰：

宋南渡百四十年，诗文最盛，其以大家称者，于文当推文公朱子，于诗当推务观，其他皆名家而已……（其诗）滔滔滚滚，多或数百言，少或数十言，不窘、不狭、不纤，独能出奇无穷者，舍务观谁归！朱子每慎许可，顾尝以奇才称之，其人其诗，决当祔食于子美、乐天、子瞻三君子之间，未可以前后进置优劣也。予见选陆诗者不下数家，然皆信心任笔，杂以偏见，故不能久行于世。惟朱先生望子是编，可谓善本。[③]

“诗文一道”的观念，成为连接叶燮、汪琬等清初“唐宋派”学者的纽带。到了晚年，汪与叶其实已经合二为一。比如康熙二十七年（1688）五月，汪琬为宋荦之子宋至作《纬萧集序》，称其诗“气雄词响，下笔惊人……往往清丽雄伟，备兼众体，间出新意，愈奇而愈高古”，则认为宋至写诗，正是承接“杜甫—韩愈”一条线路而来的，这与叶燮的主张有惊人的相似点。可以看出，汪琬在生命的最后几年里，已经向中唐诗文看齐了。比如他为杨素蕴《见山楼诗集》题序曰：“关西退庵杨先生，自安庆邮所作见山楼诗集，凡若干卷以示琬。琬伏读数四，其诗出入魏黄初、唐大历间，绝不蹈时流蹊径……康熙二十七年冬十月壬子治年家弟汪琬拜序。”本年孟冬，汪琬为华亭孙鋐作《皇清诗选序》，仍以大历诗学为旨归，他说：“宋诗未有不出于唐者也宋诗未有不出于唐者也，杨（亿）、刘（筠）则学温、李也，欧阳永叔则学太白也，苏、黄则学子美也，子由、文潜则学乐天也。宋之与唐，夫固若埙篪之相倡和，而駏驉之相周旋也明矣……于以易学诗者之耳目，导其心志，而转移其风气，皆在是矣。洵如是也，虽专宗唐之开元、大历可也。”二十八年八月，汪琬回忆与江都汪懋麟倡和往事，为其同乡顾河图作《雄雉斋选集序》云：“予自顾谫劣，其习诗学也不专，异时所见，不逮蛟门远甚。蛟门序顾子诗……与韩（愈）、欧阳（修）之称孟（郊）、梅（尧臣）无异，顾子其可以自

---

① 孔凡礼、齐治平编《古典文学研究资料汇编　陆游卷》，中华书局，1962年，第151—152页。

② 汪琬《尧峰文钞》卷二十九《篴步诗集序》，汪琬著、李圣华笺校《汪琬全集笺校》，人民文学出版社，2010年，第2157页。

③ 《剑南诗选》卷首序，转引自孔凡礼、齐治平编《陆游资料汇编》，中华书局1962年，第152页。

信矣。”汪琬在临终前写的几篇序文，对钱谦益等赞赏备至，比如康熙二十九年（1690）夏五月，其《苑西集序》云：“昔元遗山论金源之文，以为宇文、吴、蔡咎人非不可为豪杰之士，然皆宋儒之仕于金者……琬论本朝诗文亦然。若常熟（钱谦益），若太仓（吴伟业），与宛平（王崇简）、合肥（龚鼎孳）数公，虽或为文雄，或为诗伯，亦皆前明之遗老也。”及卒，与之论争的叶燮亦怅然若失，慨叹曰：“吾失一诤友矣。”[①]

综上所述，1675年汪琬、叶燮“唐诗正变”之争，并非严格意义上的唐宋诗之争，两人本质上均主张“诗文一道”，只是对诗歌的源流理解上有分歧。争论的结果是汪琬后来更加偏重于“文”的建树，其诗名乃为文名所掩；而叶燮后来写下了自成体系的诗学理论著作《原诗》，在诗学贡献上全面超越了汪琬。

（三）1683年京师“唐宋诗之争”及余响

1683年京师“唐宋诗”之争，其最终结果以汪懋麟、王士祯等的妥协告终。康熙二十年之后的二三年，宋诗之风再度在京师盛行。早在十年前，吴之振等人的《宋诗钞》发行刊出后推广至京师，产生了全国性的轰动效应，各地争相一睹为快，造成了宋诗传播史上的第一次盛况。康熙十八年，以鸿博入馆的毛奇龄作《沈方舟诗序》，提到当时“时局大变，阴袭虞山之旨，反唐为宋”[②]。宋荦《漫堂说诗》亦云：“近二十年来，乃专尚宋诗，至余友吴孟举《宋诗钞》出，几于家有其书矣。”[③]其实，《宋诗钞》成为士林较为普及的版本，也经历了一个过程，未必像宋荦说的那么夸张。中州田兰芳（1627—1701）有《见宋诗》记载《宋诗钞》传播之事，序云“白村孙子（按：孙昉1628—1684？）旧闻吕晚村宋诗有选刻，不胜凫藻，期终购之，而终未及见，今秋王生买得相示，为之怆然，因勉王生”，诗云：

白村先生耽论古，秘籍珍函思尽取……饘粥之资变朱提，挟向梁园问书贾。曰诚有之未易多，锦袱牙谶财一部……书淫反成乖橐归，作书忿气哮如虎。未久先生

① 张维屏《国朝诗人征略》卷八“叶燮”条：“既归，时汪编修钝翁教授学者，与先生持论凿枘，两家门下士各持师说不相下。钝翁没，先生曰：‘吾失一诤友矣。’因取向所摘汪文短处悉焚之。”李元度《国朝先正事略》卷三八《叶横山先生事略》亦曰：“汪殇，先生曰：‘吾向不满汪氏文，亦谓其名太高，意气太盛，故麻列其失以规之，非谓其谬于圣人也。且汪殇，谁讥弹吾文者？’乃取向所摘汪文短处悉燔之。”

② 毛奇龄《西河全集·序》卷二十八，《四库全书》本。

③ 王夫之等撰、丁福保辑：《清诗话·漫堂说诗》，上海古籍出版社，2015年，第428页。

谢人间，此书有愿终未睹。[①]

顺治间的京师文士如龚鼎孳、王崇简、孙承宗等普遍尊唐。他们均有大量步韵杜诗的诗歌，如《十八滩杂咏》《樟树行步少陵古柏行韵》等。到了康熙初，受宋诗风的影响，诗坛悄然发生变化。从江南考入京师的诗人习染初唐晚唐体，很容易崇尚苏陆诗风，在崇尚博学的同时，又兼有以才情风韵为时尚的缘情绮靡的诗学追求，这在徐乾学等人身上有比较充分的体现。偏好温李诗风的吴绮亦曾于1678年为选刊《宋元诗选》，徐乾学为之所作序云：

后人辄欲宗唐而黜宋、元，夫宋、元人诗，风调气韵诚不及唐，而功深力厚，多所自得。如都官之清婉，东坡之豪逸，半山之坚老，放翁之雄健，遗山之新俊，铁崖之奇矫，其才力更在郊、岛诸人之上。……宋元人之学唐，取其神理，今人之学唐，肖其口吻，所以失之弥远。[②]

徐乾学偏好“六朝体”以及元白、温李等的才情风调，唐孙华曾赠其诗曰：“东南山水推吴兴，重峦回复湖光澄。先生崛起持文柄，下视沈约羞徐陵。”[③]可谓善于阿谀者。乾学甚至强调苏陆等宋诗之杰出者才力远在中晚唐孟郊贾岛之上。与之声气相投的姜宸英（1628—1699）还是强调晚唐风韵较中唐和两宋均为出色，他认为，学宋诗容易流于规模挦撦的弊端，不如晚唐体更容易陶写性情。他说：

今世称诗家，上者规模韩、苏，次则捋挦撦杨、陆，高才横厉，固无所不可及；拙者为之，弊端百出，险辞单韵，动即千言，街坊谰语，尽充比兴，不复知作者有源流派别，徒相与为聒噪而已。[④]

1682年前，京师宋诗风的盛行，还应该有王士祯的提倡。当时他在国子祭酒任上，这是一个引领全国文望的职务，此前领袖江南的吴伟业即担此任。也正是在1683年，一连串有意思的文学雅集不经意地发生了。早在前年暮春，徐乾学等江南诗人耐不住京师之寂寞，仿照“兰亭修禊”之例，委托徐元文觅得南郊祝氏园，作为雅集之所，“余兄弟顾得与诸君子还托赏于此……诸君子皆吾南人也”[⑤]。闰六月，在新筑小斋又重禊。徐氏兄弟及其子徐树谷、徐炯，与慈溪姜宸英（1638—1699）、秀水朱彝尊、李良年（1635—1690）、青浦王原（1646—1729）、长洲汪

① 《清代诗文集汇编》第108册《逸德轩诗集》下卷，第512页。

② 徐乾学《憺园文集》卷十九，《续修四库全书》本，第1412册，第558页。

③ 《清诗话访佚初编》第9册，第383—384页。

④ 姜宸英《史蕉饮芜城诗集序》，《清代文论选》，第278—279页。

⑤ 《清代诗文集汇编》第132册《含经堂集》卷十五《祝氏庄园修禊诗序》，第340页下。

琬之妻弟金居敬、汪份（1655—1721）、德清胡渭（1633—1714）等与会，凡江南诗人十一人[①]。七月，宗宋的汪懋麟（43岁）出于一腔赤诚，邀请其师王士祯（49岁）、同门王又旦（44岁）以及宗唐的“当权派”陈廷敬（44岁）、徐乾学（52岁）雅集于祝氏亭。这本应是一次和谐的诗酒文会，会中汪懋麟还请兴化禹之鼎作《城南雅集图》，他亲作《画像记》。但由于诗学观的分歧，席间两派各不相让[②]。王渔洋仅仅“笑而颔之”，态度颇为暧昧，一方面力图避免让及门弟子斯文扫地之尴尬，另一方面又似乎表示对徐乾学的首肯[③]。与此同时，徐乾学在《渔洋山人续集序》中重申“取宋实为习唐”的观点[④]，这一次与徐氏同序者施闰章、陆嘉淑甚至渔

① 《清代诗文集汇编》第132册《含经堂集》卷十五《闰月小斋分韵诗序》：“重禊之日，小斋初成，伯兄携西溟、竹垞、毂似、令仪、武曹诸君饮集于此，时在坐十有一人，用孙兴公兰亭后序原诗：人之致兴凉歌咏之有由二语，各分一字为韵，得之字者则赋二首，余适探得，遂成二诗。”第340页下。另参徐嘉炎《抱经斋诗集》卷四第28页上：《己巳三月上巳，健庵司寇(徐乾学)、立斋司农(徐元文)率两郎君艺初舍人、章仲大行，招同姜西溟、金毂似、朱竹垞、胡朏明、王令仪、汪武曹诸子，修禊城南祝氏林亭，以清流激湍映带左右引以为流觞曲水十五韵分赋，得映字》。

② 汪懋麟《百尺梧桐阁诗钞》汪氏小传云：“（汪）于诗尤自喜。曾大会名士于都城之祝氏园，酒半扬解，言欲尽祧开元、大历诸家，独尊少陵为鼻祖，而昌黎、眉山、剑南以下，以次昭穆，语悉数未可终。昆山徐健庵先生独抗论与争，谓宋诗颓放，无蕴藉，不足学，学之必损风格……输攻墨守，未审谁雌雄也。”

③ 徐乾学《十种唐诗选书后》：“余与诸公共称新城之诗为国朝正宗，度越有唐。季角为新城门人，举觞言曰：‘诗不必学唐。吾师之论诗，未尝不采取宋元……’余告之曰：‘先生诲人不倦，因才而笃，各依其天资，以为造就。季角但知有明前后七子剽窃盛唐，为后来士大夫讪笑。’尝欲尽祧去开元、大历以前，尊少陵为祖，而昌黎、眉山、剑南以次昭穆。先生亦曾首肯其言。季角信谓固然！不寻诗之源流正变，以刍乎《国风》《雅》《颂》之遗意，仅取一时之快意，欲以雄词震荡一时，且谓吾师之教其门人者如是。”王士禛选《十种唐诗选》卷末，《四库存目丛书》集部第394册，齐鲁书社，1997年，第446页。

④ 徐序曰：“杜子美极风雅之正变，千汇万状，兼古今而有之。其后韩退之去陈言为硬语，时则有若孟郊、卢仝、阵贺、刘叉、马异为之辅；白乐天趋平易为奔放，时则有若元稹、杨巨源、刘梦得为之朋；李义山变新声为繁缛，时则有若温庭筠、段成式为之和。非不欲决子美之藩篱，别成一家言，然卒莫能出其范围，特具体焉而已……宋以诗名者，不过学唐人而有得焉者也。宋之诗浑涵汪茫莫若苏、陆。合杜与韩而畅其旨者，子瞻也，合杜与白而伸其辞者，务观也，初未尝离唐而别有所师……先生之于诗，择一字焉必精，出一辞焉必洁，虽持论广大，兼取南北宋、元、明诸家之诗，而选练矜慎，仍墨守唐人之声格。或乃因先生持论，遂疑先生《续集》降心师宋人，此未知先生之诗者也。”徐乾学《憺园全集》卷二十一，《清代诗文集汇编》第124册，第521页下。

洋门下的江阴曹禾都站在了徐的一边。施氏一本此前作《唐七律选》的宗旨，作序云：“新城王阮亭先生论诗，于其乡不尸祝于鳞，于唐人亦不踵袭子美。其诗举体遥隽，兴寄超逸，殆得三唐之秀……客或有谓其祧唐而祖宋者，予曰不然。阮亭盖疾夫肤附唐人者了无生气，故间有取于子瞻，而其所为《蜀道》诸诗非宋调也……学三唐而能自竖立者，始可读宋元……忆辛亥夏，与阮亭昵就辇下，相约互为论叙，忽忽十余年不暇作。自惭固陋，无足齿数。”[①]陆嘉淑认为，施闰章与王士祯本质上都属于宗唐一派，只不过施氏严守唐律，而王氏敢于突破，两人的诗论水乳交融、互为补充。其序曰：“宣城、渔洋两先生疑若矛盾，乃其披襟扣击，筒牒往复，薄略评次，往往各当于意乃止。此倡彼和，丹铅错互，欣然并解，若水乳合。何也？先生曰，吾别裁不敢过隘，然吾自运未尝恣于无范。故其为诗波澜愈合，格律愈精，变化愈极其致。今操觚之家，好言少陵者，以先生为原本拾遗；言二谢，王，韦者，又以为康乐，宣城、右丞、左司，其欲为昌黎、长庆及有宋诸家者，则又以为退之，乐天，坡、谷复出。而先生之诗，其为先生者自在也。”曹禾则说：“俗学不知拟议，安知变化，抱残守缺，挟恐见破之私意，如越人之短朁者之鉴，非唯无用，从而仇之，纷纷籍籍，诋曰学宋。不知先生之学非一代之学，先生之诗非一代之诗，其学何所不贯，其诗亦何所不有，彼蚍蜉撼大树，亦笑其不自量而已。”可见，就连曹禾也改变了其宗宋的口径，认为渔洋主张唐宋兼宗。

于是 1683 年京师“唐宋诗之争”，很快就呈现出“一边倒”的趋势；这大概是因为“宗宋”的主角不是王士祯，而是其门下新秀汪懋麟，而“宗唐”者为馆阁大佬徐乾学、陈廷敬等，由于双方地位悬殊，汪懋麟自然输得一败涂地。汪氏不得不作《五客话旧图序》来证实自己绝非馆阁之敌，此“五客”者，王士祯、王又旦、徐乾学、陈廷敬和他本人。在图序中，汪氏历数他们二十年的诗文交情，试图证明自己不改

① 施闰章撰，何庆善、杨应芹点校：《施愚山集 4》，第143页。

初心[①]。1683年的京师之争，不仅造成了汪懋麟的反省，也促成了王渔洋的转型，开始仿效施闰章，采取一系列选唐诗的活动。今人评价说："综上所论，诸序是对王士祯诗歌审美取向的同声相和。也算是对汪懋麟师法观念的集中清算。王士祯对徐乾学所论'笑而颔之'，是对诗坛名流群体认同的桴鼓相应，也是对汪懋麟们的善意否定。概之，王士祯诗选编撰撷取宋元与诗歌创作师法宋人情同一理，既要不步偏师唐音

① 杨钟羲："汪蛟门《五客话旧图》序：'懋麟自顺治来受知于济南王公。及康熙初举乡试，始通宾客，与海内名贤相结纳。乙巳（1665），得交郃阳王公（又旦），丁未（1667），得交昆山徐公（乾学）。己酉（1669），应阁试入京，得交泽州陈公（廷敬），相与论诗，有合焉。时陈公官侍读，徐公为孝廉，王公领县潜江，而济南公则由扬州推官迁礼部主客矣。岁庚戌（1670），徐公取上第，入词馆，济南公历户部郎，懋麟在中书，四人者相聚于阙下。惟王公隔江汉，相去三千余里之外，虽时见其诗，思其人，而远莫能致也。壬子（1672）秋，济南公典试入蜀，寻以太夫人忧去。明年，徐公觐省去，懋麟遭母忧去，而陈公方朝夕讲幄，蒙上知，凛然公辅，不似予辈之憔悴而滢落也。又三年丙辰（1676），王公自潜江被召，授给事中，余与徐公服满入京，而王公先以忧去，不得见。惟予四人者，复聚于阙下，暇辄论诗。未几，徐公与予再以忧去。越三年己未（1679），予两人再来，济南公已改馆阁，寻拜祭酒，而陈公久领翰林学士，先数月以太夫人丧归里，又不得见。又二年辛酉（1681），王公始来给事门下，陈公继入，再领翰林，五人者始聚而不散。回忆二十年来，聚复散，散复聚，中更忧患，情事不殊，若不期然而然者。陈公于此有深感焉，于是壬戌（1682）七月，相聚于城南山庄，赋诗饮酒，相娱乐，命兴化禹生貌五人像为一图，属懋麟为之记。夫古人以道义文章相合者，其游处与共，后人慕其风，辄见于图画，若香山、洛社、西园诸图记，流传最广，虽市儿贩妇皆知之。至于齐名比肩，连类以称，如厨顾俊及七子五君诸品目，大抵皆一时矜饰之词，而千载而下，亦遂以为不可易，或亦不仅以共名也与。图既成，亭榭桥梁，水石竹树，笔床茶具之属，罔不毕肖。陈公据石案，搦管欲书，济南公倚案左侧，视王公，面案企脚坐，握手语林木同者，则徐公与懋麟也。懋麟于此窃有愧焉。陈公与济南公，各以名德为帝师，徐公翊赞东宫，与陈公并领史局，王公方拾遗补阙。而予庸碌无状，一无所表见，齿竟少陈公一岁，徒以浮名受书札，趋走纂局，而诸公以故人，不即摈弃，许其朝夕谭议。每揽镜自顾，颠毛半秃，白髭日生，枯槁无聊之状，不堪向人，何复以画为哉：他日诸公勋业既盛，宦游或倦，欲借川泽须臾之暇而休沐焉，予得幅巾方袍，杖笠以从，纵谭山川云物之美，或有可以把臂无愧者。姑藏斯画以待之。扬州汪懋麟记。'翁覃溪（方纲）《五客话旧图诗并序》，云：'是卷今藏泽州陈氏，盖禹慎斋为午亭先生作者，故汪蛟门记中，以感旧之诗属陈公也。公官户部尚书时，属虞山王石谷为作午亭山村图，此盖在其前之十有五年，公年尚壮，与四公为文酒之会，时康熙二十一年（1682）也。'"《雪桥诗话全编》，人民文学出版社，2011年，第111—113页。

而坠入肤廓软滑的老路，也要警惕摭拾宋调而不知源流正变的邪弊。”[①]

有关王渔洋的转变，我们还可以从几个侧面证明。康熙二十年前后，京师宋诗风气主要在于学习苏、陆，来势较十年前更猛，引起了王渔洋同乡李澄中的警觉，他开始明确表示抵制，其为四明周斯盛所作《证山堂诗集序》云：“（周屺公）壬子癸亥（1683）两遇之京师，论诗益熟……或谓：近世诗人类祧李唐而宗苏陆，屺公不宋元之是趋，得无适越而北辕乎？”[②]李氏在接下来的一系列文章中，解释个中缘由：“今之学者，以虞山心折震川，遂祧北地济南，以为伪秦汉不如真宋人。夫宋不如唐，亦犹唐不如汉，时代有古今，文运亦有升降。学秦汉而伪固已，奈何学宋而得其真乎！”[③]据今人考证，此际李澄中、田雯与王渔洋有“山左三大家”之目，关系是相当密切的[④]。李澄中由宋转唐的态度，王士祯应该是一清二楚的；这里还有更深层的政治原因，除了徐乾学等台阁，康熙皇帝本人为了彰显文运教化，提倡唐诗，客观上促成京师风气为之一变。毛奇龄回忆康熙十八年殿试情形：“初、盛唐多殿阁诗，在中、晚亦未尝无有，此正高文典册也。近学宋诗者，率以为板重而却之。予入馆后，上特御试保和殿，严加甄别，时同馆钱编修以宋诗体十二韵抑置乙卷，则已显有成效矣。”[⑤]

王渔洋由宋返唐，还可能受到与之齐名的秀水朱彝尊以及门生丁炜等态度转变的影响。

朱彝尊在入仕的敏感时期，康熙的一举一动都会得到反馈[⑥]，而恰恰是在保和殿，1683年旧历除夕夜，康熙命其侍宴。对康熙赐予的这份殊荣，朱彝尊自然是受宠若惊的，因此他在给渔洋门人丁炜（1627—1696）所作《问山诗集序》中很鲜明地表达了其宗唐主张，而此丁炜，正是与曹禾、汪懋麟、王又旦等并列为“金台十子”的诗人。该序云：“三十年来，海内谭诗者知嫉竟陵邪说，仍取法于廷礼。比复厌

① 谢海林：《王士祯<阮亭古诗选撰>缘由、背景及旨向探论》，载蒋寅，张伯伟主编；王小盾，王丽萍，王晓平等编《中国诗学 第17辑》，人民文学出版社，2013年，第137页。

② 《清代诗文集汇编》第120册《白云村文集》卷一，第186页下。

③ 《清代诗文集汇编》第120册《白云村文集》卷一《纤斋文集序》，第187页下。

④ 张崇琛《王渔洋与诸城人士交往考略》，载《桓台国际王渔洋讨论会论文集》，山东大学出版社，1995年，第49页。

⑤ 毛奇龄《西河诗话》卷七，见《清诗话三编》第二册，第841页。

⑥ 据张宗友《朱彝尊年谱》卷三，1678年9月3日家书“朝廷第一注意人是我”、1679年3月29日“先生由康熙亲拔擢为一等”、1681年10月“授征士郎，本生父及其冯氏并受封”，第228、246、280页。

唐人之规幅，争以宋为师。夫惟博观汉魏六代之诗，然后可以言唐；学唐人而具体，而后可以言宋。彼目不睹唐人之诗，辄随响附影，未知正而先言变，高诩宋人，诋唐为不足师，必曰'离之始工'，吾未信其持论之平也……丁先生分司通惠河之暇，汇其所作为问山集，读其诗，直言不伉，绮者不靡。约言之而可思，长言之而可歌。先生之诗，可谓善学唐人者矣。"[①] 此外，为丁炜诗集作序的汪琬、钱澄之都表达了"学宋必返唐"的诗学观念，钱澄之将"背唐宗宋"的诗学主张结穴于钱谦益，对其诋毁后七子派进行辩驳，他说："诗至汉魏极盛，沿及唐代，并为律体，后世宗之至今……而虞山乃力辟何李，尤诋北地。夫北地枕藉少陵，要不失为大雅，于吾所论诗之道，或犹有存焉者。今欲辟之以成已是，作意抉摘，何所不得！然岂为定论乎？诋之已甚，使学者竞趋中晚，其势不得不流为宋元，以致今日背唐宗宋，皆虞山为之嚆失也。且亦知今日宗宋元，即为异日复蹈竟陵之渐乎？"[②]《问山集》大约整理于1680年，前有宁都魏禧序于庚申五月；最晚序者为汪琬，大约在康熙南巡（1684）之前，则朱彝尊之序，可能正在1683年。丁炜本人对于"唐宋诗之争"亦转向唐诗，在《春晖堂诗序》中他说："庚申（1683年）春，余有虔南监郡之命，吴君歌骊赠送，至比余诗于元、白，余既愧，无以当……诗三百而后，由汉魏以迄三唐，作者代兴，美备亦略可睹矣。今谈诗家不务宗汉魏、三唐，以渐追夫三百，而顾变而之宋、之元，争为诡胜，究且失其邯郸之步。"[③] 也就是说，1683年，丁炜与朱彝尊等人已经统一了宗唐的口径。丁炜力主诗归三唐（按：将唐诗分为初、盛、晚三阶段），曾赞赏钟谭《诗归》对于扬榷晚唐诗风的贡献，批判选诗家"浸浸流入宋元"。其论诗堪为"金台十子"之代表，非特宗尚宋元者可以比拟。近代杨钟羲认为，丁艳水论诗诸序，持正中肯，"其言皆可为诗家龟鉴"[④]。

---

① 《清代诗文集汇编》第132册《问山诗集》卷首，第582页上。

② 《清代诗文集汇编》第132册《问山诗集》，卷首钱序，第583页。

③ 《清代诗文集汇编》第132册，第484页下。

④ 杨钟羲："晋江下炜雁水，有《问山堂集》《紫云词》……其论诗曰：'钟谭《诗归》之选，明季操觚家奉为津筏。虽去文存质，将以力排飞扬蹈厉之失。然天地菁华，刊削濩落，风气之衰，亦遂中于运祚。又曰：清而不已，闲入于薄，真而不已，或至于率。率与薄相乘，渐且为僵为野。'又曰：'天下莫不为诗，连篇累牍，云驰泉涌，可谓大盛。顾唐家音律，与晋室清谈，士大夫靡然成俗，至于旷职废业，以求一二字语之工，又余之所大惧矣。后来王兰泉谓袁简斋往来江湖，从者如市，太邱遭广，无论贳郎蠢夫，互相酬唱。又取英俊少年，著录为弟子，矜新斗捷，芜杂纤佻。江郑堂又以之议兰泉，谓其以五七言诗争立门户，而门下士皆不通经史，桅知文义者，一经盼饰，自命通儒，何补于人心学术哉！'其言皆可为诗家龟鉴。"《雪桥诗话全编》，人民文学出版社，2011年，第111—113页。

王士祯诸门生中，丁炜是最为坚决的“宗唐派”，只不过他受渔洋指点，其论诗不废中晚唐。比如1685年春，丁炜作《罗珂雪耐耕堂诗文集序》曰：“余谓此道相沿已久，人智日开，宜稍变而通。古体宜祖汉魏，而善通汉魏者有宋齐颜谢诸公；近体宜宗初盛，而善通初盛者，惟大历钱郎诸公。彼其用意设词，率从新巧，特于本体无伤，为可贵耳。”[①]1685年冬，他在《孙电晹诗草序》中批判宋元诗风：“迩来主持诸公急欲复古，而宋元之尚仍且纷然。余窃叹天下好怪趋异之多，虑元音之终晦。”[②]在《于畏之西江草诗序》中他总结陈词，一语点破江南诗宗三唐的传统，乃根植于地域风情：

诗当取材汉魏，而以三唐为宗。其体宜厚而不纤，其气宜振而不靡，法严而调谐，意贯而语秀，古近异制，比类同工。此声律之极则，而三百之遗轨耳。往者诗教式微，云间大樽先生握三寸不律与楚风竞，以力矫其弊；迨我皇朝，则有梅村、秋岳两先生振堕绪而光大之，卓然大家，为海内诗宗……近海内诗人，渐以汉魏三唐为不足法，浸浸流入宋元，意在标新领异、骖驾前人；究之依苏袭黄，蹊径固未尝脱也。则何如轨于汉魏三唐之为近古无弊乎！盖于子生长嘉禾，于秋岳先生为同郡，既得亲承绪论，以定指归；又越与吴接壤，大樽、梅村两先生风教往往渐被焉，彼其名贤芳泽，素所厌饫，故究然有得于中，不为时论之所惑。[③]

自1683年京师“唐宋诗之争”之后，1684年，王士祯外放，出使南海；1685年，他丁忧返乡，更使得昆山徐乾学几乎成为京师诗坛领袖，宗唐势力占据绝对上风。1686年，昆山吴殳《围炉诗话》辑成，该书力主尊唐排宋，得到幕主徐乾学之赏识。1687年，朱彝尊《日下旧闻》四十二卷成，徐乾学为序。1688年，云间孙鋐、黄奕藻选辑当代的《皇清诗选》刊行，（其《凡例》云“是役也，始于庚申之秋，竣事于戊辰之夏”）该书由陆次云、洪昇等铨次，徐乾学、汪琬、陆庆榛等作序，可视为当年分量最重的文学工程。徐乾学等在序中盛赞这位孙表弟能以唐诗为宗，辑成当代诗选；汪琬亦有“宋诗未有不出于唐者也”之言（《尧峰文钞》卷二七《皇清诗选序》）。当时的大学士魏裔介亦参与了评阅，他说：“世之所贵乎诗者，以义关伦物、温厚和平者为上，感慨怨诽辞旨激切者次之……其上者为杜、为王孟、为李太白，其次者为柳宗元杜牧之、为李义山、为钱起、刘长卿，命意虽

① 《清代诗文集汇编》第 132 册《问山文集》卷一，第 480 页。

② 《清代诗文集汇编》第132册，第493页上。

③ 《清代诗文集汇编》第132册，第489页。

同，而措辞则异，亦可知诗之所尚，在此不在彼矣。”[①]这几乎是揣度圣意之后写的官样文章。这些朝廷官员的思想动向，对王士祯自然有着直接的影响。

1689年发生了两件大事，其一是徐乾学贬退，其二是“《长生殿》祸案”爆发，尤其是后者，对京师唐宋诗风之转换关系更大。钱塘洪昇请京师俊彦观其新剧《长生殿》，遭人诬告其于佟皇后百日忌辰，“观剧饮酒、大玷官箴”，士大夫及国子监诸生被罢黜者近五十人。洪昇、赵执信、查嗣琏等均在其列。秀水朱彝尊赠诗为洪昇送行，有“海内诗家洪玉父，禁中乐府柳屯田”之句。与宴观剧的官员中，只有秀水徐嘉炎全身而退；这得益于其政治敏感。我们翻检其诗集，发现他模仿宋人作诗的句子着实不少；但在任何序言中，他都坚决反对宗宋诗。徐氏还指责苏陆等宋诗远离“诗道”，视为“忘本”，他说：“今之言诗者，我不知其何所指也！……旨趣贵乎高渺而意境贵乎深远，此三百篇所以为作诗之本也，降至楚骚、汉魏六朝及有唐一代之诗，皆不相蹈袭，而未始离乎宗……自宋人以来，类忘其本，而务取古人一二家以为途辙，蹈其篇题而袭其文句，以为非是不可以为宗。”[②]涉案最惨者为赵执信，二十八岁抡元，终身未能复起，时人称其“可怜一曲长生殿，断送功名到白头”。而赵执信正是王士祯的亲外甥。可能是出于对政治的敏感，王士祯最终回归唐诗，凭借其选唐行动牢固确立了其诗学正宗的地位，并且很快得到江南籍文士的拥戴。几乎可以肯定的是，与王士祯齐名的朱彝尊，以及其门下江南弟子曹禾、丁炜等诗学态度的转变，是最终促成王渔洋“由宋返唐”的重要原因；王渔洋的回归唐诗，亦在情理之中。今人潘务正说：“王士祯由宋返唐，重倡神韵之旨，向诗教传统复归，这进一步奠定了其正宗的地位……在清人观念中，正宗诗风无疑都是宗唐。”[③]王士祯转向唐诗，说明当时宗唐仍然是诗坛主流，即便才大位高如王渔洋，也不能不有所忌惮。在丁忧期间，王士祯其实已完成《唐贤三昧集》的编辑工作，1689年8月，师俭堂刊行其重订《十种唐诗选》；1690年，入京任职詹事府，1691年任兵部右侍郎，撰成《池北偶谈》，请朱彝尊为《十种唐诗选》作序。1692年，王士祯将《唐贤三昧集》等交付门人盛符升等雠校付梓。1693年，转户部右侍郎，至此清初江南诗人学者莫不仰视王士祯为一代宗主、领袖，比如本年靖江郑宣《新城王公诗集序》云：“一代之兴，天将聚才俊以鸣其盛，则必

① 孙鋐《皇清诗选》卷首，《四库全书存目丛书》集部398册卷首，第12页。

② 《清代诗文集汇编》第155册《丛碧山房诗初集》卷首序，第1—2页。

③ 潘务正：《王士祯进入翰林院的诗史意义》，《文学遗产》2008年第2期。

笃生一二人焉以为之领袖。而此一二人者，苟非有瑰伟绝特之姿、渊综奥博之学，固不足以胜其任。既有其姿，且有其学矣，而名未知于天子，则不足以致一时之信从；位不列于公卿，则不足以树后生之模表。故天既畀之以斯文之任者，必使之负大名、居高位，而后推挽后学，成就人才，风流弘长，足以衣被一世，而沾溉来兹。”[①]1694年徐乾学在江南病卒，王士祯成为京师唐诗学担纲者。至1696年12月，王士祯在《南斋诗集序》中，表达了宋诗“鲜不宗唐”、当代诗人可“沿唐以及宋”的观点。他说：

予尝谓诗至三唐，厥体大备，后人纵极意求新，要无能逾唐人畛域。迩来称诗者往往尊宋黜唐。夫宋诗未尝不佳，第沿唐以及宋则可，尊宋而黜唐则不可。间取而按之，宋人之诗，鲜不宗唐。钱、刘宗义山，永叔圣俞宗退之，北宋之苏黄、南宋之陆游共宗少陵，而变态逾极，其余或学奇于李贺，或学怪于卢仝，学流易于元白，学僻涩于孟郊，学刻削句子于晚唐诸家，靡所不有。大概唐人尚蕴藉，宋人喜迳露；唐人情与景涵、才为法敛，宋人无不可状之景、无不可鬯之情，纵横驰骤无不可竭诸家才与学，故好奇者赏之，其实皆唐人之支分派也。尊宋而黜唐，譬之知有祢而不知有祖，其说傎已。[②]

王士祯之返唐，宣告“唐宋诗之争”告一段落。然而这并不代表宋诗风之委顿。事实上，其麾下的“燕台十子”，多半仍然坚持学习宋诗，接替他引领山左诗坛的田雯即其中代表。田雯起初学唐诗，曾师从河朔派盟主申涵光[③]，后来出唐入宋。曾将白居易、苏轼、陆游、黄庭坚四人诗集合选为《唐宋四家诗选》，其表面上坚持唐宋兼宗，而事实上宋代在四家中居其三。不仅如此，他还公开表示独尊黄庭坚，认为其自带“宋诗第一人”的属性，其成就无可匹敌，超越王、欧、梅、苏之上，参见其1698年所作《芝亭集序》：

余尝谓宋人之诗，黄山谷为冠。其体制之变，天才笔力之奇，西江诗派，世皆师承之。夫论诗至宋，政不必屑屑规摹唐人。当宋风气初辟，（梅）都官、（苏）沧浪，自成大雅。（黄）山谷出，耳目一新，摩垒堂堂，谁复与敌……山谷之诗，力可以移王、欧之席，而其盘空硬语，更高踞于梅、苏之上，所谓西江诗派也……

① 《清代诗文集汇编》第148册《寒村安庸集》卷二，第373页。

② 《清代诗文集汇编》第113册《南斋诗集》卷首序，第547页上。

③ 杨钟羲：“申凫盟，节愍公佳允长子……和孟（浩然）五七言诗，气韵俱极高老……田纶霞司农尝从学诗。卒年五十九。”见其撰集《雪桥诗话全编》，人民文学出版社，2011年，第10—11页。

予为之序，欲以示天下后世，知今日西曹多诗人，不独前嘉隆时王李辈文采风流，照耀白云司也。[①]

田雯之序的最后一句是颇值得玩味的：表面上看，嘉隆王李时期已经过去了两个甲子，与之对比并没有实际意义；但事实上是在影射王士祯迫于江南宗唐势力一改初衷的十年前之往事。钱钟书先生在《谈艺录》中认为，清初敢于推尊宋诗尤其是黄山谷者，除了王士祯，就数田雯了[②]。谢海林引本序评价田雯"可谓清初极力推崇黄庭坚的第一人"[③]。但是我们回头看，真正将黄庭坚推尊为宋诗之代表者还是王士祯。渔洋曾说，"山谷虽脱胎于杜，顾其天资之高，笔力之雄，自辟庭户"[④]。这不仅认可其江西诗派的开宗地位，亦将其等视于唐代的杜甫，在当时诗学语境下，这一观点亦可谓石破天惊。自田雯等推尊黄庭坚之后，江南士子亦时有回应，然而黄庭坚并非宋诗的正统，学宋诗的主流仍是沿苏轼一派。比如青浦王原在《陈后山集序》认为，宋人皆学杜甫，但学有所成者不是江西宗主黄庭坚而是苏轼，然而陈后山在学少陵这一点上完全可以"超黄匹苏"。他说："宋人言诗祖少陵，论者推豫章为宗子，而陈后山为豫章之适。余以为豫章特杜门之别传耳。后山诗，实胜豫章，未可徇目论轩彼轾此也。要之宋人诗，自以眉山为第一。豫章崛强，思以清劲超出畦径之外，自诩宗杜而其实不然。少陵之诗无所不有，学杜者罕能具体。义山、牧之名为善学，亦只得其一肢。眉山才大，其学杜如昌黎之学史记，庐陵之学昌黎，拟议以成变化，自成一家。若后山之于杜神明于钜矱之中，折旋于虚无之际，较苏之驰骋跌宕，气似稍逊，而格律精严过之。若黄之所有，无一不有；黄之

---

① 田雯《古欢堂集》序卷一《芝亭集序》，《清代诗文集汇编》第138册，第389页下。

② 钱钟书《谈艺录》三〇《附说十二·田山姜说诗》："清初渔洋以外，山左尚有一名家，极尊宋诗，而尤推山谷者，则田山姜是也。《古欢堂杂著》卷一力非论诗分唐宋而二之，谓'梅、欧、王、苏、黄、陆，皆登少陵之堂，入昌黎之室'。卷二谓七言古'至唐末式微。欧阳崛起，直接杜韩而光大之。山谷从杜韩脱化，创新辟奇，风标娟秀，陵前轹后，有一无两。宋人尊为江西派，与子美俎豆一堂，实非悠谬'，又谓山谷七绝'新洁如茧丝出盆，清肠如松风度曲，下笔迥别'。卷三驳谢茂秦之薄苏黄，《文集·序》卷一《芝亭集序》谓'宋人之诗，山谷为冠；靡垒堂堂，谁与为敌'；真笃于好而敢于言者矣。"商务印书馆，2011年，第271页。

③ 谢海林：《清代宋诗选本研究》，上海古籍出版社，2011年，第90页。

④ 王士祯著，张宗柟纂集、戴鸿森校点《带经堂诗话》卷四，人民文学出版社，2006年，第96页。

所无，陈则精诣。其于少陵以云，具体虽未敢知，然超黄匹苏断断如也。”[①]我们在此顺带展望宋诗发展之转折，乃发生于乾隆年间——“崇苏”的这个强大的传统在“秀水诗派”崛起时才得以突破。秀水金德瑛（1701—1762）、王又曾（1706—1762）、钱载（1709—1793）、万光泰（1712—1750）、祝维诰（1697—1766），与桐乡汪孟鋗、仲鈖兄弟唱和，其诗皆宗韩愈、黄庭坚。徐世昌《晚晴簃诗话》评金诗“导源义山而别开蹊径，实与昆体不同，亦无宋人粗劲之习”、王诗“精深华妙、森严密栗”、钱诗“取径西江，去其粗豪，而出之以奥折”、万诗“精炼瑰丽”、祝诗“清丽缠绵”，皆有从西昆转向西江的学诗祈向。“秀水诗派”中金德瑛年较长，社会地位最高，乾隆元年即纶元，为该派开创者；而钱载诗歌名气最著。陈衍《近代诗钞》称“有清一代诗宗杜、韩者，嘉、道以前，推一钱萚石”，又谓“萚石斋造语盘崛，专于章句上争奇”[②]，颇见其取法江西派的宗旨。就连该派同一时期年龄最幼的汪仲鈖（1725—1753）亦独嗜黄庭坚，其《桐石草堂集》卷五载有与乡贤所和论诗绝句一组，其自注云：“山谷为诗家不祧之祖，元明以来，无人齿及。钱虞山、朱秀水皆近时巨老，而动有贬词。余素酷嗜其诗……惟同里钱萚石（载）、万柘坡（光泰）及兄厚石（孟鋗）也。”[③]可见该派出现之后，清代宋诗派才转变了清初自钱谦益、曹溶、朱彝尊以来推尊中唐韩愈、白居易以及宋代苏轼、陆游的传统。

田雯还回护李攀龙等七子前辈，号召大家不要用今人眼光去衡量古人，其《木斋诗序》云：“余尝谓虞山之訾謷历下亦太过矣。历下纵有可议，议之斯已耳，何至缕指其字句，捃撦其篇章，谓为风雅之下流，声偶之极弊乎？百年万里、我辈中原、浮云落日、黄金白雪，自蹈重复臭腐之诮，而又引海陵生之戏语以痛斥之，发轩渠而恣狂噬，初不解其何意也……夫虞山之说，仿于竟陵。虞山攻历下，兼攻竟陵，今不数十年而竟陵之学，光沉响寂。虞山之学，传之者几人？求如王李七子执櫜鞬，立坛坫，奔走一世于嘉隆之间，政未可必也。历下讵无可议，使竟陵诸人与之并聚于一堂，可以见后人之陋矣。木斋之诗，权舆历下，概其平时似不专力于诗者，而自矜风雅者，偏不若木斋之工也。江左之彦，党护乡人，而近日之訾謷

① 《清代诗文集汇编》第171册《西亭文钞》卷三，第356页下。

② 陈衍：《石遗室诗话》，见张寅彭主编《民国诗话丛编》第一册，上海书店，2002年，第60页。

③ 诗与注转引自钱钟书《谈艺录》(补订本)四二。

者，亦复不少，谓其多游夫之口号，画客之题词，甚矣诗之难也：少陵不薄今人爱古人，庶几近之矣。”[①]《鹿沙诗集序》云：“宋人之诗与乎唐人之诗，渠有异道乎……余尝谓：学诗者宜分体取法乎前人：五言古体必根柢于汉魏，下及鲍、谢、韦、柳也；五七言近体则王、孟、钱、刘，晚唐温、李诸人也；截句则王、李、白、苏、黄、陆也。至于歌行，惟唐之杜、韩，宋之欧、王、苏、陆，其鼓骇骇，其风瑟瑟，旌旗壁垒极辟阖雄荡之奇，非如是不足以称神明变化也。学诗者何分唐宋？总之，以匠心求工，为《风》《雅》之归而已。”[②]这种开明的宋诗观，与王士祯是一脉相承的。

正是因为有了山左诗派的王士祯、田雯等先后提倡宋诗，到了康熙末至雍正初，江南诗人对“唐宋诗”的取向问题，已经从争论转向和合。鹤潭王崇炳说：“诗道流传，风尚代变，其原本性情则一而已。曹刘陶谢，分道扬镳，各寄情于所嗜；李杜苏黄，同工异曲，亦互摅一致，固不容置异同于其间也。是故千葩万卉，不如一荣之真；杂奏繁声，岂若天籁之至？无他，至音之发，标韵自然，不可强而能也。”[③]乾嘉之际，宋诗风的整体氛围才大致形成。“以文为诗”“后出转精”，成为学人诗的信念。诸如“桐城诗派”便以韩昌黎为津梁，推宗宋诗。吴江郭麐《灵芬馆诗话》云：“姬传先生言文章之事，后出者胜，如东坡《石鼓歌》，寔过昌黎。盖同此一诗，同此一体，自度力不能敌，断不复出此，所谓于艰难中特出奇丽也。”[④]后来以厉鹗为首的浙派学习江西诗派也进行了尖锐的批评，他说：“《宋诗纪事》一书共一百卷，钱塘厉太鸿仿《唐诗纪事》而为之，补苴收拾，大废蒐寻。然宋人诗远不逮唐人，即诗话亦无味者多。弇州有言，手宋人之陈编，辄自引睡。非虚语也。而太鸿之好宋人，甚并好南宋人，以为极则，此真不可解矣。北宋诗粗确已可嫌，梅、欧、苏、黄而外，能有几人？南宋则自放翁而外，尖纤琐陋，晦庵讥之最当。而昌歜之嗜，忽于五百年独产畸人，天下事可以意量哉？”[⑤]这说明，对于宋诗的经典化任务尚且艰巨。袁行云先生以施闰章的转变为例，提出了一个比较精辟的观点：“清初诗人率多沿明七子学唐，高者远逾元明，下者肤阔空疏，在所不免。有一二主宋诗者，未称专业。自闰章出，诗风大变，欧梅、苏黄、

① 《清代诗文集汇编》第138册《古欢堂集》序卷一，第391页下。

② 《清代诗文集汇编》第138册《古欢堂集》序卷二，第399页上。

③ 《清代诗文集汇编》第188册《学耨堂文集》卷三《徐松溪自得编诗序》，第136页下。

④ 《清诗话访佚续编》第二册，第34页。

⑤ 王夫之等撰、丁福保辑《清诗话》上册，第84页。

陆范，各争肖之，且无比拟皮毛之习。此清人学宋胜于明人之学唐也。诗至近日，新事层出不穷，体亦不得不变。宋诗长于叙事议论，故学宋亦为时代所趋也。观是集赠别、题图之作，如《射乌栖图》……以及与陶季、陆圻、毛先舒、余怀、董俞、张风、龚贤交往之诗，其中大都为清初布衣野老，闰章以平生所接士夫，一一谱而传之，不仅可见交游，且多有得于传记之外也。”①

本章小结：

明末社会危机全面爆发：军事溃败、官场腐朽、士民道德堕落……为振衰起敝，以陈子龙为首的云间派始倡实学、敦复风雅。云间远绍前后七子，论诗主张模拟汉魏盛唐。受其影响，西泠十子中的柴绍炳、毛先舒等论诗“勿取中唐以下”。然而，正如我们上一章得出的结论，在虞山派宗主钱谦益的带动下，继起的娄东、龙眠、宣城诸派所诗法的对象，不是出于中唐，便是源自晚唐。而与之有密切关联的淮扬诗学群，其中卓荦者多沾溉元白诗风；与牧斋有直接接触的海虞二冯、娄东吴伟业，以及西泠、太仓、阳羡诸子，亦曾诗法晚唐温李。此鼎革之际诗学转圜之大概。

康熙初，继承钱谦益名山事业者，有余姚黄宗羲、石门吴之振和吕留良等。他们通过校勘宋人诗文集、刊行《宋诗钞》等活动，首次整体提升了宋诗的历史地位。紧接着，江南各地的学者跟进，诸如秀水曹溶、江都吴绮等皆曾辑宋诗选，吴中汪琬、叶燮等亦曾关注宋诗，并触发了论战，扩大了宋诗的影响。而与钱氏形成“代兴”事实的王士禛，在其司理扬州期间便渐染晚唐“香奁体”以及两宋苏、陆诗，迁京后连升任至礼部、刑部，遂成为京师诗群的实际领袖，由其提携的郎署后俊号为“金台十子”。其中，扬州诗人汪懋麟是较突出的一位。他在康熙“壬癸”雅集（1682—1683）中与宗唐派的徐乾学、毛奇龄等论战，此即所谓“唐宋诗之争”之显例。随着王士祯重返三唐，其曾经提倡宋诗的影响犹在，诸如山左田雯等便延续了其不废两宋的诗学思想，为清中后期“宋诗学”的高涨留下了余波。

---

① 袁行云：《清人诗集叙录》卷五，第163—164页。

主要参考书目①

[1] 阿英：《晚明二十家小品》，河北人民出版社，1989年。

[2] 安徽省社会科学院文学研究所编：《桐城派研究论文选》，黄山书社，1986年。

[3] 安徽省桐城派研究会编:《桐城派研究 第14辑》,合肥工业大学出版社,2012年。

[4] 北京大学、北京师范大学中文系编：《陶渊明资料汇编》，中华书局，1962年。

[5] 本社编：《清代笔记小说大观》，上海古籍出版社，2007年。

[6] 蔡锦芳：《杜诗版本及作品研究》，上海大学出版社，2007年。

[7] 蔡静平著：明清之际汾湖叶氏文学世家研究，岳麓书社，2008年。

[8] 蔡镇楚：《中国诗话史》（修订本），湖南文艺出版社，2001年。

[9] 曹虹，蒋寅，张宏生主编，《清代文学研究集刊 第六辑》，人民文学出版社，2013年。

[10] 曹胜高编：《中国文学的代际》，商务印书馆，2013年。

[11] 曹之：《中国古代图书史》，武汉大学出版社，2015年。

[12] 曾大兴：《中国历代文学家之地理分布》，湖北教育出版社，1995年。

[13] 曾礼军：《古代文学的文化批评与学术反思》，黑龙江人民出版社，2016年。

[14] 曾毅：《订正中国文学史》，国家图书馆出版社，2015年。

[15] 陈斌：《明代中古诗歌接受与批评研究》，上海三联书店，2009年。

[16] 陈伯海，李定广编著，《唐诗总集纂要》，上海古籍出版社，2016年。

[17] 陈伯海主编，《历代唐诗论评选》，河北大学出版社，2003年。

[18] 陈伯海主编，查清华，胡光波等编撰，《唐诗学文献集粹》，上海古籍出版社，2016年。

[19] 陈超《曹学佺研究》，吉林人民出版社，2007年。

[20] 陈红彦等编：《清代诗文集珍本丛刊》，国图出版社，2017年。

① 本书研究对象的原著已在页下注明，这里只列现当代学者的编撰的文献资料和研究著作。

[21] 陈居渊编：《清代朴学与中国文学》，百花洲文艺出版社，2010 年。
[22] 陈文新：《集部视野下的辞章谱系与诗学形态》，商务印书馆，2015 年。
[23] 陈文新等编：《中国文学编年史》明末清初卷，湖南文艺出版社，2006 年。
[24] 陈文新主编：《七史选举志校注》，武汉大学出版社，2009 年。
[25] 陈晓燕，包伟民：《江南市镇：传统历史文化聚焦》，同济大学出版社，2003 年。
[26] 陈雪军：《梅里词派研究》，上海古籍出版社，2009 年。
[27] 陈寅恪：《柳如是别传》，三联书店，2001 年。
[28] 陈垣：《清初僧诤记》，北京师范大学出版社，1982 年。
[29] 陈竹，曾祖荫著：《中国古代艺术范畴体系》，华中师范大学出版社，2003 年。
[30] 程千帆：《程千帆全集》第十四卷《闲堂诗文合抄》，河北教育出版社，2000 年。
[31] 崔来廷：《明清甲科世家研究》，知识产权出版社，2013 年。
[32] 邓新华：《古代文论的多维透视》，华中师范大学出版社，2007 年。
[33] 邓之诚：《清诗纪事初编》，上海古籍出版社，2012 年。
[34] 丁福保辑，王夫之等著：《清诗话》，上海古籍出版社，2015 年。
[35] 丁功宜：《钱谦益文学思想研究》，上海古籍出版社，2006 年。
[36] 范来庚：《南浔镇志》卷七《人物志》，1936 年铅印本。
[37] 费振刚主编，叶君远著：《吴伟业与娄东诗传》，吉林人民出版社，2000 年。
[38] 费振钟：《江南士风与江苏文学》，湖南教育出版社，1995 年。
[39] 傅玄琮等主编，谢思炜编：《续修四库全书总目提要·集部》，上海古籍出版社，2014 年。
[40] 傅璇琮，徐逸民等主编：《中国诗学大辞典》，浙江教育出版社，1999 年。
[41] 郭绍虞编，富寿荪校：《清诗话续编 》，上海古籍出版社，2016 年。
[42] 郭英德，过常宝著：《中国古代文学史》，四川人民出版社，2003 年。
[43] 郝润华等：《杜诗学与杜诗文献》，巴蜀书社，2010 年。
[44] 胡淑娟：《历代诗评视野下的李贺批评》，学林出版社，2009 年。
[45] 胡晓明主编：《中国文史上的江南："从江南看中国"学术研讨会论文集》，上海辞书出版社，2014 年。
[46] 黄公元：《浙江净缘：净土法门在浙江》，宗教文化出版社，2006 年。
[47] 黄敬斌：《民生与家计：清初至民国时期江南居民的消费》，复旦大学出版社，2009 年。

[48] 黄霖，陈广宏，郑利华主编：《2013 年明代文学国际学术研讨会论文集》，凤凰出版社，2015 年。

[49] 黄霖，周兴陆主编：《复旦大学第三届文学评点国际学术研讨会论文集》，凤凰出版社，2015 年。

[50] 黄苗子：《学艺微言》，三联书店，2011 年。

[51] 黄裳著：《来燕榭书跋（增订本）》，中华书局，2010 年。

[52] 霍松林主编：《中国诗论史》（下册），黄山书社，2007 年。

[53] 嘉兴市文化广电新闻出版局编：《嘉兴历代碑刻集》，群言出版社，2007 年。

[54] 姜亮夫：《姜亮夫全集》（五），《楚辞书目五种》，云南人民出版社，2002 年。

[55] 蒋寅：《清代诗学史》（第一卷），中国社会科学出版社，2012 年。

[56] 蒋寅主：《中国古代文学通论·隋唐五代卷》，辽宁人民出版社，2005 年。

[57] 蒋寅：《王渔洋与康熙诗坛》，凤凰出版社，2013 年。

[58] 柯愈春：《清人诗文集总目提要》，北京古籍出版社，2001 年。

[59] 孔凡礼，齐治平编：《古典文学研究资料汇编·陆游卷》，中华书局，1962 年。

[60] 雷磊：《杨慎诗学研究》，中国社会科学出版社，2006 年。

[61] 李伯重：《多视角看江南经济史 (1250—1850)》，三联书店，2003 年。

[62] 李春青等著：《20 世纪中国古代文论研究史》，山东教育出版，2008 年。

[63] 李剑波：《清代诗坛对宋诗范式的重建与创新》，中国社会科学出版社，2015 年。

[64] 李剑波：《清代诗学话语》，岳麓书社，2007 年。

[65] 李剑波：《清代诗学主潮研究》，岳麓书社，2002 年。

[66] 李瑞卿：《朱彝尊文学思想研究》，京华出版社，2006 年。

[67] 李世英，陈水云：《清代诗学》，湖南人民出版社，2000 年。

[68] 李新：《陈子龙诗文创作与文学理论研究》，南开大学出版社，2012。

[69] 李兴盛主编：《吴兆骞年谱》，黑龙江大学出版社，2014 年。

[70] 李修生主编：《全元文》，江苏古籍出版社，1999 年。

[71] 李瑄：《明遗民群体心态与文学思想研究》，巴蜀书社，2009 年。

[72] 李永明，刘丽兰，李天：《中国历代名赋之乐舞论》，陕西师范大学出版总社有限公司，2015 年。

[73] 李泽厚：《美的历程》，北京三联书店，2009 年。

[74] 李正民主编：《陈廷敬诗学研究》，山西人民出版社，2009 年。

[75] 梁启超：《中国近三百年学术史》，中国文史出版社，2016 年。
[76] 廖可斌：《明代文学复古运动研究》，商务印书馆，2008 年。
[77] 凌郁之：《苏州文化世家与清代文学》，齐鲁书社，2008 年。
[78] 刘诚：《中国诗学史·清代卷》，鹭江出版社，2002 年。
[79] 刘和文：《清人选清诗总集研究》，安徽师范大学出版社，2016 年。
[80] 刘磊：《韩孟诗派群体接受史论》，齐鲁书社，2015 年。
[81] 刘师培：《刘申叔遗书》，江苏古籍出版社，1997 年。
[82] 刘世南：《清诗流派史》，人民文学出版社，2004 年。
[83] 刘文忠：《温柔敦厚与中国诗学》，上海古籍出版社，2015 年。
[84] 刘学锴，余恕诚，黄世中编：《李商隐资料汇编》，中华书局，2001 年。
[85] 刘重喜：《明末清初杜诗学研究》，中华书局，2013 年。
[86] 卢盛江，张毅，左东岭编：《罗宗强先生八十寿辰纪念文集》，中华书局，2009 年。
[87] 罗时进：《地域、家族、文学：清代江南诗文研究》，上海古籍出版社，2010 年。
[88] 罗宗强：《隋唐五代文学思想史》，上海古籍出版社，1986 年。
[89] 马汉钦编著：《明代诗歌总集与选集研究》，哈尔滨工程大学出版社，2009 年。
[90] 马将伟：《易堂九子研究》，社会科学文献出版社，2013 年。
[91] 马亚中：《中国近代诗歌史》，复旦大学出版社，2011 年。
[92] 梅新林：《中国古代文学地理形态与演变》（下册），复旦大学出版社，2006 年。
[93] 孟森：《科场案》，《心史丛刊(外一种)》，岳麓书社，1986 年。
[94] 米彦青：《清代李商隐诗歌接受史稿》，中华书局，2007 年。
[95] 牛宝彤编：《唐宋八大家通论》，甘肃教育出版社，2016 年。
[96] 欧明俊：《古代散文史论》，生活·读书·新知三联书店，2013 年。
[97] 欧小牧：《陆游年谱（补正本）》，天地出版社，1998 年。
[98] 潘承玉：《南明文学研究》，中华书局，2012 年。
[99] 潘承玉：《清初诗坛：卓尔堪与<遗民诗>研究》，中华书局，2004 年。
[100] 潘忠荣主编：《桐城明清诗选》，安徽美术出版社，2011 年。
[101] 裴世俊：《钱谦益诗歌研究》，宁夏人民出版社，1991 年。
[102] 钱基博著：《中国文学史（下）》，上海古籍出版社，2015 年。

[103] 钱钟书：《谈艺录》，商务印书馆，2011 年。
[104] 钱仲联，范伯群主编：《中国雅俗文学 第一辑》，江苏教育出版社，1998 年。
[105] 钱仲联，傅璇琮，王运熙，章培恒，鲍克怡主编：《中国文学大辞典》，上海辞书出版社，1997 年。
[106] 钱仲联：《当代学者自选文库：钱仲联卷》，安徽教育出版社，1999 年。
[107] 邱江宁：《明清江南消费文化与文体演变研究》，上海三联书店，2009 年。
[108] 饶龙隼：《明代隆庆、万历文学思想转变研究》，西南师范大学出版社，1995 年。
[109] 上海图书馆编，丁凤麟整理：《中国家谱资料汇编·序跋卷》，上海古籍出版社，2013 年。
[110] 尚永亮：《中唐元和诗歌传播接受史的文化学考察》，武汉大学出版社，2010 年。
[111] 尚永亮：《庄骚传播接受史综论》，文化艺术出版社，2000 年。
[112] 邵炳军，姚蓉，杨秀礼主编：《泮池集——首届中国古代文学与地域文化学术研讨会论文集》，上海大学出版社，2012 年。
[113] 沈乃文主编：《明别集丛刊》，黄山书社，2015 年。
[114] 石玲，王小舒，刘靖渊：《清诗与传统：以山左与江南个案为例》，齐鲁书社，2008 年。
[115] 四川大学中文系唐宋文学研究室编：《苏轼资料汇编》，中华书局，1994 年。
[116] 四库禁毁丛刊编委会：《四库禁毁丛刊》（集部），北京出版社，1997 年。
[117] 四库全书存目丛书编委会：《四库全书存目丛书·集部》，齐鲁书社，1997 年。
[118] 宋豪飞：《明清桐城桂林方氏家族及其诗歌研究》，黄山书社，2012 年。
[119] 孙殿起：《贩书偶记正续编》，上海古籍出版社，1999 年。
[120] 孙立：《明末清初诗论研究》，广东高等教育出版社，2003 年。
[121] 孙蓉蓉：《刘勰与 < 文心雕龙 > 考论》，中华书局，2008 年。
[122] 孙之梅：《钱谦益与明末清初文学》（增订版），山东大学出版社，2010 年。
[123] 孙中旺编：《金圣叹研究资料汇编》，广陵书社，2007 年。
[124] 唐圭璋：《词话丛编》，中华书局，1986 年。
[125] 同里镇人民政府，吴江市档案局主编：《同里志》，广陵书社，2011 年。
[126] 汪涌豪：《书生言》，海豚出版社，2014 年。

[127] 王家范：《百年颠沛与千年往复》，上海远东出版社，2001 年。
[128] 王培军，庄际虹：《校辑近代诗话九种》，上海古籍出版社，2013 年。
[129] 王巍立：《浔溪艺苑》，浙江人民出版社，2008 年。
[130] 王炜：《< 清诗别裁集 > 研究》，上海古籍出版社，2010 年。
[131] 王向东：《明清昭阳李氏家族文化文学研究》，上海三联书店，2014 年。
[132] 王小舒：《中国诗歌通史 · 清代卷》，人民文学出版社，2012 年。
[133] 王新芳：《查慎行诗歌批评研究》，人民出版社，2015 年。
[134] 王英志：《性灵派研究》，辽宁大学出版社，1998 年。
[135] 王英志主编：《清代唐宋诗之争流变史》，人民文学出版社，2011 年。
[136] 王永宽，尚立仁主编：《李商隐与中晚唐文学研究》，中州古籍出版社，2003 年。
[137] 王友胜：《苏诗研究史稿》，岳麓书社，2000 年。
[138] 王友胜主编：《亦鸣集——湖南科技大学中国古代文学学科论文集》，上海古籍出版社，2009 年。
[139] 王友胜主编：《中国文学传播与接受研究》，2010 年中国文学传播与接受国际学术研讨会论文集，岳麓书社，2013 年。
[140] 王云五等撰：《续修四库全书提要》，“台湾”商务印书馆发行，1972 年。
[141] 卫庆怀编：《陈廷敬史实年志》，山西人民出版社，2009 年。
[142] 魏中林：《清代诗学与中国文化》，巴蜀书社，2000 年。
[143] 邬国平，王镇远：《中国文学批评通史 · 清代卷》，上海古籍出版社，1996 年。
[144] 邬国平：《中国古代接受文学与理论》，黑龙江人民出版社，2005 年。
[145] 吴承学，何诗海编：《古代文学的文体选择与记忆》，凤凰出版社，2015 年。
[146] 吴功华：《桐城地域文化研究》，芜湖：安徽师范大学出版社，2014 年。
[147] 吴孟复：《桐城文派述论》，安徽教育出版社，2001 年。
[148] 吴企明：《李贺研究资料汇编》，中华书局，1994 年。
[149] 吴仁安：《明清江南著姓望族史》，上海人民出版社，2009 年。
[150] 吴仁安：《明清时期上海地区的著姓望族》，上海人民出版社，1997 年。
[151] 吴世昌著，吴令华编：《吴世昌全集》（第 9 册），河北教育出版社，2003 年。
[152] 吴调公：《神韵论》，人民文学出版社，1991 年。

[153] 吴文治：《中国文学史大事年表》（下），黄山书社，1993 年。
[154] 吴文治主编：《明诗话全编（第 7 册）》，江苏古籍出版社，1997 年。
[155] 谢国桢：《晚明史籍考》，上海古籍出版社，1981 年。
[156] 谢海林：《清代宋诗选本研究》，上海古籍出版社，2011 年。
[157] 谢正光，佘汝丰编著：《清初人选清初清诗汇考》，南京大学出版社，1998 年。
[158] 谢正光：《清初诗文与士人交游考》，南京大学出版社，2001 年。
[159] 徐珂编撰：《清稗类钞》，商务印书馆，1918 年。
[160] 徐茂明著，唐力行主编：《互动与转型：江南社会文化史论》，上海人民出版社，2012 年。
[161] 徐世昌著，陈祖武点校：《清儒学案》，河北人民出版社，2008 年。
[162] 徐雁平：《清代世家与文学传承》，生活·读书·新知三联书店，2012 年。
[163] 严迪昌：《清诗史》（上册），浙江古籍出版社，2002 年。
[164] 杨松年：《中国文学批评论集》，“台湾”文史哲出版社，1989 年。
[165] 杨松年：《中国文学评论史编写问题论析——晚明至盛清诗论之考察》，“台湾”文史哲出版社，1988 年。
[166] 杨泽琴：《孙枝蔚与清初扬州诗群研究》，中国社会科学出版社，2015 年。
[167] 杨钟羲：《雪桥诗话全编》，人民文学出版社，2011 年。
[168] 余意：《明代词史》，北京大学出版社，2015 年。
[169] 俞平伯等著：《唐诗鉴赏辞典 纪念版》，上海辞书出版社，2013 年。
[170] 袁行霈、陈进玉主编，周勋初本卷主编：《中国地域文化通览·江苏卷》，中华书局，2013 年。
[171] 袁行云：《清人诗集序录》，人民文学出版社，2016 年。
[172] 张传友：《清代实学美学研究》，上海交通大学出版社，2012 年。
[173] 张代会，周方：《清初文学研究散论》，北岳文艺出版社，2007 年。
[174] 张宏生编：《明清文学与性别研究》，江苏古籍出版社，2002 年。
[175] 张洪海辑著，黄霖、陈维昭、周兴陆主编：《诗经汇评（下）》，凤凰出版社，2016 年。
[176] 张晖：《诗史》，“台湾”学生书局，2007 年。
[177] 张晖：《中国的“诗史”传统》，生活·读书·新知三联书店，2012 年。
[178] 张炯，杨镰，邓绍基主编：《中国文学通典·诗歌通典》，解放军文艺出版社，

1999 年。
[179] 张丽华：《18 世纪唐宋诗之争流变研究》，中国社会科学出版社，2012 年。
[180] 张清河：《晚明江南诗学研究》，武汉大学出版社，2013 年。
[181] 张清河：《晚明诗学年表初编》，四川大学出版社，2015 年。
[182] 张维骧编纂：《清代毗陵名人小传》，常州旅沪同乡会，1944 年。
[183] 张一兵、周宪主编，张亚权编撰：《汪辟疆诗学论集》，南京大学出版社，2011 年。
[184] 张毅：《陆游诗歌传播、阅读研究》，复旦大学出版社，2014 年。
[185] 张寅彭编：《民国诗话丛编》，上海古籍出版社，2002 年。
[186] 张寅彭选辑，吴忱，杨焄点校：《清诗话三编》，上海古籍出版社，2014 年。
[187] 赵尔巽等：《清史稿》，上海古籍出版社，1986 年。
[188] 赵敏俐，吴思敬主编，王小舒著：《中国诗歌通史·清代卷》，人民文学出版社，2012 年。
[189] 赵敏俐主编：《中国诗歌研究（第 10 辑）》，社会科学文献出版社，2014 年。
[190] 赵炜：《明末清初虞山诗学研究》，百花洲文艺出版社，2011 年。
[191] 赵宪章主编，李开，丁帆，张宏生副主编：《南京大学百年学术精品：中国语言文学卷》，南京大学出版社，2002 年。
[192] 赵永纪：《清初诗歌》，光明日报出版社，1993 年。
[193] 赵园：《明清之际士大夫研究》，北京大学出版社，1999 年。
[194] 赵园著：《想象与叙述》，人民文学出版社，2009 年。
[195] 浙江省通志馆编：《重修浙江通志稿》标点本，方志出版社，2010 年。
[196] 中国古籍总目编纂委员会编：《中国古籍总目·集部》，中华书局，上海古籍出版社，2012 年。
[197] 中华大典编委会：《中华大典 明清文学分典》，凤凰出版社，2005 年。
[198] 中华书局编辑部编：《学林漫录》，中华书局，2007 年。
[199] 周维德校注：《全明诗话》，齐鲁书社，2005 年。
[200] 周伟民：《明清诗歌史论》，吉林教育出版社，1995 年。
[201] 周兴陆：《诗歌评点与理论研究》，凤凰出版社，2011 年。
[202] 周兴陆：《中国分体文学史·诗学卷》，山西教育出版社，2013 年。
[203] 周振鹤：《随无涯之旅》，三联书店，1996 年。
[204] 朱东润：《陆游传》，海南国际新闻出版中心，1993 年。

[205] 朱东润：《中国文学批评史大纲》，武汉大学出版社，2009 年。

[206] 朱萍：《明清之际小说作家研究》，中国传媒大学出版社，2009 年。

[207] 朱则杰：《清诗史》（修订本），江苏古籍出版社，2000 年。

[208] 朱则杰：《清诗知识》，浙江大学出版社，1998 年。

[209][韩] 金甫暻：《苏轼“和陶诗”考论：兼及韩国“和陶诗”》，复旦大学出版社，2013 年。

[210][美] 魏斐德著，陈苏镇、薄小莹译：《洪业：清朝开国史》，新星出版社，2013 年。